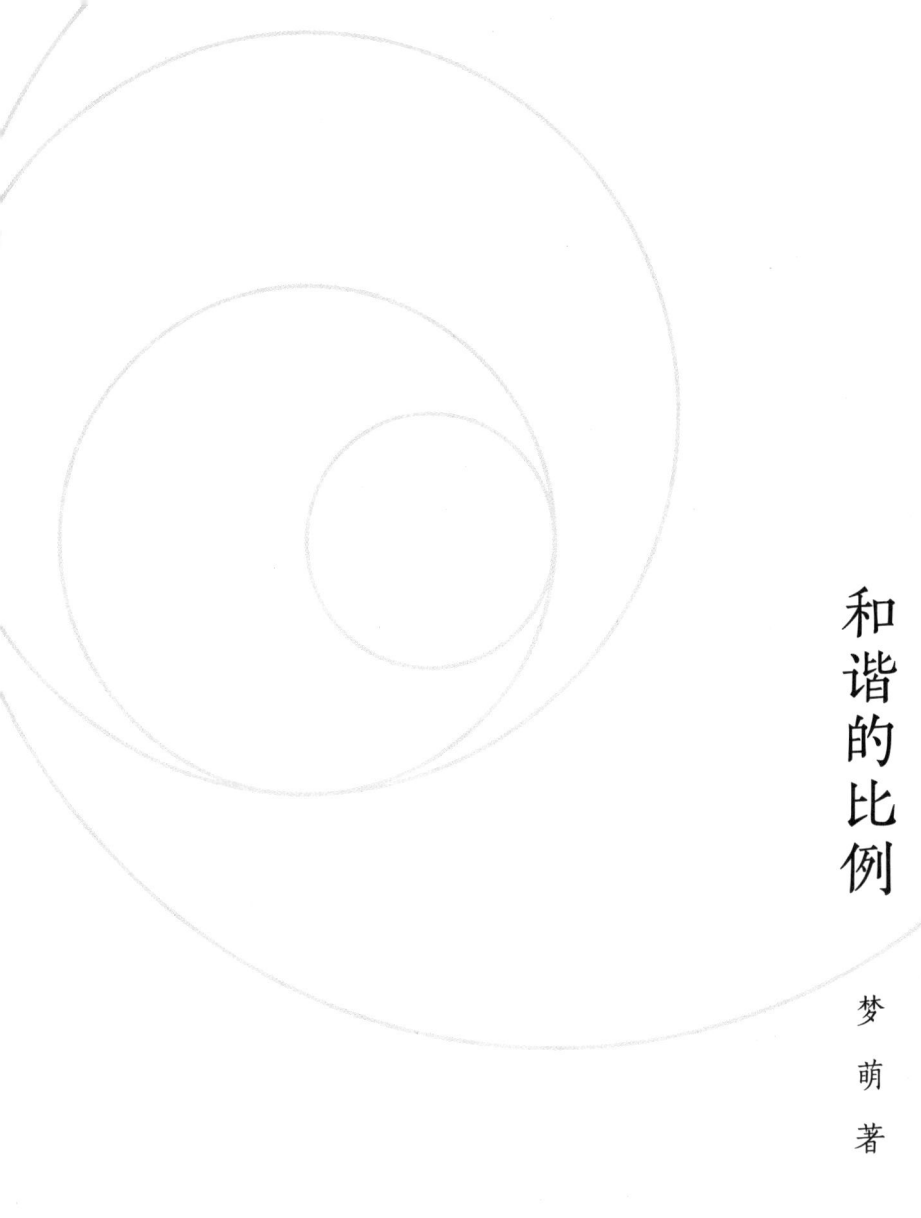

和谐的比例

梦萌 著

陕西新华出版传媒集团
太白文艺出版社·西安

图书在版编目（CIP）数据

和谐的比例 / 梦萌著. -- 西安：太白文艺出版社，2023.02

ISBN 978-7-5513-2172-3

Ⅰ.①和… Ⅱ.①梦… Ⅲ.①中篇小说—小说集—中国—当代②短篇小说—小说集—中国—当代 Ⅳ.①I247.7

中国版本图书馆CIP数据核字(2022)第170747号

和谐的比例
HEXIE DE BILI

作　　者	梦　萌
责任编辑	曹　甜
封面设计	张洪海
版式设计	建明文化
出版发行	陕西新华出版传媒集团
	太白文艺出版社
经　　销	新华书店
印　　刷	西安盛业印务有限公司
开　　本	787mm×1092mm　1/16
字　　数	390千字
印　　张	22.25
版　　次	2023年2月第1版
印　　次	2023年2月第1次印刷
书　　号	ISBN 978-7-5513-2172-3
定　　价	69.00元

版权所有　翻印必究

如有印装质量问题，可寄出版社印制部调换

联系电话：029-81206800

出版社地址：西安市曲江新区登高路1388号（邮编：710061）

营销中心电话：029-87277748　029-87217872

目　录

天　邪	001
角　色	016
鼠　灾	029
路的裂变	036
流　失	042
和谐的比例	054
毛每的手机	066
古城墙下	077
屋外那座青冢	085
十八爷	097
决　口	115
跪拜死亡	139
八斤窝窝	156
阴阳之交	174
夭　折	210
五凤岭	238

天　邪

一

邪！

二爸心里骂，但脸上仍是一副笑模样。

"天邪，说嘛，你说嘛！"二爸蹲在"门槛"上——准确来说并不是门槛，只是挡老鼠的两块半截砖。他挪挪瘦小的身子，左胳膊肘压在膝盖上，右手搓着鼻子，以阻挡扑鼻而来的马粪臭味，两眼却一直盯着侄儿天邪："要不，我给你发工资，每月四百，也比你串村收粮强！"

天邪只当没听见。他跷着二郎腿，脚一晃一晃的，鞋就敲脚板，蛮响，像他在"自乐班"敲梆子。他并不在意这"乐曲"，目不斜视地观瞻一张《西川工商报》。大方桌上放着一包油炸蚕豆，他看一个字，吃一粒蚕豆。豆焦，牙亦锐，白晃晃一闪，就"咯嘣咯嘣"得响亮。婆在世时，就爱听这响，夸他牙好。一碗玉米糁子，一碟酸白菜，吃起来比谁都响、都好听，咯嘣儿脆。婆说那声音像财东家的骡马嚼料食。如今，他也有了一匹马，还拴了一挂小板车。那小灿蹶，性子好暴烈，全村没人敢靠近，除了他。马圈和炕只隔着一个槽，小灿蹶正嚼着豌豆，"咯嘣"响得更是绝妙。马嚼一声，他咬一响。一顿饭的时光，马开始打盹，而那袋里的蚕豆，亦多乎哉不多矣。

侄儿的傲慢，早已使二爸窝了一肚子火。哼，打听去，我向谁如此低三下四过？咱可是粮食大王，东阳镇第二富户，整车皮向外发货，一笔生意净赚两三万，腰粗腿壮，谁不巴结？去年冬季，公购粮收不下，乡长求咱，咱胸膛一拍，全包了。乡上超额完成任务，咱也就换了个县政协委员的乌纱帽。瞧瞧，就这，硬牌牌。你娃还邪乎个啥？要不是看在祖宗面上，我才不管你的事呢！唉，谁叫他爸他妈死得早，谁叫他是我的亲侄儿？

邪，真乃天邪也！

二爸站起来，无可奈何地叹一声，一只脚已跨出门外。

"我说过了，都是为你好！三十过头，也该成家了。我的话，听不听在你，我走了。"

"且住！"天邪吃完蚕豆，豆腐块新闻也看完了，这才把《西川工商报》递给二爸。

二爸看着报上的照片，两眼顿时瓷了："你、这是你？你上报了？"

"成都的事，秘密就是这。"

"我不明白。"

"一登报，狗日的敢不给钱？"

"你小子捣什么蛋？我更糊涂了！"

"你介绍的科长，我根本没找。"

"那钱咋汇得这么快？"

"我到了化工厂，正好大领导要来检查，全厂突击，停止办公，整顿厂容。库房也'整容'，我就夹在装卸工里扛包。他们每次扛一包，我扛两包。正好大领导来了，直向我跷大拇指，记者还照了相。事后厂长召见，说我为厂里争了光，要给我记功加薪。我讲明情况后，他亲自给财务科打电话，要他们马上结账汇款。嘿，狗日的！"

"送礼的四千元没给？"

"二爸，实话对你说，送别人还不如送我！这马、这车，就是用那钱买的。"

"也好，这算是你的工资了。"

"不，三年，等于我还你的情。这四千，理应归我，因为我为你催回六万元货款！"

"只要你继续跟二爸干，我的还不是你的？"

"不一样。你就是你，我就是我。我要自己干。"

"你能？"

"试手呢！"

二爸仍不死心。要说人样，光他那塌塌鼻子就叫二爸生厌。但他有一身力气，关键时候又能下狠心拼命。自己的家业，还多亏天邪这个好帮手。起初，自己也是小打小闹，走村串乡收粮食，够一车就交给北村的田百顺。装车卸车，全是天邪一人干。这家伙，只要一激，就邪得玄乎，两个麻袋，四百斤，肩上扛一个，腋下夹一个，跑得"突突突"，乐得自家两个公子哥儿直鼓掌逗乐子。后来，生意做大了，二爸就设立收购点，直接用火车向外地发货，点包、装车、押粮、上站，仍是天邪一包到底。有一次，给河南发六十二吨玉米，粮已进站，车皮却落了空。天邪一人在车站看守了三天三夜。那晚，有几个窃贼打他主意，刚偷了两麻袋，就被他发现了，一阵好揍，打得那贼直唤爹讨饶。第二天装车一点数，果然一袋不少。说心里话，自家账户有多少个洋码号字，就有天邪多少汗水。二爸可不是蝎蛇之心的地主老财，不能不对侄儿的生活起居做种种打算。他压根儿瞧不起自家的两个儿子，那是摇笔杆、坐办公室的料，迟早要飞。他计划，如果天邪愿跟自己过，那就是一家子；如果不愿，到时给他几万元，帮他成个家，也好还清他父母的一笔人命债。

想起兄嫂，二爸就有一种负罪感。他常做噩梦，梦见哥哥和嫂嫂的头就放在自家的保险柜上。有时，他到银行看账，看着看着，那洋码号字都变成血淋淋的人头，瞪着眼，一滴滴向外流眼泪，他几次都快要昏倒。他记得清清楚楚，那人头正是下世多年的兄嫂夫妇。

1958年，他二十出头，是民兵连长，带着民工修水库。大坝上土，土场很远。他挖土放崩，土崖已掘进一米，他还在下面掘。他要放个大崩，一劳永逸。突然有人喊："快跑，崩了！"他刚转过身，只觉腰被什么推着向旁边跑出几步，便摔倒在地。接着就听得"轰隆"一声，土崖崩下来了，掀起巨大的气流和土浪，把他推出几米远。他爬起来，看见人群一片骚乱，有人惊呼："下面压人了！"他忙问："谁？""没看清，他用架子车把你撞倒了，他拉车子，就……"他发怒了："快刨！还愣着干啥？"当那人被刨出来，早没气了。他一辨认，放声大哭起来："哥哇，可怜的哥哇！本该是我死呀，你咋当了替死鬼？哥哇……"嫂嫂年轻守寡，那时天邪还不满两岁。

天邪五岁那年，闹了场大病，是他陪嫂子进县城医院的。村子距车站还有一段路，要经过一片树林，寂静得连只鸟雀也不见。嫂子走累了，就喊他抱娃。他等她。太阳挂在东方树杈上，林子间充满霞光。他突然被嫂子的妩媚美丽深深吸引。他春潮翻涌，傻了。他抱天邪时抓住嫂子的手腕，并迅速就势把侄儿和嫂子一起搂在怀里。嫂子身子一缩，抽回手，狠狠给了他一个耳光，抱着儿子朝前跑了。这件事被田百顺和他女儿哑姐看见了。不久后，嫂嫂在塘库洗衣时，掉进水中，淹死了。当时人们议论纷纷，有人说她是不慎落水的，也有人说她是有意走进水里的。反正嫂嫂是死了，那年他已是大队党支部书记。

　　二爸在院子里踱着步，眼涩涩的、黏黏的。院子已破败不堪。墙头狗啃了似的，豁豁牙牙，虚土间长满了蒿草。腰墙后门只剩一扇门板，旁边那棵石榴树像个疯婆子，摇曳着凌乱的头发。水井桩台倒塌了，井口盖着一个破铁锅，两只青蛙在锅沿蹦跶。走出后院，他站在房檐下查看这三间瓦房。瓦楞上长满青苔和塔松，苫着的油毡被风吹得"嘶啦"作响。马尾松椽头全部裸露，在残风中像砍掉山羊脑袋的血脖子。他数那椽头，好像在数父亲和哥哥的肋条。他感到悔恨，恨自己愧对祖先。这几年，他忙于生意，自从搬出去住上二层小楼的独院后，早把祖先留下的这份家业忘记了。他决心今冬就盖楼，重振祖业，让这座院子再次红火起来。由此，他想起侄儿的婚事，便又回到房门口，蹲在砖上。

　　"天邪，你得听我的话。如果你父母在世，我自然可以甩手。可现在，我不管不行。"

　　天邪埋头给小炽獗刷鬃毛："嘚嘚！"

　　"你二妈她娘家侄女，人家没意见，就等你的话呢！"

　　"嘚嘚！"

　　"虽然左眼有个萝卜花，但人不丑。"

　　"嘚嘚！"

　　"冬天就给你盖房，春节结婚。"

　　"嘚嘚！"

　　二爸火了："嘚嘚个屎！我的话你到底听没听？！"

　　"谢谢。"天邪好似才发现二爸没走，拍拍马背，走出马圈，"二爸，你就甭操这闲心，也甭再给我挽笼头！"

　　"啪啪！"二爸照天邪脸上扇了两巴掌，扭过身，走了。

　　邪乎！

　　二爸才叫邪。

　　天邪第一次见二爸发这么大的火，第一次挨老子的耳光。"啪啪"，好清亮，不愧是老子！不像往常，总是喜眉笑眼。

天邪摸着火辣辣的脸，痴愣了半天，终于回过神。他把鬃刷朝桌上一扔，躺在床上，二郎担山，丢起了桄桄乱弹。

"咯噔，咯噔……"小炻蹶嚼着夜食，给他敲梆子。

他唱："儿在花园把鱼钓，相爷老贼把锣敲……"

二

七月的渭河，把它的汗水、血液、骨髓、脂膏，全都汇入引渭渠的波涛，养肥了渭北高原，自己却变得瘦骨嶙峋。河水几乎断流，裸露出成片成堆的卵石、沙砾，燥热燥热的。天邪鲤鱼大揭膘地躺在一块沙滩上，头顶盖着一个柳编的凉帽。旁边有一座大土包，土包旁有几棵柳树，一匹红马不安生地"咴咴"嘶叫，不时用蹄子踢打着土包，把一缕缕沙土甩在主人晒得黑油油的宽阔胸膛上。

他身高体壮，躺下是渭河，站起是渭北原。

他从渭北原来到渭河，在骡马市场买了一匹小红马，他要开创自己的事业。凭三年饲养员的经验，他要挑选一匹最称心如意的马。牙老的不要，毛杂的不要，他专要那口嫩、胃好、性劣、毛色亮的炻蹶马。他终于站在一位山里汉子面前。他由汉子手中接过马缰，手刚触着马的鼻圈，那牲畜就飞起炻蹶，发疯似的冲撞、撒野、狂叫，要不是他身强力壮，准会惹出事端来。他使劲揪住马鬃，它才安静下来。他把缰绳还给汉子。

"老哥，口？"

"四岁半。"汉子很诚实，"不瞒老弟，这马小时候受过惊，鼻梁被车撞伤过，性劣，至今还没搭套。"

"吃受？"

"能吃能喝能蹦跶。"

"好！我买了！"

汉子伸过手，正要和他捏指头，他却把手一摆："干脆明说，开个价！"

汉子也很爽快："看老弟真想要，你就给个价好了！"

他略思片刻，伸出两个指头："整数，两千。"

汉子忙推却："没这个价，千八足顶。"

"二百算老哥茶水钱！"

"也好。我有证明，马要出毛病，就找我。你也留个姓名。"

"周天邪，东阳镇南街。"

告别山里汉子，天邪牵马上路。他想骑马抖抖威风，可马烈得很。他一连被摔了几跤，总是上不了马背。他越扯缰绳，马越蹦得高，两只后蹄掀起一阵阵尘土。几次前蹄腾空，仰天长啸，蹄子乱踢乱刨，好似要把他踹成齑粉似的。天邪心一激灵，便把马牵到这个偏僻的河湾。他把马拴在树上，折下一捆柳条，照着马的四个蹄子轮番抽打，人性与兽性展开一场搏斗。人性要战胜兽胜，兽性向人性发出报复。刹那间，柳条横飞，蹄花狂舞，人与马搅和一起，掀起一阵阵沙尘和声浪。天邪累了，歇一会儿，又继续抽打。整整两个小时，一捆柳条打光了，直打得马四蹄流血，但它仍不窝性。天邪就再打。突然，举起的柳条在空中凝住了。他似乎才发现，这马的劣性全都集中在鼻梁上，越扯缰绳它越显暴戾。相反，只要摩挲鬃毛，它便立即驯顺了。他为此感动得要流出泪。马也有感情，人为什么偏要触它的伤处呢？他不再打马，牵着它在河滩溜达。他给马抚伤、喂草，还不住用手摩挲它油光的鬃毛。马和他消除了隔阂，变得亲近起来，不时地把头贴在他的胸前，鼻孔喷着热气。

马吃饱了，他也乏了，拴好马，他就躺在沙滩上解乏。他无拘无束地躺着，痴情地望着太阳、河流、沙滩、卵石、土包、柳树、红马……他今天才认识了自己，感到从未有过的自由和独立。他想起二爸的家业，想起自己的汗水和力气，想起成都催款，想起《西川工商报》上的照片和消息，也想起自己未来的事业。他计划把剩下的两千元托人买个吉普车轱辘，打一辆板车，走村串乡收粮食。这是政策允许的。而且，东阳镇那些暴发户，有谁不是从贩粮食翻的身？又有谁不是从小板车开始发家的？他想着想着，昏昏欲睡。他知道，赶马车和开汽车是一回事，千万不可打瞌睡，稍有大意，非出人命不可。他莫敢怠慢，"嘚驾"地吆着小尥蹶，眼睛不眨地看着前边的路。

突然，有一少妇向他招手。他捋捋马鬃，停下车。少妇端庄漂亮，她比画着，示意想搭个便车。他拍拍车上的玉米袋子，请她上坐。她和他肩挨肩坐着。他好不自在，斜眼看时，才发现少妇原来是哑姐。他知道她命苦，自幼成哑，后来嫁给一个病夫，没几年丈夫死了。哑姐的父亲田百顺是个粮食大王，东阳镇第一富户，其次才是二爸。哑姐死了丈夫，他父亲资助她两万元，她不要；母亲要把她接回娘家住，她也不从。她从镇医院收养了一个孩子，过着很清苦的日子。她比天邪大半岁。他极敬重她，但他不敢用正眼看她，因为他曾欺负过她，心里有愧。

那时，他还是个毛儿盖，最爱往热闹处钻，婆常骂他是"热闹处卖母猪"。镇上开会、唱戏、演电影，他总是端凳子、挂喇叭、拉大幕。一次，县剧团演《沙家浜》，一个小姑娘蹿到台上，掀开大幕看前台。他跑过去，揪着她的小辫向外拽。那小姑娘就是哑姐，她"呜里哇啦"地大吵大闹，还动手打他。前场乱了套，哑姐她爸跑过来不分青红皂白就给了天邪几个耳光，打后还骂着要送他坐牢。从此之后，他像老鼠见猫似的再也不敢靠近哑姐了。

现在，哑姐就坐在他身边，他不由得偷眼看她。她脸红红的，很粉嫩，像个未出嫁的姑娘。那张小巧的嘴由于不常说话，红润饱满得像罐头里的鲜樱桃。一双杏子眼盛满两盅酒，晶亮的酒光看一眼就叫人心醉。哑姐被看得不好意思，就呜哇叫起来。这一叫，惊吓了小尥蹶，那畜生一时兽性大发，疯狂地奔跑起来，他和哑姐被掀下车，摔进了一条沟渠里……

天邪惊叫一声从梦境中醒来，爬起来，只见小尥蹶正在一蹄一蹄地向他身上甩沙土。他揉揉眼，这才发现太阳快要落山了。他走到柳树下，解开缰绳，牵着马上了大道。他抓住马鬃，跃上马背。真邪，马真的驯顺了！他两腿夹紧，松开缰绳，攥紧马鬃，吼声"嘚驾"，马驮着他风驰电掣般向渭北高原奔去……

三

天邪正想得入神，突然马圈有人绵声细气地叫他："天邪哥！"

女人？

天邪触电似的跳到地上，定睛看时，却见一个喜眉笑眼的家伙正捋着小尥蹶的鬃毛，口里不住赞叹："啧啧，瞧这毛、这鼻头、这膘，好帅啊！天邪哥，这马有来头，得花几千元吧？"

"假女人！"天邪没好气地瞪着那人。

假女人笑嘻嘻来到天邪面前，露出一对虎牙："咋的，想真女人咧？"

"谁像你？惹猫逗狗，下流货！"

"好好好，你正经，那就让我检查，看你遗没遗？"

假女人说着真的在床单和被子上翻着:"这可是科学。遗,说明老哥机器正常;不遗,那你才是假男人!"

天邪一把将假女人推倒在床上:"说,找我何干?"

假女人满脸是笑,忙从腰后抄出一瓶白酒,声音细嫩柔软:"找老哥灌几盅。快,把好吃的拿出来,下酒!"

天邪把一包蚕豆向他扔去:"又搬砖了?"

假女人窘得结巴,拇指、食指、中指三指不住捻着:"唉,甭提咧!老哥,运气不佳,你看,这手头……"

"休想!从今往后,甭想在我这儿掏半个子儿!"

"嗨,咋能这么说!东阳镇谁不知天邪哥仗义疏财,是第一路好汉?今天咋变了,成吝啬鬼了?该不是给你二爸抠吧?"

"我不跟他干了!"

"好!有种,早该如此!男子汉大丈夫,岂能寄人篱下?我早就看不惯你二爸了,把你当长工娃一样使!"

"放屁!他待我不错。只是我不想受他管制,要自己干!"

"好,我完全拥护!凭天邪哥的力气和本事,定能超过田百顺,胜过你二爸,威震东阳镇!物美价廉,誉满全球,实行三包,代办托运……"假女人像电台播音员似的,念完台词,把手直伸到天邪的鼻子尖尖,"咋样?该给赞助费了吧?对对,应该叫广告费。多则四十五十,少则十块八块。本公司将竭诚为客户服务,收费没标准,全凭良心……"

天邪哭笑不得,只好在衣兜里摸揣。突然他停住手,向假女人道:"嗨,干脆,咱俩合伙干。我已摸好行情,最近粮站收购豌豆,每斤六角八。古井村一带豌豆特多,要价六角二,每斤赚六分,一天就是二三百。干不?"

假女人哭丧着脸:"可惜我没本钱。"

"我有车马、本钱,你只要借杆大秤和十几条麻袋。明天就开张,见利一人一半,咋样?"

"真要一天能挣一百元,我又何必钻赌场?担惊受怕,他妈的那就不是人待的地方!"

"一言为定!明早五点半出发,我叫你。"

"喝,喝酒!酒后一摊泥,睡觉管保不遗。积攒着,将来找下嫂子,生个像你一样的一条好汉！"

小炝蹶蹭着槽帮，"咴咴"叫个不停。

他俩一人一口酒、一粒蚕豆。"咯嘣"，就响，就磨牙。

四

古井村街道东首，有一棵皂荚树，已衰老得枝叶稀疏，空洞的树身上干枯的树皮像晒着的两张狗皮。据说，这树下原有一口井，唐贞观年间天子巡游在此驻足，御饮井水，此后世代相袭，井就成为龙井，树亦成为龙树。虽然井已不复存在，但皂荚树仍被奉为圣物，是古井村的标志。人们迎送宾客、婚葬礼仪，都要在树下逗留片刻。就是那些钉锅的、收破烂的、卖针线荷包和狗皮膏药的，也必然在此落脚。村里有个不成条文的规矩，凡在皂荚树下进行任何交易，买卖双方，概不得讨价还价。买者不能挑挑拣拣，或验秤星；卖者更不能短斤少两，用秤亏人。不然就要遭受祖先惩罚。

天邪并不知道这些，他只担心假女人老毛病重犯。这家伙心贼得很，日鬼捣棒槌到了家。吃西瓜，瓜家给个欢喜秤，他便高兴，口中念念有词："四六二十四，一八得八，八加四得九，共九角二分。"算后慨然掏出一元钱，往案上一扔，道："不找咧！"瓜家见他慷慨无比，也不假思索，手起刀落，再切几牙瓜好让客家解渴。实际他早在算账时就日了鬼，"八加四得九"，正好少给三角钱，还多吃了几牙瓜。买菜买盐打酱油，他总是用硬币，从衣袋抓一把早已数好，只少不多的硬币，很大方地往对方钱盒一丢，哗啦山响，随之道声"不找咧"，便扬长而去。卖者多数信以为真，也有精明者起过疑心，但又一思量，他的钱已和自己的钱搅在一起，怎么分辨？唉，区区小事，也就罢了。只是有一次，他在泾河北收玉米，穿了件破大衣，衣袖里绑个吸铁石，过秤时把秤尾巴的铁片向上一吸，一秤就捞二十多斤。这个秘密后来被人识破，人们一哄而上，把他打得鼻青脸肿。他叩头喊爷如捣蒜，从此再不干收购粮食的生意了。

天邪瞧假女人一眼，他只穿着短衫短裤，没有在秤上日鬼的可能；而且他态度很认真，卖粮者也满脸信任的神色。天邪放心了。他一边记斤两，一边用计算器算账，又一边给卖粮者付现钱。

"哎哎，大嫂，你瞧瞧，这秤，多高，给你个欢喜秤！"

天邪蓦地扭过头，见假女人正笑嘻嘻地给一位年轻妇女称豌豆，还不住拉她的胳膊要她验秤。

一位独臂老人在皂荚树下观蚂蚁过道，扭过头，说："在这树下，人心换人心，不兴讨价验秤星！"

假女人捏着细细的嗓门说："就是嘛！生意人，赚个良心钱。"

妇女说："你快点，我还有事呢！"

假女人说："好，一百七十七斤六两八钱五。四舍五入，取整舍零，一百七十八斤整。天邪哥，记！"

"且住！"天邪捉住秤杆，忙拦道，"让我看看。"

天邪掂掂秤砣，摇摇秤杆，都没问题。他重新过秤。他把秤称得很平。扎秤，认星，念道："一百八十整！"

假女人瞪着他："你称得太高！"

"人家对咱这么信任，不能少一斤一两。"

"你说要给个欢喜秤嘛！"

"混账！买东西，不是卖东西，秤高了你欢喜不是？"

独臂老人相劝："秤上不分高低，少三斤五斤不为过，只当给二位吃碗羊肉泡！"

"不能亏人！好，每秤加二斤。"

"莫可莫可！"老人执意不从，"在这树下，不兴这。要不，从下秤起，秤称平些。"

"也好。"天邪转向假女人，"捉秤！秤要低，才叫欢喜。"

假女人讪笑："对，秤低，才叫欢喜。"

没挪窝，就收购了一板车上等豌豆。天邪叼着小炝蹶，出了古井村西门。假女人很高兴，嘴念口诀，盘算已赚的斤两和自己应分的红利。天邪更为初次开张顺利而激动，他攥着鞭杆，仄身数着粮食袋，又用手捏捏麻袋口。突然他觉得奇怪。每袋一百八，十三袋就是两千三百多斤。但付的钱只有一千八百斤呀！咋能多五百多斤？是袋里装得少？不呢，凭他三年的扛包经验，袋里只会多，不会少。邪！

"狗日的！"他冲着假女人骂，"老实说，得是在秤上日鬼了？"

"没呀！"假女人发咒。

"那咋能多那么多？"

"就是，我也觉得怪。"

天邪拿过秤，又仔细查看。他终于发现秤砣的座上有一条细缝，在车帮上狠磕，一个小铁壳掉了，里边灌了铅。

"谁的？"

"狗剩！"

天邪不由分说，一个耳光将假女人从车上打跌在地。

"狗改不了吃屎！"

"我不知道！"

天邪揪揪马鬃，小灺蹶停下来。他掉转车头，向假女人吼道："返回！重新过秤！"

五

卖粮的都已回家，只有独臂老人还在皂荚树下观蚂蚁过道。老人听天邪一番话，直呼使不得使不得。

"二位诚意，老夫代为转告。皂荚树在上，祖风难容。二位快请上道回家吧！"

天邪暗踢假女人一脚，摆头示意，两人掀下两个粮食包，赶着车走了。

"哑姐！"

"嘚！"

"瞧，门楼下，哑姐！"

"嘚驾！"

"到她家喝口水。"

"狗日的！"

"哑姐看你呢！真的。"

天邪不由得扭过头，果真见哑姐站在门楼下，向着他张望。

"走吧，到她家坐坐。"

"狗日的！你还有脸见古井村人？"

板车出了西门，悠闲得，很慢、很稳。小灺蹶不慌不忙，懒洋洋的。

突然，后边传来"呜里哇啦"揪心裂胆般的怪叫，两人同时回过头去，只见哑姐疯子似的朝他们追来。

天邪停下车，向她走去。

哑姐像一只发怒的母狮，扑向天邪，一边打他的头、扯他的嘴、揪他的头发，一边指天画地号叫，声泪俱下。

天邪不知发生了什么事，任凭她怎么撕打，也不躲闪。

假女人神色惊惧，指指哑姐的心，又指指自己的嘴，然后比画着手势。哑姐"哇哇"哭着，拉假女人走到车前，指着车轮，又指指头，惨叫一声，两眼一瞪，作死状。

天邪更加糊涂，急得团团转。

这时村口拥来许多人，把天邪和车马团团包围。

哑姐坐在地上死号。

一莽汉揪住天邪衣襟，怒骂："妈的，轧死人，想溜？！"

"打！打个半死，再送派出所！"

人们一拥而上，正要拳脚相加，却见独臂老人朝前拦道："有理讲理，莫可打人！勿污了祖先风脉！"

独臂老人说罢，把天邪拉出人群，低语一阵，天邪脸色大变，惊嘘一声，撒腿便向村中跑去。街上人很多，天邪撞进人群，从一妇人手中夺过一个孩子，紧紧搂在怀中，冲出人群，向镇医院跑去。

孩子早断气了！

哑姐哭得死去活来。几位妇女拉扯着、搀扶着她。语言对她是多余的，她们无法劝说，只好陪着她流眼泪。

天邪去了派出所。

假女人把车赶进村子。

独臂老人又在皂荚树下莫名其妙地观蚂蚁过道。皂荚树更加怪模怪样、丑陋无比。也许，退回的两只麻袋，玷污了它的圣洁。独臂老人想。

六

小尥蹶还认得这个河湾，认得河湾的这座土包，认得土包下这棵柳树。这是它受洗礼的地方，是它脱胎换骨的圣坛。经过那次皮肉之苦和感情联络，它已服服帖帖地投伏于新的驭手。但它不明白，轧死哑姐儿子，怎么能怪它呢？主人呀！你不是要我驯顺吗？驯顺了，就难免迟钝。你想，一个两岁小孩，又刚刚患过一场大病，他玩累了，就躺在车路渠里，我能发现吗？相反，如若我还是原来的我，虽然暴烈，但听觉嗅觉常处于戒备状态，能发生这样的悲剧吗？我太冤枉了！不然，为什么要卖我呢？卖吧卖吧，卖到屠宰场，那儿畜类最听话，愿杀就杀，愿宰就宰，愿红烧就红烧，愿爆炒就爆炒。这下该满意了吧？该算你胜利了吧？

板车卸了，在一旁躺着。马就站在板车和柳树之间，没套也没拴。它不吃草、不亮蹄、不喷响鼻，也不"咴咴"地叫。它心里很痛苦，默默站着，看着主人，等待他的处置。

天邪岂能舍得他的马，他的心爱的小㟏蹶！

不然，他为什么在骡马市场转了一圈，又把车马赶到河湾？而且，一来就待了三个多小时？他的心好似箭穿刀绞一般疼痛难忍。他抱着马的脖子，和马面贴面，泪水从他的眼里淌到马的嘴边。后来，他买来粽子，剥掉粽叶给马喂。马不吃，马比他还难受。他又给马刷毛，用柳条轻轻慢慢地刷啊刷啊，好似小时候给婆摇扇搔背。刷完毛、洗完蹄子，他又把马鬃编成一条条小辫子。他没编过，也很少见人编，就神神道道地编了，编了就编得很好。编完，他用嘴吻那辫子，然后就向沙滩走去。他跪在沙滩上，两只手狠命地刨，终于刨出一个大坑。他躺进去，又将沙子一把把往身上扬，埋住脚、腿、肚子，只露出头和两条胳膊。

他知道，二爸此时正在四处活动，愿以两万元私了案子。田百顺也八方奔走，他要打官司，要叫杀人者偿命，为女儿报仇。哑姐娘家主张私了，只是在价钱上越扳越高。派出所不表态，公办也可，私了也行，他们只等哑姐一句话。而哑姐，对谁都摇头摆手，要不就指指心、指指天，然后"呜哇"着比比画画。明眼人一看就明白，她的意思是：一不要钱，二不要偿命。她要她的儿子，那是她的命、她的天呀！

天邪自然不会接受二爸的资助。要不他就为哑姐去坐牢、去死；要不他就倾家荡产，为她赔偿。不管怎么说，他眼下急需要钱。他想卖掉马和板车，但又舍不得。他好痛苦哟！他想，按理，假女人要负担一半。但他人呢？他有钱吗？他能靠得住吗？他越想越生假女人的气。狗日的，七八天咧，钻得连个人影都不见。邪门!

"天邪哥!"声细细的。

"天邪哥耶——"是假女人。

天邪呼地坐起,果然见假女人蹲在身旁。

"干脆,你和哑姐……"假女人说着,把两个中指勾连在一起,"她挺好的,又漂亮。一好百了……"

天邪早气得毛发竖立,一个耳光过去,假女人便鼻管流血,扑倒在地。

"狗日的!"天邪骂着,愤愤地站起。

"我也是为你好!"假女人擦着鼻血。

"狗日的!"

"她已同意,就等你说句话。"

"狗日的!"

"她已来了,你瞧——"

天邪一下子瓷了,顺着假女人的手指望去,柳树下,哑姐正为他牵马套车呢。

假女人拉着天邪向柳树走去。

"哑姐,我有罪,对不起你!"天邪像个小孩子一样负疚和胆怯。

哑姐向他点点头,苦涩地一笑,一排皓齿光洁照人。她套好车,走近天邪,用手指指他的心,又指指自己的心,两指一勾,晃三晃,然后向苍天大地恭敬地深鞠一躬。

假女人翻译:"她说,她爱你,愿和你相亲相爱、白头到老。"

哑姐又比画起很复杂的手势。天邪如堕五里雾中。

假女人翻译:"她说她会织毛衣、会刺绣,俩人同心协力,就能富,比她爸和你二爸都要富。"

又是一阵使天邪头晕目眩的比画,天邪几乎有些沉不住气了。

假女人翻译:"她说你俩都年轻,身体好,她会给你生个大胖小子。"

天邪咧着嘴,脖子涨红,塌鼻子呼出的气又粗又急。

假女人:"天邪哥,你也该向她表个心。"

天邪向假女人低语:"以后,语言不通咋办?"

假女人笑得很神:"只要有酒喝,我就给你俩当家庭翻译!"

天邪结结巴巴道:"你告诉哑姐,她要搬到我家住,我给她盖楼房!"

假女人比着手势。哑姐点点头,粲然一笑。

天邪大嘴一咧,捋捋马鬃,道:"好,上车,回家!"

晚霞把河水、沙滩、卵石、土包、柳树映得通红。渭河平原正是玉米抽穗、棉花现铃、西瓜吊蛋的时节。世间万物将在这七下八上"卡脖儿旱"中张扬起希望的旗帜。天邪望着县城下班的人流,望着正要开张的夜市摊点,听着小炝蹶叩击柏油路面发出"嗒嗒"的响声,真想亮开嗓门,丢两句桄桄乱弹。但没丢,他知道"十哑九聋",唱了她也听不见。听不见还不如不唱,他就没唱。

假女人倒好,一个人坐在车尾巴上,吃着哑姐带的糕点,喝着酒,早如李白醉吟一般,一边胡吃海喝,一边念念有词,很为今天之举大发些感慨。

角　色

一

闹钟很守信，按约定，早晨六点准时响了。

眉户大叔也很守信，几乎是和闹钟响声同时醒的。

眉户大叔与闹钟有此约定，是为了赶头班车去办一件至关重要的事。昨晚，在女儿禾子的苦苦哀求下，他才不得不下决心再去花坪镇向老熊讨债。说实话，无论这债过去讨得多么令人厌倦气恼，也无论禾子盘点家用赤字多么形势逼人和自己"债不过年"的理论多么不可动摇，而此时，他心里仍是疙疙瘩瘩的，总觉得腊月三十上门讨债太残酷、太不近人情，太有点黄世仁之嫌、地主狗腿子之嫌了。

当眉户大叔带着这个感觉和他慈眉善目的娃娃脸同时露出被窝时，他摸索着正要开灯的手陡然在空中打住了。他没开灯，也不必开灯。他发现屋子里有一道奇异的白光。他怀疑是刚买的蜂窝煤不耐烧或炉门封闭不严，那白光抑或是炉火映照的结果。有了这个推论，他便连忙穿衣下床，顺手捡起火钳，开始检验火炉的信用度。他认为，火炉的信用度就是闹钟的信用度，闹钟的信用度就是火炉的信用度。正因为这两个信用度不容置疑，才使煤、空气、时间得到合理搭配与充分利用，才使他家火炉开创了百天不灭和日节一块煤的最高纪录。眉户大叔这么想时，已提下茶壶，揭开炉盖，然后朝炉膛一觑，却见炉门封得严严实实，火苗正红红蓝蓝地眯着眼儿打着鼾儿睡懒觉呢。他松了口气，唔，看来火炉的信用度无可挑剔。那么屋里的白光又缘何而来呢？

忽而，双扇门板"嘎吱"响了几下，把他吓了一跳。他扭头看去，原来是门缝刮进一股冷风，像一只白白亮亮的玉兔，蹦蹦跳跳地向他奔来。他大受感染，做了个夸张的舞台动作，走上前，开了门。呀！下雪了，好大好大的雪耶！雪花随风飘舞，迎面扑来，瞬间屋子内外白光一片，刺得他眼睛都睁不开。他蹭蹭脚，跨过门槛，直愣愣望着银装素裹的世界。

眉户大叔最怕下雪，更怕年关下雪。每每至此，他就由不得想起杨白劳躲债和喜儿被抢的情景，耳边还不时传来那首令人伤感落泪的曲儿：北风那个吹，雪花那个飘……刚退休时，每逢下雪，他都一边扫雪一边重温《白毛女》的戏文，有时到了动情处，还表演起唱念做打的功夫，一个活生生的杨白劳形象就出现在人们面前。

高利贷剥削是旧中国戴在穷人头上一个永远摘不掉的金箍。正是这个金箍，才使杨白劳一辈子还不清黄世仁的阎王债，才使他不得不四处躲债，后被逼卖喜儿喝盐卤身亡，才使喜儿被抢进黄家，受尽屈辱，最终逃进深山老林成了"白毛仙姑"……眉户大叔还记得，当年他演杨白劳，高三同班同学唐菊演喜儿，初二的那位"留级冠军"老熊演黄世仁。三人配合默契，会意传神，演出获得很大成功。特别是"红头绳"那段，无论唱腔还是道白，也无论神态还是举止，都达到了尽善尽美的程度。面对残酷的高利贷剥削，杨白劳自我保护的招数就是躲债。但躲得了初一，躲不了十五，更何况他放心不下女儿呀！喜儿是他唯一的希望和寄托，他不忍心大年三十让喜儿孤苦伶仃地煎熬，所以他扯了二尺红头绳，又偷偷跑回家。红头绳是他办得最奢侈的年货，是他送给女儿最珍贵的礼物，也是他对生活最炽热的追求和憧憬。唐菊和他都表演得淋漓尽致、声情并茂，把剧情和观众情绪一下子推向高潮，博得一阵阵喝彩。

就这样，学校文艺队将眉户剧《白毛女》从农村演到城市，从学校演到厂矿，轰动一时，剧照在县文化馆橱窗展出三个多月。眉户大叔从此成名并被市眉碗剧团破格招收为演员。眉碗剧包括眉户和碗碗腔，是西北地区除秦腔之外流传最广和最受群众喜爱的两个剧种。眉户大叔正因演眉户剧《白毛女》崭露头角，又因他进剧团后只演眉户不演碗碗腔，才起了"眉户大叔"这个艺名。

眉户大叔本来就对讨债缺乏信心，现在又下了这场大雪，真是瞌睡遇到枕头，便理所当然地取消了去花坪镇讨债的计划。他打定主意，顺手抄起扫帚扫雪。雪积了一尺厚，又虚又绵，脚一踏一个深窝，能卧一只猫。西北风吹得雪花满天飞舞，落了他一身。他扫呀，扫呀，不多会儿，身后出现一条窄窄的路。不多会儿，身后那窄窄的路又被雪花覆盖了。他从平房扫到单身楼，又从院子扫到街道，然后在水泥路上跺着脚、哈着手。天大亮了，街上行人慢慢多起来，有的家门上已贴上春联。孩子们开始堆雪人、打雪仗，吵嚷声和不断响起的爆竹声把节日气氛酿造得越来越浓。眉户大叔没有重温久违了的《白毛女》戏文，因为他突然迷糊起来，分不清黄世仁与杨白劳的界限了。

  眉户大叔又转身朝回扫，扫到家门口，这才缓了口气，站在台沿上环视着院子。剧团大多数人都搬到新建的家属区去了，单身楼的小青年也一个个投靠父母回家过年去了，整个院子空荡荡的。他住的三间平房在单身楼对面，原是布景道具仓库，还是他结婚时老团长破例分给他的，后来集资建楼，老熊借的钱要不回来，眉户大叔失去了买房的机会，就一直住在这儿。妻子十年前突然病故，留下一儿一女，他又是当爹又是当娘地把他们抚养成人。儿子大龙正在外地读大学，还有一年才毕业。女儿的丈夫出车祸死了，又遇上下岗，无业无房，就带着儿子和他住在一起。他很珍爱这三间平房，光看看屋顶用砖瓦、玻璃、塑料纸和油毛毡缀嵌的各种几何图形，就足以说明他对这三间平房的感情。可惜今天看不到这些杰作，厚厚的积雪掩埋了一切。

  院子上空有一根电线，从平房一直拉到单身楼的廊檐下。电线上落着几只麻雀，叽叽喳喳叫个不停。他的目光沿着电线移到配电房，突然想起早该缴水电费了。由水电费他又想起老友诊所的医药费和外孙乐乐学小提琴的辅导费。他想，债不过年，诚信为本，这可是先人留下的老传统呀！是的，就是的，这些债必须年内还清，绝不能让债跨过年的门槛。但他为难起来，用什么还呢？这时老熊借的那七万元又在脑海打转转。可是，可是，如果今天不当黄世仁，不讨债，自己欠的那些债又如何还得了呢？

  眉户大叔心事重重地走进屋子。女儿禾子刚灌好开水，见父亲还没走，便过来给他拍打身上的雪花。

  爸，您没去花坪镇？

  下雪了，我不想去了。

  下雪不冻消雪冻，路上没结冰，班车照发。

  我总觉得大年三十上门讨债，太不近人情。

  人家赖着不还钱，正是看准您这个弱点。这么心慈手软，就永远讨不回债。

禾子，还是再想些办法，先把水电费、医药费和乐乐的辅导费给人家缴了吧。债不过年嘛！

禾子给父亲泡了杯茶，眼睛已湿漉漉的：爸呀，您算算，您的四百多元退休金，再加上我捡塑料瓶的二百，总共才六百多元。给大龙寄去二百，给您织了件毛衣，给乐乐买了件羽绒服，又修房子又办年货，只剩二百元了。这二百元是留给大龙对象的见面礼，人家姑娘头一次回家，咱总不能两手空空呀！

眉户大叔喝着茶，眼睛却一直盯着炉口的火焰：见面礼就免了，都是大学生，有文化，还讲啥陈规旧习？

爸呀您听我说，禾子一边整理屋子一边继续劝父亲：水电费我已给电工说了，他同意年后缴。诊所吴大夫我也找了，他说都是老朋友，还分啥年前年后呢！乐乐的辅导费，老师放了假，想缴，也找不到人。

乐乐正在刷牙，端着牙缸吭哧吭哧地口齿不清：外公，刘老师说了，等培训班结束时再缴钱。

不行，这三笔钱今天必须缴！眉户大叔猛地站起身，斩钉截铁地说着。大年三十是个门槛，咱不能把债背到明年去！

禾子乞求地说：爸，您想想，即使把这些债都还了，大龙下学期学费和生活费又从哪儿来？

这，这……眉户大叔语塞起来。

所以爸呀，今天必须去找老熊讨债。您不去我去，要不回钱就住在他家，看他还过不过年！

别，别别，我去我去，我再去当黄世仁……眉户大叔终于下定决心，一边吃着烤红薯，一边朝外走。就是，八年了，老熊再赖着不还钱，看我不端了他的老窝！

禾子抱起一件棕色棉猴短大衣，追到门口，给父亲穿上。

眉户大叔吃完最后一口烤红薯，擦擦手，笼笼袖，消失在风雪里了。

二

眉户大叔是从西兰路口拦的车。车是个体户的，司机他认识。车上很空，但他不坐，一只手抓着扶栏，一只手掏出十元钱递给售票员。

花坪镇，找两元。

十六元，还差六元。

买的站票么！

众人都被逗笑了。

售票员也笑了，说又不是看戏，哪来站票？就是看戏，如今也没有站票呀！

但眉户大叔并不笑。他从头顶捋下毛猴帽子，露出一张慈眉善目的娃娃脸，说，八年了，我一直买站票，不信问马师。

司机马师扭头说：英子，老人是讨债专业户，也太可怜，就收八元吧。

英子撕了票，找了钱，给老人让座。

眉户大叔摇摇头，说他买的站票就得站。

但座位空得那么多呀！

再空也是座，坐了不就占便宜亏人了？

乘客都争相给他让座，他仍不坐。

还是马师的话起了作用，他说，眉户大叔，你先坐着，等上车人多了，你再把位子让出来。要不，你嫌占便宜，就给大家唱段眉户戏。

眉户大叔这才找了个位子坐下。但他没唱眉户戏，而是埋着头想心事。他暗自警告自己，这次一定要吸取以前的教训，不能心慈手软，更不能被老熊的话迷惑。他常为此懊悔，正因为这点，才使自己轻易把七万元喂了饿狼，才使自己走上这条如同上刀山下火海一般的讨债之路。他更痛恨自己屡教不改的毛病，每次懊悔后都下定决心改正，却每次见了老熊又旧病复发，总是被他牵着鼻子走，自然每次都是空手而归。他想起了黄世仁，想起他歹毒的讨债手法。但他演不了黄世仁，更没有他那毒辣心肠。他佩服老熊，他不但在舞台上把黄世仁演得惟妙惟肖，而且在现实中也能魔术般地转变角色——欠债的比讨债的还理直气壮、气势逼人——他成了黄世仁而自己却成了苦苦哀求的杨白劳。嗯嗯，如今这世道怎么了？如今这人怎么了？

长途中巴在黄土塬的梁峁沟回中缓缓而行，犹如脑电波在大脑的纹理皱褶中追觅闪烁，把眉户大叔的记忆拉得很远很远……

老熊是个不学无术而又不安分守己的家伙。上初中时，他是全校"留级冠军"，连续三年在初二踏步不前。他爱耍怪，爱调皮捣蛋，搞起恶作剧使人防不胜防。有这些"资本"，所以他在众多丑角候选人中独占鳌头，最终被学校文艺队选中,成为眉户剧《白毛女》里恶霸地主黄世仁的扮演者。黄世仁的戏份不少,但唱段不多,主要通过对白、表情和动作来塑造这个阴险奸诈、心毒手辣、贪得无厌的地主形象。这个角色很重要,他的戏演活演好了,喜儿和杨白劳的形象就自然而然地突显出来了。老熊特具这方面的天分,果然演得活灵活现、生动逼真。真的,当年《白毛女》那么走红,唐菊和自己名噪一时,的确还有老熊一份功劳哩!

但老熊天生是一个花痴情种,上了三年初二却和四个女生谈过所谓的恋爱,给十多个女生写过情书,其中有三个把信交给了班主任,有两个家长找到他家,气得他父亲罚他只穿一条裤衩在雪地站了两个小时。进了文艺队后,他仍不思悔改,九个女生就有三个遭到他的骚扰和纠缠。那次在市东方红广场演出结束后,要不是眉户大叔恰好路过小树林碰上,一阵耳光打得他作揖求饶,唐菊准会被他玷污了,唐菊恨透了老熊。老熊因为家庭成分是地主,招不上工,闲游了几年,20世纪70年代末,文艺界青黄不接,老熊通过熟人,才正式被县秦腔剧团招收为丑角演员。

那年夏天一个午后,眉户大叔和妻子刚走进一家商店,就见旁边围了一大群人,都指指戳戳地议论咒骂。

流氓!打死这个不知羞耻的畜生!

打呀,打个半死,再拉到派出所去!

猪狗不如!竟敢在商店耍流氓!

妻子捅了他一下,悄声问,稠人广众之中,怎么耍流氓?

立即就有人绘声绘色地解释,说那家伙看人多拥挤,就抱住人家姑娘屁股乱晃,裤裆都湿漉漉的……

眉户大叔不相信自己的眼睛和耳朵,更不相信天下竟有如此龌龊不堪的人和事。他钻入人群,果然见一男子抱头躺在地上苦苦求饶,众人的拳脚仍雨点般落在他身上。眉户大叔忙护了那人,向众人大喊:别打了,求大家别打了,不然要出人命!

有人认出他,就喊:好吧,把这流氓交给眉户名角,让他送流氓去派出所吧!

就在扶起那人的瞬间,眉户大叔的心骤然一惊,呀,这不是老熊吗?但他不敢骂,也不敢相认,仍装出见义勇为的样子,喊妻子帮忙,快把这个流氓扭送到派出所去。人群这才散去,他俩并没送老熊去派出所,而是坐车直奔医院。

事隔半年，突然一天，老熊来到他家，为答谢救命之恩，将一张《白毛女》剧照相赠。他喜出望外，连称珍贵珍贵。这的确是一张非常珍贵的照片，黑白照，尺半见方，恰是"红头绳"那一幕的特写镜头。"喜儿"兴高采烈，"杨白劳"心情舒畅，一根红头绳在父女俩手中翩然起舞，结成一个命运的同心结，牵系起一道希望的彩虹。特别是唐菊扮演的喜儿，瞧她双目传神，两腮含情，笑靥甜润，楚楚动人，把一位在苦难中成长的少女内心情感表现得淋漓尽致。

得了这张照片，眉户大叔如获至宝，执意要给老熊付钱。但老熊只是摇头，说他是以前在县文化馆橱窗里偷的，一直珍藏着，今天送给恩人，也是一个报答，岂能收钱呢？眉户大叔便不再强求，让妻子买了好酒好菜，在家里款待了这位与他同台表演的"黄世仁"。

司机见眉户大叔神情忧郁，就劝他别生气，自己的身体要紧。要不，把心里话给大家说说，或许心情会舒畅一些。

就是的，讲出来，你心里也好受，大家也能接受教训。

大叔，别生气，如今都是这样，欠债的是爷，讨债的反倒成了孙子。

唉，国家对三角债也没办法，何况普通老百姓呢！

现在就有这种丧良昧心的人，专搞空里叼着吃的勾当，无论公家或私人，只要把钱骗到手，就没打算还。瞧这钱来得多容易！啧啧，这不成借债专业户了吗？

我村有个人把八千元借给娃他姨父，要了十几年，就是要不下，去法院告，却立不了案，因为没证据。气得老汉当即死在法院门口，临死只说了一句话：亲戚借钱，还要打条子？良心都让狗吃了啊！

大叔，你有借条吗？英子问。

八年了，借条换了十几个，又管什么用？眉户大叔眼里噙着泪水，像杨白劳一样述说着自己的苦情：锁是防人的，不是防贼的。借条只对守诚信的人起作用，对那些坑蒙拐骗者根本一文不值。

一位干部模样的人说：当初你应对他的资信进行调查。

调查啥？他是我中学同学，又是同行，嫌工资低，才下了海。他先买车搞运输，跑了两年，出了车祸，没赔没赚。接着经营土炼油厂，刚开张就被政府取缔，落了一屁股账。后来又搞建筑，包了几栋楼。他借我的钱就是拿去给橡胶厂盖楼的。那天他找我，说这座楼已经封顶，只差内粉了，要我想办法给他借十万元,一个月后保证高息归还。我犹豫不决,他就拉我到工地,说如果没钱误了工期,他就彻底栽了,求我无论如何救他一驾。我终于被他的谎言和眼泪感动了,就把一生好不容易积攒的七万元借给了他。

还是那个干部说:这些人借钱时都说得天花乱坠,过后却是刘备借荆州,十借九不还。

眉户大叔接着说:一个月没还、半年没还,这下我慌了,到处找,却连个人影也不见。后来总算在他家等到了,他却说橡胶厂没付建筑款,一百多万呢,还能没你的钱?说着他拿出许多条子和单据让我看,使我不得不相信他。又过了四五个月,仍不见他的消息,我又四处寻找,偶尔在火车站碰见了。他显得急匆匆,说他正通过刘副市长给橡胶厂做工作,快了,把钱一要下,就给我送来,让我不用跑,在家等着。又过了几个月,还是没结果,我就硬着头皮去找刘副市长打听消息。刘副市长听后连连摇头,说他不认识老熊,更不知橡胶厂的事呀!刘副市长认识我,立即给橡胶厂打电话,厂长满口答应让财务处查查账,如果真的欠款,保证五日内一次付清。第五天我去厂里,财务处说厂里非但不欠老熊的钱,而老熊还欠厂里三十万元,他们正愁着找不见他的人呢!

这家伙,撒谎就像吃馍饭,不但骗了你,也骗了市长和厂长。

也怪大叔心太软。自己讨债,还要为欠债的跑腿要账,想不到要账也是个大骗局!

眉户大叔继续说:唉,秉性,改不了,三句话就叫人说得心软了。讲给大家听,也别笑话。有一次我去他家,路上赌咒发誓,他要是再不给钱,我就下硬手,拉他彩电、抬他冰箱,看他再敢耍赖?可到家一看,他小女儿正发高烧,他又不在,急得娃她妈手忙脚乱。碰见这样的事,我还好意思讨债吗?我二话没说,抱起孩子就往公路上赶,上了车,买了票,直接送到县医院。没讨回一分钱,却倒贴了十几元车费,你看这事冤不冤?

大家都说冤,说眉户大叔心肠太好了。

眉户大叔把棉猴大衣两襟一裹,颠颠屁股,望着窗外稀疏的雪花,说:我这位老同行,只在戏台上演反面角色。他很会编故事,每次编的故事都有新情节新悬念,绝不会重复雷同,所以我一次次抱有幻想,又一次次失望落空。

司机说:干脆到法院告他去!

眉户大叔唉了声,又说:我现在家徒四壁,哪有钱打官司?打了又能咋?他就是常用这话要挟我。他说，去吧去吧，去法院告去吧，无非拘留我半个月，权当休假度蜜月呢！接着他又说，但我要是进了牢，谁又给你挣钱还债呢？我可是个挣钱的机器呀！挣不下钱，你的债就永远还不了！……大家听听，这是人说的话吗？

车身猛一颠，司机换了挡，车速慢下来。眉户大叔探头朝窗外看了看，忙向司机喊：到了，就是前边那路口，我从那儿下车。

司机说：干脆我把你送到。

众人也说：是的是的，送到送到。

眉户大叔连连摇头：不敢不敢，买的站票坐了一路，再麻烦，我就更不心安了。

英子说：你讲了一路故事，大家受教育，司机没瞌睡，安全有保证，真该好好谢谢你呢！

三

到了花坪镇，眉户大叔闭上眼都能走到老熊家。原因一是他对这个山区小镇太熟悉了，二是老熊家的三层楼是全镇最高大漂亮的。四间庄子，临街三大间平房，一间是门厅，两间是出租门面房。从门厅进去，院里上下三层小楼，顶是琉璃瓦，墙是釉瓷片，楼梯和走廊扶栏都是不锈钢精工制作而成。楼房与平房之间留了一个小天井，地面全浇筑成水磨石，上面用三色小石子镶嵌着图案。整个宅院显得豪华雅致。

眉户大叔径直走进靠楼梯的两间会客厅。老熊的两个女儿正看电视。小女儿还认得他，忙让座给糖果。眉户大叔也不客气，坐在沙发上剥了个香蕉吃。他决心要把黄世仁演好，比当年老熊在舞台上演得还要好。

眉户大叔问：女子，你爸呢？

小女儿刚要开口却被姐姐抢先了：我爸十多天都没回家了。

那好，给你妈说，今年我就在你家过年。

好呀，上次你救了我，正愁没机会报答呢！小女儿说。

大女儿说：大伯，你有啥事就对我说，等我爸回来我再告诉他。

不行，这次不见到他我就不走！

小女儿忙道：就是就是，大伯住下来，我要好好孝敬你呢！

大女儿瞪着妹妹，这时她们的母亲从厨房出来了。

哟，是眉户大哥，这么大的雪，也不怕冷？老熊妻子说着把手中端的麻页放在他面前。大哥，快吃，刚炸的，酥得很。

眉户大叔吃着麻页，说，没办法呀，穷人，过不了年，在你家乞讨来了。他似乎忘记自己扮演的黄世仁的角色了。

看大哥说的哟，你还是穷人？穷人还放债？

正是为了放债才成了穷光蛋。大妹子，八年了，你一本尽知，为讨这债，我受的苦比杨白劳还多！

小女儿忙插话：你俩说了些啥嘛！放债的怎么是穷光蛋？讨债的怎么是杨白劳？杨白劳又是谁呢？真是乱七八糟，把人都听糊涂了！

姐姐拉走妹妹：大人说话，你咋光打岔？真是个皮干嘴！

老熊妻子坐在对面沙发里，摊手说：实在对不起，老熊十多天都没回来，请大哥再宽限些日子。

好吗，我就住下等他吗。

这……也行，这么多房子，还能没你住的？

我就住客厅，睡沙发。

眉户大叔刚要躺在沙发上歇一会儿，突然屋外传来"嘀嘀"的声音，他忙又站起来，走出屋子探听，那声音却消失了。

像是闹钟响。

不对，我听过这声音，知道是啥。

眉户大叔独自上了楼，一个一个房子寻，最后果然在二楼最西边房子听到老熊正用手机和人说话。他突然又想起自己的黄世仁角色，不由火冒三丈，一脚踢开门，气势汹汹地站在屋子中央。老熊吓了一跳，忙关了手机，跳下床，正要说话，又被眉户大叔的吵骂声挡了回去。

嗯？你驴日的得是滋润了、受活了，成地主老财了？嗯？三道金牌都撞不响，你他妈的少给我摆臭架子！嗯？藏着躲着就能瞒天过海？就能逃债赖账？今天把话说清楚，不还钱就别想安宁！他很为自己说出黄世仁的这些道白沾沾自喜。

老熊胖了很多，加之身材魁梧，所以更显得蛮横凶悍。他还是头一次见老同学发这么大的火，脸上就不由掠过一丝狡狯的微笑，勾着头直直瞧了眉户大叔两分钟。等眉户大叔发完火，老熊才调整了一下姿势，以守为攻，也朝他发起火来。

欠你的钱是实，没钱也是实。你吵什么吵？想打架？想打架就滚，滚得远远的，我还嫌辱了我的拳脚！

老熊，你……你这个骗子！眉户大叔朝老熊扑去，被老熊妻子拦住解劝。她越解劝眉户大叔的喊声越大：你……你他妈的拍胸口想想，那年在商店，不是我出手相救，你不被打成残疾，也得坐几年牢。就这你来求我，我也把钱借给你了。七万，八年了！我受的罪你知道吗？你的良心让狗吃了？嗯？

你他妈的少给我叫苦！你苦啥？不就是跑着给我要钱么？而我却要天南海北地跑，对付的人不是一个两个，而是几十成百，我受的罪你知道吗？包的油井被封了，修了公路要不回钱，还有你这催命鬼整天跟在屁股后讨债，我真他妈的成杨白劳了！

别再给我编故事演戏！八年，你编的故事能写一本书，演的戏能拍三十集电视连续剧，我早听腻看烦了！你受灾受罪我不管，反正我要我的钱，不给我就不走！

好吗！你愿住就十天半月地住，愿拿东西就彩电空调随便搬，愿打官司就写状子去法院告。总之一句话，要钱没有，要命一条，你看着办吧！

你……你他妈真是个货真价实的流氓无赖！

你他妈的才是个欺压良民的恶霸地主黄世仁！

我怎么是黄世仁？

大年三十上门讨债，难道不是黄世仁？

这……这……眉户大叔噎住了。他突然后悔起来，恨自己在坚持"债不过年"的同时，的确忽略了"年不讨债"这句至理名言。这与自己的心性气质和做人准则该有多大差距啊！他开始动摇了，无力回击。嗯嗯，我……我是黄世仁，我是大年三十上门逼债的黄世仁……

老熊见他软下来，也不再高声，只是诡谲一笑，说：给你老兄说多少遍了，把钱放在我这儿还不和银行一样？有名有姓、有家有舍，能跑了赖了？真要还不起，我还有一个老婆两个女儿，难道不抵你七万元？

听了这句话，眉户大叔只觉心里打战，浑身直起鸡皮疙瘩，刹那间就真有了黄世仁逼喜儿写卖身契强暴她的罪恶感和羞耻感,忙不迭喊着"罪过罪过",再也择不出别的词儿了。

老熊妻子也生气了,瞪着丈夫:说事就说事,咋把我和女儿也扯进去了?这算哪门子事么!

嗯嗯,我真是瞎了眼,羞先人呢!眉户大叔的心理防线彻底崩溃了,来时的决心和勇气也随之土崩瓦解。他承受不了这样的罪恶和耻辱,捶打着胸膛,气冲冲地夺门而出。

老熊妻子忙拉住他,对丈夫说:要不,你给大哥凑点钱,他总得过年呀!

老熊不屑地喊:你有钱你给去,我没钱!

小女儿拿出三张百元大钞,塞进眉户大叔衣兜,说:大伯,给,这是我的压岁钱,先给家里办年货。

好姑娘,谢谢你!大伯六十多岁了,怎能要你的压岁钱?眉户大叔把钱还给她,自个儿下楼走了。

四

一败涂地,真他妈的一败涂地!

在回家的路上,眉户大叔气得晕头转向,不知怎么上的车,不知怎么下的车,也不知怎么浑浑噩噩就到了西兰路口。他蓦然发现这里和别处不同,到处是火,是烟,是灰,是影影绰绰的人影。他吓得出了一身冷汗,以为自己真的到了阴曹地府。等走近时他才恍然大悟,想起今天是大年三十,人们正虔诚地烧阴票悼念亡灵呢!眼前的景象立即引起他对妻子的怀念,便把身上剩的钱全买了香表和阴票。他走进烟雾缭绕的人群,蹲下,在地上画个圈,又在圈里画个十字,然后点燃香表,接着小心翼翼地把阴票一张张投入火中。在火光映照下,他慈眉善目的娃娃脸显得格外苍白衰老。

眉户大叔眼含泪水,喃喃自语:禾子她妈,我对不起你,那笔钱我没保管好,被骗子骗去了。我现在成了真正的杨白劳。但再穷也不能让你受穷呀!刚才,我买了很多阴票,恐怕有几十亿吧。你不要吝啬,该花就花。钱是个啥?不就是身上的垢痂么!花不完就存在银行,谁也别借。如今这花花世界,人心不古,诚信丧尽,借一个上一个当,借一个多一个仇人。禾子她妈,你可要千万记住啊……

外公！妈，快看，那不是外公吗？

眉户大叔闻声抬头，只见烟雾中禾子领着乐乐和大龙正向他走来。看到亲人，老人再也忍不住了，泪珠大颗大颗地滚落在火焰里。

儿孙无声地跪在他的身旁。

外公，你怎么哭了？

大龙捅了乐乐一下，对父亲说：爸，我刚才和我姐已给我妈烧过纸了。

眉户大叔说：如今不讲"阴钱不二路"，烧了就烧了，多烧一元就给你妈多一分安身立命的根基。

大龙说：我正是为了给我妈烧纸才提前赶回来的。

你对象没回来？

她腊月初三就回来了。

禾子没提讨债的事，等烧完阴票，向母亲磕了头，一家人冒着风雪朝回走时才提到这事。

爸，要回钱了吗？

……

禾子见父亲不作声，知道又是无功而返，便气愤地咒骂老熊。

眉户大叔说：我已想通，不再生气了。只要人精神，全家平平安安，这比啥都好。

大龙说：爸，上法院告他！我和品兰都是学法律的，还怕打不赢官司？

眉户大叔说：爸实在无能为力，就看你们了。

此时，雪越下越大，地上一片白，天上一片银。眉户大叔真想再表演一回《白毛女》，再唱一段眉户纽丝调与歌剧融合后的曲儿：北风那个吹，雪花那个飘……但他终是没开口，因为一时想不起自己在这台戏中到底扮演的是黄世仁还是杨白劳。

鼠　灾

邹县长国庆节后一个多月才回到家。

邹县长回家听到的第一件事就是家里连连被盗。

邹县长是在晚上九点刚进家门时听妻子说这番话的。妻子是市剧团演员，人很漂亮，就是演技多年毫无长进，四十岁了还只能演鸨儿媒婆之类的角色，这件事她正是用鸨儿媒婆的口吻向丈夫喝场道白的。

她说，你呀你呀，你这个电话丈夫，你这个靠遥控糊弄老婆的假洋鬼子，总算回来啦！改革开放，好像只给咱一家改革，只给你一人开放，整天跑得不沾边，家里全乱套了！全国人民都欢欢喜喜过双节，就你装模作样访什么贫问什么苦。好了，你提着礼物下去了，他们大包小袋上来了，真是物资大回流！快去阳台看看吧，送的糕点糖果堆得像山，早已腐烂发霉。你嗅你嗅，屋子成醋房酒厂了！这还不算最要紧的，最要紧的是连番遭窃，先是每天都有保健品口服液被打破摔坏，接着存折钞票不翼而飞，再后连项链珠宝也丢了不少。瞧瞧，这还不算被盗？这还不算遭窃？吓得我整天战战兢兢，单怕被那蒙面大盗白刀子进红刀子出！你倒松泛，还不准报案？那好，你回来了就好，你回来了就自己收拾这个残局吧！

邹县长似乎已适应了这种夫妻见面的程序，已听惯了这种鸨儿媒婆的戏文，所以并未注意。但被盗的事还是让他震惊，随之查看一番，便宽衣上床。他实在太累了，需要放松一下，需要好好睡一觉。妻子也上了床，躺在他身旁，像一只叫春的猫，不时发出求爱的信号。这样一来，他不但睡意全消，更无心响应她的召唤，而是深深陷入被盗的泥潭。

真是活见鬼！

他根本不相信，这间由某企业赠送的四室两厅的府邸，双门六锁，铁艺加窗，怎么会被盗呢？他首先怀疑妻子是否包养了帅哥靓仔。可不是嘛，如今街面流传的歌谣顺口溜多得把人能绊倒，如有一首听了就叫人直发毛上火：自己钞票基本不动，自己先人基本不敬，自己跑官基本不停，自己老婆基本不用……好了好了，自己不用还不许别人用吗？于是乎，大千世界便出现了与男人包养二奶小蜜相抗衡的风景——妇人包养帅哥靓仔。作为"七品官"，自己尚且被这四个"基本原则"恰好言中，对于妻子来说，谁能担保她不会包养一个两个奶油小生呢？谁能担保她不会把这些财宝当作邀宠的信物呢？

妻子没得到爱的回应，气得小嘴如桃。她感到很委屈，心里不平衡。吁——不信不信，我就不信你会这么忙？坐的是进口车，跑的是柏油路，又不是出省出国，还能两个多月回不了一次家？什么抗旱防汛，什么访贫问苦！抗旱防汛也不能把精抗完把神防没了呀，访贫问苦也不能情访尽把爱问竭了呀！看你疲乏泼烦的样儿，精力怕全都撂到卡厅包间里了！吁，听人说，如今当官的十有八九都是"四转专家"：早晨坐着小车转，中午端着酒盅转，下午绕着牌桌转，晚上围着裙子转……好你个县太爷！像审贼似的怀疑自己老婆，难道你就不会晚上围着裙子转吗？

妻子愈想愈冤屈，愈说愈气恼，便打开手机要报案，以此来证明自己的清白和对婚姻家庭的忠贞。

邹县长这下急了，一把夺过手机关了，斥她头发长见识短。他说，你呀你，你想想，真要报了案，公安局来人一调查，这么多土特产、滋补品、金银首饰、存折股票、港币美金，还有这套豪华别墅，不全都露馅了吗？虽说市公安局局长是我的铁杆弟兄，但谁能保证他的部下不会说漏嘴或有意张扬煽风点火呢？要是再传到市政府，我不就栽了吗？你呀你，小不忍则乱大谋，绝不能此地无银三百两呀，绝不能拔出萝卜带出泥呀！

妻子只好作罢，呦呦的嘴和颠颠的手就有了动作。这时床开始响动，像一台尘封已久的钢琴，偶尔操练时便发出极不协调的声响。邹县长似乎还记得那是《杜十娘》的美妙插曲：郎呀郎，你是否饿得慌？要是饿得慌，你就对我讲，我给你做面汤……邹县长感到非常内疚，自己常年在外风花雪月，抛下妻子孤零零的也太可怜。他饮恨做出种种努力，试图要把欠妻子的弥补给她。夫妻俩就这样在"面汤"情节里沟通着最简单的思想和语言，早把被盗的事忘得一干二净。

　　凌晨三点许，突然"哗啦"几声把邹县长从梦中惊醒。他揉揉眼，一时糊涂起来，以为自己还在县委家属院装修豪华的单元房或是县招待所的秘密卧室又或是矿区专用的休息厅，那些地方常有这种响声，是临时"妻子"开溜时的关门声抑或是陪宿小姐的沐浴声。这声音在凌晨的空气中显得特别含蓄。他已听惯这种声音，希冀在如此似睡非睡、将醒未醒的状态下做完一宿未尽之梦。但他再也睡不着了，妻子疲惫的轻鼾提醒他，唔，原来他正在自己家里躺在妻子身旁。他透过迷蒙的灯光端详着妻子，她脸上挂着无限快乐与满足的微笑。

　　那么，到底是什么声音呢？邹县长正迷惑不解，这时又传来一阵奇怪的声音，像秋雨的沙沙声，又似猫吃糨糊的吧唧声，隐约中便有了许多神秘感和刺激感。他觉得奇怪，耸起耳朵细听。声音来自客厅，响亮而尖锐。他不由得心生疑窦，便蹑手蹑脚地下了床，小心翼翼地去开门。谁料，就在他刚把门拉开一个缝的瞬间，一条黑影闪电般从门口一掠而过，吓得他倚门好长时间缓不过气。他大吃一惊，原先对妻子的怀疑又袭上心头，真不敢相信她果然在家里藏了个活宝！他鼓足气、壮大胆，开了灯，在每个屋子搜查。但除了阳台散发的腐臭味外，连个人毛也没找见。这就怪了，人呢？他仍不甘心，回到客厅，仔细勘察起摔得乱七八糟的保健品口服液。

　　枝形吊灯照得屋子更加富丽堂皇。然而就在这富丽堂皇中却夹杂着一幅如毕加索印象派图画的画面：迎面杂柜的一扇门敞开着，里边被翻得凌乱不堪。有几盒保健食品摔在地上，精致的包装成了爆炸后的炮衣，玻璃碎碴连同那琼浆玉液溅得到处都是；一盒太太口服液尚未开包，里边的汁液却淌湿好大一片地板；一盒黄金搭档碎裂了，暗红的药丸撒得像满天星；两盒脑白金已是千疮百孔，精致的小玻璃瓶完损不一……整个画面显得光怪陆离、抽象隐晦。

　　啊？既然听到了响声，那么人呢？

　　邹县长如受了胯下之辱，气得围着抽象画直打转转。哼，捉贼捉赃，捉奸捉双。好么好么，我就给你来个有赃又有双，看你还能再像鸨儿媒婆似的说得天花乱坠，把无说成有把有说成无？这般想了，他便藏匿在儿子房里，要窥个究竟，抑或逮个正着。他透过门缝看呀看呀、等呀等呀，却总是不见动静。半个多小时后，那像秋雨又像猫吃糨糊的声音又出现了，可是他听不到这美妙的音乐，因为他已趴在椅背上睡着了。

而此时，这音乐却唤醒了梦中的妻子。她先是听到这奇怪的声音，继而发现不见了丈夫，接着自然而然地将二者联系起来，这便使她更起了疑心，遂起身下床，发誓要抓个现行。她神神秘秘地走出卧室，又神神秘秘地潜入其他房间，然后开灯、搜查，结果一无所获，只看到丈夫独自一人坐睡如豕。她没惊动他，顺手旋亮客厅壁灯，茫然地望着一地狼藉愣神。怪了，真是日怪了！虽然过去发生过几次口服液被摔的事，但那都是白天呀，都是家里没人呀！可今晚家里明明有两个大活人嘛，怎么又故技重演呢？难道果真见鬼了？难道果真有第三者了？呀，有了就有了，就在外边搞去，为什么还要领回家疯张显摆？领了就领了，就正大光明，为什么却藏着躲着晚上偷喝保健品口服液？喝了就喝了，就当别人没送，为什么又如此乱砸乱摔搞破坏？呀——这不是欺侮人糟蹋人嘛！妻子的耐性到了极限，索性推着喊醒丈夫，要他坦白说清楚。

邹县长总算清醒过来，这才想起先前对妻子的种种怀疑和自己蹲窝捉奸的计划，便气势汹汹地质问妻子这是为什么。

他说：好呀好呀，你给我说清楚！为什么深更半夜有人越门而入？为什么又是喝口服液又是饮脑白金？这不是花亭相会是什么？这不是金屋藏娇是什么？他是谁，现在在哪儿？你……你呀，太让人失望了！我这么放心让你坚守大后方，你却演《柜中缘》给家里藏了个大活宝！……哼，竟敢当面耍花枪，这不是给我戴绿帽子吗？这不是让我当鸨儿拉皮条吗？

她呸了一下，说：你还有脸问我！我问你，你一月半年回不了几次家，好不容易回来了，却还带个第三者？这不是金蝉脱壳吗？这不是人在曹营心在汉吗？要我说，前几次喝了摔了口服液，准也是你领了第三者乘虚而入在家里独做了珐琅美梦。要不然，谁能无钥而入呢？谁又能如此轻车熟路大方自如地喝青春宝脑白金？你得给我说清楚，她是谁？你把她藏哪儿了？

我藏了还是你藏了？呵……邹县长声音很低但语气逼人，我藏？我藏什么，我为什么要藏？分明是你做贼心虚，却反咬一口，栽赃陷害！呵，这算什么大后方，算什么"红旗永不倒"！

邹县长最后两句来自民间顺口溜的词儿，使妻子大受刺激，话语便多了火药味：好呀好呀，好你个大后方，好你个"红旗永不倒"！我看我快成大后房了，你快成红旗永不要了！红旗不要是因为你有了红颜知己，所以我才成了后房，所以你才敢半夜三更会情人偷喝青春宝偷喝脑白金！唉，人活到这步田地还有什么意思？不如死了算了！死了好给你腾地方，也免得你以后再偷偷摸摸遮遮掩掩活受罪！……好么，不信就试么，我死我死我现在就死，死给你看，死了就眼不见心不烦了！

妻子说着说着就伸手抓那玻璃瓶碎碴子。他连忙抱住妻子，又是亲吻，又是回话讨饶。而妻子也很掌握分寸，点到为止，见好就收。至此，夫妻俩又和好如初，不再翻旧账，也不再抓现行，两人配合默契地收拾了"毕加索抽象画"，又回卧室上床了。

第二天十点多，妻子为邹县长备好早点，就匆匆下了楼。小区环境很优美，草坪与浓荫编织成绿色空间，阳光柔和，空气清新。十几幢造型美观的住宅楼排成四排，像海军舰艇编队一般停靠在绿海之中。

这个住宅小区是邹县长所在县的一个企业家开发的。他原先在县城就搞房地产，得到过邹县长或明或暗的鼎力支持，发迹后来到市里发展，同样得到过邹县长的倾情关照。这些内幕，县长太太自然心知肚明，所以独得一套住房也就心安理得。她对这里的环境和设施很满意，唯一遗憾的是住户多是发财后移居城市的农民，缺少上流社会的人文情怀和书香气息，所以她很少在小区走动，也很少与邻居来往。

她唯一认识的是一位专职管理垃圾的下岗工人，自称宁夏花儿。她对他有好感是因为他对她的垃圾有极大兴趣。他几乎每天都在垃圾箱旁等她去扔垃圾，每当他从她手中接过垃圾袋时眼里就闪耀着异样的光芒，然后把垃圾袋里的糖果糕点等物分类整理，接着就高高兴兴地拿回去以弥补家中物资的不足。他特别拥护垃圾分类政策，这使他彻底从传统捡垃圾的模式里解放出来——不必再在垃圾箱里翻腾——只需瞅准几家官太太的垃圾袋，每天的效益绝不亚于蹬三轮车走街串巷吆喝的效益，也绝不亚于在垃圾堆里死掘死抠两三天的成果。他更感激皮氏大妹子（他不知她是县长太太，但他看过她演的《玉堂春》，她真的把皮氏演活了，所以就称她皮氏大妹子），她的垃圾袋就是一个百宝箱，每次都让他满载而归，每次都使他感激涕零。如果几天不见她扔垃圾，他就觉得天好似塌了一角，生活也索然无味。

她还清楚地记得，就在国庆节前一天傍晚，她发现宁夏花儿还在垃圾箱旁转悠，觉得奇怪，就问他等谁。他说等你，等皮氏大妹子的百宝箱。她说小区里有钱人那么多，为什么独独等我？他很神秘地说，那些老板大款个个都是吝啬鬼，垃圾清贫得只剩下葱皮蒜胡子，把老鼠都饿死完了。而皮氏大妹子的垃圾却不同，整箱整盒的食品果蔬、工艺小玩、衣服鞋袜，件件都是宝！嘿嘿，大妹子的老公准定是高官大员，不然怎么会有这么多人给送礼，怎么会有这么多高级垃圾呢？……当时，她未暴露身份，并对宁夏花儿产生了戒备心，所以一个多月再没去扔垃圾。过去，这些礼品都是在表妹礼品店代销的，自从电视台把她的店曝光后，表妹再也不愿为她代销受过了，以致阳台的礼品积压甚至发霉变质。昨晚，她与丈夫对宁夏花儿做了一番深入的分析论证，认为他家境困难，人又老实，还是把这些礼物送给他最为合适保险。

县长太太绕过一座小花园，径直向楼后那个垃圾箱走去，果见宁夏花儿正在垃圾箱旁一边扫地一边哼着：有钱人，真吝啬，垃圾贫得啥也没，气得蚊蝇不来落，饿得老鼠挪了窝……她忙走过去，直夸他唱得好。宁夏花儿见是她，脸上喜气顿生，问：一个多月没见皮氏大妹子，家里不会出了啥事吧？她说她外出演出不在家，把一些食品放得不好了，请他拿回家去，兴许还有点用处。

宁夏花儿自然高兴，就蹬着三轮车，跟了她，上了楼，进了家。邹县长刚起床，正在洗漱，让先把那几箱苹果和梨搬下去。就在宁夏花儿搬苹果下楼时，邹县长要妻子快把礼品盒检查一下，小心里边放了其他东西。妻子说她早检查过了，凡是贵重东西她都当场退给来人了。丈夫目光里含混着一丝怨悔和无奈，也斜着妻子，连连说好，很好很好，这样做很好。

宁夏花儿搬完两箱苹果、一箱梨和一箱猕猴桃，已大汗淋漓、气喘吁吁。县长太太让他擦了把汗，喝了瓶饮料，便帮他搬运食品糕点。这些东西产自全国各地，有的还来自港台，如天津大麻花、北京烤鸭、杭州豆乳、港式月饼和本地的各类点心、酥饼等，都是名牌特产，色香味俱佳，包装精致华美。有的盒子已经开裂，释放出刺鼻的霉腐之气。宁夏花儿刚动手整理这些大盒小袋，却被邹县长拦住了。邹县长要他别在这儿也别在小区里整理，直接拉回家去，不然张扬出去影响不好。

宁夏花儿一想也对，就抱起最大的几盒出了门。县长太太也抱了几盒，紧跟着下楼。刚下到二楼最后几个台阶时，她的腿颤了一下，无意中听到纸盒里有响声，接着就觉得怀里的东西像手机蜂鸣似的频频颤动。她感到奇怪，身子一歪，脚步踏空，突然尖叫一声，连人带食品一起摔倒了。宁夏花儿刚走出楼厅，见状大惊，扔下怀里东西，疾步上前扶她。然而，就在这一霎间，令人惊奇的事情发生了！只见两人摔掉的纸盒里一下子跳出十几只老鼠，门外的朝里跑，门里的朝外跑，相遇后就胡兜圈子乱冲乱撞，使门厅有限的空间呈现出一派奇异景象。

老鼠，老鼠！太可怕了，快打老鼠啊！……

县长太太的惊叫声在空中陡然凝住了。她直愣愣瞪着眼，嘴张得大大的却说不出话来。她分明看到那老鼠一个个又肥又大，连跑窜都不再灵巧，更可怕的是有的身上竟缠绕着珠宝和项链。天哪！那不正是丢失的宝贝吗？邹县长闻声赶来，也觉蹊跷，便匆匆打开几个纸盒，当即傻眼了。啊！存折、股票、美钞、港币、金银首饰，全都在这儿呀！他把手伸进纸盒，犹如一位老农把手伸进粮食囤。他这才恍然大悟，原来遭遇一夜的疑奸大战和被盗案，竟是这伙老鼠所为！他忙一边收拾这些东西，一边在心中暗暗咒骂：妈的，可恶的老鼠，狡猾的老鼠，该死的老鼠啊！……

宁夏花儿还在和县长太太围追堵截，与老鼠周旋。七号楼有人结婚，车队过去不久，后边步行的人纷纷凑来看热闹。此时老鼠们大多都跑出楼厅，已累得歪歪扭扭，还在楼前水泥路上苦苦地与人类争智斗勇。几只身系珠宝和项链的老鼠，虽然行动笨拙，但仍发挥余勇，时冲时撞，时蹿时跳，引起一片喝彩声。人群的圈子越缩越小，越缩越紧，终于有一只老鼠被活活打死，其余的却从人们胯下逃跑了。

中午的太阳又圆又红。在阳光映照下，老鼠尸体上的珠宝和金项链闪烁着奇幻无比的光芒。

数日后，宁夏花儿突然莫名其妙地被物业公司解雇了。临走前，他把所有垃圾箱全都检阅了一遍，向它们一一挥手告别。然后，他跃上三轮车，驶出小区大门，一边悠闲地蹬着车子，一边兴致勃勃地哼起自己新编的曲儿：

>如今世事真新鲜，大小老鼠都爱官。
>
>爱官能喝脑白金，爱官能吃好糕点。
>
>铺的港币和美元，盖的存折代金券。
>
>戴的珠宝金项链，住的别墅赛宫殿。
>
>再过十年二十年，改换门庭摇身变。
>
>过街无人打和喊，爱呀疼呀成宠玩……

路的裂变

　　田局长爬上二道原，车头一拐，上了一条土路。他优哉游哉地跃上坐骑，"叫蚂蚱"便"吱儿喽"把欢快的乐曲洒向路面。

　　这是东西十号县路，堪称田局长得意之作。不知为什么，每当他想起那些年，工作得心应手、一呼百应、热火朝天的景况时，心总是痒痒的，觉得痛快、来劲！想想看，全县东西十二条、南北九条县路，以及那些不计其数的社路、队路、生产路，就像小学生练大楷画网格似的，只两个月就全修成了，声势之大、速度之快、质量之优，历史上绝无仅有。报社电台又发专稿，又发评论，一时间田局长大名不胫而走，成为全省有名的"农业专家"……嗨，那才叫革命，真革命，不要娘老子不要家的革命！可谁知，却和"四人帮"尿到一个壶里去了。正因此，他一直闲居在家，很少下乡，更不知十号路现今如何。

　　说真的，要不是地区农办主任伯乐识骏马，深知田某能吃爱跑没瞌睡，是块搞农业的好料，执意起用，怕现今仍是个八贤王——闲着呢！自从重新供职后，他才清楚，农村完全翻了个过儿，地分了，牛分了，库平了，渠毁了，变压器被掏空五脏六腑，几十年创下的集体家业彻底完了。相反，那些日鬼捣棒槌的却大发其财，什么万元户、个体户，一个个肥得流油，票子大把大把往兜里装，家里的小楼一座比一座风光。田局长目睹这一切，心像被刀子捅了一般疼痛难忍。他先是双目痴愣地乱瞪，之后就和一些同僚私下聚会，指指戳戳大发牢骚，再后就到处游说骂娘。哼，不说不骂，中央能晓得民心民情吗？能有今日之"两个整顿"新政策吗？整顿整顿，一整就顿然改观，还我旧貌，复我故辙。当然，城市有城市的章法，农村有农村的清规。在我，首先就得把那些被弄得乱七八糟的渠、路、树、电重新整治好。

提起路，他不由得想起最近收到一封群众来信，那几句顺口溜他已背得滚瓜烂熟："十号路，九十九，从来没人走，荒草埋了狗。请问当家人，是作路，是还土，现在是时候，快快理清楚……"后边署名王八老羔。什么没人走？放着正路不走必走邪路，这还了得！这不整顿能行吗？真是的，什么王八老羔，胡说八道，真有趣！

由于地形原因，十号路沿途不得不打七个弯，一个弯儿一把椅，此刻他正在第五把椅上。天气晴和，秋空高远，风像乐队指挥，把那秋蝉、蛐蛐、蚂蚱、青蛙等全都调动起来，连那碗碗花也扬起小喇叭，吹吹打打，演奏着迎宾曲。

田局长全然陶醉在这种艺术的氛围和自己的佳作里。去屎！什么狗屁不通的文学家艺术家，全靠胡吹冒撂混稿费。要说艺术，此乃真正的艺术，是用镢头锨写在地球上的诗，画在地球上的画。这一切，一百年一千年，谁能擦得了抹得掉？……他越想越动情，激动得脸红彤彤的，肥胖的身体左右摇摆，不时地放开嗓子，唱了起来："有为王打坐在长安地面……高桌子低板凳都是木头……"

他一边学着刘毓中的唱腔，一边"咯噔格里咯噔"用肉胡胡伴奏。刚到好处，突听"叭哧"一声，他被甩出一丈多远。过了两三分钟，他才爬起来，脑细胞反应敏锐，肢体却感觉迟钝，使他忘了疼痛，研究起跌跤的现场。他瞧着一个坍塌了的田鼠建造的"宫殿"连连摇头："好好的路，怎么会……"忽儿，他觉得不对头，有些不妙。是呀，县路，多长多宽的县路啊，鼠洞怎么会跑到路中央呢？再一细察，不由得心头火起。路两边已开成田地，地上种着芝麻、红苕、绿豆，长得茂盛，枝枝蔓蔓，几乎占去路面的五分之四。乱弹琴！路上怎么能种田禾？他一气之下，一把一把拔那豆蔓。绿豆荚特别长，圆鼓鼓的，两指一捏，豆荚便裂开，亮出珍珠般的豆子，滚落到他胖乎乎的手心，好似一只只幽幽的小眼珠子，在瞧着他笑。它笑，他也笑，同时心里暗想："路边种绿豆，还真是新鲜……"于是他直起腰，从衣兜里摸出一个小本本和一支缠满胶布的圆珠笔，写写画画，还用步子丈量了路的长宽尺寸，瞬间在他脑中绿豆产量就估算出来了："好经验，值得推广！……"

写完，田局长这才觉得身板有些生疼，揉揉腰，活动活动手脚，便走近坐骑，扶起车子。他推了几下，沉沉的，推不动。又推了几下，只能退，不能进。一检查，啊，脚踏歪了。再去撑车，车撑上的弹簧早飞得无影无踪。他无可奈何地长吁一声，只好等着搭乘便车。

田局长像一只急待下蛋却又找不到窝的母鸡，从路南跑到路北，又从路北跑到路南，这边瞧瞧，那边看看。北边不远是高干渠，渠岸又宽又平，车来人往，络绎不绝。南边，毕原路距此不足二里，车辆如梭，人流如潮。两相比较，十号路就显得萧条冷落多了，他等呀等呀，一个多钟头过去了，依然不见车影。好几次，眼看几辆拖拉机就要到路口，却突然掉了头，不是上了高干渠岸，就是去了毕原路。

他懊悔极了，不禁又想起当年的过五关斩六将。对了，就这地方，前边那村子叫王儿庄，净出乌龟王八壳。记得修这路要通过村子，履带拖拉机一进村，有个叫王八的队长，竟卧轨挡驾，躺在拖拉机下耍死狗。当时他赶到现场，纵身跃上拖拉机，像太阳神的儿子站在太阳车上一样威风八面，天上地下胡诌了一个多小时："社员们，大家都是老庄户头啦，祖祖辈辈以地为本，以农为业，谁不晓得田土的章法？周天子搞井田，就是图个路直田方。田字怎么写来着？不就方口里一个十？所以，不能鼠目寸光，见木不见林，见家不见国，见村不见路。好了，我不讲咧，先开批判会，大批判是个原子弹，地球不转也得转……"

还真灵，批判会一开，那十二户的房掀掉了，墙推倒了，拖拉机开过去了。可到吃午饭时，却没人给局长管饭。他独自躺在驾驶室里，饿了两个钟头，多亏那个王八队长把他叫到家，吃了顿涎水面。那面薄、细、筋，撒上葱花菜叶油辣子，筷子头一挑，涮涮，辣油全团面上了，使劲一吸，受用极了。嘿嘿，王老八，好滑头！还想和我辩理，没门儿！四六二十四碗，光端碗就够他跑的。吃完，屁股一扭就走，和你老伴论理去吧！哈哈，想那老家伙，脾气可恶，但心却热乎乎的……

眼看日到正午，仍等不见顺路的车，田局长一狠心，只好让车子骑人——他解下鞋带，把撑子系在车架上，然后排顺四肢，立起马步，闭闭气，嘿的一下，把车子扛上了肩。他一步一颠、几步一歇地向前走。走不多远，被一条水渠挡住去路。他左腿跨了过去，右腿却挪不动，直直卡在渠口，像电影定格一样动弹不得。自行车抵得腰眼好痛，稍一动作，脚下打滑，那只没了鞋带的解放鞋掉了，跌在渠里，被水冲走了。

正在哭笑不得、进退两难之际，突然身后伸过两只手，轻轻一举，把自行车接过了渠。他顾不得向来人道谢，径直去追那一只鞋，蒺藜狗刺得他龇牙咧嘴，只好跷着一只脚像母兔发情似的一蹦一蹦，追了二百米，总算捞住了，穿在脚上，这才长长吁了口气，眼睛向上下游望去，又不由得申斥起来："穷倒腾！渠路结合好好的，谁又开了这条鸟渠？"

那位狭路相助的人收拾着自行车，随声回道："还能有谁？农业专家呀！"

"哪个农业专家？"

"县里的田局长呀！"

"你、你咋能这么说？"

那人连头也没抬，草帽下山羊胡子一抖一抖的。

"全县就只他一个会务庄稼！拔红苕、铲瓜蔓、画网格，三大发明。谷颗豆类被枪崩，光在高粱上耍花枪，产量上去咧，尻子也上去咧。咋咧？高粱吃得屙不下，只好撅起尻子用棍棍掏。你瞧瞧，修路没人走，修渠水不通，修库白费工。实在没办法，只好渠道另改线，库里修梯田，路边种庄稼。真是的，瞎指挥，害黎民；指挥瞎，整王八……"

老人说着修好了车子，撑起自行车，直腰，抄起一根苏武牧羊式的长鞭，向他走来。"告诉你同志，就说这十号路……"老汉欲言又止，两眼直盯着面前这个人，突然惊叫，"啊唷，这不就是田局长吗？咳，老汉我有眼不识金镶玉，请局长海涵，海涵！"

田局长疑惑不解地："你、你是？"

"王儿庄的，姓王，为八，爱砸洋炮，人称王八老羔。怎么，您忘了，那年您不是在我家吃过饭嘛，涎水面，我老伴手艺不错吧？您吃了整整两打，吃毕抹着嘴说以后再来，可十多年了，咋不见您个人影影？"

田局长尴尬极了，像芝麻虫一样的嘴唇嗫嚅着："是的是的，我想起来了，那次还多亏你，不然真要饿坏了。"

王八老羔受宠若惊，套起近乎："田局长，如今这十号路怕该有个定论了吧？"

"是呀，是得想些办法。"

"路不路、地不地，多难受！再说，南有毕原路，北有高干渠，相距只二三里，中间这十号路实在多余。"

"所以，我想，路边种绿豆，又是一大创新。全县近百条路，都这样，要增产多少粮食？"

王老八失望了，山羊胡须一撅："我算了，十号路长九十七里、宽八米，折地五百多亩，一年可收四五十万斤粮食。两年三年呢？十年八年呢？你算过吗？我的大局长！"

"路边种绿豆，这不很好吗？旧的东西要善于改造，为我所用。颐和园，过去是西太后的花园，现不是同样为人民服务？西安兴庆宫公园，你去过吗？当年为杨贵妃所修，现还不都是人民的乐园？又如我，过去有错，改了，不照旧当局长么。"

王老八气呼呼地甩了个响鞭，吓得几只麻雀从谷子地里落荒而逃，有一只擦着局长耳朵飞过，险些把他的眼镜撞落在地。

田局长也生气了："哎哎，你，你这是什么意思？整顿整顿，一整就顿然生好。像这路，不整不顿能好吗？看来，你还是对中央精神不懂！"

"好好，我不懂，所有农民都不懂，唯你农业专家熟懂到家！三大发明变成四大发现，全国首创，独家经营，实行三包，誉满全球！"

田局长气得脸变成了紫茄子："我不和你争论，去找你们大队长，到时再上你家，吃你老伴的涎水面！"

"叭！——"又是一个响鞭，王老八向谷子地"唔——拾，唔——拾"吆喝两声，扭头气冲冲地走了。他一边走又一边回头向田局长喊："还想吃涎水面？没门！再像你这么闹腾，怕连恶水也没得喝了！"

田局长跳上自行车，望着他那倔乎乎的身影，摇摇头，突然哑然失笑："老家伙，还那么倔。看来，整顿整顿，是得先把这些犟牛一个个整治好！"

叫蚂蚱又欢快地唱起来，那销魂的乐声把田野的鸟儿、虫儿和正在啃草的牛儿羊儿全镇住了，都敛声屏气地洗耳恭听。田局长心情格外好，仿佛又回到叱咤风云的年代，不由得两腿生风，车轮飞快。眼看就到王儿庄了，蓦地那鸟们虫们牛们羊们全唱了起来，使他大吃一惊。同时，他隐约发现前面有一条白带，端南正北，自天而来，明晃晃、亮光光，似云似雾，若有若无。他的神经顿时错乱，有如身临地球边缘，再走几步就会坠入茫茫宇宙。脚下的路，仿佛也在晃动、颤抖、扭曲，发生裂变，突然消失了。他正怀疑是否地震，只听"嘎吱——叭！"两声巨响，他啊了一声，摔倒在地，车子已飞出地球之外。

他昏死过去。

不知过了多长时间，他迷迷糊糊地抬起头，向下一望，却见国际机场新修的高速公路直从十号路上横穿而过。为了削减坡度，所以这儿已成了陡坡，七八丈深，刀切斧砍似的，十号路硬是打这儿被折断了！而高速公路，足有二三十米宽，那柏油路面，那行驶线，那行道树，那花池，那栏杆，那十字路口的岗亭和指示灯……全都恶魔似的张着血盆大口，像要吞噬他似的。他心里愤愤不平，狠狠咒骂着。

"妈的个屎！什么国际机场，外国人比谁尿得高？路也值得如此铺排张扬？啊啊，十号路，宽宽长长的十号路，不就毁于这些恶魔之手吗？"

他骂着骂着，脑门嗡的一声，又昏倒在一丛绿豆蔓上。

后来，据说田局长还是被王八老羔第一个发现的，但他没管，他回家告诉儿子，让儿子用四轮拖拉机把他送进医院。从此，田局长患上脑震荡和神经官能症，整天摇摇晃晃，絮絮叨叨，谁也弄不清他在对谁说话，谁也听不懂他说些什么。跟随他三十多年换了四个公社两个局的坐骑——那辆除了铃不响而其他都响的自行车，当时从陡崖上摔下，被高速公路上一辆国产三十吨"黄河"十轮大卡碾得粉身碎骨，现已彻底报废，躺在废品收购站的仓库里，彻底退休了。

流　失

一

　　格子爬得实在太累，但他还得拼命地爬。

　　书房很小，是用卧室阳台改造的，长约三米，宽一米出头。门是特制的日式推拉门，不用时顺手一推，靠墙而立，不占地方。摆设也很简单：一把椅，一张桌。桌子很窄，是用捷克式大写字台换别人的一张小条桌；椅子也很窄，经过斧锯之劳特意加工而成。桌窄椅窄，他被有限的空间卡得死死的，坐在其中，如上手术台，丝毫动弹不得。

　　他叫林溪，五十多岁，虽不到花甲之年，但面老，又在市文坛享有重望，所以人们都称他林老。林老长得和他写的字一样清瘦，他被夹在桌椅之间，犹如木匠砸的一个楔子。他一根一根地抽烟，烟雾穿过老花镜和鼻梁间的空隙冉冉而起，明晃晃地和镜片做相对运动，搭眼一看，让人误以为是蝴蝶或其他飞行物徐徐飞升。笔尖龙飞凤舞，架笔的右手畸曲变形，肌肉萎缩，像鸡爪一样被几条暴起的青筋拉拽着机械翻转。纸和鼻息奏起和声，"咝咝啦啦"之中，格子纸上便跳跃起一组组清癯俊逸的音符。写一会儿，他就停顿一下，眼睛仔细审视新谱成的乐谱，左手随即本能地挖抓摩挲右手的手指、手心、手背、手腕，直至小肘，如猴儿搔痒一般滑稽可笑。

　　林老20世纪60年代大学文科类专业毕业，在工地实习时对水利产生了兴趣，两年后工作转正，成为市水利局的一名文员。后来他以水利为题材，创作发表了许多诗歌、散文和短篇小说，在市文坛小有名气。"文化大革命"后文艺创作队伍青黄不接，他才被点名调到市文联从事专业创作。他的创作高潮在伤痕文学时期，先后发表中短篇小说十余篇，多次获省优秀作品奖。改革开放后，他一头闯进长篇小说之海，苦苦经营，曾写成教育、农村、水利题材长篇小说七八部，可惜至今无一部出版。据知情人透露，一是他的手法传统，无色情凶杀，读者不爱看；二是出版社要收相当可观的一笔赞助费，所以，他的稿件经过四五年"空中旅行"，得到的只是一封封意思雷同的退稿信。他一气之下，从银行取出积攒大半生的八百块钱，把稿件装入旅行包，亲自乘车去北京、天津、西安、兰州等地，结果和退稿信相似乃尔。

他彻底失望了，抱着旅行包在旅店暗自伤神。他正要将全部稿件付之一炬，突然被同室一位自称农民企业家的旅客拦住了。企业家听完原委，慷慨陈词："某乃华泰油毛毡厂经理，家资万贯，愿解囊相助。"林老本来就对此类企业家、万元户有反感，油毛毡更刺痛了他的自尊心，顿时火冒三丈，出语伤人："嗯嗯！我的书，就如此掉价，连油毛毡都不如？"还有一位搞皮包公司发了财的乡友，也愿赞助出版，条件是署他的名。他更不齿与之同流合污，把人家骂个狗血淋头。在某出版社当理论编辑的大学同学钟君对他深表同情，专程登门建议："如果你能包销三四千册，我可以通融通融，从速出版。"林老听罢，更受刺激，连连摇头："自己卖自己的书？耻辱，耻辱，作家的耻辱，文学的耻辱啊！……"至此，他虽然照常神经兮兮地采风、构思、爬格子，却再也不提出版和发表之事。

他写作必须打草稿，且草稿纸必须是别人用过的那种很柔很瓤的纸：厚了或硬了就觉得形同钢板，把思路和灵感的泉眼堵塞了；新了净了又生出一片空白，影响思维和情绪，无论怎么死掘，半天也掘不出一个字来；唯有用过的纸，特别是学生废作业本最佳，所以每当放寒暑假时，一儿一女就分头到几个学校门口收购，然后驮回家为父待用。那纸柔柔的，瓤瓤的，能看出背面模糊的字迹，像一簇簇浪花，又似一朵朵流云，最易引发他无限回忆和丰富的想象。他就在这回忆和想象中进入"狂迷状态"，储存已久的思想、感情、人物、情节、细节等就像刚开坛的陈年老酒，汩汩在笔端流淌，刹那间稿纸上便留下一行行日不日、英不英、中不中，难分难辨的"我字体"。随着筛选、雕琢和提纯，"我字体"又被涂改得五麻六道，无天无地，无边无沿，甚至连背面有空隙的地方都插写得密密麻麻，时时还蹦出几个稀奇古怪的符号和ABC字样，真叫观者瞠目结舌，如捧天书。但他却有一种特异功能，洋洋几万十几万字，字迹潦草，删改繁多，十天一月半年后，竟能熟读不误，珠玉缀连，浑然天成。

　　这天，他已在小书房爬了近十小时格子。正是二百五十多个这样的十小时，一部题为《流失》的长篇小说草稿业已告成。为了这部书，他曾花了整整三个月时间到某山区体验生活、采风、调查研究。小说的内容梗概是：改革开放之初，生活在黑金山周围的群众，致富心切，一窝蜂拥进山里开办煤矿。由于乱开乱采，破坏了生态环境，造成严重的水土流失，受到大自然的惩罚。不久，一场百年不遇的洪水突然袭来，伴随着大面积山体滑坡和泥石流，十几个小煤矿和三座村庄被夷为平地……真是血淋淋的悲剧啊！凭着十几年水利工作的经验和感情，他敢肯定，这部小说是成功的，如果出版，必将产生强烈的社会效应。

　　他一笔一画地誊写着草稿，已誊好约四分之三，草稿一张张减少，誊好的稿纸一张张加厚，他估计，每天二万字，再有三四天就可全部脱手。他誊呀，誊呀，桌上已垒起厚厚一摞誊好的稿纸，像一艘即将出海的舰艇。他不知这艘舰艇将驶向何处，泊于何港。这些对他都不重要，他认为重要的是造，这就是他的天职。至于船的去向和用途，那是社会的事，社会根据需要会做出合理安排。所以，尽管这样的船已造出七八艘，尽管还堆放在这套两室一厅的某个角落，但他仍锐气不减，还要拼命地锻造。老伴气得直嚷嚷："噢噢，稿纸能拉一大车，再不用，我就用来垫床了，省得买席梦思！"儿子也在一旁敲边鼓："要说，爸爸也该进高校进修，增加点商品意识，不然，写的书，出不了，没市场，还不是废纸一堆？怪占地方！"每当这时，林老就气得在屋里转圈，呼儿唤女要他们立即雇车，把书稿拉回老家，放到红薯窖，三百年后，准成珍贵文物！于是大家就笑，笑毕又都好话说尽，鼓劲打气。他也不再发作，神神道道地钻进小书房继续爬格子。

二

　　林老誊完一个章节，随之把身体从桌椅之间撬出来，左手便本能地挖抓摩挲着萎缩麻木的右手。桌上很乱，有几张誊过的草纸，被风吹得"唰唰啦啦"响。他没细看，把它们揉成一团，攥在手中，在厨房和小客厅踱着步，想稍事松弛一下筋络和情绪。客厅门闭着，电视声音吵闹，老伴和女儿还沉浸在琼瑶言情片那枝枝蔓蔓、缠绵悱恻的剧情之中。厕所水龙头没拧紧,滴滴答答地滴水。他走过去,拧紧水龙头,信手把纸团扔进茅坑,然后,转身闭了门,走回书房,坐下,又将身体雕出一个S。

他拿起笔,正要眷写下一个章节,手又陡然停住了。他忽略了一个程序,忘记复查浏览刚刚清眷过的那些段落。于是,他燃起一支烟,翻回眷好的稿纸,一字一句,在烟雾缭绕中搜寻珠玉间的疵点和杂质。他看着看着,突然一个潜意识的涌动,发现一个非常重要的疏漏。他知道,这部小说的高潮就在这一章,而高潮的高潮恰恰就在疏漏的这个段落。这是对社会的、伦理的、爱情、人物性格的一段带哲理性的描述,起画龙点睛和升华主题的作用。他记得,为此段文字,他经过两三天思考,呕心沥血,精心雕琢而成。当时写在另外两三张纸上,是加在某个段落里的。可是,可是,他觉得,刚才眷写时似乎没碰见这个段落呀,也似乎没眷写这些文字呀!他有些惶悚,匆忙浏览着,果然,遗忘了,疏漏了。这不,就在这儿,在男主人公天成和女主人公山妹被泥石流掩埋后即将双双毙命时的一段呼喊、对白,临终才悟出"自己毁了自己"这个情节的后面。原草纸明明白白地写着一个带圆圈的A1,自己怎么就一时眼昏了呢?怎么就神神道道地遗忘了呢?他唉唉地抱怨自己,便连忙寻找对应的另一个A1。他翻遍整个草稿,却怎么也找不见标有A1的这一段文字。他怀疑,难道这一段落只是个意念,或只打了腹稿,根本就没有形成文字?但他马上又否定了这个推断。他断定,有这个A1,肯定有与之对应的另一个A1,他独特的创作方式和超人的记忆力,无可辩驳地说明了这一点。这么想着,他又在草稿上到处翻找,天、地、正面、反面,全翻遍了,还是找不见。他咳了声,有心重新再写,但没有这个勇气。殊不知,一个思想,一个独特的见解,往往是此一时彼一时也,没有当时特殊的感受,万不可能写出那段精彩生动的文字。他挖抓着右手,身体又直了起来,四处搜寻,书架、橱柜、化妆盒,甚至连老伴的床头柜也看过了,却仍无踪影。这就奇了!他在卧室踱着步,满脸狐疑。这几张草纸会放在哪儿呢?

突然,客厅门开了,老伴瞧也没瞧他一眼,匆忙去拉厕所门。门刚一响,蓦地像有根电线通到身上,他愕然一声,冲上去,和老伴同时闯入厕所。

"天要下雨!"老伴惊异道。

"下什么下!"他直把老伴往出搡。

"抢占茅房要下雨,农谚这么说。"

"别农谚农谚！你先出去，等一会儿。"

"你等会儿，让我先解，电视正在高潮。"

林老恼了，一把将老伴推出门："再憋一会儿！"

老伴又扑进去："不行不行，憋不住了！要尿裤裆了！"

林老瞅见痰盂，递给老伴："去去，到外边排泄。"

老伴捧着痰盂，嗯嗯吁吁地不再和他争辩，径自到小屋方便去了。撒毕尿，她还不放心，便扒着厕所门缝向里瞧。唉唉！老家伙不知又发啥神经！

厕所里，只见林老正用一根长杆在茅坑里窥探，像打捞什么，又似搅拌什么，老伴在外面问话，他也不理。

老伴跑进书房，看见打火机和钢笔都在。她知道，这是他的两大法宝，无论浪迹天涯海角，这两大法宝都随身携带，永不离身。想到此，她忙拿起这两大法宝，向着厕所急喊。

"你的法宝都在呢！"

没有回音。

"打火机在呢！"

还没有回音。

"钢笔在呢！"

厕所里鸦雀无声。

老伴慌了神，忙拉开厕所门。天呀！一个堂堂男子汉，竟趴在大便池上，一只胳膊直端端塞入下水道，肩胛挨着池沿，脖子和脸挣扎得走了形。一股尿臊味扑鼻而来，她直觉恶心，踉跄后退两步，头一昏，跌坐在身后的沙发里。

她正迷迷糊糊，突见老头出了厕所，手里捧着一个纸团，像捡着一个金元宝似的喜形于色。

"找见了，找见了，终于找见了！"

老伴不敢拿正眼看那物，大老远就感到"阿姆亚气"直冲天灵盖，气气歪歪地诅咒："瞧你神经兮兮，臭死人了！吓死人了！唉唉，真真的神经病，神经病……"

林老不屑理会，顺手按亮客厅壁灯，喜不自禁地展开手中的纸团。感谢上帝！感谢老伴！多亏她没"方便"，所以纸团还干巴巴的，虽染着不少臭气，但必定保留了一段精彩文字。纸团展开了，总共三张草纸，他仔细地辨认，寻找标有A1的段落。他看着看着，却傻了眼，原先写得密麻行稠的草纸，怎么全变成一片空白了呢？

怪，实在太奇怪了！莫不是遇到妖邪了？他让老伴看，她更是惶惶不知所以然。林老把稿纸摊在茶几上，又一一细辨，终于在左上角找见一个模糊的A1，他断定这就是他要找的草稿，但没了文字，连标点符号也都奇迹般飞了，眼前只留下一片空白。

事已至此，他只好作罢，看来，为此段文字，又不得不重新思考和苦熬些时日。但使他仍感疑虑的是，这些文字为什么会不翼而飞呢？他百思不得其解。

三

正当林老陷入重重疑雾时，突然传来急促的敲门声。

他神经质似的一愣，忙向老伴摇手阻止。

他最烦在这个时候有不速之客造访。

"咚咚！咚咚！"敲门声更急、更响了。

林老轻步走近门，做了个鬼祟的动作，然后扶扶眼镜，瓮声瓮气地问："谁吗？"

"我。"

"你是谁吗？"

"蛮海。"

"瞒海？"他觉得声音陌生，名字也讨人烦，便没好气地回道，"瞒天过海，欺世盗名！走吧，时间晚了，我没时间和你泡蘑菇。"

"我是蛮海，吉蛮海，有急事！"

"是表弟！"老伴抢上去，推开林老，径自开了门。

"哎呀呀，我说老表，真成大作家了，面难见、门难进，找得我好苦啊！"

吉蛮海说话像银圆落地，哗哗脆响，话未说完，连人带话全滚落在沙发上。

老伴惊奇地问："两三年未见，怎么这时候来了？"

吉蛮海气喘吁吁地道："有急事，求表哥相助。"

林老直直站着，一个劲用左手挠抓右手："你是万元户，还求我这穷秀才？"

老伴拿眼瞪林老："别见面就抬杠！快，你给大兄弟看茶，我去做饭。"

蛮海连连摆手："不吃也不喝，只求表哥为我的化工厂写篇报告文学，《东方纪实文学》答应发头条，稿酬从优，我会另付一笔可观的劳务费。"

林老惊奇而狐疑地问："报告文学？你那厂子有报告价值？受过省市表彰嘉奖？是先进单位？有典型事迹和动人故事？……"

蛮海拿出"万宝路"香烟，递给林老一支，嗞的一声，高级打火机冒出蓝蓝的光。不容林老推辞，烟塞进了嘴，火点着了烟，他只好去吸，一股香味和酥麻的刺激立即传遍全身，比起他抽的"红公主"不知要高级多少倍。

蛮海并不抽烟，随手把烟盒和打火机向茶几旁一推，道："我说大表哥，您整天钻在这鸽子楼，不知秦与汉。告诉你，现在的报告文学风靡一时，越来越向新闻化、商品化、广告化和家谱化发展。这也是当今文学新潮流，切入生活、讲究时效，熔改革文学、商品文学、实用文学和花边文学于一炉，洋洋大观，群星璀璨，连许多文学大家也卷入这浪潮，四处奔走，摇笔鼓舌，既宣传了企业，也使自己大大地发了洋财，何乐而不为？还讲什么嘉奖、先进事迹和故事？只要给钱，就写，保你名利双收。"

这位连续三次高考落榜，先拜师习文，后又弃文经商的小表弟一番高论，使林老越听越恼，气得脸色苍白，嘴唇嗫嚅。但他又不好发作，看在早逝的姑姑面上，才忍下满腹忧愤和怒气，推辞道："报告文学，我没写过，不会写。"

蛮海海口直嚷："笑话笑话！你能写小说，还写不成报告文学？实话说，只要把我厂招牌和产品打出去，故事你愿咋编就咋编，这还不手捉现拿？只要上头条，新产品张扬出去，人民币就像流水一样往口袋淌，到时自然少不了你的好处。表哥，该换换脑子了，别再埋头写你那一文不值的鸟小说了，得讲点时效、实效吧！"

老伴泡了茶，递给表弟，也为之帮腔："海海说得在理，先务实，后务虚，就帮帮他吧！他的厂办好了，将来咱们日子过不去，借钱讨饭也有个去处么！"

林老指着几上的草纸，气恨地向老伴道："瞧瞧，这段文字，不翼而飞，又得熬几天。再说，这部长篇还没誊完，哪来时间？嗯？你务实，你去写吧，我没时间！"

蛮海敏锐的眼睛像锥子似的扎向稿纸不动："怎么会不翼而飞呢？"

老伴把粪池的事说了一遍，表弟立时兴趣大增，夺过稿纸，抚摸着、辨认着，又放在鼻尖嗅着，未了，阔嘴唇上两撇小胡子一翘，惊喜地叫起来：

"表哥！报告文学之事缓后，先谈你的小说，我可以确保你的书全部出版！"

"真的？"林老惊喜道。

"你还信不过我？"蛮海把三张带有"阿姆亚气"的草稿叠起来，小心翼翼地装入公文包，依然大吹大擂："除高考败北、学文未成外，我打过啥败仗？敢吹，干一件，成一件。没说的，这事我全包了！"

林老仍不相信："你说说，是走后门，买书号，还是包销？"

"三者都不为。"

"那凭啥？"

"就凭跟你学创作两年的歪理论，再加上80年代新名词和商品信息，出版社社长我也能说通、打动！"

老伴乐得向小表弟套近乎："那敢情好，海海办事，我一千个放心！小时候我常抱你，就知你是秦琼的马，有内才。"

林老扑哧笑了："简直胡说八道！蛮海是我表弟，他小的时候，你还在你娘家，怎么会抱他呢？真是的，见了财神爷，就这么套近乎！"

老伴恍然大悟，自我解嘲道："反正海海比你强！写那么多稿纸，能顶饭吃？能顶钱花？"

"你根本不懂文学！那是一种高雅的事业，是能用金钱衡量的吗？"

"表哥说得很对，不能用金钱衡量。"

"那你就帮你表哥一把吧！他的书一日不出，我就一日不宁。"

说着，老伴真的动了情，用手拭泪。

蛮海很有把握地道："不是我吹，十日内即见分晓。"说着，他从提包里掏出两条"万宝路"香烟以及"麦氏"咖啡、蜂王浆等，向表嫂怀里一扔："好了，一言为定！现在就把稿纸往袋里装，我连夜去出版社。"听他说话的口气，简直就像出版社社长。

老伴去装稿纸，林老却踌躇起来。他想，只要不走后门，不买书号，不包销，能出版自然很好，而且，他也相信蛮海一定能办成。现在他犹豫的是先出哪本呢？从感情和艺术感受上讲，自然愿意先出《流失》，但草稿还没誊完，还有那段丢掉的文字也须重新再写。而蛮海和老伴主张把所有稿件全部带走。林老不同意，觉得这样不严肃、不庄重，一年出一本书就非同一般，如果五六本地出版，还不成为文坛笑话？他考虑再三，还是让他们把已装好的其他稿件全掏出来。

老伴嚷嚷不休："丑姑娘迟早有出嫁的一天，现今花轿到门前，还扭捏啥呢！"

林老没言语，从床下拿出一张牛皮纸，又找出一截绳子，然后走进书房，把刚誊写好的《流失》的前二十八章捆扎得齐齐整整，并工工整整地在上面写下"即将完稿，征求意见"八个字，这才交给蛮海：

"蛮海，我信得过你，才托你去办。编辑看过，如能出版，半月内我即把其余七章送去；如果有困难，也不勉强。你千万不要走歪门邪道，也别和人家吵闹。就这，拜托你了。"

蛮海撇下一大堆高级礼品，拎着未成的长篇小说《流失》，满心欢喜地告辞走了。

四

一个月后，吉蛮海果然凯旋，他不再敲门，嚷着直入表哥家。

"好消息！好消息！此书即将出版！"

表嫂和表侄、侄女像迎贵宾似的拥着他。

"真的，真的能出版？"

"海叔出马，一个顶俩，没有办不成的事！"

蛮海把出版社的公文一扬，立即被表侄夺过去，母子仨争相传阅：

"林溪同志：大作《流失》拜读，虽尾部尚未见到，足见其结构之宏伟，艺术之精湛，人物之鲜活，意境之深邃，是我社近几年所见长篇之精品，如出版必将在文坛引起轰动，产生极大影响。经研究，此书已列入出版计划，将从速出版发行。望将余部速送我社。切切！"

表侄女是搞美术的，有一部连环画也急待出版。表侄儿是管道工，早喊着停薪留职去表叔的化工厂跑推销。所以他俩围着小表叔又是干杯，又是套近乎。母亲激动得流下泪，她一边擦拭眼泪，一边跑到书房整理林老刚刚誊完的余稿。

蛮海突然喊："嗨，怎么不见表哥？"

侄女道："他呀，大功告成，到河边散步去了。"

侄儿再次举起高脚杯："来，为表叔马到成功，为爸爸重见光明，干杯！"

正在这时，林老回家了，大家拥上去，众星捧月似的围住他，举杯祝贺。林老没有喝，他把盛满红葡萄酒的高脚杯放到茶几上，随手拿起出版社的公函仔细地看起来。大家也都放下酒杯，团团围在他的身边。他脸上变化着复杂的表情，既高兴，又激动，也不乏愤懑。但不管怎么说，总算得到社会的承认，有了一个公正的评判，所以心里还是喜滋滋的，便直喊："万宝路，拿海弟送的万宝路！"

老伴拿出一盒烟来，笑着对蛮海道："你表哥还不放心你，所以一直就没动这烟。今天大事已成，让他也动动洋荤。"

林老燃起一支烟，抽着，向儿女们摆摆手："你们去喝酒，我与海海谈谈。"

女儿、儿子和老伴进了卧室，林老敬佩地望着表弟："你的报告文学，我同意写，但有一个条件，你得把这次跑出版社的全部细节如实告诉我。这些，或许对宣传你的化工厂没多大用处，但却极能反映你的性格特点，只要把人写活了，塑造一个鲜活的人物形象，全篇文章也就有了生动感人之处，对宣传你的厂、你的事业，也大有好处。你说呢？"

表弟红润的嘴唇和两撇小胡子总掩饰不住心中的傲气和自吹自擂："不瞒你说，除你的《流失》之外，已有三家出版社同时出版你的其他书。这点小事，在我手里，权当玩儿呢！"

"细节！细节！说具体些，你到底与他们怎么谈的？"

"很简单，靠钱，十万字一万元，就这么回事！"

林老吃惊得差点把酒杯撞倒，惊惧地喃喃道："钱？又是钱？用钱买书号？……"

"出版社也有难处，发行量少，他们不能亏本呀，也要吃饭呀！除非你能写出情色凶杀的通俗读物。"

"我的书要出完，就得二十万元，你掏腰包？你能掏得起这么多钱？"

"要说，这些钱，都是你的。"

"我的？我有这么多钱？二十万？"

蛮海从提包掏出一个像紫药水瓶似的小瓶子，放在表哥面前。

"还多亏你那三张废稿纸。"

"废稿纸？三张废稿纸？"

"你知道那上面的文字为什么不翼而飞吗？"

"稿纸？茅坑？粪便？不翼而飞？……"

"我拿到京华大学鉴别化验，发现粪便里有一种特殊气体，可以和墨水发生化学反应，所以稿纸上的文字便不翼而飞了。在一个教授帮助下，我们终于研制成功一种消字灵，现已大批量生产。这还不是你的功劳？你的信息费不值二十万元？"

"啊？！原来是这样！"林老气得脸色发白，五官走形，鸡爪似的右手痉挛着，早已灭火的烟卷猝然掉落。他霍地站起来，狠狠地踩下烟卷，在卧室踱着步。"文学，这就是文学！稿纸、茅坑、消字灵、二十万、出版发行……不，不，不！我的书，我的人格，我的事业，难道连一张稿纸、连一个茅坑、连一瓶消字灵都不如吗？天呀！文学呀！……"

林老浑身颤抖，踉跄几步，拿起出版社公函撕得粉碎，又将消字灵掷在地上用脚踩。表弟不知发生了什么事，直愣愣站着一动不动。林老扑上去，正要扇他耳光，两眼一热，手陡然停住，然后狠推对方一把，大声吼道："你、你给我滚，滚出去！我永远不想见你！"

老伴和儿女闻声赶来，未及开口，林老像一头暴怒的公牛，扑出卧室，钻进小屋儿子的床底，拉出一个大木箱，把原来捆扎得整整齐齐的稿纸一本本拿出来，抖着，撕着，大家谁也拦不住。霎时，屋里到处都是碎纸片。老伴号啕着，突然跑到小书房，把誊好的《流失》剩余七章稿子紧紧抱在怀里，寻找着藏匿的地方。林老冲进来，看见了，劈头夺过稿纸，三下五除二，又是一屋纸花。

蛮海很尴尬。儿子和女儿流着泪，束手无策。老伴还在掩面痛哭。林老踅回身，把表弟送的万宝路、"麦氏"咖啡等翻腾出来，扔在他脚下，凶神恶煞地指着他的鼻子斥骂："骗子！大骗子！你给我滚！"

蛮海狠踢万宝路一脚，哼了声，开门走了。女儿也随之出了门。儿子还在劝父亲。林老全然不顾，推开小书房窗户，一把一把将稿纸碎片抛向楼外。

西单元有户人家死了老人，灵堂就设在楼下，哭灵者号声不断，吹鼓手吹得哀婉悲切，天地动情。

高楼上纷纷抛撒的纸片，被风一吹，四处飘零，与灵前的花圈、挽幛、纸花、素练等连成一片，使整个夜空都凝结了。

人们惊奇地仰头而望，不知楼上发生了什么事。

突然有人惊叫:"瞧,林作家!"

人们终于看到他天女散花似的剪影。

又有人说:"文人善于触景生情,想那林作家,也是个富有感情的人,他用满天飘洒的纸花,表示对死者的同情和哀悼。"

星空下回响着林老苍劲悲凉的呼喊声:"流失,流失,流失哇!……"

和谐的比例

"噌"的一声，车锁开了，二十六英寸凤凰车飞起来，车头锃锃亮，车轮噌噌响，穿过绿荫道，越过荷花池，绕过假山和人工喷泉，像一片云似的飘向厂门口。

陇海毛纺厂大门口，这是现代化工厂最热闹的所在，更是体现社会主义民主平等的荧光屏。无论厂长还是工人，坐办公室的还是提大茶壶的，织布挡车的还是蹲岗烧锅炉的，儿子还是老子，妻子还是丈夫，有文凭的还是没文凭的各色人等，均在此平等。你走路两腿一前一后换，他走路两臂一左一右甩，相似乃尔，无一例外。大家来去匆匆，连彼此打招呼也简单得不能再简单，好似厂里推行了专业术语或实现了用语规范化，见面都三个字。上班的问下班的："下班了？"下班的不是回答而是反问，也是三个字："上班了？"有的干脆把"了"字也舍了，遣词造句精练得比19世纪法国语言大师福楼拜还要吝啬得多。偶尔有一两个二倒毛，犹如大海独树一帜的桅杆，直挡在道中，屁股不离车座，双手撒把，两脚撑地，和哥们儿唠什吹天，全不把时间当一回事。门卫师傅像装了集成线路，精神高度集中，眼睛异常犀利，在人群中寻来觅去，唯恐谁不地道，在风衣下、饭盒里、马粪桶背篓中，甚至裤裆里偷装一米两米乃至三米四米毛料，那忠于职守的精神实在难得。

凤凰自行车在川流不息的人群中减速滑行，当到了人流量最大的那块空间时，她右腿斜刺一跷，一个蜻蜓点水过后，双足款款落地，迈着轻盈的步子向大门口走去。

"胡媚媚！"

突然有人喊。她止步四下环顾。

"媚媚，请来一下。"

她终于发现传达室门前有人叫她，便把车子撑在一旁。这时门卫黑姐已走到她跟前。

"黑姐，找我有事？"她用小手绢扇着风。

"媚媚，对不起，按厂规，你该接受检查。"

胡媚媚手中的小手绢瞬间凝住了，眉毛挑得老高，鼻尖沁出小水珠儿。她用手绢在鼻尖拭拭，轻轻地、慢慢地、毫不在意地掩饰着自己情绪的微妙变化，显得温文尔雅，落落自若。

"好吧，遵命！"

人们都放慢脚步，互相议论。

"嘻，胡媚媚偷东西了。啧啧，长得那么漂亮！"

"这算啥！嗨，要是二熊值班，只要脸蛋好看，偷一匹全毛花达尼也安然无恙！"

"胡媚媚会偷东西？"

"胡媚媚为什么不会偷东西？"

"这种人……"

"说不准，如今人都爱钱，还顾什么脸面！"

年岁大点的人只是向那边扫一眼，啧啧议论两句，也就那么回事地走了。而那些哥儿姐儿们可热闹了，都以目睹这件重大新闻为快，纷纷围拢过来。有的想为胡媚媚打抱不平，帮她说话；有的妒意中烧，在一旁煽风点火，想使胡媚媚从此臭不可闻，臭如狗屎；也有的根本什么也不为，只是凑热闹，看看这位大美人的芳容。

黑姐接过媚媚的随身小挎包，拉开银光灼灼的拉锁，果然发现一块叠得四方四正的布料。她如获至宝，两眼直勾勾盯着胡媚媚。

"媚媚，这是什么？"黑姐问。

"你再仔细瞧瞧。"媚媚不露声色地径自扇动着小手绢。

黑姐把衣料取出来，抖开，眼睛和嘴竟然组成一个倒写的"品"字。哎呀，原是一件做工极巧质地精美的T恤衫。这种衣服，轻薄，简单，好做，只两个扣子。黑姐想，该不是她在车间用厂里布料自己做的吧？也难说。如今工人偷厂里产品像农民在地里偷玉米棒一般容易,且手段高明,防不胜防,胡媚媚就不会这么偷吗?黑姐这么想着,突然烫金的"北京"二字直灼眼睛。她觉得奇怪,只好装出笑脸,向媚媚道歉。

"媚媚。做这工作不由我,给你道歉了,真对不起!"

"没什么!"胡媚媚头一仰,诡秘地一笑,"不过,下次可别再搞错情报!"

黑姐尴尬地笑着不语。

这时有个小青年拨开人群向黑姐道:"不行,我冯二品要告你,随便搜身,已构成侵权罪!"

"对,没搜出东西不能就此罢休!"

其他人也随声附和。

胡媚媚看看手表,对冯二品说:"二品,时间不早了,别啰唆!"

冯二品把背后的马粪兜向上一颠,逼向黑姐:"没这么简单,不公开认错,今天就没个完!"

黑姐正要走开,却突然像捞到一根救命稻草,直盯着冯二品的马粪兜愣神。

"对不起,"黑姐向他道,"你也该接受检查。"

冯二品有些慌乱,愣愣地站着不语。

黑姐拿过马粪兜,打开一看,立时傻了眼。她不知如何是好,正在为难之际,冯二品一把夺过马粪兜,猛地朝黑姐的头上扣去,里边的木屑刨花撒了一地。黑姐费了很大力气才把马粪兜从头上卸下来,此时冯二品和胡媚媚早骑车飞得无踪无影了。

怪了!

胡媚媚心里老藏着一个问号。谁,到底是谁,为什么要报假情报?是无意弄错,蓄意陷害,还是妒火中烧?

她紧蹬一下车子,赶上冯二品。

"二品,你知道是谁给门卫打的电话?"

"当然知道,要不然我咋能准时保驾呢!"

"你也够缺德,当心保卫科找麻烦!"

"要找我麻烦,她黑姐也别想抹光头,顶多一比一,平局。"

"坏小子！嗳，告诉大姐，到底是谁告的密？"

"暂时保密！"

"姓啥？"

"你别问，到时他自己会说的。"

冯二品说完，做了个鬼脸，紧蹬几下，前头走了。

媚媚忙喊："二品，别忘了晚上的舞会！"

冯二品："记着呢。晚八点，及时乐，再见！"

胡媚媚独自一人驱车回家。此时她脑海中的那个问号更加缠绵辗转，使小凤凰也显得困倦疲怠。

她首先想的是工长牛大壮，那人像一头雄壮又蛮狠的大公牛。他之所以能十八年连任工长，不升不降，正是由于那蛮狠的牛劲。这种气质是他在那个特殊年代苦苦修炼、面壁造化而成。哼，奴性，一拨儿的奴性！对待自己的工作和老婆娃那么蛮狠，却在外国人面前甘当龟孙子。日本人咋？三个东洋学生参观学习，也值得全厂大惊小怪关机半日打扫卫生以示友好？好了好了，打扫就打扫。媚媚正想活动一下腰肢，伸展一下线条，就带着本组十二个姐妹，把工房整理得整整齐齐，工作台和荧光灯擦得锃亮锃亮，检验车间后面青砖路边的小草也拔得一干二净。当干完这些，正好差十几分钟下班，她就跑到车间办公室打电话：

"喂？试验室，请冯二品接电话。"

话筒传出奶声嫩气的声音："胡大姐，什么事？"

"及时乐舞厅明日开业，周老板邀我当舞后，你也去吧？"

"去呀，老搭档么！"

"明晚八点整，及时乐……"

"嗳，胡大姐，小雯从北京回来了，给你捎的T恤衫好漂亮，你马上来拿。"

"今天来不及了，等明天……"

媚媚还没说完，突然背后伸出一只手，夺过话筒。她扭过头，却见牛大壮正站在她身后恶狠狠地看着她。

"怎么，吃醋了？"胡媚媚眉毛一挑，飞出挑逗的眼波。

"上班时间，这儿不是游乐场！"牛大壮嘭地挂了电话。

"任务完成了。"胡媚媚不以为然，"再说，马上就下班了！"

"好吧，去检查检查。"牛大壮不容置辩，连推带搡地把胡媚媚带到工房。

牛大壮揩揩工作台，抹抹窗玻璃，摸摸荧光灯……工房有什么他都要看看，甚至每个女工工作柜里的卫生纸也要拉出来看看是否放得整齐划一，最后实在无可挑剔，便又走出工房，顺着砖铺小路向厂后院走去。突然，一只硕大无比的老鼠从他胯下一闪而过，钻进了院墙的砖洞里。牛工长沿墙查看了一遍，转身对媚媚说："鼠洞，共计七个，你现在就堵！"

媚媚嘴一撇："下班时间已到！"

牛大壮："算你半天加班。"

媚媚凤眼一闪，嗔骂："活宝！日本朋友没见过老鼠，让他们开开眼界！"

牛大壮胳膊一甩，就想扇她耳光。胡媚媚一个点步旋转，灵活闪开，道声"拜拜"，像一朵云似的飞走了……

唉，她长吁了口气。他就是这么个人，有什么法子！不过，媚媚还是否定了刚才的想法。牛大壮虽然在工作中对人那么蛮狠，但牵涉到人格道德问题时，他绝不会做出如此缺德下流的事情，这一点媚媚是确信无疑的。

那么，传递假情报的人到底是谁呢？想到这儿，她轻咳一声，暗自安慰自己：算了吧，不想了，过去的事，再纠缠没意思。

她刚要过转盘十字，这时红灯亮了，她只好跳下车，心不在焉地四处瞅。突然，她像一只警惕的小鹿，紧退几步，忙隐身到道旁一丛冬青树后面，眼睛不眨地透过叶隙窥视美发厅门前的动静。

来了，来了，壮公牛！随着视线的移动，叶隙间出现一个雄壮无比的大汉。他挪脚甩臂，面部表情滑稽得像个小丑，常做鬼脸，头发蓬散零乱，胡须丛生芜杂的模样形同落魄将军。他终于走上美发厅最后一级台阶，然后如木乃伊似的自转180度，被旋转的玻璃轴门吞了进去。

胡媚媚好似三伏天吃了根糖萝卜，惊喜不已，忙撑好车子，走近美发厅，扒着玻璃窗朝里张望。壮公牛坐在靠背椅上，点着一支烟，悠闲地吐着烟圈，沾沾自喜。

媚媚心里漾起一片微妙的涟漪。功夫不负有心人，他总算开化了，总算被现代文明的潮流推拥着迈出了可喜的一步。她相信，只要他稍加整理，定能容光焕发，如当年那般风流倜傥、一表人才，使及时乐舞会大添风采……

胡媚媚的高跟皮鞋像叩鼓点儿似的，噔噔上了七层楼。按照她与丈夫的条件，他们完全可以住二三层，但媚媚和丈夫想法不一样，她认为住楼房除最高一层外，住得越高越好。因为楼层高，光线好，灰尘少，且避免了一个单元二八一十六户五六十人上上下下纷至沓来的嘈杂声，此为其一；楼层高，运动量大，有利于腰肢的灵活和线条的塑造，此为其二；楼层高，视野开阔，空气流通，厂区和市容一览无余，便于接收信息和丰富想象，这一条更符合她的性格，此为其三。为此丈夫和她闹翻了，独自在车间住了两个月，最后还是拗不过她，又乖乖搬到七层楼上来住。但他仍不死心，明里暗里与媚媚作对，想以此动摇她的"上层建筑"。他一不买煤，二不买粮，三不买菜。洗衣服可以故意把衣服搓烂，竟也高论不凡："衣服是整天洗的嘛！没穿烂就洗烂了。不这么三天两后晌洗呀搓呀会烂吗？"切菜，他可以把萝卜丝切得比大拇指还粗，问之，答曰："这就是刀口，刀口就在这儿。嫌粗，你自个儿切好了……"媚媚哭笑不得，一时气恼，动起血本，索性来个彻底现代化。她把多年积蓄全拿出来，买了煤气灶、电冰箱、洗衣机等，家里家外杂务担于一身，不让丈夫染指。

想着想着，媚媚不禁哑然失笑，鼓点儿更欢。她终于登上七层楼一百多级台阶，将闪亮的钥匙插入锁孔，推开房门，眼睛就本能地朝门后旮旯扫。不出所料，旮旯真的没有烟蒂！没有烟蒂说明他心情很好，没有烟蒂预示着这个六十八平方米空间的平静与和谐。往日，丈夫总把对她的怨恨和怒气都隐藏在烟蒂中，每当他生气出门时，嘴上叼一根烟卷，砰地反扣上门，旋即又转身推开，将烟蒂不管长短"呸"一声吐到门后，又狠狠踩一脚，这才气冲冲扬长而去。这个细节，连读大学的独生儿子也不能容忍，曾多次向老子提出抗议，但他难改遗风陋习。媚媚却已习惯，他吐，她就打扫。有时没有烟蒂，没得扫，反而不自在。同样，如果烟蒂几天不打扫，丈夫也会毛躁不安起来，他知道一定是她也生气了，所以一切都小心行事，不敢再越雷池半步。这个秘密除了他俩，外人谁也不知道、不理解。就是他俩，谁也不曾说破，但心里都清楚，心照不宣。

丈夫今天表现不错，这使媚媚异常高兴。她轻轻扣上门，走进卧室。当目光落在床上时，她激动得几乎叫出了声。五年，搬到这个单元五年多了，这是他头一次叠被子啊！被子的棱角和线条虽然不理想，枕头放得不规范，床罩也皱皱巴巴，但毕竟是他亲手所为啊！媚媚眼睛一热，竟流出泪来。生活是一把刻刀，既能在人脸上刻下密密麻麻的皱纹，难道就不能在心灵雕出一朵艳丽的花么？

她是一个有着浓厚文艺素养和气质的舞蹈家的独生女儿，在那个年代自然没有她跳"忠字舞"的权利，但命运女神却成全了她，使她爱情的神矢竟然射中了舞台上的佼佼者。她像一只怀春的小母兔，倒在了忠字舞王子的怀里。她获得了爱，获得了神的护佑。但爱不等于艺术，神的护佑却摧压和禁锢着艺术的嫩芽。她躺在情人怀里，心灵的窗户却呼唤维纳斯的艺术灵光。她开始在梦中温习母亲袅娜的倩影和缥缈的舞姿。终于，长期被压抑遏制的艺术追求和灵性冲动，一夜之间像火山一样复活了。"文化大革命"后出现的跳舞热使她如痴似狂。她先是赶场子，扒在窗外看，一个舞场一个舞场地赶。后来她就买了票，体验那境界和气氛。再后来她就大模大样地跳了起来。她一露脸，立即使舞场躁动，红男绿女们为之倾倒。她不但舞步轻曼多姿，且脚尖、小腿、腰肢、脖颈、手指功力极佳，灵活生动，配合默契。线条清晰多变却不冗乱芜杂，造型新颖大方却不故弄玄虚，动有动的柔美，静有静的妩媚，把动与静、形与神、音与韵调配结合得尽善尽美、恰到好处。特别是那滴溜溜顾盼的双眸，随着音乐节奏的起伏升降，把美的神韵升华到了艺术的高潮。不久，她的舞姿就出现在电视里，她成为这座城市上空一颗闪烁的明星。

不仅如此，她的审美理想、审美情趣、审美追求迅速扩展到绘画、服装、烹饪等各个领域。她凭着惊人的毅力，在儿子中学毕业那年就完成文科函授大学的十七门课程。她每年要订阅和购置一百多元的报纸杂志，一件复古组合书柜收藏着古今中外各种书刊和艺术品。她甚至对柏拉图"美在理念"、亚里士多德"模仿说"和达·芬奇"镜子说"也产生极大兴趣。她很赞赏达氏的哲学观点，美不在可望而不可企及的虚幻的神，美在活生生的人的本身；不在幽冥的天国而在现实生活；美感不是神的诏示，而是对美的事物的感受。欣赏就是为一件事物本身而爱好它。和谐的比例就是美。美感完全建立在各部分之间神圣的比例关系上。她虽然不完全懂得先哲们那抽象的读起来聱牙饶舌的论述的真正要旨，但她却能凭自己的亲身体验和感受意会其中妙不可言的真谛。她完全忘记了自己的身份和地位，俨然以一个大学士、大艺术家来展示自己、设计自己和塑造自己。她也深知，正是这个"比例关系"，使自己的性格得到扩展，使所有求知欲念和美感意识得到迸发。这六十八平方米的空间以及与丈夫整日重复老掉牙的话题再也拢不住她的心了。

而丈夫呢，他却彻底屈从于命运的安排。他认为世间万事万物皆有定数，谁也改变不了、逆转不了。既然"文化大革命"影响了这一代人，既然"忠字舞"愚弄了自己的感情和纯真的心,那么之后无论怎样的不幸和哀伤都是理所当然的,而那一切歌舞、一切艺术都将成为心灵上的一颗疔疮。生活书写着历史,历史自然会安排各得其所的命运和前途。人呀,为什么又要不安分守己地改变和扭转它呢?所以,他除了忠于那谈不上什么级别的工长外,再无其他兴趣爱好,从工厂到家里,不是吃饭,就是抽烟,要不就躺下像死驴一样打呼噜梦见周公。生活的天地越来越窄,夫妻间的话题越来越少,要说的早已说尽,剩下的只有干巴巴的应酬和晚上做爱时机械的动作以及畜类般的吭哧声。这些只能获得一时快感,却难以使精神得到满足和愉悦。她也曾试图把他从这种精神低谷拯救出来,但他变得异乎寻常的乖戾、暴躁和多愁善感,常出人意料地创作一部部恶作剧鞭笞她的精神和感情。夫妻间从本质上已失去心理平衡与精神上的和谐。而这种和谐的比例愈小,感情的距离就愈大,以致发展到崩溃的边缘……

胡媚媚是不轻易落泪的,但今天被丈夫的表现深深感动,两眼模糊了。啊,他变了!感谢爱神,感谢美神,拯救了他已经衰老的灵魂,唤起他的童心和爱美之心。泪雨蒙蒙,她看见他正翩翩向她走来,刚理过发,烫了波浪式发型,胡子刮得干干净净,嘴巴四周泛着男子汉独有的诱人的青辉。她和他双双走出厂门,一起登上七层楼,一起包饺子、听音乐、看新闻,一起和儿子谈论飞碟探险和西方审美新流派,一起逛公园,一起进舞厅……他跳"忠字舞"是老手,对交谊舞也很在行,探戈、迪斯科、霹雳舞,一学就会,颇得要领。他搂着她,她感到幸福和愉悦。他并不自私,如有别的男伴相邀,便彬彬有礼地撒开手,点点头,道声请,便把她推向对方。他向她笑,她也向他笑。她很激动,她哭了。

泪水滴在床罩上,她忙用手抚摸,眉毛却打起结。是泪吗?会有这么多泪?她又一摸,发现被罩一大片全是湿的。与此同时,耸耸鼻子,这才闻到一股焦臭味。她下意识地拉过被子,抖开来,她惊呆了,原来被子被烟头烧了碗大一个洞,淋过水,烟灰把半截被里子都染得黑乎乎的。

活宝!活宝!她哭笑不得,连咳两声,再无其他怨恨之话可言了。虽然被子烧了,但能叠,也是一大进步。懂得遮丑,说明爱美之心并未泯灭。

她一边安慰自己,一边拆了被子,揭掉床罩,把棉絮晒在阳台上,然后进厨房准备晚餐。

晚餐很简单,都是冰箱里的熟食,稍加烹饪,就是丰盛的菜肴。她很快吃毕,把留给丈夫的饭菜温在热水锅里,又换了衣裙,这才取出纸笔,给丈夫写了一张字条："及时乐舞厅开业，老同学周浩邀我捧场，盼你饭后即来。"

晚八时整，当周老板把胡媚媚推向舞场中央并宣布她为舞后时，人群立即响起一片掌声，青年男女们一齐离开左右副厅，众星拱月般向主厅拥来。胡媚媚像一轮圆圆的满月，微笑着向众人点点头，接着就流水移步，牵起冯二品的手率先舞了起来。

胡媚媚虽已四十岁，但周身却洋溢着少女的春潮和情韵。T恤衫的宽松随和使下身的纱裙更富于轻飘感和可塑性。一头乌黑的秀发从头顶垂到双肩，随着舞步起落，发梢的卷自然地向外摆动，瀑布落处就激起一簇簇美丽的浪花。浪花一拨儿一拨儿溅在丰腴而富有弹力的胸脯、浑圆滑溜的肩胛和大理石般洁白微红的面庞上，整个形体和线条犹如一只翱翔的海燕，吸引着舞会上所有的人。

她与冯二品舞毕，又先后接受了一个市府官员和两个待业青年的邀请。但官员的古板拘谨和待青的轻佻俗气都令她生厌。她退出舞池，步入茶座，等待丈夫的到来。

周老板忙递过一听饮料："媚媚，今晚怎样？"

媚媚面对空调："老同学财大气粗，又精于经营，还能不是全市一流？"

"过奖过奖，多亏你这位舞星抬举。嗳，媚媚，他今晚会来吧？"

"会的。"

"这家伙，清教徒，何苦呢！"

"人也会变的，请放心，今晚他一定来。"

冯二品插话："不见得吧？"

周老板："为什么？"

"他呀，心里有鬼……"冯二品话音刚落，突然两眼一瞪，尖叫一声，"嗬，他真的来了！"

胡媚媚闻之而起："大壮！"

周老板忙迎上去："牛兄大驾光临，真叫敝厅生辉！"

牛大壮旁若无人似的朝舞圈走去。

媚媚紧追上去，把手搭在大壮的肩头，与他一起跳舞。

"大壮，你真好！"

"好说。"

"出左脚。"

"好说。"

"半步。"

"好说。"

"踏鼓点。"

"好说。"

"旋转180度。"

"好说好说……"

牛大壮正待旋转,不料脚下一滑,一只拖鞋飞了。媚媚忙去扶他,刚揪住一只衣角,咚——他倒了——衬衫扯成了星条旗。

她轻愕一声,这才发现丈夫怪模怪样的打扮。

他头戴一顶玄色草编太阳帽——那是一种从地摊上花一元五角钱买的粗制滥造的手工艺品。一件尼龙短袖衫又窄又瘦,前襟已被烟火烧得千疮百孔。下身的港式短裤,前后左右缀着大小不等五六个小兜,两个屁股蛋上一边一个"OK"图案,像两个针脚密结的补丁片。

媚媚觉得这衫裤眼熟,仔细一辨,果然是儿子不穿,而她早在一年前就打算拿去换鸡蛋的破烂。她暗嗔活宝,就去拉他。他欠身起时,衣兜中的香烟像一梭子弹嗖嗖射向地面。他全然不去理会,就势站起,将"星条旗"往腰上一缠,发疯似的把媚媚搂在怀中,跟跟跄跄的脚步生乱。

胡媚媚受到极大感染。她并不因丈夫大煞风景的失礼之举而尴尬。她理解,人在从一种精神空白中得到解脱时,常以一种悖于常规的变态和狂迷而告别过去,走向未来。而在他身上,这种变态,这种狂迷,又是多么可爱可贵呀!此刻,她依在丈夫宽阔的胸怀,全然沉浸在一种纯洁高雅的情愫之中。牛大壮板着面孔,口中念念有词。虽然他的脚步总不合节拍,但听到两人的心跳都很快。她觉得舞厅太狭小了,而生活却浩大无垠。人类正是在这和谐的比例中演绎着自己的历史。

她仰起脸,期待着他一个温存的吻。然而当她把脸贴近他的面颊时,她的心微微一颤,好似被蝎子蜇了似的愕然尖叫一声。呀呀!她看见他头上的太阳帽早已不翼而飞,一颗闪闪发光的秃头,在忽明忽灭的激光器光束中摇晃着,不时地做着怪模样,真像一只阴森恐怖的骷髅。她感到毛骨悚然,怀疑自己视力出了问题，便贸然用手去抚。是的，没错。圆圆的、光光的、滑滑的，没头发，还能闻出刚理发后存留的香皂气味。媚媚像挑西瓜似的又辨那眉眼，是他，是他，牛大壮，自己的丈夫！而此时，他却故作丑态，龇牙咧嘴，把她搂得更紧，脚步更加游离疯癫。

　　活宝！恶作剧！她在心里咒骂着，正要撒手推开他，却又忍住了，像一只落入陷阱的小兔子，任凭他摆布。

　　牛大壮仍然念念有词，声音由小变大，一遍遍重复着两句歌词："大海航行靠舵手，万物生长靠太阳……"与此同时，随着歌词抒情味的加强，僵硬的舞步已陷入当年"忠字舞"的细节。

　　舞厅人声哗然，引起一片唏嘘惊奇之声。

　　冯二品慌了手脚，忙拉着周老板打电话叫救护车。

　　牛大壮歌声更响，舞姿更疯狂。

　　"大壮，大壮，你不能这样！"胡媚媚胆怯而温柔地劝慰他。

　　"跳呀！跳呀！"大壮把媚媚搂得更紧，恨不得吞掉她、熔化她，"跳呀跳呀！咱们就这么跳呀跳呀，跳着蹦着走向坟墓！"

　　胡媚媚还是绵声细语地："大壮，歇会儿吧，你醉了。"

　　"我没喝酒，我没醉，心里亮清着呢！你，胡媚媚，偷厂里布料，以为我不知道！这样弄来的衣服，披在身上，也叫文明？也叫现代化？"

　　胡媚媚大吃一惊："啊！你，是你打的电话？"

　　"是的，是我告的密！就叫你出丑！叫你现代新潮流！叫你跳这烂屎舞！"

　　像晴天一声霹雳，把胡媚媚从头到脚彻底击穿。她气得脖子绯红，眼角噙满泪，用双手在大壮胸前捶打："你，你！妖孽，妖孽！"

　　周老板和冯二品匆匆赶来。

　　冯二品说："牛工长，媚媚姐拿的是成衣，是小雯从北京捎回来的T恤衫。你诬陷好人，是违法的呀！"

　　"什么？！"牛大壮抓住二品的胳膊，叫道，"小杂羔，全坏在你小子身上，去你妈的！"

　　牛大壮骂着便抡起拳头，把冯二品打倒在地，然后将"星条旗"一缠，气势汹汹地冲出舞厅。

　　周老板追上去，连拉带劝："老同学，有话好说，干吗动这么大肝火？"

牛大壮怒目相向:"哼!叫你鬼舞厅也得砸!哼,算什么东西……"

胡媚媚跑出来,追了几步,又停下来,靠在一根栏杆上嘤嘤哭了。

冯二品擦着脸上的血迹,劝媚媚:"胡大姐,写状子,告他,告他牛大壮!"

媚媚啜泣着:"好兄弟,快别说了。明晚,你和小雯的结婚舞会,我不能去了,请原谅……"

周老板和冯二品瞠目结舌,全都木鸡似的呆站着不言不语。

毛每的手机

毛每早就想买一款手机了。

这想法从刚一露头起,就像他当年追小倩那样痴迷执拗,势不可当,心总是被一种焦灼的欲望和偷偷摸摸的冲动挟持怂恿着。他常常独自一人摆着姿态,自己设计和欣赏自己。喔,这样,就这样!你想想,好好想想,设身处地想想。对,对对,如果在流光溢彩的大街上,如果在人流如潮的公园里,如果在座无虚席的公交车上,突然一阵嗡嗡嘤嘤的蜂鸣,抑或一阵犹如女孩清脆响亮笑声的铃声向你撞来,你会是怎样的感觉呢?还有,如果在众目睽睽下非常随意而潇洒地抄起手机,轻点键盘,呼叫应答或高谈阔论,你又是怎样的感觉呢?嗬,那绝对盖帽了,绝对比领着热恋女友到处张扬炫耀的感觉还要良好得多!喔哇,这才叫酷,叫派,叫时髦,叫现代感噢!

这一欲望和冲动,使他的确煎熬难受了许多日子。每当听到别人皮带盒里的手机丁零零疯叫时,每当看到别人拎着手机潇洒傲世的样子时,他就不由得羡慕和嫉妒。他先是嫉妒那些手机的持有者,哼,嗲声嗲气,充其量不过是个三陪小姐或坐台小生的坏子嘛!后来他又发展到嫉妒手机,嫉妒得不再理睬任何款式的手机甚至一切电话,无论多急多重要的事,他宁可发挥自己体育教师的专长——跑步联络,也不愿去打公用电话。媳妇小倩是个护士,工作三班倒,不好联系,小倩给他买了张电话卡,可他就是不用,眼睁睁看着卡里三十元过期作废。他说一个人孤零零站在电话棚下,就像失恋的情痴或鬼祟的小偷,那感觉他妈的真有些落魄潦倒的味道。

他始终没放弃买手机的想法。这念头一直在他心里隐藏了整整两年也没实现。没实现不是他仍对手机持有族心怀逆反,也不是执意跟手机过不去,而是实在囊中羞涩,无力追赶时髦新潮。他虽然有个中学体育教师的固定工作,但没文凭,没职称,工资总是上不去,十年教龄了每月还只拿四百八十元。小倩也仅是卫校毕业,参加工作又迟,月薪和他差不多。如此进项,除了雷打不动地孝敬两家多灾多难的父母外,所剩款额连支应儿子上幼儿园和保证家庭最低生活标准都捉襟见肘,哪有资格讲奢摆侈呢?他常沮丧小时贪玩,不爱学习,现在后悔也来不及了,只好熬时间创佳绩争取早日提薪,以改变目下狼狈不堪的窘境,那时也许才有条件买个手机呢!

然而,他连做梦都没想到,机会竟来得这么快。今年刚放暑假,他正准备办一个足球集训队捞点外快,突然多年不见的邓肯专程来访。邓肯是他初中同学和足球伙伴,从西部联大毕业后留校,现为校自考办主任。他带来许多招生简章、录取通知书等一应手续,要他全权代表西部联大招生。他告诉毛每,每个新生收三千六百元,提留三分之一,就是说,每招一个学生他自己独得一千二百元。"怎么样?老同学,干吧!心甭贪,就按十个学生算,那可是一万多元,比你办十次集训队的收入都要可观呀!"毛每既高兴又庆幸,自己这个连年高考落榜的"泡沫生",如今却成了大学招生代办的老师,自是受宠若惊。他发挥在教育系统工作的优势,很快设立了几个招生点,高考刚结束没几天就有近百人报名。

这些学生和自己当年一样,都是些成绩不佳或根本无望进入大学校门的"泡沫生",所以他就不由得产生一种同病相怜的感觉,对他们特别热情周到,家访谈话更是妥帖到家。学生们看他戴着盖有西部联大红印的工牌,便一声声"毛老师毛老师"叫得格外亲切。特别当他开"录取通知书"并签上自己大名时,那种怜悯同情的心理迅速膨胀为虚妄的自负和慰藉。世界真是个万花筒,无论如何颠来倒去,都会变幻出不同的花色图案。他就这样在万花筒中被颠来倒去,经过一番曲折反复,最终录取进校者八名,共领回招生费九千六百元,除去其他开销,他独得六千多元。当领第一批钱时,他谁也没告诉,偷偷跑到电信大楼,唰地甩出三千元,不挑也不拣,只努努嘴,就敲定买了款高档彩屏手机,惊羡得服务员把他当成大款大腕一样恭之敬之。喔,真的,直到今天想起,当时那心情、那神态、那感觉,他妈的要多牛气就有多牛气!

这情绪感染得小倩也和他一起激动风光了好一阵子。起初,她看到这么高档的手机，听到如此天文的价位，就像给病人打错针吃错药似的，吓得跌在沙发里起不来，嘴里只是嚷嚷着，嗔骂他太烧包、太扎势、太有鲁莽冒失之嫌、太有纨绔子弟之嫌！他既不生气，也不解释，将剩余的三千多元，往她手里一戳，说声"归你"。瞬间，风扫残云，雨过天晴，一切都和煦如春。小倩获得三千多元的独立支配权，心里自然高兴，就整天有事没事给他打电话。他更是几分钟不打手机就觉得手心生痒，耳朵发聋，直怨三千元买了个装饰品，太不划算了！所以，他每早都给小倩打手机。要在稠人广众之中，只见他拎着手机，舒着耳轮，眯着美目，唇颤齿晃着就流淌出一股潇洒和傲慢。特别是手机那美妙的呼叫音乐，那闪烁的彩屏，那五花八门的功能，比起那些降价手机和小灵通不知要风光多少倍，吸引得周围的帅哥靓妹都用惊讶羡慕的目光看他。每每至此，他就不由得忘了自我，俨然被众星拱月般入了蓬莱仙境，连手机那头的小倩也能感受到他陶醉沉迷的样子。如此两点一线，你来我去，惹得医院内科值班室的电话叮铃铃叫个不停，同科室姐妹取笑小倩迷恋"电话蜜月"寻找爱情的新感觉。

正当小两口共度"电话蜜月"时，想不到一张电话欠费缴费单却打乱了他们爱情的新感觉。天哪！一个月话费二百六十元，这不是打肿脸充胖子吗？这不是把人民币当冥票使吗？小倩心疼后悔得连续两天都没买菜做饭，思量着只吃三顿开水泡馍也许能弥补一点损失。嘘，她长嘘一口气，怎么也想不通。哼，什么月租费，什么双向收费，完全是讹人抢钱嘛！难道自己还得租自己的手机？难道坐火车飞机也要双向收费？真是岂有此理！一气之下，她发誓不再度"电话蜜月"，不再给他打电话，对他打来的电话也统统不接不理。姐妹们一下炸开锅，都说"电话蜜月"不再新鲜，她肯定又发明了另一种蜜月的新方式。

要说呢，毛每的确是个事业心很强的人，加之这种"四堵墙"里的职业，所以很少和外界发生联系。如今，失去小倩这个唯一的通信对象，他就像丢了魂儿，整天等呀等呀，而腰间的手机却总不见响，自然就没了美妙的音乐和闪烁的荧光，也没了众星拱月般的潇洒和傲慢。时间一长，慢慢地，他便感到一种可怕的孤独。他抱怨世界为什么突然变得寂寞起来，寂寞得他只能独自在手机上默默玩耍菜单和自带的游戏。蓦地，他从电话本得到启示，是呀，失去唯一的通信对象，为什么不能重建一个更大的通信网络呢？于是他开始编辑电话本。他尽可能扩大点和线的区域，以适应开放的现实社会和感情门户。他千方百计打听和收集熟悉与不太熟悉人的电话号码，甚至把许多学生家长的号码也输入进去。他太佩服如今的现代化高科技了！就说他妈的这手机吧，瞧它，不但可以呼叫转移、神州漫游、来电显示，还可以编辑电话本、收发短信和记录通话资料等，像变魔法似的把时间和空间一晃就缩短、缩小了。有时他甚至怀疑和担心，那空中的无线电波会不会碰撞搅和在一起永远分不开来，真那样的话不就要线路大乱，电话也就毫无私密性可言了吗？

好在，空中的电波始终没碰撞在一起，线路始终没阻塞乱套，电话的保密性始终无懈可击，自然手机也就整天欢叫着始终畅通无阻。呼叫时，不分熟人生人，无论本地外省，甭管有事无事，他都要试试打打，呼叫呼叫。有时对方根本想不起他是谁，但他都能应对自如，一回生，二回熟，三回四回是朋友，问声好，祝个安，又有什么错呢？收听时，凡朋友、凡同事、凡短信、凡匿名、凡男凡女、凡老凡少，他都一一应答，谈吐热情、举止高雅，感动得路人都惋惜无缘和他在电话里小侃。有一次，他正带学生练木马，突然一个卖菜的老汉打来电话，说他剩了两捆韭菜，让他拿回家去包饺子吃。还有几次正上早操，突然手机叫起来，一听竟是祝贺他得了某某大奖。他虽不相信这种信息，也决不为什么大奖所动，但还是兴致勃勃地接听。这样一来，每天电话多得应接不暇，甚至连女排队员来了月经不能参加训练，也要打手机向他请假，气得教研组组长段老师劝他干脆改行，去市府大楼专管市长热线或开办一家传呼台！

这天是十二月的第一个周末，正好发了工资，他顺路去缴电话费。刚领的百元大钞在手里被抖得哗啦响，缴了一张不够，缴了两张还不够，急得他冲着收银员直嚷，说电脑肯定有问题，不然怎会出现这么大差错呢！对方瞟了他一眼，唇齿微启，嘴就像电脑似的立即滚动出一串硬邦邦的数字："上月缴费一百元，超支四十元；本月租金十五元，本地通话费八十元，本地长话费三十四元，漫游长话费四十三元，呼叫转移费十八元，功能和信息费二十六元，本月合计二百五十六元。你缴的二百元连本月都不够，难道下月要停机销号？"毛每窘得脸和他的手机彩屏一样红光闪闪，无话可说，只好又缴了一张百元大钞。他非常吃惊，想不到电话费竟占去月薪的五分之三还多，这是多大的疏忽和奢侈啊！此时，他再也找不回当初那潇洒傲世的感觉。当他怏怏走下楼梯刚要跨出门时，突然左脚一滑，差点摔倒。只见他一个马步，接着一转身，再一纵，像足球中卫做了个敏捷而滑稽的"漏球"动作。他没理睬脚下打滑的原因，只狠狠瞪了大厅一眼，又瞧瞧人群，这才上了大街，朝着回家的方向而去。

回到家里，小倩已吃过晚饭，正站在卧室窗前望着路旁一排密匝匝的女贞树愣神。这两间平房原是医院的洗衣房，后来洗衣房搬走了，小倩给院长送去一条烟两瓶酒，才住进这个独居小屋。屋子潮湿阴冷，陈旧破损，这都不在话下，经过小两口一番精心修缮打扮，却也是一处不可多得的世外桃源。但要命的是，对门就是太平间，要不是那排女贞树遮挡着，站在窗口就能看见死人的脚指头。更使人毛骨悚然的是，常常深更半夜突然传来可怕的哭丧声，吓得小倩整夜蒙着被子哆嗦着难以入眠。但今天，小倩为什么对女贞树情有独钟呢？难道还留恋昨天被她喂药打针也没救活的死人的脚指头？

毛每一边吃着剩糊涂面，一边百思不得其解。他已经吃了好多天这样的剩面了。这是小倩的杰作，也是他俩商量好节衣缩食的得力举措。即中午饭多做些，剩下的一热就是晚饭，既省钱又方便。他狼吞虎咽吃完饭，见小倩还在窗前愣神，便小心翼翼地将剩余的钱交给她。

小倩接过钱，愕然问道："怎么，工资咋这么少？"

毛每瞥了腰间一眼，面有难色地说："我把手机费缴了。"

小倩惊呆了："啊？三百？一个月三百话费？"

毛每像小学生做了错事，低声下气地说："我也没想到这么多。"

小倩再也忍不住了，大声嚷嚷："我看你是没想到儿子，没想到老婆，没想到这个家！"

这时那美妙的音乐和荧光又出现了。他忙打开手机，一看是短信，又把手机放回腰间的皮带盒里："你说这话太有些小题大做了。"

"小题？什么是小题？"小倩把钱摔在地上，质问他，"难道吃饭是小题，儿子是小题，房子是小题？像你这样穷显摆、虚扎势，干脆把老婆孩子押给电信局算了，干脆在太平间住一辈子算了！"

"当初买手机，还不是为了工作，为了和你沟通交流！"

"别再假借我的名义了！两个多月，我可再没给你打也没接过你一次电话！哼，听听学校和医院的人怎么议论呢，连女学生几号来月经，你都记得清清如水，又是批假保护，又是电话治疗，要多肉麻有多肉麻！还有幼儿园的吕阿姨，不但电话里春风逗爽，还隔三岔五到学校体育室诉衷肠……"

"纯粹是造谣污蔑！你……你怎么能怀疑我对你的感情？"

"别再提感情的事！你手机里的电话本和已接已拨的电话记录，那么多陌生人，那么多女的，难道也是为了工作，为了我们的感情？"

"这……这……咳……唉唉！……"

他无话可说，只感到从未有过的恼怒和沮丧，仿佛这屋子，还有医院与学校，统统都和那太平间一样令人恐惧。他万万没想到，他妈的一个小小的手机，怎么会招来这么多明枪暗弹！这可叫他今后怎么工作呀，怎么在人前说话走动呀，怎么向小倩说得清道得明呀！他一气之下，冲出屋子，跃上那辆二手杂牌摩托车，一溜烟地出了院子，驶向大街。

摩托车在市府幼儿园门前停了下来。他拎着手机，转来转去，正拿不准是打电话还是进去，这时吕阿姨出来了："毛老师，今天星期五，你怎么现在就来接孩子？"

毛每这才恍然大悟，嘴里胡乱支吾了几句，跃上摩托就要走，又被吕阿姨拦住了："既然来了，就该看看孩子，怎么说走就走呢？"

"算了吧，明天下午，我再来接孩子。"

毛每说着已发动起摩托，两腿撑地，掉转车头，嘟的一声，跑出十几米。

吕阿姨莫名其妙地急喊："哎哎，我家小星最近练球怎样？没再惹祸吧？"

毛每头也没回，一股黑烟过后，只撂下半截话屁股："好着呢，请你放心……"

他突然糊涂起来，不知为什么要去幼儿园，更不知他现在该去什么地方。这时街景很诱人。夜市和娱乐场所都伸出灼热的舌尖，把夜空舔得五光十色，如梦似幻。他真想叫几个哥们儿聚聚，或去酒吧喝几杯，或进迪厅蹦几下——尽管自己并不爱这一套，也从未光顾过，但不知为什么此刻却有这么大的欲望和冲动。他在腰里摸摸，手机好似也在和谁生气，躺在衣摆下不闪也不叫。他觉得时间和空间一下子变得狭窄短促起来，仿佛自己成了一个毫无时空概念的天外来客。

最后，他无意间驻足文化宫门口。这里更是人山人海，灯红酒绿。轻柔的音乐时起时伏，霓虹灯闪闪烁烁，把一个个男女迎迓到温馨的舞厅。毛每听人说过，现在时兴一种舞，灯光全熄，一对对男女像一群蝙蝠似的纠缠搅和在一起，成为一种风景。他没见过，更没跳过，便神神道道地存了车，神神道道地买了票，神神道道地进了舞厅。

舞厅很大，能容纳二三百人，座椅、灯光和音响效果都极佳。毛每没敢造次，只是默默地像看皮影似的欣赏着那微妙的细节。这里不乏俊男美女，他们一个个潇洒得像仙子一般，也摩肚皮，但摩时就有了许多柔情。间或，便很容易发现一些眼睛瞪得大大的、脖子抻得长长的、像绿头苍蝇似的专门寻机会插缝子摩肚皮的烂仔混混。他们的摩法就多了不少龌龊，看那猥亵样子，因此而勾搭成奸或拉皮条卖淫也不是不可能。当然，也有如他洁身自好者，要么静静坐着听音乐，要么默默看着别人脚尖练步子，要么灯刚一黑就像老鼠见猫似的躲得远远的，一片黑暗也掩饰不了他们脸红心跳的窘态。

　　此时，他真希望手机能突然响起来，在这样一种场合，用这样一款手机，又是这样一个美男，该多么潇洒风光呀！他坐在沙发上，右手一直摩挲着腰间，但腰间总是不见动静。他也想给小倩打手机，但他知道家里没电话，即使有她也不会接，她一定还在生气。一想到她生气，他不由得对她也生了气，气她轻信流言，气她怀疑自己，气她不该用那样的话伤害他。"气赌气，害自己。"他明知这话的道理，但仍不能自拔，便赌气采取另一种方式来平衡自己失衡的心理。

　　他在舞厅转了一圈，发誓要挑选一位容貌最漂亮、气质最高雅的舞伴，用来气气小倩和那些无事生非的长舌妇。最后，他终于向一位身材修长、面容秀丽、乌发披肩的小姐发出邀请。这位小姐好似也物色上了他，毫无羞赧和畏怯，一如落日似的款款隐入他怀。只走了十几步，那小姐竟像热恋情人一般胸已急急地贴着他的胸，随之脸也烫烫地挨着他的脸，两只手已紧紧地搂住了他的腰。他没跳过这样的舞，更没和小倩以外的女性这样零距离接触过，起初很不适应，心怦怦乱跳。好在，这种舞无须高超技艺，只要踏上鼓点，这对他这个有十年教龄的中学体育老师来说，还不是小菜一碟？但要命的是，这位小姐早把舞蹈的章法抛到九霄云外，全然沉浸在一个虚设的情境和感觉之中不能自拔。慢慢地，他在她的召唤和启迪下，也自觉不自觉地走向那虚拟的情境和感觉。

　　一曲过后，他全然适应了这种气氛，也不再慌乱，两人便耳鬓厮磨地说起了悄悄话。他这才得知，她叫陆小艺，刚大学毕业，还没找到理想工作，在家闲待着，就常来跳舞。这一发现使他大受感动，原先为西部联大招生的那种虚荣感偷偷袭来，已统摄了全部的意识。他不由得窃喜，很为自己当过大学招生代办而沾沾自喜，也为自己能和女大学生起舞而感到骄傲。他此时更希望手机突然来个小插曲，能在这样的小妹面前炫耀一番、作秀一番，那又是怎样一种享受呀！突然，他有了感觉，仿佛是小艺的手在动，在抚，在捏，使他的周身一下子燥热起来。

小艺目光灼灼地嗔问:"啥嘛,这么硬的,难道是手电?"

他燥热的心不由得平复下来,应道:"不是手电,是手机。"

"那你一定是个大老板。"

"难道只有大老板才有手机?"

"但大老板并不虚荣炫耀,不像那些烂虾狂仔,几百元的小灵通,拿在手里不停地吆五喝六,挂在胸前唯恐没人看见,真是穷疯张!"

他觉得这话像是专门针对他说的,霎时脖子发红,脸颊发烫,嘴里只是连连支吾不再多言。小艺并未发现这一微妙变化,依然紧紧地依偎着他,话语轻柔得犹如春风戏柳。直到走出舞厅,直到分手,她含情脉脉的一瞥,使他不由得想起初恋时小倩那火辣辣的目光。他知道小倩还没消气,就想给她买点爱吃的东西。但他身上钱太少,买不起昂贵食品,只好买了几卷卫生纸,驮在车后回家。

小倩没睡,也没开灯和电视,只是坐在沙发上打盹儿。他知道,她一人在屋里是从来不开灯不看电视的,她说那样浪费电,不划算。此刻,他拉亮灯,她却不再嫌一个人拉灯费电,站起来一转身,独自进了卧室,把灯拉了个通屋光亮。他在沙发上坐了会儿,也进了卧室,小倩却又回到客厅。当他再次跟到客厅时,小倩早气得忍无可忍,恶狠狠地把卫生纸和破鞋烂袜子向窗外扔去,一边扔,一边诅咒:"谁稀罕你的卫生纸,谁稀罕你的破鞋臭袜子!……"毛每站着没动,也不敢阻拦,只是直愣愣地在心里叫苦不迭。他太了解她了,平时看起来文文静静,一旦动起怒来,就是法力无边的如来佛也拿她没办法。他曾领教过一回,那时他还住在学校单身宿舍,他怀疑她与内科主任有暧昧关系。这可激怒了她,一下子把屋里砸了个底朝天。之后虽然再没发生过此类事情,但这说明她此刻更是怒不可遏,难以阻拦,所以他索性不管不顾,独自回卧室睡了。

这一夜,尽管太平间没有哭丧声,小倩也不再怄气吵闹,但他还是睡得很不踏实,做了许多稀奇古怪的梦,不是玉皇大帝发来短信,就是龙王爷打来电话,要不就是唐老鸭在手机按键上跳舞,或是铁臂阿童木在手机荧屏里飞天。后来,手机掉进大海,他跳下去,刚抓住,这时海水突然变成小倩例假的经血,茫茫一片,血红血红。他用卫生纸擦呀擦呀,怎么也擦不完揩不净。一晃,那经血又变成学校女排夺冠的金杯……小倩、小艺和吕阿姨挤眉弄眼地微笑。校长和段老师嬉皮笑脸地向他献殷勤，他都不理不睬……

早晨醒来，他感到奇怪，梦里为什么都是玉皇大帝和唐老鸭等这些不着边际的东西，又为什么总是与手机脱离不了关系呢？难道自己只能是这样的低档次的文化素养，难道自己的荣辱尊卑真的与手机不无关系？一想到手机，他心里不由得一惊，忙在枕边摸。平时，他总是看完晚间新闻才关手机的，睡觉时就放在枕边。他在枕边摸了又摸，却什么也没摸着。他又拉过衣服找，上衣里没有，裤带上只有个手机的空盒。盒子是用上等牛皮做的，加了钢丝和衬里，硬硬的，手触时没一点空虚感。他把盒子打开又合上，反复了几次，突然想起来，昨晚，就在小倩生气回卧室的当儿，他似乎在客厅关了手机，又似乎随手把手机放在了茶几上。接着小倩开始扔东西，他当时太大意，忘了拿走手机。难道……难道手机也被她扔到窗外去了？

想到这儿，他惊得连忙穿衣下床，慌慌张张地闯出卧室，把客厅翻了个遍，仍不见手机的踪影。他又跑出屋子，在窗外找，多亏女贞树遮掩着，不然，这些"炮弹"早被人发现而爆出医院的头号新闻了。他在窗外找来找去，从窗下找过女贞树，又找过马路，一直找到太平间门口，还是没找见。怪了，这就怪了，手机会跑到哪儿去呢？他一边捡着昨晚被小倩扔出的卫生纸和破鞋烂袜子，一边纳闷。回到屋子，他才发现小倩上的早班，已经走了。他突然有了一线希望，祈求上帝保佑，最好让小倩把手机没收了或藏匿起来了。他从各方面分析，这一方案是完全可能的。为什么不呢？想想看，她因手机而怀疑，因手机而生气，但当她摔东西时突然看到手机，怎能不没收不藏匿起来呢？……整整一个上午，他就在这一假设和推测中快快度过，自然午饭也多了几个小倩最爱吃的荷包蛋。

谁料，这的希望原是个空的！小倩回来说她没拿也没见过他的宝贝手机。她说："我又不是三岁小孩，就是生气摔东西，也分得出便宜贵贱，怎么会把比我和儿子都值钱重要的手机乱砸乱摔呢？要不，快去问问吕阿姨和女排队员吧，看你把手机送给谁或忘在谁那儿了。嘘，真没想到，一个手机，竟把你弄得如此失魂落魄，这日子可怎么过呀！"

这一希望破灭后，他又绞尽脑汁地回忆昨晚的事。妈的，他妈的手机，到底会丢在什么地方呢？蓦地，一个娇滴滴的声音在他耳边回响："啥嘛，这么硬的，难道是手电？"他想，既然小艺能感到硬，就说明那时手机还在，不然，有什么东西会硬得使她如此惊讶尖叫？但是……但是，他紧接着又想起她说的另一句话："只有大老板才不会那样虚荣炫耀呢！"这话仿佛一句符咒，把他的虚荣心一下捆绑得牢牢实实，再也没了炫耀的勇气，自然也就没机会逗弄手机了。这是一个可怕的时间差和意识盲区，抑或灾祸正是在这无意识中不期而至的。小艺，这个可恶的女贼！他越想越觉得她是个贼，越想越觉得他的手机就是她偷去的。要不，一个女大学生，又那般漂亮，为什么会轻而易举地委身于人？此刻，她当时的贴面、摩擦胸、搂抱，甚至娓娓的细语都成了铁的证据。特别是临别的那一瞥，既是她成功的骄傲，也是对他的蔑视和挑衅。他真的后悔极了，当时为啥没识破她的伪装呢？为啥没打个电话或看一下时间呢？……是的，没说的，肯定是她偷去的！经过一个多小时的分析论证，他终于得出这个结论，现在该考虑是否报案和怎么寻找这个狡猾的女贼了。

毛每跑到医院门口，在一家小店里给自己的手机打电话，一连打了五六次，都说机主关机。他心里更肯定了，这说明他的手机果真在小艺手里，她果真做贼心虚，不敢开机，唯恐露出狐狸尾巴被人抓住。

打第四个电话时，恰好内科主任来买烟，奇怪地问："毛老师，你不是有手机吗？怎么也打公用电话？偷偷摸摸的，真像失恋的小哥们儿，该不是小倩被人挂搭走了？"

他放下电话，瞪了他一眼，攥着拳头回道："除非你这家伙！警告你，敢在小倩跟前嬉皮笑脸，就和上次一样，当心再给你两拳！"

主任走了，回头又惊奇地问："既然没问题，为什么小倩不接你的电话？兄弟，听我的话，光换电话号码没用，要解决实际问题呢！"

他又摆摆拳头，嚷道："快忙你的去吧，我的事不用你操心！"

放下电话，他来到电信大楼前的广场，想试试，看会不会碰见女贼卖手机。转了一圈，什么也没发现，他顺路去幼儿园。他唯恐碰见吕阿姨，便带着儿子向医院疾驶而去。回到家里，小倩没做饭，仍站在窗前望着那排女贞树愣神。见了儿子，她就像受了天大委屈似的，紧紧将儿子搂在怀里，两眼已泪水涟涟。

"贝贝，你爸不要咱俩了！"小倩对儿子说。

"你怎么给孩子乱说呢！"他瞪着她阻止。

"难道不是事实？不然，手机为何不翼而飞，又为何引来那么多闲言碎语？"

儿子忽闪着大眼睛，突然尖叫："手机！爸爸的手机，在我书包里！"

他简直不敢相信自己的耳朵:"什么,贝贝你说手机在哪儿?"

贝贝不耐烦地指指刚从身上卸下的书包:"说在书包里,就在嘛!"

"那我打手机你咋不接?"

"没电了呗!"

毛每话未落已打开书包,果然找见了手机,不由得失声惊道:"手机!我的手机,怎么会在这儿呢?"

贝贝盯盯妈妈的脸,努嘴说:"是吕阿姨给的,爸爸昨天去看她,把手机忘了。"

"简直胡说八道!"他捂着儿子的嘴,转而向小倩解释道,"唔,我想起来了。是这样,昨天我去接儿子,碰见吕阿姨,才知把时间记错了。真的,我和她只说了半句话,就走了。真没想到,手机偏偏就丢在那儿了,真是不可思议……"

"吕阿姨?又是吕阿姨!"她霍地站起来质问他,"你说,昨晚你干啥去了?半句话能说两三个小时?别再编故事骗人了!"说完,她拉着儿子进了卧室,砰地关上门。

毛每独自坐在沙发上,手捧失而复得的手机,陷入久久的难以说清的烦恼。妈的,真想不到,一个手机竟惹出这么大风波,现在该是了断的时候了。他想,继续用吧,买得起马配不起鞍,昂贵的资讯费使他难以承受;不用吧,三千元不就打水漂了?要不,就只好忍痛割爱把手机卖了,这样多少还能弥补一点损失。但他实在有些惋惜,真如此,那潇洒倜傥和时髦新潮的感觉又从何而来呢?难道就一辈子钻进"四堵墙"两耳不闻窗外事了吗?他站起来,在屋子踱着步,一会儿看看手机,一会儿瞧瞧卧室,一会又窥窥窗外太平间门前迷蒙的灯光,思前想后理不出个头绪,心里更觉烦躁,连连小声咒骂起来:

"哼,妈的,他妈的手机啊!……"

古城墙下

高高的城墙一挡，工棚里没了一丝风，闷热得要死。白天烤化的油毛毡味夹杂着卧铺里的汗臭和尿臊气，像发酵的粪坑，呛得人直闭气。

高谝独自在窝铺上翻弄。他只穿一件五麻六道的裤衩，身上暴起一疙瘩一疙瘩的肌肉，被浓密的汗毛网络着，像一座座围起铁丝的小山包。他像贼一样摸摸索索，然后，掏出一个小包解开，好家伙！崭新的一沓纸币。他飞快地把钱一分为二，两只脚上各压一匝，顺手拎出一双尼龙袜，套上，用手捏捏，稳稳的保险。他长吁口气，眼又四下绕绕，还觉不放心，又穿上凉鞋，勒紧带子，走走试试，这才安稳地躺下。

妙，妙，又防蚊虫又防贼，贼娃子纵然生出五只手，也休想从脚心里把钱偷走！

高谝明天就要回家了。他这次来西安下苦力，是托了老战友郑大泉的关系。大泉中标为修复西安城墙提供仿明代大青砖，有这层关系，插一两个劳力那是不在话下的。

半年多了，高谝凭着一副大块头和一身好力气，赢得工头和众民工的敬佩和信赖。护城河清基，别人一筐一筐把土往岸上拽，而他一锨就甩上去了。给城墙上运砖，每块十五六斤，他一次可背七八块，抵别人三四趟。更使众人惊异的是，那次工头不慎从城墙摔下来，竟被高谝像接篮球似的接住了。一时间，他成为威震工地的大力士，吸引众多小青年围着他要拜师学气功。今天下午，工头破例给他预发工钱四百块，并给假七天，让他回家与老婆娃团聚。那工头虽小他几岁，但有文化，脑瓜灵，又重情义，高谝接到钱时，感动得差点没叫声爷来。

嗨！如今这世道就是好，有智吃智，无智吃力，咱高谝有的是力气，如此奋斗两年，何愁盖不起二层小洋楼？

唔，盖什么式样的？端南正北还是东西盖？要不要晾台？楼梯放在左边还是右边？……去尿！高李庄这几年盖的房全都不入人眼。栽拐那楼像个爷庙；平平媳妇的房是货真价实的鸽子堂堂，嘻，野鸽，充什么富？还有跛子荣娃，那房跟他爸的棺材差不多……对了，千万千万，栏杆要菱形，有灵气，后辈准出人才。窗子要大，像金花饭店或唐城商场那种落地式。炕？不用不用，太土，烟熏火烤，还是床干净。要是冷，就买个电热毯，一夜睡起，被窝老是暖烘烘的，比搂着老婆还要销魂受用……他极力调用自己的才智和灵聪，把近几年看到听到最时髦最实用最能代表现代文明的东西呼唤出来，描绘成一幅光辉灿烂的图画。这将成为他近几年为之奋斗的目标，同时还要向全村人证明，他高谝绝非尻包笨种，而是一个顶天立地的汉子，是一个令人敬佩和恭颂的卓越之人。

本来么，高谝在高李庄就是个不寻常的角色。他参加过抗美援朝战争，有国防部部长授予的嘉奖令和一枚金质勋章。这些都是他对别人说的。他很会谝，比伯芳老汉说三国还津津有味，绘声绘色，不时夹杂几句半截朝鲜语和美国佬的嗷叫，真叫听者入迷忘食。不过他腿上的伤疤是真的，也的确有一大包奖章（混杂着多半纪念章和不知从哪儿捡来的五角星和八一铜纽扣），至于国防部部长亲手授予的嘉奖令和金质勋章，却从无人见过。追问紧了，他就说勋章化成了金镯子，他妈死时埋在坟里了，嘉奖令叫火燎了。啧啧，看他谝得多么轻松！

抗美援朝战争之后，高谝回家探亲，正逢母亲病重，他就再没返回部队。他用退伍费给母亲治病，剩下钱买了支铳枪和一条细狗，冬天撵兔打雁，春秋逛集上县。他不但力气大，胆也大。西村王泡家养着一条大狼狗，咬遍半个村。一天，那狼狗猛向高谝的细狗扑来，一下子就咬去细狗的半只耳朵。高谝气得两眼冒火，抓起狼狗后腿，凌空旋了十多个圈子，再趁势一掷，只听"嗵"的一声，狼狗正好撞在碌碡上，血浆四溅。那狗还欲挣扎，他再度上前，巨拳如碗，雨点般猛擂数下，那牲畜直挺挺躺着断气了。村人惊得目瞪口呆，连连赞叹。王泡也不得不恭维惊呼："英雄，英雄，高李庄居然出了个打'虎'英雄武二郎！"

高谝在高李庄最受顶礼膜拜的鼎盛时期，当在浮夸风四起的年代。饥寒出盗贼，更出英雄，一边是瓜菜代，一边是浮夸吹牛，于是就有了瞒产私分。那瞒产私分的手法五花八门，有的碾麦时故意把麦粒不抖净，存在麦草垛里，待后给牲口铡草，挨家挨户轮流出工，铡一天草，抖斗二八升麦，四五个人一分，就够各家吃几天。还有的干脆把麦埋在麦草垛里，等有了机会再分。于是，出现了一支奇特的稽查队，用竹竿、矛、橡子插进麦草垛里探宝。程序简单得很，插个井形，能戳透者无弊，戳不透者就扒开亮宝。

这天，当稽查队戳高李庄五队麦草垛时，长长的竹竿同样受到阻隔，戳不进去了。

社主任喊："谁是队长？"

队长早吓得躲了起来。大家正在着急，却见高谝铁塔似的站出来："我是。"

"这怎么解释？"

"是金匾，国防部部长亲手所授！"

"胡谝，什么国防部部长？你，你……"

"报告首长，不是胡谝是高谝，抗美援朝特等功臣的便是，郑大泉可以做证！"

三里湾党支书郑大泉明知这家伙捣鬼，想笑，又不敢，便向社主任耳语道："是这样，他多处受伤，立过战功，听说受到过国防部部长嘉奖！"

就这样，终于保住十多石小麦，这在当时等于挽救了全队三百多人的性命，群众对其恭维称颂不迭。

然而，高谝的骗局不久就被揭穿了。他的饭量大得惊人，一顿吃三大碗干面条和两块锅盔，外加一老碗面汤。肚子塞不饱，又不准打猎，枪收了，狗打死熬了化肥。他饿得眼窝成了酒盅儿，就偷拗玉米棒，铰麦穗，偷牲口饲料。偷红苕他不用镢头，顺便路过，一手抓两苕蔓，一提就是几窝。有次偷二队红苕，被人家发现，他竟把人家揍了一顿，差点出了人命。公安局出动七八人才把他捆了，拘留半个月，从此之后，高谝在高李庄受顶礼膜拜的地位就彻底崩塌了。

"溜——"

"方，方！"

"双——"

"单顶！"

外面的吵闹声吸引了高谝，他扯了块塑料纸，钻出工棚。城墙根下，民工们正在玩栽方。这是关中一种古老的乡间游戏，地上横竖各画七条直杠，组成六六三十六个方格和七七四十九个结点，甲用小棍棍儿，乙用胡基蛋儿，一人一枚地在结点上栽阎儿，然后再按"溜""单顶""方"等章法，直到把对方的阎儿掐光吃完为止。高谝过去常玩这戏法，称得上行家里手。他侧身钻进人堆，鸡屎眼一绕一绕，给临潼娃参谋。

"哎，先做个倒子，再方，双方，保赢！"

临潼娃如法炮制，果然大获全胜。

"哎，谝兄，你明天不是回家吗？"

"是呀，半年了，回家看看。"

"那好，该请客了吧？"

"请客，谝叔请客，吃西瓜！"

高谝说着不知从裤衩的什么地方扯出五块钱："这些日子，多蒙各位帮顾，高谝谢了！"

五块钱买来三个大西瓜，瞬间风卷残云。吃完，大伙各把塑料纸、草袋等就地一铺，都躺下了。

一边是朱明朝代的巍巍城墙，一边是新兴起的群楼巨厦，就在这悠久历史和现代文明之间，在这狭长而隐蔽的城墙根下，却是另一番天地。来自附近各县的民工，用自己的生活方式和爱好兴趣消磨时光，打发这热得人流油的夏夜。

"四软是什么？"有人问。

"棉花包，姑娘腰，火罐柿子，猪尿泡。"众人齐声抢答。

"三硬呢？"

"张飞矛，敬德鞭，碎娃牛牛金刚钻。"

"三噪呢？"

"猪挨刀子，驴叫唤，瓦碴堆里磨铁锨。"

"瞎娃的地方？"

"麦草堆，苇子壕，胡基背后砖瓦窑。"

"五心婆娘？"

"鼻涕流到前心，泡髻搭在后心，袜子溜到脚心，裤带吊在裆心，男人出门放心。"

"谝叔，婶子算几心？"临潼娃喊。

"一心，她对叔可是一心一意。"

"大脚，还是小脚？"

"下次把老婆带来，在西安风光风光！"

"对，把嫂子带来，上大雁塔照相！"

"逛兴庆宫！"

"到体育馆跳扭屁股舞！"

"呼噜——"高谝已进入梦乡。

大家谈兴顿衰，都望着夜空，不再作声。月亮中天高悬，透过城堞，给他们身上洒落一层银似的白光。街巷里人影稀少，只有城根的蛐蛐不知疲倦地叫着，与民工们香甜的鼾声一唱一和，融为一体，使古城的夏夜显得更加燠热而醉人。

高谝紧挨城墙而睡，两脚用水泥袋包裹着，紧紧蹬在一块大石头上。他头向里，胸脯贴着墙根，一只手搭在城墙的砖棱上。

忽儿，他发现巷口有两个人影晃动，眼睛蓝幽幽的，正窃窃私语，蹑手蹑脚向他逼近。他吓了一跳，忙爬起来，抬起包裹得严严实实的两只脚，向巷口另一头跑去。他扒上一辆运砖的卡车，回到家里，院子静得很，他随手把老婆揽在怀里。正在这时，儿子回来了，他羞得脸没处放，跑出门，又回到西安。大街上，那商场、剧院、饭馆，男男女女，红红绿绿，都瞪着眼，直瞅他的脚下。他正要逃走，突听背后有女人"嘻嘻"地笑，便见一个青年妇女，轻佻地向他靠近："住吗？"他躲闪一下，说："有地方！"那妇女把叹号听成问号，便答道："有，很近。十元。"他惊呆了："啊？你，年轻轻的，咋干这事！"妇女为难地说："没办法，男人有病，没钱治。""啥病？""坐骨神经疼。""好，走。"

妇女带他来到一间私人旅店，房间里真的有个男人躺在床上呻吟。男人见有客，正要回避，高谝忙按住他："躺着，别起来。你这病几年了？""七八年了。""我给你介绍泾阳一个老中医，两个月内药到病除。我叫高谝，他是我的朋友，一说我的名字，管保格外照应，收费低，花销少。这地方不可久留，明天就走，回家去吧。给，这三十块钱，就算我来了一趟。"

他说完把钱一掷，刚要出门时，两名公安人员突然闯进房子。他慌了手脚，不知如何是好。那两口子也像做贼似的吓成一团。两个多小时后，当工头把他从派出所领出时，他突然发疯似的朝电杆撞去，工头拦腰抱住了他……

"啊！……"他大喊一声，梦醒了。

高谝吓得出了一身冷汗。他摸摸脚，稳稳的保险，还在。可是，钱又能怎样呢？这件事虽然发生在十几天前，除了工头，再没人知道，但他还是不放心，心想，要是张扬出去，不知又要被人编派出什么稀奇古怪的故事，还有什么面目再见家乡父老？唉，谝某活到五十挂零，干过不少坏事傻事和蠢事，但从未有过招蜂引蝶的勾当呀！朝鲜打美国佬，宝鸡修水利，韩城筑铁路，多少漂亮妞想套近乎，咱都不多看一眼，没动过心呀！为什么偏偏在这阵儿出了差错呢？怎能向家人解释清楚呢？又怎能对得起大泉兄弟呢？唉唉，一人一张嘴，啥话都能说，这张人皮真是难披呀！

第二天，高谝起得很早，顺着一条小巷匆匆向长途汽车站走去。他已把昨晚的那个梦忘得精光，心情格外清爽，脚步也踏实有力。他决定给孙女买一件连衣裙，给儿媳买一双凉鞋，给老伴买一双丝光袜，再买两包糖果，三十元连车费足够了。

过了十字路口，他正要进一家商店，却见旁边有一圈人，吵吵嚷嚷。他好奇地走过去，只见人圈中有个长毛，用三张扑克牌在手中飞快倒弄，然后陡然停下，便有几个人争先恐后给其中一张牌上押钱，都是二十、三十的。长毛翻牌了，方块K，小伙输了，赔了不少钱。高谝连瞅了几牌，回回都被猜中，他不禁吃惊：这钱来得太容易了！

长毛的手又在倒弄，三张牌迅速飞转，呼，停下了。高谝看得准确，忙用手压住其中一张牌，向旁边一位紧腰女郎喊："这张这张，快押快押！"

女郎押了二十元，揭牌了，女郎赢了二十，并向长毛道："还有这老乡，也押了。"

长毛："钱落地算数！"

另两人："人家押了，就得给！"

长毛没办法，给了十元。高谝胆怯得不敢接。女郎捅他一下："管他呢，拿着！"

高谝接过钱，心痒痒的，盯着那方块K。方块K在长毛那十根细细的、被烟熏得黄亮黄亮的、如同钢筋棍似的手指间跳跃旋转，高谝的心和那鸡蒙眼也随着那十根钢筋棍飞绕翻转。还是那几个人，一个劲鼓动高谝快押。

高谝摇摇头："不来不来，我只看看。"

女郎："傻的，准中，快押！"

高谝终于动心了，掏出身上三十元，连同刚赢的十元，全押上了。这次果然又中，像变戏法，高谝手中的四十元突然变成了八十元。

又一轮开始了，高谝索性将八十元全押上，结果却输了。他不甘心，以为眼睛一时走神，没瞅准。他两眼还在直直盯着那牌，这次他没押，想再证实一下自己的眼力和运气，果然又瞅准了。此时不知财神爷的手触动了他的哪根神经，他忘了一切，忘记了老婆娃，忘记了偌大一个西安城，心里只有方块K，只有大团结，只有那二层小楼。而且，那小洋楼似乎就藏在长毛十根钢筋棍似的手指间，正在向着他笑，等着他去掘、去挣、去占有。于是他眼红了，心铁了，拼命了！仿佛当年上甘岭遇到敌人，把生死全置之度外。他瞅呀，瞅呀，清清楚楚地看到了那张方块K，就呼地用手按住。其他的人也一齐向这张牌上押钱，百儿八十的不等。高谝眼珠子四下绕绕，心更实在了。几个人鼓动他快押，多押，准赢。他在身上没有摸到钱，竟一时手脚慌乱，两脚往前一站。

"两只脚，钱全在袜子里！"

"好样的，痛快！"

"揭牌！"

"黑桃三！"

高谝"啊"地惊叫一声，呆了。明明白白的方块K怎么会变成黑桃三了呢？他只觉头"嗡"的一下，便跌倒在人群之中。等他醒转过来，长毛、女郎等早没了影儿。袜子和鞋撒在一边，袜子空空的，四百块，没了，全完了。

他双手撕那袜子，放声哭号：啊嗬嗬，天呀，地呀，西安呀！……

晚上，他独自躺在工棚里，完全是一副输得精光的赌徒模样。他是一个很要强的人，从未经受过离乡落难之苦，更不曾受人如此奚落和辱弄。他清楚地记得，当他被长毛那钢筋棍似的十个手指头撸了一下时，他不由得浑身战栗，担惊受怕得像一只遭受猎人暗算的小兔子。他痴愣愣地从地上爬起来，两眼直勾勾不绕不闪，死死盯着美人鱼珍珠霜广告牌愣怔。那袒胸露腹的长发女郎，正把羊脂球似的什物往那粉面上搽抹。他只觉恶心，堵得透不过一丝儿气，心里直咒骂不要脸的货！该露的不露，该遮掩的却赤条条暴露在光天化日之下。人啊，祖先啊，这是为什么呢？……慌乱之中，他忘记了穿鞋，忘记了给他以护佑和希望的尼龙袜以及那鼓鼓囊囊的黑色人造革提包，光着脚板，踉踉跄跄、漫无目的地在大街上转悠。

当高谝赶回工棚时，民工们早已混入附近的厂区看公演电影去了。他一头跌倒在铺上，落难思家的情绪折磨得他几乎发癫。当民办教师的儿子转正了吗？孙女秋秋上学了吗？儿媳翠巧养的鸡发瘟病了吗？老伴过日子在村里细发得出了名，她一定每晚都要端出那个小木匣，把存折一张张拿出来，向翠巧诉说："两千元了，等你爸这次把钱带回来，开春就盖房……"可是，他们能等到些什么呢？我能给他们带回去些什么呢？……想着想着，他竟像一个受屈的孩子嘤嘤地哭了。他恨自己，更恨西安，这地方钱好挣，更好花，花花世界啊！你是太亏了乡里老哥了啊！想到这儿，他恨不得马上飞回家去。可钱呢？他突然想起工头。天下之大，情义第一，工头待人不薄，高谝只有求助于他了。这么想着，他便爬起来，走出工棚，用仅有的三块钱买了两个大西瓜，向工头办公室走去。

办公室是"深挖洞"时的遗物，设在一家工厂的地下防空洞里。唔，到了到了，工头一定正忙着办公哩！这大个工程，是好是坏，是赔是赚，公家只拿他问话。从河南到陕西，独自一人，人地两生，真不容易呀！

高谝毕恭毕敬地来到办公室前，他刚要推门进去，屋里却传出女人的笑声。他暗觉稀奇，打算走开，不料却被女人那熟悉的声音吸引住了。

"哈哈！你手下那个大力士，只两三回合，就败光了，四百整，长毛耍得不赖。给，四十，算你的信息费。拿着，管他呢！"

瞬间，高谝只觉天转地旋，眼前的城墙和心中的二层小楼顷刻土崩瓦解，倒塌了。他气得胸毛竖立，鸡蒙眼涨得要炸，眼里全充了血。他一脚踢去，门已破开，两个正在厮磨调情的畜生猝不及防，抖索着吓作一团。高谝狠狠将两个西瓜砸去，那两人头上、身上，全被瓜皮瓜瓤瓜子瓜汁糊了。高谝揪住女郎，啪啪连扇，那粉面上即刻留下血淋淋的印记。工头跪着讨饶："谝兄，我说漏了嘴，不是有意，真的，我赌咒！"高谝嗯嗯两声，刚扭过身，又掉回头。对，这个伪善人的脸面，也该留下记号。于是啪啪，左右开弓，十条指印立即变成十条血口子。工头双手掩面，疼得号叫，鲜血从手指间溢了出来。

日妈个拐！一群流氓，贼，魔鬼！高谝骂着、咒着，昏沉沉撞出门，把施工队的牌子顺手扭下，在膝上磕成几片，扔进护城河。

高谝神志恍惚，孤魂似的独自站在古城墙下，两只巨大的手，紧紧抓着那浸透自己汗水和心血的砖棱，指关节嘣嘣响，灰浆和砖粉簌簌落下。月色迷离，城墙黑黑的，一层一层，像一部古装书简。这部记载中华民族悠久历史和灿烂文化的书，高谝无论如何是读不懂的。他甚至怀疑，这座朱明王朝兴建的城墙，有没有必要这么兴师动众、破费巨额钱财重新修整呢？……唉唉，不修了我又该去干什么呢？自家的二层小楼还盖不盖呢？

古城墙下不时传出他悲凄和幽怨的哀叹声，久久地，久久地……

屋外那座青冢

一

雪白的楼板房屋顶渐渐暗淡下来,像有一把奇形怪状的刷子在给它抹上一层灰色。那灰色从小到大,由淡到浓,像烟,像雾,像开笼的蒸气,一晃就弥漫整个屋子。屋里的家具、摆设、衣物都变得朦朦胧胧、模模糊糊,分不清形状和颜色,一拨儿笼统。

整整一个下午,韩芸芸就这么睁大眼睛,平躺在炕上,像中风似的一动不动。她头脑也一片笼统,空荡荡白茫茫的。在这空荡和迷茫中,有一个声音,不像是发自她干涩的喉咙,而像是来自屋外,来自刺槐林后的那座青冢,声嘶力竭、揪魂摄魄般撞击这院富丽堂皇的楼宅,撞击院子铁将军把守的走门扇,撞击着窗户上的钢筋棍儿,在她心中久久回响:"命运!命运!命运!……"

她还差五个月零十三天才二十二岁。

二十二岁,在农村,正是风风火火、不知天高地厚、充满诗情画意的时光啊!可她呢,却是一个年轻寡妇,一只失去自由的笼中鸟。她悔呀,悔透了心。悔不该做伪证使大宝锒铛入狱,更悔不该糊里糊涂嫁给唐记修理店老板的独生儿子唐才才。现在倒好,弄得家不能和睦相亲,婚不能生儿育女,活不能自由自在,死不能清白无瑕。唉,像这样人不人、鬼不鬼,连一只麻雀都不如,活着还有什么意思呢?难道,这就是爱情吗?这就是婚姻吗?这就是家庭吗?这就是人生吗?如果是,她宁可当尼姑,宁肯一死了之,也不要这样的爱情、婚姻、家庭和人生。

可是她不能死，她才二十二岁，刚刚打开人生的书，还没有读完第一个章节呢！

二

屋外，两三里处有一片刺槐林，林子后面孤零零耸立着一座青冢，在夕阳照射下，那冢反射出耀眼的光轮，幽幽的，迷离不定，最能勾起芸芸的回忆和不着边际的胡思乱想。

芸芸知道，那冢里埋着唐朝皇帝的一个妃子，叫杨玉环。她是历史上一位有名的大美人。她至今还记得小时常唱的一首民谣："杨贵妃，笑雪黑……"当时人们传说，那冢的白塔土搽在脸上可以使皮肤光洁嫩白，所以周围几十里以外的姑娘媳妇都跑来朝圣美容，如此你一把、我一捧，掘着掘着那冢就愈见矮小。芸芸自然不会放过这样的机会，她常常一个人去掘那土，用不要钱的"雪花膏"把脸颊、脖颈、手，甚至大腿都搽满。这土还真灵验，果然使芸芸变得细皮嫩肉、粉白红润，甚有一番姿色。但后来，又听说那美人原是皇帝的儿媳妇，老皇帝见了心迷，就生出许多借口，把儿媳调入深宫，此后就成了他的宠妃。芸芸觉得这事别扭，心里总不是滋味，便对那青冢有了反感，不再迷信，更不再去掘那土搽脸美容了。

然而，正是这座青冢，给芸芸纯洁的感情蒙上一层灰尘，并因此而导致了这场人生的悲剧。

那年，她十七岁，读高中二年级。

那是一个充满希望与憧憬的年龄，是一个理智不能驾驭感情的年龄，是一个神情恍惚、托着下巴胡思乱想的年龄。随着羞涩和成熟悄然来临，她对自己生理上一系列变化感到相当迷惘，心中便腾起复杂的感情，开始爱美，喜欢照镜子，喜欢看着自己的影子走路，喜欢在神不知鬼不觉中腾起一个暗含秋波的眼神，把感情的信息传递给扰乱自己思绪的理想国中的王子。这个王子就是大她三岁的高考落榜生蔡大宝。

那天，在三合镇，她遇见大宝。大宝说他搞到两张京津沪明星大联演的门票，要芸芸和他一同进城观赏。芸芸一听有大明星，心就动了，回家给妈妈编了谎话，就跟大宝一起进城去了。看完节目，时已傍晚，没了班车，他俩就徒步回家。渭北高原的夏夜，凉爽而恬静，两人一前一后，穿过那片刺槐林，来到那座青冢前，突然大宝疾走几步，拉住芸芸的手。芸芸像被刺扎了一般，急急地抽回手，两腿弹出三尺远，面对面站着不动。大宝并不灰心，挨近她，伸手把一撮白土搽在芸芸脸上，嘴里还直喊她黄毛妞妞。起先，芸芸老大不自在，骂大宝坏。后来，当大宝那热乎乎渗出汗珠的手在她脸上搽着抚着时，倏忽间一种异样的感觉传遍全身，像鸡毛在心中撩拨，心尖儿一颤，脸就烫，便不由自主地靠在大宝有力的肩膀上。大宝逗她，抚她，抱她，亲她。直到走到她家门口，直到二人分手后，芸芸心中那种痒痒麻麻的感觉还浓得化不开，像电影镜头一样，挺有意思，挺好玩的呢。

傻呀，真是一个傻女子！当一个少女一旦把自己隐隐所感的春潮和情窦无意间用一种看得见、听得到、摸得着的方式表达出来时，就好像水库打开了闸门，使平日波澜不惊的水面猝然掀起轩然大波。芸芸很冲动、很新奇，悄悄地把这种感觉告诉给妈妈。她很自豪，感到自己长大了，开始有了女孩子特有的感情和隐秘。妈妈大吃一惊，把这事告诉给爸爸。爸爸又叫来舅舅，三人整整盘问、谋划了两天两夜。接着就报警，非要告大宝侮辱芸芸不可。芸芸惊恐万状，束手无策，又怎禁得住父母苦口婆心的劝说和开导，便无可奈何地写了证明，按了指印。既然芸芸已承认这件不是事实的事实，那么大宝还有什么可争辩的呢？就这样，大宝以猥亵流氓罪被判处一年徒刑，但这却使芸芸从此声名狼藉，羞得连学校也无脸再去了。

"人在事中迷"，当爸爸妈妈突然醒转过来，突然掂量出事情的利害关系时，一切都难以挽回了。小姨得知后和妈妈大吵一场，吵毕把芸芸领进城里，给她带小孩避风头。芸芸在小姨家住了两年，具备了城里人的生活习惯和待人接物的一般素质和修养。但她并非那种眼高手低、见异思迁的人，更不属于那种充满浪漫色彩和交际本领的姑娘，她自认为蠢笨，属贤妻良母型。她更知道自己的条件和处境，不敢想入非非，时时以一个失身农家女的标准要求和设计自己。正是由于这一传统伦理观念，才使她轻而易举地屈服于父母之命、媒妁之言，昏昏沉沉地把自己的青春、自己的命运交给一个她不爱的人，一步步走向感情的低谷，品尝人生的苦果。

三

屋子里静悄悄的，院子里静悄悄的，听得见西宝公路的汽车声和三合镇那个修理店的电焊声。那电焊机刺刺啦啦，焊花灼灼，直刺眼目。芸芸原先就怕那声、那光，后来听人说，那光看久了要害红眼，那声听久了会流产，就越发慌得害怕。她劝才才别干那活，当心亏阳损肾，绝了唐家香火。才才鼻子一皱，吸吸溜溜地吸鼻涕，鸡蒙眼也随着焊花贼亮："唏唏屁，只要母鸡下蛋，还怕蛤蟆跳门槛？"

陕西地方邪，说着说着就应了验。芸芸和才才结婚后，女儿家的春潮果真被那恶魔似的焊枪攫抓着，没有一日的欢情，没有一丝的愉快，更没有和大宝在一起时的那种微妙的感觉。才才每晚睡觉，权当炕上没有这个媳妇，连一句体贴多情的话也不给枕边撂，就独自倒下，鲤鱼亮鳔，一时三刻便吸着鼻子呼噜呼噜大睡了。起初，芸芸还以为他不懂。他不懂她也装不懂。她就用遮丑布把人的本性包裹得严严实实，欺骗对方，也欺骗自己。一月两月过去了，新房里依然风平浪静，这就引起芸芸的疑虑。她脑子里一片空白。空白易发奇想，于是她撕掉那块遮丑布，主动向才才表示热情和温存。

芸芸挨近才才："你不爱我？"

才才一蹬脚："爱你的爱！"

芸芸柔柔地："我会很好待你的。"

才才又一蹬脚："待你的待！"

芸芸把脸贴过来："咱们会幸福的。"

"骚货！"才才把芸芸推到一边，"唏屁母猪寻猪娃呀！老实点！"

芸芸受到伤害，但仍强忍着："你不想要儿子？"

"你能生儿子？"

"能的。"

"咋生？"

芸芸一激动，搂住才才："你就不会疼人吗？"

"嘿嘿，唏屁这能生娃子……"

才才好像惊蛰后的虫蛹，经过太阳的孵化，好大一会儿才回过神来，便笨拙地、生硬地、不和谐地做出各种努力和反应。但一切全是徒劳，接连几夜，都只是干响雷不下雨。芸芸从感情的峰尖跌进低谷，她彻底失望了。她曾恨过自己，恨自己没有本事，不是一个完美的人，而是一个没用的女人。她感到痛苦，蒙着被子哭了，哭得很伤心，很凄惨。

才才却变得异乎寻常地暴躁和蛮横："唏唏屁，假女人，没的好揍！"说着，真的动起手脚，揭掉被子，在芸芸白嫩的屁股上又是拧又是掐又是试拳头。发泄完毕，他把裤子一蹬，吸溜着鼻子，趔趔趄趄出了门。之后他就一直睡在修理店不回来。这楼宅里的新婚洞房，实际成了一间冰冷的牢笼。

四

活寡！这对芸芸是多么沉重的打击啊！晚上，她独自一人趴在窗台上，望着庄后的那片刺槐林，望着林子里的那座青冢。月光似水，蛙声阵阵，揉搓着她的哀怨和愁肠，勾起她长夜的叹息和啜泣。白天，她不得不暂时忘掉这一切，强打精神，单怕公婆有所察觉，单怕给这个四口之家蒙上不愉快的阴云。公公婆婆无事一般，该干活照常干，该做事照常做，该来往的人照常来往，外人看不出一点破绽，但细心的芸芸却观察到一些明显的变化。先是刚进院门的照壁搬掉了，后是漂亮的楼房廊檐多了一块驱邪的圆镜，再后就是院门看得很紧，白天门总是关着的，而且婆婆很少出门，整天伴着儿媳妇重复那听得芸芸耳朵生茧的大实话。婆婆不厌其烦，芸芸也得硬着头皮听下去。

婆婆说："公鸡不叫鸣不是公鸡。"

媳妇点头："是哩。"

"母鸡不下蛋不是母鸡。"

"是哩。"

婆婆说到这儿，用狐疑的目光盯着芸芸。芸芸看出婆婆的用意，却羞于开口，脸腾地一红，一个少妇特有的眼神过后，岔开了话题，笑道："妈懂的真多。"

婆婆不懂那飞逝的眼神，忙不迭问："芸芸，告诉妈，你和才才晚上睡得可好？"

她把"睡"和"好"字说得很重。

芸芸低下头，抿嘴一笑："好着呢！"

"那就好，那就好，我还以为……"

五

纸里包不住火，时间就是试金石。婆婆整天扳着指头算呀算呀，一个月、两个月，一年多过去了，却不见芸芸有何反应。这下婆婆慌了神，三天两头索秘方、请神婆、拜菩萨。公公平日严肃死板的面孔更加阴森可怕。才才也一反常态，回家次数多了，一进屋子，横挑鼻子竖挑眼，稍不顺心，就鼻涕吸溜，拳头乱舞，常常打得芸芸鼻青眼肿。打毕，还进行攻心战："打乖婆娘揉到面，你不下蛋也得下蛋！"

芸芸何尝不想生个儿子呢？她知道，在人们眼中，她是个"不干净的女人"。正因为如此，她才甘心降低择婿标准，嫁给人称"二货"的才才，应了"绿叶配红花，西葫芦配南瓜"的俗语。在命运面前，她显得很脆弱、很胆怯，她没有别的奢望，只想与才才和和睦睦过日子，生儿育女，把一切希望和乐趣都寄托在未来的儿子身上。她也知道，生儿育女，顶门立户，对于这座楼宅又是何等重要啊！公公原是汽车修理工，有一门好手艺，提前退休后办起车辆修理店，雇了七八个徒弟，生意很红火，票子像流水似的往家里淌。当时，父母正是看上这份家业才逼她嫁给唐家的。她觉得自己对不住这一家人。她也劝婆婆别着急，再等两三年，或许会好的。万一还不见效果，那就让才才另找一个，她回娘家去。但婆婆深知儿子的德行，更舍不得芸芸，就分头领着儿子和媳妇去医院检查，做最后的努力。才才检查的结果她不知晓，但婆婆走出妇科时脸色很不好，还抹了眼泪，对她说："芸芸，太不幸了，原来是你有病，不生。"医生送出门口，也劝慰："不要着急，吃些药，也许会好的。"

芸芸已有心理准备，所以也不怎么伤心。可是回家后，许多事情又引起她的怀疑。婆婆再也不过问芸芸看病吃药的事，相反却领着才才三天两头往医院跑。而且院门看得更紧，原来白天关着门，现在只要芸芸一个在家，院门总是反锁的，甚至后墙上还加了玻璃碎片和铁丝网，这个家，完全变成了一座牢狱！

昨晚，电视节目不好，芸芸没心思看，就自个儿回屋里了。很久，她听到屋外有响动。她知道电视节目播完了，那是公婆上茅房的声音，老两口晚上常是一同上茅房的。他们以为芸芸睡着了，她无意中听到公婆蹲茅坑时的私房话，声音断断续续，是小南风刮进芸芸敞开的窗户的。

"只好……借种……"是公公浓重的鼻音。

"谁？"

"还有谁！"

"不要脸！"

"总是唐家血脉么。"

"这叫乱伦！"

"这么大家业，难道传给他人不成？"

"也倒是……"

芸芸耳朵嗡的一响，顿时闭了气，忙紧闭上眼睛。她觉得自己心跳完全停止了。接着，是异常的寂静。

经过深思熟虑和察言观色，她心中已有了一个周密计划。她相信自己的力量和决心，一旦时机成熟，她就会奇迹般地冲出这个棺材一样死寂的楼宅，冲出这个禁锢她三年美好时光的囚笼。现在，她十分疲倦，眼皮涩涩的，头脑发闷，昏昏欲睡，便恍恍惚惚进入了梦乡……

六

"嗵——"

突然，一个沉闷的声音像是从屋顶掉下来，冷不丁把芸芸从梦中惊醒。

芸芸浑身发怵，紧缩成一团，正待探头向屋外窥视，却见有人闯入房中。

"芸芸！"

芸芸惊呆了："大宝?！你怎么进来的？"

大宝喘着气："翻墙！"

"你来干什么？他会打死你的！"

"你呀你，就不敢和他离，跟我走，走得远远的。世界大得很，赚钱的路也多得很！"

"不可能，你别这么想……"芸芸不打算轻易把自己的计划透露给大宝。

大宝说着就去拉芸芸。

芸芸忙向旁边一闪："别碰我！"

大宝急了："你还蒙在鼓里！告诉你，才才是个二姨子！"

芸芸不屑地："我知道。你走，快走吧！"

大宝暴怒起来："知道了为什么还要守空房？"

大宝这一问，使芸芸先头滋生的那种女性的自豪感又激发起来。她觉得今天是个好机会，她计划中的几个细节必须有大宝帮助，脑子便很快一转，当机立断：

"大宝，你会开锁吗？"

"什么锁？"

"暗锁，公公房门的。"

"有螺丝刀吗？"

"有。"

"拿来。"

芸芸把螺丝刀交给大宝，二人来到公公房门口。

"门开了，再开大立柜。我在院门口望风。"

"嗯，快去。有情况，就吆喝鸡。"

大宝把螺丝刀插入门缝，一挤一挤，暗锁滑动几下，就开了。他走进房门，又很快打开大立柜。妈呀！他不由得大吃一惊，新崭崭的大团结像衣服一样捆了一大捆。大宝吓得不敢用眼看，赶忙拿了螺丝刀，丧魂失魄似的跑出来。

"芸芸，全打开了，你快来，我望风。"

芸芸在大立柜里翻腾起来，一捆捆大团结扔了一炕，她终于在一个皮夹里找到自己要找的诊断书。她赶忙把钱放好。立柜锁不住，她就又出来喊大宝。大宝锁上立柜和房门，这才轻轻舒了口气。

芸芸把一张妇科检查表展开让大宝看："大宝，你看，我一切都正常！"

"这就是证据！"大宝气愤地说。

男人的同情往往会得到女性的信任倾心。大宝的话使芸芸大受感动。此时，只有此时，她才发现自己的感情和大宝已紧紧融合在一起，再也不能没有他，再也离不开他了。他是她生命的柱石和依托。她不能再犹豫，不能再隐瞒，便把自己的打算和计划和盘托出。大宝要她立即行动，以防夜长梦多，耽误时机。她说等天黑行动方便。她拿出两根钢锯条，让大宝把后墙窗户的钢筋棍锯断两根，再用胶布缠好。大宝佩服她的计谋，如法炮制，一切就绪。

芸芸向大宝投去一个眼神："你真心爱我吗？"

大宝点点头："嗯，我发誓！"

"在我没和才才办手续前,你不要找我。"

"以后呢?"

"我去找你,到你家。"

"今晚……"

"你现在就走!才才和他爸早留心你了,一把雪亮的尖刀正等着你哩。时间不早了,你快走,走吧!"

"晚上我在窗外接你。"

"不用不用,你快走吧!"

"晚上有朋友拉西瓜,我让他把你捎进城。"

"就这。"

"记住,十点整,蛐蛐叫。"

"好了好了,你快走,小心才才回来动刀子!"

大宝像一只猫,在院墙下一纵,跃了过去。

七

大约掌灯时分,芸芸听到院门开锁的声音,她忙探头一看,果然是公公回家了。

公公是一个很有心计的人,他经营的修理店由于给顾主极高的回扣(车是公家的,发票随便开,回扣实际还是揩公家的油水,修理店收入分文不少),汽车司机都乐于在他的店里修车。而且,工商所、税务所、派出所的人都或明或暗得过他的好处,所以一切尽如人意,生意越做越红火。有了钱,他就摆起阔绰、装潢起门面,从言谈举止到衣食住行都很讲究。他一面追求旧时大户人家知书达理的气质,又一面崇尚现代阔佬体面高雅的情调,注重门风、声誉、家教和面子,竭力使自己和这个家在三合镇树立一个有文化教养的形象。这一切,曾深得芸芸对他的崇拜和尊敬。自昨晚听到他在茅房的私话后,芸芸心中的偶像倒塌了,她彻底认清了他那虚伪奸诈的嘴脸,但她只能把这些想法埋藏起来,装作和往常一模一样,且比往常更为亲切周到,使他毫无察觉和防范。

芸芸端来洗脸水:"爸,洗洗。"

公公气色很好:"今天进城洗了个澡,身子干净得很。"

芸芸毕恭毕敬："那就擦擦汗。"

公公接过湿毛巾，很讲究地叠了两叠，然后在额头、下巴、脖子上像抹痱子粉似的轻轻挨挨，又将毛巾递给儿媳。

"我妈没回来？"

"她想在城里住两天，逛逛。"

"我去端饭吧？"

"不，吃过了。"公公说着脱掉尼龙短衫。

"才才呢，他不回家吃饭？"芸芸接过公公的衬衫，随手挂在衣帽架上。

"别管他。"公公脸色变得很难看，"猪狗不如，哪儿都能吃。芸芸，把电视打开，今天星期五，有秦腔。爸难得有个空闲，今天陪你看电视。"

芸芸开了彩电，又随手打开风扇。四频道，正在演《虎口缘》。

芸芸坐在折叠椅上，屏着气，心里总是进不了戏的情节。看了一会儿，她推说身体不适，就向公公告退。

"不舒服就早早睡去。"公公关心地说着，临了又叮嘱，"睡时把门窗打开，透透风，当心中暑！"

公公独自一人躺在沙发里，看着看着就迷迷糊糊地梦见周公。直到十一点半，一阵奇怪的嗡嗡声把他惊醒。睁眼一看，电视节目早播完了，荧屏仍有混乱的信号和嘈杂的嗡嗡声。他关了电视，没开灯，静坐着养神。院子很静，他想芸芸肯定睡着了。他觉得自己很年轻，好似返回到三十年前血气方刚的时日，身上冒着青春狂澜，直撞击得他晕头转向。他努力稳住情绪，思索良久，终于站起来，走出屋子，轻手轻脚地向芸芸房子走去。

"芸芸——"他怕吓着她，便轻唤一声，正要进门，又陡然止步。他犹豫起来，觉得不伦不类，难以启齿，不想妄为，脊梁骨直渗冷汗。可是，一想到三合镇这独一无二的楼宅，一想起几十万元的家业，这一切又算得了什么呢？何况，根据他的观察和分析，芸芸肯定也这么想着，她何尝不恋这份家业，何尝不想早生贵子，何尝不想成为唐记修理店合法的继承人呢！是的是的，为了不断唐家宗脉，这场戏只能这么演下去，就像《虎口缘》，除此而外再无他路可寻。

"芸芸——芸芸——"他还是那么轻唤着儿媳的名字，轻柔中带有长辈的温存。

"芸芸——芸芸——"他又唤了两声，没人应。这娃，还睡得挺死的。

公公像夜游神似的飘到炕前，轻轻坐下，用手去摸。唔，这凉席，冰凉凉的。对，这是折扇，展开着。他把扇子拿在手中，他想，可以给儿媳妇打扇，乘风凉。这娃，怎么把毛巾被缠成一疙瘩？年轻人，火气旺，一丝不盖，就图凉快。他又摸着枕头，一种异样的气味刺得他喘不过气，嗅嗅，对了，是香水，一定是她迷人的头发散发的。他就去摸头，从这边到那边，摸了个遍，却没有。他又去摸身子、摸腿，全都没有。他慌了手脚，忙跳下炕，拉亮灯。他惊呆了，炕上空无人影。他慌忙跑到院子，朝茅房喊，也没人答应。他又到厨房、客厅和二楼空房里一一察看，全都不见芸芸。他一阵战栗，不知发生了什么事。下楼时，他不小心摔了一跤，头磕在扶手的铁栏杆上，吱吱响着直发闷。他不敢怠慢，跌跌撞撞又回到芸芸房子，四处搜寻、察看，却没有任何痕迹。最后，当他走近后窗，撩开窗帘时，才发现锯掉的钢筋棍。他头嗡的一下，啊了一声，踉跄后退两步，便瘫倒在儿媳的炕上。

不知过了多长时间，他总算睁开眼睛，但神态木然，思维不畅。他极力回忆刚才发生的事情，但脑子里一片模糊，什么也记不起来。他总觉得眼前有两只萤火虫，荧荧的、幽幽的，像鬼火似的在屋子里飘荡，然后飞出后窗，飘向那片刺槐林，飘向月光下那座影影绰绰的青冢……

八

半年后，韩芸芸和唐才才经法院正式判决，二人离婚，但芸芸没有带走唐家一财一物。不久，芸芸与大宝结了婚。大宝在城里办起一个布匹商店，男跑外，女管内，生意倒也兴旺。芸芸很少回三合镇，有时不得不回时，也绝不在唐记修理店下车，不是先一站就是后一站。她仍然心有余悸，怕见那光，怕听那声。尽管大宝告诉她这是迷信，没有科学道理，但那笼罩在心头的阴影却一时半刻还不能轻易抹掉。不过有一点却变了，那就是她不再忌讳那座青冢，有时还和大宝去那里参观，站在杨贵妃墓前拍几张风流小照呢！

而唐记修理店，自从公公昏倒在儿媳炕头后，他就一直抱病不起，住院三月无效，终于抛下大把家业去世了。公公死后，婆婆将修理店转卖他人，但儿子才才死活不依。婆婆无奈，只好依了儿子，将徒弟全部辞退，封了账户，把这个店交给才才经营。才才办店，支大于收，不图挣钱，只求好玩，从此唐记修理店变得冷清萧条起来。

有人问才才："傻娃，芸芸快抱儿子了，你不后悔？"

才才亮鼻皱皱，焊花就咝啦响："唏唏屁，芸芸算鸡巴毛！老子不是唏屁倒霉，早该唏唏娶三房唏姨太了！唏屁她能生娃？生下娃也是我唏屁唐家的种！"

十八爷

一

> 走一步退两步等于没走，
> 吃二两扇四两还要找头。
> 他大舅他二舅都是他舅，
> 高桌子低板凳都是木头……

天刚亮，高音喇叭就响起来了。

他就是一个高音喇叭，是一个行走的高音喇叭。

他个子很高，却长得不直溜，老远望去，仿佛一根歪脖儿电线杆子；脑袋特大，圆圆的，架在磨掉棱角的两肩之间，活像喇叭口不住地旋转播唱；走路时由于关节不灵，左腿微跛，落地时便不受控制地磕打右脚后跟，使人不由得想起戏台上敲梆子的情景。每敲一下，身后紧跟的小黄狗就用嘴舔一下他的脚后跟，嗅梆子的响屁。

他就这样走着唱着，缺牙短气的嘴不时重复着不知从哪个野沟洼捡来的几句老掉牙的秦腔唱词。声音虽然沙哑含混，却颇为雄壮激昂，在雀儿庄的大街小巷回响。霎时，临街矗立的不同颜色、不同造型、不同建筑风格的小楼，几乎在同一时刻全都打开了门。

"十八爷早！"两个骑摩托的青年喊。

"吃打。"他磕着脚，步没停，唱未止。

"十八爷又广播了？"一群小学生问。

"吃打。"他仍未从戏剧情节中脱出。

"十八爷，今日膳事何如？"南街老神仙摇头晃脑地站在他面前。

"是，遵令！"十八爷陡然站住，神秘地道，"上级有令，谁敢糊弄？不然，军法论处！吓！"

十八爷说着，右手一撸，五指勾起一支手枪，就向老神仙瞄去。老神仙吓得直向后缩，却撞在几个年轻妇女身上。

她们互相推搡，掩嘴直笑，只管向十八爷迎去。

"十八爷，今天在我家用饭！"

"十八爷，去我家，我给您摊煎饼！"

"跟我去，我给您老包饺子！"

媳妇们言辞切切，感情真挚。十八爷却置若罔闻，全然不顾，手枪遂成话筒，箍在嘴上，发号施令：

"铃响啰！上工啰！听着，今午，妇女脱裤子，男人爬肚子……"

西府口音，把"抹裤腿"说成"脱裤子"，把"拔豆子"说成"爬肚子"。十八爷少了两颗门牙，漏气跑音，说得更是生动真切。媳妇们亦不见羞，依旧掩嘴直笑，争抢拉拽十八爷。她们一个比一个精明，一顿饭，换一个好劳力，此等经济效益实在难得，所以谁也不愿放弃这个大好机会。

"不像话！"十八爷使劲一搡，甩脱众家媳妇，跳上三虎正在发动的拖拉机，喝道："嗯？成何体统！铃响了，还允许这么磨磨蹭蹭吗？听着，再说一遍，今午，妇女脱裤子，男人爬肚子。这是命令，军令如山倒！"

媳妇们不再敢违误，跺脚摊手，无可奈何地扫兴而散。

十八爷欲再发挥，忽觉两腿颤动，细看才发现自己正站在敌人的坦克上。他知道，敌人在十几辆坦克的掩护下，企图抢渡春香河，从背后向我军发起进攻。我军二〇五师只一个连在河对岸设防。上级命令：不惜一切代价，阻敌于河西，坚守二十四小时，我主力部队即分两翼同时集结，前后夹击，全歼敌部于春香河两岸。军令如山倒！他奉命加入"拔钉子"队，专门爆破敌人坦克。当他爬上第三辆坦克刚要放炸药包时，突然从背后射来一梭子子弹，他跌倒了，昏了过去。等他醒来，发现自己左腿被打穿几个洞，成了敌人的俘虏，躺在中国战俘营。他后来才知道，那次阻击战虽然成功了，但因上级指挥失误，主力部队未能按时集结，全连将士伤亡惨重，幸存的二十多个伤员也成了俘虏。

"妈妈的！宁可战死，不做俘虏！"

十八爷大骂一声，遂向小黄狗喝令道："小黄，冲呀，拔钉子！"

小黄汪汪两声，嗖地蹿上车厢，围着主人打转。

拖拉机发出突突声，烟筒冒着浓烟。

十八爷见这恶魔，气得龇牙咧嘴，两眼发红，飞起一脚，非但没有把那驾驶舱踢坏，还把他的脚踢得怪痛，一个趔趄，跌个尻子蹲。他"嗯啊"叫了声，不理那脚，站起来，刚要再踢后窗玻璃时，突然车身一晃，一股浓烟卷来，将他掀下车。他熟练地打个滚，匍匐在地，嗷嗷大骂美国佬。

三虎鬼笑两声，拿着摇把走过来，连忙搀扶他。十八爷望着摇把两眼生亮。

"缴枪不杀！"

"我缴！我缴！"

十八爷接过摇把，瞧瞧，又掷得老远："妈的！烂尿卡宾，还不如老子的来福！"

三虎去捡摇把。

十八爷也不再纠缠，率着小黄，一步敲一梆子地走了：

走一步退两步等于没走，

吃二两屙四两还要找头。

三虎喊："十八爷，跟我坐车进城，请您老吃羊肉泡！"

十八爷继续唱：

他大舅他二舅都是他舅，

高桌子低板凳都是木头……

十八爷踏着"吃打衣采咚采吃"的板眼，神采飞扬，又进入戏剧的情节。

他以军人自居，要执行命令。

他以队长为荣，要发号施令。

他就在这命令别人和受人命令的设定下，排演着一生最精彩、最辉煌的章节。

二

在爷字辈里，无论怎么排序，他也排不到第十八位。

他家兄弟仨，他排行老二。若按"五服"算，亦不足十，且本族无此先例。据族规，凡同姓同族，不分贫富支系，只要是同辈，都该"押名"，统一按族排序。上推两辈之爷们，名皆押"世"字，如"世芳""世德""世荣""世杰""世才""世平""世康"云云，据说上"荣"者有十八人之多。父辈均押"国"字，如"国泰""国安""国裕""国玺""国俊""国章""国兴""国民"种种，虽"荣"上不曾续及，但扳指细算，也不少于三十之众。到了他这辈，因老四当了土匪，老六上了陕北，各自拉杆子另打旗号，这一族规才渐次混乱。那时他尚年幼，每年春节团拜，拜到最后只剩下他独自一人，气得就在地上打滚哭闹，骂母亲偷懒把他生得迟，光给人家磕头却没人给他磕头。后来他又寄希望于本族众多年轻的姨姨婶婶，盼望她们快生下一串串小兄弟，以改变此种狼狈地位。

他盼呀，盼呀，直盼到新中国成立前夕，谁知世事大变，"抗日""胜利""解放"乃至再后的"土改""互助""抗美""建设"等新名词应运而生，层出不穷，"押名"的章法彻底乱套，排行也以十六而告终。一村三街所剩的爷辈最有身份的老神仙，能把四书五经背得滚瓜烂熟，却始终没弄清"十八"的秘密。好在，当今不兴敬"荣"续谱，众人这么叫，老神仙亦这么叫，小他七八岁的小兄弟，他却不得不叫人家爷，十八爷！这样叫了几十年，竟记不起他的真实名字了。他记不清，十八爷自己也记不清，所有侄侄孙孙也记不清。十八爷，已成了他的名字和代号。

至今，十八爷参军时用的什么名字，他也记不清了。那年，他二十岁，刚定亲，大嫂碎练子做媒，对象是她的远房表妹。正当父亲张罗要给他成亲时，地球那边的美国却漂洋过海地来欺侮朝鲜。中朝唇齿相依，侵朝就是侵华，毛主席一声号令，他便加入浩浩荡荡的抗美援朝队伍，雄赳赳气昂昂地跨过了鸭绿江。

那时他尿床，一天晚上睡到半夜，尿水从二层竹楼淌到楼下，两个四川兵气得大骂大叫，连长过来一看，才发现他的被子尿得湿漉漉的，上面画满地图。这事叫上边知道了，决定送他回国。连长是个汉中娃，头脑极发达，想了个主意，要给他治病。那晚，他的水龙头刚刚开启，屁股上突然挨了沉沉两脚，接着听见连长一声大喝："紧急命令！"他惊叫一声，紧刹龙头，霍地站起，不顾裤衩还淌着尿，忙立正行礼。连长下令道："向右——转，开步——走！下楼，拐弯，在院子跑十八圈！"天气很冷，冻得他直打哆嗦，但他不敢违令，军人嘛，就得执行命令，军令如山倒嘛！他跑呀，跑呀，慢慢地，不冷了，出汗了，水龙头也感觉不憋了。他终于跑完十八圈，从此再也不尿床了，且对上级的命令更加奉若神明。

一次，他奉命抓"舌头"，谁知用力过猛，"舌头"脖子被卡，长时间换不过气，走到半路就断气了。他二话没说，翻过一座山，再次潜入敌人工事，又巧妙地抓了一个"舌头"。这次他特别小心，连路也不让"舌头"走，背着他一路小跑回到驻地复命。

还有一次，连部命令三排深入敌阵，诱敌出洞，然后用"布袋逮猫"的办法，歼灭敌人。大家明知这是虎口拔牙，凶多吉少，正在犹豫，他却把手一挥："军令如山倒！还等什么？不怕死的，跟我来！"这真是一场恶仗，他们虽然伤亡不少，却出色地完成了任务。敌人被诱入山谷后，突然枪声四起，喊声震天，敌军一个加强营全军覆没。

那次阻击战后，他被送进战俘营，编号"中俘十八"，事情就这么奇巧！从此，这个两位数符号，就承载了他终生痛苦和耻辱的记忆。他不吃不喝，饿得天天见瘦，敌人就叫他当伙夫，他甩手不干："老子是中国兵，只听中国长官的命令！"一个美国兵顺手就打他耳光，呜里哇啦地鬼叫。翻译鹦鹉学舌："他说，你是俘虏，他的话就是命令！"后来，他知道是给自家兄弟做饭，就答应了。一天，他给关在岗楼里的一个神秘人物送饭，刚走上楼梯，突然传来一阵撕心裂肺的惨叫，他忙透过铁窗朝里看，只见几道奇怪可怕的光线照在一个人身上，那人像疯子似的在地上打滚，拼命地抓头捶胸，不时发出尖厉的惨叫。当那人脸转过来时，他惊呆了，喊了声："连长！"腿一哆嗦，就从楼梯上掉下来，昏死过去。醒来后，他的脑子变得空空洞洞、模模糊糊，精神失常，疯了。

作为中美双方交换的第一批战俘，他提前被送回国内，经过几个月治疗，虽然精神有所恢复，但记忆力减退，言谈举止也与正常人大不相同。战俘，中国战俘！当他和那位盼望英雄凯旋的未婚妻重逢时，当他把一件红条绒外套递给她时，当他神经兮兮地说出战俘编号"中俘十八"时，她流泪了，使劲地撕扯那外套，撕得衣领破了，衣袋扯了，纽扣掉了，然后她把衣服团起来，狠狠地向他甩去,呜呜哭着跑出房门。他不知发生了什么事,捡起两枚纽扣,快快地走了。出门时,他看见大嫂在对面屋子探头看他,嘴边还撇出一丝怪笑。

从此,雀儿庄便有了"中俘十八"这样一个人。时间长了,人们又把前边两个字省略了,就叫他十八,十八侄、十八弟、十八哥、十八伯,直到十八爷。他已失去正常人的理性思维和独立生活的能力,但始终记着自己是军人,是军人就得服从命令听指挥!他尊上级为神明,视命令如生命。只要是上级的指示和命令,不管正确与否、难易如何,他都能慨然从命、坚决执行,绝不会走样变形。在之后的合作化、公社化、"大跃进"、学大寨那种特殊环境下,这一性格得到更大限度的拓展和发挥,他简直就是"唯命是从"的化身。生产队长、大队长、大队党支部书记、民兵连长、贫协主席、妇女主任,甚至连团支书等凡大小多少带点官衔的人,都是他的上级,都可以向他发号施令,而他也都能尊之奉之若圣旨,一一照办执行。因此,队上村里许多棘手事,非请他出马不可,而且"请"时必须用命令的口气,口气愈强硬则效果愈佳。

那年,刚实行公墓制,群众阻力很大,队长就向他下了命令。他扛起铁锨,抄起斧头,见坟就铲,见树就砍,连续干了三天三夜,队里的大坟小坟全没了坟头,坟旁的树木都掉了脑袋。众人也拿他没办法,只好迁了坟,挖了树,平了坟场。父亲大骂他是"二杆子""白眼狼"。他一个正步开拔,回敬老子道:"上级有令,谁敢糊弄!"

还有一年,正闹饥荒,大家就在收工时做手脚,偷队里的玉米棒、豆子、红苕、棉花,干部们防不胜防,只好在村口设卡搜查。他行罢军礼,慨然奉命,像在朝鲜跑"十八圈"一样忠诚之至,一个一个地搜查人们的提笼、衣袋、衣袖,连裤裆也不放过。搜大嫂碎练子时,她将衣襟一揭,露出两个大奶头,用手一捏,哧的一下,奶水射了他满脸:"真是二尿货!拿鸡毛当令箭!给,搜,你搜!"逗得一伙婆娘媳妇哈哈大笑。

他唰的一个立正,无比虔诚地向妇女们喊话:"军令如山倒!违令者,军法论处!吓!……"

大家只好奉命行事,一个个都得乖乖地接受他的搜查。

三

虽然十八爷干过不少诸如掘坟、搜身之类的傻事，但人们并不记恨他，相反，都很敬重他，因为他听指挥、好使唤，谁家有什么急事、难事，如逮鸡、挑水、搭猪娃、垫茅坑、挖红苕窖等，只要一声令下，他都赴汤蹈火，在所不辞。他把这当作最大的享受和荣耀，也是他人生的唯一信条。

但后来，这信条开始动摇了，最先表现在婚事上。母亲早灰了心，以为不会有人把姑娘嫁给儿子，所以不再想这事。父亲却不死心，到处托人求媒。族中人也四处张罗，先后给他提了几门亲，但不是哑巴聋子，就是傻子二姨子，他死活不从命。说他不想这事吧，却把红条绒外套上的两个纽扣恭恭敬敬排在一大包纪念章旁，一有时间就看着那东西出神。

后来，还是碎练子穿针引线，介绍了城里一个大洋马。大洋马是大嫂城里舅舅的邻居，原在大集体工作，身高体壮，长一脸麻子，二十八岁还没主儿。舅姑叔伯，轮番做工作，他就是不执行，气得大队贫协主席锅锅十三不得不向他发出最后通牒："这次再不完婚，就没收你的复员证，开除军籍村籍！"这一招果然灵验，他一个立正，慨然奉命，高高兴兴地和大洋马领了结婚证。

婚后，他对大洋马百依百顺、唯命是从，叫他买雪花膏就买雪花膏，叫他烧炕他就烧炕，叫他倒尿盆他就倒尿盆。结婚三年，大洋马一直不显怀，他不懂，也不想这些。不久，他的父母相继去世，弟弟当了兵，家里只剩下一个上级和一个下级，他简直成了她的勤务兵。慢慢地，他对这种命令淡漠了、厌烦了，有时就不免违令和顶撞。大洋马过惯了城里生活，对如何在农村持家过日子一窍不通，就和他大吵大闹。她不叫他"十八"，而叫他"十六加二"，又把"二"叫得特别响亮。那"二"即二尿、二杆子、二百五、二姨子（假男人）之总称。她编着戏文骂他、咒他，骂过咒过还不过瘾，就三天两头往娘家跑，有时一跑就是一月半年，如此两年过后，她竟然抱回个小驹子。她很自豪，企图用小驹子拴住十六加二的心。

但这时的十八爷，却变成了另一个人，他不再甘心受别人的指挥和命令，而是要指挥和命令别人。他要在家里试验。他不管大洋马是丑是美，反正是自己老婆，是老婆就得听丈夫的指挥和命令；他也不管小驹子是不是他的种，反正是自己儿子，是儿子就得听老子的指挥和命令。

他真的要做丈夫和爸爸了!

他向大洋马发出一号令:"给我捉虱!"

大洋马嗑着葵花子,只当没听见。

接着是二号令:"给我挠痒!"

大洋马惊愕得脸上的麻子一动一动,像即将飞出的一群苍蝇。

当发出第三号令时,他的语调降了整整八度,连"我"字都省略了:"洗脚!"

大洋马顺手端起脸盆,连同半盆脏水恶狠狠地扣在他的头顶。

"混账!造反啦?崩脑壳!"

十八爷暴跳如雷,大骂一声,扑过去,骑在大洋马身上就抡拳头,打得她屁股蛋坑坑洼洼的,脸上也青青紫紫的。大洋马还在"十六加二"地大骂不休,身体却动弹不得,早成了一摊烂泥,吓得小驹子趴在炕上,手刨脚蹬,哇哇哭叫。十八爷第一次发号施令,第一次动手打人,第一次彰显了男人大丈夫的尊严,感到很满足。他甩下大洋马,转过身,见小驹子还在大哭大叫,便一个立正,连发三令:

"闭嘴!"

"肃静!"

"不许哭!"

三道命令发出,小驹子全没反应,哭得更厉害。他越发气恼,勾起手枪,在儿子面前一晃,吼道:"军令如山倒!再哭,崩脑壳!"

大洋马吓得一骨碌爬起,跳上炕,把小驹子紧紧搂在怀里,母子俩直哭得天摇地动。

试验失败了,砸锅了!

大洋马一气之下,抱着小驹子回了娘家,一去就是十几年。后来政策宽了,她在城里开了个小饭馆,连户粮关系都转走了。

四

十八爷独自躺在破厦房里,隔着腰墙仿佛还能听到大哥在前院发号施令。

"大虎,渠水下来了,你去浇自留地。二虎,缸里没水。三虎,瓮里没面。四虎五虎,帮你妈蒸馍,给你二爸送去,那兵痞,三四天没动烟火……"

他很羡慕大哥，他太了不起啦！他老实巴交的常受人欺侮，回到家却俨然是个长官，一声令下，五只虎都得乖乖听他指挥。

大哥长他七岁，按族中排行应为十二。大哥膝下五只虎，都已娶妻生子，孙子可编成一个加强班。前年，他给老五盖了房，娶了媳妇之后，像一头精疲力竭的老黄牛，刚一松套，竟一病不起，与世长辞了。大嫂碎练子是个能棍棍，当年过门才一年，就像老鼠翻食似的把家里的浮财和婆婆的金银首饰、漆具细软等，连偷带哄，全转移到了自己的闺房，并趁着小叔入朝，想着法儿分家。四间庄子，以中为界，大哥住前院，父母和他还有三弟住后院。现在，大哥的五只虎都建造了新宅，分帮另过，前院只剩下碎练子孤零零一人。弟弟胜利当兵回来找了工作，方向盘，油水大，媳妇又有一手好裁缝手艺，日子红火体面，新屋造得比老爷大堂还阔绰；虽无子嗣，却养着上下左右四个影，一个个如花似玉，大添了本族女儿国风采。

只有十八爷还在老庄子后院长期留守。祖先传下的三间厦子房，无增无减，破破烂烂，像瓜地庵子，与四周新盖的一砖到顶的大房一比，真是癞蛤蟆跳进荷花池，显得格外丑陋和刺眼。他不会操持家务，不能独立生活，不懂世故和应酬，纵有一身牛劲，也不知如何使用，慢慢地变得懒懒散散、无所事事、游手好闲。墙倒了，门塌了，屋破了，院子长满一人多高的荒草，成了狗连蛋、猪寻猪娃、猫儿叫春和老鼠过会的天然场所。侄孙们为他筑起一道篱笆墙，他却扒开口子当门走。弟弟胜利在城里焊了一扇铁门，正叫人给他安，他却跑过来，把门推倒，指着兄弟就骂："牢房！推倒，不要，不要门！"

他从不动烟火，分的粮食往房子地上一倒，老鼠吃得多人吃得少。他仍然一天三响听铃响，铃响了，就出工，再也不像过去那么听指挥、卖力气，能转就转，能混就混，饿了就到别人家干些零碎活，吃顿现成饭。他有时几天不回家，就在饲养室、瓜地、菜园、砖场，随遇而安。他已穷得叮当响，家里没有一件像样的东西，出去自然不用锁门。

他唯一宝贵的东西是一包纪念章。这些记载他光辉历史和人生之旅的圣物，别在一块红绸子上。第一排是抗美援朝的军功章、红五星和胸章；第二排是中朝友谊纪念章、中苏友好会章、和平鸽和八一铜纽扣；第三排是各式各样的毛主席像章，有塑料的、陶瓷的、锡的、铝的和绒布的等，大小不同，造型各异，五彩纷呈；第四排是大学、中学、小学的校徽、女人的发卡和雪花膏瓶上的商标等；

最后一排是两枚四个眼儿的黑塑料纽扣，是用白线一针针缝上去的。

这些圣物和红绸子原先是挂在墙上的，后来就被他取下来，装进一个黄色军用背包里随身携带，一有时间就拿出来看，好似眼前升起的一面红旗、一把火炬、一颗金色的太阳！

他看着看着，突然烦躁起来，好似丢了什么，魂不守舍。他终于想起来了：妈的，好多天没听到铃响了！他知道，如今世界正发生大变化，听说四川、河南等省都把地分了，牛也分了，又要单干了！所以村里这些天乱哄哄的，队长不干了，铃没人打了，人都成了一盘散沙。

这还了得！铃，那就是命令，是冲锋号呀！在战场上，号声一响，冲呀！杀呀！谁不听，没说的，崩脑壳！

一辈子听惯别人命令和指挥的十八爷，突然失去了别人的命令和指挥，让他简直没办法活下去了，世界好似也一下子变得阴森起来，空洞洞的。但他同时又产生一个怪念头：我何不去打铃，去当队长？家里试验失败，何不到队里试验呢？他不但要指挥大洋马、小驹子，还要指挥和命令老神仙、碎练子、五只虎、四个影……想着想着，他神不知鬼不觉地来到正街，威风八面站在古槐树下，望着树杈上的铁铃和空中飘动的铃绳，犹豫不决，跃跃欲试。他往手心吐口唾沫，搓搓，几次捉住铃绳，又畏葸地缩回手，顺势躺下，跷起二郎腿，用鞋底打着脚板，好似敲着梆子，哼哼唧唧地唱着：

他大舅他二舅都是他舅，
高桌子低板凳都是木头……

他望着树杈上的铃出神。他真不明白，那像美国佬头上的钢盔、像大洋马的麻子脸一样的铃铛，系条麻绳，打起来，就可发号施令，全队人都得听它指挥。起先，他以为那是一个符号，就像他，人们不叫他十六而叫他十八，叫惯了，就是一个存在。后来他又一想，那不只是存在，更是一种权力，没权，还不和碎练子敲猪食盆盆一样，只能叫来一伙猪娃！所以，那铃，其实就是权力的象征，没权顶个屁！

"十八爷，我爷叫你吃饭呢！"

十八爷一骨碌爬起，只见天娃老七的孙子枣胡站在面前。他对这一家人印象很好，老七和他儿子福堂，包括儿媳草草，都待他公正平等，不拿他当下级使唤，也从来没在他面前用过命令的口气，但今天，他却要试试自己的命令是不是灵验。

于是他向小枣胡命令道："去，给爷把饭端来！"

不大一会儿，小枣胡果然端来一大碗捞面条，还有一骨蒁蒜。天娃老七也端着碗跟来了。

十八爷大口大口地吃着，那面条又筋又长，筷子一挑，一尺多高。

七爷蹲在他面前，道："十八老弟，以后饿了，就到我家吃饭。现如今，政策要变，你也得有个打算，这样下去，总不是个办法！"

十八爷吃完，将碗往地上一蹾，如一位大腹便便的绅士："政策变了，我要发号施令了！"

说着，他毫无怯色地捉起铃绳，使劲抡起来。

"当当当！当当当！……"

铃声把各家大人小孩都引出门来了。大家感到惊愕、诧异，互相打听和议论着。

十八爷目睹了铃的权力和威严，更是沾沾自喜，用手箍起话筒，大声命令：

"铃响了！听着，今午，妇女脱裤子，男劳爬肚子……"

打这天起，十八爷成了雀儿庄三队的名义队长，按时打铃、派活。好在，此时改革之风已经盛行，"大锅饭"制度开始动摇，生产队名存实亡，所以对生产并未带来什么损失和影响。但人们还照样听那铃声，照样跑出门来，照样接受他那"脱裤子""爬肚子"之类的命令。这样坚持了三个月，他发现铃声越来越不起作用，先是大家虽还听铃声，还听他发号施令，但下去后却各行其是，进城的进城，上集的上集，揽活的揽活，跑生意的跑生意，全不把他的命令当一回事；再后，人们虽还照样听铃，也跑出门看看，却不再听他的指挥命令；最后，连听铃和出门看的人也没有了，十八爷打铃还不如碎练子敲猪食盆盆。十八爷非常灰心，将铃绳一甩，走了。路过各家门口，他怒气冲冲地骂道："军令如山倒！在战场，都该崩脑壳！"

之后十多天，再没听到铃响，人们这才觉得丢了什么，又少了什么，一打听，原来十八爷病了。

人们跑到老庄子后院去看他。弟媳和左影、右影带着医生要接他去城里治病，他死活不去。他知道，她们母女五个，从农村跑到城里，办起服装公司，做出口生意，成老财东了。他不愿和有钱人来往。过去，弟媳给他做的各式各样的衣服，他一件也不穿，都拿到集上换了老鼠药。胜利三番五次托人带话，要他住到他家去。他却向来人道："他媳妇，和大洋马一样，扔下家，跑到城里混，都不是好人！我不去！"现在，尽管弟媳和侄女好话说尽，但他还是不愿进城看病。好不容易请来了医生，医生给他仔细检查了身体，说一切功能正常，只是情绪不好，随之取出"安神丸"之类的药物，叮嘱其按时服用。弟媳留下三女左影，又坐车进城了。

碎练子也经常来看他，给他送些饭菜。她数落道："我说呢，他二爸，你再也不能这么混了，还不如到前院去，好歹有口现成饭，不然，我这当嫂子的，也不好做人。"老嫂子说这话时眼里含满泪水。她觉得在婚事上，她有些对不起他，只有这样，才好弥补这些遗憾。十八爷连眼皮也不抬，把她送的饭向旁边一推，撂出几句恶语："端走你的猪食盆盆！我啥都知道，甭给我挽笼头！"

是的，十八爷看透了人，看透了这个世界。人太可怜、太可悲了！一生忙忙碌碌、哭哭笑笑，都是为了命令和指挥人或者受人命令和指挥。这世界，太简单了！人都想命令和指挥人，又都免不了受人命令和指挥；或者先被人命令和指挥，后命令和指挥人；或者先命令和指挥人，后被人命令和指挥；要不，就永远命令和指挥人或者永远被人命令和指挥。人一辈子，就这么回事。世界，也这么回事。他妈的，太可怜、可悲了！

他只能想到这么多、这么深，以为把什么都看穿看透，便不再生病，不再打铃发号施令，也不再立正遵命向别人称臣。他不想命令别人，也不要别人命令自己。他捡到一只小黄狗，就精心饲养，整天领着它游游转转，四海为家，嘴里总唱着那四句大实话，无所谓哪里来，无所谓哪里去。人们不再听他的命令，也不再命令他。有时，他也帮人干活，也到别人家吃顿现成饭，但那不再是出于命令或是被命令，而全凭他当时的情绪，乐与不乐。高兴了，又干活，又吃饭，干得卖力，吃得香甜；不高兴了，鸡鸭鱼肉摆一桌，他也懒得拿正眼看。有时，他也几天不进饮食，或到地里刨红苕、烧玉米棒充饥。有一次，他在砖场吃了三天胡萝卜，吃得拉稀不止，连路也走不动，后来才被几个侄儿用拖拉机送到地段医院。

不过，有时他也常做"遵命"和"命令"之状，但那只是重温旧事，是一种神经质病态的反应，绝没有实施和执行之意，所以人们也不计较，相反都乐意做他命令和命令他的对象。如此演习娱乐一番，各自散去，他也不多纠缠，径自唱着"大实话"扬长而去：

走一步退两步等于没走，
吃二两屙四两还要找头……

五

十八爷率着小黄，哼哼唧唧地走出村口，见迎面驶来一辆卡车，便把手一挥，向小黄命令道："阻击战，拔钉子！"

小黄跟在他身后，汪汪叫着，向"坦克"冲去。

卡车在离他十几米远的地方停下来，车里探出一个"美国佬"。十八爷从肩上取下背包，夹在腋下，弓身跑去，将"炸药包"投进驾驶室。这时，车门被推开了，"美国佬"笑嘻嘻地向他走来。

"哥！"那人叫。

"混账！抓俘虏！"他抓那人衣服。

"我是你兄弟呀！"

"舌头！"

弟弟胜利只好任他抓弄，不再多言。这样一来，十八爷反倒茫然了，不知所措。他似乎认出了弟弟，眼里射出狡黠的光芒，嘿嘿干笑着，说了声："回来了！"转身就走。

"你到哪儿去？"胜利拉住他问。

"砖场，前沿指挥部！"他一派军人口气。

胜利搂住他的双肩："哥呀，我是专为你回来的！走，上车，回家去。"

十八爷摇摇头，眼里的光彩消失了。

胜利比哥哥矮一头，但长得壮实，他靠紧哥哥："哥，关于你的事，我想和你商量一下。"

"我没事！我很好！"他从车上取回"炸药包"。

"不能老这样子呀！这几年，你看看村里，大变样了，家家富得流油，四合院换成小洋楼,你却……我不忍心呀!再说,咱整个家族,过去是很体面的,就是咱爷咱爸,也都在人前说话响当当,咱不能给祖先抹黑,更应为你着想呀!"

十八爷从来不愿听这样的训诫,但此时似乎被一种什么情感所打动,默默站着,手塞进背包摸弄纪念章,嚓嚓地响,引得小黄不停地蹭他的腿。

胜利几乎是乞求地说:"哥呀,我和左影她妈商量了,把你接到城里去,给她当库房保管员,也有个落脚的地儿。要不,就搬到我家去,二层楼,房子那么多,却没人住,权当我求你看家呢。要是孤单,就叫左影回来给你做饭,伺候你。等我退休了,也回家住,咱兄弟俩也该享享老财东的福了。"

十八爷似听非听,耳朵耷拉着,高眉骨下的深窝窝眼闪着琢磨不透的光,嘴角抽动着,终于挤出一句话:"将在外,君命有所不受!"随之把手一挥,喝令小黄火速开拔。

弟弟一把没拉住,他已跑出很远。胜利耸耸肩,望着哥哥远去的背影,叹了口气,无可奈何地上了车,开车进村。他没去哥哥家,也没回自己家,而是把车停在老神仙九哥的家门口。

老神仙听完胜利的打算,连连点头,直呼:"早该如此!早该如此!"他接过胜利递的香烟,吸着,稀疏的山羊胡须一翘一翘,末了,疑虑道:"不过,这事我怕说不通。过去不是没说过,他就是不上道,这犟牛!"

胜利诚恳地道:"九哥,还须你多费口舌。"

"路要跑,话要说,单怕事办不成。"老神仙思量片刻,道,"我看,还是叫老七去,他服老七!"

"也行,叫七哥去。万一……"胜利压低声音,向九哥附耳道,"万一说不通,就上硬的……"

"啊?!"老神仙吓得叫起来,"这怎么行!这是犯法的事啊!"

胜利脸上掠过一丝痛苦的表情:"你想想,有那三间破房,他能死心吗?再说了,全村人都住上了新楼房,就他那破草庵,太丢人现眼。为了族人的体面,也为了他,只有这样。"

老神仙捻着胡子,踱着步,思谋着:"对,对,这也算一步好棋哩!"想着,又转身向胜利道,"不过,这事怕得和村干部通个气,以防后患。"

胜利说:"这事我去联系,还有三虎呢。你和七哥,只需做好他的工作。"

老神仙:"那我找七哥去。"

六

吃罢午饭，老神仙和天娃老七回来了，他们一无所获。十八爷，那犟牛，根本不接受。他俩费尽口舌，举遍例子，古今中外、天上地下，好话说了一河滩，他却充耳不闻，只是逗着小黄装疯兜圈子。

于是，胜利的第三方案开始暗暗进行。傍晚时分，胜利领着侄儿三虎、四虎来到后院。他们在院里转了两圈，又在房里翻看了一遍。碎练子从腰墙豁口看见他们，就向后院喊：

"三虎，驹子要回家了？"

"是我三爸！"

"他钻那猪窝干啥？"

胜利走出屋子，拍打着手上的灰尘："天冷了，该给老哥备些柴火烧炕。"

碎练子："哟，他三爸，你也不瞧瞧，炕早塌了，再说，炕好着他也不烧。"

三虎："明天就盘炕。"

碎练子："那就再备些细柴末，没有柴末续火，光烧不顶用。三兄弟，晚上过来吃饭。"

大嫂从豁口处消失了。胜利和侄儿火速把院里的柴草往厦房里抱。干完了，四虎又在屋里翻腾，希望能找到几件值钱的东西。

三虎悄声训四虎："别舍不得这些破烂！最值钱的东西，就是那包纪念章，他早带在身上，别妄想了！"

半夜，当人们正睡得香甜的时候，突然传来断断续续的敲铃声。人们被惊醒了，都觉得奇怪，几年没听过铃声，会不会出什么事了？大家纷纷跑出门，却不见十八爷，大槐树下，小黄狗正扑跳着抓拽铃绳，那铃声断断续续，如泣如诉。

"当——当当，当——"

人们更觉奇怪，怎么不见十八爷呢？便都向老庄子后院瞧去。这一瞧，人们傻眼了、惊呆了！啊，火，火，十八爷屋子起火了！火光冲天，烧红了漆黑的夜空。

"十八爷家着火了！"

"快呀，救火啊！救火啊！……"

人们呐喊着，惊呼着，纷纷向火光冲去。

胜利和五只虎已提前赶到。

碎练子拿着盆子端水。

三虎阻拦母亲："让烧去，反正屋里也没啥值钱东西。"

碎练子："那也不行！祖上传下的房子，那是他的魂！"

三虎财大气粗："烧了破房，再盖洋楼！"

村长福顺："也是，反正那三间破房，也太碍眼！"

五虎："不破不立。不烧掉，我二爸不会离开这儿。瞧四周，都是二层楼，就他这院，破烂不堪，有碍村容！"

大家听罢，觉得这话说得也有道理，就不再着急，都站着未动，观看那火焰在空中涂抹出奇异的图案和色彩。

突然，火焰中闪过一个身影，人们心里一紧，不由得想起十八爷。

胜利急得脸色大变。

三虎小声对他说："点火时，我把屋子检查了，我二爸不在里边。"

碎练子听到儿子的话，顺手就给三虎一个耳光，还要骂什么，一口气没上来，瘫倒了。

胜利向火里冲去，三虎向火里冲去，人们都向火里冲去。但来不及了，火势正旺，一切都在大火中焚毁。

那影子又跳了一下，接着传出狗的一声吠叫。胜利再次冲进火海，把小黄狗抱了出来，它被烧得面额焦黑，不时发出尖厉的怪叫。

火终于被扑灭了，人们扒开灰烬寻找，却未见十八爷的骨殖。天亮时，大家又到处找，果园、菜地、砖场、井房都找遍了，全不见十八爷的人影。

悲哀啊！悲哀啊！

胜利跪在灰烬上，用手一把一把地挖那废墟，眼泪一串串往下掉，却哭不出声来。

五只虎陪着三爸恸哭。

老神仙和天娃老七也像罪人似的垂头跪下，一语不发。他俩一跪，在场所有的男女老少，全都跪下来，哭声响成一片。

"啊啊！十八爷，十八爷啊！……"

尾　声

　　自从那场大火后，老神仙变得沉默寡言，再也不见他摇头晃脑地讲"三国"、说"水浒"了。天娃老七更加孤僻，和谁也不来往，也不说话，简直成了哑巴。碎练子更是一病不起，半年后仙逝了。村长福顺不久也辞了职，在辞职会上，他给新任村长三虎提出一个要求：给十八爷塑个石头像。

　　三年后，当三虎把前任村长的这个要求提交村民大会通过时，一伙年轻人坚决反对，提出盖一座俱乐部更实在。于是，老庄子的腰墙被拆除，十八爷的后院和碎练子大嫂的前院被打通，再后就耸起一座富丽堂皇的俱乐部，新建了许多文化体育设施。那个铃就挂在俱乐部门口，由前任村长福顺大伯代替十八爷，每天晨昏，敲铃开馆，和城里人一样，开展一个个健康有益的文体活动。

　　这天晚上，老神仙兴冲冲地跑到棋牌室，发布了一则特大新闻：十八爷没死！他现在给儿子驹子的木材公司当门卫！

　　这一新闻瞬间传遍各个厅馆，人们纷纷跑来，把他拉到礼堂舞厅，要他讲个仔细。

　　"九爷，你不是说梦话吧？"

　　"十八爷那晚没在屋里睡？"

　　"九爷，驹子认他吗？你咋见到他的？"

　　九爷老神仙不慌不忙，从衣兜掏出那包纪念章，像一面红旗在手中一展，道："瞧，这就是信物！他把这送给我了。那晚，他在公路上挡住一辆拖拉机，进了城，原只想游转几天，后来不知怎么想起大洋马，就满城找，找不见，就去派出所问。派出所有个人知道，告诉十八爷，大洋马在一次车祸中身亡，她儿子驹子是省城三秦木材公司的经理，他是驹子的战友。就这样，十八爷在省城花了整整三天三夜，终于找见了驹子，驹子就认了他这个爸……"

　　"他现在怎样？还'脱裤子''爬肚子'地发号施令吗？"

　　"还立正遵令、受人指挥吗？"

　　"还唱那老掉牙的'大实话'吗？"

　　老神仙绘声绘色地又讲开了：

　　"那天，我去省城看我家大孙子，晚上没事，就在城墙下转，看到前边有个人练太极拳，便走过去，竟吓呆了，天爷！那不是十八爷吗？难道碰见鬼了？他也认出我，一个立正，就抱住我。那晚，我俩说了一夜话。他还发号施令，还像个军人！不过，那绝不是说疯话、发神经，而是正儿八经地发号施令。譬如，谁要进门，他就命令：'站住，登记！'胜利知道了，就去看他，也得登记，连领的四个影也要一个个登记画押。还有，门口出出进进的大小车辆，他把手一挥，喊声停，就是皇上的八抬大轿也得听他指挥！啧啧，瞧那，才是真正的军人，真正的命令！军令如山倒嘛！有时，他也要立正遵命，但命令他的人只有一个，那就是他的儿子小驹子……"

"嗨，好威风！那才叫十八爷！"

"啧啧，十八爷，真正的军人！"

这时，音乐重新奏响，青年男女又翩翩舞起来。小枣胡已长成英俊少年，站在歌台，唱起流行歌曲《黄土高坡》。那高亢、近于嘶叫的歌声，在礼堂上空回响，直揪人的心肺。马上就有人听出，那歌词已被他改了，原是十八爷当年不离口的四句"大实话"：

走一步退两步等于没走，
吃二两屙四两还要找头。
他大舅他二舅都是他舅，
高桌子低板凳都是木头……

这歌声像来自十八爷歪脖儿电线杆上的高音喇叭，如流水哗哗，向雀儿庄的后代讲述着一个动人的故事……

决　口

一

燕北高原。

燕子河引水总干渠从遥远的宗山峡谷筑坝引水，像一条浑黄的巨蟒，沿塬边蜿蜒东行数百里，至燕尾岭三水分流，一支抽水上塬，一支跌宕下川，另一支继续沿总干渠哗哗向东流去。

燕尾水站就位于三水分流之处。水站有三十多人，管理四个县十几个公社三十万亩土地的灌溉用水。自引水上塬后，千年旱塬变成水浇地，农民丰收，年年有余，总是把感激的目光投向这个小小的水站。农民对水站虔诚、信赖和顶礼膜拜，往往与龙王和禹王相提并论。只是虔诚的心有时也免不了生出一些狡黠和奸猾的念头，特别是当各季用水始期，他们全不顾及渠线长、水源不足、用水矛盾尖锐的实际情况，执拗地遵从"不旱急不用水"的信条，就是扛着不浇地。这就使得水站大小干部大伤脑筋，不得不一个乡一个乡、一个村一个村地宣传动员。与此同时，还得给那些农民段斗长们开会拧螺丝。

夏灌动员会已开了两天，分段、分班组讨论后，现转入大会总结。主持会议的阮晨站长环视一下会场，向大家点点头，开始一锤定音的总结讲话。

别看阮晨身材精瘦，精力却极为充沛。他的眼睛特别明亮，即使黑夜里也能发出熠熠光芒；嘴唇略薄，始终光滑湿润（午进称之为最佳土壤含水率），使人觉得他善于言辞而不轻易启唇，擅长雄辩而不露锋芒；操着蹩脚的京腔，却自称山西（稀）省昔（稀）阳县红光公社灯塔大队西（稀）毛生产队人氏。这是因为，他年轻不得志，不到三十岁头发就掉光成了秃顶，故同事们赠他绰号：稀毛。这个绰号叫了二十多年，只是后来他晋升为站长，据说最近又要申请高级工程师并被提拔为副局长，所以志士仁人才不敢再冒昧地这么称谓了。

阮晨站长浪头起板，接着喝场转花音慢板，从全国改革开放大局讲到灌溉管理，从经济效益讲到偷水罚水，锤锤敲在与会者的心窝窝。最后他呷了口茶，捋捋稀稀的头发，向僚属们道："干渠水下来两天了，当前旱象已抬头，我们要抓早动快。一、所有工程全部停止，一切为灌溉用水让路；二、取消塘库蓄水，硬要蓄的按灌溉水计费；三、宁可让农民写状子上告，也要先收费，不交费不给水；四、从今天起，机房抽水三班倒，灌溉、工程、财务人员全部都下去，每人每天补助一块二。总之，全站职工和广大段斗长要通力协作，赶七月十日实现夏灌溉任务过半，到时候敲锣打鼓给局里报喜，我请大家吃圆桌！"

正当阮站长为自己的精彩讲演扬扬得意之际，突然会场角落传来一个沙哑的喊声。众人头唰的一下全部向那边转去。

"我……我提个意……意、意见！"

他站起来。这是一个强壮汉子。眼睛很大，布满了血丝。颊上有一个寸长伤疤，显得生硬而冰冷。由于他嗓音沙哑，又口吃，所以说话简直是活受罪，稍有激动，嘴角便溢出白沫，满脸通红，五官憋得移位。

人们对这个神秘人物捉摸不透，除众所周知他是五年前上了有两个孩子的寡妇的门的南山客外，别的一无所知。他平日沉默寡言，不与谁亲近，也不与谁疏远，见人面冷，连一句应酬的话也没有。为此，当初酝酿段长人选时，阮晨死活不要他。后来公社先斩后奏，开了会、发了文，水站扛不过，只好同意代理，这一代理就是三四年。他工作起来倒有气魄、有能力，全段八万亩土地，样样工作搞在前边。而且他对工程技术很在行，竟使其他同事刮目相看。去年冬天，站上抽他去上游卧龙岗滑坡工地施工，他干的工程质量好、进度快，而且对一些施工问题很有见解和创新，博得了管理局总工的好评和青睐。这样一来，但消除了阮站长对他的成见，还成了阮站长身边的大红人。

阮晨沉默片刻，这才向他道："午进，别急，你说，慢慢说。"

午进情绪稍微放松，口吃便不再那么严重："海棠沟填方有……有隐患，窑……窑洞，坡脚发现渗、渗水，危……危险！不能放、放水！"

午进刚一说完，全场乱了套，其他人也纷纷喊起来：

"是呀，工程还没搞完，放水不安全！"

"阮站长，一支段量水堰得马上翻修！"

"五支段倒虹漏水，也要处理。"

"再说，玉米刚出苗，群众不要水。"

这一情况阮站长早有所料，只是问题未出现在小组讨论时，亦未出现在大会发言时，而是出现在即将结束的总结会上，这就使他大惑不解。他没有言语，把茶杯盖上的小圆球逗来逗去，好似那上面有什么密电码。

摇钱树！他常常这样谑称这些农民段斗长。对这些人不能打，也不能压，而要拉。他们每人都管着渠上的一个口口，有收无收、收多收少，全凭这十八路诸侯。全站每年收入数百万元，还不都是靠他们一分一厘挣下的？没有他们，站长就没猴耍了！可近几年来，使阮站长不安的是，这些每月从水站领二三十元乃至五六十元津贴的段斗长越来越不好指挥了。他们言必称科学用水，言必称节约用水，言必称经济效益，一屁股坐在了农民一边。他们说的不无道理，但也不难驳倒。三个"言必"，你有一层理解，我又有一层理解。水量任务完不成，全站三十多名职工，一百多名段斗长的工资、奖金、津贴、差旅费等从哪儿来？总不能每月给每人发一老瓮渠里的稠泥水吧？……午进，这家伙尽凑热闹！工程，工程，我搞了三十年工程，啥事没经历过，一个小小的海棠沟填方会那么玄乎？什么隐患、窑洞、坟墓，十年二十年不都安全无恙么？说穿了，还不都是为了搪塞，为了推迟用水？狡黠而又奸猾的家伙呀！但他强按住自己的不快。他太能掂来轻重了，更懂得利害和火候。当大家争辩一番后，站长才咳了一声，把密电码扣在茶杯上，很温和地向大家道：

"同志们，请肃静！刚才大家的话都很正确，对站上的工作有一定指导意义。现在不是提倡民主对话吗？今天就是一个很好的尝试。只是夏灌安排不能再变动了，各段引水流量要迅速落实，晚上十点开斗放水。至于午段长提出的海棠沟隐患问题，会后单独谈。我的话完了，现在发奖。"

当他讲完话，当他笑眯眯地和每个上台领奖的人握手，当他躬身把一个个奖状框框捧给每个获奖者时，所有获奖者和未获奖者，全都为他的真诚所感染，连刚才还论争的午进也像初冬的薄霜一样被阳光融化了。

二

临到太阳快要落山的当儿，在叮叮当当的老碗大合唱中，一碗羊肉泡下肚，人们用完最后一张餐券，便各自挎上一年来用血汗挣下的奖状框框，把馍兜儿往自行车头上一缠，一哄而散。午进推着一辆散发着铁锈味的倒蹬闸"德国蓝"自行车刚要启程，却被阮站长拦住了。

阮晨把午进领到客房，让他坐下，打开一瓶汽水，递给他。

"午段长，给，先降降温。"

午进受宠若惊，别扭地喝了几口汽水，像小学生接受老师训诫似的等待顶头上司的开导。

"午段长，你的话不是没有道理，但在那种场合，我不能支持你！"

午进的伤疤泛着清亮的光泽，他用衣襟抹了把汗道："我理解，但隐患真的得马……马上处理，要么灌浆，要么开挖，不然会、会……"

阮晨又打开一瓶汽水，自个儿喝着："我的意思是要分清急缓，水不能停，停一天水就是几万元。我是这么想的，先把这一轮水用了，再处理隐患，这样两全其美！"

午进吃力地说："单怕等……等不到那、那个时候……"

阮晨胸有成竹地说："我已给小辛安排了，多派几个人，加强巡护，不会有多大问题！"他呷了口汽水："另外，晚上你不要回去，花两三天把卧龙岗施工总结一下，局里催得紧，领导很重视，这是全局第一个招标工程，意义重大……"

"这、这与海棠沟有……有啥关系？"

"没啥直接关系，但卧龙岗抢险是大工程，我能放心吗？局里能放心吗？"

"也是。这……"

"就这么定了！不能光埋头干，还要善于总结呀！好了，你就住在客房，生活用品都安排好了。床头柜里有汽水、面包，要想吃汤水面，晚上十二点灶房有夜餐。这是茶叶，想抽烟，桌斗里有带把阿诗玛。记住，总结要突出技术性，资料和数据尽可能齐全、准确，文字不必过于讲究。"

午进无法推辞，嘴角痛苦地一撇，伤疤便不由得抽动。他撩起衣襟，抹着额头上的汗水，叫苦道："天真热！"

是真热。

进入中伏才几天。他说，中伏过去是末伏，末伏天才叫卡脖旱。

三

安排好午进，阮站长又把配水员巴亮亮叫到值班室，教给他如何配水、查水、计量、结算，如何对付那些难缠的农民段斗长和乡村干部。

当阮晨办完这些事情后，已经精疲力竭。他踏着月光，轻轻推开自己的家门。这是个四合院，坐落在水站大门内右侧的高台上，两间跨度很大的瓦房在院子东西对峙着，一间是办公室，一间是灶房；北面是三间漂亮的楼板房；院庭中央有一个圆形小花坛，花坛中央是用高标号水泥搅拌各色小卵石塑成的假山，小桥流水，古色古香；假山的崖上崖下、沟里沟外，根据走向，放置着许多花盆，各色月季竞相绽放，凉风一起，幽幽芬芳，直扑鼻翼。

阮晨反身闭上院门，走进楼板房。卧室门敞开着，妻子靠在金丝绒沙发上看小说，手却一直在抚摸着茶几上一个旧帆布兜。

阮晨从小橱柜里拿出一瓶香槟酒，倒进高脚杯里，咕嘟咕嘟一杯见底，接着又倒了一杯，递给妻子，自个儿点着一支烟，躺在另一只沙发里，长长地吁了口气。

妻子用嘴唇抿着杯子边沿，像是思考什么，又像是怀疑酒中有毒。

阮晨瞥了她一眼，问："看的啥书？"

"《红与黑》。"

"莎翁？"

"司汤达。"

"主人公于连。"

"野心家的悲剧。"

她没饮酒，顺手把杯子放在茶几上，面部表情疲倦而凄迷。

"唉，我心里很烦乱。"

"碰到不顺心的事了？"

妻子把嘴向茶几上一努："瞧，又是个谜。"

阮晨在帆布兜里捏了几粒绿豆，放在手心搓着："哪儿来的？"

"老地方，灶房窗台。"

阮晨眉头一皱，心中更添疑窦。两三年了，是谁鬼使神差这么干，西瓜、苹果、红苕、鸡蛋、豆子……而且一不留姓名，二不见苛求，这个谜长期解不开。

妻子眼皮耷拉着，左手按着太阳穴，心事重重："不知怎么搞的，近来我总觉有条影子在脑子里晃荡。我烦、怕，常常不由得想起他……"

"又来了！"阮晨拉起妻，坐在床沿，两臂紧紧搂着她的肩头，"是呀，他也怪可怜的，为生活付出的代价太大了。"

"不，是为我们做出了牺牲！懂吗？是为我们！是牺牲！三十年了，我一想起那场事故，滑坡、大塌方、铁路中断，十多个民工丧生，七户群众家破人亡，就觉得无地自容……罪孽，罪孽啊，太惨痛了！"。

"他是施工员，理应承担责任。"

"不，我最清楚。他那时在渠首工地。卧龙岗施工员是你，而且图纸是你设计的！"

阮晨的心像被火钳烫了一下，嗫嚅道："神经病！图纸分明是他签的名嘛！"

"不不，是你签的名，只不过他用刀片把图纸刮了，改成了他。这点破绽我还是看得出的！"

"他为什么要这样？"

妻子再也抑制不住感情，泪水夺眶而出："还不是为了我们！当时咱俩刚结婚，为了你，为了我，为了咱们的爱情和家庭，他才做出这么大牺牲！十六年，牢房、囚犯，不知他是怎么熬的……"

阮晨极力安慰妻子："别自作多情！或许，他已不在人世了。"

"不，不不，我能感觉到，他离我们很近。这几年，谁暗地关照咱，而且都在节骨眼上？儿子考大学，天上突然掉下一套复习大纲；正要给儿子缝被褥，一夜间从院墙甩来十多斤棉絮；这不，三伏天绿豆正好驱热消暑……我怀疑，他……唉，虽说三十年过去了，但仔细看仍可以发现过去的影子……"

阮晨有些生气了："你胡说什么？要是他，怕早相认了。好了，睡吧！"

四

阮晨怎么也睡不着，妻子的话不能不引起他的沉思。

许井、高才生、美男子、囚犯……这些形象和画面在脑海里旋转着，碰撞着，最后扭曲了，变形了，模糊不清。他努力比较了又比较，目的在于甄别真伪，挽回旧时的记忆，寻找已经泯灭的轨迹；然后再把这些拉回到现实中来，用感情的天平权衡人生的得失、功过、是非、贵贱。他似乎也知道，在天平一端，的确负债累累，砝码愈加愈沉，终于失去了平衡。他希望这不是现实。他要抹去这一切，忘记这一切，但天平另一端仍拼死奋争。他无力使其保持平衡，陷入极度矛盾的氛围之中。无论心理学家和脑细胞专家发明了多么高超的催眠术，此时也难使阮晨进入梦乡。妻心中的影子此刻也死死纠缠着他，使得他迷茫，恻隐之情油然而起，不由得怀念起三十年前的一位老同学、好朋友。啊！这个可怜的人！

大约世界上众多社会科学家，曾解剖过不同国家、民族和家庭，研究过它们自身的兴衰史，发现社会在漫长而平缓的推移过程中，由于突然的一个机缘，往往会使某个国家、某个民族、某个家庭陡然兴盛或衰败。一个人也将会因此而发迹或沉沦。这使人不由得想起在田径运动场上，一般有经验的运动员不是在直道上超越自己的对手，而往往是在跑弯道时百米冲刺，独占鳌头。

诚然，人生的道路也是如此。三十多年前，当阮晨在燕北农业专科学校学水利时，还是一个十分孱弱的"洋芋蛋"，他吃饭、睡觉，甚至上厕所都要缠着同班同桌同学许井。有一回，阮晨母亲来信要他回家相亲，他宁可多花四元车费，也要许井陪他同行。男女双方见面时，阮晨却总是把许井往前推，竟使对方错把目标瞅向许井。事后，当姑娘发觉这个误会时，死活也要跟许井。许井连忙解释，并说他家穷，在山区，路远。姑娘掩面眨眼，咯咯笑道："人家牛郎和织女，一个天上一个地上也不嫌。反正，再远再穷我乐意！"这下倒帮了阮晨的忙。当时他还小，对男女婚配不感兴趣，便慨然让贤。许井哭笑不得，姑娘苦苦纠缠，阮晨极力撮合。就这样，长阮晨三岁的许井阴差阳错地与那姑娘结了婚。

农校毕业后，阮晨与许井被分到省第一工程局，不久又双双参加了引燕水利工程建设。那时，许井精力充沛，才气横溢，不但技术过硬，而且懂音乐，善书法，打一手好篮球，在整个工地十分耀眼，成为姑娘们争相追求的美男子。时间不长，描图员肖云花给他写了四封求爱信。多情而又粗心的姑娘啊，既然鸭嘴笔可以在玻璃纸上画出比头发丝还细的线条，为何就不能从人家的眼神里、表情中觉察出一些蛛丝马迹呢？或者，只要看一下他那小方镜后面那位朴实漂亮的农家女子的小照，就会识破这个秘密，而不至于出现后来的艳闻趣事。

皓月当空，泉水叮咚，工地上一片寂静。在渡槽北侧一个草坪上，许井和肖云花像一对初恋的情侣，互道心曲。阮晨像贼似的隐身于桥墩的阴影处，和他俩近在咫尺。他发现肖云花比平常更加漂亮，胸脯一起一伏，把并排的两个括弧，描画得圆溜饱满。他只觉得浑身燥热，按捺不住，一个二十七岁处男所隐蓄的青春狂澜，一下把他推到人类感情的峰巅。他恨不得马上扑过去，把她玉石般娇艳鲜嫩的腰肢紧紧搂在怀中，尽情地吻她的额头、乌发、嘴唇和两只兔子般蹦跳的圆溜溜的括弧。他完全陶醉了，神魂颠倒，好似自己已穿过爱的湖面，正向那水晶般迷离的水底游弋、沉淀……

突然，一声鸟的怪叫，使他从感情的浪潮中漂浮出来。他揉了揉眼，发现身处其中的是许井而不是他阮晨，由此便产生不小的怨气和醋意。他一面为许井这一安排拍手称快，又一面唯恐这位老兄一时冲动，抢去属于自己的那两个圆圆的括弧。良久，许井才从衣兜摸出阮晨的照片，递到肖云花手中。肖云花借着月光一看，像踩着一条菜花蛇，愕然尖叫一声，慌忙将照片扔给他，捂着脸嘤嘤地哭了。此时，阮晨却鼓足勇气，不等许井发出信号，迫不及待地向肖云花走去……

五

初夏的夜晚，闷热中掺和着浮躁和不安的气息。

客房只有他一个。设备虽然简陋，但比起他家那三间破瓦房，不知要好多少倍。

三十年来，午进没有这么斯文地坐下来办过公，没有如此淋漓尽致地呼唤理性意识和发挥所学的专业，更没有对过去做的或对或错的事进行过一次认真的总结。他是一个只知往前跑不知往后看的人，即使绊一跤，也绝不去理会使自己跌跤的为何物。今天，要他独自坐下总结评述一项工程，这对于一位农民段长来说，无疑是一个脱胎换骨的转机。

啊！水利段长，一个无名的农民水利段长！

他在心里呼唤。为了站长，为了燕子河引水工程，为了燕北高原，他应把这项工程总结得好上加好、尽善尽美，虽然他对自己的水平不够自信，但总有这样的愿望。

午进打开随身携带的本子，铺平稿纸，拧开笔帽，潇洒飘逸地写下"滑坡"二字。然后，笔尖却陡然停住了。他两眼直勾勾盯着这两个字，眉峰一落，伤疤顿然生冷，那种浮躁和不安的情绪便在胸中骚动起来。他忽而站起，忽而坐下，坐立不安，把椅子折腾得咯吱咯吱直响，脑海波涛汹涌，一片混乱。

滑坡，滑坡，滑坡……

囚犯，囚犯，囚犯……

他咬牙、搔痒、抠脚趾，想尽一切办法，力图把思绪从惊涛骇浪中拉扯出来，但全都无济于事。他索性把写着"滑坡"二字的稿纸撕下来，揉成一团，塞进嘴里嚼着，仿佛咀嚼一个灼热的太阳、一个苦涩的梦。他不想动笔，不想留下一个字，随手拿起一本刊物，卧在床上浏览。他的目光落在一篇署着阮晨大名的论文上——《试论滑坡体的稳定性》。

天啊！同样是"滑坡"二字，阮晨站长笔下的字却那样具有诱惑力，磁石般一下吸住了他的目光。他霍地坐起，如捧天书似的伏案研读起来。

读着读着，他禁不住为文中精辟的论证、深刻的见解以及提出治理滑坡的具体方案和措施而拍案叫好，更为阮站长在专业上的建树和成就啧啧称道。然而，当涉猎到那繁多的测量和观察数据时，他木然了。他嗷嗷地叫着，伤疤像一绺绺火舌，炙烤着他的五脏六腑。他清楚地记得，这些数字是异常紊乱的，即使合理取舍，也绝不可能如此整齐划一、规律一致。这一点，拿去哄骗不知底细的编辑或许可以奏效，但对于亲自参与卧龙岗滑坡处置及后续测量监测半年的人来说，他一眼就能识破。他很吃惊，这一切，是一时疏忽，还是有意伪造？那本记满数据资料的本子呢？难道丢失了吗？丢失了也不能伪造呀！作为农民段斗长，这样的事或许情有可原，因为不会铸成大错。可他是一站之长呀，是进过专业学府的有知识的人呀，是工程师并即将晋升为高级工程师的人呀！

这就是科学吗？

这就是自己葬送了美好青春，用心血和爱心换得的赝品和伪科学吗？

美的东西如果建筑在虚假的基础上，一切将变得黯然失色，也就在美学意义上失去了其位置和存在的价值。

午进自然联系不到有关美学、哲学和文学艺术的问题，但直觉告诉他，这是一个骗局，一个历时三十年不被任何人知晓的骗局。他未曾料想，自己护佑的人竟然亵渎科学，也蹂躏了自己真挚的感情。这种被戏弄、被侮辱的感受使他周身血液滚烫起来，暴怒不止，便将刊物一掷，气咻咻地在客房里踱来踱去。

六

月色迷离，燕子河像一条素练，在脚下飘动。高原的风，把几片薄云刮到中天，用云帕擦拭夜空的泪痕。

卧龙隧洞打通之后，工区下令放假三天，工人和民工全都躺在工棚里缓解八十天大会战后的劳累和疲乏。工地静悄悄的，唯有近邻的削坡工地人声喧闹，人们像饥饿的兽类，扑向塬坡，塬的南缘高坡已被吞噬抢食得支离破碎，活像人民公社食堂里的玉米面粑粑。

许井没睡，他独自坐在工棚外的高坡上，心情茫然地拉着二胡。八十天大会战使他没有机会去摸它，今天再拉时手腕僵硬，五指疲惫，节奏异常缓慢，一曲《江河水》使整个夜空变得哀婉凄迷。

琴音在空中飘荡，他的目光却久久停留在峻峭陡立的塬坡上。卧龙渠段是整个引燕工程的咽喉。这里上有二百多米高坡，下临一百多米陡崖，泉眼密布，隐患成群，新滑坡萌发，老滑坡复活，地质条件非常复杂；加之燕子、清凉二河交汇切割，使塬头裸露外伸，地势十分险要。外国专家曾断言："构造加滑坡等于不能通过。"许井真心佩服省上领导和水利专家的胆略气魄，在全国到处大喊"人有多大胆，地有多大产"那荒唐疯狂的年代，他们却把冷静的目光紧紧放在燕北这块大地上，用科学开导历史的先河，用实践净化人们的心灵；他更敬佩燕北人民的顽强意志和创业精神，为了从旱魃的苦难中解放，为了主宰自己的命运，他们不怕困难，前赴后继，决心闯过这一禁区，实现引水上塬的世代夙愿。终于，经过广大技术人员反复勘测试验、分析论证，他们最后制订了"明槽暗洞结合，塬头削坡减重，并修成复式断面"的最佳方案。当时许井和阮晨都参加了勘测设计，开工后又被分到第四工区，阮晨负责削坡工程，许井负责隧洞施工。开工不久，许井因妻子分娩，请假半个月回到老家。其时，家乡正修一座小水库，公社领导请他去工地指导。他帮助他们解决了溢洪道选址和大坝高程等几个问题，节约了大量资金和劳力，并缩短一个多月工期。事后公社敲锣打鼓给他家送去"惠及万世"的匾额。谁料，当他返回卧龙工地时，却成为"沽名钓誉""白专道路"的典型被批判。而且他还发现，正当自己遭此厄运时，老同学阮晨却红得发紫。他对自己所学的专业不感兴趣，却热衷于政治。为了缩短工期，给上级报喜，他竟不顾卧龙岗地质复杂的实际情况，私自把原设计的复式断面，改为坡比很陡的单式断面……

二胡戛然而止，《江河水》的乐曲还在夜空飘荡，在许井的脑海中回响。是呀，沧海桑田，风云变幻。人创造着生活，同时生活又塑造出自己的宠儿。想到此，几天来对阮晨的怨恨便完全消散。但作为老同学、小兄弟，他不能容忍他在事业上有丝毫差错，更不能容忍他在科学上有任何的作假。卧龙岗滑坡发育异常活跃，通过将近半年观测，他掌握了大量的第一手资料。正因为如此，省指挥部才在最后一次分析论证会上采纳了他的意见，制订了复式断面的修正案。阮晨啊阮晨，这是人命关天的大事呀！怎么能私自改变呢？你能担当起这么重大的责任吗？不，不，得和他谈谈，要指出错误和后果的严重性。他决心已定，便忙把二胡放回工棚，径自向工区营地阮晨家里走去。

阮晨的家在工区院子一家化工厂的仓库旁，这还是他与肖云花结婚时由许井一手张罗布置的，窗上的红喜字仍鲜艳夺目。

许井推开门，正织毛衣的肖云花惊喜地迎上来，并推推埋头伏案的阮晨。

"许井！快，快坐！两个月了吧，也不见你面！"

"你好！我来跟阮晨谈个事。"

许井把肖云花让出的凳子往后搡了一下，站在阮晨身旁："阮晨，滑坡处理方案不能变，否则后果不堪设想。"

阮晨连头也没抬："我知道！"

许井叮咛道："这一段后缘有新生断裂带迹象，新老滑坡发育活跃，只有修成复式断面，才能钳制和防止滑坡突变和坍塌！"

"你懂复式断面要增加多少土方吗？这符合当前的形势吗？"

"什么？你说什么？"

"没事寻事，闲扯淡！"

肖云花忙手忙脚乱地出面劝解。许井像一头发怒的狮子，抓住阮晨的衣襟，一个耳光重重地打在他的脸上。阮晨踉跄后退两步，跌倒在地。许井转身，跑回工棚,连铺盖也没拿,登上火车,去了渠首工地。

七

空气凝结了。

客房里不透一丝风,蚊香的烟充斥着房子的每一个角落,呛得午进难以忍受。他觉得太疲劳了,这是一种历经风雨的疲劳,是回顾历史的沉重。他原本是要永远忘记过去,忘记这段刻骨铭心的历史。今天他之所以旧事重忆,是由于严峻的现实突然唤醒他潜藏已久的自我意识,唤醒他作为活生生的人而不是畜类的那种天性和本能。他要重新认识自己,认识自己的命运和存在的价值。人为什么而活?他在心底提出这样一个庄严的问题。他更加焦躁不安,顺手拉开房门,踽踽走出水站大门。

啊,燕北高原!这块浸透多少农人血泪和汗水的肥沃的大地,哺育了人类的祖先,哺育了他们的子子孙孙,也哺育了这位农民段长辛酸而又羞于明言的梦。

经过夏收夏播一阵紧张和忙乱之后的田野,像一位分娩后的产妇,把那凸胀的乳房和微陷的腹腔袒露给迷蒙的夏夜,显得异常平静和安宁。麦茬地已生出玉米苗,正在破土显行。旷野仍弥散着新麦成熟的醇香。蚂蚱还在夜唱。萤火虫飞来飞去,在激光器忽明忽灭的光束中跳着莫名其妙的舞蹈。渠的外坡下有两只田鼠正在交媾寻欢,发出吱吱的使人发怵的叫声。

午进独自在渠堤上徘徊。他极力抑制自己,屏着呼吸,唯恐打破这种宁静的美,自然的美,带着挑逗和野性的美。一切都这样直白,这样坦荡,这样和谐,连虫们鼠们都如此真诚和友善。而人呢?这具有语言和思维功能的灵长类动物呀,却为什么把自己的面目、自己的灵魂隐藏得那么深、那么奇巧、那么真伪难辨呢?

月光洒在混浊的渠水上,水面漾起银子般的清辉。渠很宽、很深,内坡是混凝土浇筑的水泥板,坡度大、光滑、无攀缘之物,掉下去,就是会游泳也难以爬上来。每年灌溉季节都有人不慎落难,至于那些自己和自己过不去的轻生者,更是将此处当作解脱的最佳去处。

午进兀自站着,顺着哗哗的水声向上游望去。上游,距燕尾水站三百多里处就是卧龙岗,那里有他跋涉留下的足迹,有他留下的心血、汗水和眼泪,也有他留下的钢筋混凝土般的记忆。

八

那天，就是滑坡事故的第二天，许井乘车从渠首工地赶到事故现场。工地上乱哄哄的，铲土机、推土机、起重机、翻斗车、卡车、吉普、卧车、救护车来来往往，轰隆声响成一片。省长、专员、总指挥、县长、工程师、工人、农民、战士、医师……人人心急如焚，用锨翻，用镐挖，用手刨。他用铁杠撬起一块石板，看到一只血淋淋的脚，他使劲往外拽，腿出来了，腰出来了，胳膊出来了，头也出来了。他顾不得看看伤者还有没有气，便往身上一背，朝救护车跑去。没跑多远，突然脚下一滑，他摔倒了。他往脚下一瞧，不由惊叫一声，妈呀！他打了个冷战。原来那人的肠子拖了一地，绊住了他的腿。他眼一闭，忙捧起那摊东西，背着那人，朝救护车跑呀，跑呀……

下午，许井啃了两个馒头，又独自一人爬上滑坡面。他从破裂壁到滑坡后缘，从滑坡体内的明泉暗洞到切割带，仔细对土质、崖性、坡度、形状、走向、土方、地下水及降水侵蚀情况和残留的裂隙痕迹等做了认真的观察调查。他懂得这些资料多么重要，他更懂得科学的严肃性，任何一个微小的差错都是对人民的犯罪。教训啊，血的教训，太沉重了啊！

天黑了，他借着手电光把日记本上的记录又一一做了校核和检查。河谷袭来一股阴冷的风，他抖索着，感觉有些冷，正要活动一下身体，却听到背后有脚步声，未及回头，一件热烘烘的棉大衣披在了他的身上。

他用手电向对方照去，不由一惊："你?!"

"阮晨让我来的，他让我给你送大衣。"

"他怎么知道我在这儿？"

"他说你肯定在这儿。"

"他现在怎么样？"

"快吓死了，只等着逮捕哩。"

"咳，这事情，他不该私自改变方案，酿成大祸！"

"太可怕了！这，这叫我怎么办呀？……"

肖云花说着，竟嘤嘤地哭了。

"云花，别这样！"

"他要坐牢，我可没法活了啊！……"

肖云花哭泣得身子一颤一颤，不由自主地歪倒在许井怀里。

他触电似的先是一怔，继而一颤，心便像一只小兔子蹦跳不止。长期于工地生活的单身汉怎禁得住这迅雷不及掩耳的一瞬，他来不及思考，没有回避，顺势将她揽在怀里。她感到了他的气息，麻木了，陶醉了，融化了。下沉，下沉……

他并没有丧失理智，一阵快感之后，他变得大悟大彻，领略到其间的隐秘。他已精疲力竭，默许了。

他吻着她睫毛上的泪水。

那泪珠儿亮亮的、咸咸的、黏黏的，富有弹性。是妻子的泪吗？是刚满半岁的女儿的泪吗？

他突然想起家乡的妻子和女儿。该不是人在死亡前的回光返照吧？她，那位本该为阮晨生儿育女却阴差阳错与自己结合的勤劳、善良、豁达的妻子，是他心中的太阳。是太阳就该把仁慈的光芒赐给大地，赐给所有的人。妻啊！你不会抱怨我、记恨我吧？我对不起你，将要给你带来无限的痛苦和忧伤。但我们总归有个家呀，有个漂亮的小公主呀！而他，阮晨，好不容易有了个家，我怎忍心让这个家由此破灭呢？啊，太阳，太阳！救救他吧！只要你这么想了，你就不会抱怨和记恨我了呀！

肖云花还没有从爱的云山雾海中走出来。她仰着头，怯怯地毫无掩饰地哀求道："想想办法，救救他，救救这个家吧！"

这是爱神向他发出的召唤。他没理由对一个向他伸出求生之手的溺水者置之不理。他更加狂烈地吻她，没吭声。

一列火车过后，传来几声狗吠。

他猛缩一下，推开她，在黑暗中捡回那个笔记本。

"这本子，你交给阮晨，以前的和这次的资料全在上面，他可以完成一篇关于滑坡的论文。其他的事，你们不用操心了。"

肖云花惊恐地："你是说……"

他推开她："别说了！"

又是一阵惊恐和惶惑不安。

他把大衣一甩，向坡下跑去。他摔了一跤，爬起来，头也不回地狂奔着。

她追了几步，冲着黑夜喊："许井！不能，不能这样！……"

又是一阵狗吠声，由大到小，由近到远，渐渐隐没、消失了。

九

午进撒了泡尿，咚地跳进干渠里。渠水又深又急，他一个猛子下去，一口气游出几十米。他不想露头换气，真想一头扎下去不上来，永远离开这个恼人的世界。

他觉得好笑，这个念头多荒唐。他突然想起鲁迅的一句话，暗骂自己就是那个拔着头发想离开地球的蠢人。能离开吗？三十年了，没有离开；从山区到平原，相隔几百里，也没有离开；燕子河引水总干渠蜿蜒数百里，四五十个水站，偏偏又在此相遇。午进折服了，那句"冤家路窄"的成语绝得叫人牙痛。起初，他一眼就认出了阮晨，但他不挑明，更不能相认。他相信只要自己守口如瓶，这就永远是个谜，是三十年前设下的一个未知数，谁也没法解，谁也解不开。那幸福的过去、辛酸的往事，至此该画个句号，圈住了。

然而，使午进费解的是，阮晨为什么要伪造资料呢？那个日记本真的丢了吗？丢了就可以伪造吗？

午进从测流桥爬上岸，让风吹干身上的水，穿好衣服，走回水站，继而向阮晨站长的独院走去。

这个谜和未知数不能再继续下去了！

他想。

十

阮晨长吁口气，翻过身，发现妻子也没入睡。

"如果真是他，你说咋办？"

"老同学么，握手相认，知恩而谢！"

"妇人之见！"

"你说呢？"

阮晨顿了一下，反问道："他给你的那个笔记本呢？"

她不悦地："丢了，说一百遍了！"

"我在写一篇关于滑坡的论文，资料不全，正急着哩！"

"不是已经发表了吗？"

"那些数据不准，都是我根据结论编造的。"

"啊，你怎么能这样呢？"

"不这样能破格晋升高工吗？"

"原来是这样？！"

"这次晋升副局长，万一被人识破，就全完了！所以我想再写一篇，可那笔记本……"

"别说了，快别说了！"

她阻止他，并用手堵他的嘴。阮晨就势一拉，把她搂在怀里。

"他可是本活资料啊！"

"你说的他是谁？"

"中段段长。"

"是他吗？"

"他正在客房，写去年卧龙岗削坡的工程总结，只要他的总结写好，我的论文也就成了。"

"你，你……无耻！"

妻子尖叫一声，猛推他一把。她翻身坐在床上。突然屋外嗵的一声，她被吓得缩成一团，脸色苍白。

阮晨跳下床，在屋外转了一圈，又回到卧室，上床睡了。

"贼？"

"不是。"

"鬼？"

"不是。"

"到底怎么了？"

"老鼠，把花盆撞倒了。"

"玫瑰？"

"不是。"

"君子兰？"

"无花果!"

肖云花痴痴地坐着不动,脑子里老想着老鼠和无花果。

十一

"丁零零,丁零零……"

一阵急促的电话铃声把阮晨从梦中惊醒,他爬起来走出卧室,推开办公室的门,一边拉灯一边抓话筒。

"喂,哪里?噢,小辛,怎么样,水都安排好了?"

话筒里传来中段技术员小辛急促的声音:"阮站长,大事不好了!午段长跌进干渠里了!"

阮晨心里一惊:"什么什么?再说一遍!"

"午段长跌进干渠里了!"

"他在站上写总结呀!"

"可他两点半又回段上来了!"

"这,这……事情发生多长时间了?"

"一个多小时。"

"快组织人打捞呀!"

"水大,不好捞,赶快关闸!"

阮晨思索片刻,向对方道:"牵一发而动全局,不能关闸停水!小辛,他是怎么掉下去的?"

小辛:"他回来后情绪很坏,要辞职,不干了。他驮着铺盖刚走到海棠沟填方,发现渠水异常,我一把没拉住,他就跳到渠里去了。"

"他会游泳呀!"

"头撞在水泥板上,早昏了!"

阮晨用手揩着秃头顶:"好,多叫几个人,抓紧打捞,我马上就到!"

站长心情沉重地放下话筒,走进卧室。妻子抱着那帆布兜呆坐着,失神地一动不动。他接过布兜,仔细端详,终于在拉链下面发现第四工区的模糊字样。

啊!一切都按妻子的话来了,午进就是许井!呵呵,是历史巧合吗?是命运捉弄吗?是上帝惩罚吗?……无论阮晨还是肖云花都不能不正视这个血淋淋的现实,不能不正视这个比天方夜谭还要荒诞离奇的人间悲剧啊!

救人要紧!时间不允许他们有任何犹豫和争吵。她恳求他立即关闸停水。他不同意。他的性格使他善于在风云变幻的瞬间权衡利弊,当机立断。是呀,眼下旱象抬头,农民一年的收成就在他手中攥着;还有,任务过半、报喜、副局长、奖金及全站三十多人的工资等等,全靠这渠水。停水对他意味着失去一切。肖云花深知,在这种场合,他的话往往是冠冕堂皇的,行动是站得住脚的,态度是异常真诚的。她不再坚持。阮晨已走出院子,他决心要亲自把老同学从死神手中夺回来,用以报答他为自己做出的牺牲。这也是一种交换,是友情与良心的交换。

他推车走了。他在机房叫了几个工人,风驰电掣地向中段奔去。

十二

卧室变得死一般沉寂。肖云花全身无力地瘫坐在床沿上,久久盯着那个帆布兜愣神。

呵,再也见不到他了吗?再也见不到那满怀期望的目光和佐罗一般的身影了吗?再也见不到他那破"德国蓝"自行车和颊上突突搐动的伤疤了吗?再也见不到他悄无声息地在厨房窗台偷偷送东西了吗?整整三十年呵,他把全部感情都倾注在她的身上,倾注在她儿子的身上,倾注在阮晨用虚伪和功名支撑起来的这个家庭的外壳上。自从三年前他代理段长重新出现在自己面前时,她就产生过怀疑,曾不止一次地以工作之便试探过、打听过,但他守口如瓶,把感情的闸门关得死死的。为此,她做过好多回梦,每次梦醒后就像得了场大病,她的精神彻底垮了下去。仅仅四十出头啊,她却不得不抛弃事业,离开自己曾热爱的工作岗位而退休闲居。每当夜深人静,她常在被窝里暗暗流泪,用忏悔的泪水和一个女人破碎的心祈求上帝赐福于他,让他平平安安地生活下去。

世界上还有谁比他的牺牲更大呢?还有什么比这种感情更深沉强烈呢?

抽水机房发出一声刺耳的怪叫,灯霎时灭了。她坐在床上没动,感到焦躁、闷热、窒息,一股强大的孤独感和失落感紧紧包围着她、挤压着她。她终于控制不住自己的感情,扑倒在床上哭泣起来。

她觉得整个身体失去了平衡和自持力,一个劲往下沉。眼睛湿漉漉的,不住地抽泣。她抹了把脸,满手黏湿而咸腥。那不是泪,而是血,是从心里流出的血。

迷迷糊糊中，肖云花隐约听到一阵轻微的响声，一个高大的身影在她眼前晃动。她惊愕地站起来，一股男子汉特有的汗味和烟草味立即充斥在她的鼻间。

"许井！"她欣喜若狂地扑到他的怀里。他的胸膛宽阔、坚实，一种热烘烘、不可抗拒的力量使她感到惊慌和从未有过的满足。她浑身战栗着，从他臂弯中徐徐仰起头，期待着。许井紧紧搂住她，轻轻地摩挲着，生怕惊吓了她似的，把那毛茸茸的下巴贴近她那微微颤动的嘴唇……

"你，你……为什么要这样？"

"为了你，为了孩子，我才下定决心……"

"再没有别的办法了吗？"

"嗯。"

"人家会相信吗？"

"我已声名狼藉，又私离工地，人们自然会把问题推到我身上。我只希望阮晨能从此吸取教训，也希望你和他幸福！"

"那么，你的妻子呢？女儿呢？"

"我很爱她们，她们也很爱我。但我走了，她们会生活下去，这个家不会毁灭。而你们不同，要是阮晨走了，这个家就全完了！"

"我真于心不忍！你为我们牺牲了一切，包括爱……"

"正是爱得深沉，才不得不走这条路……"

那是三十年前许井判刑前的一场幽会。他推开她，拎起那个印有第四工区字样的帆布兜，径直朝远方走去……

天快亮了，还没消息。肖云花实在坐不住了。她打电话，中段没人接。她跑到客房，只见午段长的笔记本和阮晨的论文被撕得粉碎，屋里屋外撒了一地，纸片被风一吹，四处飘散，像死人出殡时抛撒的纸钱。

肖云花失去控制，鼻子一酸，哇地哭出声。她痛不欲生，发疯似的跑出院子，站在总干渠闸房平台上，神志恍惚地东张西望。渠水以每秒五十多立方米的大流量向东奔去，脚下发出浪花拍击闸门的哗哗声。她望着渠水，心想，再不关闸停水，怕连尸首也找不到了！突然，一股无形的力量推拥着她，她离开闸房，闯进值班室，以一个退休工程师的名义，要巴亮亮立即把水调往一支、二支、北抽，同时向闸工发出总干渠下游关闸停水的命令。

终于，闸关了，水停了。她心情沉重地、焦急地等着中段的消息。

太阳出来了。肖云花啜泣着扭过头去。

啊，生活中的悲剧比小说中的悲剧感人得多、深刻得多呀！

许井，午进，啊！我来了，我来了！你在哪儿呀，我对不起你啊！……

十三

中段技术员小辛和五六个人把橡子、竹竿伸进一丈多深的渠水中打捞。当阮晨站长一行赶到时，他们已捞到童家台分水闸。阮晨看看表，知道已落水三个多小时，心情变得异常沉重。他用手电在闸门和闸墩处照了几下，笃定地向小辛道："唉，肯定没人了。现在往下游找，注意水面浮游物，这里留几个人继续打捞，要特别留神闸趾、闸墩和扭坡等处。"

大家终于在闸口转角混凝土板的破洞里，发现了一个泥糊糊的东西。小辛跳进水中，用手一摸，果然是人，忙使劲拉出，用绳子拖上渠岸。

阮晨伸手在午进嘴角一摸，早没了气。铁青的脸，嘴歪扭着，额角有一个很大的伤口，充塞着白兮兮黏糊糊的杂物。血已凝固，结成黑色小块。颊上寸长的伤疤被稀泥、血浆和脑汁糊得辨认不清。小辛绝望地号啕着，明知死者灵魂已上了天国，但还虔诚地重复人道主义的一切仪式和自己应尽的义务。他把尸体放在一块凸起的大石头上，尸体肚皮鼓得老高，头和脚垂到凸石两侧。几人压胸，几人压臂伸腿，力之所至，一股股泥水和黑色的血浆从鼻口汩汩流淌。

几只夜游动物闪电般从旁边蹿过，继而发出一阵凄厉悲惨的怪叫。

阮晨沉沉地叹息一声，默默地低下了头。

他该说什么呢？人生一场梦，来得容易，走得也毫不费力气，一切功过是非，一切爱恨情仇，都将随着灵魂的陨灭而了结。谁又能挽救得了、改变得了呢？咳，可怜！可悲！他在心底哀叹，只简单两个词，就足以概括他的一生，这也是他对老同学哀悼的祭文。

蓦地，他觉得太阳穴跳得很快，马上意识到事情的蹊跷，眼睛便闪出一丝惊惧之光——水，水，渠水怎么突然变小了呢？他首先想到妻子，想到她那乞求哀怜的目光。凭一时感情冲动，她会不会关闸停水？阮晨变得紧张起来，他深知事情关系重大，不但她会因此受到处分，而且将造成无法弥补的经济损失。她疯了吗？失去一个老同学，一个大好人，损失已经够惨重的了，怎么能再遭受其他的损失呢？不不，绝对不能这样！他这么想着，便要小辛和他立即赶回段房，给水站打电话联系，并嘱咐大家把午进的尸体随后抬回段房。

几个斗长早哭成泪人。大家抬着午进的尸体，好似抬着刚刚卸下的夜幕。他们身后，已出现一片鱼肚白……

十四

阮晨和小辛驱车向段房驰去，还未到海棠沟填方，老远就听见闷雷般的轰隆声。阮晨警觉地向坡下瞥去，呀！水，水，白茫茫一片，山洪暴发似的向塬下冲去，向塬下的村庄、铁路和工厂冲去。

他觉得身子轻飘飘的，好似随着洪流翻滚震荡。

"海棠沟填方决口了！"小辛惊叫一声，阮晨才从幻觉中惊醒。

"快！快！海棠沟……"

俩人赶到海棠沟，填方已裂开五六米宽的大口子，渠堤、渠底、渠坡还在坍塌、陷裂，渠水像脱缰烈马，横冲直撞，田野、村庄、工厂已成为一片汪洋。

小辛慌了手脚，忙跑回段房，抄起一个大铁盆，站在高处，拼命敲打，一边敲一边吼叫：

"总干渠决口了！总干渠决口了！"

阮晨跟跟跄跄走进段房，一把抓起电话筒。

突然，他的目光落在一个本子上，他看到"海棠沟填方隐患观测记载簿"的字样，忙随手装进衣兜。

他抓起话筒喊："喂，小巴！小巴！"

话筒传出一个女人的声音："小巴到机房去了。"

"你是谁？"

"阮晨？午进怎么样？"

"唉，他走了。快，云花，快关闸停水！"

"停水？人死了，这才想起停水？"

"这是命令！听到了吗？海棠沟决口了！"

"啊！天哪！啊哈哈……"

"听到了吗？关闸停水！"

"关闸……停水……啊哈哈，啊哈哈……"

对方扔了话筒，但仍能听见她凄厉的哭声、笑声和诅咒声。

阮站长呆呆地走出段房，向塬下看去，完全傻眼了：附近村庄的农民和工厂的工人扛着铁锹、䦆头、铁杠，黑压压一片又一片，像暴动似的向着总干渠冲来。

眼前的景象使他立即想起卧龙岗大滑坡的抢险场面，愤怒的人群汇成一股强大的无法遏止的洪流。

他突然恐慌起来，觉得脚下失去了支撑和依托的基石……

十五

阮晨没有参加午进段长的葬礼，却破例批了半吨五百号水泥，让给死者塑座墓碑。肖云花去了，她带着一个很大很大的花圈，挽幛上写着：许井同学永垂千古。这个名字一出现，立即使人群哗然，加之她那哭得红肿的双眼、抱着棺材死死不放的举动以及面部悲凄而又复杂的表情，引起众多送葬者和旁观者的惊诧、猜测和议论。棺木入土之后，村里几个爱看侦探片和推理小说的青年怂恿技术员小辛和水站配水员巴亮亮，组成"联邦调查局"，目的在于搜集一些素材，构想一个真实而感人的故事。不久，他们利用节假日和农闲空隙，往返数千里，开始了一系列调查采访。

调查的结果是：午进段长就是阮晨当年的同班同桌同学，曾为他承担滑坡事故责任而被判刑十六年的许井。许井被判刑的第五年，其妻因备受讥讽和嘲弄，精神失常，后来怀抱那个"惠及万世"的小匾额，死在许井帮助老家修建的水库溢洪道口。他唯一的女儿现已出嫁，她家有一张肖云花的照片。据他女儿说，这张照片是父亲判刑前寄给母亲的，他要母亲保存好，并说她会去看她们母女俩。父亲在监狱因抗洪抢险摔下悬崖，从此脸上留下一道伤疤。那次他立了功，被提前两年释放。他在家乡艰难地生活了十一年，待女儿出嫁后才去燕北落了户。

关于名字，他女儿回忆说："就在父亲去燕北的当天晚上，他独自跑到母亲坟前大哭了一场，回来后嗓子突然哑了，而且说话有了口吃。第二天，他把户口迁移证和介绍信拿出来琢磨了好半天，然后用刀片刮去许字的言字旁，又给井字添了个车车。他对我说，以后他就叫午进，把口封严，别给任何人说。三十六计，走为上计。坐上车车，逃得远远的，谁也别想知道……"

这个细节是真实的，因为他具有这方面的天赋，当年他把工程图纸都刮得天衣无缝，户口迁移证就更不在话下。

凭这几个素材和细节，不足以构成文学作品。故"联邦调查局"那些爱管闲事的哥们儿便不欢而散，销声匿迹了。只是六年后（其时阮晨已升为副局长，偕夫人肖云花住进城里的高楼大厦），由于斗渠改线正好经过午进的坟茔，人们迁坟时在已经破烂的棺材里偶然发现一个笔记本和一封信，展开一看，原是一封短短的忏悔书。

许井：

  我一生难忘和尊敬的人，当你离开人世之际，我流着泪写下这封短信，把一个爱过你也接受过你的爱的女人的心连同那催人泪下的故事，一起装入棺材，伴着你的灵魂，深深埋在土中。我曾是一个感情极其丰富的人，但命运嘲弄了我，也把不幸降临在你的身上。我知道，在审理案子时，只要我站出来，只要我说一句话，结局就会全然不同，坐牢的不会是你而是阮晨。这也许就是阮晨精心安排的套子，而把这套子套在你脖子上的人却是我。我憎恨我的脆弱和自私，在科学和法律面前保持缄默，竟然使谎言变成了事实。我也没有完成你的嘱托。不是我不愿去看望和关心你的妻子和女儿，而是阮晨不给我你的地址，并想尽一切法子限制我的自由，封锁你的消息。我与你一样，实际上也成了一名囚犯。整整三十年，我每天都在暗中为你祈祷，盼望你的到来。但你来了，却又匆匆地走了，连句相认和道别的话也没留下。你为我付出的代价太大了啊！我对不起你，请原谅、饶恕我吧！我知道，忏悔和祈祷如同廉价的纸钱，既不能使死者在天之灵得到慰藉，也不能使生者的精神得到救赎。但我永远为你祈祷，向你忏悔！儿子二十七岁能考上大学，其中也有你的功劳。再有一年他就毕业了，也学水利，但愿在他们这代人之间不会再发生类似的悲剧。作为母亲，我会教他怎样做人，怎样建立自己的事业。我希望在他身上能看到你的影子，这样你在九泉之下也可以瞑目了。你的笔记本是你血泪的结晶，我不能将它交给阮晨让他沾

名钓誉，我一直为你珍藏着，现在归还给你，让它伴着你去那极乐世界。亲爱的人呵，安息吧！

你的云

这一重大发现，使"联邦调查局"的人又纷纷活跃起来。

他们认为，推理小说贵在设置悬念，然后再把悬念一环一环解开，产生强大的艺术冲击力，这才能紧紧抓住读者的心，达到出神入化的效果。这封忏悔书使悬念全部解开，故事趋于完整。于是，他们硬拉着笔者，在午进（也就是许井）当年工作的段房，整夜整夜听着引燕总干渠哗哗的水声，望着月光下新筑的坟茔，一遍遍谈论着有关他的故事。

我不是写推理小说的料，将获得的野史（档案属正史，阮晨档案里自然没有此类材料），稍作布局润色，作此拙文，一飨读者，二祭那位可怜的佐罗一般的人物。

跪拜死亡

一

噢,一条多么漂亮的领带哟!

舵把老爹常常站在观测房前,目不转睛地望着江面,嘴就这么不住喃喃着,听那声音仿佛是一条老船发出的轻微的欸乃声。

江水在城西虎头崖下一挑,绾了个结,便倏地通过老城区,向东一泻而去。那湛蓝湛蓝的碧波,那撒满碎金似的涟漪,真像一条闪光缎领带,伴着西装革履和迪斯科,袅袅娜娜地从观测房下流过,从老人的心中流过。

舵把老爹一不穿西装,二不戴领带,生活的艰难和使命的神圣,使他无暇关心时装的发展趋势。他心里只有这座观测房,只有这条江。他爱这条江就像小匪爱他脖子上的领带一样,总要在众人面前骄傲地炫耀:"啧啧,好美!闪光缎似的……"

但这些天来,舵把老爹似乎已没了这份心情,脸总是绷得紧紧的,和谁也不搭话,冷不丁还瞪眼扭脖子,好似和自己赌气过不去。

"日怪,妈的日怪了!"

舵把老爹常这样咒骂,骂完又不知骂谁和为啥骂,更弄不清心情为什么这么糟糕,烦闷、焦躁、惴惴不安……观测水位时,一看见水尺上一长串半拉王字,就像在透视机里看自己身上的肋条。有时,记载簿上那些洋码号数字和字母又突然变成一根根绞索,正一点一点套紧他的脖子。他不想做饭,也不再关心小匪和大飞的饥饱,总是独自到程记饭馆吃一碗烩麻食或扯面,偶尔也要一碟五香花生米和二两城固特曲。吃喝完了，他不再像过去那样和程家四兄弟海聊一阵，而是踽踽地出了门，快快地迈着方步，久久地在江边转悠。他烦透了大飞，它总是畏畏缩缩地跟着他，寸步不离，不是往他怀里钻，就是在他胯下蹭，好像背后老有个小鬼在索它的命。还有小匪，本来就匪头匪脑，如今又勾搭上发廊的美美，益发疯张得不得了。屋子挂满美美的化妆照，露肩亮肘，要多肉麻有多肉麻。不然，就三天两后响拉着美美去歌厅，又是练胯又是扭屁股，张狂得把一条江都跳得烦躁起来。特别是他胸前那刺眼的领带，使舵把老爹担惊受怕得不敢用正眼去觑那圣物。他预感到，这领带和迪斯科戴着跳着，迟早是要出事的！

此刻，舵把老爹和往年一样，已把汛前的一切准备工作都做得滴水不漏，这才有空坐在门口的大青石上想心事。他从大飞想到小匪，从程家四兄弟想到美美小姐，心里一颤，不由得便牵挂起还在老家的妻子儿女。狼狗大飞被他拴在一株大芭蕉树下，正呜呜叫着向他卖乖讨饶。他没理睬，径自站起来，走进院子。

院子不大，却很整齐，一座刀把形的六间二层小楼，几丛夹竹桃水灵灵的开得正艳，给院子增添了几分祥和气氛。楼下过道晾着许多刚刚画好的水尺和各种水文标志牌。他也没理睬这些，急急地进了屋子，拿出笔和纸，坐下来给儿子写信。他很久没给儿子写信了，也很久没接到儿子的信了。这时提笔写信，却突然惶惑起来，不知写什么好。他一连写了几张，都写不下去，桌下已扔了好几个纸团。最后他静了静神，好似来了灵感，又好似找到了窍门，一阵龙飞凤舞，一封家书就草草完成。他仔细检查了一遍，改了三个错别字，再拿起来小声阅读。内容就像他给水文站写的水情报告，更像给小匪定的岗位职责：一不准儿子穿西服，二不准儿子戴领带，三不准儿子跳迪斯科。虽然字迹歪扭，句读不分，但措辞强硬，说一不二。他连续读了两遍，觉得很满意，便极讲究地把信折成个菱形。

他在屋里翻腾了一阵，没找到信封，就从枕头下拿出一个用水泥纸袋折的钱包，拆开来，便是好大好大的一张牛皮纸。这种带有大小十多个兜的钱包，是他在部队跟连长学会折的。连长是云南人，他说他是跟缅甸人学的。瞧缅甸人该有多聪明！那么多大兜小兜，走私夹带毒品不是又方便又保险吗？后来，他从部队转业到这个水文观测点，就常收集施工用的水泥纸袋，也常给大家义务折这种钱包，西关人大多都用过他折的钱包。只是这几年，各种皮钱包样式新颖，层出不穷，这手艺才被冷落。但他不忍心让这手艺失传，作为民间工艺，他要传给徒弟小匪。而小匪不但不接受，还把他的牛皮纸和钱包偷偷抱走，一把火烧了个精光……咳，这个小匪，何时才不再匪呢？何时才能成为一个合格的水文人呢？他一边想着这些心事，一边用剪刀铰铰，用手指折折，用糨糊粘粘，好了，一个信封就这么做成了。写好信皮封好口，他便急匆匆地到邮局寄信去了。

发过信，了却一件心事，他的心情才稍稍好转，顺手搬出一把小竹椅，坐在大青石上纳凉。江风像发了霉似的，潮湿、黏黏糊糊。背心和短裤不但不兜风，反而在身上缠得更紧。他松松背心，抻抻短裤，想创造一个良性循环的空间。挺灵！风通过两个短裤管交汇在一起，然后从腰眼向上蹿出，直接和皮肉接触，瞬间浑身就凉凉爽爽、酥酥麻麻，好不舒坦！

心情一好转，舵把老爹就可怜起大飞，便过去放开狗绳，吆喝它去程记饭馆混饭吃。它平时都是在那儿寻食吃，有时程家老二也带些骨头、烂鱼来喂它，它和他们家很有感情。但现在他无论如何吆喝，大飞总是不灵醒，既不去饭馆，也不到别的地方寻食，只是蹭着赖着在他身旁转圈。它时而向他摇头摆尾，时而用爪子在他身上抓抓挠挠，长长的舌头连同咻咻的喘息，不时弄湿他的脸，把他的情绪也感染得烦躁不安起来。"妈的，真的日怪了！"他骂了一句，忙揽过大飞，捋它的皮毛，看它的眼角，查它的舌苔——凭相处十多年的经验，它压根没有生病的迹象呀！这到底是为什么呢？

大飞是他十年前花十元钱从一位卖柚子的老人手里买的，刚出生三个月，漂亮好玩极了！当时小匪还没来，也没这房和院子，只有他和一只测量船。他就给大飞上了户口，给站上报了名额，给锅里多下了一把米，从此观测点添丁了，他也不再孤单了。那时，无论是领导还是同事，也无论是西关的居民还是他的朋友，都知道观测点有两个人，一个是舵把老爹，另一个就是大飞。它小时，他把它当儿子看待，搂着它睡觉，抱着它吃饭，每次测流速和含沙量时，也要把它带在测量船上。后来它长大了，不但是他的好伙伴，也是他的得力助手。它帮他看门，帮他守护测量船和水尺，帮他度过一个个孤独凄苦的漫漫长夜。它不但嗅觉好，水性也好。有好多次，它奇迹般潜入江中，叼回被水冲走的物品，惊喜得程家四兄弟直夸它是神狗，又是烧香又是拿猪下水犒劳。还有一次，流域下了特大暴雨，江水猛涨。为了观察洪水全过程，他穿着雨衣，端着望远镜，站在悬崖上，驻守了三天三夜，而大飞也陪伴了他整整三天三夜。又一次，就是小匪刚来的那年秋天，他俩驾着测量船测流。小匪一不小心，脚步踏空，跌入江中，眼看就要沉入水底。他正要跳水时，大飞却抢了先，只见它一个猛子下去，紧紧咬住小匪的衣领，拼命将小匪拖出水面。小匪破涕为笑："神狗，真是神狗！我的命就是大飞救的啊！"

　　大飞安静了许多，紧偎着他，前爪伏地，后爪蜷如问号，嘴巴搭在前爪上，双眼微眯，像个思考问题的大儒。而这时，舵把老爹反倒不安起来，觉得大飞很反常，这和自己有没有关系呢？难道是自己的情绪感染了它？他越想心里越烦躁，便摸出烟来要抽。他叼了一支公主烟，擦火柴去点，谁料老是擦不着，一根、两根……一直擦了六根，都没擦着。"日怪，妈的真日怪了！"他忙检查火柴头，一满好好的，没湿，也没损。他又检查火柴盒上的磷片，也都好好的，未湿亦未损。他不禁大吃一惊，猛地站起，踢了大飞一脚，拔腿就往河堤上跑。"妈的，真的日怪了！"他一边跑一边在心里骂。以他三十年的经验来看，这可是暴雨和洪水的预兆呀！但今年为什么来得这么早呢？

　　他下了北大堤，像小匪抚摸胸前领带似的，忘情地摩挲着心爱的江水。江水还是这么蓝、这么清澈，像闪光缎一般惹人喜爱。一只只小船穿行其间，船前船后都涌着一堆堆雪白的浪花，吸引得无数的鱼鹰颔颠追逐。测流缆道凌空高架，与远处跨江大桥桥面几乎重合，使人感觉那桥就建在缆道上，像神仙伸出的两条胳臂，紧紧搂抱着这条江和这座城市。缆道南端的土坡上有一座孤坟，坟前的几块青石特别刺眼，好似正瞪着惶惑的眼睛向他叙说什么。他不忍心多看那孤坟一眼，又把目光移了回来。江边滩涂处，车来人往，人们匆匆忙忙地掏沙子、筛石子、预制各种水泥制品，脸上都透露出心满意足的神情。一群群妇女哼着小曲在江边洗衣服，草滩树丛上晾晒的衣物，像一朵朵彩霞，和她们的心情一样绚丽舒朗。孩子们在江边追逐打闹，有两个大男孩抓了几条泥鳅，伙伴们忙聚拢，一边争相玩赏，一边拍手欢叫："泥鳅懒，天高远。泥鳅蹦，要发洪……""快看快看，这些泥鳅都是懒虫，一动也不动，像睡着了，今年肯定不发洪水！……"孩子们把泥鳅扔给大飞，但它只转了两圈，嗅了嗅，怪叫两声，又慌张地向舵把老爹跑去。

　　江水是柔媚而悠闲的。

　　江城人的心同样恬静而祥和。

　　舵把老爹虚惊一场，但那"领带迟早要出事"的预感仍没从心里消除，相反愈加执拗地困扰着他。他站在水尺旁，忧心忡忡地望望江面，望望天空，又望望上游层层叠叠的山峦，然后上了大堤。

"舵把老爹，上游涨水了？"

"难说。"他没回头。

"舵把老爹，会涨水吗？"程家老二问。

"难说。"他追着大飞，仍没回头。

"舵把老爹，防汛吃紧了？"派出所隋所长急刹摩托喊。

"难说。"他仿佛只会说这两个字。

路旁几个洗完衣服回家的妇女咯咯大笑："舵把老爹今天怎么了？'难说难说'，只会这两个字，还不如日本鬼子，'八路的，大大的有'，一句半！哈哈哈……"

"难说就难说么！笑啥呢你笑！"他更懒得和娘们儿磨牙。

二

是难说！谁也没料到，刚进入六月，中上游就阴雨连绵，七月几乎天天下雨，江水流量猛增到每秒一万多立方米。舵把老爹心里一下子明了，原来一切的焦躁不安，都是在预感和等待着这场大洪水。啊啊，江呀，闪光缎似的领带呀，果然要出事了！他把家搬到断面，除了测流、取样、计算、发报等外，整天就拿着望远镜，站在暴雨中，一丝不苟地观察洪水。大飞好似也明白先头情绪糟糕的原因，不再焦躁不安，完全是一副机警和勇猛的斗士模样，随时都准备完成主人交给的任务和应付难以预料的突发事故。小匪更是方寸大乱，顾不得再写那让人莫名其妙的朦胧诗了，顾不得再找那发廊的美美小姐了，更顾不得再戴那刺眼的领带了。他把仪器、电台，还有美美的化妆照，都搬到了缆道房。他操纵流速仪，望着它在暴雨和洪水中从缆道上徐徐滑落，就像他运弓揉弦演奏柴可夫斯基的《悲怆交响曲》，那苍凉悲壮的旋律使整个世界都在战栗。水位越来越高，水尺只剩下顶端三个半拉王字，就像师父额前深深的皱纹。听师父说，那水尺还是他用榔头把钢轨一下下砸进岩石的，然后画上一个个半拉王字，就是标志和尺度。现在，眼看这标志和尺度就要被洪水淹没了、吞噬了，他的心也和这混沌的世界一样，整个战栗起来！

"师父，让我换你一阵吧！"他朝着师父喊。

舵把老爹好似没听见，仍端着望远镜岿然不动，雨衣成了一挂瀑布。

"师父，美美熬了姜汤，你快喝了暖暖身子！"

师父头顶的雨衣带帽动了一下，很快又被瀑布笼罩了。

"师父，老城居民开始撤离了！"

师父仍没吭声，只有大飞汪汪狂吠。

"师父，水尺只剩三个半拉王字了！"

这下，舵把老爹才反应过来，迅即扭身，用望远镜看了水尺一会儿，突然失魂落魄地大喊："小匪，快，快撤！北大堤守不住了，快往观测房撤！"

师徒二人跑回观测房，拿了搪瓷水尺，在街口找到水准桩，就往电杆上钉水尺。舵把老爹的脸绷得很紧，表情严肃。他感到震惊，没想到断面水尺会只剩下三个半拉王字，更没想到洪水马上会平了北大堤。天哪！这可是百年未遇的特大洪水啊！显然，断面水尺已失去测量能力，必须续接水尺，不然，就没了标志，事情会失去控制。这该是多大的失职和罪孽啊！小匪理解师父的心情，也没多言，只是默默地配合他钉水尺。从北堤顶开始，共取了三个高程，一直把水尺延接到观测房门口。小匪这才松了口气，眼不住往街心的发廊张望。这时，西关已成为一条空街，各家门面都已关闭，只剩下零零落落的人在仓皇撤离，到处是一片丢盔弃甲、狼狈不堪的景象。突然，程家老二和老四死拉硬扯着父亲从街心走来。老人一边磨蹭一边骂咧咧地不愿走，到了观测房前又站住不动，指指戳戳地看舵把老爹钉水尺。

"舵把老弟，水能涨到这儿来？"

"难说。"

"我活了七十八岁，也没见过水上北堤。"

"难说就难说么！"

"难说个屁！1974年那么大的水，也没淹到北堤。"

"清朝有过，把江城淹了个鸡犬不留！"

"谁见过？反正我不信。"

"我有资料！"

"资料顶个屁！西太后的话敢信？胡诌的，吓人！"

舵把老爹不再理他，只管给水尺拧螺丝。大飞却对老人格外亲昵，一会儿用舌头舔舔他的手，一会儿用嘴巴蹭蹭他的雨衣，一会儿又在大雨中围着他撒欢怪叫。小匪见老人还在磨蹭，就有些气恼，嗔道："老人家，你要不想撤，就留下给我师父做伴，到时洪水真淹了西关，我背你跑！"

老人把塑料雨衣抖得簌簌响，抹了把脸上的雨水，愤愤地说："别操心我，快看你那美美小姐去，小心她被鱼鳖海怪抢走，去做了龙王的压殿夫人！"

程家老四咧着大嘴，一说话唇边的流水就被吹得噗噗响："人家美美已搬到苹果园高地了，撂下小匪兄弟，只好去给龙王爷当乘龙快婿！"

程家老二已拉着父亲朝前走了，走不多远又回头喊："舵把老爹，你和小匪也快撤，当心一会儿跑不及了！"

小匪被噎得半晌没吭声，直愣愣望着程家兄弟拉着他父亲向高地走去。

三

美美小姐是搬到了苹果园，但她又回来了。她回来是放心不下小匪。他们曾经发过誓，要撤一起撤，要留一起留，经过生死考验的爱情才有意义。小匪自然唯她马首是瞻，她说咋办就咋办，决不会三心二意。他说他更需要《悲怆交响曲》那样的激烈和"挪亚方舟"那样的悲壮。但舵把老爹却生气了，坚决要美美走，不走就连小匪一起撵走。三人僵持了十几分钟，小匪也生气了，长发一甩，拉着美美真的走了。

但从来都喜欢刺激冒险和轰轰烈烈的未名诗人小匪，怎么会说撤就撤呢？怎么会轻易放弃这个创造神话、诗歌和成就伟大爱情的机会呢？是的，他没有撤，他只是为了欺骗师父，留下美美，留下她重构他们秘密的伊甸园。他拉着美美的手，向着风雨冲去，向着缆道方向冲去。他们坐在测量船的舱里，面对滔滔洪水，一遍遍讲述着"挪亚方舟"的故事，心里充满强烈的使命感和幸福感。

美美问："小匪，你说，人类真的是亚当和夏娃创造的吗？"

小匪答："是的，上帝用洪水毁灭人类，唯独留下亚当和夏娃，才没使人类绝种。"

"要是他俩也死了呢？"

"不会的，他俩是上帝对人类的特意关爱和褒奖。"

"要是他俩都是男的或都是女的怎么办？"美美把头靠在小匪肩上，扑闪着大眼睛问。

"傻帽！只能是一男一女，像咱俩一样。"小匪臂一揽，紧紧把美美拥入怀里，颊贴着颊说。

"万一，我说万一都是男的或女的，人类怎么传宗接代呢？"

"绝不可能！上帝公正无私，既要惩罚人类，又要呵护人类，他早把一切都安排好了。"

"真那样的话，亚当和夏娃也不会生下全世界的人类呀！"

"那时和现在一样，到处都是洪水，什么也干不成，他们只好整天生孩子，十年百年、千年万年，子生孙、孙生子，才有了人类，才有了咱俩……"

这话很有些挑逗性。美美脸就感到烫，心就感到慌，胸脯就一起一伏好似随时都要爆炸。小匪吭哧吭哧喘着粗气，浑身燥热得战栗，双臂愈箍愈紧，恨不得把美美也挤成一股洪水。两个充满青春热血的身体，在一起碰撞着、纠缠着，终于揭开了人性的面纱，跨越了爱的堤坝。他们好似在末日前诀别，又好似赶最后一趟班车，是那样急切、那样沉迷，一切话语都成了累赘，只有行动才是最可靠的现实……当他们正陷入偷食禁果的快乐和疯狂时，突然发现测量船也疯狂地摇摆起来，接着传来闷雷似的可怕的呜呜声，好似整个天和地都在摇晃颤动。两人同时跑出船舱，惊魂失魄地尖声大叫。啊！洪水，洪水已上了北大堤，整个西关和老城都成为一片汪洋，原先抛锚在堤顶的这条测量船也成了汪洋中的一个泡沫。天哪！天果然塌下来了，地果然陷下去了，上帝果然用洪水惩罚人类了啊！

好大一会儿，这对亚当夏娃总算从惊愕中挣脱出来，忙乱地起了锚，驾着测量船朝观测房驶去。观测房已进了水，舵把老爹又给院子和楼梯接水尺。他俩抛了锚，忙给他帮忙。师父见他俩还没走，气得一脚踹倒小匪，骂他磨磨蹭蹭，转来转去，迟早要被洪水要了狗命！小匪没敢顶嘴，忙从水里爬起，拿了水尺，拉着美美跑上去，就往楼梯扶手上钉。

"你这个匪崽，还不快走？再迟就来不及了！"

"你为啥不走？你不走我也不走！"

"你怎和我比？我是单个司令，你还有美美，一个哑巴，一个瞎娃，命比我金贵得多！"

"是亚当和夏娃，不是哑巴和瞎娃。"美美纠正说。

"不管亚当还是哑巴、夏娃还是瞎娃，反正命比我金贵！快走吧，这里没你的事了！"

"不，这儿是我的岗位！"

"你的职责是和美美立即转移到苹果园！"

"说不走就不走嘛！难道只兴你坚守岗位当英雄，唯独没我的份儿？你也太自私了！"

美美的秀发像被雷雨蹂躏的一树疯柳，猛一摆，溅起一片水花："就是的，我也想当个抗洪英雄家属呢！到时召开英模事迹报告会，没个女的，气氛也不活跃！"

舵把老爹直起腰，抹了把脸上的雨水，眼睛雾蒙蒙的，看他俩像两只小螃蟹："唉唉，你俩呀，一个土匪，一个粘胶皮，真拿你们没办法！好了，快进屋子收拾东西，洪水已淹了屋子。"

小匪和美美进了屋子，惊得目瞪口呆，原来屋子早进水了。只见锅碗瓢盆漂了一地，大飞像猫逮老鼠似的，正转着圈子抓挖拦阻，这些物件才没被洪水冲走。小匪的小提琴掉在水中，被大飞拉扯得嗡嗡作响。小匪已顾不得这些，忙和美美把仪器资料搬到床上，接着转移水样与沙样瓶子，桌子和床上摆满了，只好又给书架里放。美美的化妆照被抹得五麻六道，变成了东洋的卡通画。小匪正为此惋惜，这时电话铃响了。他拿起话筒，里边传来水文站站长焦急而生硬的声音：

"小匪，你们是怎么搞的，为什么还不撤？"

"都撤了，这儿水位由谁观测？没人观测不就缺测了吗？你过去不是常讲，这是最大的失职和犯罪吗？"

"匪小子，少耍贫嘴！这事省上早有安排，加强上下游观测控制。这下，你还有何话可说？"

"那也得听我师父命令，他叫撤就撤，他叫守我就在这儿等着'光荣壮烈'，到时站长别忘了送个大花圈！"

"混账！什么时候了，还这么死牛摆犟？和你师父一模一样！快去，叫你师父接电话。"

舵把老爹接过电话，站长火气更大，骂他目无组织纪律，目无党纪国法，是狂妄的个人英雄主义！

"听好了，这是命令，不然，就让解放军用冲锋舟把你抓回来！"

"好好，我撤我撤，撤了天塌下来我也不管，自有大个子撑着哩！"

就在接电话这阵，洪水又涨了一尺多，眼看就上了床沿。小匪和美美又把仪器资料往楼上搬。大飞已控制不了那些盆盆碗碗，眼睁睁看着它们被洪水咣咣当当地冲走了。舵把老爹这时真有些手忙脚乱。他把手一挥，向小匪刚喊声撤，没等对方反应，又改变了主意，要小匪快去开船，把资料仪器和美美一起送到高处去。小匪把船划到门口，很快，仪器资料和取样瓶等统统被搬上了测量船。舵把老爹把美美推上船，一挥手，命令小匪快开船。小匪这才恍然大悟，知道上当受骗，气得在暴雨中大喊大叫：

"师父，还有你呀！还有大飞呀！你们不撤，我也不撤！"

"谁说我不撤？我是怕船超载，出了事故怎么办？好了，你俩先走吧，我把屋子收拾一下，马上就和大飞撤离。"

"那我回头来接你。"

"也好，就这样，快开船吧，一定要注意安全！"

四

小匪和美美走后一个多小时，水就上了楼梯，刚接的水尺不够用了。舵把老爹连忙续接水尺，每五个台阶一个，当接到二楼转角时，却没了水尺。没了拉倒！魔高一尺，道高一丈，到时自有办法！他相信自己的智慧和力量，也相信洪水绝不会上到二楼来。下楼时，他的手被什么东西撞痛了，回头一看，才发现靠楼梯放着的一堆木料快塌落了，有几块已被洪水冲出好远。他知道，这四方木料可是他一生的血汗和积蓄呀！可是妻子儿女盼望多年要用来修房子的呀！他实在不忍心让洪水把木料冲走，不忍心让自己的血汗和家人的希望付之东流。他找来几截铁丝把木料捆起来，又搬了几块石头死死地将木料压紧压牢。当他回到屋子时，已累得没了一点力气，真想躺下好好歇一会儿。但他不能躺，也没办法躺，一是他要监视洪水，二是屋里没有一块干地方，水已上了床铺，淹没他的大腿，大飞站在椅子上汪汪地向他讨着主意。

舵把老爹只好和大飞退守二楼。这时夜幕已经降临，洪水还在一分一寸地涨，很快又上了二楼，已淹了脚面，只好上楼顶了。他手抓栏杆，正要往上跳时，突然觉得手里软乎乎的，以为是小匪晾晒的衣服，用手一捏，又觉不对，衣服怎么会动呢？他忙用手电去照，不由大叫起来。妈呀！原来是老鼠，一只挨着一只,爬满了栏杆。他用手电向四周照去,只见二楼的门上、窗上、楼檐下,到处都是蚂蚱、蜥蜴、青蛙、老鼠、蛇……两条菜花蛇就在头顶屋檐下,吐着蛇芯子,要不是正处于患难之际,准会扑下来咬住他的咽喉。他被吓呆了,既可怜,又恨它们,因为这些逃生的动物使他难以行动。它们包围着他,和他争夺有限的生存空间。他好似在做一场噩梦,此时才真正感到害怕和恐惧。啊啊!领带呀,闪光缎领带呀,真的要成为他自缢的白绫和绞刑架上的绞索吗?舵把老爹已有一种大祸临头的预感。

但他并没有绝望。在生死关头,对于这些兽类,还有什么仁慈可讲?一种求生的本能使他立即抄起一根长棍,向竞争对手们发起迅雷不及掩耳的攻击,把它们统统打入水中,然后敏捷地爬上栏杆,和大飞一起上了楼顶。楼顶也被小动物占领了,任凭他怎么追打、驱赶,它们就是死死地赖着不逃不散。大飞可有了用武之地,俨然一位骁勇的斗士,和小动物们展开了激烈搏斗。那些蛙们鼠们不堪一击,被一一打落水中,有的企图负隅顽抗,也都没逃过大飞锋利的牙齿,成为它的晚餐。谁料,就在吞食最后一只老鼠时,一只大毒蛇突然向它扑来,接着又闪出两条小蛇,从三面向它夹击。刚刚吃饱肚子又被血腥刺激的大飞,此刻特别兴奋和冲动,只见它扬起四只爪子前后腾跃,牙齿咯咯作响,矫捷的身影像一道黑色闪电,异常凶猛和狰狞。蛇们好似也意识到在此生死攸关之时,只有拼命一搏才有生的希望,所以也表现得非常勇猛。一时间,犬声吠吠,蛇芯嘶嘶,狗和蛇纠缠一起,在暴雨和电闪雷鸣中,上演了一幕激烈的犬蛇大战。大飞咬死两条小蛇,又与大蛇展开了最后决战。大蛇有五尺多长,尾巴在空中划过一条条弧线,激起一片片水花,使大飞一次次扑空。大飞正被眼前的景象迷惑着,突然蛇从水中伸出长长的脖子,一寸寸向它逼近。就在这时,舵把老爹抡起一根棍子,朝着蛇头狠狠砸去。蛇倒在地上一跃,掉头又向他扑来。大飞乘机噌地一蹿,一个饿虎扑食,紧紧咬住了蛇的脖子。大蛇挣扎翻滚了几下,很快就断气了。但这时,楼顶又爬满了蚂蚱、蜥蜴、青蛙等小动物,还有几只鸡、两只猫和一只长毛兔。舵把老爹终于疲劳了,怜悯了,让步了,只好与这些不幸的小动物和平相处了。

结束这场争夺生存空间的战斗后,舵把老爹总算有机会观察洪水的来势去向了。这时天已全黑,什么也分辨不清,四周只能看见一片汪洋。暴雨和洪水建立了攻守同盟,凶猛地抽打和袭击着这座城堡,发出一阵阵骇人的怪响。一个个黑黝黝的庞大漂浮物被抛上抛下，像一只只可怕的海豚和鲸鱼，在惊涛骇浪中翻转、打滚、追逐。蓦地隐约传来几声凄厉的哭叫声，像是在城区，又像是在河心和脚下，听起来特别恐怖。舵把老爹忙用手电寻找，却没人影，再照水面，不觉头皮发紧，毛骨悚然，吓得直打趔趄。水面上到处都是屋架、门板、木材、箱柜、塑料泡沫与牛、马、猪、羊……在一起扭扯着，旋转着，冲撞着，你追我赶地向下游翻卷而去。忽然，有一个黑点，像人，在波涛中时起时伏，随时都会被恶浪撕成碎片。舵把老爹哇哇叫了几声，那黑点毫无反应，连头也不回地径自漂荡而去。他捡起一块木板，使劲朝黑点抛去，然后用手电照着，目送这个微弱的生命，直到他消失在黑暗中。这时，他突然发现，就在手电光的尽头，好像也有人在打手电。他辨认着方向，又估摸了位置和距离，才断定手电光来自西关小学。他向那边大声喊话，但总是听不到回音。他就用手电光比画，果然有效，那边也用手电光向他打信号。他不知他们有多少人，也不知他们的处境。他想救他们，但没船，过不去。他在空中比个人字，那边回答一个十字。他又比个上字，那边也比个上字。他明白了，那边有十个人，已爬上楼顶，他放心了。

　　舵把老爹太疲劳了，但恐惧的心情使他不敢眨一下眼，每根神经都绷得紧紧的。他站在小楼上，就像站在一具棺材上，黑夜和恐惧伸出两只魔爪，正把他一步步推向洪水，推向死亡的深渊。他向楼下看去，水已上了二楼窗台，高大的美人蕉、夹竹桃和那堆木料已荡然无存。蓦地，街心传来一阵奇怪的声音，像划水声，又像野兽撕咬声。他浑身战栗，忙用手电去照，不觉大惊。啊？棺材，真的是棺材！只见滚滚洪涛中，几个黑影正拽着一副棺材，哼哼唧唧地向观测房泅来。等棺材到了跟前，他才认出是程家三兄弟。他知道，程家兄弟是西关有名的大孝子，都已娶妻生子，但仍对父亲毕恭毕敬。舵把老爹直咒，孝什么孝？死到临头，还舍不得老子的棺材？真是活见鬼！他虽然嘴上这么骂，但还是伸手帮他们把棺材抬到了楼顶。

　　"嘿呀，真是孝子，连命都不要了？"

　　"孝心也要钱表现，能保一个是一个么。"

　　"说的也是，但只怕老子没用上，儿子却先进了棺材！"

　　"请您老人家放心，我们都会游泳。这棺材留给你，万一水上了楼顶，往里一躺，就是冲到太平洋，也保险么麻达！"

　　三兄弟说着跳入水中，刚游出十几米又游了回来。

"舵把老爹,你也撤吧,全城只剩你一个,太危险了!"程家老大说着已爬上楼顶。

"快撤吧,我们为你保驾护航,绝对安全无恙!"老三也在水里扑腾着喊。

舵把老爹摆摆手,把雨衣抖得簌簌响:"水快落了,我要记下洪峰水位。你们快撤吧,不要再磨蹭!我没危险,龙王爷是我的老朋友,我还要和他在这儿叙叙家常呢!"

程家兄弟撤走后,水位并未降落,相反仍一寸一寸往上涨,水已淹没二楼窗户,距楼顶只有一米多了。他叫大飞,但大飞仍躺在塑料纸下,不叫也不动。他揭开塑料纸一看,却见大飞全身肿胀,鼻嘴流血,早已断气死了。他惊得一屁股跌倒在地,半晌哭不出声来。他后悔极了,正是自己怂恿它和毒蛇搏斗,正是自己这么长时间丢下它不管,它才被毒蛇咬伤,才耽误了救治,才被活活毒死!……啊!天哪!大飞,我的朋友,我的儿子,我的心肝宝贝!……没了你我可怎么活下去啊?……舵把老爹抱着大飞,一边哭叫一边把它放在棺材里。失去了大飞,他感到更加孤独和恐惧。他突然想起小匪,想起小匪走时的话,他说他会回来接他的啊!他此刻多么希望小匪突然到来啊!

当舵把老爹的思绪从大飞回到小匪身上时,他突然愣了一下,接着又惊慌不安起来。是呀,这么长时间了,小匪为什么不来接他呢?怕了吗?背叛他了吗?不,他不相信,按小匪的性格,这些都不是理由。那么,到底为什么呢?难道……难道他也遇难了?这个念头一起,他立即乱了手脚,差点摔到楼下洪水之中。他努力镇静一会儿,又仔细想想,最终还是肯定了自己的判断,便大哭大叫起来:"小匪呀,你在哪儿?你真的出事了吗?真的弃我而去了吗?啊啊,小匪呀,大飞呀,你们都是我害死的呀,我是个十恶不赦的罪人呀!……"

失去大飞和小匪,舵把老爹总是摆脱不了罪恶感和愧疚的折磨。很快,这种自责的情绪发展为孤独和恐惧。他真的慌了,人性本能和求生欲望占据了一切,他比任何时候都害怕死亡。他彻底绝望了,嗵的一声跪倒在地,向着黑夜和洪水嘶声大喊。他喊大飞,喊小匪,喊站长,喊程家兄弟,喊解放军,喊武警战士……啊啊!天呀、地呀,我不能死呀!我有妻子儿女呀,还有八十四岁的老岳母呀!快呀,快来人呀,快来救救我呀,我真的不能死呀!……

洪水又涨了二十厘米。这时楼顶的小动物们开始逃亡,像草船借箭似的乱箭齐发,纷纷朝旁边的电杆电线射去。舵把老爹走向棺材,已然将一切现实与理想置之度外。他把那几只鸡、猫和兔子都放进棺材，好似给自己陪葬的金童玉女。然后，他躺进棺材，紧紧搂着大飞，万念俱灰，心里只有人在死亡前痛苦的回忆和对自己一生功过荣辱的反省。

月河，多么美的名字！有月亮吗？有桂花吗？有嫦娥吗？有玉兔吗？统统没有。月河岸边只有一座双乳峰，峰下有一座药王庙。传说，药王救活了一位名叫月姐的公主，月姐感恩不尽，就以身相许，嫁给了药王。后来药王仙逝了，月姐就代为行医，拯救弱民。一日，月姐行医回家，途中遇见鳖王，鳖王要霸占月姐为妾，月姐不从，它便令虾兵蟹将捆了她，把草药和医械抛于荒野。就在这时，突然狂风大作，暴雨如注，天昏地暗。三天后，雨过天晴，月姐已化作一座山，对峙的两峰就是她的双乳，双乳间流淌的河就是她的乳汁，所以人们就叫那山为双乳峰，叫那河为月河。

舵把老爹就是吃双乳峰的柚子、喝月河水长大的，那生长着水稻和美人蕉的家乡，使他很快出脱成一个英俊少年。他十六岁当上砌石工，和这条江厮混了两年，后来参了军，在新疆部队当班长。那年大练武，军区举行刺杀和冲障大赛，他立志要拿个好成绩。他训练入了迷，常常一个人练到深夜，回来躺在被窝里做梦也是冲呀杀呀。一天晚上轮到他值班，他又偷偷跑去练刺杀，却被连长发现了。连长二话没说，就给了他两个耳光，大骂他目无军纪，擅离岗位，是个逃兵！从此，"岗位"和"逃兵"，就成为他生命中最为执着和忌讳的两个字眼。那次大比武，他果然拿到全军区第三名，不久便入了党，还当上了排长，再然后就转业了。转业时，他本可以找到一份条件很好的工作，可却偏偏选择了水文这一行当，在水文行当又偏偏选择了这个观测点。

观测点的生活是非常枯燥乏味的，特别到了晚上，测船为屋，星月做伴，寂寞孤独，难以言状。这对一个血气方刚的青年来说，简直就是精神的自虐。慢慢地，他便有些烦躁，开始幻想，开始不安分守己了。他与西关粮站的出纳员梭梭一来二去就好起来了，好得如糖似蜜、如胶似漆。那时，自由恋爱还是个新鲜事，一下子惊动了西关一街两行，有跟踪盯梢的，有蹲守捉奸的……在一个暴雨如注的夜晚，梭梭帮他测流，晚了，就留下和他在测量船上过夜。他们紧紧抱在一起，把一切私情密语都已说尽，只有两对滚烫的唇舌和四只颤动的手，还在不知疲倦地动作。正当他们的心潮和情波被推到感情的浪尖时，突然岸边人声喧哗，火把乱窜，两人被赤裸裸地捉住了。梭梭难以忍受如此羞辱，乘人不备，纵身跳入江里，最终殉情。当时，要不是程家老爹死死抱住他不放，他也会和梭梭一样，跳江自尽。从此，他就再没了自由恋爱的勇气，只能通过老家媒妁之言，和一位农家女子成了婚。爱人是独生女，他就把家安在她娘家，孝敬岳父岳母。月河是这条江的支流，那年，月河发大水，江上的防汛很紧，他顾不得回家，日夜守护着这条江。一个多月后当他回到家时，才看到洪水不但冲毁了家里仅有的三间瓦房，还夺走了岳父的生命。全家六口一直就住在临时搭建的草庵里，盖几间瓦房已成为他和全家人一生的最大理想……可是，现在，好不容易买的木料，已被洪水一卷而空，这瓦房还怎么盖啊？这草庵还要住到猴年马月啊？……

想到这里，他完全像一个输得精光的赌徒，眼闪幽光，开始计划后事了。两个女儿都已出嫁，生活有依靠，不用他操心。岳母的棺材板老衣早已备齐，也不必牵挂。儿子正读高三，学习成绩很好，考上大学没问题，唯一让他担心的是怕那迪斯科跳着跳着会把他跳坏的。妻子身体健康，吃苦耐劳，他相信她会支撑起这个家，也一定会管好儿子和盖起一座砖瓦大房……但是但是，他又该给世界留点什么呢？一想起这个问题，他便神经质地警觉起来，噌地跳出棺材，兀自站在屋顶，像一只觅食的苍鹰，眼睛死死盯着洪水。他没有堕落，没有沉沦，在绝望和垂危之际，他终于想起自己的职责，想起自己的岗位，想起当逃兵的可耻！咳，我好浑，差点忘了大事！真他妈的是个逃兵，是个怕死鬼！他愧疚得一跺脚，只听哐啷一声，跺在了一把菜刀上。他灵机一动，随手抄起菜刀，猫似的向屋檐潜去。

此时，洪水离屋檐只有一尺多了，伸手就可触到水面。舵把老爹忙找来一根麻绳，一头拴着棺材，一头绑在脚上，然后伏倒，趴在屋檐上，把头和手一起向楼下探去。暴雨抽打着他的脊背，恶浪撕咬着他的手指，他像猴子捞月亮似的倒挂在屋檐下，一手打着手电，一手举起菜刀，如此砍呀、刻呀，一下、两下、三下……像一位石匠，像一位雕塑家，在雕刻自己的墓碑，雕刻世界的警钟！

就这样，他冒雨蹲守在楼顶，每隔一小时观察一次水位，同时墙壁也就多了一个水位标志。直到他刻下一个半拉王字时，水位才开始回落。他眯缝着眼，很快就估算出洪峰的大体数据：水位约二百五十米，流量近三万秒立方米。天爷！这，这……这可是五百年不遇的特大洪水啊！这可是江城百姓的灭顶之灾啊！他长吁了口气，看看表，还好，表还走。他永远记住了这一时刻：某某年八月一日凌晨三点十八分。

五

舵把老爹好似完成了一个伟大的使命，心情一下子轻松了许多。他向棺材走去。他实在太累了，很想好好睡一觉。他从内心感谢程家兄弟，棺材虽没当作逃生的渡船，却成了危难之际歇息困觉的最好场所。他搬开棺盖，鸡、猫和兔子正咯咯喵喵地叫着欢迎他呢！突然，他的眼睛一亮，刚跨起的右腿又收回来了。手电！他向远处望去，在果园的方向，果然有手电光在晃动！接着又传来隐约的呼叫声："师父，师父——你还好吗？我接你来了……"

小匪？是他，是小匪！舵把老爹惊喜得一边狂呼乱叫，一边忙用手电打着信号。测量船终于靠拢了，果然是小匪和美美！小匪像《水浒传》中的浪里白条，一个箭步跳上楼顶，紧紧抱住师父。

"师父，你怎么样？受惊了吧？"

"我好、好着呢！……"舵把老爹忍不住哭出声来。

"好着呢，那你哭啥？"美美不解地问。

舵把老爹愣了一下，好似也糊涂起来，不知自己为何伤心失态。"日怪，真日怪了！"他心里暗暗吃惊，但又不愿示弱，也不愿暴露刚才怕死的隐秘，特别在徒弟面前更是如此。他调整了一下情绪，使劲拍打着小匪的脊背，又庆幸又生气地说："我是怕你出事，怕再也见不到你了啊！"

"你不是骂他土匪吗？土匪还能怕这点洪水吗？"美美说。

"既然不怕，那为啥现在才来？"舵把老爹真的生气了。

"你不知道，水把苹果园也淹了！我帮大家撤离，完了就来接你，船到西关小学，又发现十几个人被困，我就把他们接走了，所以……"

"所以来迟了，但现在水也回落了，你们也该回去了。"

"怎么，师父，你还不撤？"

"你把棺材里那几只鸡、猫和兔子接走吧，我要和大飞死守到洪水全部退完为止。"

"大飞？怎么不见大飞呢？"

师父指指棺材："他被毒蛇咬死了。"

"啊？！"小匪扑向棺材，扒着棺盖声嘶力竭地大叫："大飞！大飞啊……"

"它死得非常英勇悲壮！"

"我知道它是好样的！"小匪在大飞头上拍了一下，猛转过身，大声向师父说："但师父，你必须马上撤！省市领导下了死命令，把你接不回去，就要处分我、开除我。到那时，美美怎么办？难道让她也和梭梭一样跳江自尽吗？"

舵把老爹大吃一惊，佯装不明地问："梭梭？谁是梭梭？你怎么知道她？"

小匪望着不远处模模糊糊的缆道，激动地说："事情虽然过去三十多年了，大家早已淡忘，你也守口如瓶，但你常去缆道旁那个孤坟转悠，难道能逃过本诗人敏锐的目光和丰富的联想吗？"

舵把老爹沉默了好大一会儿，终于被小匪的话说动了："好吧，我撤，和大飞一起撤，到时把它埋在梭梭的坟旁。"

"还要竖个墓碑。大飞和梭梭一样，是水文人的魂，也是江河大地的守护神啊！"

三人驾着测量船，船上载着大飞、鸡、猫、兔子和其他该转移的东西，躲过一个个巨大的建筑物和漂浮物，在黑夜和洪水中颠簸着前行。雨还没停，和雷电一起挥动着鞭子，抽打得小动物们不住地乱叫。浪涛毫无怜悯之心，一个接一个比赛似的扑来，稍不留神，就会船毁人亡，葬身鱼腹。

徒弟问："师父，说实话，刚才，我没来之前，你怕不怕死？"

师父答："去你的，匪小子！谁能不怕死呢？不过，刚才我已把死想好了，你要真的不来，我就只好躺进棺材，任凭风吹浪打，四处漂流，权当免费旅游呢！"

徒弟感叹着："嗬，师父挺浪漫，像亚当夏娃，也要开辟理想的伊甸园。"

师父佯装生气："别再提哑巴和瞎娃，一切都是他俩惹的祸。不然，闪光缎领带，怎么会成为脖子上的绞索呢？"

美美忙纠正："错了又错了，不是哑巴和瞎娃，是亚当和夏娃。"

"我说哑巴和瞎娃，就是哑巴和瞎娃么！"

"好好，师父说哑巴和瞎娃，那就哑巴和瞎娃吧！"……

八斤窝窝

一

早就听说齐县有个胶辊厂,规模虽不大,却是县上的利税大户,年创利税五六百万元,名列全县第一。这话听了就听了,也没引起我多大兴趣。今年初夏的一天,我去齐县采访,中午饭后独自在城外转悠,突然发现路边有座院子,小楼亭亭,绿树掩映,很有些世外桃源的味道。上前一打问,便觉稀奇,喔,原来这就是胶辊厂!

出于好奇,我决计进厂看看。进了大门,迎面两排东西走向的平房,被几棵高大的梧桐树遮掩着。朝北,是一座三层楼,一、二层是车间,三层是厂部。我上了三楼,径直向厂长办公室走去。进了门,我惊呆了,嗬,偌大一间会客室,四周墙壁挂满锦旗、匾额、奖框,足有四五十面,琳琅满目、五光十色。正待我仔细观望时,突然有人说话,只一个"坐"字,瓮声瓮气,像是从沙发弹簧坐垫里挤出来的。我忙四下里瞧,却没人影,这就奇了!我再去观望,这时又传来那瓮瓮的声音,多了一个字:"坐么!"我扭过头,这才发现茶几背后长沙发上睡着一个人。他见我没响动,忙坐起来,用手揉着眼,憨直地笑笑:"打个盹,竟睡着了,请别见怪。"说着,他将一包公主烟扔过来,还是两个字:"抽烟。"

我燃起一根烟,抽着。他也不再窘迫:"你是……"

"没事,转转,看看你们厂。胶辊,挺有意思的。"

他像一位托人为儿子说媳妇的老人,如数家珍地说起自己的家当和儿子的优点:"胶,就是橡胶。辊,就是机器上用的辊子。如印刷、造纸、印染、纺织、皮革、塑料、矿山、水利、建筑等行业用的各种耐酸、耐碱、耐油、耐高温的橡胶辊、丁腈皮辊，各种橡胶配件、容器、管道和油酸罐衬里，各种农用与建筑用吸管等，我厂都能加工制作。二十多年来，我们坚持质量第一、信誉第一，并做到上门送货，上门加工、上门检修，客户遍布全国各地……嘿嘿，不是我胡吹冒撂哩，瞧瞧它们，就是最赢人的金字招牌……"

他说这些话时，目光始终没有离开墙上的奖状和锦旗，显得格外满足与自豪。

如此神态举止，我猜想，他一定是厂长，便问："厂长贵姓？"

"免贵姓郝，但我不是厂长。厂长去西安了，叫孙李张。"

"三姓？"

"本姓孙，他爷是国民党官员，修过西兰路。他爸是水利工程师，参加过多项水利工程。他妈姓李，在他两岁时病故。继母抚育了他，姓张，'文化大革命'时死于心脏病。为不忘生母之情、继母之恩，由他爸做主，就起了这个官名。怪吧？"

"好文章！"我暗自叫好，随即出示证件，说明来意。

老郝并不觉得诧异，好似一切都在意料之中，两手一摊，仍瓮声瓮气："好事是好事，可惜厂长不在，得等他回来。"

"那就请你及时和厂长谈谈。"

"你明天再打电话联系吧！"

回到市里，这个奇怪的老郝与那个具有传奇色彩的三姓厂长，一直勾起我极大的兴趣。第二天我等不及打电话，又乘车去了齐县。仍是刚吃罢中午饭，仍是那长沙发，仍是那瓮瓮的声音和一根公主烟。他说厂长没回来，并抱怨我不该浪费时间空跑一趟。无奈，我再次和他相约，等厂长回来立即给我打电话。等了两天，却还不见他的电话，我只好三顾茅庐。还是那长沙发，还是那公主烟，只是他没睡，瓮瓮之音也不再响，锋锐的牙齿正在消灭四五个蒸馍。我惊羡他的吃状，更佩服他大得惊人的饭量。吃毕，抹抹嘴，也许是被我三顾茅庐的真诚所感动，他对我笑笑说："要不，你明天下午来吧！"说这话时，他语气很肯定，仿佛他就是厂长或厂长就在他裤带上拴着。

第二天，我如约来厂，老郝却不在，一个清瘦白皙的中年人接待了我。互作介绍后，才知他就是孙李张，三姓厂长！他说郝厂长家里有事，刚走，一会儿就回来。

"什么什么？你说老郝是厂长？"

"他叫郝俊彦，人称八斤窝窝，是法人厂长。"

"窝窝？不就是棉鞋吗？他为啥叫这个名字，又为啥说你是厂长呀？"

"我只是副厂长。"

"那他为啥骗我呢？"

"他就是这么个人，不显山露水，不铺排张扬……好了好了，你先住下来，吃了饭，再到工人中去了解。他的故事多得很，也感人得很！"

临走进旅馆，我还暗暗咒骂："哼，郝厂长，八斤窝窝，这个老滑头！"

二

那是一个干冷干冷的冬季。

腊八这天，工作组的人没去社员家吃腊八粥，而是到镇上吃羊肉泡去了。可他们太大意，就在吃完饭回到村子时，才发现被他们关着的一个老汉上吊死了！老汉是个"历史反革命"，有一手铜匠绝技，常偷偷帮人干活。工作组把他关了三天，他就是不承认所犯罪行。这天吃饭前，工作组还一再警告，他啥时承认错误啥时就把他放回去，但等吃完羊肉泡，悲剧就这样发生了。

那时死个"反革命"并未引起多大轰动。问题是当天深夜，他大儿子从饲养室偷走一把铡刀，神不知鬼不觉地潜入工作组驻地，像杀西瓜似的接连砍下三个人的头颅。随后，他大吼一声，将铡刀抹向自己脖子。更可怕的是还在读高中的弟弟二娃像疯了似的，白天黑夜抱着那把血迹未干的铡刀，扬言要杀人，要报仇！一时间，腥风血雨扑面而来，吓得村里大人小孩不敢出门，公社和公安局的人也不敢进村。

就在这时，八斤窝窝独自背着铺盖冒着风雪进村了。二娃不认识他，以为他是工作组成员或公安人员，扑过去举刀就砍。不料，他左闪右躲，只几个回合，就飞起翻毛皮鞋，一脚将铡刀踢出丈余，轻而易举地制服了二娃。当时二娃并不知道他叫八斤窝窝，但的确发现他脚上的翻毛皮鞋实在太厉害，踩在地上冰雪融化，踢在刀上火花飞溅。八斤窝窝就这样像抓小鸡似的把二娃拖回家，然后解开行李，取出一个饭盒，打开来，原是热腾腾的羊肉泡。

"兄弟，啥话都甭说，先吃饭。两天两夜了，不吃饭怎么行？"

但二娃并不承他的好，相反把他视为杀害父兄的仇人，仍虎视眈眈地瞪着他。

八斤窝窝递过饭盒，说："吃吧，快吃，趁热吃了，别饿坏身体。"

"我不吃这上路饭！杀不了人挨不了公家一颗子弹，饿死也比活着好！"二娃一把抓起饭盒，狠狠地扔出屋子。

夜幕降临了，雪把天和地映照得一片白亮。院子特别静，静得连屋檐家什都暗藏杀机，连风雪空气都充满血腥与恐怖。八斤窝窝回到厨房，重新做好羊肉泡，端进屋子放在二娃面前。

"快吃快吃，趁热吃了，再把肚里的苦水倒出来。"

"我说了我不吃，我要活活饿死和我爸我哥一同上路！"

"兄弟，你还年轻，正上学，不能做傻事，更不能葬送前程。"

"我还有前程？我连家连亲人都没了，还要前程干啥啊，还要这狗命干啥啊！"

"千万不敢这么想，这么想就把你一生葬送了。"八斤窝窝一边收拾屋子一边劝说着，"兄弟，听哥的话，你一定要冷静，要面对现实。"

"我的现实，就是为兄报仇，为父申冤！"

"就是报仇申冤，也要有个机会么，也不是这么个申法么！像眼下这形势，还不是鸡蛋碰石头？"

"报不了仇申不了冤，我就饿死给你看，给工作组看，给公安局看！"

二娃说罢，又挥手把饭碗打翻在地。八斤窝窝连忙将肉和馍块捡起来，又去厨房重新热饭。就在这时，二娃悄悄溜出屋子，在院子寻找着凶器。是的是的，是他夺走了铡刀，是他破坏了自己的计划。他就是工作组，是杀父害兄的仇敌！自己迟早都是死，何不拉个垫背的？他下定决心，一定要杀了他杀了他杀了他！……但他找遍整个院子，也没找到一个能致死人命的锐器，更找不到那把铡刀。这就怪了，那铡刀和锨耙镰斧都哪里去了？他终于在头门垴找到一片芟刃，便蹑手蹑脚地向厨房走去。走到门口，他却停下来，不由得担心起他那可怕的翻毛皮鞋，担心自己不是他的对手。二娃只好暂停行动，回到屋子，把芟刃藏在炕席下。他想，等他睡熟后下手，他绝对任凭宰割！恰好这时，八斤窝窝端着碗进来了。

"兄弟，快吃，吃了咱弟兄俩再好好聊，我有许多话还要对你说呢。"

二娃装出一副幡然悔悟的样子，没再推辞，接过碗便有意吃得很香很迫切。八斤窝窝假装信以为真，一边扫炕拉被子，一边从席下取出那片芟刃。

二娃心里不由得咯噔了一下，眼前这个人实在太神秘太可怕了！他怎么知道席下的芟刃呢？难道他像灶王爷长了三只眼不成？

"兄弟，咋把芟刃放在席下？这样睡觉太硌了，我把它放到别处去。"

"放到哪儿？"

"红芋窖。"

"难道你把铡刀和锨耙刀斧也藏到红芋窖里了？"

"是呀，我怕明天人多事杂，把家具丢了。"

"啊？你……原来你是奸细？你给我滚开，快滚开呀！"

"兄弟，实话对你说，这几天我要和你住在一起，一是给你做个伴，二是帮你料理你爸你哥的丧事。请你放心，我既不是工作组成员，也不是公安人员，而是你哥的同学。你的遭遇我很同情，也很理解。正因为如此，我才冒着很大风险来帮你。将心比，都一理，这事放在谁身上都一样。谁没有父母兄弟？谁没有七灾八难？谁没有喜怒哀乐？……"

这一席话，就像三月春风，一下子拨动了这位饱经歧视冷落之苦的年轻人的心弦。特别在他最困难的时候，如此温暖的话语，如此热情的帮助，给了他极大的心理安慰和精神支撑。扭曲的心灵开始好转，激烈的情绪开始平复，心中的仇恨也开始化解。他的嘴唇微微颤动，两眼已含满泪水。

"兄弟，心里难受，就放声大哭几声，也给你爸你哥的灵魂有个回应。"

"呜啊！——爸呀，哥呀，你们咋死得这么可怜呢，咋走得这么突然呢？……"

二娃再也憋不住了，突然大叫几声，趴在炕头放声恸哭起来。

一听到哭声，街坊四邻才知道事态得到了控制，便纷纷赶来商量丧事。

就这样，一场血腥的屠杀被阻止，一个年轻的灵魂被拯救。事后，二娃才打听到，原来他就是公社水利员八斤窝窝。他正是在大小官员望而却步、束手无策的情况下挺身而出临危受命的。他还知道，当时公社领导许下诺言，如果他把这场血案处理好，要干啥工作由他挑，想当书记社长他们就让位。结果，当书记社长找他谈话要兑现诺言时，他却轻轻松松地说他要去磷肥厂。书记社长连连摇头，说，不能不能，绝不能去磷肥厂，那可是没人待的死娃坑啊！但他态度很坚决,说他不把死娃坑变成聚宝盆,就枉为八斤窝窝,枉为共产党员!

三

八斤窝窝来到磷肥厂时,厂里只有一个看门老汉,院子里到处都是荒草、土壕、废料和垃圾。他在院里转来转去,末了,坐在一个废料堆上,用手轻捻着几撮磷矿粉,好似在夸耀领导的奖赏,又似在研究掌心的生命线。他的生命线主脉一直延伸到食指指根,多褶多皱,说明他命运坎坷而生命力旺盛。

的确如此,光听听八斤窝窝的名字就知道个大概。他是在抗日战争胜利的炮声中诞生的,四岁时母亲病故,抛下爷儿三人西归了。这日子可怎么过啊!父亲给人家扛长工不在家,爷爷就抱着他满街跑,吃的百家饭,穿的百衲衣,夏天光脚板。一双棉窝窝穿了五六年,鞋底子是爷爷用从橡胶厂捡的皮子钉的掌,一年一层,足有八斤重,所以大人小孩都叫他八斤窝窝。因为家穷,他刚读完小学就回家干活了。好心的队长让他当会计,会上选时却没人知道郝俊彦这个人。队长忙解释说郝俊彦就是八斤窝窝呀!那年他才十六岁,爷爷做主让他结了婚,媳妇比他大三岁,理由是大几岁会疼男人会过日子。但命运似乎总和他过不去,婚后第三年,媳妇暴病而亡,丢下不满两岁的女儿更是恓惶。刚刚甩掉了八斤窝窝,这以后,隔壁三叔送的一双抗美援朝时的翻毛皮鞋,又被他穿了十几年,钉了又钉,补了又补,比当年的八斤窝窝还八斤窝窝。

从此,八斤窝窝就成了真正的八斤窝窝。他整天穿着那双翻毛皮鞋跑得屁颠屁颠的,乐于帮人办事,乐于为集体的事吃苦卖力,还有个不图私利和不把任何事情办成办好决不罢休的倔脾气,所以十八岁就当了生产队长。当了三年队长,办了三件赢人事:一是开粉坊,二是办油坊,三是建砖瓦厂。三件事都能赚钱,使穷队很快翻了身,街坊邻居无不拥护爱戴,很快他又当上村支书,再后来又被公社聘为八大员,专干那些为百姓谋利赚钱的事。

有一年,他带领后山社员修鱼塘试验养鱼,晚上就睡在鱼塘旁。一天深夜,他醒来撒尿,突然遭到两只恶狼前后夹攻。他左右开弓,硬是用他的翻毛皮鞋,将母狼踢得脑浆四溅。过了几天,狼儿子跑来为母亲报仇。连续五个晚上,他脚上的翻毛皮鞋更显威风,前躲后避,狠踢猛蹬,终于降服了狼儿子。不过,他这次没置它于死地,而是用皮带把狼儿子拴起来,绑在窝棚外头给自己做伴。他与狼儿子在鱼塘待了一冬一春，试验成功了，接着全面推广，富了一方乡党。大家都说，八斤窝窝走到哪里，哪里就有金子，哪里就成了聚宝盆。

想到这里，八斤窝窝突然站起来，扬起有力的翻毛皮鞋，把磷矿粉踢得在空中簌簌飞舞。透过纷纷扬扬的粉尘，他好似看清了磷肥厂倒闭的根源，又仿佛从八斤窝窝得到了启示。那一年一层的鞋掌，那橡胶厂废弃的橡胶，引起他极大的兴趣。那时他还不懂得"商品信息""市场经济"和"产销对路"这些新名词，但他知道靠山吃山靠水吃水的道理。国营橡胶厂就在村旁，有这个大优势，为什么不搞橡胶呢！他这么想着，内心很冲动、很自信，然后兴冲冲地向橡胶厂走去。

八斤窝窝通过熟人，在橡胶厂赊销了一台炼胶机、一台车床和一台硫化罐等废旧设备，请来一个绰号牛筋条子的师傅，招了几个农村青年，就叮叮当当干起来了。牛筋条子原是橡胶厂工人，因为五年生了三个妞，被厂里开除。但他技术好，有一个像牛筋条子似的能缠能磨的脾气，所以八斤窝窝把他当财神爷似的奉为上宾。牛筋条子果然身手不凡，经过反复试车、配方，终于炼出了第一罐橡胶。那黑色的、黏糊糊的、带有异样气味的胶液，经过压膜整形，然后投入冷凝池，就变得异常光滑柔韧，像一只只海豚伏卧在清澈的水中。这就是给八斤窝窝上钉鞋掌的橡胶啊，这就是造轮胎、造各式各样胶辊的橡胶啊！

牛筋条子领着八斤窝窝马不停蹄地跑进棉纺厂和造纸厂，见了废旧胶辊就死缠硬磨，好话说尽。厂家不放心，他们就赌咒发誓做保证，一是分文不收，二是送货上门，三是损一赔二。厂长见他们心诚，就说，拉去拉去，总不会拉到废品站卖了吧！

回到厂里，八斤窝窝和牛筋条子亲自处理旧胶辊，车、磨、整形，又认真计算、设计、绘图、截片、上片、硫化……一个个崭新的胶辊出厂了。厂家一试用，果然质量不错，就把所有的旧胶辊让他们加工制作，并建立了长期合作关系。

那时的乡镇企业还是个处处遭人歧视的私生子。没有资金，没有材料，婆婆却多得使人眼花缭乱。对那些吃拿卡要的各路神仙，八斤窝窝一律拒之门外。有一次，一位局长给家里做沙发，想要几块橡胶做垫子，先后来了三次，每次他都把翻毛皮鞋放在房门口辟邪，任凭局长怎么敲门喊叫，他都闭门不出。局长一打问，才知道他就是当年脚踢铡刀降伏狂徒的八斤窝窝，从此再也不敢来厂里骚扰了。

改革开放以后，胶辊厂受到很大冲击，一是竞争越来越激烈，二是技术骨干纷纷离厂自立门户。更使八斤窝窝想不到的是，副厂长牛筋条子背信弃义，不但撕毁合同另起炉灶，而且把原来的资料和客户全带走了。有人劝他打官司，也有人劝他把牛筋条子揍一顿。但他没有这么做，他拿了三千元找到牛筋条子，一脚踩着条凳，一脚蹬着地板，左手拿着钱，胳臂肘撑着膝盖，久久地盯着牛筋条子，不急不慢地说："咱们兄弟一场，也是缘分。你为胶辊厂出了力，有贡献，大家都不会忘记。这三千元，算是对你的酬谢，也是一个了结，但我要警告你，以后再别干出尔反尔、损人利己的事。不然，迟早要跌跤！"牛筋条子接过钱时，心虚得不敢抬头，两只眼睛只是看着他的八斤窝窝，仿佛已听到那翻毛皮鞋沉重的铁掌正发出嘎嘎可怕的叫声。八斤窝窝说完出了门，身后雪地里留下一行深深的脚印。

这事对八斤窝窝打击很大，启发也很大。他虽然一时还弄不懂改革开放背后的高深理论，但他真心感受到了它的重要性和给老百姓带来的好处。他不再恨牛筋条子，而是自我反省该怎么充实和完善自己，或者说得更现实些，该怎么找一个得力的助手和帮手呢？

八斤窝窝心事重重地回到厂里，想不到二十年前那个耍铡刀拼命的二娃正在等他。二娃已三十多岁，精明干练，也是三乡有名的大能人。只是他运气不好，先是养蝎子，养成了却卖不出去，赔了许多钱；接着养鸡，不幸碰到一场鸡瘟，又亏了大本；后来办水泥预制厂，虽然表面红红火火，但利润很小。市场经济就像一个看不见的大筛子，每个人都要被筛一筛，该保留的保留，该淘汰的淘汰，毫不含糊。二娃说他是卡在筛子眼里的一颗芝麻粒儿，上不来、下不去，实在难受。

八斤窝窝听罢，思索一下，说："兄弟，你的失败，是因为没有很好地认识和把握自己。你有知识、有文化，是块搞技术搞工业的好料呀！干脆，你和哥干，干胶辊，这里边学问大着呢，前途也大着呢！"

"不，我想自己干！"二娃说话还像当年耍铡刀时那样耿直，"老哥，不是我不愿跟你干，而是兄弟想试试自己的本事。我就不信我天生是个鸡娃命，不信我把事情干不成！"

"好呀，我就喜欢你这不认输的劲头！说吧，想干啥，要哥帮啥忙？"

"我想开个土炼油厂。如今汽油紧缺，我有个亲戚在油田，原料有保证，销路也看好。执照已办了，只是还没物色好厂址。"

"说吧，你有啥想法？"

"我想租你厂东北角那块空地做厂址。"

八斤窝窝想了想说："没问题，我和镇领导谈谈，然后签个合同，我全力支持！"

"租金我会按时缴纳。"

"甭客气，我完全相信你的人品。只要你把事干成了，也是对家乡的一份贡献！"

二娃的炼油厂开了三年多，效益果然不错，利润翻了身。正当要扩大生产规模时，他突然在报上看到中央下决心取缔土炼油厂的文件，就去找八斤窝窝商量。

八斤窝窝仔细看完报纸，长叹口气说："兄弟，快收摊子吧，收得越早越主动。如今市场经济，一靠信息，二靠政策。政策歪了，就要违法，咱可不能吃这个苦果啊！"

二娃哭丧着脸，跺脚大叫："我实在不甘心啊！老哥，你说我是不是个扫帚星？干啥啥不成，干啥都倒霉！"

八斤窝窝安慰二娃："兄弟，甭丧气，总有一天，你会成功的！要不然，就和哥干吧，你当副厂长，我正需要像你这样有知识有文化的好帮手！"

二娃感激地说："看来天意如此，我这辈子和老哥永远分不开了！"

四

二娃进厂后，八斤窝窝先派他去轻工学院参加了半年的橡胶专业培训，然后又带他去新疆克拉玛依油田现场操练。二娃在高中时几何就学得好，空间立体感很强，加之半年专业培训，对图纸设计和立体造型已甚为熟练。在新疆初次工作，他就解决了输油管道接头衬垫漏气等几个技术难题，不但使八斤窝窝暗自佩服，也使厂家赞不绝口。晚上，厂家设宴答谢，安排他俩进歌厅消费。二娃好不潇洒，三步四步跳起来惹得那些长睫毛、大眼睛的哈萨克姑娘一个个争相为他伴舞。而这厢却苦煞了八斤窝窝，他左躲右避，怎么也逃脱不了热情姑娘的邀请，只好像唐老鸭似的被一位姑娘牵着手转了起来。谁料，只几圈，他那可怕的八斤窝窝，一下踩在人家的脚背上，痛得姑娘尖声大叫，像遇见狐仙似的仓皇逃跑了。二娃又气又好笑，当晚趁他睡着，偷偷把那翻毛皮鞋藏了。第二天天一亮，不见了八斤窝窝，他不由得火冒三丈，顺手就给了二娃两个耳光。二娃没敢多言，乖乖地又把翻毛皮鞋拿来给他了。为此，两人整整一天都没说话。二娃心里暗暗咒骂："现在，又没人耍铡刀行凶报复，还穿那烂翻毛皮鞋干啥？"

克拉玛依是八斤窝窝新开的一个外协点，主要给油田加工制作橡胶配件，其他厂家也慕名找他们协作，活路多得干不完。一天，阿克苏印染厂来人联系加工胶辊，车在门口等着，要他们立即就走。八斤窝窝给工人做了安排，拉着二娃就钻进了北京吉普。坐了四五个小时车，才知道阿克苏距克拉玛依一千多公里路，吓得二娃叫苦连天，不停地低声抱怨："就那么点活，跑一千多公里路，实在划不来！"八斤窝窝使劲用胳膊肘撞二娃，没说话，只是不眨眼地看着窗外的戈壁大沙漠。就在这时，可怕的事情发生了。原来司机抄了近路（实际根本就没路），又超速行驶，吉普车罢工抛锚了。前不着村、后不着店，四周是一眼望不到尽头的戈壁滩。狂风怒号，飞沙走石，气温下降到零下二十多摄氏度，冻得人浑身打战。司机用酒精灯烤火取暖，鼓捣了大半天，车也没修好。眼看天快黑了，司机把皮大衣一裹说："上车吧，躺在车上过夜，只好委屈两位师傅了。"八斤窝窝没上车，在周围转来转去，翻毛皮鞋踢踏得沙石嘎嘎乱叫。

"师傅，这儿距阿克苏还有多少路？"八斤窝窝问。

"远路二百，近路百二。"司机伸出左手，冻得连指头都分不开。

"那好，你愿睡就睡，愿走就跟我一起步行。"

司机惊得大叫："你……你疯了吗？一百多里，要走到猴年马月呀！"

二娃也在一旁帮腔："黑灯瞎火的，不累死，也会陷进沙窝里冻死呢！"

八斤窝窝哼了声，扭转身，踢踏着翻毛皮鞋自个儿走了。

司机和二娃无奈，只好弃车跟在后面。

三个人就这样艰难地跋涉在漆黑一片的戈壁沙漠上。到处是石头沙子，大风一起，沙子尘土直往衣领袖筒里钻。人冻得像冰棍，只有嘴和鼻子还有一点热气，但刚呼出来，立即就冻成了冰溜。特别是那该死的小石子，光往鞋窝里蹿，磨得脚火辣辣地生痛，不一会儿就起泡磨烂了。而八斤窝窝的翻毛皮鞋，却派上了大用场，既不怕冷，又不怕钻进沙石磨破脚，遇沟跨沟，逢坎越坎，快步如飞。

二娃羡慕地说:"厂长,我这才明白,你为什么那么爱你的八斤窝窝。"

八斤窝窝搀扶着二娃,戏弄地说:"它不但能踢掉铡刀,更能走山路!"

三人一直走到天亮,突然二娃扑通一声倒在地上,再也走不动了。他脱了鞋一看,两只脚早磨得血淋淋的,已和袜子粘在了一起,吓得他大哭大叫起来。八斤窝窝忙给他止血包扎,血染红了鞋袜,冻得硬邦邦亮晶晶的,像哈尔滨冰雕展上火红的冰灯。司机是一位维吾尔族青年,虽然累得够呛,但无伤无损,倒也坦然。他说,这地方就是《西游记》里唐僧取经路过的龟兹国,怪石嶙峋,草木不生,野兽出没,鬼怪之事经常发生,白天都无人敢走,更别说晚上通过了。他翘起大拇指,用蹩脚的汉语钦佩地说:"好样的,真是陕西愣娃,没人敢比!"歇了一会儿,三人爬起来又艰难地前进。二娃走不远,脚痛得厉害,坐下来怎么也不愿再走了。八斤窝窝过来,不管三七二十一,背起二娃就走。那铿锵有力的翻毛皮鞋,使维吾尔族青年傻了眼,死死纠缠着要用他的毡靴换他的八斤窝窝。

经过在新疆三年多的闯荡和磨炼,二娃已成为一位胶辊专家和精明的企业家。回到厂里后,他狠抓内部管理,整章建制,培训职工,改善环境,强化质量,使企业规模、效益都上了一个新台阶。厂里先后投资五百多万元,更新改造了机器设备,建起漂亮的厂部大楼和生产车间。工人增加到近百人,年生产能力扩大到三四千万元。就在这时,有人向县纪委告发,指控八斤窝窝与二娃互相勾结,贪污腐化,偷税漏税。调查组走进他的办公室时,也是一个中午饭后,也是一个长沙发,也是几个蒸馍和一包公主烟。工作组的人见状,心里惊奇,都不敢相信,如此行头和作风的人,竟然也搞贪污腐化?八斤窝窝显得腼腆无奈,没有一句客气话,只听翻毛皮鞋在水泥地板上当当响了两下,两腿即直直站定,把一串钥匙交了出来:"这是我房子和桌子的钥匙,账都在会计那儿。我还有事,就不陪同了。"说完,他拉着二娃出厂走了。

坐在西去的列车上,二娃还在埋怨:"老哥,这一走,不就把屎盆子扣在咱头上了?"

八斤窝窝仍大口大口地抽着几毛钱一包的黄公主烟,好似全部心事都在那烟雾里藏匿着:"肚里没冷病,还怕吃西瓜?兄弟,走了好,回避一下,免得落个拉拢腐蚀的嫌疑。"

"我只是觉得太冤屈,这么拼死拼活地干,为啥还遭人暗算哩!"

"人吃五谷,百人百性,啥人都会有,啥事都会发生。兄弟,不要怕,也不要灰心。"

"但我心里总是不平衡！"

"不平衡就想我送你的那句话，日好日烂，公主不变。人到了这个份儿上，就不会有什么不平衡的，也才算活出了味道。"

"公主？……老哥，要我说呀，你家文文已大学毕业，你也该找个嫂子了！"

"是，以前顾不上，这次审查结束就张罗。人年纪一大，就得有个女人，也是一份依靠和念想么。"

五

川陕甘三省交界的地方有条白龙江，两岸蕴藏着丰富的金矿，大小矿业公司多达数十家，是八斤窝窝费尽心血开辟的又一个新的业务点。两个月前，某矿山机械厂给一家矿业公司制造几条采金船，先找牛筋条子联系，要他协作加工船舱衬里。牛筋条子偷偷跑到厂里一打听，才知道这家厂子是个亏损大户，怕以后要不下钱，就推辞不干。后来厂子慕名找到胶辊厂，要求他们外协支援。八斤窝窝满口答应，并连夜赶赴矿区，做了一番考察，第三天就和厂家签了合同。职工意见很大，二娃也担心将来要不下钱。八斤窝窝却说："真的要不下钱也划算，因为从此我们将占领白龙江这个地盘，这可是个大市场啊！"大家信服了，他就和二娃带领着十几个工人，日夜兼程，迅速赶到了白龙江。但只开工十几天，突然接到县纪委的电话，他又不得不匆匆赶回厂里，来应付找上门的纪委调查组。

现在，他和二娃已回到了白龙江。工人们按他走时的安排，正干得热火朝天、井井有条，只是吃饭喝水要跑到矿部职工食堂，来回十几里路，很不方便。八斤窝窝就和二娃商量，让他去找个炊事员，干脆自己办灶。二娃搞这事很内行，特别是选择炊事员，挑剔得很，年长的不要，貌丑的不要，卫生不好的不要，家里有男人的不要。气得中间人拍屁股大骂他是流氓，又不是给你找后娘，管人家年轻漂亮有没有男人的屁事！最后，他通过居委会，才找到一个丝绸厂下岗的独身女工。

她叫黄百菊，长得很漂亮，四十岁了还像个少妇。人也勤快，手艺又好，干净卫生，待人和蔼，大家都很喜欢她。时间长了，有人就发现，她对八斤窝窝特别关心，饭凉了就去热，衣脏了就去洗，连和他说话时嘴角的微笑与眼中的虹影都漾着别样的意味。特别是每晚一盆热腾腾的洗脚水，真叫八斤窝窝别扭得难受，但同时也唤醒了他久违了的男子汉的热情。工人们都怂恿二娃快去捅破这张窗户纸，大家正急着要喝厂长的喜酒呢！二娃却犹显神秘，指着正在打磨的船舱说："闭嘴！谁让你们闲操心？这事就和咱们打磨船舱衬里一样，要多磨合磨合，才能功到自然成。以后不许瞎猜，更不许胡说八道议论领导个人隐私！"

黄百菊是一个善良能干的女子，虽然在歌厅当过陪舞小姐，但她从不卖身。后来她厌倦了那种逢场作戏的生活，才洗手不干了，想着要找个稳定工作和可靠男人，也好使自己回归正常的生活。当初，居委会找她谈时，她只是想来看看，但连做梦也没想到，几天下来，她真的就不想走了，真的就留下来了。晚上她独自瞎想时，才弄清自己突然留下不走的原因，心就不由得怦怦跳得蛮急，脸就红到了脖根。她暗自对八斤窝窝有了好感和想头。她发现了他独身的许多证据，特别是那双被他的同伴称为八斤窝窝的翻毛皮鞋，更勾起她的一片怜悯与同情。她偷偷量了鞋的尺寸，偷偷到集市上买了双登山鞋，偷偷趁他晚上睡熟后放在床下，然后又偷偷把那双翻毛皮鞋扔进了白龙江。

第二天早晨，八斤窝窝起床后不见了那双跟他南征北战十几年的翻毛皮鞋，惊慌失措，大骂哪个家伙偷走了他的帅印！二娃正刷牙，两眼诡谲一眨，笑得口里的泡沫就四飞五溅。八斤窝窝这才发现床下一双崭新的登山鞋，知道有人捣鬼，不禁动起怒来：

"二娃，又是你搞的鬼？"

二娃歪着头，用牙刷指指灶房，说："是她，快去谢谢人家！"

八斤窝窝惊奇地瞪着大眼问："为啥？"

二娃挤眉弄眼地笑笑："这你还不明白？"

八斤窝窝好似突然悟出点什么，忙把二娃拉到一旁，像大祸临头似的悄声呵斥："你这家伙，咋敢办这粘牙事？要是传出去，咱还能在这儿站住脚吗？"

二娃沮丧地说："现在不是站住站不住的问题，而是有人要把咱撵出白龙江！"

"谁？谁这么大胆，敢撵咱们？"

"昨晚在酒吧，我听见牛筋条子给龚经理说咱们的坏话，拆咱们的台。"

"他也来白龙江了？他说咱什么了？"

"他说咱贪污腐化、偷税漏税，正被立案审查。我怀疑就是他诬告的。"

"我早就知道是他，只是没想到他也来白龙江了。"

"他为啥要害咱们呢？"

"搞垮咱们，他才能在胶辊行业称王称霸么。"

"那咱咋办？决不能让他的阴谋得逞呀！"

"好么，公平竞争么，看谁能竞争过谁么！"

"不行，和这驴日的就没有公平可讲！干脆使个手段，让他倾家荡产！"

"什么手段？"

二娃看看灶房，压低声音说："听说百菊以前和龚经理关系很好，只要你俩的事能成，何愁整不倒牛筋条子？"

八斤窝窝用手搓着刮得光灿灿的下巴，一时没了主意："这……这怕有点太缺德了吧？再说，和她的事，真的敢办？"

二娃胸有成竹地说："我把一切都调查好了，她虽在歌厅干过，但没失身，为了生活，实属无奈。至于她和龚经理的事，过去也只是陪歌陪舞陪酒而已，谈不上感情纠葛，只是朋友关系。"

"这……这……这事，我总觉得，心里疙疙瘩瘩的。"

"这些天，你都亲眼见了，她的确是个既能干又漂亮更实在的女人，是最理想的嫂子人选。老哥，你不是答应要张罗这事吗？这也是整垮牛筋条子的唯一筹码，一箭双雕！"

八斤窝窝不好意思地搓着下巴，偷偷朝灶房看了几眼，然后在二娃肩上猛捶一拳，低声骂道："没看出，你他妈的干起损人事，还真有两下子！"

"对牛筋条子这种人，就得心狠手辣，不然，他就不知道八斤窝窝的厉害！"

二娃得到八斤窝窝的默许，就紧锣密鼓地实施他的计划。他先与黄百菊谈好了她和八斤窝窝的事，并安排两人单独会面了一次。八斤窝窝好像和人谈判签合同似的，一五一十地说了自己许多缺点和不足，也说了他比她大七八岁这个最让他难以接受的问题，要她认真考虑。而她却很直率，说她啥也不图，只要人好，大几岁更有安全感。在这花花世界，没个称心如意的男人呵护，做女人实在太难了！……这桩婚事确定下来后，二娃就向百菊摊了牌，要她带他去游说矿业公司龚经理，要把牛筋条子撵出白龙江。起初她不同意，说龚经理是待她不错，但现在她有了与自己真心相爱的人，她不想再见到他。两人争论不下，就去找八斤窝窝定夺。不料，八斤窝窝早把二娃的计谋忘得一干二净，说话和黄百菊完全一个腔，不让她去找龚经理。呃呃，这算啥事嘛！放着现成关系不用，这不是蠢驴笨蛋吗？二娃真的生气了，就拿出大话吓唬他俩："警告你们，如果不找龚经理，如果不撵走牛筋条子，咱就别想在这儿站住脚，胶辊厂就要倒闭，你俩的事也要瞎塌……"百菊大吃一惊，没想到事情这么严重，等不及八斤窝窝点头，就拉着二娃去找龚经理了。

二娃和百菊来到龚经理办公室，把牛筋条子的老底兜了个底朝天。龚经理听后大发雷霆，大骂这家伙真是个牛筋条子，死乞白赖、硬缠胡粘，自己差点上了他的贼船。骂毕，他叫来秘书，让通知牛筋条子，取消两千米皮带运输机加工的合同谈判，并将这个项目交给这家胶辊厂承担。接着，他又按二娃的话给其他公司打了电话，要他们别和牛筋条子签合同，把这个大骗子彻底撵出白龙江！龚经理最后拍着二娃的肩膀说："回去告诉你们厂长，只要重合同、守信誉，确保质量和工期，就能在这儿站住脚。白龙江可是个大市场啊，十几家公司，上百个矿井，光每年船舱衬里和皮带运输机就有几千万元的项目。好好干，看在小黄的面子上，我会大力支持你们的，还有其他公司，都是我的朋友，也会大力支持你们！"

这一招果然奏效，使牛筋条子在白龙江毫无立锥之地，而且来回搬迁又要花大量资金，弄不好他将从此破产。二娃高兴得手舞足蹈，买回两瓶西凤酒，又让百菊炒了几个菜，便和八斤窝窝对酌庆贺起来。两人正喝得起兴时，牛筋条子突然闯进来，扑通一声跪倒在地，连声大喊："郝厂长，郝大哥，我错了，请原谅兄弟吧，请高抬贵手放兄弟一马吧！"

八斤窝窝惊愕得把酒盅都撞倒了，他想不到牛筋条子也有倒霉的时候，便故作醉醺醺的样子，不理也不睬。二娃却像遇见了仇敌，两眼冒火，酒气熏人，破口大骂："牛筋条子，你他妈的也有今天！厂长待你不薄，你却暗箭伤人，诬告厂长，你的良心让狗吃了？你还有脸来见厂长？"

牛筋条子仍跪着不起来，连连磕头讨饶："大哥，我错了，我不是人，我向你低头认罪。厂长，兄弟求你了，求你给龚经理说句话，别撵我走，好赖给点活，也好让兄弟赚个路费，保个血本呀！看在当初一起创业的份儿上，你也该帮兄弟这一把呀！"

八斤窝窝睁睁伴醉的眼皮，摆摆手，不屑地说："你走吧，我不想见到你。

过去的情分，上次已经了结，谁也不欠谁。今天的事，是你自掘坟墓，我也无能为力。你走吧，好自为之。"

牛筋条子还在施展死缠硬磨的看家本领，流着泪苦苦哀求："我知道，大哥是菩萨心肠，不会见死不救。要不，我作为分厂，缴管理费！"

二娃早已忍耐不住，拉起牛筋条子就向门外推："滚，你给我滚！谁稀罕你的管理费？再死乞白赖，我这个当年耍过铡刀的亡命之徒，可就翻脸不认人了！"二娃说罢，砰的一声关了门，吓得牛筋条子抱头鼠窜。

两天后的一个傍晚，八斤窝窝和百菊在江边寻找扔掉的那双翻毛皮鞋。当他讲完八斤窝窝的故事后，百菊更加同情他的不幸遭遇，更加敬佩他的为人，更加理解他对那双翻毛皮鞋的真挚感情，同时也更加悔恨自己的粗心和鲁莽。

"厂长，真的，我不知道那双鞋对你这么重要！"

"其实，那只是一个念想和寄托。就像走路，前头本无目标，因为有这个起点，就有了路和方向。不然，路和目标都是空的。把握住这个起点，就一步一个脚印地走，才能到达目标。"

"我真后悔扔了你的翻毛皮鞋。"

"不知不为错，我已原谅了你么！"

"快，快看，那是谁？！……"百菊突然尖叫一声，指着崖下让他看。

八斤窝窝向崖下看去，只见一个人跌跌撞撞地向他们跑来，等跑近时，才看清是牛筋条子。他脖子上挂着一双破皮鞋，使人立即就想起戏台上寇准背靴那滑稽可笑的情景。牛筋条子跑到跟前，惊慌失措地大喊大叫："大哥，快、快看！你……你的翻毛皮鞋……刚才，我想投江自尽，却发现了这鞋。我以为谁害了你，原来老哥好端端的呀！这、这下我……可放心了！但我不明白，你的翻毛皮鞋，怎么会在那悬崖上呢？这是谁……谁干的？这可是老哥的帅印呀，命根子呀！怎么能胡扔乱撂呢？真是该杀该剐！……"

八斤窝窝仔细一看，果然是自己那双翻毛皮鞋，便讪笑着对百菊说："真没想到，这家伙还要挑拨咱俩的关系，好让他钻空子。"

百菊瞪着牛筋条子说："好呀！你这个狠毒的家伙，就盼着厂长永远穿这翻毛皮鞋，永远过穷日子吗？"

"不是不是，我绝没这个意思！"牛筋条子忙献殷勤说，"我不知是你扔的，更不知嫂夫人一片温柔之心。我是说，再怎么富了、现代化了，也不能忘了过去、忘了根本呀！这鞋再旧再破，也不能把它扔掉，而应好好珍藏起来，做个永久纪念呀！厂长，要不然，就送给兄弟保管，也是对老哥的一份念想呀！"

八斤窝窝手抚翻毛皮鞋，就像数自己的肋条。他把鞋带眼擦了又擦，把鞋带系了又系，然后鞋底对鞋底敲了两下，鞋掌便发出嘎嘎金属碰撞的响声，陶醉得他的脸就像西山渐沉的落日。末了，他看看百菊，又看看牛筋条子，好似痛下决心做出一个伟大决策似的，鼻子一皱，眉毛一舒，挥挥手，把翻毛皮鞋扔给了牛筋条子。

"好吧，你拿去吧。"八斤窝窝向百菊眨眨眼，又转过头对牛筋条子说，"但你穿了这鞋，可别再走邪道，更不能自寻短见！好了，你走吧！"

牛筋条子紧紧抱着翻毛皮鞋，充满希望地看着八斤窝窝："大哥，那……那分厂的事……"

八斤窝窝知道磨不过这个粘胶皮，便厌弃地挥挥手："去吧，去找二娃，和他谈，谈好了就干，谈不好你就打道回府去吧！"

牛筋条子连续说了三声"多谢大哥搭救之恩"，兴冲冲地跑走了。

六

我在胶辊厂待了五六天，和工人们一块儿干活、一块儿吃饭，听他们讲八斤窝窝的故事，但始终再没见到他的面。每当大家谈到他时，话语和表情就有一种浓浓的小犊恋母之情。纪委调查组在厂里待了一个星期，不但没查出他一丁点问题，相反查证他五年来少领奖金和各种差费一万二千多元。他们这才认识到八斤窝窝不愧是八斤窝窝，行得端、走得正，铁骨铮铮是君子。大家齐声咒骂写匿名信的家伙，真他妈的是个害群之马，迟早要受到惩罚！

而当时，牛筋条子总算在白龙江待住了，但二娃的条件非常苛刻，使他无利可图。后来，他凭着死缠硬磨的功夫，又投靠在八斤窝窝门下，当了分厂厂长，现在是厂生产科长。那双翻毛皮鞋他虽然不穿了，但至今仍像珍宝似的保存着。他常对二娃说，他要把它保存到死，死了也要装进棺材，活着要像八斤窝窝那样做人，死了也要像他那样做鬼！

三姓厂长听说我要走，匆匆跑来话别。对了，读者现在大概已经猜出，三姓厂长就是当年那个耍过铡刀的亡命之徒二娃，真实姓名叫孙李张。是的，二娃就是三姓厂长，三姓厂长就是孙李张。一个星期前，八斤窝窝向镇党委提交了辞职报告，并极力推荐孙李张为厂长。他说自己年纪大了，已不能适应时代的快速发展，该让青年人掌舵驾辕、成龙成仙了！

孙李张看我仍恋恋不舍、意犹未尽，忙解释说，郝厂长的爱人病了，高烧三十八度，一直退不了，现在正在家里伺候她呢。

"黄百菊？那个四川女子？"

"是呀！白龙江工程结束后，她就跟郝厂长回来了。第二年，她生了个大胖小子，现已上小学二年级，长得虎头虎脑，将来肯定也是个八斤窝窝式的厉害角色！"

"咱们去看看八斤窝窝！"

"好的，我去开车。"

我坐在厂里的桑塔纳小车上，心情久久难以平静。我急切地想见到八斤窝窝、想见到黄百菊啊！

阴阳之交

一

几年前,当我预感到自己病情恶化时,便提前写好遗书,躺在床上盯着挂钟的秒针移动,静静地等待时间的停止和末日的来临。谁承想就这么盯着等着,不知不觉时间又流过几个三百六十五个八万六千四百秒。生命的奇迹给了我极大勇气,奢想就这么眼睁睁数着秒针移动,也许时间的馈赠还会有十个二十个这样的三百六十五个八万六千四百秒。正是出于这种求生欲望,我便对那遗书产生了厌恶,遂让妻月华将它连同大小存折一起秘藏于银行的私人保险柜里。记得那遗书只有四句话:

> 炉火纯青,回归大地;
> 物归原主,悄然而去。

妻子月华难解其意,抱怨我一辈子坎坷多难,懵懵懂懂,临死还给人留个疑团。女儿纹纹像在大学念英语单词似的念了几遍,仍觉似是而非,说爸爸一生歪文不少,这首哑谜诗恐怕要成他的绝笔。

说真的,我对这个遗书是很满意的。它不但是我一生殚精竭虑为各级官员撰写各类文章和红头文件的代表之作,也是我这个二流作家彻悟人生的典范。这样说的根据,一是它具有很强的操作性,条理清晰、逻辑严密、指代明确,毫无法律界限不清的隐患;二是它具有极诱人的艺术魅力,不但形成了一个较完整的

"召唤结构",而且无论象外之意还是象中之意,都给人留下充分想象和创造的自由空间。事情的糟糕恰恰就出在这个该死的"召唤结构"上,以致后来被钟羽和月华篡改发挥演绎成一出感天动地的悲喜剧。剧本就是我的遗书,而粉墨登场的演员则是我过去所写的胖瘦高低、雅俗美丑的各色人等。当初他们均因我而发财或破产,因我而升官或倒霉。如今在我的灵柩前,他们或捶胸顿足,或哭天唤地,或威风八面,或狼狈如乞丐,均极尽唱念做打之能事,极尽喜怒哀乐之能事,如此哭哭笑笑、挪挪唱唱,使我乍入冥界刚刚平静的心情再次受到冲击和震撼。真庆幸此刻我已是冥界一个准子民,倘若还是在现实世界,不知要忍受多么巨大的痛苦和磨难啊!

我知道,我是一个极其孱弱幼稚、优柔寡断和逆来顺受的人。这一性格首先来自祖传基因。我爷爷是清末一位廪生,司职县衙录事。正因为性格缺陷,所以无法对付官场的权谋纷争和黑道白道的刀光剑影,只在县衙待了九九八十一天,就被卷入一场莫名其妙的纠葛而革职为民,流落街头靠卖字谋生。但那场纠葛的余波仍未平息,两派势力轮番向他进攻。字摊经常被砸,他多次被打得鼻青脸肿。后来一位弹花坊老板怜悯他,收他为徒,并将其泼辣能干的三女儿许配于他,情况才有所好转。后来老板又资助他一些银两,偷偷打发他偕妻返回老家。从此,爷爷以游乡弹棉花为生,再不临池文墨。到了父亲,他的命运并不比爷爷好,虽然识得几个字,但那字却抵不住有钱有势者的一口唾沫,常遭人欺。有一年腊月三十,父亲给门上写了副对联,上联是:瑞雪兆丰年;下联是:爆竹除旧岁。这时一个恶人走来,将对联一把撕下,指着父亲的鼻子破口大骂:哼,你狗日的狗日的!咬文嚼字,叫你咬你妈的鸟,嚼你爸的屎!还不等父亲开口,恶人的巨拳已重重砸在他胸口。父亲正要分辩,恶人又指着对联破口大骂:看你狗日的写的啥?瑞炮(爆)就是我爸,雪竹就是我妈。还有照(兆)除,除谁呢?你狗日的竟敢咒我爸我妈,看我不捶死你狗日的!父亲这才恍然大悟,原来他把上下联对仗按谐音念了,真叫他哭笑不得。晚上,恶人带着三个兄弟,把我家砸得一塌糊涂,父亲从此病倒在床。为了息事宁人,父亲让母亲给恶人家送了礼,赔了情但他仍不依不饶,正月十五刚过,他就把父亲告到官府。父亲又要治病又要应付官司,整整一年,不但卖了地和牛,还欠下一屁股债,并搭上了一条命。那年我才六岁。我真恨父亲一生窝囊透顶,唯一的成绩是生下我这个独生子和他教我的一首题为《一树黄花》的儿歌:

> 一树黄花顺地开，我父送我念书来；
> 先生打我无人管，长大成人坐八抬。

这首儿歌就是最初孕育我艺术胚芽的营养钵，也是我对那恶人憎恨和复仇的人生目标。我敢说，在少年和青年时期，我就是祖先性格的叛逆者，不像他们那样孱弱和窝囊，我要活得顶天立地，像个男子汉大丈夫，绝不受人凌辱和摆布。记得上初中时，因为家庭纠纷，我一人竟打败了被称为"村盖子"的兄弟三人，围观的乡邻无不惊呼称赞："狗日的狗日的，这狗日的娃转种了，不像他爷他爸窝囊熊样，真是一条硬汉！""文化大革命"时，一些群众鼓动演社戏，推举我去和大队长说，而大队长坚决反对，为此我俩在大街上展开了一场惊天动地的辩论。最后大队长屈从了，拨了二百元。就这二百元，排了十多出折子戏和全套竹马，春节连演七天七夜，一时轰动全社，大队长脸增光彩，群众更是赞不绝口："这狗日的不愧是个牛牛娃，有种！"

正是出于这一心理机缘，我学习一直很刻苦努力，不但考上了大学，还当了记者，很得上司青睐，前途充满光明。但当这种叛逆精神与权力相撞时，我却一败涂地，吃尽苦头。那年冬天，我随部长和总编到某县剧团调研，整整三天，除看了两场戏外，其余时间两位领导都是在赌场度过的。这却给我提供了机会，经过一番深入调查采访，我就该剧团坚持送戏下乡的事迹撰成一篇长篇通讯。领导看后非常满意，连连称赞有深度、有高度，并夸我能见缝插针，时时处于战备状态，真是个搞新闻的干将。几天后稿子上了市报头版头条，署名却是部长和总编。当时看了报纸，我不由得产生了一种"倒插门"的羞耻感。自己的儿子不能随自己姓，却要贴上别人的商标，这算哪门子事嘛！我没有屈服。半个月后，我对其他剧团做了更深入的调查采访，与凌霄合作撰写了一篇关于文化团体现状和发展出路的文章，抄写两份，同时送给部长和总编审阅。稿子压了两个月一直不签不发，我便将其投给北京一家报纸，不久便发表，在文化艺术界引起很大反响。然而，当我暗自得意并向凌霄献殷勤表示爱意之时，总编突然来到我的办公室，说自今日起，你去印刷车间搞校对吧！我问为什么，他说不为什么，因为校对很重要，是窗口中的窗口，组织对你信任嘛！后来我又先后被调到计生委、体委、文化局，只搞些抄抄写写的杂碎工作。可以说，这是我人生道路的一个转折点，从此后一落千丈。正如钟羽后来说的，往往一个突然事件或变故，就会导致一个国家、民族、家庭和个人兴盛或衰败、发迹或消亡，有时突然得使你防不胜防，毫无回天之力。

正因为事业的败北才导致我之后接二连三的命运劫难，先是入党告吹，再是职称落空，紧接着是恋人凌霄的背叛和去世，以及后来的半截尾巴和性功能减弱等，一连串的精神打击和感情刺激，使我活脱脱变成了另一个人——祖先软弱幼稚、优柔寡断和逆来顺受的再版。这种情况到后来虽然有所改变，也带来了生存条件的好转，但随着年龄增长和新的压力与刺激的作用，又诱发出新的精神负担甚至身体的病变。

我还依稀记得，我患的是抑郁症，久而久之便引起心动过速，继而导致左心房像电流短路一样陡然停止了跳动。在此前一天，我本能地想到死，由死想到遗书，由遗书又鬼使神差地想到远在省城的钟羽先生。钟羽是在我们村插队的知青，时任不知是省城的科级还是处级抑或是厅级的什么主任。他与我关系甚笃，请他主持料理我的后事是最理想的人选。当时我也想到了其他人，譬如老美，他是一位著名作家，也是我的诤友。只是那家伙心胸狭窄，容不了人；再就是他有点功利主义的小毛病。不选择他一是怕他犟劲一起来易惹起事端，二是怕他歪曲了我的遗书本意。另外一个是梦萌，他为人仗义，古道热肠，是我前几年写报告文学忠实的合作伙伴，但他是陕西人，又长期浪迹天涯，充当自由撰稿人，据说最近又在一个被称为"白云黄鹤"的南方小镇苦熬一部长篇小说，难以联系。所以想来想去还是钟羽比较合适，我便让妻电告他速来。当天下午，他即抵我榻前。当他单独听完我的遗书内容后，竟气得脸色铁青，五官变形，两只虎牙爆出的声音惊动了左邻右舍。

施尔康，好你个老犀头！你以为你是谁？是大腕明星，是归国华侨，是总统议长？说穿了，在这个世界，你和我一样，只是一株草芥，一只吃土屙土的屎壳郎，一个靠"精神胜利法"支撑生命的阿Q！你那点钱，不过是九牛之一毛、沧海之一粟。物归原主，主是谁？是公主纹纹，是主妇月华，是主席领袖，是我主上帝，是地主老财，还是当家做主的人民？你呀，一辈子喝墨水耍笔杆编故事骗人，死时还搞文字游戏显摆！告诉你，国家人民不稀罕你这点钱，月华纹纹不稀罕你这点钱，你就给个准话吧，别再捉迷藏了！

就在钟羽喋喋不休的苛责中，我只觉心里一阵透凉，接着收缩，不一会儿就听得一声脆响，电流短路了，断电了。钟羽怪叫一声，这才慌了手脚指挥月华快点用车送医院。此时我却异常固执，尽量做出龇牙咧嘴的姿态，那意思是说我已拜见了阎君，领了冥国绿卡，不必再搞那量血压输氧气做人工呼吸进太平间等人道主义的形式。我的意思他们全不理会，连月华也明知死人拗不过活人，仍悻悻然诚惶诚恐地把我送进医院，结果自不必提。我的尸体很快被拉回家，并在楼下搭起了一个简易灵棚。钟羽当着几位亲戚朋友独断专行地宣布：友人施尔康喝了一辈子墨水，受了一辈子闲气，唯一"情结"是恋乡恋土，故火化后再行土葬，送回老家入土为安。所有花销实行总量控制，不突破五万元。其他遗产，五十万元给月华购置一座豪宅，二十万元给纹纹上学，剩余五万元视各位侄孙表现，按功行赏。

这不是宫廷政变，不是赵高篡改秦始皇遗书改立胡亥吗？我恨透了钟羽反其道而行之的自作主张和月华心猿意马背叛亡夫的行为，紧紧将本已僵硬的躯体四肢收缩成一团，使他们难以擦洗，难以整容，难以更衣。但这些全都无济于事，在钟羽"重赏之下必有勇夫"的理论支配下，中医点穴法使我四肢松弛如面条而脸面酥软如番茄，事情按他们的既定方针进行得有条不紊。做完最后一些关于美和艺术的布置，我的肉体已灿烂辉煌如马王堆的古尸和造神工匠手下的泥塑。钟羽没有惊动官方，只给老美打了电话。我一听糟了！给老美打电话，这不就像我将起草好的红头文件送给政府部门和新闻媒体一样吗？因为他热心嘴长又特别爱感情用事，给他说势必会弄得沸沸扬扬满城风雨。果然两三个小时后，文学圈和新闻界的朋友传得一个不漏，接踵而来的电话声手机声BP机声汽笛声吵嚷得天翻地覆，我的灵魂如临大敌地匆忙离开肉体，飘忽不定地独自向火葬场蹀躞而去。

二

火葬场在距市中心十余里的一个山坳中。我曾光顾过两次，对其地形环境、程序仪式、设备机关了如指掌。两次都是参加他人的追悼会，在凄惨悲凉的哀乐声中完成告别仪式，遗体便被徐徐推入焚尸炉。随着焚尸工手中明晃晃的铁钩翻转，尸体眨眼间成为灰烬，连同仙家一生的功名荣辱一起化作烟囱上的缕缕青烟。这些充满诗情画意和深邃哲理的过程，使我的灵魂和情感得到一次最透彻的洗礼和过滤，同时也点燃了我的灵感和想象的火花。死是什么？死是生的镜子、生的另一面、生的孪生兄弟。当生呱呱坠地的一刹那，死便接踵而至，并从此与生耳鬓厮磨，相伴相随。死又是生的超越和延伸，是生的复制品，是生的气化。这气化的生命一旦被艺术和哲学烛照，又必将凝固成奔腾不息的生命之泉，所以人不必惧怕死，也不要赞美死，更不能用牺牲生的代价去臆造死的挽歌。这是我现在的认识，当时还没这么高的水平；所以当时我对两位死者的死看得非常严肃和至关重要，比起今天对自己死的草率和漫不经心，不知要笃诚率真多少倍！

第一个死者是女演员凌霄，青春夭折，红颜薄命，实在令人痛心。特别是我奉命为之撰写悼词的两天两夜，无论怎么设防也躲避不掉这场生与死、灵与肉、情与欲的激烈搏斗，感性与理性的磨盘将我的灵魂碾压研磨得血肉模糊。

凌霄是我大学校友，我读文学系戏剧史专业，她读艺术系表演专业，毕业后同回这座城市，我在报社当记者，她在市歌舞团当演员兼舞美指导。我俩合作撰写的那篇导致我遭贬的文章，促使了我们感情的交融和为理想奋斗的结合。我们苦苦相恋了三年。就在登记结婚的前两天，我们再也无法控制积蓄已久的青春狂澜，偷食禁果的激情终于冲决了爱的堤坝。她久久地沉浸在爱的现代表现手法和原始本能的快感中不能自拔。蓦地，她那纤巧和善于表现技巧的玉指不经意地触摸到我的脊椎骨处，一声惊愕的尖叫，使她瞬间从爱的云山雾海中跌落下来，当场昏厥过去。等她醒来，无论我如何解释，甚至搬出生物课本讲解有关"反祖现象"的正常规律及其合理性，她仍疑虑重重，像京剧拖腔似的，只说了句"你原来长着尾巴"，便毫不留情地弃我而去。但我仍不死心，一天一封情书地紧追不舍。

那是一个闷热难挨的夏夜，我像往常一样写好情书锁好门想立即给凌霄送去。当上到二楼时，突然发现局长办公室有响动。我以为出了盗贼，疾步上前推开门。呀！眼前出现了局长和凌霄正在偷情交媾的画面！我只觉太阳穴噌地一下，傻眼了，仿佛整个办公大楼都在一层层坍塌。我不知如何面对，像贼似的跑下楼，穿过长长的大街，趴在河堤上恸哭起来。我哭天哭地，既恨局长也恨凌霄。太可恶了！原来她厌恶猴子尾巴是假，而投靠权势才是真啊！从此我结束了这场一日一封的情书大战，感情大厦顷刻间土崩瓦解。过后不久，凌霄被破格评为国家二级演员，后来不知她怎么又与考古专家况无几结为秦晋之好。再后，他们有了一个独生儿子。再再后，况无几出国考察讲学，一去再没回来。这一切，好似有一只无形的手操纵支配着，是那样严密，那样有序，那样疏而不漏，一切都显得自自然然和顺理成章。

　　当时我真的不知道喇叭花与子宫癌有什么关系，但凌霄的确是死于子宫癌。她的噩耗使我大受刺激。我还未从错综复杂的感情链条中挣脱出来，这时局长把我叫到他的办公室。他嗫嚅着说，她死了，不到四十岁，太可惜了，也太不易了呀！而且儿子还小，丈夫又不能回国，丧事要靠大伙同心操办。你是局里的笔杆子，给她写个好点的悼词，也是对她灵魂的安慰。说真的，给凌霄的悼词我写得非常真切感人。局长致悼词时表情也异常庄重，语调语气格外悲伤。事情的残酷就在于此：一个女人，三个男人——一个是她最初的恋人如今的悼词作者，一个是她的情人和致悼词者，一个是她远在异乡他国戴着绿帽子的丈夫。所以写悼词和开追悼会对我来说，都是一场莫大的感情蹂躏和良知玷污，邪恶与真情怎么能编出同一个花篮？

　　我没有参加凌霄的追悼会，但我观察了她尸体火化的全过程。在焚尸炉钢化玻璃观察窗前，我依稀看到她在熊熊火焰中翩跹舞蹈的婀娜身姿。我的心与她的舞姿一起在焚尸炉中焚毁。焚尸工是一位顽固的独身主义者，年已不惑仍是个童身。他看到我迷离彷徨的样子，猜想我十有八九是死者的丈夫。在将骨灰装盒时，他偷偷将一个经过淬火冷却的物什塞给我。我独自躲在一旁辨认，那物什呈猪肝红，喇叭形，玲珑剔透，极像一朵刚刚绽开的喇叭花。等到人们散去，我便向焚尸工请教。焚尸工两眼一眯，很神秘地向我解释：人的尸体焚烧后，都会有一个"荣辱物"，以标志生前的功过荣辱。如当兵的十个手指头成为十发子弹，谄媚者的膝盖骨成为一个大勋章，好色男人的睾丸成为一对健身球，风骚女人的子宫则成为一朵喇叭花……所以所以，你媳妇也不例外，看你老实巴交的样子，恐怕至今仍戴着绿帽子蒙在鼓里呢！听了他一番宏论，我惊得目瞪口呆，忙不迭地问：作家呢？他神秘一笑，说作家是自由身、阴阳人，无有定数。他们摇笔鼓舌，编的故事能哄骗天下人，还哄骗不了一个焚尸工吗？所以鄙人不敢妄下结论。他的话虚实莫测，真假难辨，我浑浑噩噩交给他一张大团结，捧了喇叭花，幽灵似的逃走了。

　　第二次去火葬场是参加"美人鱼"饭庄万老板的追悼会——实际那时他已成为一个囚犯。万老板早先开了个小吃店，经营有方，生意不错。就在月华为治疗我的猴子尾巴而倾家荡产的那段日子，有一天老美请我在这家小店美餐了一顿小笼包子。其中一个被称为"美人鱼"的品牌，味道极为鲜美，皮薄如纸，馅鲜似梅，咬一口油香酥润，使舌苔和牙齿都几乎要融化了一般。临了老美向服务员要来笔墨，欣然题写了"美人鱼香"四个字。万老板连声喝彩，并提出给自己写一篇报告文学。老美颔首承诺，随之将此委托于我。不久我即草成《美人鱼香》的报告文学，并很快在省市报纸上发表。此文引起很大社会反响，使小店生意更加火爆，效益和荣誉像流水似的哗哗涌来。事后万老板给我和老美润笔费各一万元。这一万元不但解了我医治猴子尾巴之急，也使我发现一个赚钱的好门路。

一年后，万老板大兴土木，改建装修，扩大经营，使小吃店成为颇有名气的"美人鱼"饭庄，吸引来大批市县官员和各路食客，生意越做越红火。然而正当他春风得意、踌躇满志之际，一桩火葬场"盗尸案"却使他身陷囹圄。据老美讲，万老板的"美人鱼"品牌，是他与焚尸工合谋偷窃尸体蒸制的人肉包子！我是和老美在公安局接受传讯时才听到这一惊天奇闻的，当下就呜哇吐了一地。好在我们不知盗尸内幕，所写文中又无"人肉包子"字样，所以免予起诉，一万元自然安然无恙。万老板等待着死亡——不是死刑就是自裁。他选择了后者，家人藏匿在烟盒里的一只刮脸刀片，结束了他的生命，时年三十八岁。文人心中好奇的毛毛虫怂恿我去参加他的追悼会，目的是要看看这个盗尸者的尸体是否也会被另一个盗尸者盗去蒸制出"美人鱼"一类的人肉包子，或是考察一下这个贪财好色之徒在焚尸炉是否也能冶炼出健身球一样的"荣辱物"。那天没有向遗体告别和追悼会的一切仪式，在几声干号几声斥责中，尸体被投入焚尸炉。焚尸工已换成一位极有现代感的小哥们儿，炉前的装置也实现了电脑信息化。当这个罪恶灵魂化作高高烟囱上的缕缕青烟时，我试探地向小哥们儿索要"荣辱物"。小伙子显得矜持而很有礼貌，但一番言辞却把我批驳得体无完肤：

那完全是判官（原焚尸工的绰号，现与万老板同案，在押）耍的鬼把戏！什么"黄金骨""健身球""喇叭花"，还不是想着法儿骗钱？不给钱就糊弄人，叫死人也不得安生。真是的！也怪如今人钱太多，没处花，心甘情愿为邪恶和罪愆烧香拜佛，还自视文明高雅。唔，听说你是作家，曾为万老板写文章鼓吹什么"美人鱼"，真是说浑话倒人胃口……

自从我的灵魂离开了肉体，我已在火葬场和焚尸炉前飘忽游荡了一个多小时，经受着人性与良知的无情鞭笞和拷问，同时也坚定了我"物归原主"的信心，加深了我对钟羽与月华私改遗书的怨恨。我急切地等待着他们，直到傍晚，也没等见他们和他们护送来我的尸体。恐惧感再次包围了我。我蓦地产生一个怀疑和预感：难道我的尸体也在灵棚丢失或在护送的路上被歹徒劫持去了吗？

三

当我如丧考妣似的赶回家时，才得知通过老美之口所产生的新闻效果和轰动效应，早已使钟羽失去宏观调控能力，他不得不与月华当机立断，改火化后土葬为直接土葬，一次到位，以避免没完没了的迎奉仪式和大操大办之嫌。

几分钟后，我的灵魂终于在老家灵棚中找见了我的肉体，它已僵硬冰冷如一根朽木。我的灵魂没有附着在它的上面，而是幽居于灵棚顶上的一个角落，试图用一种新的心态观照我将要永远离开的这个世界。钟羽的五万元重奖很有诱惑力，大大调动了众多本家侄孙的积极性，一切都操办得出人意料的快速和有序。久无人居而又破败冷寂的老宅子，一下子热闹繁忙起来。院子中腰造起一条长龙似的吸风灶，熊熊炉火中厨师们已奏响锅碗瓢盆的交响曲。四对面的厢房里灯火通明，人影绰绰，不时传出悲凉的叹息和啜泣声。大门至街心搭起席棚，中央安置着我的灵堂，香烛供品一应俱全。灵前跪了许多披麻戴孝的晚辈，认识不认识有泪无泪的都哭声动人。收录机播放着省电台连播过的我的长篇小说《丑人》的录音，如今再听时比当初更加激动人心。

我第一次以一个旁观者的身份观察我的遗容。万花丛中我伟大辉煌得犹如幽云十六国的一位国王。胸脯隆成一只乌篷。臂腿平直侧卧，像四支停歇的桨橹。微瘪的头颅仿佛一个响脬西瓜，虽然味酸气臭，但椭圆的西瓜籽儿始终张扬着生命的旗帜。额头宽阔，鼻梁高挺，两唇紧闭如关锁的渠闸。两耳若拳，沟回密似电视天线。我真不敢相信，如此慈容尊态，何以能研磨出那么多幽默的故事、尖刻的词语、精锐的思想和完美的艺术！

月华泥塑似的坐在草团上，活脱脱一个地道的农妇模样。她把头靠在纹纹的肩上，泪眼蒙蒙地一直注视着手中的那朵喇叭花。花瓣儿已被摩挲得棱角模糊，扁平圆滑，极像孕妇产后松弛的肚脐。这永远是个谜。从她狐疑的目光和怅然若失的神情里，我猜想她一定是在后悔至今没搞清这花的来历和象征意味，也一定是在忌恨这朵看似普通的小花何以使自己心爱的丈夫痴迷至死，并给自己的爱情与家庭带来如此难以驱散的阴影。如今，当她要与相濡以沫的丈夫诀别时，这朵小花更牵动她的万般情肠，再也无法控制理性的门扉，任由辛酸的泪水和汹涌的心潮拍击感情的绿篱。

尔康,可怜可爱的宝贝儿子(在家时她都惯于这么戏称我)!自从你在十字路口拯救了我,我便把一切都交给了你。你的才华,你的忠诚,你的善良,甚至包括你的优柔寡断和邋遢懒散等缺点,都成为我心中一顶璀璨的花冠,成为我爱慕追求乃至痴情膜拜的祭坛。你说咱俩同是遭受过猎人暗算受伤的兔子,怜悯疼爱和心心相印是生活的本质。正因为我们掌握了这个本质,生命之旅才以孜孜不倦和生生不息的形式同构起爱的巢穴。就连这朵喇叭花也成为我生活中不可缺少的尤物——尽管第一次见到它我是那么惊愕、那么疑虑、那么嫉妒——但它毕竟是你的情感密码和心之所系啊!

此时,收录机恰恰播放到长篇《丑人》第四章女主人公菲菲与戚荀被爱与恨折磨得死去活来的一段感人情节。月华与我还有纹纹和其他守灵的人都被紧紧吸引住了,灵棚里陡然鸦雀无声,只有女播音员圆润的声音在缕缕烟云中回旋缭绕:

戚荀,我不会喝酒,但今天是儿子的第一个生日,我高兴,所以贪杯了。有人说酒可以使人忘记痛苦,但我不同,酒使我更加清醒。三十多年来,我们所受的苦难——为了工作,为了生存,为了有个儿子,此时都变得异常清晰和历历在目。你知道,我不是一位充满诗情画意和罗曼蒂克的星辰,而是一条极易跋涉和叫人流连忘返的山涧小溪。是的,你对我的这种评价和感觉是真实的。我们的结合抑或正是这流连忘返的结果。对于我这位伴着美人蕉和水浮莲长大的南方乡村姑娘来说,无疑是一个明智的抉择。

回忆是痛苦的。我曾在痛苦中含羞带辱地掩饰了被市侩浮华玷污了的处女的潮红,选择了铁路天桥的解脱方式,试图用田园牧歌式的殉道圆寂一个罗曼蒂克的星座。我终于下定决心,闭起双眼,鼓足勇气,正要叩响天国的门环时,突然幻觉中一双巨大的手向我伸来——这就是你,我的儿子!我们的爱情和婚姻就如此突然和奇特,清纯自然得犹如我家乡的山涧小溪。新婚洞房的默契是向黑夜宣战的檄文,我们将这檄文张贴于原始洪荒的每个角落。自从我从猴性返祖的山顶洞窟坠入现实世界,我们的生命和爱情便再一次被命运的焊条紧紧地铆焊在了一起。我发誓要给你治病,就是倾家荡产,也要把我们从猴子返祖的阴影中解放出来。

我的儿子!你还记得吗?为了你那半截尾巴,我们羞于在本市医院治疗,而是三天两头地往省城里跑。第一次手术未成功,割了旧的又长出新的。一连做了三次,仍然不见效果。最后无奈,只好求助于一位江湖郎中,用酒精灯烧了一个多个小时,不料却化脓感染。于是又中医西医地治疗了两年多,几经磨难,后面治愈了,但前面又出了问题。从此后一种空虚和失落感一直笼罩在我的枕边。每天晚上,你都在挣扎中嘤嘤哭啼,我也伴你啜泣到天亮。眼泪是不值钱的,但药费车费医疗费却天天见涨,几年下来我们不但成为精神的乞丐也成为物质的弃儿。人愈穷本能的欲望反而愈强烈和执拗。执拗打破了正常秩序,使人性一步步走向裂变。但只要还有一线希望,我都能忍受,不但忍受来自你性格上的各种伤害,还忍受周围舆论的无限压力。你整天都在哭着喊着要儿子,而我又何尝不是如此呢!为了安慰我,也为了使你聊以自慰,你便用幻觉的真实掩盖了现实的虚假。从此我便有了你这个大儿子,你便有了我这个小妈妈,我们就生活在这种虚拟的甜蜜之中。

出版社和企业家极力拉你写报告文学,是看中你富有激情。你把你的激情都交给了你的主人公,却很少赐予我。这些我都能理解,在床上发挥不了的,就在笔杆子上发挥。这种移情的结果带来颇丰的经济效益,我们终于越过了贫困线,扬眉吐气地加入了小康队列。有了钱,我就决心改变这种小妈妈大儿子的残局,为我们生一个真实的儿子。然而,好似电视机选错频道,一步错,步步错。我们四处求医,辛苦奔波了两三年,依然没有结果,你的情绪变得更坏,你开始怀疑我的生理缺陷,不知从什么地方拿来一朵喇叭花似的骨石,整天望着它喃喃自语。有次去省城碰见表哥,他听后直骂你是个性无能。他亲自开车送我们去省人民医院,经检查证明我一切正常。表哥又与另一家国营大医院取得联系,测算了我的排卵期并抽取了你的精子,约定一周后去做体外受精。那天你没去，你不相信它的真实性，说那就像抽过滤嘴烟一样具有很大的虚伪性和夹生感。直到我肚子一天天凸起来，直到儿子呱呱坠地，你依然不相信这新的生命有你的血脉你的基因。后来表哥带着妇科主任亲自登门，并把各种化验单、病历卡、临床观测资料等人证物证摆在你的面前，你才像突然发现报刊上发表了你的文章一样，抱起刚过百天的儿子，连唤了几声"我的儿子"，从此我们便有了真实的儿子，儿子也有了真实的爸爸和妈妈，我们的生活开始变得欢乐而充实。

讲到这里，菲菲早已珠泪滂沱，泪水和酒液在胸中翻卷，激起幸福的浪花。浪花堆叠在她的面颊，使她更显得矜持和容华，周身洋溢着中年妇人特有的诱人魅力。她将剩下的半杯红葡萄酒一饮而尽，紧紧抱住丈夫的脖子，嘤嘤地小声醉语：咸荀，我的宝贝！请允许我最后再叫你一声儿子，我的心肝宝贝啊！

随着情节的起伏和文字情绪化的渲染，月华的心情早已被揉搓搅和得如梦如幻、肝肠寸断。只有她知道，小说的主人公菲菲就是她的化身，所发生的故事就发生在她与我之间。这怎能不使她为之动情呢？记得省台第一次长篇连播时，她几乎每字每句都是和播音员同时吟诵的，一字一句都伴合着她的无限痛苦和泪水。想到此，她突然惊醒过来，这才发现手中的喇叭花和自己失态的表情。她忙将喇叭花藏进衣兜，目光一直停留在我的脸上。我完全理解她此刻的心情，虽然她没用语言表述，但我凭感觉能与她进行思想交流和心灵对话。纹纹仿佛读出一些灵性和感觉，悒郁而美丽的大眼睛一闪一闪，然后伏在我的胸前小声哭泣。

四

钟羽拎着手机走过来，要月华进屋休息。月华只是摇头，并没说话。钟羽招手叫来两位年轻女子，示意她们把月华搀回屋子去。月华拗不过，站起来，抚了下纹纹的头，然后怏怏地随两位女子进屋去了。钟羽把手机插进腰间的皮套里，很内行地给灵前续了几根香火，随后坐在供桌旁，心不在焉地听着录音磁带。纹纹好似睡着了，头依然伏在我的胸前，年轻的心跳压迫着我已停滞的血脉。她仿佛仍恋恋不舍地幻想用她的青春唤起我生命的律动。钟羽瞥了一眼我的遗容，又徐徐地从我颈部滑过，最后停在纹纹蓬松的乌发上，脸上不由掠过一抹复杂的表情。

　　已经好几年了，再没见过钟羽的面。今天一见，他还是老样子，大大咧咧，天大的事也不在话下，官场商海使他又多了些许大将风度和贵族气质，举止言谈洒脱不俗。但这些优点，在我在世时，却全成了缺点，很使我反感和讨厌。这是为什么呢？据老美讲，人死后入了冥界，看人看事正好与生前相反：原先的缺点成了优点，原先的优点成了缺点；原先印象好的变成印象糟的，原先印象糟的变成印象好的。不管怎么说，反正此刻钟羽在我心目中的印象极佳，而且就篡改遗书这件事来说，更体现了他的大将风度和贵族气质。

　　钟羽，过去我对你的成见毫无道理。你叫我老犟头，直到现在我才认识到这话的深刻含义，这不但是我性格特点的标志，也是导致我一生苦难和悲凉的根本所在。就说那位文化局局长吧，他是我的同乡，大我十多岁。那时他才是个科长。他正是利用我性格上的缺陷和弱点，为他的飞黄腾达搭起一阶阶天梯。他的入党申请书是请我写的，大批判与活学活用的文章是请我写的，甚至一篇关于挖掘和保护民间文化遗存的论文也是我写的。最后一次是为他起草在全市文化工作会上的演讲稿，那是他入围政界的一个成功的展示和奠基石。果然不久后，他不但成为全省先进文化工作者，而且很快被提拔为副局长。他上任后的自鸣得意和上任前的哀怜乞求形成鲜明对照。记得那晚他拿了两盒阿诗玛烟，往我桌上一撂：小兄弟，再麻烦你一次，这是最后一次，也是关键的一次。来自圈内可靠消息，我可能要被提拔。咱们乡党也该到出头之日了！所以这个材料要写好，把你的才华都展示出来，调动出来啊！

　　他没有食言，上任后第一件事就是把我从群众艺术科抽调出来，编辑出版一部反映全市经济建设现状的书。在他的授意下，我起草了红头文件，成立了编辑委员会，由市委书记和市长任编委会主任，并联名作序，序文自然也出自我的手笔。资金来源由收录单位和企业赞助提供。我真惊异于红头文件和书记市长名字的无穷威力，所到之处，下级官员无不奉为神明，接待的高档和奉承的肉麻使我头一次感受到当书记当市长真好。我的身价倍增，真有点拉大旗作虎皮之嫌，但这些旧的传统观念在权力场里却显得暗淡无光小菜一碟。我很卖力，权力的魔力和我的组织才能使操作一路顺风。只两三个月，局里的银行账户已千真万确有了十余万元的进款，其他款项也将陆续汇入，估计总收入在六十万元左右。这么一笔巨款，在改革开放之初特别对文化单位这个清水衙门来说，该具有多大的诱惑力啊！全局人都垂涎欲滴，我也对其充满期待——因为我与凌霄爱的琼楼仙阁正需要金钱的支撑。正当我率领众多穷文人弟兄四处奔波、采访写稿、爬格不止时，局长却考入某大学要进京学习。临行前他将编辑出版之事委托我全权办理。我受宠若惊，一切事宜都井然有序地如约进行。局长学习一年，拿到本科文凭，回来时书稿早已编成在案，只等他审阅放行。然而他只看了目录，就大发雷霆，斥我自作主张，为什么不把他的那篇在全市文化工作会议上的讲话编进去呢！我说你走时把稿子没给我，现在编还来得及呀！他不悦地将书稿推到一旁，摆摆手，说，好了，没你的事了，你走吧。钟羽，之后的情形你自然知道，我被撵出机关，调到比清水衙门更清水衙门的作协，理由充足得很——这家伙只配当江湖文人。后来那部书出版了，署名是局长和市上的两名领导，而且那六十多万元的去向和书的发行情况我一概不知。我唯一知道的是老美告诉我局长上学的四万元，正是我拉来的赞助款和众穷文人弟兄所创造的效益。

　　钟羽，记得当时你从老美口中得到这些消息后，气得直骂我是个老孱头，并在电话里把局长那小子骂了个狗血淋头。你的骂我的恨和老美的怨都是井底之蛙的孤鸣，无损局长一根毫毛。因为他正迷恋于厚黑学，并以此为阶梯，再加上本科文凭和那部书两个垫脚石，正向一个更高的目标爬行。就在为凌霄致悼词后的第三个月，局长的权力链出现了最好的转机，终于从副局长一跃成为主管文化宣传的市委副书记。钟羽还记得吧？也就在这时，你来电把我召到你的豪宅，给我指出一条发财出名的捷径。你说，那小子才是市委书记，还是个副的，有什么了不起！咱抬出省长和省委书记大名，和这小子抗衡，压压他的嚣张气焰！说着你把早已打印好的红头文件拿出来让我看，我真的看到上面有省上多名领导的名字，并盖着更大的公章。尔康，这样吧！你完全是一副首长的口气继续说。我手头的这部书，由省长作序，七大厅局联袂推出。我考虑再三，还是认为由你牵头组织一些作家采写编辑最好。经费由财政拨一部分，你们再拉些赞助，自负盈亏，公家不要分文。所创收入，或稿费或润笔费，不管什么名堂，全部分给作者，叫这些吹喇叭抬轿子的也率先富起来。此书完成后，我再和中央有关部委联系，你可去写三峡，写京九，写三北，彻底摆脱那个鸟地方和那小子，走向全国去。好了，明天你和我一起到政府大院，先借三万元活动经费，有了钱马上还人家。然后到银行开个户，其余事情就靠你们自己了，千万别再弄"美人鱼"那样的事！

　　我和钟羽像唱双簧似的，他坐在我的灵前打盹纳闷，梦见周公，我的灵魂便有了以上梦呓。梦是死人与活人沟通交流的唯一方式，所以此时我俩真可谓心有灵犀一点通，梦在阴阳之间同时播映。钟羽的手机响了起来，他好似没听见，只用手拽了下耳朵，复又迷糊起来，于是传出他那大大咧咧的牛气声。

　　尔康，我知道，自从你得了这个尚方宝剑，便如鱼得水，使你的才华和艺术潜能发挥得淋漓尽致。你跑遍全省十多个地市，像省长书记被众星托月般地过足了"权力能使猫成虎"的官瘾，同时也心领神会地感受了官场腐败和一些官员的丑行劣迹。这对你积累素材熟悉社会了解人物无疑是千金难买的机遇，但乘机而出的潜意识也与陡然膨胀的"权力"发生了尖锐矛盾。在你写的几篇文章初稿中，暴露黑暗面的东西太多，不符合这本书的宗旨。这是报告文学、遵命文学、溢美文学，不是小说。即便是小说，暴露的问题也该有个恰当尺度。人家请你写文章，你不是歌功颂德却是揭短，人家会高兴吗？会赞助吗？所以我当时就让你把那几篇稿子重写。好在你的性格已变得逆来顺受，我怎么指示你就怎么办理，不像过去那样争强好胜，动不动就与人红着脖子争辩论说。我发现你开始懂得生活了。是的，对什么事都不要较真，窗户纸不要一下点破，特别是现代社会，这是许多人生存的秘诀，也是混迹官场立身保命的一大法宝。反腐倡廉政策不错，中央也看到了问题的根子，并下了很大决心，但越反越严重，越反下边对付的手段越高明。这是你我所能扭转得了的吗？但有一个原则，我们绝不做一件违理违法的事，谁做了迟早要栽。后来的文章写得不错，我看过几篇，没想到你还那么有冲动有激情。报告文学贵在此举，用真情呼唤灵性、教化人心、讴歌生活。那一仗打得很漂亮，半年采写，半年编辑出版，你一人净赚十余万，比起那些个体老板不知要强多少倍。

　　梦仍在继续，钟羽的画外音犹闻于耳。

　　尔康兄，这十余万元就是导致你对我成见的开始。那天你与月华专程看望我，给我带来许多礼物和一张窗式空调的发票，说是对我的感谢。我当时就生气了。你和我是谁与谁，也兴这一套！你瞧瞧，我的豪宅已安装两台壁挂式和一台柜式空调，谁还稀罕你的东西？你要是相信我，就把这十万元拿出来，给你和月华检查治病。你们也该有个孩子了！你当时的理论是先弄房子，再生儿子。我说青蛙没有窝，而它的蝌蚪子孙一串串，还不活得有滋有味？再说了，下一步还要写报告文学，还要出书，钱会有的，房子会有的，但儿子不能没有！月华完全支持我的意见，你拗不过，只好默认。你想想，既要住院花销，又要做体外受孕手术，十万元够吗？更让我恼怒的是你竟然怀疑你自己的精子，怀疑纹纹是否具有你的遗传基因！今天在你灵前，我把话全说明了，别让你老兄把对我的怨恨带到阴间去。实话告诉你，为治你的半截尾巴和不育症及给月华做手术，我还垫补了七八万元呢。

至于我与月华的关系，你呀，太敏感！我的原配夫人你认识，就是和我一起插队的刘竹菁，村里人称嫦娥的四川妹子，比起月华年轻吧，漂亮吧，有韵致吧？就那我都没兴趣，和平离婚，大家都高兴。像我这地位气质，想傍的小妞能排一个加强连。我最终选择了小隽，小我十四岁，小巧可人，倾倒全城，我能移情别恋吗？还有，我经常出差开会，抢着接待者趋之若鹜，什么歌厅、桑拿，统统他妈的靠边站，我还嫌浪费感情和对不起我娇藏屋里的小隽哩！我对你们的帮助提携，完全是为了咱们在农村的那一份情缘。要不是我插队时你和你妈对我那么好，要不是你为我背了偷瓜贼的黑锅，要不是在河里游泳时你救过我的命，我才懒得与你打照面呢！总之不管怎样，你毕竟有个温柔多情的妻子，有个如花似玉的女儿，有个作家的闲名和几部著作，还有八十万元遗产。老兄啊，这些已足够了，你没有枉来世上一场啊！

纹纹的BP机叫了起来，她拿起看了看中文留言，要了钟羽的手机，走出灵棚回话去了。这时乐队已到，长号短笛唢呐交相长鸣，哭号声再次大作，把传统文化与现代文明结合演奏得高潮迭起。我的灵魂实在经受不起这些悲烈场面，又悄然离开灵棚，趁着惨淡星光，飘然向天国遁去。

五

路过墓地时，我陡然停住。这是一座很陡的土岗，阳坡处有为我掘的墓穴。墓穴呈马蹄形，下方上圆，依坡向山体纵深掘进丈余，洞口堆放着一摞准备封洞的青砖。在我墓穴左首，依次排列着祖父、祖母、父亲、母亲的坟墓，青砖封口，水泥抹面，前面均竖立一块青石矮碑。我在祖先墓前逗留片刻，给他们各磕了三个头，然后进入我的墓洞。洞的四壁削修得平平整整，靠里还专修了一个台坎和窑窝，我猜想那是乡人为我特备的书架和放灯之所。洞窟的土质很好，无扰动痕迹，新鲜的泥土芳香令人陶醉。我惊羡人类发明了这种绝妙的安置死人的方式。人类祖先是从山洞走出来的，经过一个轮回，最终又走回山洞。这是多么圆满的闭合与归宿啊！我这么想着，索性驻足小憩，以便在边境线上顾盼阴阳二界的殊同。

在阴间，我手持绿卡去拜见父亲。父亲已成为一位阴阳理论家，专门从事阴阳相克相生的研究与训导。他说冥界正如人类所称的"极乐世界"，这里没有国家、政府、政党、军队、银行、法律、警察、监狱、医院和学校，也没有官员、货币、家庭、爱情、婚姻和子女。后者被称为色相，正因为人类具有这些色相，才产生了战争、政变、暴动、仇杀、偷窃、贪污、淫乱、腐败等罪过，才使人类陷入感情的藤萝和罪恶的渊薮，才使人活得太苦太难太烦太累。过去在人间时，就听说过阴间有十八层地狱，这全是人类的偏见与误导。人们前世的一切恩仇、敌友、贵贱、功过和荣辱在这里将被一笔勾销，大家都是清一色的无思想、无感情、无语言、无形体的"气化的人"。所从事的劳作完全是像信息传感一样的程序处理，无须为衣食住行和功名利禄而思而累而争。语言文字在这儿是多余的，大家凭着超物质的信息感应进行交流沟通。人间所送的冥币、衣物和金童玉女等全都是自作多情。这里也没有国界，你的绿卡只是入冥的凭证。一旦持了绿卡，你便如天马行空般漫游世界，可以去联合国大厦聆听关于人权的辩论，可以去中东战场考察各方的军事设防，可以去科索沃向难民恩赐神道主义的布施，可以去白金汉宫窥视英国女皇的秘闻艳容，可以随中国科考队去南极柯乐芙山下采集"冰土"的标本，也可以去宇宙空间探索美国太空舱失踪的秘密。总之，除了不能现形和对话（不含托梦）外，所有人类能办到和无法办到的事，你都可轻而易举地办到。

听了父亲的话，我突然问那个恶人现在情况怎样。

父亲连连摇头，说他不认识什么恶人。

那么，您的仇不报了？

这儿无恩仇，所以无须报仇。

难道您教我的那首儿歌您也忘了？

这儿没有哲学和艺术。一切都随遇而安，即兴而作，过之即逝。天国子民所追求的，只是神性的自由与自娱。

父亲呀，我真不明白您何以有如此高深的学问和理论水平！

我的所思所说，仅是心路历程的无端流露和神性神格的自然外化，这些都无须学问和理论加以表述论证。

今后还望父亲对儿子多加保护与提携。

以后你将不是我的儿子，我也不认识你，更无须保护提携。天国有天国的定数，一切都按固定的秩序自行运转。

我们还可以说话吗？

不行。因为我们都丧失了语言功能。

为什么现在我能与您对话？

因为你现在还没有入土为安，而且你正站在天国与人世的边界线上，所以我才能认识你并与你对话。

按您所说，以后我也不能再与人类说话？

是的。人类说话我们可以听见，而我们说话人类却无法听到，除非梦中，我们可以运用托梦的手法与人类交流对话。

父亲呀！我突然想起一件事，便嗲声嗲气地撒起娇来。尊敬的父亲大人，您现在能否给我讲讲我小时的一些故事呢？

不妥。天国是不允许回忆的。如果大家都回忆，前世的敌友恩仇和亲情关系不又带到天国了吗？天国的秩序不也要乱如人间了吗？这不存在违犯天条戒律之说，也不存在监视告密之惧，而纯粹是神性本能的约束和压根就没有回忆这一程序。如果你非要我回忆不可的话，那么咱们就一同到我的墓穴里去，只有在那里我才能恢复回忆的功能。这是程序中唯一的空当。

好呀，爸爸，我情愿与你一起去您的府邸。

进入父亲的墓穴，四周一片漆黑。只听吱的一声，父亲的魂灵霎时间附着在他的骷髅上，眨眼便复原成一位有血有肉有情有性的真爸爸。他仍捧着那把黄铜水烟袋，咕哝咕哝地一边抽烟，一边向我的灵魂娓娓叙说。

儿子！你怕不会相信，我杀过人！头一次是你爷弹棉花不在家的一天晚上，突然一阵奇怪的声音把我惊醒，我听出那声音在房顶，咚咚咚咚像打雷，我和你伯吓得蒙头缩成一团。这雷声隔一段时间就响，而且都是你爷不在家时才响。这引起我的怀疑，就瞒着你伯偷偷监视。有天深夜，那雷声又响了，我忙扒在门缝瞧，果然有个黑影从房上咚地跳下来，又噌地钻进你奶的房子。天快亮时那人才出来。我认出了那人是谁，就抄起早已备好的杀猪刀，尾随在他身后。当他刚拐进南胡同时，我紧追几步，三五下就结束了他的生命。天亮后，村里传出消息，说昨晚土匪进村了，八爷被乱刀戳死在了南胡同。那时我才十六岁。我一直暗恨着你奶奶，甚至怀疑我不是你爷的儿子。

第二次是五年后的一个冬天，我与你七爷九爷去北山背盐。那时交通不便，全凭两条腿翻山过岭，一直走了三四天。赶到时才发现你奶给我的钱全丢了，既无钱买盐，也无钱吃饭。七爷九爷说我年龄小，不背盐也好，空人行路省得他们操心。但我死活不走，让他俩先回去，等挣下钱买了盐，再自个儿回家。七爷九爷无奈，就各人给我匀了几个小毛票，径自背盐上路了。我在街镇转了一天，也想不出好办法，最后用毛票买了把小笤帚，又捡来黑油纸，把小笤帚包扎好，然后插进腰里，以备不测时吓贼防身。

天已大黑，肚子饿得咕咕叫，我便进了一家小店。店主是个老头和一个年轻女子，还有一个半大小子病蔫蔫地在一旁直咳嗽呻吟。闲话中我才得知那小子是老头的儿子，年轻女子是儿媳，因为儿子身染重病，仍未过堂成婚。我刚要说明赊账食宿的话，不料老头发现我腰里的"手枪"，两眼吃惊地一瞪，就抄起身后的条凳向我砸来，正好打着我的肩膀，刹那间鲜血直流。老头一边继续扑打，一边破口大骂。哼，土匪！想抢我，你也不睁眼瞧瞧我是谁！老子干了一辈子那营生，黑道红道经得多了，还怕你个蟊贼？看我不宰了你的狗头炒菜下酒！这时那病小子也抄起一把菜刀，正从我身后逼来。突然，我发现那年轻女子惊慌失措地站着一动不动，并悄悄向我摇手示意。我会意地反转身，夺过病小子的菜刀，直向他脖子砍去，接着纵身一跃，几刀又结果了老头的狗命。待我正要向那姑娘讨个说法时，她竟跑着扑进我怀里，哭哭啼啼诉说起她的不幸。原来这老头当了一辈子土匪，两年前因年老才下山归正，临回家又将姑娘父母杀害将姑娘抢来为他当儿媳。姑娘从惊骇和痛苦中蓦然清醒过来，忙从屋里拿出些银钱，塞给我，用力一推，让我快点逃跑。这时，不容我多加思索，便一把抓住姑娘，拉着她和我一起逃走了。这姑娘后来就成了你的母亲。

康儿你可能至今仍抱怨我一生窝囊，懦弱无能、软弱可欺。是的，自那以后，我完全被恐惧和血腥所掳掠，负罪感和良心的苛责时刻纠缠和鞭挞着我的灵魂，也包括心性、气质和性格。逆来顺受在豺狼当道的旧社会是缺点，但在人民当家做主的新社会又成为优点。现在的情况又不同了，社会发展到今天，市场经济和商业竞争是异常激烈和残酷无情的。面对这样的现实，一切温情主义、优柔寡断和逆来顺受都将使自己永远处于尴尬的地位并付出惨痛的代价。康儿，你没有从政而是从文是对的，这既符合你的性格，也使你避免更大的尴尬和牺牲。文人是阴阳面、自由身，虽然常遭人白眼、受人欺辱，有时还被当成猴子似的耍弄，但你却能从写作中获得生命的快感和惬意。

　　对了，说到你小时候的事，有一件必须提及。这就是关于你的半截尾巴。康儿，我想起来了。当时，你妈刚生下你，你就患了四六风。看娃医婆又是拧脚趾掐人中又是扎针拔火罐，但你仍大半天哭不出声，没一会儿就瞪眼蹬腿咽气了。看娃医婆要把你抱走扔掉，你妈却一直瞅着我哭着喊着不放手。当时我主要讨厌你那半截尾巴，就狠劲地把牙一咬，咳了一声，摆摆手，你妈才泪水汪汪地松开你，眼睁睁看着医婆用破棉絮把你一卷，抱着扔在了城壕。那晚正下大雪，几只野狗围着你只是转圈圈，却总是不见下口。这话传到你妈耳边，她又偷偷跑去把你抱回来，在炕上一暖，你却奇迹般活了。你爷和你奶高兴得不得了，直呼你是神人下凡。狗不叼、冻不死，这还不是神人？村人更是议论纷纷，说你长着半截尾巴，狗以为是它们的同类，所以不吃不咬；又说你长着半截尾巴，是猴子转世，所以冰天雪地不曾冻死；还说你长着半截尾巴，是先人返祖，所以阎王爷不敢收。当时这些传言并未给我带来好心情，我只是想，娃既然活了，就该精心抚养。真想不到，等你会走路说话时，我才发现你天资聪颖，记性特好。学的儿歌，只教两三遍，就朗朗上口，倒背如流。到了五六岁，甚至能自编儿歌。记得与恶人打输官司后，你竟给那首《一树黄花》添上了复仇的内容：

　　　　先杀恶人讨血债，再上公堂问狗官：
　　　　春联本是竖着念，横行霸道为哪般？

　　康儿呀，当时我对"坐八抬"不感兴趣，但让我感到惊奇和骄傲的是，看似孱弱的你居然有如此之高的文学天赋！我真希望你不要当官坐什么"八抬"，能当个作家同样可以光宗耀祖！

　　康儿，你的小说《丑人》我听过电台的长篇连播。主人公写得入木三分、形似神肖。故事也很感人。所揭示的社会问题和生命体验，更是力透纸背、震撼人心。戚苟的身世遭遇，造就了他的性格特质。他目光犀利、思想敏锐，看穿世界也看穿一切人和事，而且深刻精辟、尖锐透彻、一针见血，所以常遭人谤贬和暗算。他充满爱的天真、善的良愿、创造的欲望、奉献的热肠、个性的活力、自我的张扬和时代的新质。他一方面具有很高的文化层次和卓越的才华，另一方面却不识时务更对关系学一窍不通；他有良好愿望却往往上当受骗，好心得不到好报；他乐于助人却每每把好事办成坏事，真心待人而不被人理解甚至曲解；他心比天高，命比纸薄，胆小怕事得像一只在洞口探头探脑的小老鼠……他所追求的是一个全新的精神乐园，理想的执着足以推倒传统的篱笆。这种性格的缺陷与人格的完美，现实的残酷与理想的崇高，在不知不觉中发生着尖锐矛盾和剧烈碰撞，并最终导致人格的粉碎和理想大厦的倾覆。康儿，戚荀的性格悲剧，也是你的性格悲剧啊！

离开父亲墓穴时天已大亮，我提出要见母亲一面。父亲说不行，原因一是她如今管着几十亩桃园，像王母娘娘的蟠桃园一样远在天边；二是即使见了面她也不认识你——除非像我今天一样，她的灵魂也有机会回到她的骸髅上，而且必须是你尚未入土为安恰在阴阳二界的边界线上，否则连我也无缘与你邂逅重温亲情如此长谈。好了，我走了，现在你去你妈坟前叩三个头，也算尽了一番孝心。说毕，又听得吱的一声，他便恢复了原来的骸髅形状。我怏怏地离开父亲的尸骸，遵嘱在母亲坟前磕了三个头，便向村中我的灵棚飘游而去。

六

此时灵棚早已热闹非凡。乐队演奏着戏曲《祭灵》和古典名曲《梁祝》，把悲伤气氛制造到使人窒息的地步。席棚内外摆满了花圈花篮和挽幛，有作协、剧协、书协和政协送的，也有文朋诗友送的，题词和落款同样使人潸然动容。灵棚里已坐着站着和来回走动着许多熟悉和不熟悉的各色人等，一个个都像化了妆似的麻木死板。街道两旁至南胡同停了不同颜色牌号和档次的十多辆小车。其中一辆面包车上，有四五个司机东倒西歪地打呼噜，车上的扑克牌、糕点、香烟、啤酒瓶被扔得乱七八糟一片狼藉。几个七八岁的孩子像小狗似的蹲在车旁，等待车门一开便雀跃而上以争抢残羹剩粥和一个可卖一角钱的啤酒瓶子。

钟羽昨晚开车回省城还没来，现场临时由挚友老美张罗。乡亲邻里和本家侄孙们仍木偶似的做着各种呆板和愚钝的动作。月华和纹纹昨晚与小学教师兰香同床而栖。看得出，一夜破窗偷袭的山风和簌簌而下的泪水已使月华面颊起了一层薄薄的褶皱。纹纹与兰香一见如故，当听说村子学龄儿童失学率在一半以上并查看了破旧的教室后，发誓要写文章在报上呼吁，一定要让希望工程的阳光照亮这个偏僻的小山村。

老美把一切都安排就绪，就来到小学校，让兰香去给孩子上课，他要与月华单独谈一些细节问题。兰香却说，村里有了红白喜事，学校都要放假一天，现在孩子都帮忙吊丧去了。纹纹首先叫起来，这怎么行啊！这又是谁的政策呢？兰香无可奈何地直想掉眼泪，说这是几辈留下的老规矩，谁要改变，干部和乡亲就会到学校大闹，没办法啊！纹纹将披肩发一甩，拉着兰香说，走，把孩子们叫回来，天大的事，也不能耽搁孩子学习！

纹纹和兰香走后，老美与月华突然沉默起来。我看得出他俩都在努力调整各自的情绪，都在努力寻找最恰当的词语以打破沉默的僵局。

月华终于开口了。她说，尔康太命苦了，为了治好那半截尾巴，为了有个儿子，他在精神和肉体上所承受的痛苦是他人无法想象的。有一次，就是让江湖郎中治病的那一次，没了路费，我俩就扒上一列货车。当时下着大雨，车在一个小站停下。下车后要爬一个土坎，由于太滑，他从坎上跌下，左臂的肩胛骨脱臼，臂膀像一根被风刮折的树枝在空中摇摇晃晃。我搀扶着他，两人在雨中爬行一个多小时，才走进镇医院。医生找来四条长布，将肩膀包裹，然后让四个身强力壮的小伙子一人拽一条长布。医生操纵玄机，喊声拉，四条长布猛一用劲，只听尔康一声惨叫，嘣的一下，脱臼的肩胛骨终于复位。他已大汗淋漓，我却哭成泪人一般。我猛地向他扑去，两人紧紧抱着哭得死去活来，感动得所有在场的人都为我们落泪。月华说着说着，不由得抽泣起来。

老美动了真情，也伴着月华流泪：嫂子呀，尔康遭的难和你所受的苦，我都知道，我打心眼里为你俩热爱生活、忠于爱情而感动、佩服。你们感人的故事可能会出现在我的作品中。但现在不是说这些话的时候。我找你单独谈话，是想问你，尔康死前是否有遗书或遗言？他曾多次对我讲，他临死要成为百万富翁，不是为了发财，而是为了给那些当官的看看，给那些乞怜摇尾的马屁精看看，以此来显示自己的人格力量和实现自我价值。你也知道，一百万元对那些搜刮民脂民膏和贪污腐化的官僚来说的确不足挂齿，对企业大款和影视明星来说更是小菜一碟。但作为像他这样谨小慎微、胆小如鼠的一介书生，能有如此数目，不倾其生命心血是万不可能的啊！前几年他和我还有梦萌写报告文学，我们合作得很好，你也略知其详，但无论我怎么估算，他最多也只有六七十万。你别解释，先听我说。我没别的意思，只是想在尔康去世后，我要做一番表白，做一番补偿。所以我问你的意思是如果他的积蓄不足百万，所欠部分由我全额补齐，也让尔康兄在天之灵知道他曾是个百万富翁，也让上界神灵不可小觑他的存在和价值。

此时，月华的表情却异乎寻常得平淡。她从兰香破旧的竹壳暖水瓶中给盆子倒了些水，又掺了些凉水，一边擦洗一夜的泪痕风尘，一边安慰老美：我说呢，老美，你俩是谁和谁呀！还值得这么斤斤计较吗？尔康在世时，常在我跟前说，他一生有两个挚友，也是诤友，一个是梦萌，另一个就是你。他说不是你俩给他撑腰壮胆出主意，他不让那个局长整死也要被那些马屁精的唾沫星子淹死，更谈不上下海闯荡写报告文学挣钱了。就说钟羽吧，对我对他对纹纹都那么好，可他就是不领情，还常咒人家是官僚坯子牛场官道迟早要栽。但对你就不这样，他常说你名气大，关系熟，又有大智若愚的大家风度，把公家的红头文件和省市长的名字发挥得无以复加，没有一个下级官员和企业老板不唯唯诺诺、心甘情愿地掏腰包。如果不是你坐镇加盟，凭他那畏首畏尾、瞻前顾后的样子，怕连一家赞助也拉不到呢！兄弟，说真心话，要不是你拉他写报告文学，我们家早不像个家了！你想想，我是售货员，三天两头地为他治病，完不成任务，只拿一半工资，一百五十元，是看病，是吃饭，还是养孩子？真是山不转水转，遇上几个好帮手，才使他死里逃生，由穷变富。我是打心里感到幸运和满足，也该好好谢谢你们大家呢！好啦，我该到灵棚去了。你也免开尊口，要是困，就在这里躺一会儿，到时我让人叫你。

他到底有没有遗书？

有你也看不懂。

我是作家，富有想象力。

那你去问钟羽。好了，我走了啊！

嫂子啊嫂子你别走！

我看你酒喝多了，还是躺一会儿吧。

月华真的动手把他搡到炕上，给他脱掉鞋，盖上被子，自个儿开门走了。

七

老美哇地大喊一声：尔康，我对不起你啊！随即蒙住头，哇哇痛哭起来。他知道自己多喝了几杯酒，但他又清楚这绝不是酒的作用，而是比酒更浓的友情和良心在他胸中翻江倒海，使他的精神和意念完全沉浸在平日的创作冲动和狂迷状态之中。

老美，你不必为刚才所说的事愧疚。

你是谁？

我是尔康。你与月华的谈话我全听到了。

我对不起你啊老兄！

不要说这话，我们都有愧于良心和道义。

你指的是什么？

我们用不正当的手段获得了暴利。

那都是合理合法和政策允许的啊！

比起普通老百姓，你不觉得这钱来得太容易了吗？

哎呀老兄，不怪钟羽骂你老屌头！你不觉得我们与那些当官的和暴发户相比，可怜得像叫花子吗？

这……

尔康兄，你的思想依然未爬出传统的篱笆。你应该知道，改革开放在思想上是一次新与旧、先进与落后、开拓与守旧的大裂变。在经济上"让一部分人先富起来"，也就是资源的重组和原始资本的积累，或者说白了就是给你一次发财的机会。这就叫机遇。谁抓住了这个机遇，谁就抓住了生存发展的主动权。在这一特殊情况下，一切传统观念和旧的思维模式以及行为秩序，都显得他妈的相形见绌。总设计师怎么说来着？先不争论，摸着石头过河，等干起来后再逐步规范完善。这句话很有哲学意味和实用价值。一些人利用这话因势利导，抢抓机遇，发展自我，大获成功；而另一些人则钻这话的空子，乘机发挥，巧取豪夺，横征暴敛，大发不义之财。所以出现一些沉渣泛起、鱼龙混杂的现象，是完全可以理解和不会长久的。钟羽说得好，当官的有三欲，即权欲、名欲、情欲。报告文学正是满足了这些人的这些欲望，适应了他们的心态，所以才走红一时，席卷社会各层。这也是我等草民展现自我、彻底改变尴尬狼狈窘境的一个难得的机遇。我们终于抓住了这个机遇，并获得成功，这说明咱们文人也并非不懂经济的草包饭桶。

老美，你说的话很有道理。咱们合作几年，使我的认识水平和思想境界的确发生了巨大飞跃。我们像刘姥姥进了大观园，才知道了什么叫市场和官场。哎呀！原来社会齿轮和国家机器是这样运转的啊！你还记得吗？头一次，你、我，还有梦萌，咱们拿着钟羽弄的红头文件，那是一种什么心情？梦萌那家伙浪迹天涯，练就一副快腿快嘴，俨然一名企业家的精明干练和春风得意。而你呢，凭着名气大、肚子大、脑袋大的派头和高屋建瓴的气势，风光傲气得咄咄逼人。唯有我总打不起精神，不是因为半截尾巴的隐痛和月华体外受孕的醋意在作祟，而是总觉得有一种打家劫舍的犯罪感。记得去颖州市采访时，在市委门房你指名道姓要见市委书记。门卫以为是那些难缠的告状专业户，连登记都不让，直把咱往外掀，并像放录音似的说着信访局和民政局怎么走怎么走。你大肚子一挺，直挺挺坐在太师椅上，漫不经心地嘟囔，说书记是你娃他舅。酷，这就叫酷！门卫师傅惊得老花镜差点掉下来。两个警卫员听后，条件反射似的马上走来，连连道歉说误会。门卫师傅用电话联系后，说书记不在，副书记行吗？不见。其他领导呢？只见书记。门卫又拨电话，只一会儿，秘书长来了，连说书记去郊县了实在对不起。秘书长人很随和，看了文件就领咱们去招待所，亲自张罗安排了最高档的雅间，并再三叮嘱服务小姐好好招待。我从来没住过那么豪华的房子，一切都那么舒坦，连开关电视、空调和各种灯具甚至屙屎擦屁股都是自动化，我真担心人类长此以往，怕都要退化返祖成像我一样无端地生出半截尾巴。

你比喻得太妙了！正因为你那半截尾巴，耽搁了弟兄们一次最美妙的重塑灵魂的机会。那晚看罢欧洲足球超级赛后，服务小姐亲昵地硬扯着咱们去洗桑拿。我与梦萌极想从那足球场激烈对抗的余波中放松和舒坦一下，你却死活不愿去，怕服务小姐看到你的半截尾巴，真是大大地扫了雅兴。咱们在招待所"现代化"了两天，第三天书记终于亲自登门，说了一番请多多包涵的客套话，立即用奔驰600把咱接到一座更奢华的涉外酒店。一进门，连我都蒙了、都晕了。啊！这就是现代文明，这就是上流社会！那晚同样没去洗你那半截尾巴，却在歌厅尴尬了一番。我的肚皮太大，单怕违反了舞场以拳为界的规矩（事后才知这规矩早已破除，如今小姐们的兴趣全在这毫无界线的摩擦之中），所以只看不跳。不过那陪坐小姐嗲声嗲气的乖巧，也着实让人心尖儿熨帖得痒痒麻麻。记得你当时特选了一个不显眼的角落，正襟危坐，无所适从，只是慢条斯理地嗑着胖大的南瓜子儿。牙轻轻一嗑，嘣的一声，瓜子壳便裂开了，你久望着壳里露出椭圆的瓤儿，惊奇得仿佛又看到了自己的半截尾巴。陪坐小姐将那"半截尾巴"巧妙地掰出来，塞进你的嘴里，但她那亮丽的眉眼总也激发不了你的冲动和激情。梦萌这家伙却风光到家，在大学练的四不像国标，竟让小姐们惊羡得黏糊着要他收徒传授舞艺。

　　散场后，书记打来电话问，玩得痛快吗？还有什么要求吗？如果不需要，就快点休息，祝晚上做个好梦。书记又叮咛，要咱们次日到市委拿上介绍信，先到市区一些大企业和局委，完了再去郊县。他还说给咱配有专车和一部手机，有什么问题直接与秘书长联系。总之，书记一再表示，三位光临，是颍州的幸事，一定确保让各位舒心满意、大有收获。最后他很有策略地说，至于全市性的文章就不写了，不能突出地方政府，更不能突出他这位市委书记。但也不能失去这个机会呀，不能不宣传颍州改革发展的大好形势呀！讲到这儿他停了一下，然后用有点祈求的口吻说，他有一篇理论文章，随后让人送来，看能不能滥竽充数，也望几位大家玉成此事。

　　应验了吧？真是立竿见影！你用他的大旗，他用你的笔杆子，各取所需，权文交易，官民合璧，何乐而不为？老美，你这人功利主义太严重，对当官的，骂时咬牙切齿，用时眉开眼笑。书记那篇稿子你亲自圈点润色，后来不但编在那部书的显著位置，还登报上了广播，书记风光了好一阵子，你的实惠也大大的不少。

　　还有一次，咱们在隋阳地区采访，住在"洋又洋"饭店。天刚亮，地区机电总公司经理修德武未约而至，硬把咱三个塞进他的四环奥迪，拉到公司转了一趟，真有如临跨国公司之感。他妈的那才叫现代企业！小车一大片，高楼几大院，分支一大串，财大气粗得只有一个牛字。你的心就颠了，捅了我一下，暗骂这家伙又是个大鱼。果不其然，修总开口就是十万，只要上省报头条，编进书再给四万。每每碰到这些硬货，我都把你这大肚子往前搡。谁料这次你却一反常态，非让我操作不可。我如法炮制，很快草成，如约抛出，钱文两清。十万元归你，因为报社的关节是你打通的，我净拿四万。修总一炮打响，不但进了局党委班子，而且当上了省政协委员。就是我的半截尾巴叫江湖郎中用酒精灯烧的那年春节，修总还带着一个小姐专门登门给我拜年，这小子还怪有人情味的。

老美在被窝笑出了声：啊呀呀！我说尔康老兄，你至今还在鼓里蒙着，修总早已东窗事发，已被枪毙整两年了！唉，也难怪，这几年你久病卧床，很少出门，消息闭塞，也是自然。告诉你，据新闻媒体披露，这家伙是个色狼大赌棍。在深圳出差时私自入澳，一个晚上就赌输了三百万。没钱了，就给总部和驻京驻沪分公司谎称进购雪飞龙和本田，先后汇了八千多万，包了三个小姐，出手就是上百万。后来他又携款潜逃秘鲁，最终还是没跑出中国警察的火眼金睛，引渡回国，判了死刑，仅追回赃款五百万。为此，法院把我传唤了两次，我没供认你，因为怕加重你的病情，我一人全揽了。这次我接受了"美人鱼"的教训，硬得比警察还硬。是呀，我有红头文件，有人审查，有人盖章，与我有何相干？要怨，只怨上边把眼瞎了，怎能把人民的这么大的家当和权力交给一个地痞流氓赌棍呢？

老美的话把我也逗得笑了：兄弟，你骂人家把眼瞎了，那咱们呢？咱为地痞流氓赌棍大唱赞歌，不是也瞎眼了吗？老美从被子里探出头，好似法庭辩论似的说：这就是经济杠杆作用，文学与权力优势互补，法律是毫无办法的。

但是，我说，优势互补也使好人遭了殃呀！老美，你还记得咱们编辑《商界精英谱》一书时，有位处级石油公司经理叫孙季月的，20世纪60年代的本科大学生，在勘探设计部门工作了二十年，后调回家乡从事商业经营。他把一个濒临倒闭的企业很快发展成有几亿元固定资产的跨行业、跨省区的石油经销集团，每年给地区创税收千百万元。他所付出的心血和经受的磨难，使我们每个人都落泪汗颜。当时同去采访的还有一位女记者，咱们沿着他经常往返的足迹在戈壁沙滩整整跋涉了三天三夜。鞋磨破了，鼻子塞满沙尘，整天见不到阳光喝不上水。女记者吓得哭了，但泪水刚流下来，立即冻成了冰溜。就这样经过几年炼狱之苦，老孙和他的弟兄们用真诚和勇气叩开了西部中国的大门，把内地的土特产源源不绝地运往新疆，又把新疆的石油输向大半个中国。那篇报告文学你也看过，写得很有真情，后来还得了省上的优秀文学作品奖。当时找主管局长审稿时，局长们对老孙赞不绝口，并声称局党组已做了决定，立即在全局系统开展一次向老孙同志学习的活动。人怕出名猪怕壮，猪肥猪壮了人人都想咬一口，于是皇亲国戚纷至沓来，公司臃肿成了一头塑料猪。

那一年，就是审稿的那两个主管局长同时把爱人硬性塞进公司，却只领工资不上班。更使老孙不能承受的是，局长每人各占两套房，还要公司给他们上大学的子女分房，甚至连家属丢了钱丢了摩托车也要公司出钱赔偿。老孙再也不能容忍了，就是不给分房赔钱。坏了！局长一纸公文，免去他的职务，他失了业，从此开始马拉松式的上访告状。专署、地委、省委、省纪委，他一级级往上跑，案子却一级级往下批，公文旅行，人人绕道。正在走投无路之际，他突然想到我，给我哭诉了两个多小时。我让月华取了三千元（恰好是他给那篇文章的赞助费，这是当时文场的官价），连同我给省报社一位资深记者写的信一同交给他，让他试试能否通过媒体介入发生转机。三年后，我与月华在街上碰见他正用架子车给人家送钢材，他说他办了个小店，经营钢材。我问他官司打得怎样，他满脸沮丧地唉了声，说再打官司，怕把命都赔上了，划不来。唉，还是认命吧！

老美恨其不争地唉了一声，说他真是个窝囊废！

我反唇相讥，说这才叫超脱，活出味儿来了！

这也叫活出味儿？

千人千性，万人万个活法。不像你，两栖动物，又写作，又搞产业，钱多得往外溢，小三多得像张艺谋的大红灯笼高高挂，每晚还得轮流临幸。

老美连忙说尔康尔康呀，你千万别胡说八道！你还不知，这几天你弟妹正对我隔离审查，还雇了私人侦探呢！说完，他真的向门口瞅了一眼，这才突然想起什么，说真他妈的喝多了，差点忘记了正事。尔康，是这样，我对不起你，出版画册和那两本书，我做了手脚，少给你二十万。当时的确是你弟妹逼着我要钱开什么美容院，我一时急得没猴耍，就贪污挪用了。但这性质和公家的贪污挪用是绝对的两码事，不负任何刑事责任。你说呢，谁叫咱们是穷文人弟兄啊！这不好了，我现在钱多了，但也不能忘了这笔良心债呀！尔康，你过去不是说过临死要成个百万富翁吗？你现在说，还差多少？这个缺我给你补。

老美，我现在已入了冥界，还要钱弄啥！

啊？！你入了冥界？

是呀，要不我怎么会跑到这里来？

你有遗书吗？

在钟羽那里。我不妨也告诉你吧，很简单，只有四句话：

炉火纯青，回归大地；

物归原主，悄然而去。

老美霍地将被子揭掉,惊惧地在屋子四处寻觅,并声嘶力竭地大声重复着这四句话。

学生们陆续回校了,听到有人吟诗,便围着房子看稀奇。兰香给孩子们说,老美是大作家,出口成章。这四句诗,意境优美,哲理很深,同学们都要记住,直到能背诵吟咏。

一群脸庞黑红、穿得破破烂烂的孩子很快记住了,于是就齐声背诵起来:

炉火纯青,回归大地;
物归原主,悄然而去。

八

我的灵魂又回到了灵棚。此时,哀乐依然悲怆哀婉。本家侄孙们还在进行烦琐的奠酒仪式,一个接一个,没完没了。钟羽来了,他与老美商量了一下,便制止了奠酒仪式。追悼会开始了,老美主持,政协副主席介绍生平,钟羽致悼词。钟羽连夜返城,原来是熬夜写悼词去了。他的文采,我不敢恭维,无非是一些官场套话,我不得不洗耳恭听。

钟羽说:著名小说家、报告文学家施尔康先生因病医治无效,于公元1999年9月9日殒殁。他的不幸仙逝,使我们失去了一位诚实的、严肃的、很有责任感的作家,失去了一位仁爱慈善、坦诚淡泊的好朋友。为此,特向他表示最沉痛的哀悼,并向其家属表示最关切的慰问!

众人默哀三分钟后,钟羽继续说:命运的不幸和生命的磨难又为他的文学创作注入了生活的原汁原味和精神的真情真性,所以他的作品极具感情的宣泄性、时论的针砭性和人格的张力,很受普通老百姓热爱和青睐。最后,我引用施尔康先生遗书的一首诗,以作为对他一生的总结、赞美和无限思念。这首诗的内容是:炉火纯青,回归大地;物归原主,悄然而去。

钟羽念罢四句诗,顿了一下,忽有所感地继续发挥:施尔康先生,你的人格和你的作品一样,已达到了炉火纯青的大美之境。我们将遵从你的遗愿,把你的遗体入土为安,回归大地。你是我主上帝的儿子,我们将你交给上帝,你就在亲人和朋友的哀思中悄然驾鹤西去吧!施尔康先生永垂千古!

听完钟羽最后解释四句诗的话，我真忍不住要开口大笑。没想到这家伙文学功底挺深，竟把我的遗书篡改歪曲得如此合情合理、天衣无缝。其他人包括月华和老美也还未破译这首诗的真正含义，所以并未引起人们的注意，只是为他的真情所感染，哭声和泪水再次形成高潮，使整个灵棚和山村都笼罩在一片凄惨悲凉的阴云里。

老美宣布向遗体告别仪式开始。

月华在老美爱人的搀扶下来到我的遗体前。她面容憔悴，步履恍惚。想起天桥相救，想起半截尾巴，想起酒精灯，想起四条布条，想起喇叭花，想起大儿子小妈妈，想起体外受孕……她再也控制不住感情的狂澜，失声大哭起来。

我的灵魂在她的哭声中战栗！月华，我对不起你！我残损的身体和扭曲的性格曾给你带来无限痛苦，你为我付出的代价和牺牲太沉重了啊！我们的爱情是偶然的，但却是真挚的；我们的婚姻是残缺的，但却是幸福的；我们的家庭是多难的，但却是完美的。我以此为安。你也要多保重啊，我衷心祝你晚年幸福！

钟羽的娇妻小隽搀扶着纹纹，也来到我的遗体前。纹纹不像母亲那样将感情一泻千里，而是默默地、凄然地流着泪，两片嘴唇抽搭着噘成一朵饱含忧伤的花朵，泪水顺着花唇直流进肚里。她是为母亲一生所苦所累而流泪，为父亲一生可怜可悲而流泪啊！

接着是村中阁老、企业老板和文朋诗友。

我的遗体毫无表情地接受着他们的友谊和真情。

接下来是一位精明干练的中年人，他向我的遗体鞠了三躬，然后把一顶西班牙牛仔草编小帽放在我的胸前。我突然想起来了，他是沿海一家渔民船队的队长，一个可怜的逃婚者。十五岁时，爷爷做主，给他娶了大他三岁的媳妇，他宁死不从，便从内地逃到沿海一座小岛，帮人划船拉网，学会了海上作业的十八般武艺，并创建了全国第一家渔业生产船队。那年我去采访，写了一篇四万多字的中篇报告文学，产生了一定的社会反响。后来，在报纸上也看到过他的消息，报道中说他的渔业生产船队已发展为亚东海运集团，常驾驶现代化货轮往返于太平洋和大西洋之间。我接受了他的西班牙小帽，为我塑写的众多风云人物中唯他未犯事落马依然辉煌而暗自庆幸。

下来是省城一位副厅长，其实我早已认出他，只是懒得搭理罢了。他是一位鸡肋书炒作高手，东抄西拼，出了好几本书，凭着手中有权，一层层硬性分配，每本书都发行十几万册。那年经钟羽介绍，我们从此相识。有一天他约我见面，说省上拟编一部书，文体是报告文学。当场议定，资金筹措和出版发行由他亲自督办，我主要组织作家采写编辑。他是主编，我是副主编，所创效益一人一半。但当书出版后，不但没有我的署名，且连一分稿费编辑费也没见到。和他争辩吗？打官司吗？不但他有权有势，替换我署名的人，比他更有权有势。人微言轻的现实，使我只能学会忍。但我又想，不管怎么说，一位副厅级即使已退休，能专程到一个穷山沟向我的遗体告别，也是难能可贵啊！只见他将那部书放在我的枕边，然后感激地流出热泪说，尔康同志，是你，是这本书把我引进作家行列的呀！要不然，退休后的这段孤独日子，我可该怎么过啊！

又是一位。看他西装革履，我竟认不出是谁。他从衣兜掏出三沓崭新的百元钞票，恭敬地放在我身旁后，再也禁不住内心的哀伤，失声大哭：尔康大师哇，你真是个好人、善人呀！如今像你这样的人实在太少了啊！我落难时拿你三千元，虽然打官司白花了，但我现在又有了钱。我的小店已成了专营公司，这可是我的私人公司，再也不受谁的掣肘和刁难了啊！拿你三千还你三万，这是我的原则，请你笑纳。祝你九泉如意，一路平安……啊？！是他，孙季月！他终于翻身了，靠自己的力量翻身了啊！我也和他一起流泪激动。

唔，这位时髦的漂亮小姐是谁呢？无论我如何搜肠刮肚，仍记不起她是谁呀！她凤眼迷蒙，泪水滴在手捧的一本文学期刊上。姑娘庄重地打开刊物，翻到一部中篇小说有标题的那页，然后将它放在我胸前。我看出小说标题：《泪别旋转的红裙子》。署名：岳月。岳月？我依然感到陌生，想不起来。这时姑娘哇地哭出声：施老师，我就是在"天上天"夜总会陪你跳舞的大学生岳月啊！啊？！我觉得我的魂灵和肌体一起窒息坏死了。我终于想起来，那是在某市银行采访，晚上同样搞特殊服务。跳舞时，岳月看我心不在焉，光踩她的脚，就问我姓名、搞什么工作，想以此平复我纷乱的心情。当她听了我的名字后，惊讶得瞪起一对美丽的大眼睛：呀！你就是大作家施尔康施老师？我读过你的《丑人》，是我们指导老师推荐的，太好了，感动得我流了一宿眼泪。我问她在哪儿上学，她说她在中原联大，读中文，一心想当作家。我埋怨她不该来这地方。她无可奈何地说，她家在穷山沟，两个大学生，家里供不起，她就隔三岔五搞陪舞的工作，挣点小费，以补她与弟弟上学的经济不足。听了她的话，我本来就不平静的心情更加糟糕透顶，便怏怏不乐地退出舞池。为了打消我的顾虑，岳月和我坐在沙发上，谈乡村，谈城市，谈大学，谈文学。我觉得她很有天赋和悟性，许多观念很有现代意识和前瞻性。最后我给了她三百元，让她马上离开夜总会，抽时间多看书，多写作品寄出去发表，也许这才是解决无钱读书的最好途径。她果然成功了！从小说的题目就能感受到，她在冲出困惑实现自我价值时，所经受的物欲的饥渴和精神的痛苦该是多么刻骨铭心啊！

九

当告别仪式马上就要结束，人们正准备将我的遗体装棺入殓时，突然一位英俊潇洒的青年闯进灵棚，目无旁顾地直扑到我的遗体上恸声大哭：爸爸啊！爸爸，我的亲爸爸啊！我是你的亲儿子啊！灵棚里马上乱作一团，人们交头接耳，议论纷纷。其中有人认识这位青年，说他是考古专家况无几的儿子，名叫尾松，留学日本才回来，连名字都是个日本货。一听这话，老美突然想起来，就对钟羽说，他就是人们常议论的那个局长与凌霄的私生子，今天怎么又成了尔康的儿子呢？尾松还抱着我的遗体爸呀爹呀地喊个不停，泪流满面，感情真挚，没有一点装样子让人看的虚假。

大家把目光一齐集中到月华身上，她只是摇头，说不知是怎么回事。目光又转向纹纹，纹纹柳眉紧蹙，直喊莫名其妙。老美突然悟出点什么，便说该不是这小子骗人争遗产来了吧？一听说争遗产，侄侄孙孙们立即来了劲，一窝蜂上去，刹那间将尾松打得鼻青眼肿。这可急坏了月华和纹纹，忙将他扶起，一边指责乡人粗俗野蛮，一边抱怨青年冒失懵懂。

尾松刚刚醒转，灵棚又出现一位学究似的洋人。老美马上认出，他正是尾松的爸爸，那位留洋二十多年的考古专家况无几。况无几见这场面，先给死者鞠了三躬，然后掏出一张字据，交给老美。老美看罢，如五雷轰顶，又把字据交给月华。月华看着看着，突然尖叫一声，当即昏了过去。最后字据又传到钟羽手中，待他看完，猛拍一下脑门，连啊几声，一对虎牙再也虎不起来了：唉唉，尔康呀，你咋又办了一件让人痛心的粘牙事啊！

我不知发生了什么可怕的事，魂灵幽幽地飘过去，仔细认读那个字条：

协　议

　　立约人：况无几（签字）

　　　　　凌　霄（签字）

凌霄与况无几确立恋爱关系之前，已与施尔康热恋三年。后因第三者插足，并玷污了凌霄的清白，凌霄觉得实在对不起尔康，才下决心与他分手。分手前夕，凌霄为了安慰和补偿，便和施尔康发生过三次性关系。恰好就是这痛苦的三次，凌霄怀孕了。这是经过多次推算和医生检测确认了的。当时凌霄的确不知道，直到三个月后才有了反应，那时凌霄与况无几正准备登记结婚。为了对况无几忠诚，也为了对孩子负责，凌霄将此事向况无几做了坦白。经双方再三考虑，特达成以下协议：一、况无几不因此事嫌弃凌霄，双方以感情为重，同意结婚；二、况无几同意将孩子保留，生下后无论是男是女，均跟况无几姓，并对外保持统一口径，称凌霄婚前受孕；三、凌霄同意与施尔康终止感情纠葛，确保不再有任何来往；四、凌霄同意不再与那位第三者有任何来往，如再有联系，双方同意协议离婚；五、孩子生下后，应视为亲生子女，不得虐待歧视，不得将身世向其公开。

199×年×月×日

天啊！我的灵魂再次从天上掉到地上，欲哭无泪，欲喊无声。凌霄呀，我对不起你，误解了你一辈子，这太残忍了呀！我总以为你是嫌弃我半截尾巴才另寻新欢的，谁料你却有这样一颗纯洁美好的心啊！你听听，尾松，尾松，多好的名字！既隐含我的半截尾巴，又象征我们的爱情像松柏一样万古长青！……况无几先生，你受委屈了，难得一片慈善心肠，我向你老兄致谢了、敬礼了！尾松，我的好儿子！爸爸心中有愧，对不起你！近在咫尺，却无法相认。今天父子相见，却阴阳两隔，爸爸实在对不起你啊！

钟羽、老美、月华和况无几等人在屋里商量了一会儿，然后又出来了。况无几让尾松给我鞠躬，又正式宣布尾松就是我的亲儿子。

真主来了，老美想。

是的，钟羽也想，是真主来了。

侄孙们大哗，物归原主，原来这就是主?！

钟羽又想，是得考验一下这主的真诚！

于是钟羽说话了。他说，谁也没想到戏会演到这一步。事已至此，我就向大家摊牌了。我友施尔康一生坎坷，受尽苦难，共有存款八十万元。这些遗产怎交割，尔康已有遗书，这四句话大家略有所知，但其真正的指代却很难界定。今天咱也不搞暗箱操作那一套，公之于众，增加透明度，共同商讨。四句话的词根和文眼，就在"物归原主"的"主"字。这个"主"到底是谁？现在大家可各抒己见。

当然是主妇月华！

还有公主纹纹！

遇到此类事，穷怕了的山区人最说得出话、使得上劲、做得出事，所以都一个个争先站出来表态。

我才不靠我爸的钱养活呢！

一听纹纹这话，家乡人急得一个个火烧火燎，都说这女子是个瓜娃，你不要，难道白给那个日本鬼子不成？

月华说话了，她说她有工资，也有一些积蓄，她不要尔康的钱。尔康这钱，纯粹是他的稿费，是单独给他立户存储的。

家乡人更不依了，直喊如今城里人怎么了，都嫌钱扎手？不然干脆撂给山区穷乡党算了！

大家都期待考古专家和留日学生将作何表演。但他俩仍心有城府地一言不发。

老美耐不住了，当众宣布：友人施尔康在世时曾有一个心愿，就是他临死要当个百万富翁，以此证明他的人生价值。所以，他现有八十万，我再捐二十万，凑个整数，也让尔康兄过过百万富翁的瘾，到了上界兴许能改变一下他的地位和神们对他的态度呢！

尾松这才抚了抚包扎过的伤口，文绉绉地说：我代表我的养父、美国国家科学院古生物研究所主任、著名美籍华人考古博士况无几先生，为我的生父施尔康捐赠人民币一百万元。

人群立即喧闹起来，掌声和呼喊声响成一片。包括钟羽、老美和月华在内，谁也没想到事情会是这个结局。月华激动得说不出话，纹纹早已跑过去拉住哥哥尾松的手。

但主的问题依然没解决。

钟羽犯难了，问月华，月华依然摇头。问老美，老美说他的灵感不灵了。钟羽无奈，就去请教况无几。博士只是微笑着摇头，说他长期在国外，对国内的情况愈来愈生疏。

纹纹见大家急得团团转，便歪着头，眯着眼，说她一猜准中。钟羽催她快说。她就反问众人，未来的主人是谁？

是碎娃，学生呀！家乡人抢先回答这个问题。

再问一句，国家兴国战略是什么？

钟羽不假思索地回答：科技兴国，教育先行。

纹纹说：对呀，先行就是主呀！有句话叫先入为主，讲的就是这个道理。所以教育就是主呀！

老美拍着大脑袋，恍然大悟：一个学生，一个教育，这主不就出来了嘛！

大家这才豁然：物归原主的"主"原来是这呀！

我为女儿交了份合格答卷而高兴，灵魂也感到欣慰和释然。

十

我将以上命运遭遇和对人生的看法感想，浓缩成一部小说素材，趁着还没入土为安，急于托梦给人，以便尽快整理发表。我首先想到梦萌，由此又自然想起他的那篇《猴性新探》。这篇文章的独特之处是超越了"人本主义"的古老观念，站在宇宙空间和全球意义上，批判人类固有的劣性，提出让"猴性"与"神性"和谐统一于一身并有一个严格的把握尺度，这样才能使"人性"显得更健全、崇高和壮美。这篇文章和我印象中的小说很有互补性，所以我必须马上见到梦萌。

于是，我扶摇直上，沿长江而下，寻觅那个叫"白云黄鹤"的小镇。我突然发现一个神秘洞穴正向外冒着浓烟，便知道那一定是梦萌正在一根接一根地抽烟爬格子。这家伙精瘦精瘦，一天吃粮不足五百克，却要腾云驾雾抽三包烟，所以凡他所到之处，门窗里必然浓烟弥漫，袅袅如万里长城的烽火台。我从门缝钻进去，一看果然是他，半尺长的络腮胡说明他又忘记带剃须刀。看得出小说中的人物命运、感情纠葛、矛盾冲突正折腾得他神魂颠倒、死去活来。可惜的是我与他不能交流对话。直到傍晚时分，他才去洞外转了一圈，又回到洞里就着北京小尖椒吃了一包方便面，接着连续抽了三四根烟，再喝下两粒安眠药，昏沉沉躺下睡了。我知道他有这个习惯，往往在复杂情节和人物矛盾搅成一团乱麻理不出头绪时，他总是凭借两粒安眠药进入梦乡，在梦中呼唤神明，呼唤灵感，呼唤潜意识和集体无意识里潜藏很深的意念。我真不忍心打搅他、扫他的兴，但我又不愿失去这个机会。所以我还是毫不犹豫地走进他的梦乡，与他开始交流对话。

梦萌老弟别来无恙？

你是谁？不要干扰我的好梦！

我是友人施尔康啊！

啊？！你是尔康兄？

你在这"白云黄鹤"的地方好逍遥。

尔康兄，你去冥国也不告知我一声，害得我好苦呀！我是接到老美通过报社转的电话才知道的，我正打算明天飞抵你家。难道你没收到我给你烧的冥币？昨天我一赌气买了二百元人民币的冥币，恐怕有数千亿吧！听说人民币在冥国的兑换比率高得戳破天！你真的没收到？嗯？

根本不必如此！冥国既无银行，也无商品，烧得愈多，愈污染空气。

听老美说，你终于成了百万富翁，二百多万元呀！建一座希望小学，剩余的款再给老家修条路。这都是你老兄的功德啊！

这些全都不足挂齿。我要托嘱你的，就是我把对上下两界的一些感受浓缩成一篇小说，取名《阴阳之交》。你可以整理发表，署名自然是你的大名。

我相信一定能得诺贝尔文学奖！

梦萌兄弟，你是我最可信赖的朋友，望你尽心处理。这部作品只是一种映象，你看不到，除非托梦。在梦中，你只需喊一声我的名字，它们（也包括咱俩现在的谈话）就会像光盘似的出现在你的面前。然后你可以用录音或电子扫描记录下来。至于该小说中一些观点和教训能否对人类提供参考，我并不抱多大希望，但对你来说，我的朋友，还是好好活着的好！因为上界太寂寞了，既没有爱情、友情和亲情，也没有香烟、笔墨和剃须刀，更没有语言、文字和艺术。你绝对承受不了这种超脱中的慢性自杀！

尔康兄，你的理论太精妙了，对我写小说很有启示。

梦萌小弟，请你先别发议论，多悟一悟，把面揉到。好了，我该走了，不能再干扰你的构思和灵感了。再见！

尔康兄！别走别走，你别走呀！……

夭 折

死亡并不可怕，可怕的是夭折。夭折一株小花小草很容易，夭折一个事业也不难。只要善于认识并自觉抗争，就会避免厄运而获得新生。

噩 耗

我没来得及回家，没来得及拿粮票拿钱就匆匆去了火车站，搭乘一列普客列车直达银屏市。

银屏市距省城五百多里，坐快车四个小时，慢车五个小时。前边说了我忘记拿钱，兜里的钱只够买慢车票。慢车就慢车，坐了整整五个小时。那是一个很美丽的城市，银屏山面南而坐，大郎河由西向东、小郎河自北朝南分别由山的南面和东面流过，在两河交汇的臂弯里幽幽汪出一片湖泊叫公主湖。湖呈"U"字形，西边半截横亘市区，现已成为银屏公园；东边半截沿小郎河延伸，直到银屏山下。湖水碧清透澈，微风轻拂，波光粼粼，与大小二郎河曲流而通，涟涟相汇。银屏山虽无南国秀峰之灵气，却显北方山石之壮色，更因历代天子巡游，墨客骚人涉足，山上亭台碑石倒也不少，各自兀立，形态迥异，一齐映入湖中。如此山中有水，水中有山，相映成趣，实为绝妙之处。

据传，很早很早以前，这里原是一片空地，生满野花野草，专供国王狩猎郊游。国王没有王子，只有唯一一个公主。公主生得很美，已到婚配年龄，父王却总不让她离开自己，日夜陪伴他享乐游玩，为此公主很是痛苦。一日，公主随父王来到这块场地，父王前去打猎，她就独自折花扑蝶。这时有一书生误入此地，两人一见钟情，之后常在此幽会，竟也独得一点灵犀，十月怀胎一朝分娩，便生出两个孪生兄弟。后来国王知道了，就把穷秀才赶得很远很远，用宝剑在空中一指，这地方就耸起一座高山，像屏风似的使他们永远不得相见。穷秀才背着两个儿子向山上爬呀爬呀，每爬一步，山也增高一步，他终于没翻过山就累死了，从此便有了银屏山下这公主湖和大小二郎河。

这传说生动极了，生动得我小时常对它生出许多怪念头。那山是秀才吗？那湖是公主吗？那河是两兄弟吗？假若我是那穷秀才，就趁早领着公主和孩子逃走，逃得远远的，绝不留恋那地方。这个怪念头对我影响太大了，以至我上小学四年级时把它告诉了母亲，母亲把我紧紧搂在怀里，亲着我说，银屏城纺织厂女工很多，妈只盼你长大能领回一个纱女就心满意足了。我说我不要纱女要公主，我要领着她到很远很远的地方，去开辟一个新世界，气死那个只有几根胡须的臭国王。

就这样，银屏山、公主湖、二郎河养育了我的祖祖辈辈也养育了我，同时我也在那山那河里留下了一个动人的故事、一个瑰丽的梦、一个金色的太阳。突然，太阳坠落了，梦破灭了，故事也完了。于是我听到一个噩耗，我的小宁宁夭折了。蚊子飞过都有个踪影，苍蝇出蛹也嗡嗡几声，而我的小宁宁是一个活生生的人呀，怎么就突然一下子悄无声息地没了呢？于是我买车票上火车急匆匆去了银屏市，去寻找坠落的太阳、破灭的梦和那动人的故事。

噩耗是妻传来的。我只知道小宁宁是大脑出了问题，那就该是脑科。开刀时噌的一声，血浆脑汁还有一股臭气溅得大夫满脸满身一塌糊涂。后来缝针就缝了二十二针，再后就包扎输氧气，最后就断气了。

当我听完妻子比119还十二万分火急的电话时，我惊骇，我战栗，接着就惨叫一声，像中风像入邪似的瘫倒了，两眼直勾勾的，嘴唇神经质地哆哆嗦嗦还直吐白沫，话筒耷拉在肩上，花皮电线像一条菜花蛇缠着我的脖子。多亏同处一室的志士仁人七手八脚有的做人工呼吸有的掐人中全都手之舞之足之蹈之，才使得我没呜呼哀哉跟着那小生命一块儿去见阎王见上帝。啊，我的可怜的小生命小宝贝小王子小冤孽，他的名字叫宁宁。

两个爸爸

　　下了火车我直奔银屏市人民医院，医院没有脑科，这也太差劲了！我想，脑浆是从脑内迸出的，那肯定是内科了，我又直奔内科。我哭着叫着喊着我的小宁宁，但我找遍楼上楼下几十间病房也没个着落。我又噔噔颠下楼拐一个弯穿过长长的走廊闯进外科，值班医生说大脑属神经系统应该是神经科而不是外科。刹那间的逻辑推理归纳演绎三段论式使我得出如下千真万确无可辩驳的结论：既然死了就不用就医了，不就医了自然不会再住病房了。太平间！我忽然想起这三个令人毛骨悚然的字眼。我的精神彻底垮了，浑身像散了架，挪动着疲惫的步子向太平间走去。七绕八拐，就像在阴曹府衙经那上刀山下火海钻油锅站断头台似的，总算走到每个人无论总统部长改革家万元户还是卖大碗茶的跑单帮的扫茅坑的，总之男的女的老的少的或迟或早都要去的极乐世界——太平间。

　　多么漂亮多么吉祥的名字！我小时候以为病人被白衣天使解除痛苦挽回生命且安全无恙时才能住进那吉祥如意的好去处，直到后来母亲患脑出血住院三月不愈只好从太平间拉回时，才知道那原是反话正说，为的是对死者致哀对生者安慰而已。不过那时还没有冷藏柜，为了不使尸体腐烂生蛆，我们连夜用马车把母亲的遗体拉回，薄棺埋葬。现在自然不必犯愁，家用电器多如牛毛遍及千家万户，此乃当今医院必备之物我是确信无疑的了。只是不知那黄脸婆舍不舍得花钱，听说一天一夜三十元，三十元就三十元，你黄脸婆不至于吝啬得一毛不拔。

　　太平间在医院后门的拐角处，前方有一高台，台上七零八落地乱置着破铜烂铁废炉子旧铝锅石灰渣子等秽物，全都被一尺多高的荒草遮遮掩掩，一打眼看过去如同骷髅白骨一般，这气氛太压抑太恐怖了！我本来又稀又衰的毛发直竖如几根歪歪斜斜的电视天线杆。台下有几间平房，斑驳破落的景象与那吉祥的名字太不相称。我一个门一个门地敲着喊着，喊同志、喊我的小宁宁。当我敲最后一个门时，里边探出一张下巴有块伤疤的凶神恶煞的面孔。我问他某地某厂有个叫宁宁的孩子在不在贵处。那家伙呼地推开门，露出半裸的身躯，胸膛上的毛又黑又长。他机警地打量着我，眼睛狡黠地眨了眨，突然嘿嘿大笑起来。

　　"谁家孩子敢来鄙处？太平间，全是死人、死人！哈哈哈……"

　　"就是死人，孩子，叫宁宁。"

　　"噢，明白了。你是他的什么人？"

"爸爸。"

"爸爸？这么多爸爸？"说完他又大笑不止，"瞧，里边还有个爸爸！"

"我是亲爸爸，让我看看孩子。"

"好说，八十。"

"还要钱？"

"怎么，只许你们当官的以权谋私，皮包公司大发横财，就不兴咱这下等公民敲竹杠？这就叫搞活，懂吗？"

"光看一下？"

"当然光看一下，假爸爸五十，真爸爸八十。哼，谁叫你撇下孩子不管，怪可怜的！"

"我交我交，这表，进口货，送你了。"

我把手表塞给那家伙，就抬脚进门。刚一跨步，突然哧溜一声，脚下闪电似的蹿过一条黑影。我惊叫一声，心缩成一团。

"老鼠，别怕。成精了，一只就有半尺长。"

房子挺大，靠墙并排放着六个很大的电冰柜，都通着电，指示灯红红的，吱吱地响，揪心摄魄般的阴森恐怖。

第五个冰柜前亮着幽幽的光，门开着，一个男人呜呜地哭，看不清面孔。

"啊！宁宁，我的孩子……"

"我的孩子！"

"我是你爸爸！"

"我是亲爸爸！"

一个孩子，两个爸爸。他呜呜地哭；我哇哇地叫。他说他对不起孩子；我说我心里有愧。他说他要倾家荡产，告状打官司，让儿子死个明白；我说我要和那黄脸婆算账，要找那老杂毛论理，要他们为儿子抵命。

我推开他，看见宁宁被整卷纱布包扎的头，正要扑到他身上，那男人把我一把推开，呼地关了柜门，任我用尽全身力气，也掰不开他的铁爪。我哭着叫着骂着，他仍然死死地不松手。随后他用一只胳膊好似老鹰抓小鸡似的挟着我，一边往外走一边劝我："别看了，一看更伤心，惨啊！"

我被挟到门外，门呼地关上了。我扑上去使劲擂打，门死死的不开。那个凶神似的家伙似哭非笑，牛眼里挤出几颗臭尿水，从玻璃窗里一闪就不见了。

我猛地扭过身，两眼火辣辣地瞪着那男人。啊，竟然是他，猪尿泡！

我扑上去，一连给了他几个耳光。他鼻口直流血，却全然不顾，站着一动不动。

他似乎也认出了我，嘴嗫嚅着："打吧，打死也还不清这笔债。我对不起你，对不起宁宁！打吧打吧一帆兄……"

挥舞的拳头陡然停下来，我只觉天昏地旋，跌倒在地。隐约中我被猪尿泡塞进一辆小车，如同进了冥冥天国之中。

白牡丹餐厅醉语

我费力地睁开双眼，发现我已被猪尿泡扶进一家豪华饭庄。猪尿泡本姓朱，是和我一起插队的知青。那年春节前，队里过年杀猪，他把猪膀胱用嘴吹成气球一样，更像他圆鼓鼓的头，所以大家给起了一个外号，就叫猪尿泡。没想到他如今也成人了，瞧那臭美的样子，西装革履，一呼百应，派头十足。

猪尿泡对一位时髦女郎摆摆手："白经理，今天的雅座我全包啦！"

白经理："有你财神爷光顾，概不接待他人。朱经理，多少人？"

"两人，我和他。"

"只两人？那又何必破费！"

"甭管闲事！我有钱。上菜，山珍海味，全上。门关了，不准其他人进来！"

"好的。来人，上菜上酒！"

眨眼间，酒菜满席，五光十色，芬芳四溢，真使人头晕目眩。

白经理很礼貌地向我点点头，然后向猪尿泡道："你们请用，失陪了。"随即走出雅厅，关了门。

猪尿泡把酒杯向旁一推，打开两瓶酒，一瓶放在我面前，另一瓶已少了小半。

"一帆兄，今天只有咱俩，又是二十年后相逢，喝吧，一醉解千愁，喝完我把底全兜了！"

我直愣愣坐着，滴酒未沾。

"你与那黄脸婆结婚了？"

"嗯。"

他一仰脖，酒瓶空了。他又打开一瓶。

"什么时候？"

"八年前。当初我不知道是你前妻，后来知道了，又觉得没脸面见你。"

"你们是怎么结合的？"

"很简单。我回河南老家，在车上认识了她。她早渴死了，向我卖骚，我自然当仁不让。下车后她要和我住旅馆，我说我更喜欢野味，我俩就跑到一个山梁上，钻进一片枣树林子，睡了一觉，回来后就结了婚。"

我直瞪这个下流的家伙，觉得他龌龊不堪。

"嗨，一帆兄，别拿这种目光看我。我还是原先的猪尿泡，没变，不会做伤天害理之事。"

"快说，宁宁是怎么死的？"

他的脸又红又胀，圆圆鼓鼓，活像一个吹饱气的猪尿泡。

"你别急，等会儿我全说了。现在，老杂毛就在医院旁边的旅馆，和少管所的人讨价还价，做一笔大交易。"

"什么少管所？你快说呀！"

"你得答应我一件事。"

"别啰唆！你说。"

"你能写，给我写状子，我要和人打官司。我有的是钱，三十万，用三十万打官司，准赢，没说的，准赢……"

"我只会写小说。"

"写小说也好，出版三十万册，我全包了，叫宁宁死得清清白白，让天下人都知道！"

他还是原先的猪尿泡，把小学六年初中三年高中三年所学的语言逻辑遣词造句的章法全扔到爪哇国去了，颠三倒四昏昏沉沉没完没了，连同那熏人的酒气一齐喷吐出来，我只好忍着悲痛耐着性子硬着头皮任凭他发酒疯而洗耳恭听。

假爸爸说

一帆兄，你说你会写小说不会写状子，你会不会写状子我不知道，但你写的小说我却读过。有篇题目是《银屏山对话》的小说，那时我还不知道是你写的，因为你用了笔名空静，像和尚的法号。文章写绝了，我一口气读了三遍，写好人叫人不能不爱，写坏人叫人不能不恨，写不好不坏的人叫人不爱也不恨什么也说不出。写到哭时我不得不哭，写到笑时我不得不笑，写到男女之事简直叫人发疯发癫发狂按捺不住不由自主就想起那么回事。

对了，枣树林之夜使我精疲力竭，她还欲损我精力劳我筋骨伤我元气。她爸那老杂毛看我是河南老乡，远在他乡为异客亲不亲故乡人，我这乘龙快婿当之无愧。可时间不长，老杂毛就板着狰狞面孔，好似我沾了他什么光夺了他什么宝，心里不服气就到处挑刺寻事刁难于我。

你怕还不知道，是的，你结婚时我正患一场大病，之后各奔东西再无来往，你自然不知道。我因犯了点小错误坐了三年牢，这便成了找对象时让我自卑的疤。后来有了她我真的邪念俱收，决心改过自新改头换面与她一心一意地过日子。可那老杂毛总是耷拉着一双肿眼皮，晚上眼睛却异常贼亮地透过门缝看我们在那只容一床的小房子表演男女交欢的细节，每当清晨擦拭门窗时还有涎水鼻涕如同那淫眼一样污秽不堪叫人作呕。那时我没有工作，就蹬三轮车串村走乡收破烂，每天可赚七八块至十几块人民币，也算收入可观。下乡时碰见便宜东西诸如鸡蛋羊头牛排猪肚子什么的都买。猪肚子农村人嫌脏不吃，其实他们不懂，处理的办法很简单，在水里泡一天一夜再用玉米面揉搓后用醋冲刷，然后在水里冲洗几遍就白亮如玉，放在锅里煮熟放凉切碎下酒除此莫属。那老杂毛会享受爱喝酒，直夸我有本事办法稠心眼好，只是每当月底交账时常撕破脸大骂我是贪污犯投机倒把犯。婚后他给我约法三章，每月交三百元，买鸡蛋羊头牛排猪肚子那只是尽孝不包括在内。那么鸡蛋羊头牛排猪肚子不就得去偷去抢吗？就为这些鸡毛蒜皮的事经常吵吵闹闹，我这六尺之躯从未向人弯腰却为他下跪有时还要经受火钳擀面杖之苦。他还给我订了下雨下雪天不准回家，十里路外不准回家，每天赚不到十元钱不准回家，没吃饭不准回家，没洗澡不准回家，他女儿来月经不准回家的"六不准"。不准我回家不准我上床，他那老骨头却总爱躺在我们小床上给他女儿暖被窝。

我扯得太远对写状子打官司肯定无用，写小说作文章也太乱七八糟胡扯被子乱抻毡不成章法，你自己剪裁取舍挑着拣着用去，用不上也不要紧就放在你那儿我没用处不必还我。谈到你，我是去年在街上碰见倒把柿子才听说的。他说你的前妻是黄脸婆，在纺织厂，你们结婚不到两年就离了婚并留下个孩子叫宁宁，他家还有宁宁满月的照片。他还告诉我你之后就去了铁路工地，发表了许多诗和小说，后来就杳无音信，他还直骂你没良心。你知道，我这人不善于交际，除了其貌不扬外还有那段不光彩的历史，虽然现在有钱，但在一些人眼里我仍是个不受欢迎到处被人防范的危险分子，所以不愿多与别人来往更不敢去见你。倒把柿子提醒了我，我又做了一些调查，又专程去他家看了那张照片，这才确信你就是宁宁的亲爸爸，宁宁是你的亲儿子，而我是你的老同学、宁宁的后爸爸，我们的关系就这么复杂微妙有时把我也弄得糊里糊涂的。

　　一帆兄！我总不清楚，像你这样的美男子人都爱，找不到个公主找个电影明星或舞蹈演员也是不在话下的，却怎么真的如了你母亲的意找个纱女就心满意足了？纺织厂漂亮美貌的姑娘很多，为什么偏偏就找了这个黄脸婆？找了就找了已有孩子怎么又想起离婚了？我知道，当今夫妻离异抛弃子女之风盛行已成为严重的社会问题，但你不是那种人，绝不是那种喜新厌旧招蜂引蝶攀花折柳的泛泛之辈，那么这一切的一切都是为什么呢？你说呀说呀，别光坐着流眼泪，一吐为快快说呀！

真爸爸说

　　我的小宁宁太可怜了呀！来得匆匆去得匆匆。说他来得匆匆，我几乎还没回过神弄清是怎么回事他就突然生下了，那么偶然，那么准确，那么突如其来猝不及防。说他去得匆匆，至今我不知道他长什么样，是胖是瘦是高是低是美是丑，他走了再也见不到了。好似他到这个世界上只是为了转一圈，看看新鲜，玩儿玩儿，玩儿累了，看够了，就无牵无挂地走了。

　　你说我是美男子是人都爱，这个我不敢当，但我的长相还凑合，自我感觉基本良好。高鼻子、大眼睛、双眼皮，特别是两排整齐光洁的牙齿常被人们赞美。那时我还没有胡子，不像现在这样懒于动刀动枪而大煞风景。没有胡子不是性激素发育不良而是在于扼杀之功，凡是鼻子以下嘴唇四周下巴附近一切敢于露头冒尖之胡须，皆在我手掐夹拔之列，真是彻底干净连根拔除不留后患。谁料适得其反，胡子越拔越多以至干脆快刀斩乱麻正儿八经让理发师用剃刀刮个彻底。打这之后防线全溃，鼻子之下嘴唇四周下巴附近，一下子异军突起万箭齐发，黑茬茬一层又一层，大有万军压城之势。

有人说胡子多的人性格倔强极易冲动，这话或许对或许不对，我虽有感受但却说不出。我只对我的"三不"记忆犹新，就是从小学到高中，冬天不戴帽子不戴手套，夏天不戴草帽不用扇子，下雪下雨天不穿胶鞋不打伞，无论路多远多滑都是跑步前进。这倒练出了我的腿功，所以每届田径运动会我都是独占鳌头，至今银屏市还有我少年八十米青年二百米最快纪录。如果不是"文化大革命"，或许我已成为运动健将并在运动场上跑完自己的人生里程。后来又学画画，走到哪儿学到哪儿坐到哪儿画到哪儿，课本上都画满了。我还爱唱歌，有一次与一位女同学练节目竟被人反锁在班主任办公室出不来，之后就传出我与某某谈恋爱。我真冤枉，但也就懂得了锁起门唱歌就是恋爱就是爱情，这滋味真的与练长跑没有什么两样。我真惋惜，直到三十岁还未摸过一次女性的手亲过一次女性的脸蛋。我只记得，小时候母亲给我断奶后常用口嚼馍花然后像燕妈妈喂燕儿子似的喂我时，我似乎亲过妈妈的嘴，但那不是亲，充其量只能叫挨，但这挨和与同龄女性挨的感觉是否相同我不知道，因为我从未挨过。

在那咬破中指写血书和在胸肉上别纪念章的疯狂的时代，我也发誓不把"文化大革命"进行到底誓不恋爱誓不结婚誓不成家，但当大梦初醒后再回到现实生活中的时候，一切都晚了，都迟了，都被耽搁了。人们称"老三届"是被耽搁的一代，就是说他们耽搁了学业，耽搁了前程，耽搁了美好的青春，对我来说还有一条是耽搁了娶媳妇。三十岁的我成了没有父母没有媳妇的真正的流浪汉。后来我上了铁路工地，白天掏石头筛沙子挖土方浇注混凝土，晚上就趴在窑洞的土台上写写画画，竟然有几首小诗在报上发表了。真走运真走运我真走运，山不转水转，水不转路转，我总算看到了生活向我招手爱情向我微笑。

在银屏市我一天约会了三个，第一个长得挺漂亮但态度暧昧，回答认识一下，相互再做进一步了解。第二个也很生动感人，看了场电影，同意交朋友保持书信来往。第三个就是宁宁他妈，她叫黎淑影这个你知道，约会时她没来而由她爸粉墨登场。真有趣，她爸给女儿相女婿，我在心里直偷笑。老头很认真，像皇帝考东床驸马似的，党团组织出身成分社会关系工龄工资家庭情况爱好兴趣如此等等问得一丝不漏。我像填写入党志愿书一般虔诚忠实诚惶诚恐一一作答毫无保留。老头沉思良久，然后很满意地点点头。趁他低头沉思之机我才仔细打量了一下这个未来的老丈人：满头银发，没有眉毛，没有胡子，娃娃脸，老婆嘴，白白胖胖很逗人。他的尊容使我立即想起小时在连环画上看到的高力士和李莲英，或者说明白点就像戏台上禀报传话手摇"蝇刷"的太监。他自我介绍姓黎，我自然称他为黎伯。

黎伯老婆嘴一瘪："你愿意当上门女婿？"

我连连作答："那敢情好，我一无父二无母，今后你二老就是我的父母。"

"有了孩子跟我姓？"

"无所谓……"

"婚后要叫我爸。"

"那当然啰！其实只是个代号，如果我们祖先当初把桌子叫椅子把椅子叫桌子，今天还不照样这么叫下去了？"

我的话把老头逗乐了，他拍拍我的肩膀："小伙子，有意思，奇才！"

临走，黎伯约我第二天到他家与他女儿黎淑影见面。

第二天，当我来到他家时却傻了眼，不禁为黎伯运筹帷幄老谋深算而暗自叫绝。手段好厉害！还没见他女儿面不知是麻子是瞎子是跛子是傻子却大摆起筵席，鸡呀鱼呀肉呀蛋呀真有点招待新女婿的架势。我受宠若惊，既来之则安之，也就毫不客气地入席敬酒道谢了。

黎淑影徐徐出场。我只觉眼前一亮，一颗金色的太阳在眼前冉冉升起。待我神志清醒过来时太阳不见了，却见筷头上正夹着一团黄亮的咸鸡蛋黄。一个小时后，当我与黎淑影比肩漫步在银屏公园时，才发现她的脸色忒黄，黄得惨然，没有一点生气和光泽。鸡蛋黄！我立即想起筵席上那一瞬间的幻觉。像极了！我真感谢上帝，一辈子不愁吃鸡蛋黄！

从公园回来，我正要和她告别时，奇迹突然出现了。黎伯让我们在家里再好好谈谈，说完带着老伴出去了。谈什么？够了，光那鸡蛋黄似的脸就让人腻烦！我拉门要走，呀，门反锁了。我有些紧张、心慌。黎淑影此时干柴见火，已向我发起迅雷不及掩耳的反攻，拥抱、接吻、焦躁、冲动，我被亢奋的欲火燃烧得酥酥软软，本来就不牢固的防线此时彻底崩溃了……

假爸爸说

唉，你不该这样，真的不该。你的错就在于优柔寡断。你不像我猪尿泡好歹有个窝就行了，你是个有城府有脸面的人呀！你的心太软了太善了有些温情主义。常言道，吃人的嘴软拿人的手短，既然吃了人家用了人家所以连骨头筋脉都软了，于是你就屈服了顺从了默认了，好似不这样就没了良心被人不齿。你以为你遵奉的是一条崇高圣洁的做人的道德准则吗？你以为你的良心从此就能得到平衡和安抚吗？你以为你的良好愿望和钟情可以代替现实感动上帝取悦于老杂毛那卫道者的欢心和同情吗？你以为你的满腔热情一片痴心，就能使黎淑影从千百年来形成的一条巨大的影子里解脱出来，随你而安随你而乐去开拓新的生活吗？不，不，你错了，你错了，你真的错了！你有良心老杂毛没有良心，他把你当猴耍你却给他打锣敲边鼓喝场子，未了还要你向他说声请多关照说声谢谢。你想使黎淑影从那条影子的束缚下解脱出来，但不可能，因为我也曾试图这样但我失败了。原因一是要解脱首先要自身奋争，而淑影没有这种胆量和力气，她已被这条影子吸尽了血只剩下一具灰黄的躯壳。她在性生活上表现得狂荡不羁，也许是一种反抗一种报复，但最终还是没有逃脱它的钳制。二是这条影子强大得在这个家庭居于绝对统治地位，除此而外还与大千社会保持着千丝万缕的联系。一个瘦弱女子怎能对付得了这么强大的对手和残酷的现实呢？所以黎淑影解脱不了，小宁宁也解脱不了，他们都成了可怜的牺牲品……我说得多了，有点儿不伦不类班门弄斧。江一帆！江兄，这都是我的肺腑之言、思考的成果、血泪的结晶啊！我知道论文采我不如你，但这一点我比你强，比你看得准，比你经得多，比你想得深，你只和她生活了一年而我是八年，听见了吗？八年啊！

　　宁宁长得很帅，特别是两排皓齿，像玉石雕成，如玛瑙光洁，鼻子眼睛嘴唇都和你像极了。你那牙齿就美。我记得那年秋天，你我还有倒把柿子晚上去偷西瓜，天上没有月亮，田野一片漆黑，三个人趴在瓜地里就像三只贼獾，谁也看不清谁，但我却看见你那晶亮的牙齿，灼灼发光，就像两排明亮的星星！你正悄悄向我传话，却被看瓜的发现了。你不愧是国家三级运动员，刹那间跑得无影无踪，我和倒把柿子却被抓住了。我俩想庇护你，谁知偷瓜的布袋上却有你的名字，于是三个知青偷瓜的新闻到处播扬出去了。这个故事我给宁宁讲过，他直骂跑掉的那个运动员，不讲同学情义只顾自己逃命——"算什么男子汉大丈夫！"

　　老杂毛起先对宁宁恣意娇惯，所以他很任性、倔强。上三年级别的孩子夸自家有几转几响多少条腿，他却骄傲地说："我有两个爸爸！你们谁有？"他和我相处得很好，星期天还缠着我要坐三轮车下乡收破烂。老杂毛就骂他是你的种我的影。他学习成绩很好，小学六年每年都是三好学生，成绩单我还给你一一保留着。他到处打听你的下落,有一次竟骂我是流氓,赶走了他爸,霸占了他妈。

宁宁想你想疯了。那年春节过后,他拿着十几元压岁钱,自个儿搭长途汽车去了铁路工地。不知他从哪儿得来的消息,就独自到四五百里之外寻找他的亲爸爸去了。几万人的工地又没个确切的单位,他一个十岁的孩子怎么能找得到呢?其实刚才你已说了或许当时你就不在工地,你发表了诗歌小说被调到别的地方办大事去了。几天后,可怜的孩子要返回时身上却无分文。最后他扒上一列货车,下车时冻成一团,肚子饿得哇哇叫。你知道,咱这银屏市晚上九点后就没有了公共车,宁宁晚上十一点半出的火车站,自然坐不上车回不了家。

宁宁又饿又冻地在车站乱钻乱窜,后来趁人不备偷吃了饭店的小笼包子,被人家抓住打了一顿又送到派出所。我是接到派出所通知去领人的。当我看到我的小宁宁时就像疯了似的扑向他,紧紧搂住他呜呜哭个不止。

宁宁,我的小宁宁,可怜的孩子!爸爸没照看好你,让你受苦了,受罪了!啊,我、我对不起你啊,我的小宁宁!

我背着宁宁,用手暖着他冻红的脚丫,在瑟瑟寒风中从东郊往西郊走一路哭一路。

"宁宁,你咋不言语就走了呢?"

他努着嘴,委屈得哇一声大哭起来。

"我总得找见爸爸呀!我要弄明白他为什么不回家,是谁赶走了他?过去我错怪了你,你也是我的好爸爸。呜呜……"

我的心在流血。血和泪燃烧着,烧得五脏六腑好似全焦了。

"宁宁别哭别哭。都怪我!"

"不对,你骗我。我看得出,爷爷恨爸爸,也恨你,恨所有的爸爸。他当儿子时他爸爸也恨他吗?"

"孩子,这些你还小,不懂。"

"我懂,我什么都懂。爷爷是怕你比他强,怕你从他身边夺走妈妈,带着妈妈远走高飞,所以才对你这么恨,所以奶奶妈妈才百依百顺地依着爷爷。"

听着他的话,我突然觉得我背上背着一颗太阳,是你的种我的影是我们的寄托和希望。我没有再哭再流泪,一路小跑把他背回家,回到了那个孵化了他的鸡蛋壳里。

从那以后,宁宁的脾气变得很沉默暴躁孤僻,总像丢了什么又执拗地不停寻找。就这样他被小流氓看中了，他们骗他能给他找见亲爸爸，条件是得给五十元。他为了能找见你就在家偷走五十元，自然钱是没了，你的消息也没着落。老杂毛知道后态度来了一百八十度大转弯，改以往娇惯放纵为棍棒教育外加罚跪不让吃饭，用对待你我的办法来对待一个本来就伤痕累累的幼小心灵。一帆兄呀我对不起你！我错就错在这里，不该赌气出走搞我的羊毛开发而抛下可怜的宁宁。我枉活人世枉活四十多岁枉为一米八二的堂堂男子汉大丈夫，真是无颜再见江东父老！你骂我打我我都不怨你，我是罪有应得啊！江兄，啊呀我的小宁宁呀！我的小宁宁的亲爸爸我的江一帆老兄呀！

真爸爸说

你别哭别恼别太伤心，我也该杀该剐！我后悔极了，我早该去认孩子，早该把孩子接回来呀！我的妻子很贤惠，一儿一女也很听话，他们都希望我把宁宁接回去。我是这么想的也想这么做，但最后还是因为你而动摇了。我认得学校周校长，他是我大学同学，他告诉我宁宁的情况，正如你说的学习很好年年都是三好学生，他还说宁宁已有了新爸爸，人挺老实对宁宁很好。我当时太大意太粗心忘记问新爸爸的名字，如果知道新爸爸就是你，那么故事的发展准是一个完美的结局，因为我太了解你信任你了。事情的糟糕之处就在于一念之差，这一念之差使你我远在天边近在咫尺却未曾往来，才使我们的小宁宁吃尽苦头，你我也扮演了这场悲剧中不光彩的角色。

听了周校长的话我改变了主意，不愿从那位新爸爸手中夺走孩子，不愿干扰他们的家庭生活，不愿伤害另一个老实人的心，更不愿在宁宁心灵上再增添一层阴影。周校长很赞同我的主张，他把宁宁叫到办公室和我见了一面，我强忍着悲痛，尽量克制自己的感情，自然也没有挑明关系，问了一些不咸不淡不痛不痒的话题。当宁宁走出办公室时我全然不能控制，泪水如大雨滂沱滴湿了周校长的教案本，使他无法写字无法备课，只好把本子扔进纸篓里。

我的愚蠢我的失误就在于此，之后四五年我就努力把这件事连同宁宁从我记忆中一起抹去。今年夏季我来银屏市出差顺便去看周校长，他说宁宁已转学到化中，原因大概与那次见面有关。我放心不下又去化中打听，许多人都不知道宁宁，也有人说他转来两三个月又转到少管所去了。

我大吃一惊，宁宁这孩子挺乖挺听话，怎么会与法律过不去与少管所交上朋友？我这个书呆子不懂法不犯法也最害怕法，一听法律二字身上就起鸡皮疙瘩惶惶不可终日。小宁宁怎么会犯法呢？那位新爸爸吃干饭去了，背盐去了？误人子弟还配做人之父吗？

还有，那黄脸婆老杂毛这些教唆犯我懒得去理懒得与他们纠缠，这才大梦初醒，认识到一生铸成的大错实在是无法挽回了。原先已被抹去的记忆重新显示在心灵的荧屏上，掀起我感情的大潮。回家后我托了几个朋友分头去找，民间有个"千里寻弟"的传说，我就不能千里寻儿吗？可委托的人没几天都回话说，全省上百座少管所工读学校你知道是哪座吗？总得有一点儿线索不至于瞎胡碰呀。

实属无奈，我才和妻子儿女商量，向编辑部请假半年，一边深入采访一边寻找儿子，就是找到天涯海角也要找到我的宁宁。大前天，就是在宁宁出事的那天呀，领导正式批准了我的请求，谁料……事情就这么巧合，为什么不能迟三天五天或早三天五天？这是上苍对我的报应和惩罚吗？啊，可怜的小宁宁！

假爸爸说

你们作家把爱情看得太玄乎了，什么神圣呀真诚呀纯洁呀永恒呀，我觉得那东西简单得很，就是一加一等于三，一个男人加一个女人然后生儿育女繁衍我们这个人种和民族。来，喝，我没醉！我说的话不在于听音而在于品味，你慢慢品去，道理深着哩。宁宁满月时老杂毛让你把买的东西送回来人不必回来，这下好了，好到裤裆里去了。你知道河南他那个老乡吗？就是媳妇从农村来找他死活不认的那个陈世美。宁宁满月时他充当了你的角色，又是敬酒敬烟看茶叫菜又是发红鸡蛋，好像宁宁真的是他的种，打肿脸充胖子狗寻油葫芦不是好东西。你与黄脸婆离婚后他俩在旅社睡觉被抓住了，这是我后来听人说的，我没有亲眼看见，当时我还不是黄脸婆的男人老杂毛的女婿宁宁的爸爸。后来那陈世美停薪留职开饭馆发了大财，就专门从老家选黄花闺女当服务员，十有八九都让他睡过了，还不都冲着那带油腥的臭钱叮当响接着大腿屁股也拍得啪啪响？去年冬天有人告到省上，他乖乖蹲进了四堵墙。陈世美垮台后我下决心要大干一番，让他们瞧瞧我猪尿泡也不是无能之辈。老兄请放心我绝不做那违法乱纪之事，遵纪守法大好良民是我家的祖传秘方和土特产。我现在有三四十万但我不玩女人，我打算见到你后把宁宁交给你就与那黄脸婆一刀两断各奔东西。我现在腰粗腿壮找一个时髦女郎不成问题，到时候把老杂毛和黄脸婆气出病来。

我过去下乡收破烂结识的朋友很多，而且掌握着一个重大的商品信息。银屏市附近农村羊很多自然羊毛也不少，但没人收购而毛纺厂却到新疆青海内蒙古乃至新西兰澳大利亚购买。我先和几个乡收购站签了合同四六分成，收购站占大头我占小头。前两个月收购十几卡车，我一人净利润三万六千元，干了三年除交税金外获纯利二十八万元。去年我又与市农牧局联合开发羊毛生产共计贷款一百八十多万元，先后在五个山区县建立起大绵羊生产基地，现在不但毛纺厂用毛保证供给还出口挣外汇。今年我们又计划在山区办毛条厂，就地加工将获利更大。

就在我发疯发狂似的为自己的事业奔忙操劳之际，宁宁却出了问题。那狗杂毛真不是东西，棍棒教育行不通，不知他脑子怎么想的，就通过外省一个少管所狗屁不通的什么亲戚走后门把孩子送进了省第五少管所。尘世之上竟然还有这般猪狗不如的畜生，简直不配为人不配为父不配为爷爷！当今之世，不正之风盛行，居然也刮到了政法系统，但人家都是走后门减刑或从少管所放人，他却把孙子走后门送进少管所，好似要炫耀一下他很有本事很有关系很有来头，足以光宗耀祖而荣归列门。

宁宁在少管所仅一个多月，就和其他孩子发生了矛盾，在床上滚打起来。人家人多，可怜他只身一人孤立无援，在床上被蒙着被子用枕头乱打，直打得他昏天暗地耳朵呜呜响脑瓜嗡嗡叫却不流血。之后他整天抱着头直唤头痛在地上打滚，就和唐三藏给孙猴儿念紧箍咒，孙猴儿痛得抱头打滚的情形一模一样。这是我从深圳定购捻条机回来后听少管所的人说的。少管所知道事情麻烦了，就把宁宁送回家接着又送进民康医院。少管所的人给医生说宁宁感冒头痛于是就打针吃药但全不见效，当医生追问时可怜的孩子才说了打架的事，还报了四五个人的姓名，医生没记下自然我也不知道。后来就做脑电图果然是大脑创伤性头盖骨开裂，殃及脑组织结成葡萄串似的气泡泡，要切除这些气泡泡民康医院没有特殊设备就只好转院。转到人民医院，医生在手术灯下操动手术刀，刚剖开头皮就听见铮的一声像杀西瓜似的脑骨自动开裂，血浆脑汁裹着一股臭气直向外喷，接着就缝针包扎号脉量血压输氧气。我接到加急电报乘飞机直达银屏市，等赶到医院时可怜的宁宁已被抬进太平间放进冰柜里了。

我找到旅社时，老杂毛与少管所的人正讨价还价，提出一万元私了案子，老太婆和淑影在一旁哭得死去活来。我气得发昏，一脚踹坏沙发扭身就向外冲。我哭呀骂呀，骂老杂毛，骂黄脸婆，骂我自己，也骂你。

"江一帆，你他妈的真是冷血动物！你也死了吗？咋不来看看孩子啊？良心让狗吃了啊！可怜的孩子，我的小宁宁呀，两个爸爸，却没见到一个呀！呜呜——"

我扑向电冰柜，紧紧抱着宁宁，几次昏了过去。这里冻结着一个幼小的生命，冻结着一个恐怖的梦，冻结着一个血淋淋的悲剧。喝吧喝吧一帆兄你喝吧！唉，你不能喝了就别喝，让我一个人喝个够，让酒在我心中燃烧吧！这样我才松快一些好受一些。别管我别管我你别管我，我没醉，请你放心，不会误事，我已让人打通法院和医院，没有你的话谁也别想把宁宁的尸体拉走。法院已承接了案子，你就放心坐着把心里的苦水倒倒。你也别太伤心要想开，你万一想不开出了问题就打不赢官司写不成小说，咱们的小宁宁不是白白屈死了吗？

真爸爸说

啊！悲剧，一个血淋淋的悲剧！

我明明知道是阴谋是陷阱是坟墓却利令智昏地向它走去，去导演这场撕心裂肺不堪回首的悲剧。

尿泡弟你说对了，我真的中了那句"吃人的嘴软拿人的手短"古话的毒了，中毒太深，深得使我再没有勇气、再没有机会去了解第一个约会者的情况，更没有与第二个约会者保持通信往来，后来者居上，我终于和第三个约会者就是我的鸡蛋黄如胶似漆重做了鸳鸯蝴蝶梦。

两个月后，我们在东方饭店举行了婚礼。倒把柿子挺会交际，婚礼举行得很隆重。不知他从何处弄来辆北京吉普车，当时不像现在年轻人结婚大车小车一溜溜，就那辆绿色帆布篷的吉普已使四邻艳羡不已，更为婚礼大壮声色。我的老丈人兴致勃勃，穿一身黑呢子外套，衣服烫得笔挺，皮鞋嘎嘎响，眼镜晶晶亮，像八府巡按一般威风八面，坐着小车到处巡视督导。瞧他那胖胖的五个手指，倒酒如凤冠，举杯似凤尾，再配上那笑容可掬的娃娃脸和老婆嘴，要多高雅有多高雅，要多翩跹有多翩跹，使宾客恍如在万国会议或春节团拜会上正接受东道主热情招待而欣欣然乐乎哉。筵席自然没有猪肚子，但老丈人吃得好喝得饱，散了席送罢客这才抹抹嘴直夸今日真的开洋荤了，女婿有本事，这件事办得还不赖。

晚上闹毕房，老丈人主持召开了第一次家庭全委会。他识字不多却订了一份《参考消息》只看标题不看内容，所以开口闭口就是田中角荣、尼克松、勃列日涅夫、甘地、泽登巴尔、布托。他把这些老戏文重复一遍后突然大发雷霆，把我骂了个狗血淋头。

"他奶奶！三个空心馍，老子亲眼所见，不实，空心，娘的×，图谋俺的家业呀！"

岳母在一旁战战兢兢地解释："怕是揉面时不注意，俺蒸馍时也有呢。"

"你懂个屁！多亏老天有眼，让俺看见，要不真上贼人的当了！还有，打碎一个酒杯，奶奶的，不吉利，砸锅了！"

我诚惶诚恐，淑影畏缩在母亲背后只是嘤嘤地流泪。

"你他娘的结识的好人，贼！倒把柿子，一听名字就不是好东西，偷走俺一条前门烟！去到他家搜，搜不出你小子就给我滚，今晚就滚出去！娘的×，奶奶的×……"

我好说歹说苦苦求饶甚至用人格担保倒把柿子绝不是那种人。此时在他眼里我已不成其人，自然人格顶个屁，还用什么人格担保，我这才发现自己是天下最大的傻瓜蠢驴糊涂蛋。他亲自领着女儿到倒把柿子家去了，这一去方知倒把柿子是烟酒公司业务科长，他家屋子放着一箱子带嘴凤凰，是别人托他买的，我结婚用的烟酒糖也都是他买的而他却根本不抽烟。没搜出大前门却气坏了倒把柿子，他毫不留情地将他父女赶出家门，自己却倒在床上直打自己，骂自己瞎了眼，作了孽错把阎王当菩萨。

离婚？笑话！这不成天下奇闻而遗臭万年了吗？我只好忍了，以柔克刚古来有之。在家七天我就像小媳妇似的心惊肉跳，除了不断挨骂受白眼之外还得给老丈人洗裤头倒尿盆。洗就洗倒就倒吧，这事情有什么见不了人的？谁都要穿裤头撒尿，既然人人都要穿要尿就总得有人来洗来倒吧？我还真对此产生了极浓厚的兴趣，因为看着裤头尿盆上的污痕，心中就自然构想起各种各样人物场景飞禽走兽的形象，还真有点儿诗情画意和艺术氛围。老丈人很快就发现了我的秘密，一把夺过尿盆就向我头上泼去。那天正刮西北风，呛得我熏得我冻得我直闭气直恶心直哆嗦。他家住在一间平房，我的洞房是小灶房临时改造的，平房不像楼房那样闭塞，东家不闻西家事。老头子不但泼了尿还日娘带老子骂得我透不过气直掉眼泪。那时正抓革命促生产而上班去的和下班回的既忘了抓革命也忘了促生产都停下来围着我看热闹。我虽上过场子打过球，登过台子演过戏，但从未经过这种节目，所以狼狈不堪无地自容好似上海街上的小瘪三。民兵小分队也闻声赶来，把我当作耍猴儿的、当作偷自行车的，要介绍信要身份证，还要扭我去派出所。我一看大事不好，前边说了我最怕的就是这个，所以我拔腿就跑，身上没带分文，扒上一列货车一路落荒而逃到了铁路工地。又是掏石头筛沙子挖土方浇注混凝土，闲了就写写画画，写好画好就用水泥纸袋做个信封贴八分钱邮票去碰运气。

从那以后我很少回家，偶尔回去也只待一两天。老头对他女儿把守很严，连月经期也计算得十分准确，我休想越过雷池半步更难做那男女交欢之事。有一回，老丈人陪同远房表妹出外游玩，为此气得他老伴几天不进饮食直骂老头是不要脸的老骚精。这真是千载难逢的大好时机，我便乘虚而入总算与淑影有了那么回事。谁料正当半夜我熟睡时老丈人回来了，他大光其火把我拖起来硬生生赶出了家门。就是这令人难忘的前半夜，却有了收获有了成果有了一点儿灵犀。前边说了我的小宁宁来得匆匆不是我随便说着玩儿，他真是来得匆匆，匆匆得我还没搞清楚是怎么回事便十月怀胎一朝分娩，一下子就呱呱坠地了。

这还是倒把柿子照着生理卫生书揭着日历扳着手指头一天天算出来的，算的结果是宁宁的存在就是那个令人难忘的前半夜甘露滋润的结果，所以断定宁宁是我的儿子，我是宁宁的爸爸千真万确毋庸置疑。这样的家庭结构真像个鸡蛋，我是鸡蛋皮岳父是鸡蛋清淑影是鸡蛋黄，鸡蛋皮包着鸡蛋清，鸡蛋清包着鸡蛋黄，于是就孵化出一个新生的太阳、一个辉煌的梦、一个具有我的遗传基因和法人血统的活泼可爱的小宁宁。

假爸爸说

一帆兄，你说他是从旧中国走过来的，身上残存着封建主义宗法思想家长制和抱残守缺等都可以理解可以谅解。是的，起初我也这么认为这么去做，但事实却使我碰得焦头烂额，所以现在我不这么认为也不能再忍受了。

他是一位普通工人这个我也知道。说到这儿我突然想起，自从我搞羊毛开发后，对有关改革的电视剧和小说产生极大兴趣，但使我不满的是那里边改革的对立面多是有权有势有地位的人物，这些人应该揭露鞭挞我不反对，但他们之所以成为可以使改革夭折让改革失败的阻力，倘若没有这些思想根源是无论如何也成不了什么气候的，所以忽略了来自社会底层的旧的传统观念和封建意识，就是大为不该和美中不足了。正是从这样一个大的历史背景考虑，我才不能苟同你老兄温情主义和夫子气十足的见解。

老杂毛不是一般的老工人！他一边大骂如今当官的没一个好人却一边尽做那飞黄腾达的美梦，六十岁了还戴着红袖章和十几岁的红卫兵一起刷标语游行喊口号，总算捞到木工班长的乌纱，十五六号人马却有七八个不和他招嘴，正当他垂涎三尺为修缮科长奋斗时，"四人帮"垮台了，他也就退休得连个官系儿都没了。他恨起不正之风比当年恨走资派还深恶痛绝，但自己却搞了跨省的不正之风，竟然搞到了法律的大门口。他对当今流行时装流行发型流行歌曲等凡是流行的一概看不惯听不懂也一概不听不看，在街上见到青年男女手拉手亲亲热热就直瞪眼直跺脚直骂娘还直吐唾沫。说他正统庄重正儿八经吧，他却领着表妹览尽天下山水气得老伴在家直跺小脚翻白眼。

在他眼里，儿子永远是儿子老子永远是老子，老子永远比儿子强，儿子时时事事处处都得服从老子。老祖先的裹脚布虽然又臭又长但必定是圣物，就得当彩带当哈达当素练一样供奉和顶礼膜拜。屋里的物件别人动不得，痒痒挠挂在床头就不得挂在门后，痰盂放在门后就不能放在床下。看电视时孙子要看少儿节目他却要看豫剧，要不就嘣地关了机子全家大眼瞪小眼干坐着浪费电。他爱吃酸的别人就得多倒醋，他爱喝酒老伴女儿孙子都得陪着他一醉方休。宁宁五岁时喝醉酒睡了两天两夜起不来，后来拉到医院一看是酒精中毒。宁宁在学校学的普通话，把我念我把娘叫妈，他却硬要孩子把我念俺，把妈叫娘，宁宁查字典反驳他就一个耳光打得孩子哇哇叫，还气呼呼骂个不止："奶奶的！学什么洋腔洋调，忘掉老祖宗了！"那年元旦，宁宁买了一本知识台历，他一把夺过投到炉膛一火炬之。烧了就算了，他却跑遍整个银屏市直到晚上也没回家，大家四处寻找最后在桥头收购站才找见。他累得大口小口出气手里却紧紧攥着一本清末民初的古历书，口里念念有词地直说还是老皇历好，天地君亲师仁义礼智信三纲五常二十四孝，此乃为人处事之法安邦治国之宝，可惜当今徒子徒孙全都丢尽，实在叫吾辈痛心。说着还真的落了泪，看着怪可怜的。

对了，提到父爱，我过去看过一本书，不知是法国的一位作家还是意大利的一位什么哲学家,不管是哪个国哪个家这都不要紧。原话我记不清了但意思就是这个意思,他说父爱母爱是有一定界限的,在不同阶段也有不同的表现形式,直到最后让位于儿女的爱情,于是就产生了婚姻,有了家庭,生儿育女,这时爱情又转化为另一个层次的父爱母爱,依此循环往复。人类正因为有这种感情的发展变化,才推进了新陈代谢的进程,才组成我们这个错综复杂的家庭结构和社会关系。这话的意思很简单,你老兄一听就明白。儿女大了,父母再不能厮守着不放,更不能垄断他们的感情他们的爱,不然就会导致道德的沦丧和家庭的悲剧。

老杂毛对淑影很疼爱这个我懂也理解。他旧社会时吃烟耍钱胡嫖浪赌,最后把老婆卖了把唯一的女儿也卖了。后来老伴逃出来讨了三年饭才找到他。有一次他喝醉酒把老婆毒打了一顿从此她再也不能生育了,直到新中国成立前夕才用十个烟泡买来了黎淑影。他把她当掌上明珠,那感情的深厚自不必说。淑影已成为大姑娘了他还当小孩子一般疼爱,日夜不离难舍难分,总怕她丢了怕她走了更怕她嫁人了,以致成为三十岁还没对象的老姑娘。突然之间要被你我从他身旁夺走他的爱他的情他的掌上明珠,他忍受得了吗?人心都是肉长的,谁都有或将有这样的经历这样的感受,自然不足为怪,但女人要嫁人这是最一般的生活常识,做父亲的总不能把女儿拴在自己的裤腰带上陪自己一辈子吧?

关于开发羊毛生产,实际简单得很,太简单了,就是给山区农民投资点钱扶持他们多养羊多产毛,然后组织收购,就这么回事。你已知道了第一回我赚了三万多,第二回你不知道,就是老杂毛从背后捅我一刀子的那一回。那天我刚要上车,两个警察不容我转个身就把一对比眼镜框大比吊环小的手镯哐啷套在我的手腕上。我当时还直抱怨戴手镯那是摩登女郎之事,我堂堂男子汉在稠人广众之中戴这玩意儿还真有些不习惯怪不好意思的。我被拘留了十五天后案子才真相大白,原来有个皮包公司偷改羊毛入库码单触犯了法律。不过那家伙叫猪苦胆,猪苦胆和猪尿泡差不多反正都是猪的生理器官。老丈人嫌我没给他买猪肚子所以把猪苦胆与猪尿泡搞混了,于是他就报了警我也就进了看守所。等我出来时羊毛涨价,与毛纺厂签订的合同已到期却没有货,为了讲信誉我只好高价收购,这就赔了两万多元,所以我前边说了三年获利二十八万而不是三十万就是这个原因。

赔了就赔了,我重整旗鼓很快又打开局面。老杂毛看我并没有收心就暗中跟踪,我走到哪儿他跟到哪儿,到处说我的坏话造我的谣言毁我的名声。他骂我是前科犯小偷流氓街溜子，没结婚就把他女儿奸污了。一时间，搞得我威信扫地臭不可闻，人人见了都龇牙咧嘴好像遇上了日本鬼子，撒腿就跑，我还搞他妈的鬼羊毛开发！没办法，我就让人回银屏市打来长途电话，言称他旧社会时把老婆卖给的那个男人来家里要把老伴带走。老杂毛接完电话拔腿就跑连我叫的小车也不坐就乘公共汽车回去了。

一帆兄，你想想吧，这些事难道都是些毫不相干的生活小事吗？难道就没有一点值得思考的社会意义吗？所以我正是把它放在现实社会这个大背景上加以考虑，你老兄一定会知道我的意图和苦心了。唉唉，我真他妈的有些喝得多了，怎么扯到伦理道德哲学思想经济改革上去了，这与写状子打官司有什么相干？一帆兄，你是怎么与黄脸婆分手的？你难道真的就忍心抛下咱们的小宁宁屁股一扭走了？你扔下这个残局真他妈的不好收拾，把我猪尿泡作践得够呛。

真爸爸说

你家伙这几年出息多了，满腹经纶真叫我没办法插嘴。你已知道那个令人难忘的前半夜了吧？有一回我对淑影说，如果那一晚你爸早回来几个小时，恐怕你就不会有咱的小宁宁。淑影显得很温柔很幸福，因为她已有了孩子有了主心骨已当妈妈了。她戳了一下我的额头，嗔我靶子挺准弹不虚发真是个神枪手。好了好了别说了快别说了，她脸挨过来但我没敢去吻，因为我听到了动静听到了响声，谢天谢地千万千万别让老丈人听见看见了。墙里说话墙外听，老丈人果然把我吼了出去，扯着我的耳朵问孩子不是你的是谁的，今天说不出名和姓你小子就给我滚，滚得远远的永远别进我家的门。我千解释万求饶他总是不肯高抬贵手，他常说对方向性路线性问题不能心慈手软，所以对我就真枪真炮地心狠手辣起来。马拉松式的离婚进行了半年多，写状子开证明传讯调解三堂会审，淑影在他爸与我之间选择了前者而不是后者，这样就达成协议签发了调解书办了离婚手续。起先我要我的宁宁他们不给，法院也说我尚无抚养条件也就没给，于是我滚蛋，从那鸡蛋似的家里彻彻底底地滚了蛋，孤孤单单赤手空拳的我只剩下一个完完全全的鸡蛋壳了。

就在淑影嗔我弹不虚发也就是老丈人扯着我耳朵要人的第四天，为了不让我再见到孩子，为了割断我们的父子之情，就像后来怕我去学校看孩子就转学到化中又进了少管所一样,只三个多月的小宁宁就被送到了很远的山区里的一个煤矿他大女儿那里。他大女儿按理我应叫她姐姐,但我从未见过她,因为她从不上他爸的门,已和他断绝了父女关系。离婚是难受的,特别是孩子像勾魂似的让我日不能食夜不成眠,我就买了张车票偷偷去了煤矿。

大姐叫淑荣,是一位很朴实善良的家庭妇女,她把小宁宁喂得像她家三个儿子大老虎二老虎小老虎一样壮实,只是脸蛋粗糙了,鼻孔是黑的,乳发和睫毛上全都沾满了煤屑尘埃。我抱着小宁宁哇地大哭起来,那场面真是惊天地泣鬼神谁见了都要同情得掉眼泪。

淑荣姐抹着泪劝我:"大兄弟,别这样,孩子不是好好的吗?走到天边也是你的孩子,谁能偷走抢走?"

我把宁宁抱得更紧,哭声更大更惨:"呜呜……大姐呀,我难过的是咱宁宁太可怜了,这么小就断了奶呀!我对不起孩子呀!呜呜……"

"你别这么想!人心都是肉长的,谁不知道疼爱自己的孩子?唉,遇上这个不明事理的老人,又有什么办法呢?"

"千恨万恨,他也不该在孩子身上赌气呀!你说我咋办呀?"

"咱爸那人我知底,我临死也不见他。旧社会时把家业踢踏光了,就挑个担子逃出来,把咱妈卖了,把我也卖了。多亏我卖给这家好人,要不哪有今日?大兄弟,你别和他一般见识,你识文明理,一定要想开些。听我的话,暂时就这么应付着,到时我再和淑影好好谈谈。她太傻,和自己男人过一辈子还是和老子过一辈子,连这个道理也不懂?"

姐夫也在一旁开导:"你放心好了!宁宁在我这儿受不了罪。我们也不是小心眼的人,懂得是非曲直人情事理。好了好了,别伤心了,这两天孩子归你,好好和孩子亲热亲热。"

这一夜我几乎没睡,抱着宁宁在火炉旁不停地逗他亲他。小家伙很乖,不怯生,不哭也不叫,玩得很开心。夜深了,他累了,就睡在我怀里。我却一直没睡,抱着他坐着,总想多看几眼多亲几下。他好似在做梦,嚅动着小嘴微笑,笑时脸蛋上即刻现出两个浅浅的小酒窝,在炉火映照下生动极了!我心中不由漾起一层幸福的涟漪,觉得生活充实多了丰富多了。

天快亮时,我才搂着宁宁躺下睡了。我把他搂得很紧很紧,生怕被人偷走抢走。宁宁,可怜的小宁宁呀!这是爸爸第一次也是唯一的一次抱你和抱着你睡觉啊！你不责怪爸爸吧？你会饶恕爸爸吗？

就是天亮前的几个小时，我突然觉得时间很长很长，我睡得很死很死，仿佛身后有一道影子窸窸窣窣地向我袭来。那影子忽儿像一条毒蛇蠕动，忽儿像一柱狼烟袅袅，一会儿又变成一个血脸红头发丈二长的脚指甲的魔鬼。我吓得缩成一团，把宁宁抱得更紧。这一抱，宁宁不见了，怀里只有一个暖烘烘的鸡蛋。我感到奇怪，这时鸡蛋说话了："爸爸，别怕，我在鸡蛋里藏着！"我一骨碌爬起，把鸡蛋揣在怀里，连夜搭了辆拉煤的卡车回家。我的家在哪儿？我才想到我已没了家。我捧着鸡蛋正在为难，鸡蛋突然破了，小宁宁跳出蛋壳，由小变大再大再大，竟成了一个英姿勃发的青年，身后还站着一个漂亮的姑娘。宁宁拉拉姑娘的手："公主，这就是爸爸，快叫爸爸！"姑娘向前挪了一步，欠欠身，点点头，柔柔地叫了声"爸爸"。我忙应了声"哎"。

此时我的心都醉了，幸福极了！我更为我的宁宁高兴，他竟然找了个公主！我暗暗为他祝福。宁宁说他在中央美术学院专攻油画。他才华横溢，侃侃而谈，谈到文艺复兴，谈到印象派，谈到扬州八怪，谈到现代审美意识，谈到拉菲尔、普桑、毕加索、洛兰、库尔贝、罗曼·罗兰……突然，那道影子又出现了，宁宁拉着公主拔腿就逃，我在后边紧追不舍。宁宁跑得飞快，公主跑不动了，被远远丢在后边，宁宁又转身向她招手等待。就在这时，一座高山拔地而起，把一对情人死死隔开。我又向山上爬，呼唤寻找我的宁宁，当扑到他身上时他已变成了一块石头。我忙回头再看公主，她也凝结了，不动了，脚下汪出一片湛蓝的湖泊……我在山上发疯似的哭叫着呼喊着："宁宁！我的小宁宁啊！这是为什么呀？"

啊，十五年，整整十五年呀！这个梦太长了，直到今天我才大梦方醒，我的小宁宁真的没了，走了，永远也回不来了！过去的一切全都是一场梦，是幻觉，只有银屏山依然如故，静静地耸立着，睥睨着大千世界。

爸爸的爸爸的纸钱

"尿泡弟，尿泡弟，你别光趴在桌上冒酒气！"

"我没睡，也没醉！我的心在流血，你能和老杂毛调和我不能！"

"我不是这个意思，状子要写官司要打，但总得占住理啊！"

"什么占住理占不住理，他能走后门把宁宁送到少管所，我就不能走后门打官司？我有的是钱，三四十万，我要它何用？"

"这好像有点不地道。"

"谁地道谁不地道？正因为我们太地道了才成了被耽搁的一代，才成了被生活搁浅的小泥鳅，才成了被爱情捉弄得晕头转向的小瘪三！"

"是的，正因为爱情和生活的捉弄，我们更应该认识到生活的严峻和爱情的纯洁。"

"来了又来了，夫子气十足！什么纯洁？全他妈的乌七八糟没有名堂直叫人倒胃口！"

猪尿泡说着又把多半瓶酒咕嘟咕嘟灌下了肚，身子歪歪斜斜的，双手一抬就把桌上未动一筷的鸡鸭鱼肉山珍海鲜味连同各种颜色各种商标的名酒佳酿统统掀翻在地。我忙去扶他，他左手轻轻一揉就把我甩倒在金丝绒大沙发里了。他僵着舌头直呼白经理。白经理闻声开门进来，忙泡了一杯解酒茶。他一饮而尽，突然哇地大哭几声，随后才逐渐清醒过来。

他向白经理连连道歉："对不起，今天情绪不好，喝多了，请包涵。"

白经理招呼人打扫残局，又转身向猪尿泡道："你的事我知道，要多保重！"

"你也知道？那你知道他是谁？"

"不就是你请的律师吗？"

"他当律师，我的官司准输！他就是宁宁的亲爸爸，大作家江一帆！"

"啊？！太残酷了，太残酷了……"

猪尿泡拉着我就往外走，回头又向白经理道："明天我让小王来结账，打搅了，再见！"

我们走出白牡丹餐厅，猪尿泡把我推进一辆小轿车，向司机道："去烟酒公司！"

"找倒把柿子？"

"看来你靠不住，只好另请高明。"

汽车在金陵大街上飞驰，街道拓宽了许多，道路旁楼厦林立，广告牌和霓虹灯闪耀着光彩。夜市刚刚开张，香气四溢。银屏山黑魆魆的，那山坡上稀疏的灯光好似几只茫然的眼睛，投在公主湖上，像几滴冰冷的清泪。我的灵感一动，似乎捕捉住了什么，仔细一想却又朦胧而模糊。

汽车驶过大桥，正要从人民医院门前经过时，猪尿泡忙喊："停车，停车！"车停了，他探头瞧瞧，又对司机道："拐弯，从医院后门绕过去。"

"为啥？"我觉得蹊跷。

"老杂毛像鬼一样到处乱窜，碰上就麻烦了。"

汽车拐进一条背街。这一带是新开辟的经济区，几家三资企业刚刚修建，右面就是大郎河，一阵阴风袭来，空旷萧瑟。突然前边传来呜呜哇哇的哭泣声。我与猪尿泡都伸出头去，只见医院太平间的后墙外有个人影，正在一把一把地烧冥币。火光照在那人脸上，我俩都轻叫了一声："他?！"

猪尿泡让司机把车在前边不远的道旁停下。

老杂毛一边烧纸一边哭泣："呜呜……宁宁呀，俺的好孙儿！你不该不听爷的话，偷了钱，不该去铁路工地找那个野杂种。可怜的孩子呀，没爹的孩子呀！还有那个鸡贼大盗光知道发财，丢下我孙子……可怜的孩子啊……"

他哭叫着，火燃着了旁边的枯草，愈燃愈旺，火焰不停上蹿，身后一棵小梧桐树在烟焰炙烤和热浪冲击下，手掌大的叶片落了下来。老杂毛抱着那树，一边使劲地摇，一边号啕大哭。

"宁宁，俺的小宁宁呀！你看见了吗？梧桐落叶了，老天感应了呀！那两个野杂种没一个好东西，你就是让他们害死逼死的呀！案子俺私了了，少管所给了一万元，一万呀！我要给你铺金盖银、豪葬厚葬！宁宁呀，宁宁呀！你听到了吗？你看到了吗？"

我擦了擦眼睛，把泪水和那模糊的灵感一齐咽下肚去。

猪尿泡这时真像个放了气的猪尿泡，噎住了，没气了。他要下车，我忙拉住他并喊司机开车。他扑向司机，推搡着，扭扯着，司机紧握方向盘不放，汽车东扭西拐地呈S形前进。

我紧紧拉住他劝着，他一拳击在我的胸口，在车里大喊大叫。

"听见了吗？这就是你同情的结果、调和的结果！我是鸡贼大盗，我是杀人犯，是我害死了宁宁。去他八辈子老祖宗！他才一万，我三十万，全烧了，当纸钱烧了！阳间买不赢官司，到阴间也要买通阎王爷！叫那老杂毛上刀山下油锅，不得好死！"

他骂着骂着又抱住我大哭，我也哇地痛哭起来。

"宁宁，我的可怜的小宁宁啊！……"

车后扬起的尘埃和哭声一起在昏黄的路灯下旋转，扑向夜空，在公主湖面荡漾，在银屏山谷回响……

作家江一帆补白

我的故事讲完了，但我没写状子打官司，也没写小说写文章。没打官司是因为当时糊涂起来，不知告谁和谁打官司。和老杂毛吗？对了，现在不应这么称呼他了，因为他死了，对死人不能太苛刻太严酷这才有点儿人道主义。和他打官司指望他抵命吗？他已八十高龄成了棺材瓢瓢，让他抵命浪费国家一枚子弹不说还得倒贴一副棺材；再说他也是一片好意，望子成龙之心人皆有之，所以无论从哪一点衡量他也没触犯刑律，那和他打官司还有什么意义？和少管所打官司吗？那可千万使不得，你既然跨省区走后门把无罪的孩子送进少管所，就等于把法律当成能吹圆能捏扁能撕长能缩短的小孩口中的泡泡糖，本身就亵渎了法律你还和少管所打什么官司和法律开什么玩笑？总之想来想去告不了别人只能告我自己，自己打自己的嘴巴去吧！当初我就不该贪恋那黄灿灿的鸡蛋黄，不该与黄脸婆结婚，不该有那个前半夜，不该有那点儿灵犀。看来老丈人是对的，如果那晚他早回来半个小时自然不会有那点儿灵犀，也不会有小宁宁，更不会有这个比天方夜谭还要离奇的人间悲剧。

至于写小说写文章我也没写，我只是把这个故事讲给一位业余作者就是前面题目下署名的梦萌，我鼓励他支持他抓住这个题材，努力下一番功夫定能一炮打响一鸣惊人从此成名。我没写是由于我对生活感受之不敏锐和对生活消化之不精深，更没有幻化生活或使生活升华或使生活变形从而达到更高层次真实的气魄和素质。而梦萌正好在这些方面有独到见地，他常用冷静的目光去看世界去看人生，善于多元化多层次地开挖和解剖生活，所以作品带有一定的穿透力和辐射性，具有较强的震撼力和社会内涵。总之一句话，他特长于写此类题材，我就叫他写了。

梦萌四易其稿最后拿来叫我过目，署名写了我江一帆的名字并放在前边，我将我的名字删去又对个别字句做了校正。我删去我的名字不是怕负责任更不是怕披露我的隐私伤了我的面子有损我的人格，主要是我喜欢年轻人，总希望他们比我强比我更高一等，更希望他们能独树一帜，在文坛争得一席之地。我要奉告读者的是，这是一个真实的故事，故事的主角就是我江一帆，基本保留了生活原型，个别细节和情节的虚构夸张变形重组那是文学规律所允许的。梦萌只是用第一人称做了艺术的再现和描述，切不可把小说中有关我江一帆的事情与作者联系起来，这样会对梦萌的声誉和人格产生不良后果。因为他很年轻，正在热恋中，如果诸位阴差阳错地冤枉了他，不但对他不利，我亦心之有愧，那样就会使我的悲剧在他身上重演，这就太残酷了，故望大家万万莫要这样认为。

前边说了我的老丈人已经去世了，这是在出事当天猪尿泡专程到我家问我该怎么结束时知道的。那是送埋宁宁后的第八天，天气晴朗，风和日丽。在银屏公园，一个憔悴佝偻老态龙钟的老人，手挂一根拐杖孤独地在公主湖边站着，口中总是重复着几句话："宁宁，拉拉俺吧，俺老了，走不动了。宁宁，宁宁，你在哪儿？怎么不回来？拉拉爷吧，等等爷吧，爷老了，不行了……"

一群红领巾从湖心亭跑上拱桥，水中投下他们活泼可爱的身影。老人眼睛突然一亮，闪出一线期盼的光，向着红领巾们撕心裂肺地尖叫："宁宁！我的小宁宁，回来了！回来了！"

孩子们怕他跌进湖里，一齐奔来扶他，他一把拉住一个戴太阳帽的孩子，紧紧抱在怀里疯狂地亲着吻着，嘴里不住喊："宁宁，宁宁，爷爷的好孙儿！"

那孩子奋力挣扎，但老人的手像一把铁钳，胳膊像一条古藤，越钳越紧，越缠越死。孩子喘不过气，脸色煞白，直翻白眼。其他孩子早吓得哇哇哭叫，有两个大点的孩子正要上前救人时，老头的手突然松了，胳膊一垂，歪倒了，躺在地上瞪眼吐舌头，不一会儿就蹬腿死了。当人们抬他的尸体时，他身下还压着几棵珍贵的花木，残枝败叶，花瓣被风一吹，到处飞扬，使人更觉悲惨。

在把尸体往回抬的路上，他的神态很安详，没有胡子，没有眉毛，娃娃脸，老婆嘴，一副慈容富态。两只鸡蒙眼愣愣地睁着，直对着银屏山，像是在回顾那美丽的传说，又似向那山行注目礼。

听完猪尿泡的讲述，我的心情很沉重，有一种说不清的莫名其妙的情绪被搅得乱七八糟，后来妻递过一杯热茶呷了几口才稍稍安静下来。我坚持不要猪尿泡与黎淑影分手，过去的事就让它过去吧，谁一生还没有失误和差错呢？正如你猪尿泡所说，她也是个牺牲品啊！我因为当时有公务在身，思量再三还是让妻代劳去向老人的遗体告别。

后来我又得知，猪尿泡果真没和黎淑影分手。淑影被感动了，放弃了原来的打算，把宁宁的一万元人命钱分文未用，全部捐赠给了幼儿园。倒把柿子托人请来一位名医，据说利用激光技术使淑影的输卵管奇迹般疏通了。我惊羡现代医术之高明，更祝福猪尿泡弟，他会用像对待他的羊毛开发事业一样的激情和充沛的精力，去滋润淑影干渴和龟裂的心田，定能独得一点灵犀，十月怀胎，一朝分娩，诞生出一个新的生命！

这不是我有意构想和编造的一个光明的尾巴和大团圆的结局，事情本来如此，生活中的喜剧常伴有辛酸和泪水，而悲剧也常闪耀着希望和光芒，这就是喜中有悲悲中有喜，我真希望这新的生命不会再夭折。

作者梦萌嘱我写点文字，这倒是应该的，就杂七杂八写了这几段话，作序作跋均可，尾声补遗也行，全凭作者自己布局安排了。

五凤岭

一

  一座大院，周围是菜地，中间由十几间瓦房围成一个小广场。两棵梧桐树，枝叶茂密，遮掩了半个小广场。树下一方石桌，围坐着四个人。月光从梧桐叶隙间筛下，筛在他们头上、脸上、背上和桌面的酒菜上。

  "端哇，都端哇！"

  "对对对，端起端起！"

  其中三人，蛮子、白条、瘦老头，每人手中各端一个黑瓷碗，碗里盛满酒，三人齐刷刷站起来，把碗伸到邱永库面前。

  小邱感激地瞧瞧大家的脸，又瞧瞧桌上自己的酒碗，心里局促不安。

  "端哇，别愣着！"瘦老头有些激动，一激动小眼睛就频频翻眨。

  "是哩是哩，愣着干啥呢嘛！"白条掉了一颗门牙，张口就漏气。

  "快哇，肉都凉了！"蛮子的眼睛总不离那盘粉蒸肉。

  小邱只好端起碗，手微微颤抖，给桌上洒了几滴酒。

  蛮子忙放下碗，猫着腰，嘴很自然地嘬成一个小喇叭，挨着桌面，吱溜一吸，洒掉的酒液就像一串珍珠，倏地全滚进了他的大嘴里。瘦老头黑着脸，直拿小眼睛瞪他。白条左手的酒碗几乎挡住小邱的视线，右手却暗中动作，狠捅了蛮子屁股两下。蛮子咂着嘴，直呼"这酒好"，复又端起碗，浑身酒胆。

  四个碗同时举起，一个碗里一轮月亮。

  "哎！"瘦老头清了清嗓子，"为咱们第一个大学生……"

"不是大学是中专。"小邱立刻纠正。

"大学中专一样，都是知识分子，大家说是不是？"

"是哩是哩，咱这五凤岭，还从没有个知识分子哩！"

"我文盲。"

"我蒙学。"

"我么，叫我念书不念书，上树逮雀灌黄鼠。小学三年，鸡蛋大的字，能识个斗儿八升。"

"肉凉了！"

"好，为五凤岭苗圃有了第一个知识分子，干杯！"

"干！"

四个黑瓷碗聚拢，碰出当的一声脆响。四轮月亮有三轮被吞下肚子。

小邱皱着鼻子，艰难地在碗边一抿，呛得直咧嘴吐舌头。

蛮子开始向粉蒸肉发起进攻。

白条摇头晃脑品评酒的成色。

瘦老头夹起一块红烧兔肉，硬塞进小邱嘴里："别急别急，吃块肉，垫垫肚子，坐下慢慢喝。"

"嘿嘿，虎子今天这粉蒸肉好，嫩，米粉少。"蛮子一边大吃大嚼，一边叫好："知识小弟，吃，快吃哇！嘿嘿，你看我，到如今还不知同志贵姓？"

"油茶脑子！"瘦老头瞪了蛮子一眼，"姓秋，秋天的秋。小秋同志，一到秋天，咱这五凤岭遍地是宝，吃不尽、用不完，真是个宝盆盆、福窝窝！"

小邱笑道："可是，我不姓秋。"

瘦老头小眼睛凝住了："那姓啥？"

小邱解释道："乒乓球的乒乓少一点，再多个耳朵的邱。1964年学大寨，修水库，所以叫永库。"

蛮子："乒乓球多个耳朵，敢情是肉丸子！"

白条："这货，猫吃糨子，光在嘴上抓！"

蛮子："你不嘴上抓就滚，别吃！"

瘦老头："一个槽上拴不下两个好叫驴，又踢又咬！小邱，山野粗人，别见外。"

小邱被这怡然自乐的气氛所感染，心情变得好多了："哪能呢！各位热情豪爽，待我如同亲人，我深为感动。家父病居在此，免不了麻烦大家，还望各位多多包涵。"

"好了好了，以后就是一家人。一家人不说两家话么！"瘦老头突然想起什么，忙转道，"我真是昏了头，竟忘了介绍。我，你只知姓，不知名。我叫胡大顺，五十有六，肖河湾人，苗圃元老，三十年了，一直管着这儿，有啥困难就吭声。他么……"

蛮子抢道："本人姓马名满，脾气暴躁，生性野蛮，人叫蛮子，〇四八团上士班长，进过藏，平过叛。提起咱〇四八团，嗨，没得说！彭老总亲自授过锦旗。那天进驻拉萨，围歼一股残匪，我刚绕过一个古堡，突然嗖的一声，回头一瞧，我的妈呀！原来我的耳朵被冷枪打穿了，只剩下一条细线连着，叽里咣当吊在肩头。我一时气急，将耳朵一把拽下，装进衣兜。心想，等战斗结束用胶布粘粘，还不一样管用？谁知三天过后，耳朵早臭了，无论咋样也粘不住。这不，现在还少半个耳朵。"

"别吹你的五马长枪！"白条瞪着眼，脸上流露出幸灾乐祸的神色，"咋不说你扒藏族姑娘裙子受处分的事？"

马满给小邱扯下一条鸡腿，递过去，自个儿则啃着鸡头："吃，边吃边说。嘿嘿，那时，藏族的媳妇姑娘，不管跟前有人没人，裙子一转，就蹲下屙屎屙尿。那天，我在街上执勤，见一位姑娘蹲在路口。我以为她摔倒了，就过去搀扶。她死活不起，我觉得奇怪，就扒她裙子。妈呀！吓得我赶紧闭上眼睛，原来她是蹲着撒尿呢！就因这事，撤了上士班长，实在冤枉。白条，当时多亏你们连指导员，正好路过，一再证明，才算从轻发落。不然，更难说清，弄不好，还得上军事法庭。"

白条："少说也得蹲三年牢！"

小邱问白条："你也进过藏？"

白条介绍道："也是〇四八团，只是和蛮子不在一个营。我姓白，高挑个，生下就尺半长，故叫白条，党员，支部书记。"

马满扑哧一声笑了："就你我两个党员，还支部呢，连个小组都不够。"

白条认真地："不管支部还是小组，总之我管党的事。小邱，你是党员吗？"

小邱微笑着摇摇头。

白条："以后要求进步，写了申请就交给我。"

小邱认真地点点头。

胡大顺啃完一块骨头，顺手把啃过的骨头扔给蹲在一旁的狼狗飞飞，然后揩手道："两个党员，还有我，再加上邱技术，就是苗圃的核心。以后要精诚团结，把苗圃搞好。小邱，大家寄希望于你呢！"

小邱不好意思地说："不敢不敢，我年轻无知，再者学水利，对育苗不懂，还望大家多指教。"

"甭谦虚，咱们谁和谁呢，是不是？吃，快吃快喝！"马满说着就去端碗，这才发现没了酒，便拎起瓶子乱摇，一双牛眼骨碌着直打旋，"嘿嘿，没酒了！头儿，今天咋搞的，没喝酒就完了？"

胡大顺看看小邱，不好意思地说："小邱，快喝！这大一会儿，你的酒咋还满满的？"

马满恼了："我说头儿哇，瞧不起小邱还是怎的？太小气了！"

胡大顺悄声嘀咕："喊甚？就买了一瓶。"

白条怂恿马满："把你的酒贡献出来。"

马满直摆手："我没有，敢赌咒！"

白条不依："再有呢？"

马满把眼睛瞪成了两个鸡蛋："再有，算我是地上爬的飞飞！"

白条站起来："我拿去了！西凤，两瓶。"

马满知道机密暴露，慌忙阻拦："算了算了，小邱不会喝酒。吃，吃哇！"

白条寸步不让："不行，你才瞧不起小邱呢！"

小邱忙推谢："谢谢大家，我实在不会喝酒，看，一碗酒还剩多半。"

白条仍然坚持："不行！这家伙凭一张大嘴，见谁吃谁，从不出血。今晚欢迎小邱，皆大欢喜，非让他出血不可！"

马满被激得坐不住了，站起来道："好好好，为了小邱，我慷慨解囊。明晚，该白条做东不是？"

马满果然从房子拎出一瓶红西凤，用火柴在瓶盖上一点，瓶子冒出一缕青烟，然后拧开瓶盖，瞬间飘出一股醇厚的芳香。他端起小邱未喝完的酒，一饮而尽，又重新给四个碗倒满上等的西凤佳酿："不瞒大家，这两瓶西凤，还是找老战友走后门买的。我想拜托县医院的妇科主任，给我收留一个私生女。"

白条："龟孙子，两个娃了，还想要？"

马满诡谲一笑："两个光葫芦，没个女子，以后孙子连姑都没有。"

胡大顺严肃地说："党员，不要违反计划生育政策！"

马满毫不在乎："没事，领养的，不算违反政策。"

四个碗重新倒满酒，四颗月亮又在碗中跃动。

小邱呷了一口，觉得头有些晕，站起来就要告退："我去看看父亲。"

胡大顺拦道："尽管放心，有虎子陪着老人呢！"

小邱推辞："我实在不能喝了。"

马满拉小邱坐下："小老弟，提前退场，就是瞧人不起！"

邱永库正在进退两难之际，忽觉背后掠过一阵凉风，接着传来山泉般的声音："马叔真是！人家刚来，又不会喝酒，难道非得醉倒现丑不成？"

大家扭头看时，才发现胡大顺的大女儿银杏不知什么时候已站在小邱背后。

银杏把茶壶茶杯摆在桌上，倒了四杯浓茶，最后端起一杯递给小邱。

"别理他们！给，喝杯茶，好解酒。"

小邱深深感激这位小妹，接过茶，轻轻呷了口。

马满醉醺醺地嘟囔："银杏，来，马叔敬你一杯。"

银杏嘴一努："我才不喝那迷魂汤！"

白条提醒银杏："银杏，给你小邱叔叔敬一杯。"

银杏向小邱道："小邱哥，你喝茶，别上他们当！"

白条大惑不解："嗯，怎么叫哥？"

银杏吓了一跳，脸就烫了起来，心怦怦跳得剧烈。是呀，她也不明白为什么会突然冒出这个称呼，是说漏了嘴，还是一种心理作用？说不清，也没必要说清，时间更不容她细思深究。但又一想，既然能这么叫，总能找出一条合情合理而又不失脸面的理由。

白条还在揶揄："说呀，为啥叫哥？"

马满不得要领地瞎起哄："这不就乱辈了吗？"

银杏踌躇片刻，不显山露水地淡然一笑："你们叫他小邱，既然小，咋不该叫哥呢？"

白条和马满被噎得目瞪口呆。小邱也像一块石头落地，放下心，缓缓地舒了口气。

胡大顺不知其中端倪，随口纠正道："应该叫叔叔。只要和父辈在一块儿工作，年龄再小，儿女也得把人家叫叔叔，绝不能乱套。"

银杏不以为然地反驳："是哪份文件规定的？怕又是你的土政策吧？"

胡大顺怒道："死女子！没大没小，还不快走开！"

白条仍在揶揄："对了，还是叫哥亲切，有利于团结友爱么！"

银杏嗔怒道："人家离开城市，来到荒山野沟，还能让你们欺侮？"

马满被银杏的话唬住了，就直呼："吃菜！小邱不能喝，那就边喝茶边吃菜！"

胡大顺向女儿下了最后通牒："好了，小邱不喝就不喝。银杏，你走吧，回去睡觉！"

银杏向小邱点点头，嫣然一笑："当心，别上他们的当！"

邱永库感动极了！从傍晚到眼前，只短短几个小时，这位陌生姑娘却在他心中留下了深刻的印象，几乎使自己忘却了过去的痛苦和哀愁。他太感谢这位小妹了！他望着她的背影，目送她消失在一排冬青后，心中突然漾起一圈圈细微的涟漪……

傍晚，泾河坡头，一辆长途公共汽车在泾河坡头徐徐停下来。当邱永库背着瘫痪的父亲脚还没跨出车门台阶，就觉得有一只手在他肩头拨了几下，随后帮他扶着父亲的头，搀着父亲的胳膊，待他双脚落地放稳父亲时，才看清这张漂亮的面庞。

邱永库向姑娘说了声谢谢，便焦急不安地向四处张望。姑娘掏出卫生纸，给病人擦拭身上晕车时呕吐的秽物，并慢声细语地问邱永库："你姓邱吧？"

邱永库惊喜地答道："是呀！你是……"

姑娘干脆利落地把老人身上收拾齐整，抬起头，扑闪着乌黑明亮的丹凤眼，应道："我是五凤岭苗圃的，叫银杏，领导派我来接你。来，把大爷扶好，我去推车子。"

她像来自幽谷的一片白云、一阵清风、一股山泉，热情、爽快、聪敏。邱永库感到心里热乎乎的。

银杏推来一辆三轮车，车厢铺着一层松软的秸秆，秸秆上垫着一张毛色上乘的狗皮，靠车座处还用木板绑了一个舒适的软靠背。她帮邱永库把父亲扶上车，让老人靠着靠背躺下。随之,她又从车头取下一个水壶,一手撑着老人的头,一手捧着水壶,用口拧开壶盖,轻轻地、慢慢地,给老人喂着温开水。

"大爷,喝点水,润润喉,心就不毛躁了!"银杏像喂小孩般细心周到。

老人没有吭声,嘴咕嘟咕嘟地难以下咽。

邱永库过去用双手扶着父亲的头:"他不能坐车,一坐就晕、呕吐,现在还迷糊着。"

"什么病?"

"高血压,瘫了两年多。"

"接来好。咱五凤岭,僻静,空气新鲜,吃穿不愁,是个福窝窝。"

"爸爸原先在农村老家。"

"家里再没人了?"

"只我一个独生子。"

"嫂子呢?怕在城里吧?也是,一个病老人,住在城里不方便。"

邱永库脸腾地红了,尴尬地道:"我还没成家呢!"

银杏扬头一觑,道:"那你是个孝子!"

永库嘴角泛起一丝苦楚的微笑:"挺难的!"

银杏点点头:"是不容易……"

她骑三轮车很老练,又快又稳。邱永库用手扶着父亲的头,跟在车后跑,没一会儿就气喘吁吁。银杏头向后一摆,见他这般模样,咯咯地笑起来,车轮也慢了许多。

"嗨,坐呀,坐上来呀!别不好意思。"

"我能跑,锻炼身体。"

"别犯傻!到了五凤岭,有你锻炼的时候。不是沟,就是坡,还怕没机会?"

"我是怕你累。"

"哈哈!"银杏漂亮的眉眼仿佛飞了起来,"你是怕我把你摔到沟底吧?快坐,下坡路,不费一点儿劲!"

她的直率热情和迷人的眉眼,使邱永库没有任何理由再拒绝,他便跳上车,用手托着父亲的头。

他们行进在五凤岭主沟下的一条煤渣路上。沟的纵深处刮出的风,都是轻轻的、柔柔的、凉凉的,吹在身上,汗毛就一起一伏,像无数小毛毛虫在身上蠕动，给人一种舒心惬意的感觉。西边天际凸显出五座高梁，暮色中犹如五只即将落地的凤凰，把夕阳金辉无限制地抖落下来，然后透过岚气和烟云，满眼的土坎、土台、土崖、土柱的黄褐色以及四周果园苗圃的绿色，如国画大师晕染的一般，给大地蒙上一层朦朦胧胧、如梦似幻的色彩，连路基下不被人注意的小溪也被勾勒出一种隐约空灵之美。这使邱永库的心灵出现瞬间震颤，开始对五凤岭的传说产生了种种质疑……

关中西部是一片宽阔浩瀚的塬区，根据各地所处的不同位置，分别叫咸阳塬、毕郢塬、凤翔塬、西府塬等。尽管位置不同、称谓各异，但有一点是统一的，即都在渭河以北，故又统称渭北塬。

渭北塬南濒渭河，北接乔山，西界千河，东临泾河，东西长三四百里，西宽东窄，最宽处百余里。所谓塬，实际和平原差不多，只是由于乔山的推移和泾、渭、千、漆等河切割冲刷，形成高于河川又低于山脉、顶部宽阔平坦的特殊地貌。如果追溯得更远些，那就是四五万年以前，中亚地带由于温差效应，使岩石遭受风化剥蚀，产生大量碎石、粉沙和尘埃，然后通过风的魔力，使这些碎石、粉沙和尘埃向东向南推移，南面受秦岭阻隔逐渐沉积，塑造出渭北塬这一特殊的地形地貌。

五凤岭就位于渭北塬东北部泾阳、礼泉、咸阳三县市接壤处。说是岭，其实是数条如叶脉对生的大深沟，地理上称为裂谷，是造山运动留下的产物，只是这里规模太小罢了。深沟之间很自然地隆起五座高岭，若是俯视就为沟，若是平视或仰视则作岭，所以人们便以李代桃，用岭掩盖了沟的实质，不称沟而叫岭了。五座土岭，不大，也不高，沿沟口依次呈月牙状排列，内高外平，站在沟底仰视，酷似五只落地的凤凰。

相传，渭北塬古时是一片水乡泽国，山清水秀，草木葳蕤。当时，在汗河畔住着一位风流少年，白天打鱼度日，晚间挑灯夜读，父母健在，日子过得悠闲自得。后来少年被邻村财主的五个女儿看中，她们一边暗中争风吃醋，又一边争相向少年大献殷勤、百般讨好。但是很奇怪，时间不长，少年的父母突然相继猝死，这就使少年痛不欲生，从此懒于生计，更无心思读书，整天昏昏沉沉，靠财主的五个女儿送来的酒菜度日。一天，五姐妹吵闹起来。大姑娘说，她不想受婆婆管束，少年的母亲是她用药酒毒死的，少年理应归她。二姑娘说，是她嫌累赘，才把公公推下河溺死了，少年理应属她。三姑娘说，是她缠着少年每日陪她泛舟游戏，才使他无心读书，她应和少年结为伉俪。四姑娘说，是她迷住了少年，才使他整天饮酒作乐，懒于撒网打鱼，少年是她的如意郎君。五姑娘更干脆，说她的美丽使少年忘记了四个姐姐的罪恶，才使她们的计谋得逞，所以少年非她莫属。少年听罢，如梦方醒，突然悲号几声，拔腿朝东跑去。五姐妹紧追不舍。少年跑了三百多里，直到泾河边，陡然站定，恸声大哭："母亲啊，父亲啊，孩儿为你复仇来了！"哭声刚落，就听得一声惊雷，山摇地动，大地裂开五条深沟。少年纵身一跃，跳下沟去，变成一泓小溪，从沟里直奔泾河。而那五个自私狠毒的姐妹，却成了沟间隆起的土梁，形如五只落地的凤凰……

　　这些传说纯属子虚乌有，特别是五姐妹的故事，总给人一种压抑感，但邱永库执拗地要对其历史和生活的真实性进行一番理性思考。爱情，难道是一种以对方牺牲为代价的物性交易吗？不然，瞿秋蝉，她的言行，她的感情，她关于爱情的价值判断又做何解释呢？她爱他，而且爱得很深。这一点，是毋庸置疑的，从她的眼神中，从她与他的幽会中，从她对他倾吐的炽热和急不可待的感情中，都可以得到证实。然而这一切，当与父亲的不幸发生矛盾时，昔日建构在山盟海誓上的爱情宫殿却彻底动摇了，垮塌了。他也曾怀疑自己的感情是否出现了偏差，是否偏重孝道而忽略爱情。但他不这么认为，那不符合他的性格和初心。如果她这么认为，那就太不公平、太冤枉了。他真不明白，为什么爱情的价值仅只是以否定一个老人的存在为前提？为什么女人的心都如五姐妹一样自私和狠毒？

　　那么，她，银杏，这位陌生姑娘，却为何用她纯洁的爱心温暖一个失意者以及一位岌岌可危老人的心呢？那早已准备好的卫生纸、水壶、靠背、秸秆、狗皮……这些真是一些没有生命、没有感情的死物吗？不不，邱永库绝不这么认为。试问，同样一件事，为什么两个人会有截然相反的态度和举动呢？这就使他一直难以明彻的关于人性、人情和人的关系的思考，突然之间在眼前这位姑娘身上变得明朗起来。他从她的身上感受到一种幽深的、远古的、崇高而宝贵的东西。到底是什么呢？他一时很难说清。或许是一种风格，一种气质，虽然还只是最初的印象，虽然还只是朦胧缥缈的意识，却是那么固执和强烈，几乎要将他的灵魂全然融化在五凤岭薄薄的雾霭之中。

　　啊！红霞似火，五只落地的凤凰，在这偏僻寂静的五凤岭，又能编织一个怎样的故事？而她，奔驰在霞光之中，她的热情和爽快，她的真挚和纯情，会不会改变故事的走向，创造一个全新的结局呢？他想是会的。这也是他的期盼，至少希望眼前的境况如此。

　　直到三轮车驰进五凤岭苗圃大门，直到人们七手八脚把父亲安顿好，直到他洗完脸后她和他抢着倒水的一瞬，邱永库的这一想法还依然在蔓延并难以消失。离开嘈杂的城市，离开恼人的爱情纠葛，殊不知世间还有这样一方圣洁乐土！他仿佛回到了家，有了返璞归真的感叹。一切都这般美好，这般和谐，这般友善可亲。瘦老头的精明、蛮子的豪爽和狡黠、白条的侃侃而谈、虎子的勤快、银杏的热情，甚至连狼狗飞飞的抓挠打玩，也都如山泉一样清澈见底，如黄土一样敦厚朴实，如秋风一样亲切醉人。"啊！我回家了！"他不止一次地在心中发出由衷的感慨。

　　……

　　此刻，酒碗里没了月亮，天上的月亮也移过梧桐树，西厢房屋脊托起了一个明晃晃的玉盘。

　　白条的引经据典已失去了感染力。马满吃得胃满肚圆，眯着眼睛昏昏欲睡。胡大顺开始动手打扫战场，为今晚的酒筵显出了几分得意。

　　"小邱，从今儿起，就是一家人，有事吭个声。"

　　"我爸年纪大，又有病，不到之处，还望大家谅解。"

　　马满睁开眼，直拍胸膛："没说的！老人有大伙，尽管享清福！"

　　胡大顺也自信满满："来到五凤岭，就是掉进福窝窝了，有享不完的福。"

　　白条斯文地说："孝义孝义，既是孝，也是义，是一种义务。不只是儿女的义务，也是社会的义务。我敢说，即使真正实现了共产主义，政党消灭了，而孝义却永在。"

　　小邱一边点头领会白条话中的意味，一边帮胡大顺收拾碗筷。

　　胡大顺拦道："小邱，这儿不用你管，快去看看老人。"

　　白条、马满也道："对对，跑了一天，早点睡去！"

　　马满硬把他推走了。

　　邱永库绕过院子中央一排办公室，从后排西厢房门前走过。厢房的南边是灶房，距灶房十多米远有一个拱形偏门。走进偏门，眼前是一片开阔的菜地。邱永库和父亲的居室就是拱门内西北角的两间瓦房。屋子坐北朝南，门前有三棵枣树，红枣像小铃铛似的挂满枝头，微风一吹，摇摇欲坠。

小邱推开房门。父亲闭着眼睛，躺在炕上，枕边的小半导体收音机正播送秦腔。他在品戏味，嘴里念念有词，脸上表情显得很安详。

听到响动，父亲睁开眼，讷讷地道："你还没睡，秋蝉刚走。"

邱永库暗觉好笑，坐在炕头，道："你又迷糊了，哪来的秋蝉？"

"是的么，就是秋蝉么，是她把咱接来的嘛！"

"不是秋蝉，她在城里呢！"

"那她是谁？"

"她是苗圃领导的女儿，叫银杏。"

父亲嘴角痉挛似的抽动一下，眼睛放出警惕的幽光。

"这是什么地方？"

"五凤岭。"

"啊？你，你……你和秋蝉分手了？"

"还说不定。"

"好哇，你骗了我，你这东西！"

"你不了解情况。"

"我知道。有我没她，有她没我。既然有了我，还会有她吗？"

"这也是没有办法的办法。"

"我不管！"父亲发火了，"你送我回去！"

父亲说着就要坐起来，急得不住咳嗽。小邱忙把他按住，用手在他胸脯上轻轻摩挲。

"爸，这还不都是为了你，秋蝉也是一片好心呀！"

"她同意？"

"还是她的主意呢！你在这儿把病养好了，咱们再回城去住。"

父亲仍不相信，像一只老山羊一样狐疑地、警觉地盯着儿子："我要她，我要秋蝉自个儿对我说。"

"她最近出差，过几天就来。"

"哼！"

"喝水吗？"

"哼！"

小邱给父亲掖掖被子、挪挪枕头："爸，你睡吧，我过去了。"

"哼!"

小邱从父亲屋子出来,走进自己的卧室。据老胡说,这两间房子原是农工住的,农工多为季节性劳作,眼下还不是大忙季节,没有农工,所以房子就闲下了。看得出,房子经过了一番整修和翻新,新绑的顶棚还没糊边纸,芦席很瓢、很细,在灯光下泛着清亮的白光。墙壁刚刚刷过,石灰释放着异样的气味。一张大方桌上整齐地摆着一摞书籍和牙缸、杯子之类的生活用品。靠父亲屋子的一边放着一张单人床,铺盖已打开。原来的枕头很低,现在下面又多了一个装着荞麦皮的白布枕头,枕巾也换成了一条很新的白底绿图案的提花枕巾。一切都很干净、清爽。父亲躺在床上,翻来覆去总不能入睡。墙的上端是相通的,父亲的一举一动他都听得清清楚楚。父亲也没睡着,不时传来窸窸窣窣的响动。小邱熄了灯,真的觉得累了,想尽快入睡。窗外,月光骤然暗下来,只有枣树在风中飒飒作响,忽地像浪花般涌起一簇簇阴影,轻抚和扑打着窗上的玻璃和屋顶的瓦楞,小邱的思绪也像枣树阴影一样被扯得很长很远……

邱永库老家在当地农村,父母都是普普通通的农民。那年农业学大寨,平原没有虎头山和狼窝掌,政府就发动农民修水库,运动搞得热火朝天,工地人山人海。那时他还未满周岁,母亲用腰带把他绑在箱架上,偷偷跑到塘库帮父亲掀车挖土。她怕父亲发现,就藏在黑暗处,等他拉车上坡时再去掀车,等车走后又去挖土。第一晚神不知鬼不觉,可到了第二晚、第三晚,便引起了父亲的怀疑:"莫不是七仙女暗中帮我不成?!"等到第四晚,父亲拉车上了坡,却没走,偷偷跑到土场,被眼前的景象惊呆了。他把母亲大骂一通,执意送她回家,母亲擦着汗,脸色苍白,正要自个儿回家时,突然一声闷雷,顷刻间暴雨如注。工地上没有房、没有棚,连个避雨的地方也没有。可怜的母亲,当她被父亲背回家时,已浑身发紫,七天后抛下儿子和四十得子的丈夫魂游西天去了。

鳏夫管娃,小永库就像路边一棵车前子,经过千般踩踏、万般摔打,终于成活了。他自幼生长在这个不完整的家中,没有感受过母爱的温暖,更不曾享受到有兄弟姐妹的快乐。爸爸像带小狗似的把他带大,由于家庭的残缺不全,给他的气质和血脉注入了一种惰性元素,性格变得孤僻、固执和内向。他很少说话,一旦开口,语必惊人,常使大人们目瞪口呆。他办事很有主见,不随风倒,不人云亦云。想不通的事绝不贸然妄为,想通的事却有压倒一切的气势。自从得知母亲的死因后,他一有空就跑到那座水库边转悠,好似要从那儿捡回妈妈的魂灵。邻居大娘直呼这娃着了魔，他妈把娃的魂勾走了。同班同学瞿秋蝉也以为他思母心切，怕是神经出了毛病，就叫来老师和同学死拉硬拽才把他扯回家。

其实不然，他头脑清晰得很，神经也正常得很，他在思考研究一个被一般人忽略的重大问题：水利的利到底是什么？怎样才能真正变害为利？像这样一窝蜂地说修库都修库、说打井都打井的办法，到底是利还是害？又有什么科学根据呢？妈妈啊！为了修这座水库把命都搭上了，可是它的利益在哪儿呢？亲人和后代又得到了一些什么实惠呢？难道为了在这根本不能蓄水的"干库"中再开出绺绺田吗？正是出于这一目的，高中毕业填写报考志愿时，他只填了武汉水利水电学院一个志愿，气得老师和同学直说这家伙是龙王爷的虾兵蟹将——除水莫属。结果差了十分，名落孙山。第二年又考，仍我行我素，志愿还是一个，西北农学院水利系。这年更惨，差了四十多分。到了第三年，他只好降低标准，考中专，志愿是省水利学校。老天总算有眼，被他一片痴情打动，遂将全省前十名的桂冠戴在了他头上，他如愿以偿，高高兴兴地跨入省水利学校的大门。三年水校求学，父亲负债累累，终于在他毕业前半学期时累倒在别人承包的砖场，高血压病发，一倒就是两年多。

这两年，是邱永库理智和感情最低沉、思想斗争最激烈的两年。

父亲病倒后，瞿秋蝉通过在行署当局长的父亲，多方联系协商，学校终于批准邱永库提前半年毕业，到行署水利局工作。秋蝉高中毕业后直接参加了工作，在行署报社当记者。那是一个漂亮多情、敢作敢为而又有点傲气和小聪明的姑娘。但她从不在邱永库跟前耍傲气和卖弄小聪明，相反对他很佩服、很崇拜，认为他有男人魅力，是她理想的白马王子。邱永库也喜欢她好学上进、敢于求新的性格，更为她的天生丽质所倾倒。特别在安排他的工作时，她真是心没少操，路没少跑，嘴没少磨，使他更为感激，对她越发爱得深沉。

但自从报到上班后，他不得不每天下班后骑着自行车赶三十多里路回家，陪着父亲过夜，为老人料理一天的生活，第二天早晨八点又准时进城上班。这样一来，除在电话中或偶尔利用工作之便与秋蝉鹊桥相会外，很难有机会和她见面，更谈不上进舞场、逛公园、遛大街。为了弥补这些缺憾，他把对她的情意、对她的爱恋、对她的思念和渴望，全都倾注于笔端。每天晚上，他伴着父亲，在灯下写呀，写呀，千言万语，万语千言，写好就装进信封，封好，第二天上班时交给她，有时时间来不及就放在报社门房。每周三四封，有长有短，风雨无阻。门卫师傅感到奇怪，同在一个城里，还值得鸿雁传书？而且又这么频繁，不是神经病，也是个痴情郎！邱永库怕她孤单，就独自钻进村后的小树林，连着忙了三四个晚上，终于抓到一只小鸟。那鸟小红嘴、绿羽毛，漂亮极了，叫声也极好听，据说是相思鸟。他又做了个精致的鸟笼，再配上根雕食钵，很有一番情致。他把它送给她。如此半年后，当他照常送情书时，再也见不到秋蝉了。而且，那位门卫师傅态度蛮横，真的视他为神经病，好多次将他拒之门外，并赶他去邮局贴八分钱邮票寄信。

问题严重了。邱永库不得不做出最大努力，终于在行署召开的一个会议上见到了瞿秋蝉。二人商定，当晚八点在公园门口相会。

"秋蝉，我向你道歉。"

"我的格言是：讲求实际，不尚空谈。"

"你应该理解我的处境。"

"不就是一个病老人吗？"

"你没亲自经历过，不管是生活上，还是感情上，难呀！"

"我的生活、感情呢？"

"你不是好好的吗？"

"我快成尼姑了！"

"秋蝉，实在对不起。过一两年，会好的。"

"我一天也不想等！"

"这是实际情况，你说咋办？"

"我再说一遍，我的格言是：讲求实际，不尚空谈！"

邱永库一筹莫展，声音微颤："那，那你就不珍惜咱们的感情？"

瞿秋蝉的胸脯一起一伏，看得出眼睛闪动着泪光："感情？谁珍惜我的感情？"

邱永库懂得这句话的潜台词就是要他在她和父亲之间做出抉择，二者必择其一。想到此，他胸中遽然燃起一股无名怒火。但他依然控制着自己，使刹那间的愤懑又复平缓："秋蝉，你不能这样！如果我们的爱情是纯粹的，那么，一个老人的存在，并不会妨碍我们的幸福。相反，孝敬老人也是我们共同的义务。如果你的父亲这样，我也会这么做的。秋蝉，难道你不这么认为吗？"

秋蝉恼怒了，终于摊牌道："好么，那就请便！我走啦，有作者约我谈稿件……"

一边是爱情，一边是亲情，邱永库夹在中间，为难极了。在这架感情的天平上，他没有能力使其保持平衡。是呀，秋蝉的要求并不苛刻，在当今年轻人感情极其丰富、活跃、开放和早熟的情况下，她又是多么渴望爱情的阳光和雨露啊！对于邱永库来说，他也并不是无情无欲的冷血动物，又何尝不愿得到这一切呢？同样，作为一个即将入土的病翁，作为一个鳏夫管娃把自己拉扯成人的父亲，当生命的灯盏不知会在哪一天突然熄灭时，他对生活和感情又是何等的迫切和渴望啊！尽管父亲不让他回家，甚至用拐杖赶他走，但他怎禁得住感情的折磨和良知的苛责呢？他想起秋蝉曾在给他的信中摘录的一位外国诗人的话，他说，爱情是感情融洽的乳汁，是心灵碰撞的火花。既然连这个融洽和碰撞都难以达到，这种爱情还有什么可靠的基础呢？根据二力平衡定理，这个平衡完全没有必要再维持下去了，每一方的强硬或松懈，都将导致分裂和变形。也许，爱神的安排有它的道理，亚当只能配夏娃，邱永库爱情的伊甸园或许本来就不在这儿。

哦，迷人而又恼人的爱情啊！

经过长期的痛苦和思考，邱永库终于有了一个超脱的机会。这年夏季，为适应全区林业发展需要，行署提出开发五凤岭，扩大苗圃生产和经营范围的决定。根据这一指示，水利局决定选派一位年轻技术干部加强苗圃工作。领导们不约而同地看中了邱永库。一是他是技干，虽然专业不对口，但他肯钻研肯学习，只要稍加培训，就能胜任；二是他年轻有为，思想开放，有干劲，有能力，工作表现不错，理应大胆使用；三是苗圃虽然工作艰苦，但房舍多，空气新鲜，环境幽雅，他可以带上父亲，住宿有靠，利于养病，一举多得。邱永库略加考虑，就当即表态同意。就这样，他没有跟瞿秋蝉告别，也没要局里相送，就回老家拿了简单的行李，背着父亲上了公共汽车，来到了五凤岭苗圃……

邱永库刚打了个盹儿，突然被一种奇异的响动惊醒了。他撑起身子，透过窗子向外探听。

咚咚咚，咚咚咚……

嗯，是敲门声。他判断着。接着传来了一声沙哑的嘶喊。

"虎——虎！开门，开门开门！"

院子里没有动静。

邱永库觉得奇怪，拉亮灯，穿衣下床，出门向院子走去。走出偏门，绕过办公室，飞飞已蹲在院门内叫了起来。

"飞飞，快，叫虎去！虎——睡死了？"有人在外边喊。

"谁呀？"邱永库问。

"我，快开门！"门外应着。

"你是谁？"

"你是谁？"

"新来的。"

"哈，邱领导，我知道你！"

"你到底是谁？"

"外交部部长！"马满出来撒尿，尿冲在南瓜叶子上，很响，"小邱，甭管！叫那崽娃子多喊叫一会儿。"

那人还在自我介绍："邱领导，我叫矮丰三，苗圃外协办主任，快给我开门！"

邱永库不知所措："我没有钥匙呀！"

"没锁。两道关子。拔开插销，门就开了。"

小邱摸索着打开关子，拔开插销，门哗的一声被撞开了，一个像汽油桶似的人连自行车一起滚了进来。

"啊哈！邱领导，你行动神速啊！"他说话下巴直往车把上磕。

"你辛苦了！"

"把门关上！"矮丰三说着推着车子向院内走去，嘴还不住地嘟囔，"虎这娃睡觉真死！"

虎子隔窗喊："外交部部长，灶房留有饭菜！"

"吃咧！"矮丰三撑好车子，警告虎，"你这娃，以后睡觉灵醒些。"

虎子反击道："没迟没早，天天如此，谁知道你啥时回来？"

矮丰三恼了："多嘴！六月萝卜——少窨（教）！"

邱永库关好门，向矮丰三走来。矮丰三上前和他握手，并拿出烟，给他递了一根。

小邱把烟又递回去："谢谢，我不会吸烟。"

"好人。"矮丰三不由分说把邱永库往他房子那边拉，"走走走，到我房子坐坐。"

小邱推辞道："太晚了，睡觉吧，明天再聊。"

"噢，也是。"矮丰三恍然大悟，"老人家安顿好了？"

"好着呢，睡了。"

"走走走，去看看。老人家，身体金贵得很，可不敢怠慢。"

矮丰三走进自己居室，转瞬间又拎出一瓶酒，踉跄着跟着小邱来到父亲屋子。

开了灯，邱永库才看清这个滑稽可爱的小矮人。高额颅下一对逗人的大眼睛，好似里边隐藏着数不清的秘密。鼻尖刀削一般，两只鼻孔无遮无拦，总是呼哧呼哧喷着热气。说话很快，嗓音沙哑，使人联想起农村老太太铲锅底的声音。虽然纵向矮小，但横向却很粗壮，真像个汽油桶。

矮丰三把拎着的酒往炕头一蹾，像老熟人似的向父亲打招呼。

"老人家，舒坦一些了？嗯，让我瞧瞧，这病，最关键是休养。"

说罢，他真的动起手，又是把脉，又是摸心跳，这儿查查、那儿看看，俨然一个老中医。

"老人家，用的什么药？"

"脉通。"

"嗨！这药不管用，只能控制，不能治病。我介绍一种，叫'活脉灵'。嗨，不愧叫灵，就是灵！吃一月，能下炕溜达；吃半年，甩了拐棍；一年过后，包你全好！不过，这药还在试制阶段，没投产。这是信息，信息！你懂吗？或者，就吃这'天参酒'。"矮丰三说着把那瓶药酒拿给老人看，又一边滔滔不绝地说着。

"这是我自制的，原想孝敬我爸，你就先用。这天参与东北人参、甘肃党参大不相同，产自新疆天山雪顶，稀罕物。酒也大有讲究，要二十年高粱陈酒，四十五度半，不能多半度，也不能少半度，治病不治病，就在这差别上，绝！这参是前年我去新疆采购羊粪时一位九十九岁长须老道给的，秘方也是他家祖传。嗨，不瞒你老人家，提起那次我去新疆，可大长了咱老陕威风。甭看咱个子矮，人称矮丰三号——对了，提起矮丰三号，那原本是一种小麦优良品种，个子矮，早熟，但产量高。唉，说来好笑，咱胡头儿，没文化，净出丑。我的名字本叫魏风山，记名字时这家伙老鼠眼瞪瞪，不知是有意还是无意，竟把我魏风山写成了矮丰三。这之后，又有人给尾巴后添了个号字，就成了矮丰三号。不过，现在更乱套了，有叫矮丰的，有叫三号的，有叫矮三的，有叫矮号的，也有叫丰号的。总之，不管怎么搭配，只要是这四个字，那就是我无疑。只是，叫丰号不太美气，要是丰田多好！丰田，日本货。我坐过马专员的这车，软座，快得很，眼一眨就几十里……咦，我讲到哪儿了？对，想起来了，那次去新疆，甭看咱个子小，再大的场面也经过。少数民族，有多少酒场豪杰！但咱有请必去，奉陪到底，场场都醉，不醉不罢休。一次能喝斤半，吓得他们打哆嗦，直呼老陕个子虽小，却有海量，不愧酒中英豪，一醉震三省。老人家、邱领导，你说是不是呢？"

父亲眼都没睁，像蚊子似的轻轻哼哼了两声，再没言语。邱永库却被矮丰三热情、豪爽、滑稽和胡吹浪谝的表演逗得直想笑。但他终于忍住了，没笑，脸上不时掠过一抹欣然的喜色："不过，我不是领导，只负责技术，你可别再领导领导地称呼。"

"嗨，好！好！"矮丰三的鼻子又喷出热气。邱永库觉得那气息像一把鸡毛掸子，在他脸上撩拨不停，使他的心情猝然不安起来。矮丰三却毫无察觉，继续说着："胡大顺，小眼睛，没光，没色，没文化，他能当领导？他当领导苗圃早该倒闭了！不出半个月，管保你是领导，这是最新信息。"

邱永库忙岔开话题："那么，你是啥文化程度？"

矮丰三傲气地把头向上一扬："六九级初中毕业，程度最高，该算半个知识分子吧？"

邱永库忍不住笑了："刚好是'文化大革命'时期，初中等于没念，还不是小学程度？"

矮丰三狡黠一笑："哈哈，管他学没学，反正牌牌在那儿呢！"

"也是。那你整天忙些什么呢？"

"哈！你问这？"矮丰三兴头又来了，"开发，外协，这是目下改革开放最时髦的行当。具体内容么，多啦！比如刚才说的天参酒，是热手货，销路广，咱可在五凤岭栽培，再办个酒厂，管保大发其财！还有，开果园，挖鱼池，育风景树和花草，再在桥头盖几间门面房，办综合经销部。如今的信息多得装不下！"

矮丰三说着就掏信息。小邱这才发现，他穿了一双哈萨克族的长筒大胶靴。靴刀已到了胯下，简直像一件大胶裤。只见他将手塞进靴里，很快掏出一个本子和一沓电报、信件、名片、合同之类的东西，眨眨眼，神秘地道："当前麻袋、床板、羊毛、纯碱、铁丝、圆钉紧缺得很，我已掌握大量信息，全国各地都向我求援要货。看看看，电报、信，有北京四通、上海浦东、南京海宁、西安秦陇……都是国营大公司，马上可签合同，一笔就是几十万成百上千万元。只可惜我手头没钱，胡头儿那家伙又光拆台使绊子，弄不成。苗圃要翻身，不搞外协，不搞开发，不搞综合经营，肯定是死路一条。光育树苗，赚不了大钱。北京杨、十五杨，速生，但木质差。新疆毛白杨、大关杨，冠大，不直溜。箭杆杨，木质好，但长得慢。水杉育苗，难度大，成活率低。只有梧桐受欢迎，但产量少，当年不能出圃，效益低，不划算。所以所以，光靠育苗，没出路……哎呀，你看你看，老人家都睡着了。我这嘴，没闸门，一开就没天没地、没完没了。好了好了，时间晚了，都睡，都睡。我走了，明天见。"

矮丰三下了炕，掖掖裤腰，抱拳告退。

"把你的酒带上！"父亲突然说道，原来他根本没睡着。

"咱们谁和谁呢！"矮丰三滑稽地一笑，像汽油桶似的滚出门口，"老人家，祝你健康长寿！"

看着矮丰三走了，邱永库突然产生一种陌生的亲切感，同时心中倏然笼起一抹寄身异乡的情味。哦，五凤岭，生旦净丑，角色齐全，真是一个温暖的小家庭。

二

五凤岭的秋天特别迷人。

五座土梁，从个体分开看像五只落地的凤凰，但从整体上看又似一朵橙色的太阳花。五片花瓣舒展着，已被当地群众用勤劳智慧点染得姹紫嫣红、流金溢彩。五片花瓣以主沟为轴线，沟北两瓣宜植枣树，红枣一串串，像珍珠玛瑙一般晶亮，密密实实地从梁顶一直笼罩到沟底，压得枝头像钓竿一般下垂，一举手便可采摘。沟南多种苹果，园子一片连一片，使三道土梁浑然一体，几乎分不清高低层次。苹果像满天星，又红又大，摇摇欲坠，此时真要有位神人呵口气，那果子就会一股脑儿滚下土梁，猝然填平三条大小不等的沟涧。从土梁顶头往下，到沟底五米以上的等高线之内，是百十米高的沟坡，这里遍布着无数奇形怪状的土台、土坎、土包、土柱,还有一些像猴子、雄狮、猛虎、大象、黑熊之类的天然泥塑,夹杂在葛藤刺丛之间,或站、或走、或卧、或躺、或蹲,形象各异,栩栩如生。这一部分大约占整个五凤岭的三分之二,实际是一块未被开发利用的处女地。刚刚落过一场小雨,草丛潮湿,有一种叫孜然(又叫地衣)的菌子到处都是,用手随便一抓就是一把,非常鲜嫩,散发着幽幽清香。藤蔓和刺丛中随处可见野葡萄、小酸枣和枸杞豆点亮的一盏盏小红灯笼。偶然间,惊飞一只两只鹌鹑,冲天空发出呱啦呱啦的叫声,仿佛一位喝得醉烂的老人爆发出哈哈的笑声,使空谷充满"开坛十里香"的醉意。如果心细眼尖,顺着鹌鹑起飞的草窝摸去,准能获得几个小卵石一般大小的鹌鹑蛋。

  沟底以上五米处,沿等高线依稀可见一条小道,靠崖处零星散落着一些破旧不堪的窑洞和穴窟,这是不同年代人们栖身度日留下的痕迹。沟底多为熟土或滩涂,时宽时窄,曲折回环,在支沟与主沟交会处各形成一个大湾,豁然展开几垄较开阔的平地,这就是五凤岭苗圃的圃地和果园,连同沟岔、沟套、小泡子等零碎土地,总共一百二十多亩。圃地和果园随坡就势,形状很不规则,但土质都堪为上乘。苗圃分块培育的有梧桐、水杉、白蜡木、中国槐和各类白杨树。杨树多为一年生,扳过杈,喷过药,没有疯长和虫害。水杉有引进移植的,长得青翠茂盛。扦插的水杉苗床,全都用麦秸帘子搭了遮阴凉棚,成活率很好,夏插的嫩苗已生根并有了新芽。梧桐全是两年生,去年平茬,今年出圃,干粗叶大,高都在三米以上,有的已达五六米。果园虽没有苗圃管得那么精细,但树型还好,果枝也整齐,园内无荒芜之象,枝头果实累累。无论苗圃还是果园,地畔和田埂以及所有空闲的地方,都栽种着花椒树、蓖麻、黄花菜、南瓜、豆子、玉米、红薯等。苗圃院子下面就是五八年半途而废的土坝,小溪至此被扼成一汪碧潭,水不深,像太白金星拐杖上的宝葫芦。水面生满各类浮游生物和藻类植物,岸边和浅水处被水草簇拥着,把潭水染成一片醉人的绿。土坝下有个很小的泄水涵洞,水哗哗流淌,又哗哗顺着布满青苔和水草的小渠流出沟口,汇入泾河,是那么匆忙,那么悄然,好似急于把五凤岭的秘密悄悄告诉给人们。

  以苗圃元老和当家人自居的胡大顺把内外一切生产的、生活的、外交的事务一一安排停当,就领着邱永库利用整整两天时间把五凤岭沟沟坡坡齐齐查看了一遍。他眨着极易激动的小眼睛,滔滔不绝地说着,像让人观赏女儿的嫁妆似的,难免有些炫耀和故弄玄虚。他对五凤岭的一切都很熟悉,更有着无法比拟的深厚感情，不容许谁对它不恭和怀疑。在他眼中，五凤岭是他的生命，是他的主宰，他把它看得比自己女儿还重。他对眼前的邱永库，对这个老实的小伙子，由衷地器重和赏识。他从小邱专心致志地听他讲话的神态和目光中，从小邱不断啧啧称赞的兴奋中，从小邱不住在小本子记录的举动中，隐隐感觉到一种和自己相同的东西。不难看出，这位年轻人被这里的一水、一石、一土、一木所吸引、所感染，充满着极大兴趣和深厚感情。他懂得，这一切，将成为他对小邱信任和依赖的基础。所以，当临近考察结束时，他很冲动，话特别多，而且那口吻、气势、神情，把自己摆在很不恰当的位置，好像面前站着的这个小伙子，不是水利局正式下文任命的苗圃主任，而是参观学习的学生，或者干脆就是他手下雇用任由指拨使唤的临时工。

行署水利局的红头文件下达十多天了，文中明确任命邱永库为五凤岭苗圃主任，括号里还强调为科级，正儿八经地盖着大红印。但这件事对胡大顺来说，并未引起多大震动和反应，尽管白条用古代贤明之君举能让贤的故事做了种种暗示，尽管女儿银杏气得把红头文件贴在家里每当父亲在场时一遍遍大声朗读，尽管马满不住暗示而矮丰三已明显不服指挥，而他却视而不见、听而不闻，好像有这回事与没这回事都只是那么回事罢了，都一样，没有什么可值得大惊小怪的。他相信自己仍是五凤岭的主宰，所以我行我素，照常早晨起得很早，照常把院子打扫得干干净净，照常准时打铃又一个个敲门喊大家起床，照常像人民公社的生产队长一样，发号施令，指挥生产，安排活路。尽管大家心里总觉得别扭，又都碍于情面，便不再多嘴，反正活得自己干，谁安排布置还不都一个样？有事时他也找邱永库，但那态度和口气不像请示或汇报，倒像是做指示下命令，给人感觉苗圃领导仍然是他而不是这个已有了科级官衔的年轻人。他是不注重什么科级股级的，那都是形式而已。当初，并没有什么红头文件，也不分什么科级股级，只凭老局长"顺子，你给咱到五凤岭办苗圃去，办成了你就管上"的一句话，这一"管上"，还不是三十多年过来了？至于这个"管上"，到底是圃长呢还是主任，是科级呢还是股级，他从未深究和细想。大家也不知底细，便"领导""头儿"地叫，因为这是一顶松紧带乌纱帽，全国上下、大官小官都可以戴，不会大官小帽或小官大帽地闹出矛盾和笑话。大家这么叫，他也这么应，叫法虽不同，但都是一个意思，还不都是老局长让他"管上"这两个字？他只认"管上"这个理。管上，就是主事，就是当家的，就是主人。所以在他看来，有没有红头文件，是圃长还是主任，属科级还是股级，这些都不重要，重要的是"管上"，是"主事"，是"当家的"，是"主人"。

所以，尽管三十年来，苗圃换过两次领导，但他的这一理论没有受到丝毫动摇和改变。头一次是"文化大革命"时，矮丰三夺了他"管上"的权，成立了革委会并自封为主任，但生产仍由他大包大揽，一切照常，不久革委会就自行解体了。第二次在1976年，局里分来一位转业军人，此人很想干一番大事，到苗圃后就成立了党支部（未经党组织正式批准），他为书记。胡大顺对此毫无反应，照常发挥他"管上"的作用，苗圃这台机器实际仍按他的意图运转。这就使具有军人气质的"书记"，无论如何也看不惯他包揽一切的做法，忍受不了他这种严重侵权和与党分庭抗礼的行为，就罗列了八大罪行，要上级对他进行处理。结果胡大顺没有被处理，书记却经受不了寂寞孤独和艰苦生活的考验，调到爱人所在的工厂去了。书记屁股一拍，走了，撂下的烂摊子还得他来收拾，还得他继续"管上"。在他看来，无论来个穿红的还是穿绿的，关键是干。干好了大家光荣，干不好就得他收摊子。与其那时收摊子，不如现在就"管上"，不要烂了摊子。所以，他牢记自己的使命，仍是外甥打灯笼——照舅（旧），该管的还要管，该干的还要干，不会因为来了个邱永库而忘记自己的使命，更不会因为别人议论而放弃自己的原则立场。

对邱永库来说，老胡的这些行动并未使他有丝毫不满和反感，虽然他的一些做法欠妥，很固执，有时甚至迂腐得可笑，但他不认为这就是侵权行为，相反对这个小老头产生了一种强烈的安全感和信任感。他将此归结为人在与某种事物建立了特殊关系和感情时，所滋长的一种近似迷恋的感觉——这自然又使他联想到父亲对于铃的那种如痴如呆的精神态度。父亲从高级社到人民公社，一直是生产队长，多少个春夏秋冬，多少个日日夜夜，无论阴天晴天还是刮风下雨，他每天都要准时打铃，以此唤醒人们、安排生产、召开会议，这已成为他生活中的一大乐趣和生命中不可缺少的部分。可是，在社教和"文化大革命"时，他靠边站了，失去了这个权力，使生活和生命变得索然无趣。他整天魂不守舍，一有机会就像丢了魂似的在挂铃的大槐树下转悠，瞧瞧那铃，摸摸那绳，如果一天不这样就睡不着觉。乡亲们见他如此可怜，就向工作组和造反派苦苦求情，这才争得一个义务打铃的差事。实行承包责任制后，生产队不再打铃了，有人就把铃偷去卖了废铁。当父亲知道后，搭公共车跑到三十里远的收购站，花十六元钱又把铃赎回来了。他把铃挂在大门口的槐树上,虽然不再敲打,但看看那铃,摸摸那绳,听听那风吹铃绳摆动撞击的铃声,就像有了主心骨,吃饭睡觉都踏实起来。想想这件事,再联系老胡与五凤岭苗圃的特殊关系和感情,他那些反常的言谈举动也就不足为怪了。只是,他对占五凤岭三分之二未被开发利用的土地的漠不关心和对苗圃现状志得意满的态度,却使邱永库心中出现了一小会儿的不安和震动,这也许就是他今后难免与这个小老头发生矛盾冲突的关键所在。

这位热情、忠诚而又固执的小老头啊!

邱永库跳下一个土坎,伸出手,把老胡从土坎上接下来,二人笑着给对方拍打身上的灰土,向潭边一块大石头走去。

"老胡,这潭水好绿呢!"

"那是那是,像一块绿宝石!"

"真的有宝石吗?"

"不但有宝石,还有金元宝呢!"

"又是个故事!"

"来来。坐下,歇会儿。"

老胡拉着小邱一起坐在石头上,不合语法、不合逻辑、断断续续、结结巴巴地讲起一个故事。小邱把情节连贯起来,故事内容大体如此:

很早的时候,这潭水很清。当时,潭边住着一个老喇嘛,他有法术,可使潭水医治百病。附近几十里的人常到这儿烧香拜佛,求老喇嘛赏赐一些"神水",好医治家人的病痛。这天,一位财主前来医病,言称他患有风湿病和皮肤病,要跳进潭水洗澡。喇嘛劝他万万不可。财主追问为什么,喇嘛便道,潭下是泾河白龙的水晶宫。财主直喊荒唐,执意要洗。喇嘛无奈,只好拿来一把锋利的宝剑,伸进水中,念着"五凤来,潭水开"的咒语。喇嘛话音刚落,只见潭水打起了旋,接着便自然分开。财主向水中望去,果见一座绿宝石建造的宫殿,宫殿里摆满金元宝,金光闪耀,灼人眼目。财主惊得目瞪口呆,便起了黑心。一天,他令家人暗中夺走喇嘛手中的宝剑,将他一剑劈死,然后亲自把带血的宝剑伸进水中,口念咒语,潭水果然开始打旋。这时突然一阵旋风刮来,将财主和家人高高吹起,又忽地甩下,甩进潭水的旋涡里。从此以后,再没有人看见过那水晶宫和金元宝,潭水也变小变绿了。

老胡讲完,郑重告诫小邱:"人心不足蛇吞象。做人,一定要知足,知足者常乐嘛！"

小邱知道，这潭的地势很低，是地下水上升和小溪渗漏形成的一个积水潭，觉得故事没有一点科学依据，便向老胡笑道："怕是你编的吧？"

"哪能！我，蒙学，会编故事？这还是当年修土坝时，老局长给我讲的呢！那时，我二十出头，给食堂做豆腐，领导看我勤快、老实，就招了工。后来工程停工了，我又给局里做了一年豆腐。第二年，我就来这里办苗圃了。开始只我一人，喝的就是这潭里的水，一切都是白手起家。是哩，能闯下现在这个摊子，很不容易！"

老胡说这段话时，声音很浓重，小眼睛连续眨了好几次，看得出他对自己光荣的创业史感到无比自豪和骄傲。

小邱把脚伸进水中，用手撩着水，冲洗脚上和塑料鞋上的泥土，没有觉察到老胡那几个激动的眨眼。

"你会做豆腐？"

"苗圃四时八节，都是我做的豆腐，灶上留些，大家分些，剩下的送给当地群众。土皇上，不敢惹。但对咱，可没二话说！"

"苗圃用工靠他们吗？"

"这些，你甭管，有我哩。该干啥，你干你的啥，生产的事，由我管上。"

话已至此，小邱也不愿再隐瞒，想把自己的打算告诉给老胡。

"老胡，我想冬季没活时，把五凤岭测量一遍。"

"搞那干啥？"老胡觉得突然。

小邱顿了一下，脑子一动，把后半截话咽了下去："我想画个图，挂在会议室。"

"好嘛！"老胡只点了个头，脸上却毫无表情。

"也好查看苗圃全貌，外人一看图就一目了然。"

"那就越早越好么！"

"现在不行，障碍太多。只有到冬天，庄稼收了，树叶落了，才能看到。"

"噢，还这么多讲究。"

小邱又问："老胡，你说这条溪水能不能满足苗圃浇地用水？"

老胡思索了一下，道："要说呢，应该够。可到了伏天就不行，有时小溪也干了。"

小邱继续说:"能不能把这土坎移到上游,平时不用水就蓄起来,到旱时再用。你瞧这水,白白流走,多可惜。"

"你说什么?!"老胡瞪大了双眼,使小邱直咋舌,"白白流走?泾河、渭河、黄河,还不都白白流走了?山有山道,水有水路,不流走又能咋呢?再修库?甭想!五八年三县大联合,也没修成。靠咱?人家专家都说了,这里离泾河近,土质不好,存不住水,修不成库,就别起这份心!"

小邱伸手拔了根水莲草,一节一节地掐着,扔进潭里,回头道:"我是说,先测量一下,如果有可能,就把浇地问题解决了,还可扩大面积。"

老胡简直暴怒起来,一个接一个翻白眼,看着就叫人发怵:"扩大?能把五凤岭全扩大了?要这样,我看测量也甭搞了!"

小邱也微微动怒:"你不是刚才还说,该干啥,你就干你的啥。我就想干这,不干扰生产,一切由你安排,这难道不行吗?"

老胡刹那间噎住了,心想:"这小子的话有道理。对,只要不影响生产,你愿干啥就干啥,这样倒也省心。"

他摸了一下像毛儿盖似的一头乱发,向小邱道:"也是,上了几年学,读了那么多书,没个用场,也怪可惜!是这,大忙一过,给你一月时间,再派两个临时工,你就在五凤岭好好实习实习。"

小邱为自己取得第一个小胜利暗自高兴,两道墨锭似的浓眉微微一动,像老喇嘛神奇的宝剑,决心把五凤岭的所有宝藏都挖掘出来,要叫五凤岭变成聚宝盆、福窝窝,给整个五凤岭的人带来幸福。想到此,他心中初拟的计划突然一下子豁然开朗了,同时他也更加充满信心和勇气。他很感激老胡,也真需要他这样一个"管上"的助手啊!否则,他无论如何也不能从日常事务中抽出身,来思谋和筹划一项更加宏伟壮阔的事业。

一只水鸟从潭边飞起,扑棱棱击起一阵水花,然后咕咕叫着向深谷飞去。

"头儿——"

这时,只见马满从南坡跑下来,脚把土块踢得直往下滚,有几块落在小邱和老胡身旁,溅得潭水打湿了二人的衣裳。

"头儿!"马满气喘吁吁地站在小邱面前,正要开口,又觉不妥,忙又瞧着老胡,改口道,"两位头儿,王村沟的劳力靠不住,群众嫌工钱太低。"

老马虽口称两个头儿,但牛眼总没离小邱两道浓黑的剑眉。小邱明白老马的意思，忙向他道："老马，生产的事还由老胡管上，你和他商量。"

老马大嘴一咧，胡乱说着："是哩是哩，胡头儿不愧代代红，就是老蒋来了，也离不开他抓生产，管上。胡头儿，你说是不是？"

"狗嘴里吐不出象牙！"老胡小眼睛一瞪，"快说，到底咋了？"

老马道："现在不比生产队了，各人有各人的事，谁一天出门不是七八块十几块，没人再看得上咱这两块五角钱了。"

"你没找黑娃队长？"

"找咧。他也是法娃他妈把法娃死了，没法儿了！"

"要么，到眭城堡去，找二组组长狗蛋。去年春节我给他们做过豆腐，老关系嘛！"

"那就得你亲自出马。你知道，去年为开工钱我踢了狗蛋一脚，那家伙还记仇着呢！"

小邱问老胡："大约需多少工日？"

老胡答道："千十个。"

"账上还有多少钱？"

老马回答："只剩两千多元。"

老胡："外边还有几万元树苗款没收回来。"

小邱："老胡，能不能把工钱稍稍提高些？"

老胡："不可！人心不足蛇吞象，如今这人心都狠得没底，这事你甭管！"

小邱："矮丰三收树苗款也该回来了。"

老胡："怎么，你派他收款了？"

小邱："我怕老白一个跑不过来，让他俩人分头去收。"

老胡的脸色阴沉了："看看，说是你别管么！没我的话，你怎么随意叫矮三去收款呢？谁把他当人看？去新疆买羊粪，至今没结账。河南运桐树根，尻子抹了一拉拉屎。那家伙胆比贼大，连皇上买马的钱都敢用，收下钱看不敢跑到外国去？你呀，这些事，以后甭胡乱插手！"

小邱红着脸解释："我给他约法三章。"

"十章也不顶用！我的政策，野马由缰任他跑，不要当人使，更甭叫他染银钱的事。"

老马不耐烦了："请工还请不请？"

"矮丰三的事回头再说。"老胡向小邱说着，穿了鞋，跳上土坝，向老马道，"走哇，咱俩去眭城堡。"

老马推辞着不想去："头儿出马，一个顶俩，我就免了！"

老胡气呼呼地直跺脚："咳咳，你这人，看不来一点火色。半个多月就大忙了，请不下工，到时全乱套！走，两人是个伴么。"

老胡和老马走后，邱永库独自在土坝上站了会儿，活动活动腰身和四肢，然后过了土坝，又折回小道，绕过苗圃院子，向一个沟岔走去。他知道那里还有一个小水潭，水很清，地方偏僻，他想到那儿洗个澡。快一个月了，他和大家一块儿给杨树苗扳杈、打药，秋插水杉，给水杉苗浇水、遮阴……他身上实在太脏了。换下的几件衣服都被银杏抢去了，洗得干干净净，叠得平平整整，一直压在枕头下，舍不得穿，总想着抽空洗个澡再穿。好似只有这样，才对得起银杏，才不致亵渎和污染她纯真圣洁的心。他这么想着，跳下一个大土塄，正要跃过一条壕堑时，突然传来一阵清脆的歌声：

> 日出嵩山坳，晨钟惊飞鸟；
> 林间小溪水潺潺，坡上青青草。
> 野果香，山花俏；狗儿跳，羊儿跑。
> 举起鞭儿轻轻摇，小曲漫山飘。
> 莫道女儿娇，无瑕有奇巧，
> 冬去春来十六载，黄花正年少。
> ……

小邱循着歌声爬上壕堑，从梧桐苗地顶头向沟坡走去，这才看到沟坡下有个姑娘正在剪花椒。椒果把塄坎染成一片橙红，使姑娘身上淡黄色筒式针织衫显得粉亮空蒙，连那轻妙的歌声都好像不是唱出而像是从身上流出来的。他听得入了迷，挪步悄悄向她走去。

他站在一旁，摇着一株椒树，同时大喊一声："银杏！"

银杏吓了一跳，歌声戛然而止，她扭头惊叫起来："小邱！"

"你唱得真好听！"

"别骗我！"

"真的，比郑绪岚唱得还感人！"

银杏的脸不由得红起来："你一个人跑到这儿干啥？"

小邱不自在地支吾着："我，我是到沟岔里……不不，是到这儿看这种花。这花真好看，我还是头一次见。"

银杏咯咯笑了："这不是花，是果。你尝过吗？"

小邱连连摇头："没尝过。"

"好么，叫你尝个够！"银杏说着，摘下几朵，猫着腰从树间往过钻。小邱逗着她玩，就把椒树抖得唰唰响。银杏尖声叫着："哎呀呀，把人扎死了！"

银杏钻过来，手指果然被扎破了，她用另一只手捏着伤口，嘴里连连喊道："你真坏，痛死人了！"

小邱连忙扶起她："快，让我看看！"

银杏用手指一按，一个血印像一朵小花，留在小邱的背心上。

小邱心有些动，但他控制住了感情的冲动。他忙把银杏的手指含在口中，吮着上面的血珠。银杏趁机把几朵花椒塞进小邱嘴里："快尝，吃了保管不再耍贫嘴！"

小邱明知上当，但还是嚼了两嚼。这一嚼不要紧，直麻得舌头打转，鼻子发歪，眉毛拧成绳，连连叫苦不迭："上当了！你这姑娘真坏，定是个麻女子！"

"再骂就麻到底！"

"可有解法？"

"还骂人不？"

"不咧。"

"再呢？"

"再，我是麻女子！"

"好，你闭眼。"

"闭上了。"

银杏在沟坡摘下几颗酸枣。

"别睁别睁！"

"没睁呀！"

她顺手把酸枣塞进小邱嘴里。

小邱睁开眼，咀嚼着，果然嘴不麻了，舌头不僵了，鼻子不歪了，眉毛不拧了。

"这偏方真灵！"

"那可不！"

"哎哎！"小邱突然神秘地说，"银杏，说真的，这五凤岭，还真的遍地都是宝。花椒、酸枣、地软、枸杞……都是稀罕之物。"

"谁说不是呢！可在我爸眼中，有宝也不识。"

"关中人的老毛病。人家江苏人、浙江人、河南人，把生意都做到咱鼻子底下来了，咱却把宝贝当废品扔掉，这是多大的差距啊！"

"我看出来了，你也拗不过他。"

"不一定，刚才我就大获全胜。"

"胜什么了？"

"他已同意我今冬把五凤岭测量一次。不过，我没说出真正用意。"

"什么用意？"

"我计划把所有的沟坡地开发利用起来，大力发展种植业、养殖业和畜牧业。具体说，沟坡上部是天然草皮，可重点发展酸枣、枸杞、地软。中部是果林带，面积两三千亩。下部种水草，发展畜牧渔业和育苗。育苗要扩大品种，除一般绿化树外，大搞花草盆景。水源问题，可在上游修坝，把溪水和宝鸡峡干渠退水蓄起来。等这些初具规模后，就可办罐头厂和土特产品加工厂，五座高岭上的苹果、红枣等也有了去路，带动周围群众一起致富。这是一项综合性工程，也是一项很有意义的事业，总名称就叫五凤岭农工商综合开发公司，将是一个拥有几百名工人和各种现代化设备及管理技术的经济实体。"

银杏听得吓呆了，她不相信这些话出自眼前这个不爱说话、看起来腼腆得像个姑娘的人的口中，使她如坠水晶迷宫一般眼花缭乱："好是好，只是，怕设想太大了吧？"

小邱两道乌黑的剑眉一挑，像两柄宝剑一般锋利有力："不，这我翻阅了大量资料，外地也有成功的经验，我还与西农一位教授做了详尽分析后才有了这个念头，局里对此也很重视。现在应尽快掌握五凤岭有关的第一手资料，提出总体规划，做进一步科学论证，提交上级批准，春节过后就可实施。银杏，怎么样，有兴趣和勇气吗？"

银杏小嘴一努，赌了气："你有我也有！"

小邱高兴地叫道："好呀！希望你合作。"

"我爸怎么办？"

"只要有了成果，他会支持的。而且，未来总是年轻人的。"

"所以我才不服他那老一辈呢！"

"不叫叔叔叫哥哥？"

"还不都是为了和你站在一个队列。"

"是的，应该把年轻人组织起来。"

"你是团员吗？"

"超龄了。你先把大家组织起来，搞些活动，再写个报告，给团县委和局里送去。"

"我爸会支持吗？"

"只要能办几件光彩的事，他会支持的。"

"办什么事呢？"

"我想了，他现在正愁没钱，请不到工，咱可以采拾酸枣、枸杞和地软，也可让当地群众采，咱们收购。这是一笔刀下见菜的买卖，我估计，搞好了，弄个几万元没多大问题。"

银杏一下子灵醒了："呀，真的，这事一办准成。都是热手货、缺货，销路一定很畅。"

小邱继续说："我想先采拾地软，刚下过雨，多得很，明天就干。采下先晒一些，装成小袋，我带上到西安去一趟，找些大货主，签好合同，然后再大规模采拾。"

"虎子灶上还有一笼干的。"

"那更好，我明天就去，最多两天就回来。你和虎子他们先组织采拾。"

"要不再请几个人？"

"也行，工钱可以提高些，你看情况办。"

银杏看看腕上的表，说："现在还不到四点，还早呢，说干便干。"

小邱应道："好，我也出发，晚上好办事。"

银杏闪动着晶亮的眸子，向小邱脸上扫去，她这才发现他也在盯着她。她忙避过他的目光，见他衣服上粘了许多柴屑，便用手给他摘着："看你，衣服这么脏了，也不知换换。"

小邱粲然一笑："身上脏得很！"

银杏用手在他脖子一抹，咯咯笑了："哎呀呀，这么脏，就不会到沟岔去洗澡？"

小邱故作稀奇："沟岔能洗澡？"

"水清得很呢，又没人去，我常到那儿洗。"

"今天算了，我到城里洗。"

"得换上干净衣服。"

地软是一种念珠藻，也叫地木耳，寄生于山沟草丛之中。晴天日晒，干枯而微小，粘在草中不易发现，只有雨后经雨水浸泡，体积才陡然膨胀，颜色绿，黏性大，像翡翠，晶莹剔透，此时采拾极易。采后晒干，呈黑褐色，似木耳，可入药，可食用，营养价值很高，炒菜、烧汤、蒸包子，堪称上等佳肴。特别是时下人们生活水平普遍提高，追求野趣和时新的心理愈来愈浓；而且价格便宜，经济实惠，所以很受城市居民喜爱，需求量很大。邱永库带着十几袋半斤装的干地软，当天赶到西安，分别与炭市街、朱雀、小寨几个蔬菜商场洽谈后，当即就签订了四吨价值三万多元的合同。炭市街商场经理建议小邱要注意包装，印一个讲究的塑料袋，再做点文字说明，会更得顾客青睐。几个经理都表示，这是第一次交易，如果能做到保质、保量、按时，便可建立长期供销关系。小邱把苗圃的账号抄给他们，强调当下正是收购旺季，预付款务必五日内汇出。经理们为表示精诚合作，当即叫来会计，给了账号，要求立即汇款。小邱又赶回行署，在工艺美术厂订印了几千个塑料袋，便匆匆回到五凤岭。

事情如此顺利，大大鼓舞了青年们的士气，连马满也坐不住了，自告奋勇到附近村子贴告示，动员群众采拾，苗圃以地软每斤一元八角收购。银杏、虎子等青年把各自同学亲戚请来了二十几人，给苗圃统一采拾，每人每日工钱五元。老胡自和老马到眭城堡谈妥请工之事后，就独自到三原鲁桥和渭南找矮丰三去了。他很担心这件事，万一是现金，万一钱到这家伙手中，百分之九十九点九石沉大海。他心急如焚，正为没有工钱而焦虑万分，所以他必须跟踪追击，追回这笔树苗款。七天过后，当第一批干货装车运走时，老胡赤手空拳回来了。他不知发生了什么事，别人也不给他明讲，只是"今日天气真好"地打哈哈。当银杏唰地把两万多元预付款汇单交给他时，他那飞快的亮眼一下子定格了："办了件大事，这下工钱有着落了！"话音刚落，矮丰三也回来了。他没收到款，但带回的信息却不少，无非又是麻袋、床板、钢筋、圆钉之类。其中有一条引起了小邱的兴趣，这就是鲁桥镇镇长愿再订购桐树苗八千棵，七天之内连同欠款一次付清，价格照旧，条件照旧，十一月中旬自运。小邱觉得这件事可行，应趁冬季植树的机会，争取推销树苗一半以上。

"老胡，你看是不是让老魏到鲁桥再去一趟？"

"我去。"老胡说。

"我搭台子你唱戏，我不干！"矮丰三不依。

"要不，你俩一块儿去。"干货的两万多元预付款好似给小邱壮了胆，也好似给老胡吃了定心丸，大大提高了小邱在老胡心中的地位和权威，否则小邱是无论如何也不会这样以领导的口气和老胡说话的，"两个人是个伴，有事也好商量。"

矮丰三一蹦三尺高："我不想不想！大路通天，各走一边，甭连累我！"

老胡没了往日的威风，叫天指地地发咒："好好好！我还爱和你同路不成？和你出差，没钱买车票，怕是把裤子也要卖掉！"

小邱说："老胡，要么你们同时出发，住在一块儿，分头行动，晚上碰头，大的事你点头定。老魏，你也得听老胡的，他现在仍管生产。老胡，你看咋样？"

老胡说："有啥咋样的，就这么定了。小邱，家里拜托你了，我俩明天就走。"

小邱又叮嘱道："鲁桥的事说死，就签合同。其他苗子，你到老马那儿把数字和价格掌握一下，能推销的尽量推销。"

老胡胸有成竹地道："没啥掌握的，一本账，都在肚子里呢！"

……

天气凉了，树叶落了。当苗木出圃这项至关重要也是最艰苦的任务完成后，冬天已窝在五凤岭北坡晒太阳了。

在这之前，那场为时月余的干货收获打了一个漂亮仗。银杏带领二十多人自采和收购群众的地软共计六千多斤，酸枣四千多斤，枸杞一千二百多斤，合计总收入八万七千多元，纯获利六万三千元，这不光解决了苗木出圃用工资金，也使五凤岭人大开了眼界，使邱永库在老胡心目中原先只局限于信任和依赖的地位一跃而为感激和崇拜。那次，他与矮丰三的合作虽不尽如人意，但总算使苗子全部脱手，半数冬季用苗基本都打了预付款。现已到账预付款和鲁桥欠款共计七万多元，还有老白催回的一万八千多元及干货的六万多元，苗圃的银行账户资金余额已达二十多万元，这在五凤岭苗圃历史上是破天荒的。老胡感到很满足，感到自己是天底下最富有的人。有了钱，他仍不改初衷，更加以"当家""管上"的身份指指点点。现在，凡一些大的事情，他不得不找小邱商量，尽管口气没多大变化，但已从心底估量到这个年轻人的地位和分量，他不得不尊重这个名正言顺的苗圃主任存在的事实。他一会儿出主意买彩电，一会儿叨叨订报纸。小邱都由着他，都按他的思路去办，不轻易干涉和指责。因为小邱知道，他所想的也正是自己当下要做的，而且小邱相信他有能力把这个家当好。

　　苗木出圃是苗圃最忙也是最繁杂的事情，但老胡把一切都安排得井井有条。苗圃九个人，除虎子做饭、看门、照看小邱父亲外，其余人各把一关。海顺和涛娃各承包一个果园，自行安排摘果、销售等工作。白条领五个青工干杂活，如剪花椒、摘蓖麻、收豆子、掰玉米、挖红薯等。小邱和老马为两个带工头，各带二三十个雇工挖桐树苗和杨树苗，主要职责是组织劳力，监督质量，防止苗木损坏，保障劳动安全。矮丰三指挥拉运和堆放苗木。银杏点数、收苗、记账，然后按完成数目折算工日和发工钱。剩下最棘手和最容易挨骂的质量检查由老胡本人负责。他不怕骂，再难缠的泼女人都怕他那双眼。他有严格的质量要求：桐树必须带两个以上、长不小于三十厘米的主根，并要有原生土，均按三米、四米、五米以上分类拉运堆放；杨树主根和须根长不少于二十厘米，分一米五、二米、三米以上三类，按类每三十棵一捆，每捆要捆紧，以手提不松为标准。否则就罚款，罚得苛刻，有时也可灵活，这要看对方态度好坏和他的高兴程度而定。桐杨两大部类树苗各挖两个大坑，按春季和冬季出售分开假植。假植时先把苗木稍斜放置坑内，然后覆土，至根上部三十厘米处。春季出售的还要灌水，冬季出售的不灌。紧接着就是翻耕圃地，有牛犁，也有手扶拖拉机。桐树苗地不能翻耕，但必须用钉耙耙耱一遍，填平根坑，耙松表土，以确保根芽顺利越冬。

　　总之，整个出圃工作，紧张繁忙，有条不紊。一个多月，邱永库无须操心过问，实际上他这个苗圃主任只不过是一个普通劳力而已。小邱出身农家，在责任田里也干过重活，但强度如此之大、历时如此之长的劳动，这还是头一次。虽然老胡把一切都料理得头头是道，但自己是苗圃主任，不能因此松懈自己的责任感和事业心，更不能以此为借口撒手不管而自寻清闲。出于这一想法，他除尽心尽力完成老胡分派给自己的带工头的任务，帮助那些叔们哥们婶们姐们拉运杨树外，事事、处处、时时都跟在老胡屁股后边转，尽管他知道这样并没有多少用处，但他仍然坚持这么做，不这样就好似有失职之嫌。所以，近一个月来，繁重的体力劳动和没有时间概念的疲劳战，使他手上结起一层厚茧，眼睛布上一层血丝，身体消瘦了许多，等到战斗全部结束时，他已经精疲力竭了。

为了表示庆祝，老胡让虎子备得酒菜几桌。这天正好二十英寸如意彩电也买回来了。大家干杯祝贺，皆大欢喜。酒菜过后，老胡宣布放假三日，此时已到了秋末冬初。

立冬一过，黄河流域气候急骤下降，开始出现霜冻，这表示冬天已到来。放假对邱永库没有多大意义，放不放都一样。他伴着父亲，俩人吃着银杏让虎子多蒸的一只黄焖鸡，说着话。这些天太忙了，他几乎把父亲遗忘了。好在老胡安排得很周到，他把父亲的一切生活起居都给虎子交代得一清二楚。小邱发现父亲吃胖了，气色很好，情绪也大为安定。他现在不但水火可以自理，而且可以下炕走动，特别每当听到老胡敲响那苗圃上下班的铁铃时，那声音好似给他的生命注入了新的活力，他静静地听着，听着，眼睛闪耀着希望的灵光，薄薄的嘴唇微微嚅动，发出一种近似归燕的呢喃，仿佛又回到当年的岁月，他正站在大槐树下摆动铃绳，向他的社员们发号施令。

有时，他也表现出烦躁不安的样子，这多半来自矮丰三和银杏两个方面。他最反感的是矮丰三，从头一晚见面就对他没有好感，觉得他油嘴滑舌，不是个正经人，他的药酒纵是仙丹妙药他也点滴不沾。其次是讨厌银杏，自从得知她不是秋蝉后，他就忘记了她对他的一切好，并暗地骂她"小妖精"。哼，不是她，秋蝉会不来吗？在他眼中，恋爱和结婚是一回事，既然儿子和秋蝉已成为夫妻，你这女子插进来凑什么热闹？这不是"小妖精"又是什么？他认为这儿最好的人是虎子和老胡。虎子对他照顾得体贴周到，老胡是唯一能摸透他心思的人。他头一次发现老胡打铃，就摸摸索索走过来，问道："你们队还没分地？"老胡被问得发蒙，随口应道："普天下都一个样儿！""好，分了好。但分了也不能没个铃声呀！不然，上工下班、喂牛放羊、学生娃上学，都没个时间……""是哩是哩。老人家，在这儿住得惯？""好地方，福窝窝。还是你们队好，铃一响，要上地都上地，要吃饭都吃饭。你胡队长有能耐，比我强。你看我，不行了，保不了国了。老了，老了……"

小邱和父亲待了整整两天，晒过他的被褥和棉衣，又备足烧炕的柴火。银杏把父亲的枕巾、床单也洗了，晾晒在院子的铁丝上。到了第三天，小邱拿出在水利局借来的测量仪器，开始了他的测量计划。老胡回老家了，院里只剩下虎子和银杏。银杏自作主张，让虎子留下看门，她跟小邱去测量。

初冬的天气还不太冷，但在山沟，特别是早晨，情况就不同了。邱永库穿着一件腈纶毛衣，走出门又踅回去加了件人造革皮夹克。银杏穿的是一件玫红毛衣，纯毛，质地好，而且今天有机会单独和小邱在一起，她心里一直是热乎乎的。她扛着测尺，脸红扑扑的，心中充满自豪感和幸福感。小邱扛着仪器，心情也很激动，步子走得快，不一会儿就身上发热，额头渗出小汗。他解开扣子，让冷风兜着胸脯，站着，等落在后边的银杏。

"累吗？"他问银杏。

"不累。"银杏鼻尖也渗出一层汗。

"干过这活吗？"

"头一回。"

"跳过小溪，从北边沟口开始。"小邱说着纵身一跃，跳过小溪。他放下仪器，接过银杏递过的测尺，给她鼓劲："跳，别怕，跳呀！"

银杏把身子向后一缩，腿一绷，咬着牙，嗵地跳了过去。小邱伸手去接。银杏用力过猛，整个身子扑到小邱怀里。银杏咯咯大笑起来，倒在小邱怀里乖巧得像只兔子。

小邱在银杏脸蛋上拧了一下，嗔道："疯女子！"

二人重又扛起仪器和测尺，爬上沟对岸。银杏寻找木桩。小邱开始安装、调整仪器。前两天，他利用空闲时间已在沟口段放了线，砸了桩。他打算在水利局翟工还没到来前就把这段测完。他很想自己独立作业。在水校学习测量课时，很难有这样的机会。分配工作后，也只在治渭工程上给翟工当助手，对测量高程、方位、地形、断面等都很生疏。他要在这次测量中把过去所学的专业技术好好温习一遍，把它运用到生产实践之中。按他原来的想法，一个人用一个月时间一条沟一面坡地测，这样既能了解五凤岭的每个细节情况，又能锻炼和增强宏观调控和整体规划的能力。但吴局长觉得这样不妥，原因是一个人测量工作量太强，难度太大，时间太长，万一下一场雪，整个计划就会泡汤。所以局里决定抽翟工等人来支援，力争半个月内野外作业结束，然后再搞设计规划，整个工作赶到年底结束。

银杏找到木桩，立好测尺，向小邱边做手势边喊："喂，小邱，好了没有？"

小邱支稳三脚架，安好镜头，校好水平和微调，用眼睛在镜头里窥视。

银杏又喊："喂！我说，好了没有？"

小邱挥着手，喊："好了！把尺子放在木桩上。对，扶正，别晃动。"

小邱在镜头里寻找测尺和读数，却总是不见。他正怀疑镜头是否出了毛病，却看见一个漂亮的脸庞出现在镜头里。小邱的心一颤，差点叫出了声。哦，太美了！那睫毛，那丹凤眼，那小鼻子，那樱桃嘴，看得再清楚不过了。他几乎是第一次发现，这张面孔长得这般匀称适宜、调配得当，这般楚楚动人，简直像流行画片中的美人图。可惜没有照相机，如果有，他一定要抢拍下这个极难得到的特写，捕捉住这个瞬间的形象。

银杏兴奋极了，小嘴一撇，喊道："怎么样？我的大摄影师！"

小邱抑制不住内心的喜悦，叫道："好极了！美极了！"

"能扩印吗？"

"能！"

"能上彩电吗？"

"能！"

她咯咯笑起来，吸引得桥头的人狂呼乱叫，真以为他们在拍电影。

银杏吐吐舌头，向小邱做了个鬼脸，忙走出镜头，扶好测尺。

"尺身立正，上边向北。再来。对，别动，好！"

小邱掏出笔记本，刚要记录，却直叫："坏了！坏了！"

"怎么了？"银杏走过来。

"没测假设高程。"小邱直挠头。

"啥叫假设高程？"

"好似上楼梯，得从平地开始，这才能一台一台上。假设高程就像这平地，是引申、比照、基础。没有假设高程，测出的高程也是空谈。"

"哎呀，这么多名堂，挺神秘的。"银杏眨动眼睛，感到神秘和新鲜，"那么，它在哪儿呢？"

小邱移动着仪器，对银杏说："你把标尺扛到桥头，第二个栏杆下，用红漆写着，五凤，-1+0032，把尺子就放在字上。"

"-1+0032是啥意思？"

"刚才测的是1+0000，即一号桩。桥头那儿是假设桩，所以叫-1，+0032是桥头距一号桩32米。"

银杏迷惑不解地扛着标尺走了。小邱下到沟底，重新安装调整仪器。测完假设高程，重测一号桩，然后依次类推。每测两个桩就要转站，即挪动仪器。等转过三个站时，银杏已气喘吁吁。她倒在一块草坪上，叫小邱过来歇歇。草坪上长的是一种常青草，俗称羊胡子，像松叶一样，密密的，躺在上面舒服极了。小邱走过去，脱掉皮夹克，顺势坐在草坪的土塄上，翻看着笔记本。

"哎，你就不敢往跟前坐一点吗？"

"我检查一下刚才有无差错。"

"等会儿也不晚呀！"

小邱合上本子，坐在银杏身旁。

"哎，我问你个事。"

"洗耳恭听！"

"你……你，你……"银杏窘得张不开口。

"你到底想说啥啊？"小邱不耐烦了。

"你刚才，在镜头里……看到我，想啥了？"

"没想啥呀！"小邱装模作样道。

"骗人！"

"真的，不骗你！"

"那，那……"银杏羞得低下头，"那你觉得我美吗？"

"美呀！"

"漂亮吗？"

"漂亮呀！"

"你喜欢吗？"

"当然喜欢！"小邱的心剧烈跳动，他已猜透银杏的心思，但他不会这么草率，更不能欺骗她的感情，他只能像爱小妹妹似的爱着她，"有你这么好个妹妹，怎能不喜欢呢！"

"你呀！不和你说了！"

银杏说着真的背过脸,努着小嘴,鼻子一皱一皱,像受了委屈似的,眼角涩涩的。

"银杏,快看!"小邱拉起银杏,指着沟对岸叫道,"翟工他们来了!"

银杏抬起头,果然见小道上停着一辆天蓝色的工具车。

小邱拉着银杏,下了沟,向那边跑去。

"小邱,你们已干开了?"翟工拉住他的手。

"等不及了,先练习练习。"小邱显得十分激动。

"我给你带来一个人,你猜是谁?"

"是谁?"

小邱正猜着,车上又跳下一个人,向他走来。好大一会儿,他终于认出来了,向他跑去。

"树涛!"

"永库!"

"你咋来了!"

"我到你们局办事,听说你要大干一场,就来了。"

"你不是在省水保局上班吗?"

"是呀,我对你的课题很感兴趣,给领导做了汇报,领导同意我来协助你工作。"

"那太好了!"

"等测量结束,拿出了规划,我们就和你签合同,把五凤岭开发列入小流域治理计划。"

"好极了!"

翟工向小邱道:"快把仪器收拾一下,上车,回去详谈。"

树涛说:"吴局长也来了,在车上呢!"

小邱这才想起银杏,忙向翟工介绍:"她叫银杏,出纳。"

翟工向银杏笑道:"早听说了,胡老头有银红二杏。怎么,有杏吃吗?"

银杏很少到局里去,更不认识翟工,腼腆地笑道:"等你们规划好,就栽杏树,还愁没杏吃?"

小邱又向银杏介绍:"他叫齐树涛,我在水校的同班同学,大诗人。"

树涛过来和银杏握手:"银杏同志好!"

银杏连说两声"你好"后，又笑道："你们水校干脆把苗圃承包了。没有学林的，都学水！"

银杏的话把大家都逗笑了。笑毕，一齐动手收拾好仪器，上了汽车。

吴局长与小邱长谈了近两个小时，谈了局里的设想和一些重要信息，要求他们尽快完成测量和总体规划及文字报告，力争获得世界粮农组织支持。树涛也谈了他们领导的意见，要求规划方案和报告同时抄报省水保局，将可争得几十万元的小流域治理专项资金。这样，加上行署和局里下拨的有关款项，资金不存在多大问题。同时，吴局长又和大家一起研究了综合开发治理的主导思想、开发重点、可行性论证、主要项目、效益估价、工程概算等关键性问题和测量规划的具体线路、步骤、方法等。

吴局长走后，他们立即着手准备工作，重新制作木桩，重新编号写字。第二天收假，老胡抽出银杏等七个青年（包括五个临时工）交给小邱指挥。小邱把这九个人分为三组，又分别交给翟工和树涛，组成三个小组。三个组，三台经纬仪，分三路同时进行。翟工负责主沟，小邱和树涛分别负责沟南和沟北四条支沟。树涛还带来一台红外测距仪。这是一台高精密仪器，翟工和小邱还不会操作。所以商定，各组测完后，最后集中起来，由树涛用红外线测距仪对一些地形复杂、难度较大的测段进行复查和校核。

这天吃罢早饭，三路人马各行其是，各自带着饮料、仪器和木桩，分头向各个测区出发。银杏自然被分在小邱这个组。她一路叽叽喳喳地又说又笑，对这项神秘而神圣的工作充满极大兴趣和热情。其他两个组的青年也都很机灵，很听话，很卖力气。从各组测完到最后复查，仅花了半个多月时间。翟工对测量进度和质量都很满意，虽然两条腿累得挪不动了，但还怂恿树涛和小邱教他学迪斯科，他说这是舒筋活脉、消乏解困的灵丹妙药。

整个测量过程，银杏表现出的那种高度热情和极大兴趣，深深感动了小邱。她只有初中文化，毕业那年正碰上招工，对生活无限憧憬和渴望的她，毅然丢下课本走上工作岗位，过早地投向生活，投向社会。而且五六年一直没离开五凤岭，在这偏僻、单调、消息闭塞、几乎与世隔绝的山沟里，把性格塑造得更加单纯、爽直、纯洁和无忧无虑。但她并不自暴自弃，她很聪明、很机智，思想很敏锐，对于测量中涉及空间、立体和平面的概念一听就懂。她在学校就喜欢几何，而且学得很拔尖。短短半个多月，她不但学会了记录、读数、操平、调焦等测量的基本技能,而且能把所测的空间地貌简单地表示在平面上,思路是对的,概念是清楚的。每次休息时,她就拿柴棍在地上画,让小邱看她画得对不对,有无发展前途。小邱对她涂鸦的作品,大多都加以肯定,并鼓励她参加即将开始的图表制作工作。

就这样,银杏成了他们室内资料整理的得力助手。

一间不大的会议室,中间放着一个很大的木案,上面堆满资料和图纸。南北靠墙各放着两张桌子,分别是四个人的办公处。翟工有一台微电脑,数字处理很快,只三四天时间就把有关数据计算出来了。小邱把这些数据交给银杏,让她按不同表格样式抄写。接着他们三人又分头绘制平面和地形草图。当三个草图拼列在一起时,已到了十一月下旬,一场小雪悄然降临,五凤岭的天气变得很冷。老胡给会议室生了两个炉子,小眼睛瞅瞅案上的图纸和资料,心想:"画张图,还这么兴师动众?"但他没吭声,摇摇头,出去了。白条、马满和矮丰三催款还没回来。银杏端来刚蒸的红薯,大家一边吃一边闲聊。

下一步就是具体规划了,这是这项工作的关键。在此之前,他们几个多次商讨,有过各种看法、设想和建议。翟工主张以罐头厂为龙头,以苗圃、果园、畜牧和土特产加工为龙身。这个设想和局领导的想法一致,大家没有异议。只是在罐头厂的选址上有截然不同的意见。翟工提议把厂址放在五凤岭最中间的凤阁台,也就是北一沟口的那片桐苗地。理由是此处居中,好管理,且距五座高岭上群众的果园又近。运输问题可修索道,直接把果子输送到厂里,这样更方便群众。树涛却主张把厂址选在桥西镇沟口,这样交通方便,信息灵通。而邱永库侧重于把厂址选在现在的这座院子。到底哪个优点多呢?他们一边吃着红薯,一边凝视着草图,心里翻来覆去地思索着。

"我出去一下,一会儿就回来。"小邱拿起一个红薯,边说边站起来,走出了门。

银杏追上来:"你上哪儿去?"

"出去透透气。"

"我陪你。"

"不必了,你抓紧把表整理好,马上就要成图了。我一会儿就回来。"

小邱走出院子,山沟里一片雪白,很是寂静。他太疲惫了,脑子里乱哄哄的。他出来一是想清醒一下大脑,二是想趁遍野白雪,把凤阁台圃地的地形和位置再仔细从宏观上考察一番。他吃完红薯，走过土坝，登上沟北通往高岭的山路。峡谷里吹出的风打着呼哨，他觉得心闷得慌，呼吸也有些急促，好像煤气中毒似的头晕乎乎的。他刚想站下来缓缓气，突然太阳穴发狠，两眼发直，腿一软，就摔倒了。他从坡上滚下来，滚到半坡，被一棵大椿树挡住了。他的身上和脸上有几处被撞破皮，血已凝固，他昏过去了。

过了半个多小时，从山路走下一个姑娘。姑娘发现树根上架着一个人，以为是尸体，吓得脸色都变了。她刚要逃走，又陡然止步。她胆怯地向那人走去，用手一摸，发现还有气，人活着。她眨眨眼，腮帮一鼓，使劲把他扶起，挪到路边。她把小布兜吊在胸前，咬咬牙，鼓足劲，把他背起来，向前走去。他真沉，路面又滑，姑娘摔倒了几次，差点滚到水潭里，但她很倔强，嘴唇咬出了血，背起他又坚定地向前走。走上土坝时，小邱迷迷糊糊睁开眼，发现他在一个女人背上。他不知道这女人是谁。他吃力地睁大眼辨认，那长睫毛、丹凤眼、小鼻子、樱桃嘴……是她，银杏！他再也控制不住，便把冰冷的脸贴在她滚烫的面颊上，并用手去摸她的另一边脸蛋。就在这一刹那间，姑娘柳眉直竖，狠狠地把他撂下来。他觉得脑子嗡的一下，又昏了过去。姑娘气得眼里溢出泪，恶狠狠地骂道："真坏！别人拼死救你，还使坏心眼！"她真想把他扔下不管，但又不忍心，就擦擦汗，再次把他背上。走过土坝，上了塄坎，她这才把他放在一堆秸秆旁。她扒掉秸秆上的雪，掏出一个洞，把他放进去，给他身上盖一些秸秆，咳了一声，心事重重地离开了。

银杏听到院门响，以为小邱回来了，忙跑出屋子，却一下惊呆了。

"红杏！你咋了？"银杏说着，忙掏出手绢给妹妹擦脸上的血污，"看，脸色这么难看，还受了伤。"

红杏气呼呼地说："我从沟北回来，碰见一个人倒在雪地里，就把他背回来了。"

银杏一惊，急问："人呢？"

"在院子外边。"

"你，你咋能这样呢！"

这时，老胡、翟工和树涛闻声出来，跟着红杏一起跑出苗圃大门。

红杏指指秸秆堆："就他！"

银杏扒开秸秆，一看，吓坏了。大家忙把小邱扶起来。银杏气愤地转过身，啪啪打了红杏两个耳光。

"你……你,毫无人性!"

红杏捂着脸,呜呜地哭了:"他欺侮人,不安好心……"

银杏气得像一只发怒的小母鹿:"不许你胡说!"

红杏忍受不了委屈,反唇相讥:"你为什么护着他、偏向他?"

红杏的话像揭了银杏的疮疤,气得她鼻子都歪了。她揪住红杏的衣领:"你再胡说八道,我就打烂你的嘴!"

红杏并不相让,回击道:"就说就说!难道他是你的梦中情人?"

老胡忍不住了,喊道:"他是新调来的邱技术!"

银杏更显傲气:"苗圃主任!"

红杏愣住了。她知道自己理亏,捂着脸,哭着跑回去了。

小邱被大家抬回家,喝了口水,又静静闭上眼睛,躺着。翟工瞧瞧小邱的瞳孔,又摸摸脉象,告诉大家不要怕,小邱可能是劳累过度,躺一会儿就好了。银杏拿来她的保健箱,取出一瓶安神宁,给小邱喂了几粒,一会儿,他果然醒了过来。大家总算松了口气,安慰几句,便纷纷离去。

银杏打来热水,给小邱擦净血污,包扎好伤口。

"银杏,救我的那姑娘呢?"

"在我家里。"

"她是谁?"

"我妹妹,叫红杏。"

"你妹妹?她是你妹妹?"

"嗯。比我小一岁。"

"怎么一直没见过她?"

"她在沟北中学上学。"

"高几?"

"补习班,两年了,年年落榜,还不死心!"

"她人太好了!"

"不许你胡思乱想!"

"我说她的心真好!"

"就你心坏!"

正在这时，门开了，红杏腼腆地站在门口。

小邱忙支起身子，轻声道："快进来，进来呀！"

红杏抚弄着衣扣，细声细气地说："对不起，向你道歉。"

小邱激动地道："快别这么说，我还要向你道谢呢！不是你，我怕早没命了！"

红杏羞得歪过头："把你扔到秸秆堆里，我错了。"

银杏翻了妹妹一眼："坐吧！不知不为错么，哪来那么多客套话？"

小邱尴尬地向红杏笑笑："怪我，都怪我认错了人！"

红杏瞪了姐姐一眼，努着嘴，向小邱道："我不好，请你原谅。"

小邱狠盯着红杏，又看看银杏，惊得坐起来："像极了！你们姐妹俩，怎么长得这么像，简直像一个人！"

红杏向姐姐一撇嘴，道了声"再见"，出了门。

这时隔壁突然传出父亲怪声怪气的叫声："秋蝉！秋蝉！"

几乎在同一时刻，银杏和红杏一齐闯进屋子。小邱扶着墙挣扎着走过来。红杏给老人掖掖被子、挪挪枕头，问他怎么了，哪儿不舒服，要不要喝水。银杏把手塞进被窝摸摸，然后跑出门给炕洞续了些柴火。

父亲的情绪很坏，喘气不匀，脸涨得通红，眼睛一眨也不眨，好似向苍天诘问什么，口中念念有词：

"秋蝉啊！秋蝉啊！"

声音很微弱，但极富感情，听了直叫人鼻子发酸。

"大爷，秋蝉是谁？要不要打电话，或派个人去叫呢？"红杏轻声问。

银杏看着小邱的脸不再作声。

父亲对红杏的问话毫无表情。

"孽障！孽障！"

三个人都惊呆了。

三

整整一个冬天，老胡变得郁郁寡欢起来。

首先，他明显感觉到，要不了太久，他将在五凤岭苗圃失去权威和号召力，代替他的是这个念过中专的邱永库。他不是不放心这个年轻人,也不是怕丢官伤面子(其实他此时已不再是什么官),而是为失去三十年一贯的"管上""主人""当家"的使命而痛心。尽管小邱仍交给他很大的权力,但这种权力正在削弱,而削弱这一权力的不是什么人,而是苗圃变革的现状和难以设想的发展前景。这一切像一个庞大的机器,势不可当地发挥着它的威力,使只有蒙学文化程度的他难以驾驭和束手无策。起初,他还真以为小邱只不过画张图而已,并不以为然,画就画吧,一张图也没啥大不了的,何况多少总有点儿用处,这就同意了。可他万万没有想到,画一张图竟如此不易,动用了十几个人、那么多洋仪器,测呀量呀写呀画呀的,直忙活了两个多月。关键是这张图真的会有那么大的价值,那么大的吸引力——要不然能惊动省上、行署和局里领导,带来一队队人马,亲自到五凤岭考察、开会、论证、现场办公吗?这种形势,连三岁娃也能看出点门道,觉察到其间肯定有什么大举动。而且,这形势和1958年那么相似,莫不是真的要在五凤岭修水库?

小邱父亲也神神道道地对他说:"胡队长,怕又该合了。合久必分,分久必合,天下大小事,都一样。互助组、初级社、高级社、人民公社,开始也这样。那么多工作组,开会、参观、测量、放线、砸桩……是要合了,要合了……"老胡自然不把他的话当回事儿,但吴局长的话却在他心中引起极大不安和恐慌。那天,吴局长亲自召开苗圃职工会议,讲了综合开发五凤岭的规划设想、重大意义和美好前景,要求大家解放思想,敢于开拓,坚持改革,积极主动地投入到这场大变革中来,要使自己有个飞跃,使苗圃有个飞跃,使五凤岭有个飞跃。末了,他还提出要大家利用冬闲时间出外进行培训学习,提高各自的专业技能,以适应即将开始的崭新工作。

马满和白条要求学习果树栽培技术,虎子等两个青年报名学习花草盆景,银杏提出参加会计培训,连矮丰三也毛遂自荐要学习养鱼技术。吴局长最后笑着问老胡有什么打算、想学什么、将来想干什么时,他却一时不知怎么回答。是呀,学什么呢?将来干什么呢?唉,人过三十不学艺,马上就该退休了,还学什么学?心里这么想着,而他嘴里却不由自主地应了句:"照旧,管上!"

当时,他说完这句话时,连自己都感到吃惊。什么时候了,还"管上",这明智吗?这可能吗?但吴局长和小邱还是满足了他的这个要求,应允他仍把苗圃"管上"。可管什么呢?本来,苗圃一到冬季没事可做,人都成了游兵散勇,各忙各的事,现在再加个外出培训,进城的进城,下乡的下乡,家里只有他一个人,这"管上"实际只是照顾邱大爷和看门而已。邱大爷入冬后病情好转,但没人了,不打铃了,这却使老头儿忍受不了,于是他就一天三次地去打铃。这铃,不打谁也不会迟到,打了也不会干扰了谁,所以他没吭声,默许了。老头儿除了打铃之外,其余时间就坐在院子晒太阳,脸晒得红彤彤的,不时流露出满足和得意的微笑。老胡也常陪着老头晒太阳。二十英寸大彩电实际利用率很低,每星期五有秦腔时才开。他爱看秦腔的瘾不比老头小。

以上这些,还不是老胡情绪抑郁的主要原因。他的感情之所以出现这么大的变化,主要还是自身的问题。譬如银杏的事。去年春节,有人向他提亲,男方是县供销社主任的儿子,在行署经委供职,他二话没说就回绝了人家:"急啥呢?娃还小,过几年再说!"他以为那事就像他育树苗、务果树一样,急不顶用,到时候自然会发芽结果的。而且,据他所知,银杏原先就和泾阳县城关的范小青很要好。他俩小学、初中在同一条凳子坐了八九年。后来小青参了军,走时银杏十八里相送,恋恋不舍,到如今还信来信往。这么重要的信息怎么能忽略了呢?说真的,自从那晚酒席上,银杏突然把小邱叫哥哥,再加上白条、马满阴阳怪气的声调,当时他的心就咯噔了一下。但又一想,年轻人么,都愿套个近乎,况且有范小青那张底牌,何必大惊小怪!所以,他没有强求,任她怎么叫去。不料银杏也太疯了,"小邱哥小邱哥"地叫得玄乎,叫着叫着就使他心烦起来。不仅如此,特别下雪那天,银杏对妹妹那么凶,对小邱却那么疼,无论怎么死心眼的人也会看出点意思来的。红杏的话虽然尖酸,却提醒了自己,使心中一直模模糊糊的感觉一下明朗起来,事情就这么明摆在为父的面前。更使他烦恼的是这期间又插了个红杏。红杏那次回来后就再没到学校去,说是放了假。寒假会放得这么早、这么长?只上过蒙学的父亲自然不知,但她那么热心为小邱描图,那么对姐姐不满且俩人明显不和,这一系列的神态举动不能不使父亲产生种种怀疑。他似乎觉察到,这个三口之家,正孕育着一场风暴。

"咳,要是她妈在,这事还需我费心吗?"由女儿们的事,他又不由得想起死去的妻子。在他到五凤岭的第二年,老局长嫌他孤单,就联系把他新婚的媳妇槐花从老家接到五凤岭。槐花身材健壮,干活像一头牛。小两口手刨肩扛,硬是整出第一块圃地,育出第一批树苗。平整凤阁台那块地时,在1962年,正是国家的困难时期,口粮无保证,多亏自己种的瓜菜豆类,总算可以充饥。当时,槐花正怀着红杏，光吃这些瓜菜怎能保证胎儿健康发育呢？倔强的女人啊，为了多开地、多种粮，以便养好儿女，度过荒年，临产前还在凤阁台荒坡上挖呀、掘呀。他不忍心，就劝她："小心肚子！"她满不在乎地笑着："不怕，万一丢了，就另怀！""当心身体吃亏！""不怕，你瞧我，壮得像头牛！"

谁料，就是这个壮得像头牛的槐花，正在挖着掘着的时候，突然肚子痛，卧在地上，血流不止。多亏沟坡住的孤老大娘，把她背到窑洞，给她接了生，这就是红杏。婴儿安然无恙，而母亲却当场咽了气，就埋在大娘窑旁的杏树下。两个女儿为啥都叫杏？就是为了这。那时的杏树只有手腕一般粗。两个女儿，就是那位孤老大娘一手带着，直到上学为止。后来大娘去世了，也埋在杏树下。昨天下午，他心情实在不好，就跑到凤阁台那块桐苗地里，转着转着，鬼使神差地来到杏树下，跪在两座坟茔前暗自伤神。

虎子做好晚饭，等不见老胡回来，红杏跑到凤阁台来找，他果然在这儿。红杏知道爸爸这些天心情不好，小声劝他："爸，我妈去得早，你一手把我和姐姐带大，实在太难了。我也知道你受的苦，所以我决心考上大学，报答你和死去的妈妈。你别难受，情况好转多了，以后还会更好，我要让你享受到最大的幸福……"女儿的话更引起他的悲痛，竟忍不住呜哇一声哭出声来。他没有向红杏诉说心中的痛苦和忧虑，在还没有真凭实据的情况下，他不会轻易和女儿谈这事，况且是在这样一个地方，在她母亲的坟前呀！

……

当当当……铃声还是那么一下一下，不慌不忙，把太阳敲得懒洋洋的，接着把太阳懒洋洋的白光也敲落到人头上、脸上、手上，跳来荡去，由懒洋洋变成暖烘烘。

铃一响，该上班了。红杏搬出两把竹躺椅，放在北小院靠墙的向阳处。邱大爷打毕铃，拄着拐棍走了过来。

这个小院和邱大爷住的那个南院门对门，只是这个院子小了些。院子由西厢房的北墙、中央院北厢房的西墙、拱门、花墙和大院北墙围拢而成。花墙前有一排冬青树。西厢房北首向西伸出了一些，里边有两间平板房，这就是老胡父女仨的住处。平板房前栽着一棵石榴树，靠南有个鸡舍，鸡养得不少，咕咕地叫着。鸡舍到北厢房西墙十几米的空间无遮无拦，干净整洁，是一个理想的晒太阳的地方。

"老人家，你慢点走，慢点走。"老胡把邱大爷迎进拱门。

"大爷快坐，这是茶。"红杏把两壶热茶放在一个小方凳上。

邱大爷坐在竹椅上，喜滋滋道："咱这家，就属红杏乖，稳重，不多言。不像银杏，嘴尖毛长！"

"大爷，姐姐对你好着呢！"红杏给邱大爷和爸爸腿上各放了一件小褥子。

"好是好，反正我见不得！"

"你别偏心眼儿么！"

"红杏，收拾你的东西去，快开学了。"

"初十就走。爸，你别赶人走么。"

红杏说着一笑，进屋去了。

"扮周仁的是谁来着？"老头儿想起昨晚电视上演的《周仁回府》，端起小茶壶，喝了口，问老胡。

"唔，我想想，姓啥名啥来着……"老胡也端起小茶壶，喝了口，瞪着小眼睛，想了一会儿，还是没想起来，"如今那些把式，全都没名没气的。"

"是哩是哩，那周仁就差尺，声嫩，不入辙，蹬打也不行，和任哲中、李爱琴差远了。人家那提袍甩袖、吹胡子瞪眼，招招式式都在板眼上。任哲中闪单帽翅儿，那才叫绝，胡子甩上去，噌地就弹下来，上去啥样，下来还啥样。啧啧，放现在，谁能比……"

"任哲中唱小生，咋还有胡子？"

"噢噢，弄混了，是刘毓中。唔，那阵子，名把式多得很，田德年、苏育民、苏蕊娥、孟遏云、肖若兰、肖玉玲……对，还有咸阳大众家的杨桂琴、人民家的郭明霞、泾阳剧团的袁克勤……胡队长，这些人怕现在也不行了，和咱差不多，正在南墙晒太阳呢！"

"很可能。不过，现在新把式也不少，郝彩凤、马友仙。"

"嗨！就这两个有点名气，还是前些年唱红的，一个祥林嫂，一个李铁梅。这几年还出谁来着？没有吧？马友仙我知道，礼泉底张吴家的，她爸卖过粽子，还欠我两毛钱。唉，现在走不动，也就罢了。"

"也是，要去，车费怕也得块儿八角，划不来，你说哩？"

两个人正说得热火，只见红杏从窗口伸出个头，丢魂儿似的叫道："爸！爸——"

"喊啥喊？"

"爸呀，快嘛，快来看么！"

"这娃，啥事喀，这么一惊一乍的。"老胡说着站起来，向邱大爷道，"老人家，我去看看，你先坐。"

邱大爷摆摆手："快去快去，我一人坐惯了，有你没你一个样。"

老胡走进门，红杏把屋子翻得乱七八糟。

"爸，你看，这么多信。"红杏好似抓到什么罪证，一封封摆在桌上。

"谁的？"老胡也觉蹊跷。

"我姐的！"红杏努着嘴。

"你为啥翻人家东西？"老胡生气了。

"我又不是故意。"

"那么是谁写的？"

"范小青呗！"

"这有啥奇怪？快放好，别让你姐知道了。"

"一个礼拜一封，连续十二封，你不觉得奇怪？"

"那就念。"

"使不得的。"

"那你吵吵啥嘛？"

"爸！"红杏又把一张没写完的信给父亲看，"你真没发现，姐姐和小邱又谈上了！"

老胡拿着信问："这是啥？"

"情书呗！"

"谁写的？"

"我姐。"

"写给谁？"

"邱永库！"

果然不出老胡所料，他气得手指都有些发抖，把信交给红杏："念，看她都说了些啥？"

红杏接过信读道："亲爱的小邱、库哥：自从我第一次见到你，就爱上了你。通过几个月相处，我更了解你、崇拜你、喜欢你！我知道你心中还有一个人，叫瞿秋蝉。但我也从别人口中得到一个信息，秋蝉嫌弃你父亲，所以变心了。小邱，请相信我，我不会像秋蝉那样，我会很好孝敬老人的，就像我对你的爱那样忠诚……"

"不要念了！"老胡向红杏摆手制止，脸刹那间像被黑霜煞了一般难看，"这还得了！一脚踩两只船，看我不打死她！"

红杏正要说什么，突听屋外嗵的一声响，两人都吓了一跳，赶忙跑出去，只见邱大爷摔倒在窗外。

老胡连忙把老头儿抱起，他只怪声怪气喊了两声"秋蝉，秋蝉"，就晕过去了。

红杏吓得慌了手脚。

老胡忙向她道："快，推三轮车，往桥西镇医院送！"

红杏跑出拱门，推来三轮车。她又从屋里抱来被子、枕头，铺好。

"红杏，你给局里打电话，叫小邱快回来！"老胡说着把老头儿放在车上，蹬着三轮车出了院子。

桥西镇位于泾河大桥西端的坡头上，因为地处三县交界，又是东西、南北主干公路交叉路口，所以十分繁华。镇西南土场旁耸立着一座三层大楼，这就是镇医院，前院可见五凤岭，后院正对着泾河。河水潺潺，从脚下流过，清澈见底，站在病房几乎能看清河底漂亮的鹅卵石。

邱大爷被安置在三楼的一间病房，医生又是输氧，又是打针，又是降压，老头儿总算清醒过来，血压也恢复了正常。只是，后来经过检查，医生说老人还患有动脉粥样硬化，虽然是老年常见病，但也不能大意，需要住院治疗调养。时近傍晚，邱永库还没回来。老胡放心不下苗圃，就让红杏守着老人，自个儿蹬车返回苗圃。

红杏送走父亲，又回到病房，只见邱大爷苍白的脸上挂着几珠老泪，痴痴地望着她。她憋出笑来，走过去温存地坐在大爷身旁。他伸手紧紧抓住她的手，生怕她突然一下子跑了似的。他刚拔去输氧管，身体还很是虚弱。

"大爷，你好些了吗？"

邱大爷点点头，几滴泪珠从眼角滚落在红杏手上。红杏掏出手绢，给他擦着眼泪，劝慰道："大爷别难受，这病就怕心情激动。"

激动不激动能由了他吗？他感到内疚和自责，这张老脸羞得都无地方可放。他后悔自己委屈了银杏，总以为是银杏的出现才失去了秋蝉。而秋蝉，她真的就这么薄情寡义吗？由银杏到秋蝉，又使他想起儿子。小东西！咋能做出此等蠢事？就是秋蝉真的变了心，也不该对银杏生出邪念呀！人家姑娘是有主之人呀！怎么好搅乱这个三口之家呀！这算哪门子事嘛！咳，太丢人了！君子不夺人之美，古之训，是可以违背的吗？永库啊，你个奴才，真浑，就不该办下这粘牙事！他这么想着，既是对自家悔恨，也是对胡家感激，泪水不由得又滚落下来。

"红杏，你们父女的大恩大德，我今生今世也报答不尽！"

"大爷，快别这么说。"红杏抚摸着大爷的手背，"人到这世上，谁能担保没个七灾八难？事情本该这样的，大家互相帮助、互相关心，你说是不是？"

"我错怪了银杏，过去对她太横了。"

"我姐也是的，她……她就不该起那份心。"

"这不怪银杏，是库儿不好。"

"你可别冤枉好人，他怕还不知我姐已有男朋友。"

"那当兵的对你姐可好？"

"好着呢，可亲了，人也挺英俊。"

"那银杏就不对了……"

"大爷，话我已向你说明，你就别再操心生气了，你能答应我吗？"

"好的，我答应。"

"也别告诉他。"

"谁呀？"

"你儿子呀！"

"我听你的。"

夜深了，仍不见邱永库到医院来，红杏就给大爷吃了药，又叫护士测了血压、量了体温，一切正常，她这才趴在大爷床边打起盹儿。邱大爷抚着她的头，把自己的棉袄脱下来，轻轻披在她的身上。他感到很高兴，心想，要真有这样一个女儿该多好呀！

红杏一点儿倦意也没有，她在为刚才自己的话吃惊、羞愧。她也搞不清楚，自从那日挨了姐姐两个耳光，自从亲眼看到姐姐对小邱的种种表现，自从第一次听到姐姐不是叫他叔叔而是叫哥哥，她就对姐姐产生了鄙视和憎恨。姐姐真的变得这般庸俗和自私了吗？凭良心讲，人家范小青哪一点对不住她呢？她又为什么这样好高骛远、喜新厌旧呢？难道爱情就是如此急功近利的兴奋剂吗？这一切，她虽然还不深悉，更没有亲身感受，但凭着一个女孩子应有的本分，也能分出是非曲直、善恶标准的呀！胡家的女孩子绝不允许这样，不但爸爸不允许，连妈妈的灵魂也是不允许的。

有鉴于此，她才暗下决心视姐姐为情敌，非要把小邱争到自己手中不可，非要叫姐姐的计谋落空不可。所以，那次她回家后再没回学校，尽管姐姐或明或暗对她进行种种限制、提防甚至阻拦，但事实已向着与姐姐愿望相反的方向发展，而自己与邱永库之间的微妙感情正一步步渗透，总有一天将发生置换还原反应——置换的将是姐姐，还原的将是妹妹。她相信自己具有这种魅力和能力。可是后来她动摇了，对自己的动机产生了怀疑。这种奇怪的念头，这种失态的举止，是出于对邱永库真正的爱慕呢，还是对姐姐的鄙夷和憎恨？她觉得自己荒唐可笑，是在进行一场感情游戏，不但玩弄自己的感情，同时也伤害了姐姐的感情。她这么想着，就毫不留情地否定了自己原来的计划。但是，刚才，午饭后，当她整理自己的东西时，无意中发现范小青给姐姐的信和她给邱永库的信，原有的鄙视和憎恨的情绪就更加激烈了。她要借助爸爸的力量来遏止姐姐。不料，事情却在爸爸身上出了岔子。爸爸对姐姐的痛恨和斥责，一丝不漏地传到在窗外偷听的邱大爷耳朵里，老人家一时大受刺激，才闹出这场虚惊。为了解除大爷的顾虑，也为了给邱永库降降温，所以刚才她把事情告诉了老人。她想，有邱大爷和爸爸两面夹攻，自己不用出面，也会使姐姐的企图彻底失败。

不一会儿，楼梯响起纷乱的脚步声，接着有人推门进来。红杏睁眼一看，只见医生领着邱永库几个人走来。

邱永库抓住父亲的手，轻唤着："爸爸！爸爸！"

邱大爷微睁着眼，示意让大家坐下。

"爸爸，你好些了吗？"

老人点点头，没吭声。红杏站在一旁向大家让座。

医生量着血压，问道："药吃了吗？"

红杏答道："刚吃过。"

小邱忙问父亲："爸，你觉得怎样？要不要送到城里去？"

父亲摇摇头："没事，明天就能回苗圃！"

医生收拾好测压计，向小邱道："老人已恢复正常，没啥大问题，但动脉粥样硬化比较严重，建议住院调理一段时间。要我说，不必到城里了，来回折腾，反而不好。"

翟工说："也是，这里还比城里安静，药反正都一样，还是不动为好。"

小邱向翟工说："那就这样，你们回城去吧，我留下。顺车把红杏捎回苗圃。"

红杏说："你们都回吧，我留下，我熟悉情况。"

小邱说："那怎么行？还是我留下吧！"

医生已走到门口，又站住了，悄声问小邱："那姑娘是你对象？"

小邱连忙摇头："不是不是，你搞错了。"

"你妹妹？"

"邻居。银杏她妹妹。"

"噢，如今的年轻人，像这样的不多了。"医生向小邱道，"不然，两人都留下。老人刚恢复，要格外小心。"

翟工也道："是的，俩人方便些。"

医生又扭头向红杏叮咛道："说话走动轻点，别让老人受刺激。"

红杏应声："记住了。"

目送面包车开出医院大门，邱永库这才回到病房。父亲已经睡着了，发出平缓的鼾声。红杏仍坐在靠背椅上，眼睛眨巴着直打瞌睡。她听到响动，忙站起来，向邱永库摆摆手，又指指老人，示意他轻点，别惊动病人。

小邱坐在对面空床上，小声问红杏："这床没人？"

红杏点点头，拘谨地坐下。

"那你在这儿睡吧。"小邱忙跳下床。

"你睡，我不乏。"红杏没有动。

"咦，你咋没去学校？"

"还有几天呢。"

"有件事，我想和你商量。"

"你说么。"

"到走廊上去吧。"

红杏给大爷掖掖被子，随小邱走出病房。

这是一座单面楼，走廊很宽敞。月已中天，给走廊洒上一片银辉，显得很冷清。

小邱两只手抓着栏杆，像做俯卧撑似的，仰望夜空，想了片刻，然后向红杏道："有个很好的机会，不知你愿不愿意？"

红杏将额前零散的刘海向后一理，好奇地问："还不知什么事，我怎么能乱表态呢？"说这话的时候，她歪着头，偷偷斜了一下小邱的脸："你说是吗？"

"是这样的。"小邱刚转过脸，正好迎上红杏迷人的眼睛，他赶忙躲了过去，"五凤岭开发计划上级已经批准，再过几天就动工了。现在急需技术人才，局里同意委托培训。我也和西北轻院联系了，学历三年，大专毕业，我想选你去。你看如何？"

红杏忙摆手推辞："不行不行，我不去。上大学就得考，不考还算大学吗？"

"这是国家的一项政策，根据工作需要，在职职工可以带薪进修深造。"

"我现在还不是职工。"

"已和劳动局谈了，毕业后优先分配。"

"还是让姐姐去吧！"

"银杏底子差，而且正参加会计培训，以后可以上财经学院。"

"反正我不想搭便车。"

"这是一个好机会，食品工程，专业也好，毕业后就在咱罐头厂当工程师。你要好好想想，万一高考再落榜呢？"

"落榜也要考么！只有考，才能认识自己、发现自己。万一考不上，就待业，当工人。车到山前必有路，这灯不亮那灯亮，还能没有走的一条道儿？"

小邱无可奈何地摊摊手："我只能如此。这样吧，你考虑几天，到时给我个话。春季插班生，时间快到了。"

红杏的丹凤眼亮晶晶地一眨，像夜空的星辰："大可不必，谢谢了！"

小邱讨了个没趣，回到病房，也不再推辞，倒在空床上想心事。

一个多月来，邱永库除春节和父亲及老胡父女过了个囫囵年外，其余时间像一个来无影去无踪的神行太保，匆匆出入于省、行署有关机关的大门，不但要参加各种讨论、报告、论证、可行性分析、现场考察等会议，还要一级级签合同，办理工商的、税务的、银行的、卫生的、财政的、人力的、商业的等各种各样烦琐的手续，以及施工的物资、机械、技术和雇请劳力等。虽然行署成立了以水利局吴局长为首的领导班子和由各部门抽调人员组成的筹备指挥部，但各种文件都清清楚楚确立他为五凤岭农工商综合开发总公司法人代表，所以事无巨细，一切都得他亲自点头画押。这当中也有许多扯皮踢皮球的事，但总算一切就绪，这在当时一些政府部门官僚腐败现象严重、社会风气不正的情况下，速度如此之快，效果如此之好，不能不说是一个奇迹。他现在已是腰缠几百万的大亨，肩上的担子异常沉重。世界粮农组织的四百万元贷款，表面上是无息，但当年动工当年见效本身就意味着要提前两年向国家多交几十万甚至成百万元税收，这与利息有什么区别呢？再说小流域治理投资的八十万元及局里下拨的专项资金，虽说无须还债，但那钱更是硬头货，每一分都连带着一个看得见、摸得着的实体，这就是工程量。也就是说要在有限时间里，把这些钱变成地上的一株草、一棵树、一滴水、一方土，变成实实在在的社会经济效益。这可不是随便捏几个数字所能奏效的，而是由那么多领导、专家、工程师、会计师用尺子、仪器、算盘、计算机等古老的和现代的各种工具一遍遍丈量、验收、复查和核算出来的。邱永库深悉这一系列程序的规范化和严密性，因为水校的课程里就有一门《工程预决算》，这一点是绝对含糊不得的。

但这些还不是太难的，因为有翟工、树涛等十几名水利水保技术人员，他相信事情会干得很漂亮。他现在觉得最棘手的问题是缺乏其他方面，特别是工业方面的人才。地区食品厂答应给两名工程师，借用两年。轻院有三名教授和讲师，也申请兼职星期日工程师。又通过人才交流中心推荐，由新疆、内蒙古引进调入两名食品技术人员和三名技工。这些都只是应急之策，两年以后怎么办？起先，他也想过自己上大学深造，但这不现实，也不可能，抛开这副重担不提，光一个病兮兮的父亲，就足以说明这个念头的荒唐可笑。他又把目标放到苗圃现有人员上，比来比去目光又回到胡家姐妹身上。银杏聪明、能干，但底子差，大学课啃不动，她将来或许是一个理想的会计师，却绝对成不了食品专业的工程师。而红杏呢，喜欢理化，虽然两次落榜，但底子很好，再努力一番，有可能考中。但这只是可能，与其在可能中捞取百分之几的希望，还不如驾轻就熟直取终南。这不但实现了她升大学的夙愿，又解决了五凤岭的燃眉之急，两全其美，何乐而不为？但当这一念头刚刚露头时，他却产生了一个小小的疑问，怀疑自己的动机，是为了报答她的救命之恩吗？是为了弥补那不该发生的误会吗？抑或还有别的什么目的吗？不，不不，他只略加思考，就立即否定了这个想法。五凤岭的事业总归需要人才，引进也罢，委托培训也罢，都得花钱，给别人花钱，为什么就不能给自己的一个职工子女花钱呢？何况她父亲是五凤岭的"开国元老"，为苗圃发展付出了毕生心血。这一点微薄的特殊优待，又有什么可指责的呢？

然而，就这，人家还不领情，推而远之，太有负于他的一片好心了。这个女子，倔强而又任性得讨人喜爱！

邱永库睁开眼，目光不由落在红杏脸上。灯泡白晃晃的，照得被褥和墙壁也白晃晃的。红杏静静坐在靠背椅上，脸显得晶莹洁白，楚楚动人。她闭着眼，随着平缓均匀的呼吸，丰满的胸脯一起一伏。邱永库下了床，他睡不着，很想到楼下转转。他站在红杏面前踌躇片刻，想把她抱到床上，让她暖暖和和睡一会儿，但他没这个勇气，就脱下皮夹克盖在她的身上。

他又坐在父亲的床边，把他歪在头下的胳膊扳出来，又放回被窝里，掖掖被子。他端详着父亲的脸，这是关中老农那种典型的国字脸，前额很宽，脸面方正，棱角饱满，肌肉松弛显得皱纹深邃，像密密麻麻的沟壑，记载着生命跋涉的历程。老小老小，人老了就像小孩一样，敏感，易动感情，而且又异乎寻常地固执和任性，这一点作为他的儿子是深知无疑的。那么，是谁、什么事，使他的神经受到刺激的呢？如果不是这样，他绝不会突然发病。根据直觉感受，他的生命至少还可以延续十年二十年，而眼下他最关心最敏感的问题又是什么呢？

这本书很难读。从挠着他的鼻子玩时开始，邱永库就咿呀学读，至今已读了二十多个春秋，却远远没有读通读懂。这是象形文字编写的一部故事，是一份看不见的档案，没有同样身世和经历的人永远不会读通读懂。

邱永库离开父亲，轻轻拉开门，走出病房。哦，黎明来临，屋外已是晨光熹微的时刻。

正月初八，当渭北塬还沉浸在节日气氛里的时候，一辆辆施工机械和物资陆续运到五凤岭主沟里。承担道路、桥涵和厂房建设的是省水电工程局三处。近几年，由于国家对建筑企业实行"自找门路，自收自支，自负盈亏"的政策，加之基本建设项目大量压缩，使许多施工单位面临没活干、没钱花、没饭吃的困境。正是在这种急于找米下锅的情况下，三处勉强承包了这项工程，虽然利润甚微，但总比束手待毙强，所以刚一"破五"，他们就急不可待地开进五凤岭，想在别人还没动手的时候，提前攻下土方工程。

这天，也是桥西镇一年一度的女婿节。女婿节即姑娘与小伙发展恋情的节日。这一节日据说始于秦代，当时秦始皇任用韩国人郑国治理泾水，历时十年，终告成功。为犒劳工匠，遂在各地征选百名民女少妇，双双对对，以歌为媒，喜结良缘，充满了田园牧歌式的传奇色彩。这种婚恋方式代代相传，经久不衰，后来就演变成女婿节。每年到了春节，从初八到十五，天天唱大戏，跑竹马，耍狮子龙灯，非常热闹。就在这热闹之中，小伙偷看哪个姑娘身段好，女子暗瞟谁家小子长得俊，还有提亲说媒的、通礼过彩的、老婆相女婿的、新女婿拜丈人的、姑娘私下会情人的、新郎新夫亮彩的等，都在此登台亮相，进行种种表演活动。今天因为五凤岭农工商综合开发总公司宣告成立，所以更是热闹非常。

桥西镇东南西北四条街和公路两端都扎了彩门，挂起红灯，插着彩旗。镇南离医院不远有个大土场，已搭起戏台，开发公司特请西安大剧团公演新编秦腔历史剧《郑国间秦》。从早晨五点起，大街小巷人来车往，喧哗不止。那些卖灯笼的，卖气球鞭炮的，卖粽子甑糕的，卖油糕豆腐脑的，卖青年男女交换四色礼所需的手绢、挎包、发卡、电子表、镀铜戒指等工艺品和小百货，早早从四乡八村赶来，为的是占据有利地形。大车小车不断线，省、署、县、镇各级领导和一些公司、单位、厂家也纷纷赶来祝贺。刚吃罢早饭，沟南眭城堡、修石村、瓦刘村的社火、高跷、旱船、竹马、大头娃等表演队伍纷纷向桥西镇汇集。沟北太平、寨头等村虽未组织表演队，但人流像潮水一般漫到沟南。五凤岭三县几十个村庄的大路小路上，那些穿戴得花花绿绿的乡亲，手里提着小篮儿或花布兜，拎着灯笼或气球，或徒步，或骑自行车、摩托车、三轮车，或坐手扶拖拉机，男女老少，成群结队，紧追着表演队伍奔跑、起哄、喝彩、鼓掌。表演队来到桥西镇，先绕四条大街转一圈，沿街各户都燃起鞭炮以示欢迎。那些机关、单位、工厂、商店和发了家的万元户，纷纷拿出点心、烟、酒、糖果招待，虔诚热烈的场面，好似欢迎西府战役凯旋的人民子弟兵。

表演队在镇里尽情渲染一番气氛后，好似画师的柔毫逆笔一挫，把色彩魔力和绘画技巧全展示到游艺场了。戏台对面有一个大场院，宽阔平坦，表演队离开街道，集聚场院，画地为圈，各家开始了竞技表演。眭城堡和瓦刘村的社火一家比一家精彩，都用的是汽车和四轮拖拉机，芯子扎得又高又险，远远望去犹如神兵天将。眭城堡最拿手的是《只生一个好》，彩车小舞台造型是一个四世同堂的小康之家，幸福美满。台中芯子是一个巨大的荷叶盘，盘中亭亭玉立一朵荷花，花蕊上坐着一个白白胖胖的半大小子。胖小子手托一头大肥猪，猪的尾巴翘在空中绕了个弯，尾梢腾空飞起一架飞机，飞机肚子里吊着四个彩带，分别写着科学、工业、农业、国防的字样，标志着四个现代化。瓦刘村挑梢的是一株十多米高的玉米造型，共有三个大棒子，一个棒子上坐着一个小孩，而且呈180度旋转。起先瓦刘村招来观众最多，但正当人们鼓掌喝彩时，眭城堡露出绝招，那个胖大小子不知施了什么法术，竟然能自如地跳上跳下，一会儿在天线上叩头，一会儿跳上猪尾巴睡觉，一会儿又骑在飞机头上招手致意，而且电视立即就播放出胖小子精彩的表演。这下全场欢声雷动，掌声和喝彩声骤起，人群像潮水一般哗地从瓦刘村跑向眭城堡。瓦刘村的两个二倒毛慌了手脚，便将帽子反戴、衣服反穿，在卖油糕老汉锅底抓了一把锅灰，往脸上胡乱一抹，骑起摩托车在圈子里兜风耍杂技。自家人率先鼓掌喝彩，立即感染了外围众人，大家又纷纷跑了过来……王村和修石村的高跷旱船表演也很精彩。旱船队里划船的小姑娘一个比一个长得俊，手指灵巧，目光有神，腰肢柔软，腿儿轻捷，跑起来时，只听沙沙沙，好似水上漂。猪八戒背媳妇更是逗得人捧腹大笑，几个小家伙跑过去就揭人家的裙子，想看看猪八戒和媳妇的腿是怎么搅和的，逗得全场哄然大笑。

戏还没开场。坐在戏台前的多是老婆老汉。小伙姑娘都爱挤在场院看表演，也有人既想看戏又想看表演，就把架子车、三轮车和手扶拖拉机往中间一放，站在上面啥好看啥。表演进行了一个多小时，队员们疲乏了，就地歇息，享受沿途各家各户的馈赠品。看表演的小伙姑娘们也挤得身上热乎乎的，互相簇拥着、推搡着找个僻静地方互吐衷情。

就在这时，高音喇叭响了，戏台上陆续坐了一排人。行署水利局吴局长走到中央，大声宣布："五凤岭农工商综合开发总公司成立大会现在开始！"

话音刚落，锣鼓声、鞭炮声、鼓掌声、呐喊声响成一片。在一片欢呼声中，邱永库在主席台前站定。他先是向台下众人抱拳鞠躬，然后高声讲话："五凤岭地区的父老乡亲们，我代表五凤岭开发公司向大家拜个年，祝大家新年快乐、万事如意、大吉大利！"接着他向大家挥挥手，示意肃静，略停片刻后继续讲道，"各位领导、各位来宾、各位乡亲，五凤岭农工商综合开发总公司在党的十一届三中全会精神感召下，在省、署、县、社各级政府和兄弟单位的关怀支持下，在五凤岭广大群众和各界朋友的共同努力下，今天正式成立了！这是五凤岭苗圃的一件大事，也是五凤岭周边群众的一件大事，让我们向它的成立表示祝贺！"

又是一阵热烈掌声和欢呼声打断了邱永库的讲话。他喝了口水，向台下扫视了一下，然后接着讲道："我们五凤岭可是个聚宝盆、福窝窝，盛产苹果、梨、红枣、花椒、枸杞、地软等。但过去果子卖不出去，有的成堆霉烂，有的宝贝被当作废物扔掉，有的水土资源白白地浪费。在这里，我告诉大家一个好消息，五凤岭泉水经有关部门鉴定，水中含有大量有机矿物质，具有很高的营养价值。所以，国家要在这里修建罐头厂和饮料厂，还要植树种草，发展养牛、养羊等畜牧业，还要大面积发展花椒、枸杞、酸枣、黄花菜、地软等小经济作物，还要在五条深沟里建起四五千亩的果园，连同周边群众的果园，五凤岭将成为三万多亩大的果品基地。今后，大家不愁果子卖不出去，饮料厂和罐头厂将修起空中索道，连通五个岭，大家不用出村就可直接把果子交售出去。所以，希望大家都行动起来，使每条沟、每个坡，都成为聚宝盆、摇钱树，把五凤岭建设得更好、更美、更富。所以我说这也是五凤岭所有群众的一件大事，希望继续得到各位的支持与合作。今天已经初八，各村与开发公司签订的各类合同马上就要实施。各承包队、作业组明天都要进入各自工地，赶四月底第一场战役务必结束。另外，我再告诉大家一个好消息，根据行署劳动局安排，总公司下半年将在五凤岭各村招收二百四十名新工，凡在第一场战役中成绩突出的青年将优先推荐和录用。我的话讲完了，谢谢大家！"

邱永库的讲话引起群众的强烈反响，掌声、喊声和口哨声久久不能平息，有些二倒毛不管人家听见听不见就冲着台上大叫大嚷：

"嗨，招收经理不呀？"

"喂，要不要女的？如果要，我和媳妇一块儿去，咱也当个双职工显货显货！"

红杏和银杏站在台口不远的一棵苦楝树下。姐姐激动得脸红红的，眼角还亮着泪光，她为邱永库的讲话而激动，为五凤岭的未来而兴奋。银杏紧挨妹妹站着，妹妹左胳膊扒在她的右肩上，两只手自然地在她腋下挽成一个环儿，能感觉到她肩头在颤动，呼吸也有些急促，热气喷在妹妹脸上，使睫毛结起一层薄薄白霜。红杏斜了姐姐一眼，小嘴一撇，显出一丝略带嘲讽的微笑。她想对姐姐说什么，似乎又觉不妥，未开口。银杏压根没留意妹妹的表情，她的心只在台上，眼睛不眨地瞅着邱永库的一举一动，尽管模糊得看不清。

"红杏。"姐姐突然拧过头，毫不掩饰地问妹妹，"你觉得小邱人咋样？"

红杏佯装不在意，顺口道："差不多。"

银杏感到莫名其妙："这算啥话！我问你，够不够九十五分？"

"哪方面？"

"综合。"

红杏笑了，俯在姐姐耳边："姐，你到女婿节来，怕另有目的吧？"

银杏拧一下妹妹手背："咋呼啥？轻声点！"

妹妹贴着姐姐耳朵说："你肯定爱他爱得发疯了。"

"臭嘴！"

"只可惜范小青一片痴情，付之东流。"

姐姐生气了，扭过脸去，不再理妹妹。妹妹也转过身，向场院走去。

银杏追上去，认真地对妹妹说："红杏，戏完后，你和父亲把邱大伯送回去。"

红杏故作哭状："你光黏儿子，撇下老子让我管！"

银杏像哄小孩似的哄妹妹："好妹妹，听话。邱大伯病已稳定了，住回去方便。"

"邱大爷！"

"叫大伯。"

"大爷！"

"大伯！"

"大爷！"

"好好好，你叫你的，我叫我的。"银杏随手给妹妹把围巾系好，"真坏，一辈子别想找到婆家！"

红杏努着嘴，没好气地瞪了姐姐一眼："我才不像你，吃着碗里的，看着锅里的。"

银杏在妹妹鼻子上刮了一下，嗔道："死女子，臭嘴！"

姐妹俩一分手，红杏所到之处小伙们立即自动让出一条道，而银杏刚站定就有几个小伙子同时向她献殷勤。

"银杏，这下鸟枪换大炮了！"

"银杏，咱可是栽树作业组的，到时美言几句，咱也想当个正式工。"

"银杏，银行又有你们的汇款。"

"银杏,刚才那姑娘是你妹妹吧?啧啧,长得比你还漂亮,真俊!"

这些桥西镇数一数二的小干部、小工人、小万元户争先给银杏献殷勤,又端椅子又让凳,又抓瓜子又献糖,搞得银杏应接不暇。她仍然站着,懒于应酬,头一扬,愈显高傲,指指戏台喊:"快看,戏开了!"

银杏在桥西镇认得的人很多,那些镇政府、银行、税务局、工商所、派出所、商店、旅馆、饭庄、影院、粮站、奶粉厂、农机厂等,机关的或厂矿的,当干部的或当工人的,当头儿的或是平头百姓,是正式工或是临时工,男的或女的,老的或少的,无人不知五凤岭苗圃的胡银杏,除一点小小的业务关系外,多数人都惊羡她的美貌,她是桥西镇独一无二的"白雪公主"。特别是那些小青年,有事无事都会生出个岔儿,名正言顺、正大光明地和她磨嘴皮子;求爱的信常常会奇迹般出现在镇政府的公函里、邮局的电报里、银行的汇单里、粮站的购粮本和商店卖出的办公用品里。今天,她有意穿了件太空服,想用风雪帽把脸盖得严严的,但还是被他们狗寻油葫芦似的发现了。她想马上甩开这些热烈的追求者和无聊的献媚者,推说家里有病人,终于脱开身,躲进一家茶馆。

这时,红杏已回到医院。走廊上,父亲和邱大爷坐着正津津有味地品戏。红杏拿来一个小凳,把一包切好的牛肉摆上,又打开一瓶小香槟。

"爸、大爷,边听边吃,这牛肉烂得很。"

邱大爷连头也没动:"别吭声,正在戏口上。"

老胡给邱大爷嘴里塞了一块肉,自己也吃了一块:"这戏是才编的,没看过。秦始皇还是个年轻娃,小生么。"

邱大爷嚼着肉:"这个浪头起板,唱得绝。口满,气足,音宽,吐字清。易俗社的?噢噢,肖若兰就是易俗社的。大剧团,到底有听头!"

红杏把酒瓶递给邱大爷,大爷接过酒瓶,这才发现红杏,表现得格外亲近,对着酒瓶喝了一大口,继续发表评论。

"修渠的那人叫啥?"

"郑国。"

"郑国人?"

"怕不是吧?他叫郑国,反正不是咱秦国人。"

"不简单?外国人,跑这么远,帮咱修水利,整整十年,咱三秦父老,不能忘了人家恩德呀!听说,现在,泾三原,还用那渠浇地?"

"很可能。"

"秦始皇，那小儿也不简单，能知道修水利，为民造福，是个好皇帝嘛……"

戏已近尾声，红杏办完出院手续，和父亲一起把大爷扶上三轮车，高高兴兴出了医院。

直到剧终，直到街上人变得稀少，直到领导们的小车一辆辆开走，直到邱永库一个人向医院走去，银杏才舒了口气，从小茶馆出来，戴上风雪帽，独自一人抄小道走了。

这是一条直通苗圃的近道。桥西镇去苗圃有两条道，一条顺公路向东北下坡至泾河桥西头，再折而入主沟沟口西进，有七八里；另一条由镇西翻过南凤岭的一边，绕一个土包，就到了沟坡，顺沟坡有一条羊肠小道直通苗圃，距离三里有余。银杏一边磨磨蹭蹭走着，一边东张西望，发现路上绝无人迹，便脱了风雪帽，哼着小曲，加快了脚步。她唱着唱着，心里很为自己今天的安排生出几分得意。翻过南凤岭，来到土包下，她突然像一只猫似的隐身于一片刺槐林里，取出一本《企业会计》看起来。她看了一会儿，心绪杂乱，看不进去，又合上书，装入小挎包，伸头向林子外边的小路窥探。

她在等他。她想，他去医院看没人，肯定要回苗圃。回苗圃有两条路，一条远，一条近。他一没自行车，二没三轮车，必走近路。这些天来，银杏表面上还那么爱说爱笑、无忧无虑，但实际感情一直处于矛盾斗争的旋涡中。那天，她从局里的电话里听说，有个中专学生为了孝敬有病的父亲，自愿离开城市到五凤岭来，当时就对他产生一种敬意和良好印象。后来她到坡头接他，一见面竟被他那英俊、潇洒和腼腆的神采打动了。而且从谈话中得知，他还没有对象，她就更加心花怒放，暗自庆幸。她想，凭自己的心计，不必花多大的力气，就一定会把他培养和争取为一个称心如意的妹夫。她知道，妹妹还没有工作，高考未必能如愿以偿，前途吉凶难卜，从这一点看，邱永库配妹妹并不委屈她。但她也知道，妹妹文化程度高，心眼好，有主见，特别拿得住人的是那非凡脱俗的容貌。妹妹脸色很白，这种白，是一种具有很好质地和光泽的白，是把滑、润、弹、腻、柔、韧水乳交融在一起的白，白中渗透着一种淡淡的红晕，使人很容易联想起晶莹剔透的雨花石或天然无瑕的汉白玉。她的那双丹凤眼很大，但大而不露，像秋潭似的深邃清澈，好似黑白相间的瞳仁里包藏着太阳系那样无限的想象空间。她的牙齿很整齐洁白,但她从不轻易敞嘴大笑,而总是抿着小嘴,把万般情思寓于嘴角淡然的一丝笑影,那神态,那情愫,那容光,好看极了!动人极了!而且,妹妹那身段、脖颈、头发及脸部的轮廓、五官的造型和位置,都调配造设得匀称自然、浑然一体,透露出自然美的魅力。这种气质,这种风采,这种韵味,怕是修饰打扮和美容保养所不能奏效的。也许这就叫天生丽质。正因为妹妹诞生在露天里,刚一坠地就领略了五凤岭的山野精气和天地灵光,所以美神才赋予她如此无须雕琢的自然美。这一点,对于生于室内的姐姐来说,无法与之比拟。经过以上这些描述和对比之后,银杏觉得妹妹配邱永库更是绰绰有余。

事情的岔子就出在这里。后来经过银杏种种暗示和努力之后,事情大有进展,她正要向邱永库摊牌亮底时,却从她父亲怪声怪气的叫喊声中得到瞿秋蝉这个至关重要的信号。于是她经过种种曲折,才在行署报社探得事情真伪。当时她真想找那个负心的记者和她理论,甚或臭骂她一顿。但她没有这样,她对瞿秋蝉的气愤转化成对邱永库父亲的同情和怜悯,继而又由对老人的同情怜悯转化成对邱永库的敬佩和支持,再往后,这种敬佩和支持就慢慢变了形、走了样。她由瞿秋蝉联系到妹妹,她相信,红杏即使考不上大学,将来也一定会找一个好工作,只要在城里,不是干部也比自己钻在山沟务树强。作为姐姐,她有责任为妹妹的前途着想。而且,就是红杏没有瞿秋蝉那种嫌弃老人的思想,凭她那俊模俊样,能伺候一个病歪歪的老公公吗?她能吃下这苦吗?住房条件允许吗?但换作银杏,情况就不同了,这些她全都能办到。银杏还暗想,如果小邱事业真的成功了,他调到省上、行署,搬进城里去,她银杏也能在这五凤岭把老公公养老送终。所以想来想去,这个苦,还是自己来承受呗。

至于范小青,他爱过她,她也爱过他。但那只不过是小孩玩"过家家",是少男少女不切实际的朦胧向往,他俩还从未确定过什么恋爱关系呢!只是他到了部队后,才在信中情呀爱呀地发神经。隔山渡水,凭几张纸搞"空中恋爱"就能打动一个女子的心吗?那不是把爱情看得太容易、太轻而易举了吗?再说,小青还是农村户口,复员回家能找下工作吗?能农转非吗?如此看来,无论从法律上还是从道德上,也无论从良心上还是从感情上,这样做都是合情合理的。她脑子里萌发的这个念头,直到那天妹妹嘲讽责骂她的一刹那间,才变得清晰和明朗起来。她得感谢妹妹,没有她的嘲讽,没有她的责骂,也许自己感情的波涛还不会这么激流勇进。打那之后,她感情的狂涛就一发而不可收,对小邱越发爱得发疯。今天，她之所以在这儿单独等他，就是要向他吐露真情，向他表白自己的心迹。

太阳快要落山了，五凤岭显得有些清冷。晚霞把沟沟岭岭涂抹成一片模糊的金黄，她躁动不安，觉得那模糊的金黄就是她眼下的心绪。

两只斑鸠从土包后面惊飞起来，在刺槐林上盘旋一圈，又向别处飞去，飞进模糊的金黄里了。

腾、腾、腾……

突然传来脚步声。她探着耳朵细听。是他，是他的脚步！银杏忙跑到树林边，一瞧，果然是他。他走得很快，倏地就越过了她，下了斜坡小道。

"小邱哥！"她亲昵地喊了一声。

他吓了一跳，止住步，恐慌地转过身子，见是银杏，便惊喜地叫道："是你，银杏！"

银杏赶上来："你去过医院了？"

邱永库应道："他们都回苗圃了。"

"是我和邱大伯商定好的。"

"你想得真周到！"

"是红杏蹬的三轮车。"

"你们父女三人待我太好了，我真过意不去！"

"别傻帽！还不都为了苗圃好？"

"是的，苗圃人太好了！五凤岭人太好了！我现在才体会到社会大家庭的温暖，如果人人都有一片爱心，生活会更美，事业会更兴旺发达！"

"还生活事业呢，你自己的事也该考虑了。"

"什么事？"。

"家呀！你也该有个完整的家了。"

"完整？"

"嗯。你该结婚了。"

邱永库脸痛苦地抽搐一下，拉着银杏，说："咱们走吧，边走边谈。"说着两人走下一个坡，小邱这才觉得有些奇怪："咦，银杏，你咋一个人在这儿呢？"

银杏把头一摆："等你呗！"

小邱更觉疑惑："你咋知道我走这儿？"

银杏含情一笑："这你就别管了！"银杏话音刚落，突然脚下打滑，吓得她直叫："快扶我！"

小邱闻声转过身，银杏两腿一晃，直直地跌在他的怀里。他猝不及防，一闪，他也差点摔倒。他连忙抓住道旁一棵小树，身体顺势卧倒在一个土塄上。银杏还惊慌地躲在他的怀里。她很激动，等待着，静静地等待着，等待他的温存，等待他甜蜜的一吻。然而他没有这样，不知是还没回过神来，还是思想就没在这上，抑或根本就没有领会银杏热烈的期待。他抻抻她的衣袖，理理她散乱的头发，胳臂一撑，站直身子，扳着她的肩膀，笑着说："走吧。阴坡，雪没化完，滑，当心着。"

银杏很失望，但她没言语，走了一会儿，却站住不走了。

小邱愣住了："银杏，你今天怎么了？"

银杏使劲捏着小邱的手："停下么，我有话对你说。"

"你说呀！"

"你爱我吗？"

"上次不是说过了吗？"

银杏自觉荒唐，便支吾着道："人家说的，不是……不是那种爱，是……是，是爱……爱情的爱么！"

小邱并不觉得突然。他懂得自己目前在这位漂亮直爽的姑娘心目中所处的位置，她已经如痴如呆地爱上了他，而他又何尝不是同样爱着她？但眼下是事业初始阶段，他的责任重大，实在不敢分散丝毫的精力和心思；而且还有秋蝉，他相信她的感情，等待着她的回心转意。出于这些情况，他实在为难，更不能伤害银杏的感情，给她带来失望和痛苦。这些道理，是他多日来已经深思熟虑了的，所以此时不必多想，只踌躇片刻，便很有分寸地拍拍银杏的头，笑道："傻妹妹，说真心话，我很爱你……"

"那就结婚吧！"

"结婚？现在？"

"那倒不一定，我就要这句话！"

小邱愈来愈感到自己已陷入泥潭，难以脱身："银杏，你还不知道我的情况。"

"不就是那个瞿秋蝉么？告诉你，我已做了调查，你俩早吹了！"

"嗬，你还搞起了调查？说真的，我们断绝来往快一年了。我最近找过她，听说她已停薪留职，到南方做生意去了，暂时也不会和我有来往。但我相信，她会找我的，我等着她。"

银杏真的哭了，嘤嘤的，很伤心。

"你瞧不起我？嫌我文化低？嫌我是工人？嫌我没有她长得好？你说，说呀！"

小邱这才意识到自己的失态，他说漏了嘴，伤害了她的自尊心。他掏出手绢给她擦泪，劝慰道："不不，绝对不是这样。你的各方面都比她好。如果不是她，我当真会主动向你求婚的。你的心太好了！人又漂亮！我从心里爱着你，请你相信我说的是实话。"

"那你为啥刚才还说等着她？"

"我是说……唔，我是说等她找我，我们把话说清楚。"

"那你今天就答应我！"

"这……"

银杏恼怒了，声音很大，咄咄逼人："你是舍不得瞿秋蝉！舍不得她的皮包公司？舍不得她的万元户？要是这，那，你走吧！"

小邱万没想到，她会突然提出这样一个严肃的问题。是呀，是舍不得她那皮包公司吗？是舍不得那万元户吗？对这个问题，他早有自己的看法，他对此有所反感。社会上的事他知道得不多，但他却深知秋蝉是怎样的一个人，凭她的性格，凭她对生活的轻率和玩世不恭的态度，她会有什么好结局吗？不会亏本吗？不会违法吗？咳，这个难以琢磨的女人……一想到这里，他不由得又产生一种厌恶之感，当初那种愤懑的情绪又蔓延滋长起来，把对她的一片情意和眷恋全都化成一声叹息。

相反，此时站在他面前的却是一个多么实在、多么姣美、多么热烈地爱着他又同时爱着他父亲的姑娘啊！也只有从此时起，他心中陡然升起一种与往日和她在一起时从未有过的奇妙情绪。他觉得自己心脏跳得很快，很慌乱，周身的血脉在膨胀，血直向上翻涌，好似要冲出体外。脑子里也乱乱的，四肢轻飘飘的，正在身不由己地向着一个陌生的王国狂奔……他不相信，眼前的她将会是自己的对象；这个像女菩萨一样善良贤惠的姑娘，将会成为他的妻子，将会同他在一个屋檐下过日子……爱情呀，婚姻呀，家庭呀，并不是什么妙不可言、激烈悲壮的话剧，而是多么平凡、多么唾手可得啊！唉，人生哪！

她的确很迷人。轻薄的太空服套在她身上，显得身材越发苗条、丰满，勾勒出一种线条的美；晚霞涂抹在她的秀发和脸庞上，使她散发出青春健康的气息和荡人心旌的魅力。他真有些按捺不住了，很想把她的手握得再紧些，把她的肩头按得再重些，顺手把她揽在怀里，用一个甜润的吻表白自己的心声。突然，一个念头袭来，他觉得她太完美了，太圣洁了，是观世音菩萨，不允许他有丝毫的痴心妄想，更不容他亵渎爱神的纯粹和圣洁。他终于舒了口气，耸耸肩，把她拉了起来。

"你说呀，别不吭声！"

邱永库还下不了决心，正在为难，突然身后闪出一个人影。

"红杏！"他认出她，惊叫一声。

银杏也看见了妹妹，此时她不想再向她隐瞒什么，她想得到她的同情和支持，便伏在妹妹肩头又嘤嘤地哭起来。

其实，红杏并不知道这里发生了什么，她只是看天色这么晚了还不见姐姐回来，就跑出来看她。她刚爬上一个陡坡，突然听到姐姐的哭声，这就来了。她知道一准是姐姐不对，她不该这样，太过分了。她也对邱永库不满，他能有什么傲气呢？不就是一个小苗圃的主任吗？但她不好得罪他俩任何一个，就抱怨道："你俩也真是，这么晚了，在荒山沟吵吵闹闹，太不像话了！"

小邱忙向银杏赔礼："都怪我，惹银杏妹妹生气了。我扶你回去吧。"

银杏将小邱向后一推："我不好，你走开！"

红杏给姐姐擦泪："姐呀，别这样！爸爸在家等着呢，他让我接你，别让他操心。"

银杏将小挎包一挎，自个儿下坡走了。小邱赶上去扶她，她手一挡，把他的手挡开了。

红杏向小邱一努嘴，道："你还不快前头走，邱大爷正在炕上发横，骂你呢！"

机灵鬼！小邱在心里暗笑，又拍拍银杏的头，向红杏道："红杏，我可把人交给你了，别让狼叼走了再向我要人，啊？"

四

工程局三处仅用了两个月时间,出动十多台推土机、铲运机、翻斗车,把三条全长二十多里的地基全部铲通推平了。按规划,除沿主沟底以上五米等高线南北各修一条道路外,还要由凤阁台罐头厂跨沟穿过南凤翅至桥西镇通往主干公路修一条大道。由于与主沟平行的两条道有原始道路痕迹,且坡度较缓,除个别陡坡需要人工削坡或少量填方和桥涵外,大部分只需用推土机铲通推平,把虚土推到路基以下即可,剩下的工作就是用链轨碾轧、整修边坡、修筑桥涵和铺设沙石了;饮料罐头厂也动工了,土建和设备安装也由三处承包,已开始放线、砸桩和地基钻探。灌溉问题经过多种方案比较,最后决定引宝鸡峡东三支渠水入沟,即将沟西退水渠和南凤、西凤、北凤、凤阁台四条斗渠延伸贯通后,再沿各沟小经济作物区与果林带之间等高线修渠引水,纳入宝鸡峡用水计划。渠道工程的土方、桥闸和混凝土衬砌均由各承包队完成,土方已临近尾声。果林带各小区土地平整,就近承包给当地生产队,根据"随坡就势,能连块的连块,能成方的成方,能取直的取直,能填平的填平,尽量保持原生浮土"的原则分区位统一进行。

翟工等水利工程技术人员分头负责渠道的施工和质量检查。苗圃除老胡应付日常工作外,其余人和树涛等水保技术人员全都加入果林带基建行列,主要负责施工、技术指导、安全和质量监督。银杏那晚和小邱闹别扭后,第二天全然无事一般,别人谁也察觉不出在她的感情世界里还经历过那样一次惊涛骇浪。她在家住了两天,给爸爸和邱大爷拆洗了两件衣服,送走妹妹,自个儿乘三处便车进城去了。

而邱永库呢,这些天除应付一些琐碎事务外,大部分时间和树涛他们忙碌在果林带小区和民工一起拼体力。好长时间没有和土坷垃打交道了,今日突然抡起镢头、锨,觉得比在学校练长跑、做早操还悠闲自得,充满诗情画意。暂时不用无休止地参加各种会议和活动,不用东奔西跑筹集资金和搜罗人才,不用争争吵吵签订各类协议和合同,不用求爷爷告奶奶办理各种牌照和手续——他像一位初次出海的水手战胜风浪后终于驶入航道时那样欣喜和坦然。他几乎忘记一切,忘记自己是五凤岭开发总公司的法人代表,像一个普通老百姓,像一个在责任田里发狠干活的农民,像一个进城下苦力挣钱的副业工,隐蓄已久的青春狂澜一下子挥发出来，表现得无比贪婪和疯狂。他抡起镢头，一下去就是一大块僵土，那劲头恨不得把地球捅个大窟窿。他佩服祖先设计发明的镢头和锨，星驰月移，沧桑巨变，而这种古老原始的工具却毫无改变，足以证明在此领域已发展到人类文明的顶点。

就这样，他和大家一起，拿着这种古老而又先进、原始而又完美的镢头、锨，挖山不止，奋斗不息，把那些天然造设的土崖、土柱、土台、土包、土坎、土塄、土岗、土梁等该挖掉的挖掉，该填平的填平，该连片的连片。宽点的修成梯田，窄点的筑成带地，陡点的挖成鱼鳞坑，一天下来，筋疲力尽，饭量大增，晚上一躺下就呼噜入睡，根本不会失眠做噩梦。他突然想起一位哲人说的"劳动可以净化思想"，这句话颇有道理，大概这就是吃斋念佛者"面壁造化"的理论根基，只不过一动一静罢了。他觉得自己变成了另一个人，从言谈举止到性格气质，都发生了脱胎换骨的变化，再也不是一个循规蹈矩、腼腆拘谨的角色。生活、社会、事业使他成为时代的宠儿和弄潮者，充满着向大自然索取一切的欲望和野心。这是否也需要净化，他不得而知。但他深悉自己政治上不成熟，思想上富于幻想，业务上经验不足，不具备成为一个共产党人的条件。但他不消沉，在积极努力，他已把入党申请书交给了自称党支部书记或小组长的白条，争取早日加入组织。有个组织可以加强监督约束，特别是年轻人。而且将来摊子大了，党员多了，还要成立党总支或党委，发挥党对企业的正确领导，为实现最终目标而奋斗不止。对于这些，他认为，从现在起就应该开始着想，起码，先得向局里要一个支部书记，成立一个临时党支部。

他确实觉得现在脑子很清晰，这是劳动的结果，净化的作用。他很想使这种劳动能持续得长一些，以便自己的思想得到净化，在净化中求得超越和升华。但他知道这不可能，各项工程随时都会有各种设想不到的问题需要他去协调解决，而且马上就到了育苗季节，苗圃本身的事就很多很杂，让老胡一个人受此劳碌他于心不忍，他计划育苗开始抽时间帮老胡料理一番，即便依然是一个普通劳力，他也要这样，因为这是他的一片心意。当邱永库做了以上思考和回顾，刚要招呼大家继续干活时，马满回来了，他真的从武装部搞来一批雷管。民工们立即围上来，都想看看雷管到底什么样儿，是不是就是《平原游击队》里的自制土地雷？雷管和地雷，都姓雷，准没错儿。

老马牛眼没变，还是老样子，眼睛一瞪，叫道："甭动！这不比你媳妇的电子表，别失了手。这要一失手，就没命了！"

有几个小青年吓得直往后缩。邱永库向众人道："大家要听指挥，不敢乱跑乱动，当心危险！"

"那我们在哪儿藏身呢？"

老马很内行地说："你们在东边继续干活，不用躲。我先炸西边，以这棵椿树为界，不准越过界线。"

"要是土块飞过界线，砸了我的头咋办？"

"请放心！"老马神秘地道，"只要按我的话做，我敢保证无事！咱在部队就是工兵，这技术没人敢比，没声，定向，土石不乱飞，就像神仙背山一样，邪！"

小邱道："现在各干各的活，按老马话办，不敢乱跑！"

众人到东边干活去了。马满和小邱来到西边一块突出的陡崖下。老马把雷管按一定排列顺序绑好，导火索结一个很特殊的结，然后放进崖根下一个很深的土洞里，角度和方向也大有讲究。一切准备妥当，老马点燃导火索，拉着小邱跑到椿树下，还未站定，只听一阵很闷很重的响声在地下滚动，随之像地震似的脚下一颤，就见土崖处一团烟尘奇迹般移动，眨眼间就将崖下一个大豁口填得严严实实。人们纷纷跑到现场看，全都目瞪口呆。太绝了！真像被神仙背走似的，突出的土崖没有了，豁口成了一片平地。大家呼叫着、奔跑着、追打着欢呼胜利，向马满表示祝贺。老马摸摸下巴，咧着大嘴，颇有几分得意。

马满和邱永库把人们赶回椿树以东，然后两人又去炸豁口南独独耸立于豁口与另一块台地间的鱼脊梁。他俩安置好雷管，点着导火索，迅速撤离现场。一秒、两秒、三秒……三分钟过去了，却仍不见动静。邱永库要跑过去看，却被老马拦住了。

老马严肃地说："我知道咋处理，我一个人去。你就在这儿，不准动！"他说完这句话后，瞪了小邱一眼，样子很凶、很可怕："听见了吗？不许挪动一步！"

小邱点点头，不敢违令，只好站着。老马跑过去，正要上前检查，突然发现眭城堡黑娃提着裤子，边走边紧裤带跑过来。老马给他喊话、打手势，越喊越比画他越发愣，端端正正朝炮眼方向爬了上来。马满气得嗷嗷乱叫，冲过去，将他按倒，推下台地西坡。正在这时，只听一声闷响，大地颤抖，马满刚滚下坡，只觉一只巨大的手拽住他的腿不放。待他回头看时，不由得"妈呀"大叫一声，移动的土流已咬住他的两条腿，头也被骤然飞来的虚土掩埋了。小邱和大家向他跑去，他抖抖头上的土，两眼一瞪："快看黑娃！"

黑娃还不知发生了什么事，正向坡上爬，一边爬一边咒骂："老马这家伙不是人，下黑手，要我的命呀！"

大家用手刨，用锹掘，总算把马满掏了出来。他站起来揉揉腰、踢踢腿，转了一圈，正好撞见黑娃，一脚踢在黑娃的屁股上，扑闪着还要踢。

黑娃捂着屁股号叫："我有痔疮！"

老马牛眼不饶人："我这脚专治痔疮！"

黑娃痛得龇牙咧嘴："龟孙子，去年就踢我一脚，痔疮咋不见好？"

老马骂骂咧咧地说："我儿！你刚才跑到那儿干啥？"

"痔疮痛，我到那边去擦。"

"这儿放炮你不知道？"

"放炮？咋没听响呢？"

"龟儿子！"

大家被逗得哈哈大笑。

正在这时，只见矮丰三从一个斜道跑过来，像只老母鸡，一边跑一边呜里哇啦地乱喊乱叫。大家不知又发生了什么事，都向他围去。民工中有人认识他，有的不认识，都争相观赏这个有趣的小矮人。

矮丰三老远就嘟囔："马自大这家伙贼灵贼灵，偷着放炮，连声都没有，是怕我要雷管吗？小气！我矮丰三，飞机大炮都经过，还稀罕这个烂雷管？想当年，新疆买羊粪，一醉震三省，没有你风光气派？你还自大个啥？"

老马不屑于理他："外交部部长这几天没出国访问，要是心慌，快到街上看耍猴去！"

矮丰三抓起两捆雷管，狡狯地大笑："哈哈！见一面，分一半。"

马满上前一步，怒目而视："放下！"

矮丰三后退两步，嬉皮笑脸："嘿嘿，甭自大。"

"叫你放下！"

"不放！"

"放不？"

"好好，放。"

"哪里娃多哪儿耍去！"

"马满，一满就自大，这也值得自大？我儿！"

小邱向矮丰三道："老魏，雷管由老马一人保管使用，你们需要时，就请他去爆破。"

矮丰三气呼呼地把双手一甩："我才不稀罕他马自大！我去叫推土机，还怕叫不来一个连？机械化打败马自大！我们敢与你们比，你敢不敢应战？"

马满轻蔑一笑："谁还怕你矮丰三号？"

众人齐喊："应战就应战，看谁第一个完成任务！"

矮丰三走后，邱永库对马满说："老马，接受刚才的教训，要按放炮规章来，不然太危险！"

马满点头应道："是哩是哩，按规章，站岗执勤和打信号，需要两个人。"

"那就从民工里抽人，你带上他们到各处去爆破，这里有我。雷管要管好，别丢失。"

"好的！"

马满说完，选了两个民工，从衣兜里掏出两个三角小红旗和两个哨子交给他俩，又给他们讲了信号规定和注意事项，便去东边放炮去了。

小邱带领其他群众拉着架子车，扛着镢头、锨由东到西，在刚才放炮的地方平整地面。椿树以东是个较开阔的台地，东沿有许多奇形怪状的天然大土梁，土梁东边是一个极不规则的壕沟。马满正琢磨着怎样绑扎和安放雷管，才能使梁上的土体正好填平壕沟。他拨开一丛丛野藤枯枝，仔细查看着地形和方位。

嘀嘀——

马满向沟头看去，只见执勤民工使劲吹着口哨，摆着红旗，他不知何故，便跑过去，发现一位姑娘正向这儿爬来。

老马大声向那姑娘吼着："喂，站住，站住！不站就开枪了！"

"马大叔！连我都不认识了？"

"红杏！你跑这儿寻死呀？"

"哟，这地方真美，我过去还没来过。"

"这里放炮，危险！"

"炸啥呢？"

"土岗子！"

"呀，那么好看！像丝绸之路的骆驼队，干吗要炸掉？"

"开地造果园。"

"太可惜了！"

"你来干啥？"

"找小邱叔叔。"

"他去那边了。你在此等着，别动！"

一个执勤去叫人，老马叮咛红杏一番，自个儿跑到土岗那边去了。

邱永库跑过来，见是红杏，甚是惊喜，忙问："想通了吧？"

红杏点头嗯了一声。

小邱和红杏向西走过一箭之地，在大椿树下站住了。

两人就这么站着，突然都觉得无话可说。

红杏很腼腆，两瓣小嘴唇上下互相不住地抿着，愈显得水灵红润。她突然窘迫起来，好像心里有许多话，一时羞于启唇，期待着能有一把打开它的钥匙。

小邱终于开口了，他歪着头，望着红杏，觉得这女子乖巧得很："红杏，你咋改变了主意？"

两枚花瓣徐徐绽开："偶然顿悟呗！"

"好个女秀才！"小邱情不自禁叫起来，"说说，什么偶然的事，才使你顿悟的？"

红杏羞赧地低下头，用玉石般晶莹的指甲掐着衣扣，微笑道："你先说，办不办？不办就拉倒。"

"当然办呀！盼不得你明天就大学毕业，好回咱五凤岭当工程师。"

"那我还不是为了五凤岭嘛！"

"嗬！是五凤岭拴住了你的心。"

"现在人都说，时间就是金钱。"红杏又抿抿嘴唇，道，"即使今年考上，四年大学，毕业时已二十六七，不成老姑娘了？要再考不上，更浪费时间，还不如早工作，早安心。"

"你奉行功利主义。"

"现实主义呗！"

"好呀，欢迎现实主义小姐，将来为五凤岭挑大梁。红杏，等你毕业，五凤岭就变样了。你瞧，那座1958年建成的高线运输塔，将改造为罐头饮料厂空中索道的调度中枢，它将把五座高岭和五条沟连接起来，把五凤岭和大千世界连接起来。而在这索道的上下左右，遍布着我们的果林带、小经济作物区、畜禽养殖场、苗木花卉园，还有饮料罐头厂……这可是一项充满绿色和芳香的事业啊！"

"没想到，你的嘴巴真能说。"红杏半嗔半笑，"那天成立大会上，我就看你是个吹大谝的。"

"你也到会场去了？"

"和我姐。挺振奋人心的。"

"是呀，五凤岭太美了，广阔天地，大有作为。红杏，你到学校好好学习，回来后咱们好好大干一场。我们这一代，真是幸运儿，有这么好的机会和政策，够我们奋斗一生的了！"

"不是你煽动，我还不会动心呢！"

"是这样吗？那为何那晚就煽不动？"

"没有激情呗！"

"别感情用事！"

"激情不等于感情。"

"是感情的一种激越表现！"

"好了好了，你的理论真深！"红杏瞟了他一眼，急问，"现在咋办？"

小邱想了一下，说："今天你把放在学校的行李拿回来，明天就去。"

"行李我都拿回来了。"

"你真麻利！"

"现在，我想跟你去干活。"

……

红杏走的时候，小邱让她给银杏捎去一本《司汤达作品选》。这位即将跨入大学校门的姑娘，怎么也不知道这本书竟然是邱永库对姐姐热烈追求反馈的一封情书。其中在《伐妮娜·伐尼尼》中有两处标了着重号。第一处在伐妮娜要给意大利烧炭党人米西律里请医生医治枪伤时，他对她说的一段话："假如上帝要召我回去的话，能够死在你的怀里就是我的幸福。"第二处，当伐妮娜向米西律里表白她愿为他俩的爱情而不顾一切，甚至弄得身败名裂时，他为她的痴情所动心："你不是我的妻子吗，不是一个永远受到爱慕的妻子吗？""我会爱你，我会保护你。"红杏自然不知其中奥妙，当她把书交给姐姐时，真的还为姐姐浓厚的文学兴趣高兴过一阵。其实银杏也未必能想到这层意思。她只知为邱永库的关心所陶醉，甚至有意在妹妹跟前卖弄和炫耀一番，以示她与他的关系绝非一般，而心里却犯迷糊嗔怪这家伙发啥神经。妹妹刚一走，她就迫不及待地打开书，却什么也没有，翻来翻去不得其解。她正要索然合上书时，奇迹出现了，那两处折页明显的着重号像一绺绺火苗跃入眼帘。她把那三句话五十八个汉字，念了一遍又一遍，想了一遍又一遍，越念心越激动，越想痴情的火焰燃得越旺。她激动得流下泪，浑身燥热，立即给小邱回了一封直抒胸臆的情书。

当邱永库读完银杏的回信后，深为她的聪明细心而高兴，更为她的热烈真诚而动心。他并不像久弄笔墨的文人那样故作高雅，更不是有意捉弄银杏，而只是由于那晚事情突然，加之红杏的出现，使他没来得及把自己在她与秋蝉之间的最后抉择告诉给她。银杏的话是对的，秋蝉是一个把感情当作游乐场套圈儿一样随便的薄情女郎，她能抛弃她梦寐以求的工作跑生意捞大钱，难道就不能给爱情掺杂金钱的铜臭和利欲的邪念吗？这是邱永库的性格所不能容忍的，他不得不把对她的一线微小的希望彻底从心中抹去。但他又苦于没有时间写信和当面向银杏表白，所以就用了这种有点文人气的手法。对他来说，到底应该怎样认识和评价这位法国文学大师作品中伐妮娜和米西律里的爱情悲剧，连他也说不出一个子丑寅卯。因为他对文学作品并不喜爱，只是原先每晚陪父亲时无所事事才用来消遣而已，所以对作品一知半解或不求甚解是不足为怪的。

小邱把银杏的信细心收藏好，和父亲闲聊了一会儿，便到北院去找老胡。他有一件极其重要的疑难问题要向这位苗圃元老请教。昨天晚上，三处有台推土机正在推铲凤阁台桐苗地旁的高地时，突然连人带机子一齐掉进一个洞窟。人和机子虽没什么损伤，但那洞窟倾斜而下，直到罐头厂主车间地基下，而这地基正好是苗圃最肥沃的桐苗地。苗地虽然还没有放线、打桩和地基处理，但已进行了地基钻探，当时并没有什么异样。原计划只等育苗开始，把桐根移走，就可破土动工了，但洞窟的发现不能不给原计划打上个问号。而且，这洞窟的方向、位置、角度、大小、长度等都还是个谜，想提前进行工程处理也无从下手。原地形图没有这方面的标志，1958年的水库设计图更是简单得很，找不到可靠根据。他和翟工找了几个老农询问，他们只知那是群众躲避土匪的地窖子。除此而外，再无别的线索和依据了。

小邱走进拱门，老胡正在院子修理剪刀。这是苗圃、果园必备的工具。他把几十把剪刀磨得很锋利，阳光下闪耀着金属的光芒。簧片都换了新的，支点也抹了机油。小邱拿起一把试试，锋利无比。

"老胡，育苗快开始了吧？"

"还有一个月，准备工作得提前做好，磨刀不误砍柴工。"

"到时候我抽出时间帮你干，我还没育过苗呢！"

"你忙你的吧，这事有我呢！"

小邱知道现在说这话为时过早，想了想，便把洞窟的事告诉了他，问他是否知道详情。

老胡想了半天，才模模糊糊记起，当时他和槐花平整桐苗地时，就发现过那个地洞。他们将洞挖断，填了土，洞就堵住了。后来浇地时还塌过几次，又进行了平整，所以现在桐地里一点痕迹也看不出来。至于高台上的洞，原是与桐苗地的洞相通的，很深，他从未进去过，只听孤老大娘说那是躲土匪的地道。她就是那年躲土匪时躲进洞的，后来土匪被解放军打败了，人们都各自回家，地窨子就闲下了。大娘独自一人，一直住在洞里。不久解放了，政府让她搬出去住，她不愿意，乡亲们就另外给她修了一个窑洞，直到1978年去世。

老胡说这段话时，声音很低沉，感情也很压抑。说完后，他的小眼睛一眨，觉得稀奇，就问小邱打听这些干啥。小邱将详情告诉给他。老胡听后，像被蝎子蜇了似的，噌地站起来，把手中的剪刀向旁边一扔，失魂似的叫嚷起来："啊？这么说，桐苗地要毁了？"

"你知道的呀！"

"我只知道用高地，咋就把桐苗地也占了！"

小邱向他解释道："现在桐苗地只打了钻孔，还没破土动工。等育苗时把桐根移走再开工。"

他简直气得发疯，小眼睛溢出泪来："桐苗地你们不能占，不能占哇！"

"老胡，我知道你为这块地费了很大心血，但罐头厂是开发五凤岭的关键，你要想开些。"

"我不管你开什么发！我要我的桐苗地，要我的桐苗地！"

"老胡，你冷静些，别生气，别伤了身体。"

老胡根本不听他说些什么，平时那副喜眉笑眼的模样变成凶狠暴怒的凶相，一双亮眼直翻得吓人。他浑身颤抖,语言断断续续,感情失去自制,完全是发疯的样子。他跌跌撞撞地跑出院子,向凤阁台跑去,一边跑一边失魂落魄般地号叫:"我要我的桐苗地,要我的地……啊!凤阁台,地窖子,地洞,大娘……槐花,可怜的槐花啊!"

小邱不知道发生了什么人命关天的大事,不知道这块桐苗地有何不同凡响的历史,更不知道老胡与它有着怎样的特殊感情。小邱劝不住他,拦不住他,只好也跟在他后边跑。

老胡疯疯癫癫地跑到凤阁台桐苗地,嗵的一下跪倒,用手一把一把掘那地,掘那桐苗根,又用土一把一把填那钻孔,十个手指抓破了皮,鲜血染红了一团团的土壤。他一边掘一边哭叫着:"天哇!我咋这么糊涂?这些天我为啥不到这儿来看看呢?我太相信他了,相信邱永库那小子了。邱永库啊,你这个没良心的东西,我哪一点对不住你?你这不是掏我的心吗?要我的命吗?哇哇……我的桐树苗呢?……呜啊!槐花啊!你在哪儿?在哪儿啊?"

三处的工人和翟工、树涛等跑过来,大家都苦苦相劝。

"老胡呀,别这样,五凤岭这么大,占了再开,七八个队的人都给你开地呢!"

"我们三处有推土机,容易得很,给你再修一块比这还要大的地。"

老胡依然跪在地上,头磕着地,哭得缩成一团:"五凤岭全被邱永库占去了,还有我开的地吗?啊啊,我要我的桐苗地……"

小邱把老胡扶起来,紧紧搂在怀中,泪水不断地往下淌:"老胡啊,你千万别这么想。苗圃永远是你的,五凤岭永远是你的,你永远是这里的主人,将来的果园、工厂都归你管上,你是当家的,这里不能没有你啊!"

"当家的"和"管上"这五个字更刺痛了老胡的心,他霍地从小邱怀中挣脱,回过身狠狠给了小邱两个耳光,指着他的鼻子骂着:"邱永库,你个强盗!你知道吗?为了开出这片地,1962年,我们吃不饱,银杏当时只一岁半,她妈还怀着红杏,临产前还在这儿拼着命刨呀、挖呀,为这块地连命都搭上了呀!那天,她就昏倒在这儿,地洞口上,血流了一大摊,多亏那位大娘,才给她接了生。红杏保住了,她妈却当场咽了气……呜呜……槐花,槐花!我对不住你,对不住你啊!邱永库,我两口为了这块地,受的啥罪,吃的啥苦,你知道吗?你懂得吗?现在,你却要毁了这一切?盖大楼,修厂房,嗯?我叫你什么也干不成!

打官司、杀头，全不怕！"

老胡哭着骂着，捋起袖子又要揍小邱，却被翟工和树涛拦住了。

小邱抻着脖子，忍着辱骂和痛苦："老胡，你打吧，打死我也应该。是我无知，不知道这些，伤了你的感情，我向你认错赔罪！"

老胡扭过头去，瞧着高坡上的土窑，瞧着土窑旁那棵杏树，瞧着杏树下那两座坟茔，突然把小邱向后一搡，疯狂地向那边跑去。小邱、翟工、树涛等也跟了上去。

老胡跪在坟前，使劲拍打着自己的头，哭喊："大娘呀，槐花呀，我没有保住这块地，对不住你俩，我无能，我该死呀！"

这时，白条、马满、矮丰三和虎子等也闻声赶来，一个个跪在坟前。

"胡头儿，别伤心，以后我再也不顶撞你了。"老马劝老胡。

"胡头儿，我以后服从领导，不再和你顶嘴。"矮丰三哭得很伤心。

"头儿哇，千军万马，全凭一杆帅旗。你这一倒，我们不就成了无帅之军、无王之蜂了吗？"白条发挥着党小组长的宣传教育作用。

小邱想说什么，但又怕火上加油，没言语，只是陪老胡跪着流泪。

"邱主任——"

突然有人在远处喊邱永库。大家扭过头去，只见新雇用的炊事员老陈气喘吁吁地跑来，喊："老人家、老人家他……"

"啊，爸爸？"

"邱大伯怎样了？"

老陈只喘大气，连话也说不出来，急忙用手向沟南指去。

大家顺着老陈的手指望去，才发现邱永库的父亲拄着拐杖，一人站在对面沟底的小道上，像一棵秃枝怪样的皂荚树，朝着这边，发出一种凄惨的怪叫："胡队长——胡队长——"

狼狗飞飞蹲在旁边狂叫不止。

"父亲怎么会出来呢？"小邱急问老陈。

"我也觉得奇怪，好似有神仙推着他，走得很快，我拉也拉不住。"老陈说得很神秘。

突然，老胡的哭声止住了。他失神地站起来，向对面瞥了一眼，甩开众人，直向沟南跑去。大家也跟着向沟南跑去。

到了对岸，邱大爷忧心如焚地问老胡："胡队长，出啥事了？"

老胡强装笑颜，道："嘿嘿，老人家，没事，咱们回去吧。"

大爷狐疑地问："我咋好像听见你哭了？"

老胡很尴尬，说："突然想起银杏她妈，就伤心了。她是在这儿死的。"

大爷似乎一切都明白了，劝老胡："就是的，我也一样，每次看见那座塘库，就想起库儿他妈。胡队长，你甭伤心，子女都大了，事业又红火，还愁啥？这地方真好，你胡队长了不起，有这么多拖拉机，这么多听话拼命的社员，不简单，不简单……"

老胡："是的是的，可这些，都是你儿子的。"

大爷："他算啥！你，好干家！五凤岭还不是你闯的江山？反正我佩服，佩服你胡队长……"

老胡扶着邱大爷："老人家，咱们回苗圃吧！这儿风头大，冷。"

大家簇拥着两个老人向苗圃走去。

回到苗圃后，邱大爷无事，老胡却不吃不喝，赌着气，蹲在屋子继续修理剪刀。晚上也不睡觉，邱大爷就陪他坐了一夜。直到第二天中午，他才躺在床上，想睡。

这时，一辆银灰色伏尔加小卧车吱的一声，在苗圃院外停了下来。车上走下两个人，一个是吴局长，一位是手拄拐杖的白发老人。

老人走进院门，大呼小叫："顺子，小顺子！五凤岭的主人胡大顺呢？"

吴局长也大声喊："老胡，快来看，我给你带来位稀客！"

院子里没有人应，二人直朝小北院走去，进了拱门，吴局长又喊："老胡，看谁来了？"

老胡听出吴局长的声音，蒙住头，没吭声。

吴局长和白发老人推门而入，见床上有人蒙头大睡，二人相视一笑。白发老人举起拐杖朝床上打："顺子，小顺子！耍啥死狗？看我不抡死你！"他说着在被子上抡了两下，喊道："起来，给我起来！"

老胡觉得不对，忙揭开被子，一看，惊呆了："天神，是你？老局长?!"

老人用拐杖在老胡头上梆梆敲了两下："到你门上了，装老财主？摆臭架子？"

"哪敢哪敢！"老胡忙跳下床，连鞋也没穿，像个小孩子似的扑过去，紧紧抱住老人，眼睛眨着眨着就落下泪来："天神，二十多年了，我当再也见不到你了！"

"大白天睡觉，不像话！"

"好像感冒了！"老胡尴尬地揉着小眼睛，扶老人坐下，忙取烟倒茶。

"快喝茶。"

"要饮料！"

"对，饮料，如今城里就兴这。好，我马上叫人买去。"

"只喝五凤岭的饮料！"

老胡憨笑着："嘿嘿，咱这儿哪有那东西？不然，就抽烟，阿诗玛，唱山歌的。"

"要吃酸枣酱，那才是高营养！"

老胡摸不着头脑，眼睛眨得飞快："哪有什么酸枣酱？要不，我去给您老做豆腐脑。我知你最爱吃我做的豆腐脑，细、嫩、白、碱味轻。那年，你住院，让婶子跑了五十里路，到我这儿要了一饭盒，你忘了？咋样？这该满意了吧？"

老人顿了顿拐杖，叫道："除了这两样，我啥也不吃！"

老胡暗觉奇怪，瞧瞧吴局长，嘟囔道："老人家怕是老糊涂了吧……"

老人站起来，在屋子踱着步，一字一眼地说着："三十年了，还是那杨树、桐树？这么好的地方，遍地是宝，咋不开发利用？嗯？"

老胡像抓到一根救命稻草："这可是你当年给我的任务呀！"

"当年是当年！现在是什么时候了？还单打一，闭关自守？住到这世外桃源，当隐士？满足了？"

"老局长，你说得也太重了是不是？"

"我早不是局长了，现在是省政协委员，专代群众说话，为群众铺路修桥，办好事。"

吴局长扶老政协委员坐下，向老胡道："他早调到省政协了，听说开发五凤岭，高兴得睡不着觉，整天喊着要来，所以今天就来了。"

老政协委员变得温和起来，咳嗽了一声，向老胡说："搬到西安后一直想来看你，实在是抽不开身，今天不是局长去接，真的还来不成。大顺呀，开发五凤岭是国家的大事、群众的大事，你可要小事服从大事，局部服从整体呀！"

老胡无可奈何地叹了口气，道："五十多了，老了，又没文化，有力也使不上。"

"只要你甭绊腿就行。反正我明年再来，要喝不到饮料、吃不到酸枣酱，就打你的屁股！好了，不多说了，今天你领我到沟里转转，下午跟我坐车走，到我那儿住几天，逛逛，见见世面，天下大着呢，甭光瞅自己的碗边边！"

老胡领着老政协委员在沟里转了一下午，看了新开的道路、厂房的基础、延伸的渠道和新开的果林带。吴局长和小邱跑到凤阁台桐苗地，拿出他从档案馆借到的一张西府战役时五凤岭群众隐蔽的地洞分布图，和翟工等人反复与地表地物比较对照，找到了洞窟的大体走向、长度和位置，决定采取开挖回填和振冲补强相结合的处理措施。吃晚饭时，老胡对老政协委员说："到你那儿去，行，但我要带个伴。"老政协委员点头答应。就这样，一辈子没坐过吉普的邱大爷被扶进了小卧车里。临开车，老胡从车窗向小邱喊："要开新苗地，海棠沟最理想，面积大，坡度小，好平整，离水又近。"

邱永库恨自己，恨自己幼稚无知，把事情看得太简单了，不了解苗圃的历史，不了解老胡的身世和家庭遭际，不了解他为苗圃付出的代价和牺牲，更不了解他极为丰富和细腻的情感世界，甚至对那孔窑洞及窑洞旁的杏树和杏树下的两座坟茔，也一无所知，不曾询问。说真的，过去对老胡，自己只是把他当作一位长者和父辈一样敬而远之，当作垫脚石一样只知道利用，却很少心贴心地和他交谈，很少把自己的心迹向他吐露，有些事情似乎总想瞒着他、提防他。特别像这样一件关系苗圃和五凤岭前途的大事，自己却几乎没听取和征询他的意见，连占用这块浸透他和妻子血泪的苗地这一非同一般的事情，竟也没向他透露一点风声和提供一点信息，这怎能不引起他对旧事的回忆和对亲人的思念呢？怎能不伤害他的感情而对你邱永库产生怨恨呢？怎能不对五凤岭开发抱有种种怀疑和担忧呢？可以说，这块圃地是他的生命，是他整个生活的寄托，他为之付出的代价太大了啊！要不是父亲的突然出现，要不是老政协委员的开导劝说，这件事不知会闹成什么样子，将出现什么样的结局。邱永库想，那一定会糟糕透顶！这实在是个很大的失误和挫折，不单说明自己缺乏领导者必备的才能和修养，也反映出自己思想的不足和感情的淡漠。

正是为了挽回这一损失，弥补这一过错，邱永库才特意把各项工作做了适当调整和周密安排，抽出身来帮老胡料理春季育苗工作。

在此之前，也就是老政协委员接走老胡的那天晚上，小邱来到白条的房子，找他商量办法。白条对小邱说:"你不敢泄气。胡头儿那人是吐绶鸡三变脸,甭怕。老政协委员把他接去,回来就没事了。不过,这事,也太伤老汉感情了,放在谁身上都一样。"一会儿,老马和矮丰三也来了。小邱问大家:"这矛盾咋解决?"老马不假思索地道:"好办,再开一块地!"小邱担心:"思想问题呢?"矮丰三蛮有把握地道:"那家伙,只要不误育苗,把地整好、肥上足,啥问题都解决了!"白条道:"对,说干就干,明天就开始!"马满道:"海棠沟老鸦嘴炸开了,那是一块好地。"小邱道:"老胡也是这个意思。"

就这样,第二天,苗圃所有的人,还有几个临时工和果林带包活的部分群众,成百人在海棠沟套子里摆开阵势,三处也开来四台推土机,大家只一个心愿,就是多拉快跑,大干苦干,尽快开出一块圃地,用以安慰老胡。别看老马平时一句三瞪眼,顶撞老胡就像捣蒜,但此时态度却很严肃,好似在完成一项神圣的使命,比给自家打庄基盖房还要迫切虔诚。矮丰三更是充满深情,把过去对老胡的一切牢骚和怨恨都忘得一干二净,眼睛含着泪,抡不起镢头就用手搬石头、掘土块。他说他是在赎罪,他过去不该胡踢乱咬,伤了老胡的心。白条又在讲廉颇与蔺相如的故事,他将此提高到"将相和"的高度,发挥党的政治思想工作的作用。邱永库什么也没说,他能说什么呢?他只是怀着崇高的敬意和愧疚的心情拼命地干活。他被老胡真挚浓烈的感情震撼了,更被苗圃和五凤岭群众深厚的情谊感染了……大家如此拼命地干了三天,当老胡回到苗圃时,一块比凤阁台桐苗地大几倍的新圃地整出来了,并进行了耕翻,上足了底肥,打了畦埂,只等春分一到,就可埋根育苗了。

粗看,这育泡桐苗很简单,挖个坑,把桐根埋在坑里,就行了,如此而已。其实不然,这里还有许多学问和技术。首先,根的选用和处理就不一般。根分主根和毛根、芽根。最理想的根是两年生、有三至四个芽胚的主根。根要剪成十五至二十厘米长,剪后晾晒一至两天,待剪口收浆并稍有愈合,便可进入苗地。根的放置也很讲究,坑下覆十厘米左右虚土,根稍斜十五度左右,大径朝上,小径朝下,再覆土,厚二十厘米左右,再用脚轻轻踩平即可。

老胡对此比对他身上的纽扣还要熟悉,但他却毫无尺寸概念,不说厘米,只用手等,而且等得很准,每次都不差分毫。这就叫小邱有些犯愁,手等的长短很难在他脑子定型,只好按老胡等的折了长短不等的树枝,但仍像钻木结绳似的常常搞混,把该根下覆土的尺寸当作根上覆土的尺寸使用,所以速度很慢,远远落在众人后面。

"哎哎！这就死板了！"老胡拿了一把瓜铲，走过来，做着示范，"看，下边用瓜铲铲两下，铲虚抹平就可。深了怕啥？没坏处。然后把坑埋平。关键是挖坑的，我让他们掌握好深浅，你只管这样埋好了。"

小邱照着老胡的话去做，果然顺当自如多了："听起来很复杂，做起来挺简单的。"

"和你们做学问一样，同样一个事，写到书上就麻烦多了。"

"他们咋那么熟练？"

"他们？嗨，都是老关系，年年干，这就叫熟能生巧。"

"胡伯，老政协委员给你都吃了哪些好的？"

"吝啬鬼！没进过一回大饭店，听说现在一桌菜就得几百上千，天神！不过，小吃倒吃了不少，三原担担面、泾阳泡油糕、户县姬家疙瘩、山西刀削面、乾县豆腐脑……"老胡说着说着，好似真的品出了味儿，小眼睛一眨，突然盯着小邱问道，"咦，你咋叫我伯？"

小邱窘得脸都红了，忙道："银杏叫我哥，我应叫你伯呀！不然你不就降辈分了吗？"

"那红杏还叫你叔来着呀！"

"这……"

老胡想了想，连连道："也是，年轻人么，咋能套那老班辈，谁愿怎么叫就怎么叫。"

小邱忙岔开话题，问："大伯，你说凤阁台的桐根，够这块地用吗？"

老胡很干脆地道："用不了。起码可扩大二十来亩，就是怕地不够用。"

"地没问题，除果林带外，还有其他沟的十多亩，全安排育苗。"

"行，如今国家大力搞绿化，杨树也是稀缺物。在西安时，环城公园经理还向我要杨树，我说只剩一年生的，他说这也要。你想，给西安栽，咱能把差等苗子送去？能丢咱五凤岭人的脸？我就跟他说妥，今冬供他一级杨树十万株。对，他还让咱育风景树，什么冬青、倒栽柳、弯弯槐，还有什么松来着？"

"雪松。"

"对，是雪松。他把我领到公园一个个给我介绍，说他们可以提供种子和插穗，到时还派技术员来指导。"

"太好了！胡伯，你这次去西安，给咱办大事了！"

"还不都是老政协委员的主意。"

"我爸这次回来，情绪很好，都托你的福了。"

老胡突然大笑起来，笑得前仰后合，流出了眼泪，神秘地道："说了你也甭在他面前提。那天，我扶他上厕所，人家那茅房，比咱灶房都干净，茅坑圆不溜秋，像个钢盔帽，我揭了半晌揭不开盖子，憋得你爸屙在地板上，冲不能冲，用纸包了又不知往哪儿撂。正在这时，老政协委员的老伴回来了，她没一点嫌弃，又是用水冲，又是用拖把拖。最后朝我俩大笑，说她刚开始也不会用，也出过笑话。哈哈！你说有多可笑呢！"

两个人正说笑，只见翟工拿着一卷图纸急匆匆走来。他向老胡点点头，把小邱拉到一边。

翟工悄声道："按图纸，引水管道正好经过那两个坟。"

小邱惊得失了声："什么？经过坟？！"

"如果改成空中管道，造价太高。"

"啊！"小邱跌坐在土塄上，"上下改线呢？"

翟工摇摇头，展开图，指道："往上，泉口高程不够；往下，水头太低。"

小邱看看图，然后扬起头，望着蓝天，叹道："不能再伤他的心了！"

翟工为难道："可这，得多花十几万元呢！"

小邱嘴角掠过一丝果断："花就花吧，坟无论如何不能动！"

"你冷静些，别感情用事。"

"我不能忍受！就这样，改图纸，我签字。"

翟工把图纸一卷，很不以为然地走了。

"等等！"老胡突然走过来，喊道，"翟工，我有话问你。"

翟工走过来，一屁股坐在土塄上，满脸不高兴。小邱双臂交叉抱在胸前，望着蓝天，眼里溢出了泪水。

老胡看看翟工，又看看小邱，很严肃地说："你俩刚才说的啥事？既然避着我，肯定与我有关。既然要我管上，我就得问个清楚。嗯？翟工，你说呢？"

翟工没好气地说："小邱是经理，让他说。"

"不用说了！"小邱蹲了下去，抱住头，哇的一声哭出声，"翟工你别说了！"

老胡出人意料地镇静，坦然道："啥事，这么严重？杀头呀？挖心呀？翟工，你说吧！"

翟工的脸抽搐了一下，痛苦地道："老胡，我说，但你不要难受。根据图纸，你老伴的坟要搬迁。"

老胡没有丝毫惊惧之意，淡然问道："不搬呢？"

"不搬就得架设空中管道。"

"得多少钱？"

"十七八万。"

"搬么！"老胡异乎寻常地平静，就像掸身上的灰那么简单容易，竟使翟工不敢相信他就是大闹凤阁台的那个瘦老头，"这有啥说的，谁的命能抵十几万？还能叫死人压死活人？"

小邱紧紧抱住老胡，哭道："大伯，请别这样，别这样！求求你……"

老胡有些生气了："你这娃，咋一时明白，一时糊涂？"

小邱泣不成声地哭道："我不能再伤你的感情啊！为了你，为了死去的亲人，为了银杏和红杏，我不能这样，不能啊！"

老胡终于忍不住了，眼睛一酸，掉下泪来："大伯难道忍心吗？但为了苗圃，为了五凤岭，不得不这样。小邱，听话，只要我同意，银红二杏谁敢说个不字？好了，就这么定了，迁坟！"

小邱扑通一声跪在地上，向胡大顺磕了三个头，悲痛地道："大伯啊！大娘啊！今生今世，我也忘不了你们的恩德和嘱托啊！"

整整一个上午，邱永库成了哑巴，不再说话，只默默地埋桐根。直到下工，别人都走完了，他还一个人忙碌。老胡走到半路又回来了，叫他。他这才站起来，伸伸腰，向四下一看，发现地里只剩下他一人了。他要老胡先回去，他想到水潭去洗洗。老胡点点头，向他道："在岸上洗洗腿脚就行了，不敢下水，不敢洗身子。天凉，水冷，别伤了筋脉。"

海棠沟新开苗地和凤阁台正好南北对峙，中间只隔着海棠沟两条支沟沟口衔接时自然形成的一个很大的套子。支沟衔接处有一座高岭，从套子下往上看甚是巍峨，这就是南凤的凤头。凤头南边凹进一深槽，槽里有一清溪，水很小，出口处被几堵土崖挡住，积成一个水潭。水潭四周林木参天，枯藤落叶遍地。土崖布满苔藓和绿茵，阳坡处已绿茵茵的颇惹人爱。

小邱还为刚才的失态举止后悔。他感到惊诧，为什么自己变得这样敏感和脆弱？是为了死者催人泪下的故事吗？是为了不再伤害一位孤独老人的心吗？是为了弥补自己失礼的过错吗？是为了得到银红二杏的欢心和青睐吗？他心里乱糟糟的，一时说不清楚，也不想说清楚，因为理智与感情相悖，正处于复杂矛盾之中，此刻要理个头绪还真不易。他想暂时忘记这一切，让情绪舒缓一些，所以突然之间产生到此小憩的念头。

这些天来，他一直帮老胡组织劳力挖掘、搬运、修剪桐根。平茬一年生杨树，又把一个个平茬的树枝剪成插枝，再放进水池浸泡。还要带领雇请的群众一块儿整地、打畦、挖坑、埋桐根等，活儿十分繁重，体力消耗很大，他实在有些累了、疲乏了。他的眼皮发胀，脸绷得很紧，肌肉酸痛，四肢僵硬，整个人仿佛一台拆卸了部件和螺丝的机器，失去了正常运转的动力。

他从圃地走出来，走到水潭旁，嗵的一声，像一袋粮食倒在铺满干草的土坡上。他面朝上，四肢舒展，深呼吸了几下，然后稍稍挪动腰身，收缩四肢，刹那间一种触电般的快感迅速传遍全身，舒坦极了！他闭上眼，试图睡一觉，好把一切劳顿和疲倦全都消融在阳春温暖的空气和旖旎的风光里。他似乎睡着了，脸烫烫的，眼睛像被什么东西箍住了，他一惊，发现有人用手蒙着他的双眼。那人用腿在他肚脐上连抵几下，并不吭声，见他反应过来了便再箍再抵。他悟出这动作的意思，是要自己猜他是谁。他领会了，便伸手去摸对方的手，细细的、嫩嫩的，很滑润。他觉察出对方的气息和胸脯的起伏，是那么近，那么剧烈，快要挨住他的脸、他的胸膛。

他心一动，终于猜出来了，惊喜地叫起来："银杏！"

对方仍不作声，把他的肚脐又抵了两下，意思是："不对，再猜。"

小邱喃喃自语："红杏？不是不是，她不会回来，更没有这大胆量。旁人？这地方，这时候，会有旁人？还是女的？要真有，会如此放肆？对，是她，她培训结束了。回来路过？来洗衣服？银杏，快丢手，我猜得很准！"

银杏咯咯笑着丢开手，捧着小邱的头，甜甜地吻了一下。

小邱有点胆怯，但他懂得，此时胆怯就等于懦弱。他没有丝毫迟疑，迅速回报她一个长吻。银杏惊呆了，像只迷途的小鹿，久久地在爱的丛林中徜徉、冲撞，不知归路。她用丰满的、颤抖着的胸脯挤压他的胸脯，小邱只觉得头脑眩晕，几乎失去知觉。

他们热烈地搂抱着、亲吻着，从土坡滚下来，滚到潭边，被一个土坎挡住了，吓得一只野兔惊慌逃窜。

"你真疯！"永库站起来，拉住她的手。

"你太狠！"银杏说。

"你跑来干啥？"

"你在这儿干啥？"

"心里烦闷。"

"想我了？"

"不全是。"

"骗人！你心里就没人家吗？"

两人跳到潭子浅水处，坐在两块石头上，互相看着，笑着，都默默无言。

银杏突然想起什么，忙跳上岸，从坡上端来一脸盆衣服。她将一件干净衣服扔给小邱，道："换了去，把身上的脱下来，让我洗洗。"

"你啥时回来的？"

"刚到，听爸说你在这儿，我就来了。"

"培训结束了？"

"嗯。还发了会计合格证。"

"好呀！五凤岭有了一位当家理财的好管家。"

银杏背过脸，揉搓着衣服："给你的信收到了吗？"

"你真多情！"

"谁像你，连信也吝啬写，拿个小说糊弄人。"

"我怕你发现不了。"

"就你能！"

"银杏，咱准备些香纸和吃食，明天到你妈坟上看看。"

"快清明了？"

"嗯。另外，得迁坟。"

"为啥？"

"管道要通过那里。"

"就怕我爸……"

"胡大伯完全同意，反倒是我想不通。"

"嗳，你咋也叫大伯？"

"向你学嘛！"

"你真坏！哎，我爸答应了？"

"我叫，他能不应？"

银杏高兴极了，她停止揉搓，用两只浸泡得红润的手，撑在石头上，仰望着南凤头的陡崖，脸上泛起胜利的微笑，向小邱道："小邱，告诉你一件事，但你不要生气。"

小邱点头说："你说呀！"

银杏迷人的眼睛狡狯地一眨，说道："是这样，女婿节那天，我去邮局，收到瞿秋蝉给你汇的三万两千元……"

小邱不敢相信自己的耳朵，愕然道："你说什么？秋蝉？三万两千元？"

"我以她的名义，存在苗圃账上了。"

小邱责备道："你为什么瞒我？"

银杏脸上泛着娇媚的神采："还不是为了咱俩好！"

小邱气得吼起来："你太自私了！"

银杏尽量选择妥当的措辞："也是为了你不犯错误。"

"什么错误？"

"你想想，她轻轻松松给你三万多元，她肯定现在钱多得花不了。她凭什么一下子弄这么多钱？不值得怀疑？你敢接受她的钱？"

"这，这……"

"而且，她为什么化名？又为什么不让你给她回信？她还在附言中说，让你用这钱在城里买套房子，把你父亲搬去，别再折磨自己。这一切，你不觉得反常吗？"

"那也应由我处理！"

"我是经过反复考虑才这么做的。你不染指，将来出了问题，和你毫无关系。我经手，而且在公家账上，更不会连累我。"

"天哪！你真有心计！"小邱惊叫一声，趔趄后退两步，差点跌到水里……

五

当秋天到来的时候，五凤岭已是一幅果实累累流金溢彩的景象。

经过将近两年的拼搏奋斗，虽然，罐头车间的空压机还没有调试成功，压盖机的主机因出厂质量问题而使组装工作暂停，但其他开发项目都已初见成效。饮料车间已于八月下旬正式投产，生产出"凤泉牌汽水""凤尾牌香槟"，并即将推出"五凤岭牌"系列饮品。去年整修的三千多亩果林带已全部栽上苹果、梨、桃、葡萄等果树，成活率达百分之八十左右。花卉盆景园建立起来了，已从各地引进培育出二三十个品种。育苗地由原有的一百多亩扩大到二百六十多亩，除原有树种外，还增加了风景树和花草盆景。养殖场购回了第一批奶牛和奶山羊，并引进鸡、兔新品种，哞哞咩咩、叽叽咕咕的叫声给荒山沟带来无限生机。五条引水渠业已竣工通水，正赶上夏灌，不但新老苗地、果园浇完了，而且连果林带的台地、梯田、带田和鱼鳞坑等也得到灌溉，整个五凤岭变得碧绿蓊郁、苍翠欲滴，全笼罩在一派翡翠似的绿云之中。

邱永库和翟工坐在缆车上，被眼前的景色陶醉了。那浓重的色彩，熏染着风、云、空气和阳光，映到身上，连衣衫、脖颈、头发和瞳孔都饱和在沉甸甸的秋实之中。凉风习习，像刚刚打开的酒坛，把果香、草香、奶香、泥土香和果酒饮料香，一股脑儿兜售出来，围着索道和轴轮纠缠，仿佛缆车也被陶醉得摇摇晃晃、飘飘欲仙了。

邱永库剑眉一挑，拿出年轻人应有的智勇和朝气。他瞧着翟工，突然说道："翟工，局党组正式任命你为党支部书记，也该抓抓咱们的内部建设了，譬如工团组织、科室管理机构等。"

"我想这样吧，"翟工换了个姿势，身子靠在缆车边上，面对面地向小邱道，"临时工中年轻人多，让他们把关系都转来，先抓共青团，团县委已批准咱们成立团支部，银杏为书记，让她组建团支部，再搞些活动。科室机构得马上健全，不然就会影响生产。党支部的工作我想暂缓一下，等这些都就绪后再搞。"

"你有什么具体设想？"

翟工想了想，说："我已拟了一个初步设想，想听听你的意见。总公司由你、我、树涛、银杏和食品厂田工、新疆调来的老刘、轻院的郭教授组成七人领导小组。田工为总工程师，树涛和郭教授为副总工程师。下设财务、开发、销售、政工四个科和苗圃、花木盆景、果林基地、畜禽场和罐头饮料厂五个经济实体。果林基地由白条负责，苗圃由老胡负责，花木园由虎子负责，畜禽场由老马负责，罐头饮料厂由田工和老刘负责。先按这个方案实践一段时间，然后再逐步调整完善，你觉得如何？"

小邱点点头："就按这个方案先办。最近，外地还有几名专业人员要到五凤岭来，另外分配的三名大学生和五名中专生也来了，让他们先锻炼锻炼，以后择优提拔任用。"

"树涛不知有没有长期打算？"

"我给他做工作，万一不行，他最少还有一年的蹲点时间呢。"

两位五凤岭的头面人物，就在这样的环境下，以这样的方式安排他们的事业和部署麾下的人马。

"哎，小邱！小邱！"

小邱和翟工探头向下一看，只见银杏站在一片桐地的塄坎上向他们挥手。

小邱喊："银杏，有什么事吗？"

银杏挥着手喊："有事找你，快下来！"

小邱回道："等一会儿，马上就来。"

缆车越过主沟时颠了一下，小邱忙问翟工："缆车的最大负荷是多少？"

翟工答："瞬时六吨，全程十四吨，往返时间十五分钟，完全可以满足群众需要。"

"听说，中央塔还是你1958年设计的？"

"我只参与过，原是用来运土肥。想来也荒唐，那沟底的地本身就缺肥，却要花那么大代价把土运上去当肥料，你瞧多可笑？后来不运了，索道报废了，塔也就闲下了。"

"现在质量比原先如何？"

"无法相比！1958年'大跃进'，质量可想而知。而这次，省安装公司重新设计，采用了优质钢材和先进机械设备，质量称得上一流。"

两人说着便到了中央塔，按过电钮后下了缆车，走出塔架。翟工向小邱说："我到果品库看看，万一罐头车间投不了产，就得设法窖储果品，不能叫果农蒙受损失。"

小邱与翟工分手后，从罐头饮料厂走出来，穿过大桥，沿沟南走进马满曾放炮遇险的那个大湾。湾里有一片两年生的泡桐地,桐苗长得杆粗叶大,遮天蔽日。他跑到刚才银杏站的土塄上,四处张望,却不见她的影子。

"银杏!银杏!"

桐地里没有一丝动静。

他有些生气,喊道:"银杏,你不吭声,我就走了!"

"猫儿逮!哈哈,我在这儿!"

小邱循着声音找去,直到桐地深处,才见银杏一个人正在用计数器数桐苗。

"银杏,叫我有啥事?"

"没事就不能叫你吗?"

银杏把计数器放在一棵树下,走近小邱,娇媚一笑:"不表示一下?"

小邱嗔怪道:"这么远让我跑来就为这?"

银杏努着嘴,鼓着腮帮子:"快呀,快呀!"

小邱不悦地在银杏面颊上吻了一下,然后道:"整天在一块儿,还这样黏人!"

"就嘛,就嘛!"

小邱又吻了一下她的嘴唇:"这下好了,该说正事了吧?"

银杏自个儿坐在畦塄上,用手指指小邱让他也坐下:"今年还搞不搞小秋收?"

"搞呀,以团支部名义组织,这怕是最后一次,搞些钱买些文体用品,把生活活跃一下。明年小秋收就该列入生产计划了。"

"团支部组织还没健全呢。"

"这事你找翟工,他是党总支书记。"

"哎,局里说给咱们一辆桑塔纳小轿车,咋还不见货?"

"这事我和翟工商量了,暂时不买小轿车,等以后再说。厂里马上也实行承包经营,公司不能老用厂里的车,所以咱们先买辆工具车,客货两用,方便。"

银杏紧紧偎着小邱,把头枕在他的肩上。小邱搂着她,给她摘去头发上的干树叶。银杏眯着眼,抚摸着他的下巴、鼻子。他揽着她的腰,抱得很紧。她感到幸福,更为自己的成功而骄傲。邱永库终于是她的了,他是她的生命,是她的一切,是她心中的太阳!谁也别想把他从自己身边抢走!

"咱们结婚吧?"

"什么时候？"

"等罐头车间投产了就结。"

"不，等秋蝉有消息以后。"

"为什么要等她呢？"

"没有她的准确消息，我放不下心。再说，还有那笔款呢！"

这句话提醒了银杏，她突然想起一件事，忙在身上摸索着，随后掏出一封信，在小邱面前一晃，道："答应我，一有她的消息，咱们就结婚。"

小邱点点头："或好或坏，她有个结局，我也就卸掉一个包袱，会专一爱你，你说呢？"

"说话算数？"

"算数。"

银杏这才把信交给小邱："还内详呢，一看就知道是她写的。"

小邱拆开信，只略略看了几行，就如坐针毡。他躲着银杏的目光，看着看着，噌的一下站起来，把银杏推到一边。他没有理会银杏，跑到地头，从头到尾认真地看起这封极不寻常的信。

小邱哥：（请允许我以银杏的名义这么称呼）

近来好吧？你开发五凤岭的事业肯定也取得了很好的成果，我向你表示热烈祝贺！

我叫范小青，可能你还不知道我。我是银杏的男朋友。我俩从小学到初中，一直是同班同学。初中毕业后她参加了工作，我却在家待业，她看我孤独无事，又怕我在社会上学坏，就让我到五凤岭苗圃干临时工。我们相处十几年，互相了解，关系一直很亲密，虽然没有正式确定恋爱关系，但各自心中都很清楚。我很爱她，她也很爱我，一条看不见的感情的红线已把我们的两颗心紧紧拴在了一起，什么力量也不能把我俩分离。

说真心话，我在苗圃两年多，银杏她父女仨从未把我当作外人，而是像对待亲人一样对我，体贴入微，情深似海。银杏爱吃鱼，我一有空就到泾河大湾子为她抓鱼。有一年冬季，她突然想吃酸枣，这在秋季随处可摘，但到了冬天就很难摘到了。为了给她解馋，我跑遍了好几条沟，最后在南凤头陡崖背风处发现几棵酸枣树。刚下过雪，坡很滑，我拿了一把小镢头，挖一个脚窝爬一步，就这样挖呀爬呀，终于爬上陡崖，摘了一兜红红的小酸枣。谁料下来时脚下打滑，我从高崖上摔了下来，多亏落在厚厚的积雪上，否则连命也没了。我当时昏了过去，直到天快黑时才被冻醒。我的脸上和腿上到处都是伤，血已冻成冰碴了，裤子和腿已紧紧粘在了一起。但我一摸衣兜，酸枣还在，我高兴极了。我捧着酸枣，好像捧着一颗太阳。我爬呀、跛呀，终于回到苗圃。当银杏看到伤口、看到酸枣时，她感动得哭起来。当天，我被送到镇医院，是银杏一直守了我两天两夜。

还有一次，银杏要我陪她去泾河游泳，河水不急，水很清。我俩先在浅水处玩，她嫌不过瘾，就拉着我到深水处。她不会游泳，游着游着，突然踩进一个淤泥坑，愈陷愈深，水已淹到了脖子根。我虽然会游泳，但一时吓慌了，忙去拉她，不想脚也被淤泥吸住了。我一看不妙，一个鱼跃龙门，终于拔出脚，兔上水面，向她游去。我拉住她的手，但我使不上劲，怎么也拖不起她。正在这时，岸上有人喊："不要往前拖，往上提！"这才提醒了我，我就揽住她的腰使劲往上提，一下、两下……终于成功了，她的脚被拔出了淤泥，身子漂在了水面，我牵着她一直游到岸边。她吓得脸都变了色，躺在我怀里直发抖，流着泪向我说："不是你，我早该被喂鱼了！"

大哥，我写这些绝没有表白的意思。我想说，我俩是有感情的，如果没有你的出现，她绝不会生出别的念头来。你也知道，桥西镇有多少条件比我好得多的青年都追求过她，县上和行署也有人向她提亲，但她都回绝了。我可以自豪地说，当时她心里只有我。直到目前，我所遇到的真正的情敌只有你一人。我想，你的条件肯定比我好，有文化、长得帅、有工作、是干部，而且是她的领导并和她天天在一起，我绝不是你的对手。我收到了红杏的来信（请注意，不要出卖红杏），她谈了自己的看法，我认为她的分析是正确的。听她说，你有一个瘫痪的父亲，因此你的女朋友和你分手了，你才离开城市钻进了山沟。我很佩服你的孝心，也同情你的不幸。这一点很重要，正因为如此，银杏的感情才出现了偏差，才促使她一步步向你靠拢。我太了解她了！她是一个很善良、贤惠、直爽又疾恶如仇的姑娘，她心中不容许掺杂一丁点儿的灰尘。如果原因在她，她将痛苦内疚一辈子；如果原因在别人，她将使对方下不了台，而且会生出常人未曾料及的怪法子，以达到她对恶者的惩戒。所以我同意红杏的看法——银杏对你的追求除了因为你的魅力外，还有两条不可忽略，一是她对你父亲的同情，二是她对你那位嫌弃老人的对象的报复和惩戒。

我和你有同样的遭遇。我父亲是一位文物工作者，为了保护几件珍贵文物在"文化大革命"时被一伙歹徒害死了。母亲寡妇带娃，受尽了人间的辛酸和苦难。初中一年级暑假时，母亲患了一场大病，哥哥接替父亲上班了，家里无人照看，银杏就在医院伺候了她一个多月，直到母亲出院她才回家。从此以后，她常到我家去看我母亲，一到家就帮着干这干那，我母亲也很疼爱她。所以，我认为她对你父亲的关心爱戴是出于真心，对你的追求也有这方面的因素。

以上是根据红杏提供的信息谈我的一点看法，不一定全对，仅供你参考。因为我爱她，所以我必须把这些情况告诉你；同样的道理，如果你真心爱她，你也应该了解这一切。基于上述原因，所以我才冒昧给你写这封信。我近来情绪很不好，执行任务时出了点小事故，部队首长和战友待我很好，使我得到了安慰。小邱哥，你们在后方搞建设、搞改革、开创宏伟的事业；我们在前线站岗放哨、执勤巡逻、保卫祖国和人民的安全。我们的心是相通的，我们的事业是共同的。我完全支持你们开发五凤岭的事业。如果复员回乡，说不定我也会在你手下吃粮领饷，那我将不胜荣幸。

祝你事业成功！祝大伯身体早日康复！

一位你不认识的战士

小邱看着看着，竟激动得落了泪，他为这位人民子弟兵的真情所感动，为银杏的荒唐和自己的轻率而痛心。这两种截然不同的感情纠结在一起，冲击和噬咬着他的心，他觉得大地沉陷，太阳无光，世界太狭小了。

银杏静静坐在一旁，观察小邱的表情变化，不住沾沾自喜地问："怎么样？

我没猜错吧？瞿秋蝉果然出事了？破产了吗？犯法了吗？哼，这种人，不会有什么好下场！"

小邱恼怒地吼起来："别说了！"

银杏被他的愤怒吓呆了："信上都说些啥？"

"你……全都是你！"

"我？"银杏伸出手，给小邱拭泪。

"别碰我！"小邱忙躲闪，并用力将她搡出很远。

银杏莫名其妙，扶住一棵桐树苗，胆怯地问："她到底出啥事了？"

邱永库恶狠狠地瞪着她："是你出事了！"

"我？我怎么了？"

"你和范小青那么好，为什么瞒着我，骗人？"

银杏愕然问道："啊？是范小青来的信？"

"多亏他没写地址，不然你还会和瞿秋蝉的汇款一样，压下来，欺骗我！"

银杏猝不及防，想不到问题会出到这件事上，她一时无话可说，只是安慰小邱："你别生气，生气又不能解决问题。"

"范小青对你那么好，你为什么要抛弃他？"

"他对我好，你对我也好；他爱我，你也爱我。正因为这样，我才要比较、选择。如果条件相当，我就选择一个更实际、更需要我爱的人。这是我的自由！"

"这不是爱情，是功利主义！"

"爱情的最终目的是生活，这是公理！"

"解放军的母亲更需要功利！"

"她母亲身体健康，而邱大伯瘫痪在床！"

"范小青现在出事故负伤，而我却身壮如牛！"

"什么，你说什么？"银杏大吃一惊，发疯似的扑过去，跳着抢夺小邱手中的信，"让我看，他怎么会负伤呢？"

小邱将信举在空中，躲避着不给银杏："还不都是因为你！你对得起他吗？"

银杏急不可耐，跳着抢夺："让我看！我不信，我不信！"

小邱无奈，只好把信给她："不准报复红杏！"

银杏夺过信，看着看着，一会儿就嘤嘤地哭出声来。

小邱气得唉了一声，蹲在地埂上暗自神伤。

银杏看完信，伤心地痛哭起来：“小青啊，小青，我对不起你，对不起你……”

小邱走过来，拿走信，向银杏严肃地说：“好了好了，哭顶什么用？快给他写封信吧！”

银杏茫然不知所措，喃喃道：“我怎么办？怎么办？”

“你们结婚吧！”

“不，不不，你是我的，谁也别想让我们分开！”银杏说着，又情不自禁地扑到小邱怀里，痛苦地哭叫着，把他搂得更紧。

“你要珍视你们的友谊和感情，我也绝不会做那小人之事！”

“我难道是小人？”银杏捶打着小邱。

小邱痛苦地长叹一声，一跺脚，推开她，气呼呼地走了。

银杏那天回家后，就与妹妹红杏大吵了一场，吵完后蒙头大睡，吓得父亲和邱大爷直傻眼，不知姐妹俩发生了什么大事情。红杏起先也搞不清姐姐因何故发这么大脾气，整个暑假她都和姐姐亲密友好呀！后来从姐姐的话语中，她猜出一定是她给小青的信发挥了作用。原先，她想凭借父亲和邱大爷的力量阻止姐姐与邱永库相爱，但后来发现两位老人不知是不理解还是有意撮合，不约而同地保持了缄默。出于对范小青的同情和对姐姐的不满，她只好给范小青写信。她在信的结尾向他提示，要他给邱永库写封信，讲清他与姐姐的友谊和关系，并告诉他，邱永库是个君子，不会做龌龊之事。这样，范小青与姐姐的爱情，就会排除一切干扰而走上正轨。她写完这封信，还怕邱永库经受不了这个打击，没想到首先经受不了打击的是姐姐。现在她又有些后悔，觉得姐姐很可怜，恨自己太过分了。

红杏端来饭，劝着银杏：“姐，吃饭吧。都怪我，怪妹妹，我向你认错还不行？”

银杏霍地坐起来，跳下床，狠狠地瞪了妹妹一眼：“置换反应！这下你满意了？”说完，她走出屋子，出了院门。

银杏从苗圃跑出来，伏在母亲新迁的坟前，伤心地啜泣着。

妹妹紧跟着姐姐，也趴在母亲的坟前痛哭。

一个老人在墓地旁的坡上放羊。有一只老母羊带着两只小羊羔，伫立在旁边的塄坎上，咩咩地叫个不停。两只小羊羔争斗着、玩耍着，互相用小嘴挤对方，抢着吸吮母亲的乳房。

红杏忙别过头去，泪眼蒙眬地望着母亲的坟头，一种负罪感刺痛了她，她忙劝银杏："姐呀，请你原谅我，好吗？我也是为你好，为范小青好。如果妈在世，她也会这样的。"

"别说了！"银杏厉声尖叫，"都怪我！自作多情，自作自受！"

"不，我知道，小邱叔叔是真心爱你的。"

银杏没吭声，仍在嘤嘤地啜泣。

红杏为姐姐拭泪，继续说："但范小青更爱你。你能伤他的心吗？能让他失望吗？姐姐，我相信，你俩会幸福的。"

银杏哇的一声扑过去，紧紧搂住妹妹。妹妹太好了，她不能委屈妹妹，不能责怪妹妹。蓦地，她想起自己骂妹妹"置换反应"的那个词。她也莫名其妙，这个早已忘掉的初中化学名词，怎么会突然冒出口呢？想到这儿，她似乎才想起那名词的真正含义，也才理解这一含义眼下又是多么重要和实际啊！这难道不是自己最初的夙愿吗？妹妹啊，祝福你，祝福你……

银杏的脸贴着妹妹的脸，用手梳理她的头发，拭去她面颊上的泪痕，喃喃地说着："好妹妹，姐不怪你，姐不怪你……妹妹真好，真懂事……但，妹呀，你要答应姐一件事。只有你，才能抚平姐姐心头的创伤……"

红杏为姐姐擦拭泪水："你说，姐，我答应你。"

她瞧着咩咩叫的母羊和它的孩子，讲了置换反应。

妹妹点点头，却道："我的事你别插手。只要你和小青好，我就打心眼里高兴。"

自从姐妹俩在母亲坟前哭了一场后，苗圃小北院才平静下来。银杏和往日一样进进出出、忙忙碌碌，还照常给邱大爷端饭、洗衣，只是话少了，也不再多笑。她和邱永库的接触明显减少，而且很注意言行举止。红杏的暑假就要结束了，她的情绪没有丝毫变化，没事可做时就在家里读食品工程相关的书籍，对邱永库不亲近也不疏远，一切都平平淡淡。

又是一个星期五，红杏和银杏早早在电视机前摆好两把竹椅、一个方凳和两个小茶壶。邱大爷和老胡一北一南,各自走来,坐下,端起小茶壶,品味,等待省台四频道演秦腔。他俩对新闻、体育、少儿、武打、歌舞等节目不感兴趣,每到这时,就自顾自地谈着任哲中和刘毓中,要不就品评这两天听到的秦腔新手。他俩说话声很大,但大家都不会责怪,因为一个星期的这一晚应属于他俩,这已成为苗圃不成条文的规矩,都由着老人去高谈阔论。

正当两个老人谈得津津有味时,新闻中一个人的名字突然吸引了邱大爷的注意,他瞪着呆板的眼珠子,耸着耳朵,惶恐不安地听着、看着。

荧屏上出现了一个长得很漂亮的姑娘,神情恍惚、惊惧不安,戴着手铐,被公安人员押解着。

播音员道:"单秋菊,原名瞿秋蝉,系某报社记者。自1984年秋停薪留职后,借记者工作的便利,开设皮包公司,靠拉广告、拉赞助的方式先后诈骗了全国十二个省市二十多个厂家二百八十多万元巨款,然后在兰州、南京两地设立分公司,利用诈骗而来的巨款,大搞空买空卖、投机倒把,目前已被公安机关依法逮捕,此案正在审理之中。"

邱大爷惶恐得不敢相信自己的耳朵,但再看看那戴手铐的女犯人,又确确实实是她。他觉得气堵、头晕,又开始一连串地咳嗽。

老胡忙把小茶壶递过去:"快,喝口茶,戏一会儿就开了。"

邱大爷端起茶壶,手都有些颤抖,喝了两口,忙又把茶壶递给老胡,道:"胡队长,你先看,我有点不舒服,想先睡。"

银杏忙过来搀扶老人。小邱到厂里去了,红杏在家读食品工程相关书籍,电视机前坐了十几个人,只有她知道瞿秋蝉,所以新闻和大爷的告退并未引起多大波澜。但银杏知道,这条新闻已在老人心中掀起了狂涛巨浪。她小心翼翼地搀扶着老人向南大院走去,一边走一边编着谎糊弄老人:"八频道,中央台,新闻多得很,连秦腔都推迟了。大伯,你慢走,当心。刚才那个记者,女犯人,是广东的。南方人就是胆大,居然敢诈骗那么多钱!有人也愿意上当,真是的。"

邱大爷知道银杏的用意,也不去戳穿,断断续续地说着:"是哩是哩,如今的人,不得了,心比炭还黑……"

银杏把邱大爷引进屋子,扶上床,让他躺下,然后喂了药,用手轻抚老人的胸脯。

他突然抓住银杏的手,眼里溢出泪水,结结巴巴地说:"银杏,大伯委屈你了，过去，我对你不好，太横，你能原谅我吗？"

银杏噙着泪水，拿过毛巾，为老人擦泪："大伯，你说到哪里去了。小辈人，还能与老人家计较吗？再说，你对我蛮好的嘛。"

"你真好！红杏也好。你爸有两个好女子，是前世积的德。"

"大伯，小邱哥也挺好。"

"他太苦，不幸，不幸……"

银杏再也忍不住，泪水唰地掉了下来："大爷，你放心好了，一切都会好的。"

"银杏，是不是库儿欺侮你了？"

"没呀！他咋能欺侮我呢？"

"我咋看，这几天，你们不再说笑，连话也少了？"

"没有的事，我们好着呢……"说到这儿，银杏忙把脸别过去，用毛巾擦了一下脸。

"没有就好。再有，就告诉我，我教训他，为你出气。"

"大伯，你别胡思乱想，只管养伤，想吃啥、哪儿不舒服，就吭个声。万一我不在，有我爸、红杏，还有苗圃其他人。"

邱大爷眼里闪着泪光："银杏，你帮大伯办个事。"

"啥事？你尽管说。"

"我现在，一到晚上，就睡不着。你给我买些安眠药。"

银杏眼里掠过一抹惊惧和狐疑的光，忙道："那药可不是随便买的，管得很严，怕出人命！"

邱大爷脸上显出平缓的微笑："你放心，我会做那事？为啥做那事呢？大伯还想吃五凤岭的罐头呢！"

银杏也笑了："我不是这意思，我是怕你吃多了，对身体不好。"

老人长吁了口气："唉，病人就怕睡不着，时间长了，活受罪哩……"

银杏思索了一下，道："要不，这样吧，药由我保管，每天给你发，咋样？"

老人高兴地笑了笑："行，只要能睡着，咋样都行。"

"好，每晚两片，你要当场吃下去。"

"大伯听你的。"

"我现在就拿去，吃了药就睡。"

银杏刚要走，小邱进来了。"银杏也在。"他说着把一兜苹果放在桌上，问银杏，"我爸咋样？"

银杏点点头，道："大爷睡不着，想吃安眠药。你看……"

"你那儿有吗？"

"有是有，就怕……"

邱大爷咳嗽了一声，道："怕啥？怕大伯寻短见？傻娃，不是刚说了吗，有银红二杏，我还舍不得呢！"

"我和大伯说好了，药由我管，吃时再给，你看行吗？"

"就这样，你拿去吧。"

银杏走后，老人忙撑起身子，想把新闻的事告诉儿子，又怕他生气，就忍住了，改口道："库儿，你说，秋蝉到底和你咋样？"

小邱急忙扶着父亲躺下，道："说不来，可能还会好吧！"

"那她咋这么长时间不来？"

"她现在做生意，忙得很，回不来。"

"做啥生意！姑娘家，会有啥好下场？"

"我也这么想。但总见不到面，也不好劝说。"

"那你和银杏呢？"

"没有的事。"

"是你嫌弃她？"

"哪能呢，人家有对象。"

"真的？我咋没听说？"

"我还能哄你？女婿是军人，人不错。"

"唔，她也该有个好报，找个好女婿。"

"这些事你就别操心了，对你身体不好。"

"咳，你已二十八了，还不成家？难道，还要我亲自托人说媒？"

"爸，你放心，只要工厂生产正常，我专门抽时间找对象，咋样？"

小邱和银杏给老人吃了药，不一会儿，他就安然入睡了。

银杏向小邱点点头，向屋外走去。

小邱赶忙挽留："再坐一会儿么。"

银杏跨出门槛："我还要记账呢。"

"给小青写信了吗？"

"写了。"

"和红杏和好了吗？"

"和好了。"

"银杏，这我就放心了。另外，我劝劝你，过几天还是到部队去一趟，这样对他会更好。"

"你也该想想自己的事了！"

小邱把银杏送出拱门，见小北院还有灯光，就问："红杏还在学习？"

"以后，你要多指导她。"

"那还用说吗？"

以往，邱大爷每次看完秦腔，都是第二天或下次再看时才和老胡品评戏的好坏、演出的成败；但今天却很反常，四频道演完《千古一帝》后，电视关了，人走完了，他却没挪窝。他留住老胡，两人又摆起了龙门阵，那急切、一丝不苟的态度好似一位极有修养的中学老教师，必须当晚备好明天的课，不然就担心隔夜饭会变味一般诚惶诚恐。老胡也觉得奇怪，但又知道，这些天他老家陆陆续续有几个侄儿和外甥等人前来看望，加之罐头车间试产成功，生产出第一批"五凤岭牌"罐头和果酱，整个五凤岭的人都为之欢欣鼓舞，所以老人的情绪也一直很好，自己不能扫他的兴。老胡喊来银杏，重新续上热茶，坐下来和他好好聊。老头今天很霸道，几乎一人唱独角戏，老胡根本没有插话的机会，只能"嗯""噢""是哩"地表示赞同和认可。老人的声音不高，很缓慢，不慌不忙，话题涉及故事情节、唱词板路、布景道具、服饰化妆、文武场面以及演员技巧、生旦净丑、唱念做打……俨然像个大戏剧家或老评论家。他滔滔不绝地讲着，偶尔提个问题，也都是自问自答，举止从容，口齿伶俐，精神矍铄。这使老胡很吃惊，以为他吃了酸枣酱才有如此返老还童的奇迹，果真如老政协委员所说，酸枣酱具有强筋活血、延年益寿的妙用？

邱大爷说了一个小时，发现老胡已迷迷瞪瞪地打盹，这才急刹话头，起身告退。老胡忙喊银杏扶老人回屋，自个儿便搬椅挪凳，打扫战场。回南大院的路上，邱大爷好像健康人一般不让银杏搀扶，自个儿拄着拐杖，噔噔噔地向前走，等银杏赶进屋子时，他已脱鞋上炕了。

银杏让他躺下，盖好被子，问道："大伯，今晚还吃药吗？"

邱大爷摇摇头，目光异常明亮："不吃了。银杏，你把酸枣酱打开，我想吃。"

银杏心里好笑："老小老小，真是个孩子！睡觉了，还吃这？"但她还是打开酸枣酱，拿了把小勺，一口一口给他喂。

他吃得很有滋味，嘴巴一咂一咂的。他吃了几口，又停下来，眼睛闪耀着期待的光芒，想说什么。银杏见他这般模样，便问："大伯，你有什么话要对我说吗？有什么事要我去办吗？"

邱大爷忘情地抓摸着银杏的手，好长时间不忍放开。银杏以为他不好意思再要药，就问他："大伯，是不是还想吃安眠药？"

他拍拍银杏的手背，道："不吃咧，再也不吃咧！银杏，大伯感谢你。今天，我很好。你……也睡吧。"

银杏看看表，应道："时间不早了，你也睡吧。大伯，明日见。"

银杏走后，邱大爷痴愣愣地望着屋顶出神。经过长时间的思考和准备，他将要完成一个很重大的计划。他觉得自己是个罪人，对不起秋蝉，对不起库儿，对不起胡家父女。因为他，秋蝉才和库儿闹了矛盾；因为他，库儿才来到五凤岭，才使秋蝉走上犯罪的道路；因为他，才给胡家父女带来不和，让银杏红杏两个姑娘操心费神。自己简直是个妖孽，再活下去，就会给苗圃、给五凤岭、给胡家、给库儿带来更大的灾难。他再也不能拖累他们了。他早就有了这个想法，但又狠不下心，舍不得苗圃，舍不得五凤岭，舍不得胡家父女，还有老马、老白、虎子、矮丰三和飞飞……他曾想过上吊或跳井。但他不能那样，他不能给儿子、给胡家父女、给苗圃抹黑。他早就知道安眠药吃下去，像睡着一样，不留一点痕迹。他就和银杏谈好了吃药的事。他平时尽量装出种种快乐的模样，为的是打消银杏和库儿的怀疑。每次吃药，他都很巧妙地把药片灌到袖筒或脖子里，就这样经过一个多月，总算有了这些资本。

但他又想，他爱苗圃，爱五凤岭，死后就想埋在这儿，该向他们暗示一下呀！也该留下几句话呀！他对这里的一切都很满意，这里什么都好，山亲、水亲、草木亲、人更亲，是个亲蛋蛋，是个福窝窝。他要把这个印象用文字表达出来，但苦于不会写字。他正为难，目光落在桌上堆放的罐头和饮料上，这都是五凤岭的产品，上面有各种图案商标。他像一位诗人，眯着眼，想象着、构思着。

苹果罐头给了他很大启发。那是一个红的和绿的苹果图案。他把那红的与绿的比较鉴别了一番，便撕下商标，用剪刀剪下一个绿苹果，圆圆的，像一个梦和念想。他又左右比比看看，很满意，把要说的话和唯一的心愿都表示出来了。他这才用手指挖出一些酸枣酱，涂抹在商标背面，将绿苹果恭恭敬敬地贴在靠枕头的墙上。他还怕粘得不牢靠，又用手压压，歪着头看看，脸上露出满意的笑容。

这是一首无字诗，是他对人世沧桑和生命历程的礼赞。

他拄起拐杖，走出屋子。他站在枣树下，拍拍树身，好似哄婴儿一般细语一阵后便走出拱门，在灶房门前站住。他摸着吸风烟囱，鼻子一吸一吸，闻着灶房散发出的油盐酱醋的香味和烟火的气息。随后他转到小场院，听到老马沉闷的打鼾声，听到老白女人从乡下带来的儿子的梦呓声。飞飞跟在他身后，不住地摇尾巴以示亲昵。他突然可怜起那个小矮人，矮丰三仍然夜不归宿，他把矮丰三门前晒的衣服用拐杖挑下来，又从门上的天窗戳进去。十来个临时工住在一个大库房里，门开着，寒风把门吹得啪啪响。他走过去，把门堵严，又搬来几块砖挡住。他从库房又转到菜地，从菜地又转到大门口。门有两道关子，两个插销，他是知道的，他用手摸摸，都挺牢靠。接下来，他转到办公室房檐的那口铁铃下，手拽着铃绳，好似当年抚摸库儿他妈的长辫子，摸来抚去，又贴在脸上，不忍丢手。最后，他绕过冬青树，走进小北院，院里很静，他没再往进走，怕惊醒和打搅老胡父女。他靠着拱门花墙，站了很久，想了很久。银杏在梦中好似和谁吵嘴，声音很大，他想不是和红杏就是和库儿。看完听完这些，他踽踽回到南大院，站在房门口，向院里望去。月亮苍白，院子里的物什显得模模糊糊。听胡队长说，现在的树苗当年出圃，大部分都在地里卖出去了，所以今年假植的树苗很少。院子西南角有个变压器，能听得见电流滋滋的声音，声音很响，怪吓人的。翟工和树涛还没回来。他知道他俩和库儿都到罐头厂加班去了，房子里静静的，但他还是趴在窗台朝里瞧瞧、向里听听。

当他回到自己屋子时，已经很晚了，月亮钻进了枣树。他像一位周游列国的钦差大臣，忙完政务，总算喘了口气。他把桌上一个嵌着他和儿子照片的相框拿在手中，愣愣地端详着，又猛地搂在怀里，嘴一抽动，眼里便流出泪来。他把相框放回原处，又用手抚摸着银杏刚为他拆洗的被子、床单、枕巾。他拉开被子，放好枕头，暖好被子。他瞧瞧、想想，觉得再无事可做，就倒了一杯开水，放在枕头旁的小柜上，这才脱了鞋，上了炕。他抖抖瑟瑟地在炕角墙壁上用手指掏，掏出一个纸团，墙便露出个小洞，他继续用手指在洞里掏，终于掏出一个小药瓶。他的手指开始发抖，嘴唇不住抽搐，眼里充满可怕的萤火。他痛苦地仰起头，把药片往嘴里放，吞一下，喝口水，再吞，再喝水……小瓶子从他手中滑落，他安详地闭上了眼睛。一会儿，他又艰难地睁开眼，挪挪头，使那颗绿苹果正好对准他的天灵盖，然后把药瓶向门后的角落扔去。卧在屋外的飞飞惊了一下，怪叫了两声，又安静了下来。他就这么睡着了，一切都那么平静，那么安谧，那么自然，没有留下一丝可疑之处和人为痕迹。

当曙色刚刚给五只落地凤凰披上一身美丽的羽毛时，当红日给空中索道的中央塔涂上头一笔彩粉时，五凤岭开发总公司试制的"康宝枸杞酒"和黎明同时来到人间。这是饮料车间与中药研究所联合开发的一款有极高营养价值的新型低度数饮料酒。经过一个多月的试制，昨晚终于成功。中药所专家对产品很满意，他们带走样品，说是立即送有关部门鉴定，不久将投入批量生产。送走专家，小邱才与翟工、树涛走出厂门，蹦跶着，活动着四肢，呼吸着峡谷中清新的空气，已经忘掉了一夜的疲劳和困顿。他们上了工具车，让司机送他们回苗圃。

树涛拿出一瓶样品，炫耀道："你们看，这就叫'近水楼台先得月'。五凤岭人也该享受高级滋补品了！"

翟工忙接过样品："这家伙，咋弄的？"

树涛诡谲一笑："我给专家说，小邱父亲身体不好，问他们是否可以试用一瓶。他们就同意了。"

小邱捅树涛一下，道："你真会钻空子！"

翟工向小邱道："你爸这几天情绪很好，先让老人尝尝。"

小邱兴冲冲地说："就是的，我觉得他很精神，比我们村其他几个老人强得多。"

"这都多亏你这个孝子！"

"也给大家带来了太多麻烦。"

小邱接过样品，好似捧着一个太阳，他要把它献给父亲，以表示五凤岭人的一片挚情和爱心。

工具车在院门外停下来。老胡开了门，正在打扫前院后院。小邱将样品在老胡眼前晃了晃："大伯，试制成功了，这就是样品。"

老胡道："快给老人拿去。他昨晚没吃药，睡得很好。我刚才叫了两声，他都没吭声，还睡着呢。"

他们三个径直朝南大院走去。

房门紧闭着，飞飞卧在门口一动不动。

"爸——爸——"小邱推开门，喊了两声。

翟工看了老人一眼，觉得老人的睡相很安详。

"快看！"树涛突然惊叫一声，指着老人头顶墙上的绿苹果喊："那是啥？"

三人看到剪贴的罐头商标，都觉得奇怪："这是什么意思呢？"

"哎呀！不好了！"树涛大叫起来。

"老人他……"翟工也叫起来。

小邱心头一惊，样品啪的一声掉在地上，瓶子碎了，酒水流了一地。与此同时，三人不约而同地失声惊叫："啊！怎么会呢？！"

他们扑到炕上，争相推拉老人。老人已四肢僵硬，脸上冰冷，心脏早已停止跳动。

小邱扑到父亲身上，失声痛哭起来："爸呀！爸呀！可怜的爸爸呀！不幸的爸爸呀！你怎么不等儿子回来就走了呀？我还给你带来了'康宝酒'呀！这是五凤岭人的一片心意呀！爸呀！你怎么就这么走了呢？呜呜……"

树涛也大哭起来："大伯，邱大伯呀！你怎么一声不吭就走了呢……"

翟工用枕巾盖住了他的脸。

小邱跪倒在地，在墙上使劲撞自己的头："爸呀！我对不起你呀，我没有照顾好你呀！你走时我不在跟前，儿子不孝呀！爸爸……"

飞飞扑出拱门，在院里狂吠。

老胡扔了扫帚，跌跌撞撞地跑来，见状，竟吓得昏倒了。

银杏一边系着扣子，一边惊慌地跑来，趴在炕头寻死觅活地哭起来："啊！天呀！大伯呀，可怜的大伯呀！呜呜……"

白条、马满和其他人都闻声向南大院拥来。

老马、老白把老胡抱到翟工房子，交给两个临时工，让给他喂些开水。随之，他们又拨开人群，跳上炕，查看了一番，叹了口气，摇摇头，扑通一声跪在炕上哇哇哭了起来。

翟工总算控制住了自己的感情，但他不知该怎么处理这个场面。他觉得奇怪，从现场看是自然死亡无疑，但为什么会有这个奇怪的绿苹果呢，是遗书吗？

难道，难道他已有预感？难道……他忙拉起树涛，两人仔细地在屋子搜查起来。翟工在门后捡起一个小药瓶。树涛也发现了那个奇怪的小洞、一个纸团和两片药。翟工把药片拿在手中看看，又闻闻，忙把树涛拉出门，两人嘀咕几句，便一同去看老胡。

老胡喝了开水，已经醒过来，在屋子里直转圈子："咳，咋会出这事？我……咳，我真糊涂啊……昨晚，我就觉得奇怪，他的话特多，好像把一切都要说完……咳，我太大意了……"

树涛问老胡："老胡，这事咋办？"

老胡哭丧着脸："大家不要慌乱！叫小邱先不要哭，快商量后事。"

白条把闲人都赶走了，然后又拉起小邱，大家都围着他问主意。

老胡痛心疾首地拍自己的脑门，一跺脚，道："都怪我！昨晚他就反常，我太大意了！"

翟工看了看小邱，道："刚才我和树涛在屋子里捡到一个小药瓶，还有两片安眠药……"

大家都惊呆了："啊！安眠药？"

银杏听到安眠药，像触电似的跳起来，把药片抓在手中，哆哆嗦嗦地看着。

小邱又哇的一声，蹲在地上，抱着头哭起来。

老胡吓得慌了手脚，不知如何是好。

银杏抓着药，再次扑到邱大爷身上，号啕大哭起来："啊！我……大伯呀！我……"

"别说了！"小邱霍地站起来，大叫着阻拦银杏，"都怪我！爸爸晚上睡不着，他要吃安眠药，是我给的！"

银杏哭叫着："不是他，是我，我真该死呀！"

小邱发疯似的把银杏推了个趔趄，吼道："你疯了！胡说八道！这是我办的事，我对不起爸爸……"

银杏还在争执："是我，是我造的孽呀！……"

老胡气得浑身抖如筛糠，一个耳光打倒银杏。银杏就势抱住邱大爷的头，撕心裂肺般地哭叫："大伯呀！可怜的大伯呀，是我害了你呀，我有罪呀！啊，大伯，呜呜……"

小邱突然停止哭泣，奇怪地道："药是银杏给的，我也同意了，但每次只给两三片，而且他是当面吃的呀！"

翟工问："什么时候开始的？"

小邱："一个多月了。我爸说他晚上睡不着，活受罪，他让银杏给他买。实在没办法，我就同意药由银杏保管，每次只吃两三片。"

翟工分析道："一个多月，最少吃三十几次，每次少吃一片，就是三十多片。如果有几次不吃，造成假象，把药藏在被窝，这样就足够五六十片了。这些，你能发现吗？你能想到吗？人老了，又病成这样，贼得很呢，精得很呢！"

老胡急得头上直流汗："啥话别说，快去公安局，报案！"

"报案？！"大家都惊愕地重复着。

老胡："人命关天，不报能行吗？"

银杏冲出房门："我去自首！"

小邱把银杏拉回来揉倒在床，吼道："不许你胡来！他是我父亲，有你搅和的地方吗？"

银杏无话可说，趴在床上嘤嘤啜泣。

白条向小邱道："其他的不说了，赶快安排后事吧！"

老马："先搭棚子，设灵堂。要不要给老家报丧？棺材寿衣有没有？散孝还是不散？"

小邱："啥都没有，钱全在这儿，现办。"

翟工："孝布少扯些，多做一些孝袖筒。"

白条发挥着党小组组长的作用："从现在起，一切听我安排。老马，你马上坐工具车进城，买棺材、寿衣、花圈和菜、肉。翟工要一下厂里的卡车，去老家报丧，亲戚朋友要来的，都接来。今晚九点入殓，后天早九点安葬。树涛负责搭棚子和灶房。老胡，你马上带几个人去挖墓，埋在哪儿，你决定。小邱跟我去镇医院和派出所，把情况说清，手续办好，以防有人说闲话。另外，要不要让红杏回来？"

小邱道："不要告诉红杏了。银杏也不要进城，她情绪不好，就留在家里。"

大家都开始分头行动了。十点左右，桥西镇医院和派出所来了几个人，看了现场，又听了银杏和小邱讲了过程，得出结论：药品使用、保管和动机，都没有违反法律和道德规范，不承担法律责任，不立案，自行处理。

只是，那头顶墙上的绿苹果，大家都在猜测它的含义。

"那是五凤岭的商标，说明他很爱五凤岭！"白条推测说。

"既然他爱五凤岭，那就暗示他死后一定要埋在五凤岭！"翟工发挥说。

"绿太阳！"颇有诗人气质的树涛抒发感慨，"五凤岭山好水好人更好，那是一种传统、一种美德、一种气象，像一颗绿太阳，给人间带来光明、温暖和生命！"

这样一说，大家心里便亮堂了，也不再争论，开始忙碌起老人的后事。灵堂设在苗圃门口的场地上，用平茬的桐树和杨树搭成，上面撒满了柏枝和冬青叶，棚檐挂有写着"邱老先生驾鹤西去"八个大字的黑纱。苗圃、三处、罐头饮料厂和凤阁台等的群众送来了七八个大花圈。虎子和几个青年把花木园的盆景搬来了几盆。录音机播放着哀乐。灵堂里，大供桌正中全部是五凤岭的产品：各类罐头、果酱、饮料和两只油光光的烧鸡。四根蜡烛闪着火苗，一簇香火青烟缭绕。灵堂右边放着棺材，已经入殓盖顶，披着红布。一只公鸡绑了翅膀，在棺下惊慌地东张西望。邱永库身披白孝，跪在桌前，正在给纸盆里续着纸钱和黄表。银红二杏也穿了孝服，跪在左旁的麦草上嘤嘤哭泣。红杏昨天下午一回来就哭得死去活来，谁也劝不住拉不开。小邱原不想告诉她，怕耽误了她的功课，但银杏还是偷偷打电话把她叫回来了。昨晚她没合一眼，陪着姐姐流泪，两只眼睛都哭肿了。小邱原来不让她姐妹俩戴孝，但银杏说："你们老家都是些大男大女，没个年轻人，而且大伯对我们那么好，我们为啥不可戴孝守灵？"就这样，在邱大爷的灵前，除了本家的兄弟侄孙外，又多了两个外姓姑娘，这不免引起老家人的惊觑和议论。

九点整，几声炮响后，起灵了。

录音机放着哀乐，吹鼓手也吹打起来。

老胡拿起铃绳，当当当地疯狂敲打着。

灵堂前跪了一片本家的吊丧者，哭叫声响成一片，临时工和当地群众也为死者默哀拭泪。

在哀乐和哭叫声中，有人高喊："钉子！斧头！"一阵慌乱后，果然传来斧头砸钉子的响声。银红二杏趴在棺材上，看着大帽钉子被嵌入棺材并发出吱吱的声音，姐妹俩就觉得那钉子钉进了她们的胸膛，哭叫得更加伤心感人。"浆糊！麻纸！"又有人大声喊着。小邱知道，那是在糊棺盖缝，他更加悲哀恸哭不止。

啊啊，爸爸呀！你就这么走了吗？啊！爸爸，爸爸哇！呜呜……

"起灵了！鸣炮！"

几枚两响炮同时飞上高空，在空中爆了，响起了一声声闷雷，天更阴沉了。

人们把棺材抬上卡车，放好花圈、纸串和素练。白条一一检查了入葬时所需的工具用品，然后端起纸盆，牵着小邱走到灵车前。他又拿过邱大爷的相框，却愣起来，不知该让谁抱。马满瞪了白条一眼，从他手中接过相框，随手交给银杏。银杏知道这个讲究，又将相框推给妹妹。红杏悲痛欲绝，哪里知晓其中奥秘，便将相框紧紧搂在怀里，接着被马满拉到小邱身后。

一切都已就绪，又有人喊："上路了！摔纸盆！"

灵车启动了。白条将纸盆顶在小邱头上。炊事员手起刀落，大红公鸡的头早飞得没有踪影，鸡血四溅。这时，只听啪的一声，白条将纸盆从小邱头顶摔下，落在地上，碎了。小邱踩了过去，红杏踩了过去，其他人踩了过去……

下雪了。雪花纷纷扬扬，五凤岭眨眼之间便笼罩在一片皑皑白雪之中。

吹鼓手使劲吹打着，使哭声更显得凄凉哀婉。送葬的队伍迎着风雪，向沟北银杏母亲的坟地缓缓行进。

苗圃里，老胡独自一人站在房檐下，拽起铃绳，慢慢地、没精打采地敲打着铁铃。

"当——当当！当——当当！"

……

省外贸洽谈会在行署的阿房宫饭店举行。饭店屹立在渭河北岸的二道塬上，是一座仿秦代的古式建筑，宫宇嵯峨，错落有致，装饰精美。由于地势较高，所以站在院子就可辨清塬下城区的各主要街道、巷口、商场、影院和饭店。如果再高一点，站在十八层的晾台上，不但可一览古城全貌，而且可以看到渭北塬上五只落地的金凤凰。

邱永库和田工住在十三楼的一个双人套间里。吃过午饭，代表们有的到河边散步，有的到城里会亲访友去了。田工离开食品厂一年多没有回去，也趁这个时间去厂里看老朋友去了。洽谈会临近尾声，邱永库为能参加这次活动而感到庆幸，首先是五凤岭的三大类十四个产品与外商签订了价值一千二百多万美元的合同，其次是他首次抛头露面亲身经历了这一高水准的场面，使他从各方面都得到了锻炼和提高。

　　自从父亲去世后，他的情绪低落了好长一段时间。他不是怕背黑锅，而是总有一种内疚感。来苗圃三年多，大家特别是老胡父女对父亲无微不至的关怀和照料，老人的生活是美好的，是幸福的。但自己为了苗圃，为了五凤岭的事业，常常几天几夜不回家，不能陪伴他，不能和他多交流，对他感情需求的回应少得可怜，自己欠下了永远还不完的感情债。而且，银杏的事，秋蝉的事，他能一点风声没有听到吗？又怎能没有精神方面的压力和刺激呢？还有，自己已二十八岁，终身大事到底何时解决？他能不操心费神吗？这一切，是促使父亲要及早解脱的直接原因。作为儿子，自己能没有道义上、良心上的缺陷吗？

　　邱永库一个人在房间，他哪儿也不想去。水利局他去过了，再去多了反而讨人嫌。行署报社也去过了，他只打听到秋蝉果真出了事，其他细节和关押地址一概不知。他突然想起了红杏，他应该去看看她。那天，送葬回家路上，几位小堂弟围着红杏叫她"新嫂子"，气得她直跺脚瞪眼："谁是谁的新嫂子？莫名其妙！"小堂弟们不甘退让，指着她的孝服质问："不是新嫂子，咋还戴红？""还抱老公公的相框？"红杏蒙了，低头一瞧，衣扣上真的扎着一截红毛线，她知道这肯定是姐姐干的，但并不知其中的奥秘，更不晓得抱相框有何讲究，遂将头一扬，傲气地道："这又怎么了？少见多怪！"那几个小青年越发嚷嚷得凶："公公去世，只有没过门的儿媳妇，才能戴红抱相框呢！"红杏愣住了，把相框交给别人，扯掉红毛线，气冲冲地跑掉了。自那以后，红杏很少和小邱打照面，见了也只是点点头，淡然笑笑，匆匆而过。邱永库也觉得尴尬别扭，不再与她套近乎。现在，他更不想去打搅和干扰她，好让她安心完成学业，以后在五凤岭的事业中大显身手。

　　此刻，邱永库独自躺在床上，他觉得很无聊，随手拿起一张《法制周报》看。突然，一个醒目的标题映入眼帘：《我是怎样由一个记者走上犯罪道路的》，署名：单秋菊。他的心猛一收缩，便急切地看起了内容。

　　　　我原是某报社记者。这个职业是我早就梦寐以求而为之奋斗的心愿啊！但我身在福中不知福，端着金碗去讨饭。我玩世不恭，既憎恨那些社会腐败现象和钻营的暴发户，又产生一种眼红和不服气的变态心理，觉得凭自己的力量完全可以在社会上拼搏一下，其结果绝不亚于那些肥头大耳却脑中空空的既得利益者。更使我垂涎的是那么多"大团结"、金银首饰、高档家电和奢侈品等，竟像流水似的轻而易举地进入一批人的家庭。所以我决心与社会开个玩笑，与法律开个玩笑，以此证明自己的能力和价值。正是由于这种个人主义的恶性膨胀和资产阶级生活方式的侵袭，才使我一步步走上犯罪的道路，沦为人民的罪人，受到法律的惩罚。

我所谓的"事业"，从一开始就带有极大的欺骗性和冒险性。我是记者，有采访证，这是一个特殊公民身份证，是一盏伸向各个领域畅通无阻的绿色信号灯。正是凭着它，我才有机会闯入国际武术邀请赛等各种大型体育、歌舞等比赛场地，只一个赞助和两个广告，就轻轻松松地骗得全国各地近百个厂家二百八十多万元巨款。问题的根源还不在此，如果没有后边的事，如果从此依法经营，凭我的胆识和才能，这些合同是会一个个兑现的，那样自然就不会构成诈骗的罪名了。问题的关键是之后，那么多钱，来得那么容易，一夜之间我就成为百万富翁。在这金钱发出的叮当声中，我陶醉了、发昏了、冲动了，忘记了法律，忘记了道德，忘记了良知，忘记了自己的责任，心里只有钱钱钱，也变得更加贪婪、凶残、自私和疯狂。我将这些钱化整为零，立即汇入广州和南京的两个分公司，从此开始了肆无忌惮的投机倒把和空买空卖的罪恶活动。经营的项目从钢材、铝锭、稀有金属到化工原料、原油、纱锭、机械设备乃至家电、汽车、农用物资等，经营范围涉及各个部门和领域，月流动资金千万元以上，一年获暴利两千多万元。那些日子，我完全成了一个狂人，眼睛充满血丝，神经紧张，心狠手辣。我暗自发过誓，要使我的家族成为20世纪80年代中国新的"四大家族"之一。许多和我共过事的人都叫我非洲丛林一只贪得无厌、凶猛残暴的"小母豹"。

其实，我绝非是一个毫无人性、凶猛残忍的野生动物，我也是人，而且是一个多情的女性。我曾有一个金色的童年，也有一个温暖的家庭，还有一个英俊的恋人和值得爱戴的未来公公。但我还是抛弃了他们。我和他还没有结婚，但那时我只爱钱，在金钱面前，爱情变成了一分不值的小杂耍。我就这样抛弃了父母，抛弃了恋人，抛弃了事业，结果生活却永远把我抛弃。现在回想起来，我太痛恨自己了，恨不得把自己碎尸万段，好用来弥补我的过错和罪恶。但一切都太晚了，留下的只有悔恨和惆怅。

千言万语，归结为一句话：希望青年朋友汲取我的沉痛教训！要珍惜自己的感情，珍惜青春，珍惜自己的事业，珍惜社会主义的大好时光！要用真诚的心去热爱生活，热爱人民，热爱九百六十万平方公里的土地！切莫玩世不恭、自作聪明，和社会开玩笑，和法律开玩笑，和自己的前途命运开玩笑！更不能被金钱所迷惑，从而使自己堕落为拜金主义者和共和国大厦的蛀虫。否则，将和我一样，要受到历史的嘲笑和惩罚！

邱永库看完这个犯人的忏悔录，断定此文作者绝对是瞿秋蝉。他将报纸一卷，长吁了口气，站起身后，随手将报纸扔到床上，焦躁不安地在屋子踱步。他感到震惊、感到愤怒、感到悲哀、感到无限痛惜和怨恨。生活的航船会遇到许多意想不到的风浪，这是可以理解的。然而，明知前面有暗礁、有泥潭、有陷阱，为什么却要以身试法呢？啊！这就是生活吗？这就是事业吗？这就是改革开放应付的学费吗？啊啊，瞿秋蝉啊，她的不幸，她的悲剧，就在于根本没有理解这些概念的真正含义。这也可能就是酿成她悲剧的一个内在原因。

想到这里，邱永库被一种不可名状的情绪影响着，他想立即见到瞿秋蝉，马上，就现在。他已经抓起了电话，他也不知道这种冲动的真正动机是什么，但却很强烈激奋，他觉得有许多话要给她说，要给她讲。

他拿起话筒，却不知往哪里打。他的目光落在那张报纸上，忙又拿起报纸，查出了报社的电话号码。他拨打了电话："嗯，总机，接省城，法制周报社总编室！"

不一会儿，电话铃响了，小邱急忙拿起话筒。

"喂，你是法制周报社？唔，总编？太好了！我看到你们报上刊登的单秋菊的文章，我想通过你们立即见到这个女犯人。"

总编惊愕地问："你是谁？和她是什么关系？"

"我叫邱永库，五凤岭开发公司总经理，我原来是单秋菊（不，她真名叫瞿秋蝉）的男友。现在和将来嘛，这关系就说不准了。我必须马上见到她，我有许多话要和她说，这可能对改造她很有帮助。"

"她的案子从来未涉及你呀！"

"不，虽然三年多没有来往，但她给我汇过一笔款，一笔为数不少的款，我今天就和她谈这件事。"

"那好，你等一下，我立即与司法机关联系。哎，同志，要不要记者陪同？"

"随便。"

"你的电话？"

"行署阿房宫饭店1108号。"

小邱放下电话，拿着一个田工扔下的烟蒂，狠狠抽了一口，倒在沙发里愣神。他在想，瞿秋蝉现在将是一副什么模样？他该向她说些什么？那笔款怎么处理？要不要银杏也去？烟灭了，他原来就不会抽烟，这时更无兴趣，便将熄灭的烟头随手丢进烟灰缸里。

电话响了。他忙抓起话筒。

"喂，邱永库吗？好了，联系好了，今天下午五点半，在省城草滩监狱见面，你到报社门口，有位姓南的记者等你，她陪你同去。"

"好，总编同志，太感谢你了，再见！"

小邱接过电话，又立即拨苗圃的电话。

接电话的是银杏。

"银杏，瞿秋蝉有下落了，我今天下午五点半到监狱去看她。你赶快把那笔款提出来，开成支票，咱们一起去。"

"红杏去不去？她早晨就回来了，一直在家等你。"

"随她便，要去就一块儿来。银杏，要快，让把工具车开上。"

下午四点，一辆天蓝色工具车奔驰在通往省城的高速公路上。六排座上坐着银红二杏和小邱三人。银杏情绪很饱满，她给瞿秋蝉带了许多五凤岭的产品。红杏有些局促不安，眼睛不停地偷看小邱的表情。

小邱瞧了银杏一眼，问："银杏，你啥时去部队？"

银杏头一摆，嫣然一笑："小青马上就复员了！"

小邱："好呀！公司还有几名社会招工指标，让他到咱公司开车吧。"

司机："那我就失业了。"

银杏："哪能呢！桑塔纳小轿车马上就到了，司机还不够呢！"

小邱又问红杏："你明年这时就该毕业了吧？"

红杏点点头："嗯。"

小邱兴致勃勃地说："五凤岭飞出金凤凰了！人才济济，兴旺发达！"

银杏："秋蝉如果服刑期满，也欢迎她到咱五凤岭就业。"

小邱笑了："你呀，亏你还想得出！"

银杏看看妹妹，戏谑地道："红杏才不管这呢，等她出狱，妹妹怕早成新娘子了！"

红杏扑过去打姐姐："你真坏真坏！简直胡说八道……"

红杏打闹完毕，刚扭过头，正好与小邱目光相遇。她飞了一个漂亮的媚眼后，忙低下头，腼腆地抿着嘴，不再作声。

小邱问银杏："款提到了吗？利息呢？"

银杏应道："开的支票。利息按贷款的最高利息计算，五凤岭人不会亏待她，况且还是个犯人……"

小邱苦涩地点点头，强笑着，不再吭声。

工具车以最快的速度，箭一般向省城驶去……